MALEFICUS

DU MÊME AUTEUR

Le Scandaleux Héliogabale, empereur, prêtre et pornocrate, Nouveau Monde éditions, 2006.

24, rue des Grands-Augustins – 75006
ISBN : 978-2-84736-251-0
N ° d'impression : 27-0857
Dépôt légal : mai 2007
Imprimé en France par Darantière

Emma Locatelli

MALEFICUS

nouveau monde éditions

« À ma fille Danaé. »

LIVRE PREMIER

« On le jeta donc, l'énorme Dragon, l'antique Serpent, le Diable ou le Satan, comme on l'appelle, le séducteur du monde entier, on le jeta sur la terre et ses Anges furent jetés avec lui. »

Apocalypse, chapitre 12, 1-9

Prologue

Ardennes. An de grâce 1658.

Le vent avait soulevé les feuilles mortes qui recouvraient le cadavre de l'enfant.

Débarrassée de son linceul putride, la fillette gisait la face vers le ciel, les bras en croix.

Ses longs cheveux blonds, déployés autour d'elle, donnaient l'impression d'avoir pris racine dans l'humus. Son corsage arraché découvrait une épaule et un sein blanc, à peine formé. Sa jupe retroussée exposait à l'air piquant du matin ses cuisses longues et ses genoux écorchés. Sur ses mains, ses jambes et son visage, les insectes avaient commencé à s'agglutiner. Grouillant, bourdonnant, rampant, ils grimpaient, allaient et venaient, visitaient avec frénésie ce jeune corps abandonné, pressés de faire ripaille de pourriture.

Insensible à ce spectacle morbide, un gros merle, accroché à l'écorce d'un bouleau, continuait de frapper obstinément de son bec le tronc dur de son perchoir pour en sortir une pauvre larve. Au pied du même arbre, un levraut, debout sur ses pattes, s'acharnait à atteindre, sur une branche trop haute pour lui, une plaque de mousse gelée.

Cet hiver était le plus terrible qu'on ait connu depuis longtemps dans l'est du royaume. Deux mois déjà que le froid glaçait la terre endormie, suçait le sang des hommes et la sève des plantes.

Une forme errante apparut soudain à l'orée du sous-bois. La silhouette noire, de la taille d'un chien de chasse, avança lentement entre les broussailles. À son approche, les hases et les lièvres craintifs s'enfuirent pour se cacher dans le premier trou venu. Un sanglier, à plus de vingt pas de là, sentant la présence menaçante de la bête rôdeuse, se mit à grogner.

Les loups arrivaient.

Depuis quelques semaines, la faim les poussait hors des grandes forêts pour venir chercher leur nourriture au plus près des villages.

Il n'y en eut d'abord qu'un seul, un animal d'une maigreur affreuse, qui marchait la queue serrée entre les pattes, les oreilles collées contre la tête. Ce squelette de bête se fraya un chemin à travers l'épaisseur des fourrés et avança vers la dépouille de l'enfant. Méfiant, il s'approcha lentement, le poil hérissé, l'échine courbée, ses côtes et ses os saillants soulevant sa peau sombre. Il renifla les mains de la morte, puis colla son mufle sur son ventre, s'enivrant à humer cette odeur humaine mêlée à l'aigre senteur des feuilles et de la terre humides.

Un second loup, plus grand, effrayant, arriva à son tour. Celui-ci était d'une taille extraordinaire, avec un museau très long et des prunelles affreuses, rouges, fendues, bordées d'une sanie blanche. Son pelage, rare et court, comme atteint d'une vilaine lèpre, lui faisait des taches grises sur les pattes, jaunâtres et crémeuses sur le dos. Il flaira à son tour les chairs froides de la fillette et lui planta brusquement ses dents dans les flancs, d'un coup semblable à celui d'un soc mordant le sol.

La première bête, assurée qu'elle pouvait se repaître également, heureuse de pouvoir enfin mordre, broyer, déchiqueter, l'accompagna avec autant d'acharnement. Les griffes et les crocs des deux loups prirent alors possession de cette proie tendre et offerte, tandis qu'au loin montaient les hurlements du reste de la meute.

Soucieux de ne pas partager ce morceau de choix avec leurs congénères, les deux prédateurs le traînèrent jusqu'à lisière du bois, à l'endroit où passait la Tonge.

Cette rivière qui, trois semaines auparavant, avait recraché un autre cadavre.

Au début du mois de janvier, la nature avait rendu au village un autre corps sans vie, celui-ci rempli d'eau, enflé, couvert de limon verdâtre, un pauvre corps qui vomissait une vase puante par le nez et la bouche. Une fille encore. Jolie. Blonde aussi. À peine plus âgée que celle qui servait en cet instant de festin aux loups.

I

Une femme en tourments

3 février 1659.

Le lendemain de la Chandeleur, dès que l'aube fut levée, un vent glacé enfla au-dessus du pays ardennais. Il se mit à pousser lentement les nuages d'hiver à travers le ciel, jetant sur leurs masses de coton son long souffle puissant. Après avoir balayé l'air de ces nuées encombrantes et les avoir portées hors de vue, bien au-delà de la Meuse, il revint ensuite à l'endroit qui l'avait vu naître et piqua sur Malzieu, une petite bourgade tassée au fond d'un vallon sombre et étroit.

Le vent pénétra sournoisement dans le village endormi, qui ne respirait que par ses cheminées, et qu'aucun mouvement, aucune vie n'animait, si ce n'étaient les minces rubans de fumée qui s'échappaient des toits. Il tournoya d'abord, en chuchotant, autour de la sainte croix, sur le faîte de l'église, puis il s'engouffra dans la rue principale pour effleurer les façades des logis et se glisser en silence sous les portes. Deux ou trois fois, il s'enroula autour de la fontaine, dressée sur la place, et l'abandonna pour finalement s'en aller courir dans les clos des maisons. Passé quelques minutes, il délaissa le triste village et se coula doucement à travers la campagne environnante. Là, il lécha l'herbe humide et la terre glaiseuse des chemins, caressa les étangs et les tourbières, s'amusa un moment sur les fragiles charpentes de deux ou trois fermes isolées, soulevant un peu la paille de leurs pauvres toitures. Et, de nouveau, il changea de direction et négligea les champs emblavés et les jachères, qui ne semblaient plus avoir grand intérêt pour lui.

Il prit alors davantage de force et s'enfonça dans un bois épais, écartant violemment sur son passage les fourrés et les broussailles, faisant gicler les oiseaux de la sombre futaie. Il semblait à présent se diriger vers un but précis : une minuscule chaumière, à la sortie de la forêt, une cahute, basse et ramassée sur elle-même, dont le toit s'abaissait jusqu'au sol. C'était la seule habitation qui se dressait encore à une demi-lieue de Malzieu, dans ce débris de hameau qui avait autrefois formé le lieu-dit du Gros Chêne.

Lorsqu'il atteignit enfin la misérable chaumine, le vent, venu de nulle part, s'apaisa un court instant et retint son souffle. Il sembla jauger malignement la ridicule bâtisse, comme pour mieux en mesurer la faiblesse. Alors, il s'enfla de nouveau et déchaîna ses forces sur cette petite ferme perdue à la lisière du monde des hommes. Frappant en rafales, il se mit à cogner rageusement contre la masure, à faire trembler les murs d'argile, essaya d'arracher le chaume de sa couverture, jeta contre sa frêle carcasse tout ce qu'il pouvait trouver alentour, des cailloux, des branches, jusqu'à la souche pourrie d'un bouleau, déraciné par une autre tempête.

Et, tandis qu'il s'acharnait ainsi contre le manse en exécutant sa danse sinistre et folle, l'aquilon hargneux emplit le ciel de son tutti lugubre.

***

À l'intérieur de la maison, qui était celle de Reyne Inguélaère, une vieille femme et deux enfants écoutaient, inquiètes, le vacarme que faisait le vent furieux.

Lorsqu'une bourrasque faillit emporter l'unique volet de la maison, Madou, la plus jeune des filles de Reyne, qui n'avait pas sept ans, laissa tomber les châtaignes qu'elle était en train d'éplucher. Elle se couvrit les oreilles de son tablier de chanvre.

– C'est qu'l'orage ! lui lança sa sœur aînée, plus bravache que rassurée. Sois donc pas bégaude !

Mais en disant cela, son visage avait pris, lui aussi, une étrange pâleur.

L'adolescente, qui s'appelait Rose, était assise sur un petit tonneau, dont les liens distendus par le poids de son corps pourtant léger retenaient à peine les planches de bois. Elle tenait, coincée sous l'aisselle, une quenouille sur laquelle elle avait enfilé une bourre de laine dégraissée de son suint. Bien qu'elle essayât d'afficher un air calme, elle éprouvait de plus en plus de difficulté à enrouler, sur le fuseau, le fil mince que ses doigts nerveux avaient fait naître en tirant sur l'écheveau. N'ayant plus une seule goutte de sang à la figure, elle ressemblait, dans la demi-obscurité du logis privé de feu et de lumière, à une grande poupée de cire.

– C'est point l'orage… souffla la petite Madou en se tortillant sur son tabouret. T'entends ? Y a point d'pluie… Quand la tempête arrive sans la pluie, c'est signe de mort…

– Elle a raison, lâcha Perrine, sa grand-mère, à l'autre bout de la pièce. Quand le vent d'escorchevel [1] nous vient sus, c'est qu'on va avoir tantôt un grand malheur.

Même la vieille, qui pourtant n'entendait plus guère que le craquement de ses propres articulations, était à présent toute secouée de tremblements. Elle était assise sur un banc et finissait de déjeuner. Crispée sur son écuelle de terre, les genoux joints, les coudes serrés contre ses flancs osseux, elle avalait avec des gestes fébriles son bouillon de légumes.

– Avec tout c'bruit, s'affola Rose à voix basse, sûr qu'm'man va s'réveiller…

À ces mots, Perrine suspendit son geste et jeta un coup d'œil inquiet vers sa fille. Mais Reyne reposait toujours sur sa couchette, les paupières closes.

– Oh non… gémit la jeune Madou en regardant à son tour vers le corps immobile de sa mère. Faut point qu'elle s'réveille…

Comme s'il avait entendu cette pauvre supplique, le vent mauvais redoubla encore de fureur. Le martèlement des rafales qui s'élançaient et s'écrasaient contre le mur de torchis devint

1. Écorche-veau. Vent violent du Nord.

assourdissant. La bise se mit à souffler de travers et de face, attaquant de toutes parts, menaçant pour de bon d'emporter le toit.

Il y eut tout à coup un grand bruit, comme celui d'un arbre qu'on arrache de la terre. De terreur, Perrine laissa choir sa cuillère dans son bol. Elle ouvrit grand la bouche, offrit la vision pitoyable de son palais effondré et de ses derniers chicots. La soupe se mit à couler lentement le long de son menton pointu, oubliant, aux commissures de ses lèvres ridées, deux petits bouts de rave jaunâtres.

Contrairement à Madou et à Rose, ce n'était pas le plafond de la maison que la vieille fixait avec effroi en cet instant. Elle regardait sa fille.

La tempête avait sorti Reyne du sommeil et celle-ci se tenait à présent redressée sur son lit, le corps tendu et les bras raides. Les yeux exorbités, la tête étrangement penchée sur le côté, les épaules relevées de telle sorte qu'on eût dit qu'elle n'avait plus de cou, elle les dévisageait d'un air dément.

– C'est r'venu… ! murmura Madou en voyant sa mère dans cette étrange posture.

– Tais-toi ! lui intima Rose, pénétrée d'horreur. Faut point lui parler ! Faut surtout point la r'garder !

La petite Madou obéit promptement à ce conseil, cacha de nouveau sa figure dans son tablier et se mit à réciter le Credo d'une voix entrecoupée de sanglots.

Reyne Inguélaère descendit alors de sa paillasse et se planta au milieu de la pièce. Ses yeux fous, étonnés, s'accrochèrent sur Perrine, la fixèrent obstinément, plongeant la vieille femme dans une stupeur identique à la sienne. Puis, avec une plainte d'animal blessé, elle se mit à pencher son corps d'avant en arrière, plusieurs fois de suite.

– Sainte Marie ! s'exclama Perrine.

Cela faisait maintenant six mois que Reyne se disait possédée du Démon.

Tout avait commencé un matin du mois d'août, alors qu'elle revenait du lavoir. En route, elle avait éprouvé une douleur inconnue dans les flancs et dans l'abdomen, qui l'avait obligée à s'arrêter et à se coucher au bord du chemin. De retour chez elle, elle s'était plainte de curieux picotements dans les membres et dans la nuque, de sensations de froid et de chaud, d'élancements insupportables dans tous les points du corps. Les jours suivants, Perrine l'avait vue prise de vertiges et de malaises inattendus. Les insomnies la tenaient éveillée des nuits entières tandis que le jour, comme épuisée, elle restée prostrée ou assoupie durant de longues heures. Au fil du temps, son caractère était devenu de plus en plus taciturne et étrange. Reyne ne parlait plus, ne mangeait plus, repliée sur elle même, en proie à un désespoir auquel ni sa mère ne ses filles ne comprenaient rien.

C'est un peu après, vers la fin du mois d'octobre, que les crises avaient vraiment commencé. Des crises précédées de paroles incompréhensibles, de rires, de pleurs, parfois de sifflements aigus, qui la jetaient par terre, et tordaient tout son être dans des convulsions monstrueuses. Dans ces moments-là, elle semblait dotée d'une force et d'une énergie hors de proportion avec sa complexion. Reyne, devenue maigre et si faible, se roulait par terre, se soulevait, s'arc-boutait, se redressait, s'écroulait de nouveau, se retournait dans la poussière, repliait ses jambes et frappait la terre battue en poussant des clameurs horribles.

– Not' Père qui êtes aux cieux, que vot' nom soit sanctifié, que vot' règne arrive…

En entendant Rose réciter à son tour sa prière d'une voix faible et régulière, comme la psalmodie d'un moine, Reyne se mit soudain à hurler. Et ce cri sinistre, comme arraché de sa gorge par une douleur inouïe, parvint presque à couvrir le bruit du vent.

Comme les autres fois, elle commença à se plier épouvantablement. Le haut de son corps se mit à fléchir vers l'avant, se cambra vers l'arrière pour se relever de nouveau, puis retomba encore et encore, dans un extraordinaire et incessant mouvement de va-et-vient. Elle semblait gouvernée par un pouvoir étranger, entré en elle comme une seconde âme, une âme parasite et dominatrice, une puissance impérieuse qui décuplait ses forces, tendait tous les ressorts de son être physique, démultipliait l'énergie de ses muscles.

Lorsque sa fille se jeta le sol et s'y roula comme une bête enragée, Perrine décida d'intervenir.

– Faut la signer ! ordonna la grand-mère.

Elle se pencha au-dessus de Reyne et sur son front, avec son long pouce déformé par l'arthrite, fit la marque de la sainte croix. À ce contact, sa fille poussa un grand cri et se souleva de la façon la plus surprenante en se cambrant prodigieusement, sans l'aide des bras ou des coudes, comme si elle était tirée vers le plafond par un fil invisible. Sitôt après s'être redressée, elle s'effondra de nouveau sur le sol pour recommencer à se tordre en tous sens. Elle râlait, crachait une mauvaise bave, et son regard avait pris cette teinte vitreuse qu'ont les yeux des noyés.

Lorsqu'elle commença à se mordre les lèvres jusqu'au sang et à tirer violemment sur son corsage, comme pour s'arracher le cœur de la poitrine, Perrine et Rose se jetèrent sur elle et pesèrent de leurs deux poids pour l'immobiliser. Peu à peu les contractions s'apaisèrent et le corps de Reyne se détendit enfin. Elle poussa un long soupir et ferma les paupières. Ses membres s'allongèrent pour reprendre la position naturelle des bras et des jambes au repos.

– L'diable… i s'en est allé ? demanda la petite Madou à voix basse, encore à demi hébétée.

La grand-mère souleva la jupe de sa fille et observa la tache jaune qui marquait son linge. Reyne avait laissé son urine se répandre entre ses cuisses sans même s'en rendre compte, et la vieille sut à cela que la crise était finie.

– Oui, l'mal est parti. C'est passé.

– I l'a point tuée ? s'affola l'enfant en voyant sa mère qui gisait sur le sol.

– Elle dort, répondit Perrine, avant d'ordonner à Rose : aide-moi donc à la r'mettre au lit.

Alors la grand-mère et sa petite fille soulevèrent de toute leur force le corps devenu inerte et l'allongèrent, non sans ahan, sur sa paillasse. Couchée à plat sur le dos, les seins vides pendants sur le côté, le chignon écroulé, Reyne semblait effectivement avoir plongé dans un profond sommeil. On aurait pu la croire morte, mais de sa poitrine découverte sortait à présent un son étranglé et rauque, comme celui des phtisiques. Elle respirait difficilement et des gouttes de sueur perlaient sur son cou décharné, malgré le froid glacé qui régnait dans la maison.

– C'méchant diable... chuchota Madou en posant sa petite main contre la joue de sa mère. Pourquoi qu'i lui fait ça ?

– Ferme ton bec ! lui lança sa sœur d'un air sévère. T'en va surtout pas débagouler au village qu'le Diable est v'nu par chez nous !

– Alors, pourquoi qu'elle a la tête toute saboulée, not' mère ?

Perrine haussa les épaules et retourna à son potage.

– Ta sœur a raison, dit-elle en cherchant au fond de son écuelle un dernier morceau de rave. Faut pas aller conter nos histoires aux aut'. On est d'jà assez ben en peine comme ça.

II

Ce que rumeur rapporte

6 février.

La nuque raide, les reins fléchis, le visage caché sous la capuche de son court manteau de bure, le père Jérôme avançait péniblement sur le chemin étroit. Chaque bourrasque manquait de l'emporter comme un fétu de paille et de le projeter contre le tronc d'un arbre.

À ses côtés, le prévôt Aymard de Rouert marchait d'un pas tout aussi lent, l'échine courbée, pestant contre la bise glacée qui pénétrait à travers l'étoffe de sa dogaline.

Le magistrat avait exagérément enfoncé son béret sur son crâne chauve pour protéger ses oreilles du froid, mais les griffes du vent meurtrissaient le reste de son visage et plantaient dans sa chair de minuscules esquilles. Ce matin, loin d'imaginer qu'il aurait à braver une tempête, un stupide excès de coquetterie l'avait incité à mettre ses beaux souliers à crevés plutôt que ses grandes bottes. Évidemment, il se maudissait à présent de ce choix peu judicieux : ses chaussures et ses soulettes étaient entièrement recouvertes de boue et l'incommodaient davantage que si elles avaient été lestées de plomb.

– Mais où me conduisez-vous donc ? demanda le prévôt au jeune homme en soutane. Et quand sortirons-nous enfin de cet infâme sous-bois ? C'est miracle encore, père Jérôme, que nous ne soyons pas morts écrasés par un arbre !

– La veuve dont je vous ai parlé vit au hameau du Gros Chêne, répondit l'ecclésiastique. C'est à quelques pas d'ici, nous sommes presque rendus.

Le prévôt fit une moue irritée.

– Vraiment, a-t-on idée de se terrer dans pareil endroit ? bougonna-t-il en resserrant autour de son corps grassouillet les pans de sa casaque. Décidément, mon père, c'est une bien triste paroisse qu'on vous a confiée là ! Je m'étonne même qu'il y ait encore des curés qui acceptent de desservir des lieux aussi reculés !

L'autre s'abstint de lui faire remarquer qu'il n'avait pas le droit au titre de curé, mais seulement à celui de vicaire perpétuel. De toute façon, songea le jeune clerc, aujourd'hui plus personne ne se souciait de ces finesses juridiques et canoniques. Pourquoi aurait-il dû corriger le prévôt quand ses ouailles elles-mêmes l'appelaient ainsi ?

– C'est ici, justement, que notre seigneur a le plus besoin de moi, répondit-il d'un air sombre.

Un arc mi-soucieux, mi-dédaigneux déforma sa bouche et le fit paraître beaucoup plus vieux qu'il ne l'était.

Le prévôt observa le visage rêche du nouveau pasteur de Malzieu et en éprouva un certain malaise. Depuis que les frères de l'abbaye de Quernois l'avaient recueilli, à l'âge de sept ans, le père Jérôme n'avait plus connu que la rigueur du cloître et l'austérité pesante des réguliers. Et sa récente ordination, si elle l'avait rendu au siècle, ne lui avait pas pour autant ôté ses manières de moine. Bien qu'il n'eût pas encore atteint les vingt-quatre ans, le jeune homme portait déjà sur son visage tous les stigmates de l'ascèse et de la pénitence.

Lorsqu'il aperçut enfin, au bout du sentier, la petite chaumière de Reyne Inguélaère, le prévôt poussa un soupir de soulagement.

– Nous y voici, annonça sèchement le père Jérôme.

– À la bonne heure ! répliqua Aymard de Rouert. J'ai bien cru que nous ne sortirions jamais de cette crapaudière !

À la lisière du sous-bois, vautrée entre deux carrés de terre en friche, comme une verrue qui aurait poussé sur le cuir d'un lépreux, la petite ferme semblait abandonnée. Sans l'haleine brumeuse et blanchâtre du fumier près du seuil, on aurait pu la croire entièrement vide d'âmes.

Le père Jérôme frappa du poing contre l'huis. Aussitôt, Rose souleva le parchemin huilé qui bouchait la fenêtre et poussa le volet. Elle passa la figure par l'ouverture et dévisagea les deux hommes qui se tenaient devant sa maison.

– Y a que'qu'un… annonça-t-elle en plissant le nez.

– Et qui donc ? demanda Perrine.

– L'nouveau curé, avec sa robe noire… Mais i l'est pas tout seul. I l'est à côté d'un beau sire qui porte des culottes rouges et une épée.

– Une épée ? Une épée ? C'est-i pas le roi ? s'excita la petite Madou, qui courait déjà vers la fenêtre.

– Pauv'e nigaude ! coupa sa sœur aînée en rabattant brusquement la pièce de parchemin.

– Et qu'est-ce qu'i viennent faire par chez nous ? interrogea encore Madou, toute remuée par l'arrivée imprévue des deux visiteurs.

Perrine se dirigea vers la porte et ses vieux doigts tremblants tirèrent le verrou :

– Té ! I viennent voir vot' mère, pour sûr…

Le père Jérôme entra et salua les trois femmes d'un bref signe de tête. À sa suite, le prévôt s'arrêta un moment dans l'encadrement de la porte. Après avoir envisagé d'un coup d'œil l'intérieur de la misérable chaumière, il referma l'huis avec son pied.

Près de la fenêtre, Rose et Madou eurent le même mouvement instinctif pour se rapprocher l'une de l'autre et se prendre la main.

Le jeune vicaire annonça à Perrine :

– Messire de Rouert, en sa charge de prévôt, est venu voir ta fille afin de l'interroger.

La vieille considéra les deux intrus d'un air mauvais et ses lèvres restèrent délibérément closes.

– S'agit-il de cette femme ? demanda le prévôt en montrant du doigt Reyne, allongée sur la couchette au fond de la pièce.

Le père Jérôme fixa attentivement la forme immobile. Il avait reconnu aussitôt la veuve mais quelque chose avait changé en elle. La dernière fois qu'il l'avait vue remontait à six mois, lorsqu'il avait administré les saints sacrements à son époux agonisant. Il avait gardé d'elle le souvenir d'une personne assez plaisante à regarder, forte et bien bâtie. Il avait même été frappé par l'étonnante ressemblance entre la mère et ses fillettes : il se rappelait parfaitement leur même teint clair, le même éclat dans leur regard vert. Il n'avait pas oublié non plus les magnifiques cheveux roux qui s'échappaient de leurs bonnets à barbes.

Depuis le trépas de son mari, la femme Inguélaère n'avait jamais remis les pieds à l'église. Elle ne sortait plus que très rarement de sa maison, sinon pour se rendre au lavoir ou se promener sur la route du vieux moulin. Reyne semblait fuir le monde, comme la vie semblait fuir Reyne. Au village, les gens s'étaient rendu compte qu'elle dépérissait à vue d'œil et que depuis la mort de Guy, son défunt époux, son âme se retirait de son corps, petit à petit, comme si elle s'enfuyait par une brèche invisible.

Puis les rumeurs avaient commencé, quelques semaines plus tôt. Les femmes de Malzieu, dont la langue était toujours bien pendue, avaient à plusieurs reprises évoqué le Diable et les choses étranges qu'il faisait faire à la veuve.

Le vicaire s'avança jusqu'au lit et observa la créature maigre qui gisait étendue. L'ovale de son menton s'était vilainement estompé et sa peau avait pris cette teinte affreuse du bois mort. Le père Jérôme se demanda ce qui avait pu s'infiltrer dans les tissus et les chairs pour faire disparaître, dans le visage de cette femme de trente-deux ans, les traits et les contours, pour effacer le rose des joues et de la bouche. Ses lèvres n'étaient plus qu'une ligne dure et sans couleur. On ne voyait plus, dans cette face terreuse, que le gouffre noir de deux orbites profondes, de deux horribles creux.

Le prévôt s'approcha à son tour et le spectacle d'une telle décrépitude le laissa, tout comme le père Jérôme, sans voix ni réaction. Cependant, le choc de cette triste vision passée, il se présenta à Reyne le plus courtoisement du monde.

Celle-ci ouvrit les yeux, mais n'esquissa pas le moindre mouvement.

– Elle est fatiguée ! lança la petite voix aiguë de Madou. Faut la laisser tranquille !

– Vrai ! renchérit Rose. Elle est trop malade pour parler !

– Malade ? Ce n'est pas ce que j'ai ouï dire par les gens de Malzieu, coupa le père Jérôme, manifestement agacé par l'intervention des deux fillettes. Les villageois prétendent qu'un esprit malin loge dans le corps de votre mère.

Et, se penchant vers la forme allongée :

– Est-ce la vérité, Reyne ?

La veuve ne semblait pas l'entendre, pas plus qu'elle ne semblait entendre le vent, qui, au dehors, faisait toujours taper le volet de bois contre le mur. Elle envisageait les poutres et les solives, au-dessus de sa tête, le regard vide.

– Reyne, insista le père Jérôme, je te prie de nous répondre.

Sa demande fut accueillie par un profond mutisme.

– Veux-tu que le prévôt fasse quérir un sergent et qu'il t'interroge chez lui, à Bazeilles ? s'impatienta le vicaire. Sache que si tu refuses à répondre à ses questions, il peut bien t'y contraindre par la force.

Pour toute réplique, Reyne fit frémir ses paupières sur ses prunelles atones. Elle laissa tomber sa tête sur le côté et se mit à gémir faiblement.

– Messire de Rouert est juge royal ! lâcha l'ecclésiastique en tapant du pied, comme si cette dernière déclaration pouvait suffire, à elle seule, à convaincre la veuve de réagir.

Dans son coin, la petite Madou donna un coup de coude à sa sœur.

– Tu vois ! lui dit-elle dans un chuchotement. C'est pas l'roi, mais c'est presque le roi… !

L'enfant regardait le prévôt comme une apparition céleste. Le magistrat avait choisi, pour sortir, ses plus beaux haut-de-chausses à taillades, les vermillons, très courts et fort bouffants. Pour compléter sa tenue, il avait enfilé des bas verts, retenus sous le genou au moyen d'une rosette de la même couleur que sa culotte. Et bien que ceux-ci fussent tout maculés de boue jusqu'aux mollets, ils lui donnaient l'air qu'il cherchait : celui d'un honnête homme de loi, digne de l'office qu'on lui avait baillé et celui d'un gentilhomme de la ville, ceci surtout lui importait car cette noblesse récente lui avait coûté plus de quatre mille livres.

Le père Jérôme plongea de nouveau son regard dans celui de Reyne. Il n'y rencontra, encore une fois, que cette apathie désespérante. Il se résolut alors à s'adresser à Perrine. Il avait bien remarqué que, depuis son arrivée, la vieille le dévisageait d'un air méfiant et hargneux, mais ce constat n'entama nullement sa détermination.

– Est-il vrai que ta fille fait des choses que d'ordinaire les braves gens ne font pas ? demanda-t-il à la grand-mère. On dit qu'elle se roule par terre en criant et qu'elle blasphème le nom de notre seigneur Jésus-Christ. Est-ce la vérité ?

– J'ai point vu et point ouï tout ça, rétorqua la vieille d'un air faussement sincère.

– Sais-tu ce que ta fille a raconté à la femme Rousselle, l'autre jour, et ce qu'on m'a rapporté ?

– La Rousselle est une menteuse, cracha Perrine en jetant le reste de son brouet dans l'âtre de la cheminée.

Puis elle ajouta, avec un regard chargé de mépris pour le vicaire :

– Elle dit n'import' quoi.

– Eh bien, moi, j'accorde tout crédit à ses déclarations. Elle prétend que ta fille lui a confié qu'elle était possédée par le Diable.

Perrine tournait le dos au vicaire. Elle ricanait, face à la cheminée :

– La Rousselle raconte aussi à tout l'village qu'elle a mis ses œufs d'anette à couver un vendredi saint… et qu'i lui en est sorti dix poussins sans tête.

Vexé par le camouflet et certain qu'il ne tirerait rien non plus de la grand-mère, le vicaire revint à Reyne.

– Parle donc ! commanda-t-il en ne laissant pas libre cours à l'exaspération qui le gagnait. Eh bien ? T'a-t-on coupé la langue, comme à une larronne ?

– Tout doux, mon père, intervient le prévôt. Inutile d'élever si fort la voix.

Aymard de Rouert s'approcha à son tour de la veuve et l'observa, ainsi étendue sur son grabat, l'air absent à tout ce qui l'entourait Il la contempla quelques instants, puis soupira. Son opinion semblait assise.

– Il m'apparaît que nous sommes venus pour rien, conclut-il. Laissons-là cette affaire, mon père, je crois que cette pauvre femme n'est guère sensée. C'est une colasse. Nous perdons notre temps.

– Parle donc ! intima de nouveau le jeune vicaire à Reyne. Feins-tu d'être sourde ou bien est-ce le Diable qui t'empêche de t'adresser à nous ? Es-tu tenue par Satan, femme ? Est-ce la raison pour laquelle tu ne dis rien ? Si tu continues de rester muette, le prévôt va perdre patience ! Sais-tu ce qu'il en coûte de se moquer d'un juge ?

Il avança sa main vers elle et lui pinça les joues pour la tirer de sa léthargie. Il s'apprêtait à la secouer par l'épaule lorsqu'un coup sec, contre la porte, interrompit son geste.

Perrine secoua sa vieille carcasse et, de son pas traînant, alla de nouveau tirer le verrou.

Une violente rafale de vent s'engouffra dans la chaumière, laissant entrer avec elle la lumière laiteuse de l'hiver.

Sur le seuil apparut un homme gaillard et robuste, d'une trentaine d'années. Sans manteau ni pourpoint, il n'était vêtu que d'un simple gilet sur sa chemise et de larges chausses brunes. Il arborait un chapeau usé et orné d'une maigre plume, au-dessous duquel saillait un beau front bombé, tanné par le grand air. Dans sa figure qui, sans être belle, n'en était pas moins agréable et curieuse, s'étiraient deux yeux vifs, fendus comme les yeux d'un rapace et plongeait un long nez en bec d'aigle.

L'homme s'appelait Mathias Vigneules et habitait Malzieu. Il avait épousé Sarah, la sœur de Reyne Inguélaère.

En voyant son beau-frère, la veuve tressaillit. Ses yeux s'ouvrirent en grand et une sorte de grognement s'échappa de ses lèvres retroussées.

Mathias, regarda en silence, étonné, la petite assemblée. Il referma l'huis avec l'épaule, car il portait, coincées entre ses bras et son menton, des bûches de châtaignier.

– J'apporte du bois, dit le paysan à sa belle-mère, tout en posant son fardeau à terre. J'en ai coupé hier et j'en ai plus qu'i m'en faut.

– L'curé et le prévôt sont v'nus interroger Reyne, le prévint la vieille femme en lui adressant un coup d'œil inquiet.

– Ah... fit Mathias, visiblement mal à l'aise tout à coup. Bon, faut qu'j'm'en r'tourne. Le vent est pas encore tombé.

À l'instant même où il tournait les talons, la voix de Reyne s'éleva tout à coup avec une intonation sinistre :

– Marion Rousselle est point une menteuse.

Le vicaire et le prévôt regardèrent la veuve, se regardèrent entre eux.

– As-tu quelque chose à nous dire, à présent que tu as recouvré l'usage de la parole, femme ? demanda le vicaire.

Reyne hocha la tête.

Le père Jérôme déplaça un petit escabeau et vint s'asseoir en face de sa couchette.

– Fort bien, dit-il. Alors, parle-nous donc de cette créature qui te tourmente.

Reyne murmura :

– Si vous êtes v'nus voir mon diable, i l'est pas là.

– Et où est il ?

– Ici... Là-bas... répondit-elle avec un faible sourire qui fit saillir les tendons de son cou maigre.

– Ainsi, le Diable ne réside pas dans ton corps en ce moment ?

– I vient quand i veut.

Le vicaire posa la main sur l'épaule de la veuve et la pressa de parler encore. Elle était sortie de son étrange torpeur et semblait prête à se soumettre docilement à ses questions.

– Comment sais-tu que tu es possédée du démon ?

– J'le sais, se contenta de répliquer Reyne tout en martyrisant ses doigts par des gestes nerveux.

– Les femmes du village prétendent que parfois tu sautes et t'ébats comme un animal furieux. Est-ce la vérité ?

Elle acquiesça.

– Lorsque tu es secouée et que ton corps s'agite en tous sens, est-ce le Diable qui meut tes organes ? Est-ce lui qui te donne cette grande force ?

– C'est lui.

– Depuis quand Satan vient-il en toi ?

La veuve plissa les yeux et tourna la tête.

– Depuis quand le Malin te visite-t-il ? insista le vicaire en lui pressant le bras.

– D'puis la mort de mon Guy, souffla Reyne.

Le prévôt Aymard de Rouert s'approcha d'elle à son tour et la dévisagea d'un air sceptique.

– Comment expliques-tu que le Diable ait choisi de t'infecter, toi, et non pas une autre femme ? demanda-t-il avec hauteur. L'as-tu appelé d'une quelconque manière ?

– C'est par maléfice qu'i vient en moi, confia Reyne sans ciller.

Rose et Madeleine se serrèrent l'une contre l'autre. Perrine esquissa une grimace contrariée.

– Par maléfice ? s'étonna le prévôt. Dois-je entendre par là que quelqu'un t'a jeté un sort ?

– C'est c'que j'dis.

– Oh… Ce serait donc une sorcière qui aurait provoqué l'infection démoniaque ?

Reyne baissa les yeux. Le prévôt lui lança un coup d'œil ironique.

– Et qui est donc cette sorcière, ma pauvre gueuse ? Qui est celle qui te contraint à subir les assauts répétés du démon ?

Aucune phrase ne franchit cette fois les lèvres pincées de Reyne.

– Alors ?

– C'est point une sorcière, répliqua-t-elle tout bas en se tortillant sur son lit.

– Tu viens pourtant d'affirmer le contraire, et à l'instant.

– C'est point une sorcière… C'est un sorcier qui m'a jeté un sort, chuchota la veuve.

– Qui ?

Il n'y eut de nouveau aucune réponse.

– Parle donc, si tu veux être délivrée du Mal ! intervint le père Jérôme. Tu ne peux point taire le nom d'un sorcier ! Chercherais-tu as le protéger ?

– Que nenni !

– Eh bien ?

Reyne leva un regard inquiet vers les deux hommes et, dans un geste fébrile, fit craquer ses phalanges.

– Le sorcier… i l'est là.

– Où ?

– I l'est là, dans ma maison.

À ces mots, le silence se fit, dedans et dehors. Le vent cessa de souffler sur les murs et l'insupportable litanie du claquement du volet contre le torchis s'arrêta d'un seul coup.

Aymard de Rouert haussa un sourcil :

– Parle, femme. Nous t'écoutons.

Le visage de la veuve se tordit dans une grimace affreuse, mélange de dégoût et de frayeur.

– Vas-tu barguiner encore longtemps ? s'impatienta le père Jérôme. Parle ! Qui est ce sorcier ?

Reyne, piquée par cette secouade, jeta alors un regard en direction de la porte. Elle pointa un doigt accusateur vers son beau-frère.

– C'est cette carogne ! cracha-t-elle. C'est lui qui m'a maléficiée !

Le pauvre garçon baissa la tête et resserra nerveusement les cordons de son gilet. Il fut le seul à percevoir, dans le sous-bois, l'ultime ricanement du vent qui s'enfuyait entre les branches décharnées. Il fut le seul, aussi, à entendre tomber les premiers flocons de neige.

Les nuées étaient revenues. Le ventre des nuages s'était enfin crevé.

Le prévôt demanda à Reyne si elle savait comment son beau-frère l'avait ensorcelée. Celle-ci désigna alors du doigt une vieille futaie coupée en deux et rafistolée de toutes parts, qui servait de baquet. Mélangées à l'eau du puits, quelques pommes flétries et des baies sauvages étaient en train de macérer.

– La dernière fois qu'i l'est v'nu chez moi, lui confia la veuve, Mathias a mis que'que chose dans ma barrique.

– Qu'a-t-il versé là-dedans ?

– D'la poudre de sorcier.

– L'as-tu vu faire ?

– Nenni, mais j'sais ben qu'ça s'est passé comme ça.

– Et tu as bu le jus de ces fruits ?

– J'me suis point méfiée, i l'a mis la poudre à calouche [1].

– D'après toi, de qui ton beau-frère tenait-il cette poudre ? s'enquit aussitôt le prévôt.

– I la t'nait du Diable.

– Et tu prétends que c'est à l'aide de cette poudre diabolique qu'il t'a ensorcelée ?

– Pardi ! I l'avait d'jà reçu d'la poudre pour faire mourir mon homme et mes bêtes.

– Que dis-tu ?

– J'dis qu'j'ai trouvé ma brebis et deux d'mes poules, raides comme souche, dans mon pourpris.

Aymard de Rouert s'emporta :

– Je ne te parle pas de ton mouton, ni de ta volaille, femme ! Que viens-tu de dire à propos de ton époux ? Il a été empoisonné ?

– Da ! demandez donc au curé.

Le père Jérôme leva un sourcil étonné.

– Je l'ignorais, répondit-il. Il est vrai que je me suis rendu chez cette femme, il y a environ six mois, afin d'administrer les saints sacrements à son mari. Je me souviens que l'homme était pris de vomissements abominables et qu'il souffrait beaucoup.

– Reyne vous a-t-elle dit, ce jour-là, de quoi son époux se mourait ?

– Elle m'a seulement dit qu'il était malade.

Le prévôt se retourna vers Reyne et la fixa d'un air sévère :

1. En cachette.

– Si tu étais convaincue qu'on avait empoisonné ton homme, pourquoi as-tu menti au père Jérôme ? Et pourquoi n'as-tu pas informé les autorités ?

Reyne commença à s'agiter sur son lit.

– Morgué ! Pour qu'le sorcier m'fasse passer ? répliqua-t-elle en grognant. Et mes filles avec ? I l'avait d'jà tué ma brebis et mes deux gélines ! On peut rien faire contre les poudres du Diable ! Moïse vous l'dira ! Même lui, i l'a pas pu guérir mon Guy !

Elle venait de faire allusion à Moïse Nature, le chirurgien de Malzieu. Dans ce petit bourg trop éloigné de la ville, où ne résidaient ni médecins ni apothicaires dignes de ce nom, les villageois avaient pris l'habitude de faire appel à lui pour toutes sortes de maladies ou d'opérations.

– Tu prétends, continua le prévôt, que ce chirurgien, Moïse, n'a pas réussi à guérir ton mari. Soit. Mais a-t-il seulement confirmé l'empoisonnement ?

Reyne opina vigoureusement du chef.

– Et qu'a-t-il dit, précisément ?

– Qu'c'était l'Diable qu'avait envoyé à Guy cette mauvaise maladie. Et qu'y avait qu'le Seigneur Christ qui pouvait l'délivrer.

– Mais le dénommé Moïse n'est pas là, fit remarquer le prévôt. Le chirurgien ne peut donc attester tes dires.

– Moïse a dit qu'mon Guy a bu l'poison du Diable, et si Moïse l'a dit, c'est qu'ça c'est passé comme ça, bougonna la veuve en tirant sur la manche de sa chemise.

Le prévôt se tourna vers Mathias Vigneules, qui n'avait pas encore osé prendre la parole.

– Qu'as-tu à répondre à cela ? lui demanda-t-il.

Mathias ne bougeait pas, ne respirait plus. Il restait là, planté au milieu de la pièce, son corps large et un peu lourd parfaitement immobile. Le dos plié, la tête baissée, il regardait fixement le bout de ses sabots. Il ressemblait à tous ces pauvres gens qui ont toujours le dos courbé à force de labeur, à force d'humilité, contraints de subir toutes les injustices et tous les orages qui balayent leur existence de fer.

Son attitude étonna le prévôt, qui s'attendait à l'entendre plaider sa cause avec véhémence. Mathias, comme un animal piégé, s'enferrait dans le silence.

Le père Jérôme, qui vit dans ce comportement l'aveu de sa culpabilité, l'apostropha violemment :

– Est-ce vrai, Mathias ? Es-tu sorcier ? Confesses-tu que tu as fait mourir le mari de Reyne au moyen d'une poudre diabolique ? Que tu l'as fait dans le but exécrable de maléficier cette femme plus aisément ? Parle ! Je te conjure de répondre et d'avouer ! Es-tu dédié au Diable, Mathias ? As-tu renoncé à notre seigneur Jésus ?

Mathias Vigneules, qui essayait au mieux de surmonter sa peur, déglutit avec difficulté. Il parvint par miracle à articuler une courte phrase :

– Je jure que non.

– I ment ! glapit alors la veuve en bondissant soudain de sa couchette.

Et elle se jeta, en trois enjambées, sur son beau-frère, pour lui marteler les épaules de coups de poing. Le prévôt et le prêtre durent intervenir pour les séparer. Mais la furie continuait de battre l'air de ses jambes.

– Vas-tu te tenir coite, femme ! la tança Aymard de Rouert en lui tordant le bras. Te voilà bien hardie, tout à coup, et point trop effrayée, surtout, de cogner ce sorcier dont les pouvoirs te donnaient tant d'effroi il y a à peine un instant !

– C'est lui ! hurla Reyne, tandis qu'elle essayait tant bien que mal de se dégager de l'étreinte du prévôt. C'est lui qu'a versé le poison et qu'a tué mon mari ! Dis-leur, Mathias ! Dis-leur donc, sale bourrique !

– J'ai rien fait, répondit Vigneules en se protégeant le visage avec le bras, comme un enfant qu'on s'apprête encore à battre. Elle raconte des histoires ! Faut pas la croire, elle est folle !

– J'dis la vérité ! éructa la veuve. À cause de lui, l'Guy est mort ! Et mes bêtes sont mortes, pareil ! Et ensuite, cette chienaille m'a jeté l'mauvais sort !

Mathias Vigneules alla s'asseoir sur le banc, le visage inquiet, les yeux égarés.

– Dis-moi, demanda le prévôt, comment cet homme s'y est-il pris pour faire avaler la poudre diabolique à ton époux ?

Reyne se tourna vers Mathias et frissonna.

– Un soir, lâcha-t-elle, mon Guy i l'est allé chez lui. J'l'avais envoyé rapporter la rapière à ma sœur, pour carder la laine. I l'est resté souper là-bas.

– Et puis ?

– I l'a attrapé la mort.

Le prévôt croisa les bras sur sa poitrine et planta son regard dans celui de la veuve.

– Je te prie de répondre avec exacteté, femme. Comment ton beau-frère est-il parvenu à empoisonner ton époux sans que celui-ci s'en aperçoive ?

– I l'a saupoudré son pâté ou son bouillon.

– Et ton époux est tombé malade peu de temps après ?

Reyne opina.

– Le soir même ?

– Oui-da.

– Parlons à présent du sort que Mathias a jeté ensuite sur toi. Quand en as-tu ressenti les premiers effets ?

– L'jour où j'ai bu l'cidre d'ma barrique.

– Qu'as-tu éprouvé ?

– D'abord, j'ai eu chaud et pis froid. Dans la nuit, mes bras et mes jambes sont d'venus durs, tant y a que j'pouvais plus r'muer.

Elle grimaça avant d'ajouter :

– Après, j'ai eu des boules dans la gorge. J'pouvais plus manger. Et pis, une nuit, l'Diable est venu dans mon lit. Pour faire la chose. C'est la nuit qu'le Diable préfère.

– Quelle chose ?

Reyne désigna du menton sa couchette.

– Le Diable est-il venu dans ton lit ?

– Oui-da.

– Que s'est-il passé ?

– I s'est couché avec moi.

Elle se mit alors à raconter cette première visite du démon, ce soir où il était venu s'étendre sur sa paillasse et l'avait caressée là où son défunt mari avait l'habitude de la toucher.

– Et après ? interrogea encore le père Jérôme.

– Après, i s'est mis en moi.

– Dois-je entendre par là qu'il est venu habiter dans ton corps ?

– Nenni, rectifia Reyne. I l'est v'nu loger à la motte.

L'homme d'Église observa la veuve avec une moue perplexe, et le prévôt se fit aussitôt devoir de l'éclairer :

– Je suppose qu'elle entend par là que le Diable l'a prise... hum... qu'il l'a prise comme un mari prend sa femme.

Confus, le jeune vicaire ne put s'empêcher de rougir, mais reprit vite contenance.

– A-t-il recommencé par la suite ? demanda-t-il à la veuve.

Celle-ci hocha la tête.

– Ainsi, Satan vient te rendre visite la nuit afin de te contraindre à forniquer ? Vient-il seul ou est-il accompagné par d'autres démons ?

– I vient avec ses amis, chuchota Reyne avec une grimace de dégoût. I vient avec ses amis... les cauquemares [1].

– Te connaissent-ils charnellement, eux aussi ?

La veuve confessa que oui.

– Combien sont-ils ?

– I sont deux. Mais des fois, i sont trois.

– Et les crises ? Parle-nous de tes crises. À quel moment l'infection démoniaque a-t-elle commencé ?

– C'est v'nu après, répondit Reyne à voix basse. Quand l'Diable s'est mis dans mon corps.

– Le jour ?

– Oui-da.

– Comment sais-tu que tu es possédée par le Démon ?

– I m'fait sauter en l'air et m'rouler par terre. Tantôt j'pleure, tantôt j'crie, sans ben savoir pourquoi.

---

1. Démons incubes, qui visitaient les femmes dans leur sommeil pour en abuser.

Elle parlait maintenant en se balançant d'avant en arrière, avec un petit rire nerveux.

Le prévôt l'observait attentivement, essayait de pénétrer son âme afin d'en déchiffrer les mystères. Mais très vite, il détacha, perplexe, son regard du visage ravagé de la veuve.

– Revenons aux visites nocturnes du Démon, reprit le père Jérôme. La nuit, lorsque le Diable te force au coït, comment as-tu connaissance que c'est vraiment lui ? Ne pourrait-ce être une figure inspirée par tes songes impudiques ? Comment es-tu certaine que tu ne rêves pas ?

– J'vois le Diable ! cracha la veuve.

– Oh... intervint Aymard de Rouert. Ainsi tu prétends reconnaître le Diable ? Donc, celui-ci est visible ? Comment est-il visible ? Est-ce un être de chair ? Sous quelle forme se présente-t-il à toi ?

– I l'est fait comme un homme.

– Mais alors, à quoi sais-tu que c'est le Diable ? insista le prévôt.

– J'le sais.

Le magistrat la fixa avec un air d'incrédulité.

– A-t-il la peau noire ?

– Nenni.

– Des pattes de bouc ? Des cornes ? Des pieds fourchus ? Les yeux rouges ?

– Nenni.

– Alors à quoi le reconnais-tu ?

Reyne esquissa un sourire :

– A c'qu'i l'a la colique cornue [1].

Agacé, le prévôt tendit le menton vers elle :

– Te gausses-tu de nous, femme ? Allons ! Est-ce seulement à cela que tu reconnais le Diable ? Au fait qu'il est bien avitaillé ?

– Pardi ! ricana la veuve avec un regard en direction du jeune vicaire.

– Et les autres démons ? poursuivit Aymard de Rouert en s'exhortant au calme. Les incubes, les vois-tu également ?

1. Le sexe en érection.

– Nenni, Mais quand i sont là, j'les sens ben. J'sens ben c'qu'i m'font.

Le père Jérôme tendit un doigt vers Mathias Vigneules.

– Ton beau-frère est-il parmi eux ? interrogea-t-il. Le sorcier fait-il partie des incubes ? T'oblige-t-il, lui aussi, à forniquer ?

– Pour sûr qu'i l'est avec eux ! affirma la veuve d'un air mauvais. Je sens ben son odeur et ses grosses mains sur moi !

– Prends-tu plaisir à ses étreintes ?

Cette fois, Reyne, jusque-là si loquace, ne répondit rien. Une expression étrange, une sorte de tristesse mêlée de regrets passa sur son visage, une expression tellement furtive que personne, à part le prévôt, ne parut la remarquer.

Aymard de Rouert fit signe au père Jérôme de lui rendre la parole et reprit aussitôt son interrogatoire.

– Tu as affirmé que, lors des crises, tu t'agitais comme une forcenée et que c'est à cela que tu savais être possédée. Mais cela n'est guère probant. De quelle autre façon te sens-tu tourmentée par celui que tu crois être le Diable ?

La veuve hésita puis se rembrunit.

– I parle avec ma bouche. I m'fait dire du mal contre Jésus et la Sainte Vierge.

– Comment sais-tu que c'est le Malin qui s'exprime à ce moment-là ? Ne pourrait-ce être toi qui profères ces blasphèmes, parce que ta raison s'échappe et que tu perds toute volonté ?

Cette fois, la veuve regarda le prévôt d'un air étrange. Sur son visage, on ne lisait ni défi ni véritable douleur, seulement le grand apitoiement qu'elle avait pour elle-même.

– D'mandez-leur, dit-elle en se tournant vers ses filles. Elles savent ben, elles, de quoi l'Diable est capable.

De Rouert se tourna vers Madou et lui fit signe de s'approcher.

– Viens par ici, ordonna-t-il à l'enfant.

La petite fille obéit et fit quelques pas hésitants vers lui, visiblement impressionnée.

– As-tu déjà vu ta maman faire des choses que les gens comme toi et moi ne savons pas faire ?

Madou chercha du regard sa grand-mère. Perrine lui répondit par un petit mouvement de tête.

– Nenni, répliqua la mignonne en baissant les yeux.

– Allons, fillette, insista de Rouert, regarde-moi lorsque je te parle. Es-tu bien sûre de n'avoir jamais vu ta mère accomplir des sortes de prodiges ? Ou encore de l'avoir ouïe avec la voix d'une personne qui t'était inconnue, comme la voix d'un homme, par exemple ?

– Nenni, répéta Madou avec une expression butée.

– Et toi ? Interrogea le prévôt en s'adressant cette fois à sa sœur, restée près de la fenêtre.

– Tout ce que j'sais, mentit l'aînée avec aplomb, c'est que not' mère, elle est malade. Son Diable, moi, j'l'ai jamais vu.

– Et de quelle maladie souffre donc ta mère ?

– Du mal de saint Jean [1], p't-ête ben.

– Du mal de saint Jean ? Ma foi, je n'en crois rien. Je ne suis pas médecin, mais j'ai entendu dire que ce genre de dérèglement ne survenait jamais d'un seul coup, ni si tardivement.

– Qu'est-c'qu'j'en sais, moi ? répliqua Rose en reniflant malproprement.

– Tu sais plus de choses que tu ne veux bien nous le faire croire.

– J'sais rien, dit encore Rose. Et j'ai rien à dire.

– Elle ment, c'est évident ! s'emporta le père Jérôme en lançant à l'adolescente un regard courroucé. Sais-tu que le mensonge est un terrible péché ? Et que les menteuses, comme toi, sont privées du Paradis ? Veux-tu aller en Enfer ?

Rose ne parut nullement intimidée par cet avertissement. Du haut de ses douze ans, elle envisageait les deux hommes, hargneuse, comme un jeune chien prêt à mordre. Elle défiait l'Église et la justice avec un air farouche, méchant, buté.

Aymard de Rouet essaya alors de la rassurer sur ses intentions :

– Si ta mère est bel et bien victime d'un sorcier qui l'a maléficiée, lui dit-il gentiment, et s'il s'avère qu'elle est réellement possédée du démon par l'artifice de ce même sorcier,

1. Épilepsie.

elle n'a rien à craindre. Ce n'est pas elle qui sera inquiétée. Tu n'as pas à avoir peur pour elle.

Rose haussa les épaules.

– Et d'où c'est qu'j'aurais peur ? J'ai point peur.

– Donc, tu n'as rien à ajouter ?

– Nenni.

Le prévôt comprit qu'il n'en saurait pas plus. Il soupira et se tourna de nouveau vers Reyne :

– Je ne puis croire que tu es réellement victime d'une infection démoniaque, lui déclara-t-il, puisque je n'ai vu aucune manifestation de cette infection. Quant à savoir si ton beau-frère est effectivement un sorcier, es-tu en mesure de présenter des preuves ? As-tu découvert, dans la maison de ta sœur, des indices formels ? Y as-tu vu des graisses, des poudres, des philtres et autres vénéfices, des poupées destinées aux envoûtements ?

La veuve, en signe de dénégation, baissa ses paupières sur ses yeux creux.

– Tu as affirmé à la femme Rousselle, qui elle-même l'a rapporté au père Jérôme, être fréquemment tourmentée par une grosse mouche noire. Tu lui as également conté qu'il t'arrivait de voir un crapaud au pied de ton lit, au moment de t'endormir. Est-ce le Diable ou le sorcier qui prend ces aspects ?

– P't-ête ben qu'c'est le Diable, p't-ête ben qu'c'est Mathias.

– Tu ne sais pas ?

La veuve laissa de nouveau couler un moment de silence.

– Tu ignores donc, femme, ce que le Diable peut faire et ce qu'il ne peut point faire ?

Reyne se raidit.

– Il me semble que tu nous pipes.

– À la vérité, je l'sais ben ! riposta Reyne en retrouvant soudain toute sa hargne. C'est l'Mathias qui vient dans ma chambre ! C'est lui qui vole autour d'mon visage pour rentrer dans ma bouche ! Et l'soir, tout pareil, c'est lui, c'maudit sorcier, qui s'met au pied d'mon lit en crapaud pour m'faire peur !

– Tu mens, femme. Car si tu étais si bien informée sur les pouvoirs de Satan, tu saurais que celui-ci peut faire la pluie, le tonnerre et les tempêtes, rompre les serrures, tenter les gens ou se transformer à volonté, mais le Diable ne peut pas faire d'un homme une mouche ou un crapaud.

De Rouert la dévisagea avec courroux et se mit à arpenter à grandes et vigoureuses enjambées le sol de la pièce humide. Après avoir laissé un peu partout, dans la misérable chaumière, l'empreinte de ses beaux souliers dans la terre battue délavée de pluie, d'urine et de fientes de poules, il s'arrêta net, pour observer de nouveau Reyne Inguélaère avec une impatience exaspérée. Il semblait résolu à en finir avec cette affaire.

– Tu n'ignores pas, femme, dit-il en perdant tout à fait de sa réserve, qu'en formulant de telles accusations, tu risques fort de conduire le mari de ta sœur devant le tribunal ? Tu connais le sort réservé aux sorciers ?

À cet instant précis, il la sentit enfin hésiter, enfin faiblir.

La veuve lui jeta un regard où se mêlèrent la honte, la rancœur, la colère et la souffrance. Mais très vite, l'étrange tumulte cessa dans ses pupilles dilatées, et son visage se pétrifia dans une expression haineuse :

– Eh ben qu'i meurt ! hurla-t-elle en tirant sur ses cheveux défaits. Qu'i crève donc, cette sale bête !

***

Un vieux reste de fumier, gorgé d'eau, laissait se répandre un peu de son suc jaune et épais vers le seuil de la chaumière. Dans l'écoulement du purin, quelques volatiles échappés de la maison, bien maigrelets, essayaient de picorer bêtement les petits cristaux blancs qui tombaient sur le sol.

Aymard de Rouert eut une moue de dégoût et pressa le pas pour s'enfoncer dans la forêt.

– Quelle odeur ! bougonna-t-il en couvrant ses narines de la manche de sa dogaline. Et cette masure, une vraie porcherie ! Ces gueux ne songent-ils jamais à nettoyer leurs cases ? Goûtent-ils tant la hideur et la crasse pour accepter de vivre ainsi ?

– Les maisons de Malzieu sont comme les âmes qui y habitent, se désola le père Jérôme : souillées et puantes.

À peine les deux hommes avaient-ils fait quelques pas dans le sous-bois, que le prévôt, enfonçant profondément son béret, promena de nouveau un coup d'œil répugné autour de lui.

– Ah, ça ! Comment peut-on vivre dans un tel lieu ? s'exclama-t-il encore. Il n'y a que les loups et les bêtes sauvages qui se plaisent dans les bois ! Et les brigands !

Non loin de la maison de la veuve se dressaient cinq masures abandonnées, défoncées et béantes, emplies de pierres et de branchages apportés par les tempêtes.

– Où sont passées les autres familles ?

– Je l'ignore, répondit le vicaire. Il semblerait que le hameau ait été déserté il y a fort longtemps déjà. La faim aura chassé ses habitants, ou bien la maladie les aura emportés.

Niché entre un relief couvert de forêts et un bourrelet de terre ingrate, Malzieu était l'exemple même du village déshérité. Si sa situation enclavée lui avait évité les ravages et les pillages de la soldatesque durant la guerre, puis les désordres de la Fronde, les levées d'impôt, les disettes et les épidémies, en revanche, ne l'avaient guère épargné ces dernières années. En 1637, le bourg avait été une première fois dépeuplé par la peste. En 1645, par une mauvaise fièvre. Et l'année suivante, les pluies d'été avaient pourri les blés, entraînant une épouvantable famine. Entre vivre de racines, mourir ou fuir, les hommes n'avaient guère eu le choix : une grande partie de la population du village et des hameaux environnants s'était jetée sur les routes pour mendier le long des chemins, aux portes des villes ou des monastères.

– Les pauvres, parce qu'ils sont pauvres, reprit le prévôt en marchant, s'imaginent toujours que nous autres, bourgeois et gentilshommes, devons en avoir pitié. On voit maintenant des foules immenses de miséreux dans les murs de nos villes, qui nous réclament l'aumône avec insolence, quand ils ne viennent pas nous égorger jusque dans nos maisons.

– Il y a sur cette terre des maux plus graves que ceux-là, coupa sèchement le prêtre.

– Ah oui ? Et lesquels ? J'étais à Sedan la semaine dernière : j'y ai vu un nombre terrifiant de moribonds mais aussi de vrais coquins qui avaient fait profession de chapardeurs. Les bandits se multiplient comme une mauvaise gale, les honnêtes gens sont honteusement détroussés et les sergents désarmés. Si vous trouvez que ce n'est pas un fléau !

– Nous sommes menacés par un ennemi qui n'a ni la figure d'un vagabond ni celle d'un coupeur de bourse.

– Et de qui s'agit-il donc ?

– Vous avez ouï les propos de cette femme aussi bien que moi. Elle a parlé d'un sorcier qui jette des sorts aux hommes et aux bêtes. Un sorcier qui aurait reçu ses pouvoirs du Diable.

– Des divagations…

Le jeune vicaire s'arrêta au bord du sentier et toisa le prévôt d'un air outré.

– Niez-vous la puissance du Malin ?

– Je ne crois guère au délire d'une femme qui, parce qu'elle branle la tête et braille comme une vieille bique, s'imagine abuser notre crédulité.

– Et pourquoi n'y croyez-vous pas ? insista le père Jérôme. Doutez-vous que Satan puisse s'introduire dans le corps d'un être humain ou d'un animal, comme il le fit lorsqu'il s'introduisit dans le serpent ?

– En aucun cas, mon père. Mais ce dont je doute, en revanche, c'est que cette veuve-là soit victime d'une infection démoniaque et que son beau-frère l'ait maléficiée. Je ne prête aucune foi à ses allégations.

– Et que faites-vous de la mort de l'époux ? Il ne fait aucun doute qu'il a été empoisonné.

– La mort de cet homme est suspecte, en effet. Mais de là à parler de sorcellerie…

Aymard de Rouert poursuivit sa marche, pressé de sortir du sous-bois.

– Justement, c'est bien de sorcellerie dont nous parlons, rétorqua le père Jérôme. Et j'espère que le tribunal de la prévôté va ordonner une information contre Mathias Vigneules. Et le plus promptement possible.

– Allons, mon père, répliqua de Rouert en ralentissant l'allure, il n'y a vraiment pas lieu de charger les gens de justice avec une affaire comme celle-ci. De toute façon, la veuve elle-même n'a pas cru bon de porter plainte contre son beau-frère.

Le vicaire le rejoignit en quelques enjambées. Il était très pâle mais ses yeux flambaient sous l'effet de la colère.

– Et quelle différence cela fait-il ? Ce n'est pas moi qui vais vous apprendre que les juges sont tenus d'ouvrir une enquête dès lorsqu'un crime grave vient à leur connaissance, à la suite d'une dénonciation ou même d'un bruit rapporté par la rumeur publique. Peu importe qu'il y ait ou non un accusateur.

– Vous avez raison, concéda, non sans un certain agacement, Aymard de Rouert. La justice peut fort bien se passer de plaignant et procéder de son plein gré, *proprio motu*... Mais puisque vous êtes si éclairé en matière de procédure judiciaire, mon père, vous devez aussi savoir que les cas de ce genre n'entrent pas dans mes compétences.

– Vos compétences ?

– Ma charge s'étend à connaître uniquement, en première instance, les causes civiles et ordinaires, mentit le prévôt. Non pas les crimes, et en particulier les crimes par maléfice.

Le magistrat réprima un petit sourire satisfait. Il n'était pas mécontent d'avoir cloué le bec à ce jeune curé prétentieux.

– Ainsi, vous n'avez pas l'intention de poursuivre Mathias Vigneules ? s'offusqua le père Jérôme.

– Non, je n'en ai nullement l'intention. Et quand bien même je le souhaiterais, je ne le puis, pour les raisons que je viens de vous exposer.

– Je vous prenais pour un honnête homme de loi, lâcha le prêtre d'une voix chargée de mépris, mais j'étais manifestement dans l'erreur. Voilà ce qu'on appelle un joli déni de justice, monsieur le prévôt...

C'était une menace, bien plus qu'une insinuation. Aymard de Rouert le comprit aussitôt et son visage prit une teinte cramoisie qui trahit sa confusion. À soixante ans, il rougissait encore comme un enfant et s'en faisait souvent le reproche.

– Si ce Mathias Vigneules vous soucie tellement, dit-il en se raclant la gorge et en reprenant assurance, je vous l'abandonne volontiers, Père Jérôme. Après tout, c'est à vous que revient le soin de ramener les brebis perdues. S'il s'avère, bien sûr, que celle-ci s'est bel et bien égarée du droit chemin de la foi...

Le jeune vicaire toisa le prévôt avec, dans ses yeux noirs, un mélange d'incrédulité et de colère.

– Il ne s'agit pas d'un mécréant ou d'un pauvre païen idolâtre. Ce Vigneules est un suppôt de Satan. Et il est responsable de la mort d'un homme. Vous reconnaîtrez, monsieur, que cela ne concerne plus l'Église mais bien les autorités séculières.

À quoi bon discuter ? songea le prévôt. Ce curé-là, dans son aheurtement, était plus cabochard qu'un vieil âne. Il secoua la tête, un peu las.

– Soit, concéda-t-il à contrecœur. Si cela peut vous contenter, je vais tâcher de transmettre les faits relatés par la veuve au lieutenant criminel du bailliage de Sedan. À lui de décider s'il y a matière à commencer une enquête et à poursuivre.

Le père Jérôme hocha la tête, satisfait :

– C'est une sage décision. La meilleure que nous puissions prendre en de tels cas.

– Je ne sais pas, avoua de Rouert.

Les deux hommes reprirent leur marche à travers le sous-bois. Le sentier n'était plus qu'un matelas de terre molle et de feuilles mortes, sur lequel la neige jetait son voile blanc. Alors que le prévôt se déplaçait à petites enjambées maladroites et laborieuses, le jeune ecclésiastique avançait d'un pas allongé et déterminé. Au milieu de ces futaies lugubres, il semblait ne faire qu'un avec le paysage. Sa sombre soutane tombant à plis droits, pareille à un suaire noir qui ne laissait rien deviner de son corps, sinon un buste et des bras très longs, paraissait se confondre avec les troncs des arbres. Et la froidure de l'hiver, loin d'incommoder le jeune vicaire, semblait au contraire le bronzer et le fortifier d'une vigueur nouvelle. La capuche de son mantelet de bure repoussée en arrière, la figure découverte, il laissait tomber sur ses lèvres gercées les flocons de neige qu'il recueillait avec contrition, comme des hosties fondantes. Il marchait, droit et dur, le visage impassible, offrant sa chair à la morsure de l'air, savourant jusque dans la moelle de ses os cette vivifiante mortification.

Soudain, il s'arrêta et eut un geste large, un de ces gestes qu'il faisait à l'autel.

– Ne sentez-vous pas que le Malin est partout ? dit-il d'une voix grave. Que la Bête nous entoure et qu'elle nous infecte de son haleine fétide ? Il nous faut traquer sans relâche tous ceux qui ont abandonné notre Créateur et qui préparent, dans l'ombre, le règne de l'Ennemi sur cette terre. Il nous faut traquer et punir, monsieur le prévôt, c'est notre devoir, et c'est le seul remède.

– Le remède... répéta tout bas Aymard de Rouert, comme pour lui-même. Je me suis laissé dire qu'il était parfois bien pire que le mal.

Le père Jérôme baissa la tête comme un moine en pénitence et feignit de n'avoir rien entendu.

– Allons, hâtez-vous, lui conseilla-t-il en pressant l'allure. La neige va tomber fort.

III

Où maître Percheval se commet dans une délicate affaire

Metz, 10 février.

Melchior Percheval quitta le palais de justice en fin d'après-midi, abandonnant avec soulagement le monde ennuyeux et bruyant des robes noires et écarlates, où se confondait tout ce que le nouveau parlement de Metz comptait de procureurs, d'huissiers, de greffiers, de juges et de conseillers. Il regarda autour de lui et, comme toujours, n'aperçut qu'un ciel morne et sans lumière, un ciel qui semblait écraser les maisons et les hommes sous sa voûte grise. Pressé de retrouver au plus vite le calme et la chaleur de son foyer, il enfila ses gants à revers, remonta le col de sa casaque et s'enfonça dans la ville.

Il parcourut une dizaine de venelles encombrées avant d'atteindre la place du marché et se fraya un passage à travers la foule excitée et agitée des bouchers et des harengères qui commençaient à débarrasser leurs étals. La neige de la veille s'était transformée en une pâte molle et épaisse, mélange de terre, d'eau glacée et d'ordures, qui collait aux talons, s'infiltrait entre les semelles de ses bottes et le bois de ses socques. Plusieurs fois, il manqua de chuter, car les débris des poissons, mêlés à cette boue visqueuse, rendaient le sol encore plus glissant sous ses pas.

Alors qu'il s'échappait enfin de la cohorte bruyante des marchands, il se fit violemment bousculer par une troupe de jeunes garçons, par cinq petits marauds en haillons qui se battaient à grands coups de poings pour les entrailles et la peau d'un mouton. Ce spectacle navrant fit retomber sa colère et lui arracha un soupir de lassitude.

Il pressa l'allure, définitivement résolu à se cloîtrer chez lui pour le reste de la journée.

Arrivé devant son logis après une demi-heure de marche dans les ruelles bondées, il reprit son souffle. Il leva les yeux et contempla avec soulagement la façade de sa maison, comme s'il eût admiré là son bien le plus précieux.

Melchior Percheval était particulièrement attaché à cette robuste demeure, plus qu'il ne l'avait jamais été vis-à-vis d'aucun autre objet, d'aucune autre chose ici-bas. Lui-même n'aurait su dire pourquoi il l'aimait tant. Peut-être parce qu'il n'avait plus rien d'autre à admirer que cette simple bâtisse, ou peut-être, plus simplement, parce qu'elle lui ressemblait. Il s'imaginait d'ailleurs parfois, en la contemplant, l'avoir édifiée de ses propres mains, à son image parfaite.

C'était une sobre construction avec un soubassement de pierre dépouillé et uni, et un étage à pans de bois dont les seuls ornements consistaient en quatre fenêtres hautes et grandes, dénué de niche dans les trumeaux et de décoration. Elle s'ouvrait sur la rue par un petit escalier droit et n'était protégée par aucun mur de clôture qui l'aurait fermée aux regards indiscrets des passants. Elle n'était ni élégante, ni monumentale, ni profonde, sans rien de magistral ou de recherché dans son architecture, mais seulement solide, avec des murs épais et des ouvertures larges. Et elle semblait bien un peu austère, comme son propriétaire, mais à celui qui cherche à voir derrière les apparences, elle laissait deviner, au-delà de sa façade trop simple et de sa robuste charpente, un intérieur chaleureux et accueillant. Il émanait de son allure quelque chose de rassurant, une force tranquille, une sérénité inébranlable.

L'avocat pénétra dans le vestibule, où il se débarrassa rapidement de sa casaque humide, puis passa, par la porte entrouverte, dans la salle du rez-de-chaussée.

Bien qu'elle n'offrît aucun luxe, la pièce paraissait confortable. Un feu était allumé dans l'âtre d'une grande cheminée composée d'un haut manteau, simple châssis de chêne recouvert de plâtre et dépouillé de tout relief. Les planchers étaient bons et le mobilier de qualité. Près de la cheminée, se trouvaient un écran et un escabeau ; au milieu de la salle, une table carrée à quatre pieds tournés, entourée de six sièges recouverts de cuir de bœuf ; dans un recoin, deux caquetoires, l'un de tapisserie à gros points, l'autre, plus riche, garni de brocart ; contre l'un des murs, une grande armoire à deux guichets, montée sur un tiroir et un très beau coffre en noyer blond, incrusté de bois clair, dont la base renflée était sculptée de coquilles et de feuilles d'acanthe ; et un peu partout, disposés sur des étagères ou à même le sol, des dizaines de livres.

Le regard de l'avocat se posa un instant sur le jeune homme qui se tenait près de la fenêtre et ne semblait pas l'avoir entendu entrer.

Gaultier des Périers, son nouveau stagiaire, était assis à une petite table, le menton nonchalamment appuyé dans sa paume gauche, l'air profondément songeur. Melchior Percheval vit qu'il était en train de tracer, sur le dessus de la table, d'une main lente, de petits cercles imaginaires.

L'avant-bras du garçon, qu'aucun poil ni duvet ne venait assombrir, l'attache délicate de son poignet, ses ongles soignés, presque nacrés, ses longues boucles blondes qui tombaient en cascades sur sa nuque l'eussent fait ressembler à une fille s'il n'avait eu le dos et les épaules larges d'un homme de vingt ans. Gaultier était assurément ce qu'on nomme un joli garçon et présentait toutes les qualités requises pour plaire aux bachelettes de son âge. Mais ses manières efféminées et sa molle apparence ne laissaient, cependant, aucun doute sur sa nature et ses préférences.

– As-tu terminé tes écritures ? demanda Percheval.

Il se pencha vers lui et l'arracha brusquement à ses rêveries.

Le jeune homme se redressa vivement et son visage se nuança, au niveau des pommettes, d'un rose tendre.

– Non, maître, s'excusa-t-il d'un air contrit. Mais j'aurai fini avant ce soir.

– Il le faut, répondit calmement Percheval en s'éloignant vers la cheminée.

Il ramena délicatement le garde-feu pour récupérer la chaleur des flammes. Après s'être assuré que les grosses bûches reposaient correctement sur les chenets et qu'elles ne risquaient pas de venir rouler sur le sol, il revint vers Gaultier.

– Je compte m'absenter quelque temps, annonça-t-il. Je quitte Metz demain matin.

Le jeune stagiaire leva vers lui un regard surpris.

– Vous partez, maître ? Mais pour combien de temps ?

– Je ne saurais le dire, car je n'en ai aucune idée.

– Et quel est l'objet de ce voyage ? Encore un procès ?

– J'espère bien que non. Mais je t'en dirai plus à mon retour.

– À vrai dire, continua Gaultier en se tortillant sur son fauteuil, je suis bien peu informé de vos affaires. Est-ce bien raisonnable de m'en laisser la direction ?

– Rassure-toi, ce n'est pas ce à quoi je songeais, répondit l'avocat. Je te donne congé, mon garçon, le temps que durera mon absence. Tu vas pouvoir vaquer à tes propres affaires...et tu auras ainsi tout le temps d'étudier...

– Oh, mais je ne fais que cela, maître ! se défendit Gaultier.

– Ah oui ? Alors peut-être es-tu en mesure, aujourd'hui, de me commenter cet adage : « *Res judicate pro veritate habetur* »...

Gaultier des Périers se redressa sur sa chaise.

– Cela signifie que la décision d'un juge est réputée vraie et définitive, répondit-il sans paraître nullement embarrassé par la question.

– Soit, fit Percheval. Alors imaginons une affaire qui soit parfaitement identique, dans sa forme, à une autre qui, elle, a été jugée antérieurement. La décision prononcée la première fois devrait donc, d'après toi, servir de précédent ?

– Non maître. La nature est la même, la cause est la même, mais l'affaire, malgré tout, est autre. Donc, le juge est en droit de statuer différemment.

– Sur quel principe ?

– Sur le principe que les cours sont libres de modifier, quand elles le jugent à propos, la justice. Au législateur de faire les lois, au juge de les interpréter.

– Cela est vrai, confirma Melchior Percheval, mais en partie seulement. Car tu oublies que les parlements, qui sont des cours supérieures, peuvent rendre des arrêts de règlement portant sur certains points de droit et que ces arrêts-là sont universels. Un juge du parlement peut adopter une doctrine sur une question particulière et la faire prévaloir comme jurisprudence.

Le jeune homme s'affaissa dans son siège.

– Mais comment pourrais-je connaître tous ces arrêts, maître ? demanda-t-il en s'affolant. Nous ne les apprenons pas à l'université…

– Je ne le sais que trop bien, répondit aimablement Percheval. La science des lois, telle que nous l'enseigne la faculté, ne suffit pas à elle seule à faire un bon avocat. C'est la raison pour laquelle tu es ici et que j'ai à t'instruire, grâce à mon expérience, de beaucoup de choses. Car tu es comme j'étais à ton âge : savant en matière de droit mais parfaitement ignorant des subtilités et des inextricables complexités de notre justice.

– Il y a là-dedans trop de brouillamini, se désola Gaultier.

– Ce n'est certes pas moi qui vais te contredire, mon garçon, approuva de nouveau Percheval.

Gaultier des Périers venait d'obtenir sa licence en droit civil, mais avant d'accéder au titre d'avocat et d'affronter la barre, le jeune aspirant devait, durant deux années, accomplir un stage chez un avocat établi. C'est dans le cabinet de Melchior Percheval que le *novus advocatus* avait choisi d'apprendre son métier avant de pouvoir véritablement exercer son ministère.

– Mais laissons la théorie, mon jeune ami, soupira Percheval, et cessons de nous alambiquer. Nous avons mieux à faire pour ce soir : il me reste quelques lettres à écrire. Je souhaite mettre un peu d'ordre dans mes affaires avant mon départ.

Gaultier ouvrit le tiroir de la table bureau et en sortit plusieurs feuilles. Puis il trempa, non sans une certaine affectation, sa plume d'oie dans l'encrier.

– Le premier billet sera adressé à cette brodeuse, madame Daurignac, annonça Percheval. La dame souhaite faire de nouveau appel du jugement rendu par la cour. Informe-la qu'elle devra obtenir une lettre de la chancelerie.

– Oui maître.

Percheval se pencha par-dessus l'épaule de son stagiaire et admira les lignes qu'il venait de tracer d'une main habile et soigneuse.

– À messieurs Barras et Camilles, poursuivit-il. Écris à ces messieurs que le juge a conclu, ce matin, à un appointement à mettre : la sentence sera donc prononcée après délibéré, à la prochaine audience. Nous leur ferons parvenir copie du jugement dès que le greffe nous l'aura transmise.

Il s'interrompit et réfléchit quelques secondes.

– Envoie également une missive à monsieur Bonnier, l'orfèvre de la rue des Tournelles. Félicite-le du succès de son affaire et profites-en pour lui rappeler qu'il n'a pas réglé mes honoraires...

– Vos honoraires ? répéta Gaultier, surpris. Cela n'est-il point interdit ?

– En principe, mais je ne puis faire autrement. Si je ne réclame pas mon dû, la plupart de mes clients oublient de me payer, une fois leur cause entendue.

– Oh... fit le jeune homme en fronçant ses sourcils blonds.

– Voilà encore une chose que tu ignorais et qu'il est bon que tu saches, mon garçon. Pourtant, c'est un fait connu de tous : nous autres, avocats et procureurs, devrions travailler gratuitement alors que les juges se goinfrent des épices qu'ils extorquent aux plaignants... Bien, reprenons.

De nouveau, la plume d'oie se mit à courir sur le papier.

– Lettre à monsieur d'Henrichemont. Qu'il passe à mon cabinet afin que nous préparions la présentation de sa défense. Je souhaiterais qu'il me donne quelques éléments d'information concernant son affaire de tutelle. Ils me seront utiles pour compléter ma plaidoirie.

– Cela sera fait, maître.

– Quant à monsieur Clément, poursuivit Percheval, je lui déconseille d'aller en justice, bien évidement. L'affaire est douteuse. Qu'il trouve un arrangement à l'amiable avec la partie adverse, cela vaudra mieux que d'entamer un procès qui, faute de lui rapporter quelques gains comme il semble l'espérer, risque au contraire d'entraîner sa ruine.

– Et s'il insiste ?

– Qu'il se trouve un autre avocat, lâcha Percheval avec un mouvement d'humeur qui ne lui était pas coutumier. Ce n'est pas ce qui manque dans cette ville.

Puis il marqua de nouveau une courte pause, afin de laisser à Gaultier le temps de noter ses dernières instructions.

Mais celui-ci interrompit son geste et, la plume en l'air, afficha un air navré :

– Maître, c'est la cinquième affaire que vous refusez cette semaine…

– Ne t'inquiète point, soupira Melchior Percheval. Ce ne sont pas les plaignants qui manquent. De nos jours, les gens ont la passion des brigues et des procès. Tout le monde assigne tout le monde et sous n'importe quel prétexte. Vois-tu, mon garçon, notre monde est assez bien fait dans sa laideur : il y aura toujours des maladies pour engraisser les médecins et des chicanes pour faire vivre les avocats.

En disant cela, il avait fait quelques pas en direction de la fenêtre pour regarder dehors. Mais ses yeux s'étaient perdus dans le lointain, au-delà de la rue et de la vie qui l'animait.

Il paraissait avoir vieilli ces dernières semaines. Son visage avait un peu maigri et les petites mèches grises qui couraient le long de ses tempes s'étaient élargies. Il resta un moment silencieux, comme plongé dans des pensées secrètes. Puis, il se tourna vers Gaultier et l'interrogea d'un air soucieux :

– As-tu trouvé ce que je t'avais demandé ? les livres ?

– Oui, oui, maître, s'empressa de répondre le jeune homme en plongeant la main dans le sac de toile à ses pieds.

Il en ressortit deux ouvrages, l'un d'une facture assez médiocre, fait de parchemin souple et de basane, l'autre, beaucoup plus beau, recouvert de maroquin.

– Les voici : *La Démonomanie des sorciers* de M. Bodin et la traduction de Hans Weyer, *Les Illusions des démons*. C'est bien ce que vous vouliez ?

– Parfait, murmura Percheval en caressant les reliures. Ces livres me seront peut être utiles, là où je vais.

– Et où allez-vous donc, Maître ? se permit Gaultier.

Le visage de l'avocat se durcit, prit une expression étrange.

– Je vais à Malzieu.

– Je ne connais aucune ville de ce nom.

– Ce n'est pas une ville, mon garçon, c'est un village. Un petit bourg des Ardennes, perdu entre Mézières et Rethel.

– Mézières ! Mais cela est fort loin ! Vous y êtes-vous déjà rendu ?

L'avocat hésita avant de répondre.

– Il y a fort longtemps, dit-il d'une voix basse.

Gaultier des Périers, poussé par la curiosité, le questionna de nouveau. Melchior Percheval ne s'éloignait jamais du pays de Metz, ni à plus de dix lieues de son domicile. Il n'avait aucune raison d'aller se perdre dans un coin de campagne si reculé.

– Ce que je vais y faire ? répéta lentement l'avocat. Je ne suis même pas sûr de le savoir moi-même.

– Est-ce pour y rencontrer un plaignant ?

Le regard de nouveau fixe, Percheval semblait méditer. Puis, revenant à la réalité, il secoua la tête.

– Non pas, fit-il avec une grimace de contrariété. Je dois me rendre à Malzieu pour y voir le Diable.

IV

Comment Jehan Estienne perdit la foi

Neuf heures sonnaient à l'église Saint-Clément lorsque Melchior Percheval se rendit chez le médecin de la rue des Fauvettes.

Un portier lui annonça que Jehan Estienne était en consultation et le pria aimablement de patienter dans la pièce du rez-de-chaussée. L'avocat fut alors introduit dans une chambre contiguë au vestibule, qui servait de salle d'attente. L'endroit, chaleureux, était meublé d'un grand tapis madré et de quelques chaires confortables, pourvues de sièges et de dossiers garnis. Mais les patients d'Estienne avaient rarement l'occasion de s'y trouver, ce dernier rechignant généralement à recevoir trop de visites à son domicile. La plupart du temps, le praticien établissait ses diagnostics par correspondance, après avoir adressé un questionnaire à ses malades.

Ce matin-là, pourtant, une femme corpulente vêtue d'une robe noire attendait dans la salle, installée sur un placet. La largeur de son séant, ajouté à l'épaisseur de ses jupes superposées l'empêchaient manifestement de s'asseoir entre les accotoirs des fauteuils et l'avait obligée à choisir le tabouret. À côté d'elle se tenait un petit homme falot, drapé dans une casaque bleu foncé. Les rares mèches de cheveux blancs qui flânaient encore sur son crâne dégarni lui donnaient entre quarante et cinquante ans. Quant à la femme, son visage envahi par la graisse n'indiquait plus d'âge.

Melchior Percheval et les deux visiteurs eurent à peine le temps d'échanger un regard que déjà la porte du cabinet s'ouvrait. Jehan Estienne passa la tête par le chambranle :

– Monsieur et madame Bourgueville ?

La grosse dame se leva lentement et entra dans la pièce attenante, suivie par celui que Percheval devina être son époux.

– Les urines, madame, demanda le médecin à sa patiente lorsqu'il eut refermé la porte derrière elle.

Mme Bourgueville sortit de son réticule un petit urinal transparent qu'elle lui tendit.

– Celles du matin ?

– Je les ai recueillies au réveil, comme vous me l'aviez conseillé dans votre lettre, répondit-elle.

À l'instar de ses confrères, Jehan Estienne ne touchait ni ne palpait jamais ses patients. Il répugnait à cette pratique manuelle qui n'appartenait qu'aux chirurgiens ou aux barbiers, et dont il pensait, de toute façon, qu'elle ne révélait pas grand-chose sur l'origine de la maladie. Tout au plus prenait-il le pouls de ses malades sur l'artère du bras afin d'en discerner la défaillance ou la faiblesse. Il s'attachait surtout à l'inspection des selles, du sang et des expectorations. L'examen des urines, en particulier, retenait toute son attention, et il en appréciait les caractéristiques en s'appuyant sur des traités d'uroscopie.

Estienne agita le récipient puis l'éleva à la hauteur de ses yeux pour en observer le contenu. Ayant jugé que la couleur du liquide et la consistance de l'hypostase ne traduisaient aucun état grave, il le posa sur une table.

– Souffrez-vous toujours de vertiges et de suffocations ?

– Plus que jamais.

– Et la fatigue ? A-t-elle persisté ?

– Je ne puis plus bouger sans manquer de m'étouffer ou de défaillir, se plaignit la grosse femme.

– Et les maux de ventre ?

– La salsepareille et l'anis ne les soulagent qu'à peine.

– Cela se comprend, madame. La racine de salsepareille est diurétique et l'anis vert favorise l'expulsion des vents ; mais ni l'un ni l'autre n'ont d'effet sur la digestion. Je vais vous prescrire un remède à base de graines d'angélique et de racine de belladone pour calmer promptement les douleurs. L'apothicaire de la rue des Marches vous composera la préparation. S'il en a, demandez lui également d'y ajouter de l'écorce de cannelle. Les crises surviennent-elles avant ou après les repas ?

– Après les repas, souffla madame Bourgueville.

– Le matin ou le soir ?

– Le soir, mais parfois l'après-midi.

– Alors il faut dîner et souper plus sobrement, madame, lui conseilla le médecin. Évitez désormais les ragoûts, les pâtés, les fromages, les bouillons gras mais aussi les œufs qui dilatent l'estomac et les salades qui se décomposent trop rapidement et se putréfient. Renoncez également aux viandes rouges et épaisses et surtout au gibier. Les maux dont vous souffrez sont causés par des vapeurs corrompues. Ces vapeurs elles-mêmes proviennent de digestions incomplètes et de nourritures excessives.

Madame Bourgueville laissa échapper un petit gémissement de déception et tourna vers son mari sa figure mafflue et décomposée.

– Préférez la viande des oiseaux, ajouta Jehan Estienne. Celle-ci est moins chargée en humidités et en viscosités, et donc plus légère.

– Hier soir, coupa un peu sèchement le mari, nous avons soupé d'un chapon rôti et pourtant Madame Bourgueville ne l'a pas digéré.

Estienne répondit à son tour par un mouvement d'épaules un peu hautain.

– Ai-je dit de la volaille ? J'ai dit des oiseaux, monsieur. Si les poulets et les pintades ne volent pas, cela prouve bien que leur chair est trop lourde. A-t-on déjà vu une grosse dinde prendre son envol et fendre les airs ?

Tout en disant cela, il avait pris la gravité et la majesté solennelle d'un docteur-régent en robe longue et bonnet carré en train de commenter un chapitre d' Hippocrate.

Le petit homme dégarni en resta sans voix.

– Quant au vin, reprit Jehan Estienne, je l'autorise, mais avec modération et sans sucre ni miel, évidemment. Et à condition d'en boire à jeun.

– Mais… mais pourquoi ce régime ? demanda Bourgueville avec irritation. À madame Hébert, qui est venue en consultation au mois de juillet, vous avez conseillé de manger tant qu'elle le voulait.

– Madame Hébert présente un tempérament froid et humide, coupa le médecin. Et je l'ai vue en été, qui est une saison de qualité chaude et sèche. Dans son cas, qui est parfaitement contraire à celui de madame votre épouse, il convenait donc d'éviter les régimes et les épurements inconsidérés et de maintenir une répartition équitable entre les humeurs.

– Tout cela est bien savant, rétorqua Bourgueville en reprenant son air contrarié, mais ma femme n'est point venue pour s'entendre dire qu'elle devait faire diète et mourir de faim. Ne pouvez-vous tout simplement lui faire une saignée ? Le docteur Montéhus, que nous avions l'habitude de consulter avant son décès, lui faisait toujours une saignée… Et je puis vous assurer que son état s'en trouvait aussitôt considérablement amélioré.

– Combien de fois avez-vous été saignée cette année, madame ? interrogea Estienne.

– Dix fois… Peut-être douze.

– Eh bien, ne cherchez plus les raisons de votre embonpoint, ricana le médecin. Un surcroît de sécrétions, en compensation, est venu remplacer la fuite trop abondante de sang.

– Donc, plus de saignée ? fit la grosse femme dépitée.

– Plus de saignée. Mais nous n'allons pas cesser d'évacuer les humeurs pour autant. Désormais, il faudra vous purger par la bouche et par le bas.

Mme Bourgueville dévoila un objet qu'elle avait tenu jusque-là fermement caché entre ses doigts boudinés. Elle le tendit à Jehan Estienne. Celui-ci examina le petit fragment d'émeraude pendant au bout d'une chaîne d'argent.

– On m'a offert ce bijou, déclara fièrement la dame. Est-il vrai que, placé sur l'estomac, il conforte la digestion ?

Le médecin eut une moue franchement dédaigneuse :

– Balivernes, lâcha-t-il. Il n'y a aucune vertu secrète dans les pierres précieuses, qu'on les porte sur soi ou que l'on en use sous forme de poudre. Pas plus qu'il n'y en a dans les perles, les limures d'ivoire ou les liqueurs d'or. Tout cela n'est que fable de charlatan, madame.

Puis, il ajouta, avec ironie :

– Des attrapettes pour les petits enfants. Vous pourriez tout aussi bien aller baiser les reliques de saint Chose ou de sainte Nitouche, vous n'en ressentiriez pas plus les effets.

M. Bourgueville s'offusqua de la remarque. Un afflux subit de sang empourpra ses tempes nues et son crâne chauve.

– Il se trouve, monsieur, rétorqua-t-il, que nous croyons, nous, aux guérisons miraculeuses quand elles sont dues à l'intercession des saints.

– C'est votre droit, concéda Estienne en soupirant. Moi je ne crois qu'à la science des hommes de l'art[1] et des apothicaires.

Puis, ne pouvant résister au plaisir de brocarder Bourgueville par un nouveau sarcasme :

– Tout le reste, qu'il s'agisse de joyaux ou de charognes magiques, n'est que superstitions.

M. et Mme Bourgueville échangèrent un regard consterné.

– Les prières que l'on adresse à Dieu ou à ses saints pour notre soulagement n'ont rien de superstitieux ! Le docteur Montéhus lui-même faisait dire des messes pour le rétablissement de ses malades.

– Je le sais, ricana de nouveau Estienne. Je sais aussi qu'il prenait vingt sols la messe... Et que celles-ci, si tant est qu'elles aient été vraiment dites, n'ont jamais guéri personne.

– Ainsi, ce que l'on raconte sur vous serait donc vrai ? On dit que vous passez votre temps à vous moquer de la religion et qu'on ne vous voit jamais à l'église.

– On a raison. Je ne mets jamais les pieds dans les lieux humides, car cela provoque chez moi des flux de poitrine forts tenaces.

1. Les médecins.

– Et la Bible ? Est-il vrai que vous ne l'avez jamais lue ? demanda à son tour Mme Bourgueville, choquée.

Jehan Estienne prit un air vexé :

– Mais bien sûr, madame, que j'ai lu cet amusoire à niais.

– Mesurez vos paroles ! l'avertit Bourgueville, tandis que son énorme épouse s'accrochait à son bras maigrelet. Tout médecin que vous êtes, cela ne vous donne pas le droit de railler les Saintes Écritures !

Le médecin regarda le couple avec un sourire mi-espiègle, mi-dégoûté. Il se demanda un instant qui, de l'homme ou de la femme, allait s'évanouir le premier.

– Et qui m'en empêcherait ? demanda-t-il, goguenard. Il n'y a que les cocards et les niquedouilles pour croire aux fables de ce livre, des historiettes aussi puériles que ridicules.

– Alors, cela est vrai ? vous êtes un…

Le mot ne semblait pas vouloir franchir le seuil de cette bouche profondément dévote. Le petit bonhomme dut se racler la gorge pour sortir enfin l'épithète le plus infâme qu'il eût jamais prononcé :

– Un athée ! lâcha-t-il, mortifié.

– Un athée, reprit Estienne tranquillement, peut-être… Un sceptique, un libre-penseur, sûrement. Mais qu'importe le mot, monsieur, choisissez celui qui vous convient. Pour ma part, je me définis comme un homme qui ne croit et n'admet que l'autorité de la raison.

– La raison ! siffla Bourgueville. Voilà bien un grand mot ! Il y a beaucoup de libertins, comme vous, dans notre ville, qui raisonnent aussi et qui empoisonnent l'air que nous respirons !

– Ah oui ? Eh bien, je m'en félicite.

M. Bourgueville remonta aussitôt à la charge :

– Est-il vrai que vous vous vantez de posséder dans votre bibliothèque de nombreux ouvrages impies, en particulier ceux de Vanini ? Je vous rappelle que ce moine vicieux a été condamné à mort pour ses écrits abjects…

– Qu'insinuez-vous, monsieur ? Que non content d'assassiner ceux qui écrivent de bons livres, il faudrait aussi exécuter ceux qui les lisent ?

En posant cette question, Jehan Estienne avait plissé les yeux d'un air farouche et ceux-ci n'étaient plus que deux fentes dans sa figure grêlée.

Mme Bourgueville lâcha le bras de son mari pour s'appuyer au fauteuil, lequel lui sembla certainement plus solide au cas où elle viendrait à défaillir.

– Ce Vanini, continua M. Bourgueville d'un ton plus adouci, prétend que le premier homme est né de la semence d'un singe et d'une guenon. Il affirme qu'il marchait à quatre pattes, comme une bête. N'est-ce pas là une grande absurdité ?

– Et vous, monsieur, croyez-vous qu'en quarante jours il puisse tomber assez de pluie pour recouvrir les plus hautes montagnes de la Terre ? Ou que l'eau puisse se transformer en vin ? Ou qu'un homme puisse rester enfermé trois jours dans le ventre d'un poisson et en ressortir vivant ? Ou encore que l'on soit capable de marcher sur la mer sans couler ? Tout cela est impossible au vu des lois de la nature.

– Mais que pensez-vous de l'âme ? se risqua à demander Mme Bourgueville. Car vous croyez bien à l'âme tout de même ?

– Le médecin pense que l'âme n'est qu'une complexion du corps. Un mélange de sang, d'humeur et de fluides divers.

– Seigneur ! Et le Paradis alors ?

Estienne lui tendit l'urinal.

– Connaissez-vous quelqu'un qui en soit revenu, madame ? dit-il en haussant les épaules. S'il vous plaisait de me présenter une personne qui soit descendue du Ciel pour me dire ce qu'elle en a vu, je serais bien aise de la rencontrer…

La grosse femme semblait à présent au bord de l'évanouissement. Estienne jugea qu'il serait fâcheux qu'elle soit prise d'un malaise dans son cabinet et décida donc de mettre un terme à la consultation.

– Je crains que cette petite causerie n'ait quelque peu remué votre bile, annonça-t-il avec un très grand sérieux et en affichant tout à coup une mine grave et compassée. Il faut vite aller vous coucher, madame, afin de ne pas contraindre l'évaporation des brumes et des buées qui vont résulter de cette agitation.

***

– La peste soit de ces bigots ! s'emporta le médecin dès que la porte se fut refermée sur les Bourgueville.

Il avança vers Percheval et lui serra vigoureusement la main. Les deux hommes se connaissaient depuis plus de vingt ans et leurs rapports, sans être vraiment familiers, avaient cependant toujours été des plus cordiaux et des plus chaleureux.

– Qu'est-ce qui vous amène, mon ami ? demanda Estienne en invitant l'avocat à entrer dans son cabinet.

– Je viens quérir votre aide.

– L'aide du médecin ?

– Oui, fit Percheval. Bien que je ne sois pas le malade, s'empressa-t-il d'ajouter aussitôt. Je souhaiterais que vous rencontriez une femme.

Estienne lui adressa un coup d'œil goguenard :

– Une dame ?

– Une paysanne.

– Allons donc !

Le médecin se laissa tomber dans un fauteuil à bras. Puis, avec un petit mouvement de tête, incita l'avocat à poursuivre.

– Il s'agit d'une femme qui se prétend possédée du démon, continua Percheval. J'aimerais que vous me donniez votre avis sur les phénomènes extraordinaires qui accompagnent les crises dont elle fait démonstration.

– Quels phénomènes ? interrogea Estienne. Je suppose que la bougresse saute en l'air et rue comme une vieille chèvre ? La belle nouveauté que voilà ! Qu'aurais-je à dire de ces pitreries ? Ce n'est pas la première convulsionnaire qui fait profession de grimaces et ce ne sera sans doute pas la dernière…

Il leva les yeux avant d'ajouter :

– Tant qu'il y aura des simples d'esprit pour venir admirer ses pirouettes.

Percheval n'ajouta rien. Jehan était ainsi : généralement, les sarcasmes et les anathèmes fusaient sans qu'il ait le temps de s'en apercevoir. Et, bien que ses remarques fussent parfois déplacées ou ses jugements excessifs, l'avocat ne connaissait que trop bien la cause de ces emportements pour lui en tenir rigueur.

Jusqu'à l'âge de vingt-cinq ans, la vie avait accordé toutes ses faveurs à Estienne : une enfance radieuse, entre les potions, les électuaires et les emplâtres d'un père apothicaire, des études de médecine jalonnées de succès faciles à la prestigieuse faculté de Paris, puis au collège et au jardin du roi, un mariage heureux et, enfin, un beau garçon de neuf livres, qui lui était venu en accomplissement parfait de sa réussite.

Mais, en 1638, une terrible épidémie de variole avait brutalement mis fin à cette bonne fortune.

Le grand fleuve de pestilence décima, dans l'est du royaume, en deux mois seulement, vingt fois plus de personnes qu'il en mourait habituellement. Estienne vit le fléau de la petite vérole emporter en trois jours sa jeune épouse et leur nouveau-né. La maladie ne l'épargna pas non plus. Si elle ne lui fut pas fatale, elle le marqua cruellement dans sa chair : son visage se couvrit de pustules affreuses qui épaissirent sa peau et finirent par y laisser, en guise de cicatrices, comme un éternel rappel de son malheur, des milliers de petits trous.

Après l'épreuve qui lui fut infligée, contrairement à d'autres, Estienne ne se retira pas dans une dévotion plus ardente. Il ne vit, dans son malheur, aucun avertissement salutaire destiné à le purifier et à perfectionner sa vertu, et n'en aima pas Dieu davantage. Pas plus qu'il n'accabla de reproches la divine Providence. Il cessa simplement et définitivement de croire en son existence.

Percheval s'installa sur un siège, au côté du médecin et prit un visage grave.

– On prétend que cette possédée s'agite de la manière la plus étrange qui soit, dit-il, et qu'elle se frappe avec une violence extrême, sans paraître sentir les coups qu'elle se donne.

– J'en ai vu grimper aux arbres la tête en bas et croyez-moi, ce n'était pas l'œuvre du Diable, répondit Estienne en soupirant. Le Diable ! De toutes les superstitions, celle-ci m'est assurément la plus odieuse ! Oui, c'est bien la plus ridicule des chimères inventées par l'homme et, surtout, la plus dangereuse.

Percheval observa un silence approbatif.

– C'est la raison pour laquelle j'ai grand besoin de vous, Jehan. J'aimerais que vous examiniez cette paysanne. Il me faut l'avis d'un homme de l'art expérimenté.

– En quoi cette affaire vous intéresse-t-elle ? Connaissez-vous seulement cette possédée ?

– Non, pour être franc, je ne l'ai jamais vue. Et je dois aussi vous avouer que le cas de cette femme ne me préoccupe guère. En fait, j'aimerais venir en aide à l'homme qu'elle accuse de l'avoir envoûtée.

– La possession serait donc l'œuvre d'un sorcier ?

– C'est ce que cette veuve affirme. Elle accuse également ledit sorcier d'avoir empoisonné son époux.

– Où en est l'affaire ?

– D'après ce que j'en sais, le prêtre de la paroisse, un certain père Jérôme, a d'abord saisi la prévôté, mais celle-ci a refusé de procéder. Le juge Aymard de Rouert n'est pas convaincu qu'il faille poursuivre.

– Voilà un bon prévôt, et qui n'a point trop l'esprit brouillé, fit Estienne en étirant ses jambes. Il est bastant de voir tous ces petits curés qui n'ont que Satan à la bouche… Il est grand temps que les gens de justice cessent de les imiter.

– Il aurait été préférable, pourtant, que le prévôt se charge de l'affaire, se désola Percheval. À présent, la plainte a été transmise au bailliage de Sedan et portée à la connaissance du lieutenant criminel, un dénommé Pierre Bossuat. Et il semble que celui-ci soit bien décidé à entamer une instruction.

Estienne leva un sourcil interrogateur.

– Que savez-vous de la soi-disant possédée ? Et du fameux sorcier ?

– La femme est veuve, comme je vous l'ai dit. J'ignore tout la concernant, si ce n'est qu'elle s'appelle Reyne Inguélaère et qu'elle vit avec ses enfants et sa mère dans une ferme proche de Malzieu, un petit village des Ardennes. Quant à celui qu'elle prétend sorcier, je n'en sais pas davantage. Il se nomme Mathias Vigneules, il a épousé la sœur de cette Reyne Inguélaère. On le dit honnête garçon.

– Qui donc vous a parlé de cette affaire ? Et d'où tenez-vous toutes ces informations ?

Melchior Percheval parut embarrassé par la question et marqua une hésitation.

– J'ai reçu une missive il y a quelques jours, répondit-il en détournant le regard. On me demandait d'apporter mon secours à ce pauvre homme. Je n'en sais pas davantage.

– On ?

– La lettre n'était pas signée.

– Mais pourquoi ce « on » s'est-il adressé à vous ?

– Je l'ignore.

– Diantre ! En voilà une histoire ! s'exclama Estienne en se levant. Tout cela est trop confus pour moi ! Si vous me le permettez, laissez-moi vous donner un conseil : oubliez promptement ces billevesées, mon ami.

L'avocat imita son hôte et se redressa à son tour, bien qu'il n'eût aucune intention de quitter les lieux.

– Je ne le puis, Jehan, persista-t-il. Et j'espère pouvoir compter sur votre soutien.

Le médecin laissa échapper un soupir mais réserva sa réponse.

– Vraiment, dit-il, je doute que l'entreprise soit bien utile. Quelle aide pouvez-vous donc apporter à ce maraud, Melchior ? Je ne m'y connais guère en matière de justice, je sais cependant que les procès pour sorcellerie sont conduits en secret et que l'accusé n'a pas le droit à un avocat [1].

– Si le procès devait être réglé à l'extraordinaire, je ne pourrais, en effet, intervenir en tant que défenseur dans cette affaire. Mais pour l'instant il n'y a pas de procès. Et si cela devait être le cas, j'espère qu'il me serait néanmoins possible d'assister de mon conseil ce Vigneules, de façon officieuse, comme s'il était un parent.

Estienne le considéra avec étonnement.

---

1. Disposition de l'ordonnance de Villers-Cotterêts de 1539, toujours en vigueur au XVIIe siècle.

– Je ne sais pas où vous mettez les pieds. Avez-vous bien réfléchi ? Quelle idée ! Qu'avez-vous à gagner à vous mêler de cette noise ?

– La cause m'importe parce que je la crois juste. J'entends prouver que ce pauvre homme n'est pas un sorcier.

– Charité bien ordonnée commence par soi-même, Melchior, lui conseilla le médecin. Pensez aux dangers qu'il pourrait y avoir à prendre partie dans un tel procès. Ce genre d'affaire, convenez-en, pue le soufre et les fagots.

– Je vous le répète, la cause m'émeut. Je suis arrivé à un âge où l'on se bat moins pour la gloire ou la fortune que pour la satisfaction que l'on retire à faire triompher l'innocence.

Jehan Estienne l'observa de nouveau silencieusement et eut le sentiment qu'il lui cachait les vraies motivations de son engagement.

– En quoi puis-je vous être utile, exactement ?

– J'espère pouvoir démontrer, grâce à votre concours, que cette affaire de possession n'est qu'une duperie et que cette veuve Inguélaère ment. Si j'y parviens, les poursuites contre Mathias Vigneules pourraient bien être abandonnées. Car si nous apportons la preuve qu'il n'y a pas d'infection démoniaque, nous montrerons, de fait, qu'il n'y a pas crime de sorcellerie. Acceptez-vous de m'aider ?

La détermination de Percheval eut raison des dernières réticences du médecin :

– Cette affaire semble vous importer. J'aurais donc mauvais cœur à vous refuser mes services. La loi m'autorise-t-elle à intervenir ?

– Si le procès était en cours, seul le lieutenant criminel serait autorisé, au cas où il en éprouverait quelque nécessité, à désigner le médecin juré afin de confirmer ou d'infirmer la possession. Mais pour le moment, nous n'en sommes qu'au récolement du témoignage de la veuve. Et rien ne prouve qu'il y eut effectivement crime d'empoisonnement ou même d'envoûtement. À cette étape de la procédure, nous pouvons donc nous rendre à Malzieu afin d'assister à l'examen de la possédée, sans qu'il nous en soit fait reproche.

Un léger sourire fendit le visage vérolé de Jehan Estienne.

– Fort bien. Quand partons-nous ?

– Cet après-midi vous conviendrait-il ?

– Diantre ! s'exclama le médecin, un peu refroidi tout à coup. Si tôt ?

– J'ai appris que l'examen aurait lieu après-demain en l'église de Malzieu. Il nous faut une bonne journée de chevauchée pour nous rendre là-bas. Nous pourrons passer la nuit à Mézières, il s'y trouve une auberge d'excellente réputation.

Estienne hocha la tête d'un air convaincu.

– Dans ce cas, dit-il en levant les bras en signe de capitulation, je vais préparer mon bagage. Nous ne saurions faire attendre le prince des Ténèbres plus longtemps, n'est-ce pas ?

Puis, se retournant avec une mine soudain réjouie :

– Finalement, je ne vous en veux point trop de m'avoir persuadé. Je crois même que nous allons bien nous amuser à faire tomber le masque de ce vilain Satan qui terrorise le monde. Oh... Et avec un peu de chance, qui sait, peut-être parviendrons-nous aussi à entraîner Dieu dans sa chute ?

Melchior Percheval lui posa la main sur l'épaule, lui jeta un coup d'œil embarrassé et l'entraîna vers la porte.

– Jehan, je connais vos idées en matière de religion, dit-il en prenant une voix basse comme s'il craignait d'être entendu, et même si je ne les partage pas, je ne les condamne point non plus. Mais là où nous allons, il vous faudra faire montre d'un peu plus de prudence. Je vous le dis en confidence et pour votre sauvegarde : faire profession d'incroyance dans une affaire de possession et de sorcellerie peut vous valoir de sérieux ennuis. À Malzieu, nous ne serons pas, hélas, entre esprits éclairés. Le lieutenant criminel que j'ai mentionné tout à l'heure, Pierre Bossuat, a acquis la réputation d'être un triste sire, particulièrement versé en démonologie.

– Maudite engeance que ces petits juges pétris de superstitions ! grogna Estienne. Ventrebieu ! Ils sont pires que les curés ! Stupide et insupportable race d'hommes !

– C'est pourquoi, poursuivit Percheval, il vous faudra prendre maintes précautions et être particulièrement avisé dans vos déclarations, mon ami.

Estienne fronça les sourcils.

– Je ne vous entends pas. Vous attendez de moi que je démontre la supercherie de cette possession, or vous savez que le doute, pour ce genre de dévot, est le commencement de l'athéisme, le chemin qui mène tout droit à l'hérésie. Alors, dites-moi, Melchior, comment faire état de mon scepticisme sans qu'il me soit reproché de tenir des propos impies et sans encourir les foudres de votre méchant magistrat ?

– Vous devrez vous contenter de raisonner en homme de l'art et vous attacher uniquement à démontrer que les manifestations de l'énergumène n'ont rien à voir avec une infection démoniaque. En aucun cas il ne faudra douter des choses que l'Église accepte pour saintes et qu'elle prêche. Vous ne devrez jamais tenir les propos que vous venez de me servir à l'instant et surtout pas devant Pierre Bossuat.

Estienne haussa les épaules, mais lui fit une réponse complaisante :

– Allons, n'ayez crainte, je tournerai sept fois ma langue de mécréant avant de prononcer un seul mot qui puisse désagréer votre odieux petit juge.

Percheval ne parut pas convaincu par cette promesse.

– Ne prenez pas cet air soucieux, Melchior. Je jure de ne rien faire, ni de ne rien dire, qui pourrait nous mettre en fâcheuse situation.

Puis, sur un ton des plus badins, il précisa :

– Je ne suis point assez fou pour vouloir finir rôti sur un bûcher.

V

Quand le Diable paraît

12 février.

Melchior Percheval et Jehan Estienne arrivèrent à Malzieu dans la matinée. C'était une de ces rudes journées d'hiver où l'air est si glacial qu'il semble n'être qu'une grande bouche emplie de dents, une bouche terrible qui, entre chaque morsure, exhale une haleine à geler l'enfant dans le ventre de sa mère. Les arbres nus, les misérables chaumières, tout, jusqu'au chemin défoncé, tout était couvert de givre brillant, comme si chaque chose avait été passée au vernis.

Ils se rendirent aussitôt à l'église qui était située tout près de la place afin d'y rencontrer la veuve Inguélaère qu'on avait amenée là pour être interrogée par les autorités séculières.

La moitié des habitants du village s'était rassemblée sur la place et piétinait sous le froid, tandis que quatre sergents armés veillaient à leur interdire l'entrée du saint lieu.

– Voyez-vous ça, ricana Estienne en descendant de sa monture et en ramenant lentement ses rênes sur l'encolure de l'animal. On dirait que la populace aime davantage les grimaces du Diable qu'elle n'aime Dieu...

Percheval mit pied à terre à son tour, lui lança un regard en biais, en guise d'avertissement.

– Promis, plus de blasphème ! le rassura le médecin. Franchissons le seuil de ce glorieux temple et vous verrez, mon ami, à quoi ressemble un vrai cafard [1] !

1. Faux dévot.

L'avocat réprima un sourire. Car l'église de Malzieu n'avait rien de vraiment glorieux.

C'était une obscure et toute petite église romane. On y entrait par une porte basse à deux vantaux protégée par un porche couvert en berceau et orné d'une unique sculpture représentant la Vierge en majesté. La statue, assise dans le tympan, de facture grossière, avait manifestement subi tous les outrages du temps. On distinguait à peine les traits de son visage, effacés au fil des siècles.

L'espace intérieur était lui aussi d'une extrême simplicité. Deux petites cuves informes, sans doute les bénitiers primitifs, étaient scellées dans les piédroits de la porte. À gauche, le long du bas-côté, un grand banc en pierre formait un soubassement continu sous les arcatures et constituait le seul élément de décoration dans l'édifice, si l'on exceptait les peintures, anciennes et passées, jetées ici et là sur les murs, qui évoquaient, en taches rouges et bleues imprécises, quelques scènes de la Passion et le martyre d'un saint local.

À droite du sanctuaire, dans la nef latérale, s'ouvrait une toute petite chapelle circulaire, ou plutôt une minuscule absidiole, surmontée d'une voûte sans hauteur. La nef centrale n'était éclairée que par quatre fenêtres étroites, dépourvues de vitraux mais faites de verreries en grisaille, qui laissaient filtrer une lumière pâle, légèrement verdâtre. Il ne se trouvait aucun lustre dans l'église, seulement un chandelier dans l'abside et, devant l'autel, une traverse de fer, herse rudimentaire plantée de cinq grands cierges. Pas de chaire pour le prêche non plus, seulement un ambon rustique, sorte d'estrade en bois mobile placée près du chœur.

À peine entré dans l'église, Melchior Percheval promena son regard autour de lui. Il considérait la pauvreté du mobilier et la morne tristesse du lieu quand, soudain, ses yeux ébahis s'arrêtèrent sur le crucifix en bois placé à droite du maître-autel. Le Christ, comme à l'accoutumée, était représenté bras écartelés et pieds joints, le visage tourné sur le côté, dans une expression de douleur et d'affliction, mais son corps était presque entièrement caché par un long morceau d'étoffe. Quelqu'un avait recouvert son torse, ses hanches et ses cuisses d'un linge blanc en manière de tunique. Quelle sorte d'âme, excessivement prude ou malheureusement tourmentée, se demanda l'avocat, s'était offusquée ainsi de la nudité du Seigneur, au point de le couvrir d'une pièce de tissu ?

Il fut arraché à ses réflexions par un raclement de gorge. Jehan Estienne lui désigna d'un mouvement de tête le petit groupe qui s'était rassemblé dans la nef latérale.

Trois hommes se tenaient debout et formaient un cercle autour d'une femme, assise sur un banc. Percheval, qui n'avait jamais rencontré ni les uns ni les autres avant ce jour, n'eut pourtant aucun mal à deviner leur identité.

Parce que l'instinct est un don précieux qui fait pressentir les plus grands dangers avant même qu'on ait à les affronter, il reconnut immédiatement le lieutenant criminel du bailliage, Pierre Bossuat. L'avocat détailla, non sans une certaine curiosité, ce petithomme sec, d'une pâleur mortelle. Ses joues trop creuses dans son visage émacié, son cou maigrelet, son buste étroit lui donnaient un air maladif. Quant à la minceur des os du nez, elle faisait paraître, plus rapprochés que la nature ne le permet, deux yeux bruns, naturellement méfiants et inquisiteurs.

Près du lieutenant criminel, sculpté dans une soutane noire et raide, se trouvait un prêtre d'une vingtaine d'années. Percheval fut tenté de lui attribuer cet âge au premier abord, mais lorsqu'il le regarda avec davantage d'attention, il douta de son jugement. Sa physionomie, mélange de fraîcheur et de sévérité, était véritablement énigmatique. Il avait la taille grande et svelte, une figure aux proportions classiques, les pommettes hautes, un nez droit et une bouche finement ourlée, cependant, ces différentes touches, aussi belles fussent-elles, ne composaient point un tableau agréable. La pureté des traits et des contours, la perfection de chacune des pièces qui composaient son visage étaient en quelque sorte anéanties par la sévérité du regard et de l'expression. Ses sourcils bruns, au dessin harmonieux, étaient continuellement crispés et modelaient une ride profonde dans la peau de son front. Ses lèvres, bien coupées, pleines et roses, se figeaient constamment en un arc tombant, plein d'aigreur, qui parfois prenait l'allure d'un vilain rictus.

À côté de Pierre Bossuat se tenait un petit bonhomme replet. Percheval devina aussitôt que le juge était venu accompagné d'un autre magistrat de sa juridiction et que celui-ci officiait certainement en qualité d'assesseur. Il devait apprendre plus tard que ce conseiller rebondi, à l'air bêta mais néanmoins obstiné, se nommait Michel Groise. L'avocat ne trouva point, dans l'examen de ce magistrat grassouillet, quelque raison de le craindre mais plutôt de le plaindre. Sa face ronde et plate, qui semblait avoir été écrasée entre le marteau et l'enclume du forgeron et dans laquelle le nez faisait à peine saillie, sa bouche toujours entrouverte et ses gros yeux vides exagérément globuleux le faisaient ressembler à un poisson.

Restait enfin la femme. Melchior fut surpris de constater qu'elle n'était ni si vieille ni si laide qu'il se l'était représentée. Bien qu'elle fût horriblement maigre et marquée, il restait dans son visage l'empreinte indéniable de son ancienne séduction. Emporté par son imagination, l'avocat entrevit un bref instant un joli brin de fille, devina de longs cheveux roux déployés autour d'un visage agréable et songea qu'elle avait dû être, jadis, assez ravissante.

Lorsque les trois hommes qui entouraient la veuve s'aperçurent que Percheval et Estienne s'étaient introduits dans l'église, ils interrompirent aussitôt leur discussion et les dévisagèrent avec animosité. L'avocat et le médecin, de leur côté, les saluèrent avec urbanité, sans paraître le moins du monde gênés. Mais dès lors que l'avocat eut décliné son identité et la raison de sa présence dans l'église, le lieutenant criminel Pierre Bossuat le dévisagea d'un air hargneux.

– Un avocat ? dit-il avec irritation. Et que venez-vous faire ici ? Quelle partie pensez-vous donc représenter, monsieur ?

– Je ne représente aucune partie, répondit prudemment Percheval. À ce que je sache, il n'y a pas de procès en cours.

– Si fait, monsieur, répliqua le petit juge. Si je suis ici, c'est que j'entends procéder, dès aujourd'hui, au récolement d'un témoignage important concernant un crime de sorcellerie.

– Oh… Et où est le criminel ? demanda Percheval en jetant un regard autour de lui.

– Peu importe l'endroit où il se trouve pour l'instant, fit Bossuat avec aigreur. De toute façon, le sort de cet homme ne vous concerne en rien. Je vous rappelle que la loi, que vous devriez connaître au vu de votre profession, interdit à l'accusé de ce forfait abominable l'assistance d'un avocat. Aussi, veuillez donc, je vous prie, sortir de cette église.

– Quant à moi, je vous répète que je ne suis point ici en tant que défenseur. Je souhaite seulement ouïr les déclarations de la veuve.

– La veuve ? siffla Pierre Bossuat. Vous voilà bien informé de cette affaire, monsieur. Oseriez-vous prétendre que vous n'êtes venu jusqu'ici que dans le but de satisfaire votre curiosité ?

– C'est le cas.

– Vous mentez, cracha le magistrat.

– Je regrette que vous le preniez sur ce ton, riposta Percheval avec un calme olympien. Je nous pensais entre gens de bonne compagnie.

– La justice n'a point besoin de la vôtre.

Et d'un geste impérieux de la main, Pierre Bossuat lui indiqua la porte de l'église.

Melchior ne montra aucun signe de contrariété et afficha une mine parfaitement sereine.

– Si, à la suite de vos premières investigations, dit-il posément, il s'avère qu'il y a bien eu crime grave, alors vous serez autorisé à procéder au règlement à l'extraordinaire. Mais jusqu'à présent et jusqu'à preuve du contraire, il n'a pas été démontré que ce crime de sorcellerie, dont vous avez seulement supposition, ait vraiment été commis.

Bossuat réprima un mouvement de colère.

– Je suis officier de cour souveraine et j'ai reçu mission d'instruire cette affaire selon l'usage dans de pareils cas. Allez-vous m'apprendre les devoirs de ma charge ?

– Loin de moi cette prétention, le rassura Percheval. Je manifeste seulement le désir d'écouter les propos de cette femme. À cette étape d'une procédure qui n'existe pas encore, rien ne m'en empêche.

– Je m'y oppose.

– De quel droit ?

– Le procès du sorcier est en cours, vous n'avez nul droit d'intervenir, de quelque façon que ce soit, dans son déroulement.

– Mille excuses, dit Percheval en haussant les sourcils, mais je peux fort bien vous démontrer que votre procès se déroule contrairement aux règles fixées par le droit…

Bossuat déglutit et sa pomme d'Adam sembla jaillir de sa gorge étroite.

– Je vous demande pardon ?

– D'après ce que je puis en juger, l'interrogatoire que vous entendez mener n'entre en rien dans le cadre de la procédure telle qu'elle est ordinairement fixée en matière criminelle.

Le magistrat serra les poings, s'obligea à contenir sa rage.

– Qu'entendez-vous par là, monsieur ?

Percheval se tourna vers le père Jérôme.

– L'interrogatoire ne sera pas mené en secret, puisque ce prêtre y assiste, lui fit-il remarquer.

– J'ai mandé la présence du père Jérôme afin que celui-ci pratique un exorcisme, si l'état de la possédée le requérait. Cela n'entrave en rien la procédure.

– Pire, monsieur, objecta Percheval, cela est contraire à la procédure.

Le juge lança à l'impudent un regard ulcéré, dont celui-ci visiblement n'eut cure.

– Mille excuses encore de vous recorder vos obligations, observa Percheval sans se démonter, mais je ne vois ici aucun greffier. Le témoignage de la veuve ne sera donc pas recueilli par écrit ?

Et comme le lieutenant criminel ne répondait pas, il crut bon d'ajouter :

– Hum… Cela est fâcheux, quand on sait que la procédure doit être entièrement écrite.

Bossuat, à court d'arguments, leva un doigt menaçant vers Percheval, puis le rabaissa très vite, admettant qu'il ne pouvait faire autrement que de concéder. La rage crispa son visage hâve.

– Eh bien, soit ! aboya-t-il avec humeur. Si cela vous tient tant à cœur, assistez donc à cet entretien. Mais n'intervenez pas !

Puis, abandonnant l'avocat, il se tourna vers Jehan Estienne :

– Et vous, qui êtes-vous ? demanda-t-il avec hargne.

Melchior Percheval, qui pressentait une fâcheuse réplique, se hâta de devancer son ami :

– Jehan Estienne a souhaité m'accompagner afin d'examiner la veuve. Il est médecin de bonne réputation.

Bossuat dévisagea Estienne avec une grimace haineuse.

– Un sceptique ?

À cette question, le praticien s'avança d'un pas, affichant l'air d'un homme que l'on vient d'offenser gravement.

– Un bon chrétien, monsieur, dit-il en portant une main sur son pourpoint, à la hauteur du cœur. Le meilleur qui soit.

Percheval salua la performance d'acteur et retint un sourire.

– Ne voyez pas que la présence du sieur Estienne offense à votre ministère, poursuivit-il, il me semble plutôt que c'est bonne chose qu'il soit présent.

– Et pour quelle raison ?

– Notre justice, qui est toujours excellente et droite, ne manque jamais de recourir à l'avis des hommes de l'art chaque fois qu'une expertise leur paraît nécessaire à la manifestation de la vérité.

– Je n'ai nullement besoin des compétences d'un médecin pour juger du bien-fondé de cette possession.

Le juge Groise opina si vigoureusement de son gros menton que celui-ci vint presque toucher son rabat :

– En effet, nous n'en avons nul besoin.

Bossuat tapa du pied et accompagna son geste d'un clappement de langue :

– Un avocat, un médecin, et puis quoi encore ? grogna-t-il. Sommes-nous à Louviers ou à Loudun[1] ? Vais-je voir défiler tout ce que Paris et la province comptent de chirurgiens, de théologiens savants, de curieux, de bavards, de coquettes et de courtisans en dentelles pour m'apprendre ce que je sais déjà ?

– Et que savez-vous donc ? interrogea Percheval.

– Que le diable est ici, dans ce village maudit. Et que je compte bien l'en chasser.

Un silence morne pesa durant quelques secondes dans la petite église romane. Le lieutenant criminel, abandonnant les deux visiteurs, revint à Reyne et la dévisagea attentivement.

Celle-ci, absente à ce qui l'entourait, paraissait d'un grand calme et fixait de ses yeux éteints le bout de ses sabots.

– Reyne Inguélaère, lui demanda-t-il sans autre préambule, je te demande de nous révéler incontinent le nom de celui ou celle qui t'a maléficiée.

La veuve lui jeta un regard vide.

– Tu n'as rien à redouter, la rassura le père Jérôme. Nous t'avons conduite dans cette sainte chapelle afin d'être libérée du pouvoir de l'Ennemi. Mais tu ne peux espérer recouvrer ta liberté si tu ne livres pas aux juges le nom du sorcier qui fait ton malheur.

Reyne observa tout à tour les deux magistrats, le prêtre, l'avocat et le médecin, puis baissa la tête.

– Si tu refuses de parler, nous penserons que tu cherches à protéger ce sorcier.

En réponse à cette mise en garde, la veuve affaissa ses épaules maigres et se replia sur son banc.

– Quel est son nom ? Je t'adjure de répondre ! lui intima Bossuat en brandissant un index menaçant.

– Reyne, reprit le jeune vicaire, tu as affirmé, devant moi et devant messire de Rouert, le prévôt, que Mathias Vigneules

1. Le couvent des Ursulines de Loudun, puis celui de Louviers furent, en 1629 et en 1643, le théâtre de possessions collectives et spectaculaires, qui défrayèrent la chronique de l'époque.

était sorcier et qu'il avait fait mourir ton époux et tes bêtes. Confirmes-tu cette accusation ?

La veuve releva son visage mais celui-ci n'exprimait toujours aucun sentiment, ni aucune émotion.

– Tu as également confié à messire de Rouert que ton beau-frère t'avait jeté un sort et que depuis ce jour tu étais la victime innocente d'une infection démoniaque. Était-ce la vérité ou démens-tu cette autre déclaration ?

Voyant que le père Jérôme ne parvenait pas davantage à sortir la veuve de son mutisme, Pierre Bossuat commença à manifester des signes d'impatience.

– Le Diable est-il en toi en cet instant ? s'emporta-t-il. Pourquoi ne parles-tu pas ? Est-ce le Malin qui te l'interdit ? Est-ce lui qui étouffe ta volonté ?

– Voilà une mâtine qui a le gosier bien sec, intervint le juge Groise d'un air suffisant. Sans doute l'entonnoir la rendrait-il plus bavarde ?

Bossuat ignora la remarque et se pencha vers Reyne.

– Fort bien, lui dit-il, puisque que tu t'obstines à fermer ton bec, nous allons interroger celui qui loge dans ton corps.

À ces mots, la veuve tressaillit des pieds à la tête, comme parcourue par un long frisson. Elle tenta de se lever, mais le magistrat l'en empêcha en la retenant fermement par l'épaule.

– Manifestement, cette femme n'a rien à dire, osa intervenir Melchior Percheval, malgré les commandements qui lui avaient été adressés. Peut-être devriez-vous songer à la laisser rentrer chez elle et mettre ses premières déclarations sur le compte d'un trouble passager de sa raison ?

– Cette femme a tout son entendement, répliqua Bossuat d'un ton acerbe.

– Pourtant elle reste délibérément muette.

Le petit juge toisa l'avocat avec le plus profond mépris.

– C'est le Diable qui lui a lié la langue, expliqua-t-il. Il lui a lié la langue par un sort bien connu des démonologues : le maléfice de taciturnité.

Et, se tournant vers le vicaire :

– Puisque le Diable lui ferme bouche, déclara-t-il, nous n'avons pas d'autre choix que nous adresser directement à lui.

Le juge Groise recula instinctivement de deux pas, mettant entre la veuve et lui une distance prudente.

– Mon père, ajouta Bossuat à l'adresse du jeune vicaire, vous pouvez procéder à l'exorcisme.

Le vicaire, qui avait revêtu pour l'occasion le surplis et l'étole, partit chercher de l'eau bénite et une petite croix de cuivre.

– Ne restez pas planté là ! Aidez-moi donc à la mener jusqu'à l'autel ! ordonna Bossuat à son conseiller.

Groise sursauta et, malgré sa crainte, obtempéra immédiatement.

Les deux magistrats soulevèrent alors Reyne de son banc en la prenant chacun par un bras, la traînèrent dans le chœur de l'église et la firent s'asseoir sur un petit placet.

– L'exorcisme n'est-il pas destiné à chasser le démon plutôt qu'à le faire venir ? interrogea Jehan Estienne, mi-perplexe, mi-goguenard.

– Pour un médecin expert en matière d'infection démoniaque, vous me semblez bien ignorant, monsieur, lui répondit Bossuat avec un ricanement hautain. Ignorez-vous que les possédés démontrent une forte aversion envers le sacré et envers tout ce qui touche de près ou de loin à notre sainte religion ? L'exorcisme est donc le plus sûr moyen de faire apparaître le Diable qui réside dans cette pauvre créature.

– Ainsi, ajouta Groise en reculant de nouveau de quelques pas, peut-être aurons-nous enfin réponse à nos questions.

Près du maître-autel, la voix du père Jérôme s'éleva avec un timbre lugubre :

– *In nomine Patris, et filii, et Spiritus Sancti. Amen. Domine exaud i orationem meam. Et clamor meus ad te veniat. Dominus vobiscum. Et cum spiritu tuo.*

Après avoir lu les litanies des Saints, il entoura le cou de la veuve de son étole. À ce contact, celle-ci se mit à trembler de tout son corps. Elle porta ses deux mains sur sa gorge, comme si elle manquait soudain d'air. La bouche ouverte, les yeux tout à coup agrandis par une frayeur que nul n'aurait su expliquer, elle sortit de sa gorge un son étrange, semblable à un râle d'agonie.

– Je crois qu'elle s'étouffe ! intervint Percheval, visiblement inquiet.

– Non pas, monsieur, cela est courant, répondit Bossuat d'un ton parfaitement détaché. Lorsqu'on menace de l'extirper du corps où il a trouvé refuge, le Diable tente toujours de nous faire contrecarre. Nous l'avons chatouillé à l'endroit où il loge en l'instant, c'est-à-dire dans la gorge de la possédée, et il nous fait savoir qu'il est opposé à sortir.

À son tour, le père Jérôme s'enquit du démon qui tourmentait Reyne. Par trois fois, en latin, il ordonna à l'esprit malin de livrer son nom. Mais comme ce dernier ne semblait pas comprendre, le vicaire se résolut à s'adresser à lui en langue vulgaire. Sa voix s'enfla et prit une intonation encore plus sinistre qu'à l'ordinaire :

– Esprit immonde, quel est ton nom ? Je t'ordonne de le dire, par la toute-puissance du fils de Dieu, ton maître qui t'a précipité dans les profondeurs de l'Enfer ! Je te l'ordonne, au nom du Père, du Fils et du Saint-Esprit !

De nouveau la veuve fut secouée par un étrange frémissement. Puis elle se mit à tourner sur elle-même, à remuer sur son tabouret, comme si une guêpe l'avait soudain piquée.

– Nomme-toi, Esprit impur ! Qui es-tu ?

Lorsque le père Jérôme lui tendit la croix pour l'obliger à la baiser, elle se raidit et lui lança un regard halluciné. Les formules de l'exorcisme et les gesticulations du prêtre semblaient avoir enfin fouetté sa vigueur.

– Quel est ton nom ?

Reyne renversa la tête, d'abord à gauche, sur son épaule, puis à droite, plusieurs fois de suite, puis répéta le même mouvement, de haut en bas. Lorsque, enfin, elle cessa ce balancement de cou, tous virent qu'une transformation subite s'était opérée en elle. Le sang était revenu dans sa figure, avait gonflé ses traits et les avait déformés affreusement. Toute trace d'effroi semblait avoir abandonné son visage, lequel n'exprimait plus qu'une étrange excitation des sens et de l'esprit. Ses yeux devenus fous jetèrent autour d'elle des regards mauvais.

De nouveau, le jeune vicaire tenta de lui faire embrasser le symbole du Martyr.

– Ôte ça ! hurla-t-elle alors en retroussant les lèvres.

Puis elle jeta ses deux bras en avant, comme pour repousser une vision qui l'effrayait.

– Garde ta sale croix loin d'moi !

Le clerc leva son goupillon et aspergea la possédée d'eau bénite. Reyne laissa échapper une plainte aiguë.

– Nomme-toi, serpent ! s'obstina le prêtre, sans cesser d'agiter sa croix d'une main et de l'autre son aspersoir, devant le visage de la veuve. Te nommes-tu Belzébuth ?

– Nenni !

– Magoa [1] ?

– Prrr…

– Abrahel ? Astaroth [2] ?

Estienne poussa un soupir ennuyé. Et, se penchant vers Percheval :

– A-t-il l'intention de les nommer tous [3] ? Si tel est le cas, nous sommes partis pour coucher céans…

Bossuat revint à la charge :

– Combien êtes-vous dans ce corps ?

– Que t'en chaut ? cracha Reyne.

Le père Jérôme lui appliqua l'étole sur la bouche et la signa entre les yeux.

– Tu peux toujours faire, avec ta croix ! aboya alors la veuve. Vas-y donc ! Mon Diable l'ôtera ! I m'a d'jà raclé le front, pour enlever ton foutu baptême !

– Qui es-tu ? insista le père Jérôme.

Le démon ne consentait toujours pas à dévoiler son nom. Le vicaire le pressa alors de révéler qui l'avait envoyé dans le corps innocent de Reyne Inguélaère.

1. L'un des démons les plus puissants, les plus souvent évoqués par les sorcières.

2. Grand chancelier et grand duc de l'Enfer.

3. La démonologie médiévale avait élaboré un grand nombre de théories hasardeuses consistant non seulement à dénombrer les démons existants, mais également à établir une hiérarchie entre eux et à définir leurs particularités respectives. Ainsi, on ne comptait pas moins de soixante-douze diables-princes et au moins sept millions de diables-sujets.

– Mardié ! s'emporta la veuve en lui dardant un regard haineux. Et toi, curé ? Qui c'est qui t'fait lever ton gaudemichi [1] ? Hein ?

Le prêtre serra les dents, ignora l'insulte. Percheval et Estienne, quant à eux, échangèrent un sourire discret.

– En voilà une baragouineuse… chuchota le médecin à l'oreille de l'avocat. Je doute que notre jeune curé entende quelque chose à ces gros mots-là…

Puis, brusquement, Reyne se redressa sur ses deux pieds. Elle releva sa robe, d'abord au-dessus de ses cuisses décharnées, puis plus haut, jusqu'à la taille, donnant à contempler à la petite assemblée l'affligeante vision de son ventre nu et fripé. Les cinq hommes purent voir, sous le retroussis des jupes, la touffe rousse de son intimité.

– C'est-y point ça ? demanda-t-elle au prêtre, avec un rire de démente, en se trémoussant honteusement.

Le père Jérôme, un moment déstabilisé par cette scène inattendue, retrouva vite son calme. D'un geste brusque, il rabaissa, sur les jambes crayeuses de la veuve, le bas de sa robe.

Groise n'en menait pas large, se tordait les mains et murmurait entre ses dents quelques prières conjuratoires. Percheval et Estienne, à quelques pas de l'autel, continuaient d'assister au spectacle sans rien manifester de leurs sentiments ou des pensées qui les animaient. De son côté, Pierre Bossuat trépignait d'impatience : il n'avait encore pu recueillir aucune révélation sur le sorcier présumé et bouillonnait d'une colère noire. La face agitée de tics, les genoux pliés dans un mouvement nerveux, il promenait sur Reyne son œil noir, rageant intérieurement de n'avoir pu obtenir les informations nécessaires à l'ouverture d'une instruction.

– Esprit abject, puisque tu n'as pas d'autre nom, reprit le père Jérôme, je t'ordonne de te soumettre à la toute-puissance du Fils et à la toute-puissance de la très Sainte Vierge !

– Couillon ! ricana la veuve, d'une voix si rauque qu'elle en fut méconnaissable. Tu sais ben qu'ta Vierge, c'était une

1. Son « réjouis-moi ». Terme populaire dérivé du latin et désignant, au XVIIe siècle, l'organe sexuel masculin.

putain ! Et qu'ton Christ, i l'a été fait dans l'foutre, tout comme toi !

Convaincu que c'était bien la Bête qui parlait et crachait maintenant ces injures immondes par la bouche de Reyne, le père Jérôme posa son crucifix sur la tête de cette dernière, mais elle le repoussa de nouveau d'un geste brusque.

Puis, soudain, les paupières de la veuve entrouvertes laissèrent voir le blanc des yeux qui roulèrent dans leurs orbites. Tous les muscles de sa face se contractèrent dans un rictus effrayant.

Le juge Groise manqua de défaillir. Il se replia derrière l'autel, pris d'une indicible épouvante.

– Soumets-toi ! tonna le jeune vicaire. Par la toute-puissance de Dieu, je t'ordonne de te soumettre ! Je te l'ordonne, comme saint Antoine qui repoussa les démons dans sa tombe alors qu'ils le couvraient de coups, comme saint Jean-Baptiste, comme notre Seigneur Jésus-Christ, qui fut tenté dans le désert et qui vainquit à Gerasa ! Je t'ordonne de te soumettre et de te nommer avant de sortir de ce corps et de n'y plus rentrer !

La figure de Reyne s'éclaira d'un sourire moqueur en voyant Michel Groise trembler de tous ses membres derrière l'autel.

– Mon Diable est plus fort qu'vous ! dit-elle en tordant ses mains devant son visage.

– Il se peut, répondit Bossuat avec un air d'indifférence. Puis, faisant deux courtes enjambées vers elle, au point de la toucher presque, il lui murmura sur le ton du défi : mais si tel est le cas, montre-nous donc ses pouvoirs…

Reyne émit un ricanement sinistre :

– Foin pour toi ! Qui chie en son puits boit sa merde !

Et, sur ces mots, elle tomba sur les genoux. Après avoir croisé les bras autour de sa taille, elle s'allongea et commença à ramper par terre, sans l'aide des coudes ou des membres. Elle fit à peu près dix pieds dans cette position, exécutant le même mouvement qu'un reptile, sans paraître le moins du monde fournir un effort démesuré. Puis, elle s'immobilisa et demeura un instant étendue sur le ventre. Couchée dans cette nouvelle posture, elle tourna ses deux bras en dedans pour joindre ses mains au-dessus de son crâne, avec autant d'aisance que si elle s'était trouvée allongée sur le dos.

Bossuat s'avança alors vers le prêtre et lui signifia de continuer l'exorcisme. Peu lui importait que la veuve ait ou non livré le nom du sorcier, il était maintenant fixé sur le pouvoir de Satan sur elle.

Le père Jérôme commença la lecture des psaumes « Eripe me de inimicis meis » et « Deus meus », puis, se penchant vers la possédée, recouvrit la tête de la femme de sa paume droite :

– *Exorcizo te, immunde spiritus*, dit-il, *omnis incurso adversarii, omne phantasma, omnis legio, in nomine Domini Nostri Jesu Christi, ut discedas et effugias ab hoc plasmate Dei...*

Tandis que le vicaire martelait les formules de l'exorcisme, Reyne poussa un cri aigu et se releva promptement sur ses deux pieds. Son buste s'inclina si bas que son visage vint toucher ses cuisses, se redressa tout aussi brusquement, puis retomba de nouveau vers l'avant.

– *Ipse tibi imperat, qui te de supernis coelorum in inferiora terrae demergi praecepit...*

Les lèvres contractées et saillantes, la figure violacée, elle se laissa choir sur le sol et commença à agiter ses membres dans tous les sens, avec une énergie de forcenée, comme si elle battait l'air autour d'elle. Tout en grimaçant affreusement, ses hanches se soulevèrent du sol, sa tête roula de droite à gauche, son corps tout entier se tordit dans des contorsions.

Bossuat dut s'agenouiller et l'enserrer fermement entre ses bras pour la maîtriser. Suivant son exemple, le père Jérôme s'abaissa également et lui maintint le visage afin de la signer encore une fois sur le front. Ainsi tenue, Reyne n'en continua pas moins de se déchaîner.

– Écoute et crains, Satan ! Ennemi de la foi, ennemi du genre humain !

Elle poussa un cri aigu.

– Ne résiste pas, Seigneur du fumier ! Soumets-toi au Seigneur Christ ! Crains-le, lui qui s'est immolé en Isaac, qui a été vendu comme esclave en Joseph, qui a été tué en agneau et crucifié en homme, lui qui a triomphé de l'Enfer !

Déchaînée, les yeux révulsés, Reyne se mit à tirer la langue et à baver, repoussant en même temps le prêtre de toutes ses forces, lui griffant la figure de ses ongles crasseux.

Le juge Groise, qui regardait la scène avec une frayeur accrue, sortit de son vêtement un mulot qu'il avait jusque-là précieusement dissimulé. Il tenait l'animal enfermé entre ses mains, comme dans une cage.

– Que fait-il ? demanda Jehan Estienne à Percheval, à voix basse, en lui désignant du regard le gros magistrat.

Melchior lui chuchota la réponse à l'oreille, soucieux de ne pas troubler le déroulement de l'exorcisme :

– Grand nombre de gens s'imaginent que lorsque les démons sortent d'un possédé, ils s'empressent d'aller loger dans le corps de la créature la plus proche. Sans doute fait-il partie de ceux-là. Il croit sûrement se protéger.

– Il s'imagine que le Diable peut se reporter sur cette souris ?

– Il y a fort à parier que ce gros benêt pense que le Diable peut tout faire.

Reyne continuait de s'agiter comme une enragée. Afin d'aider le père Jérôme, Bossuat avait posé son genou sur ses jambes et lui plaquait les bras au sol.

– Éloigne-toi, au nom du Père, du Fils et du Saint-Esprit ! Laisse la place à l'Esprit-Saint par le signe de la Sainte Croix de notre Seigneur Jésus-Christ, qui vit et règne avec le Père et avec le Saint-Esprit !

De nouveau Reyne hurla et se démena en battant des pieds et des bras. L'étole que le prêtre lui avait passée sur les épaules avait chu, tout comme son bonnet, et ses cheveux roux balayaient le sol tandis qu'elle vociférait tous les jurons de sa connaissance.

– *Recede ergo in nomine Patris, et Filii, et Spiritus Sanctis ; da locum Spiritui Sancto, per hoc signum crucis domini nostri Jesu Christi, qui cum Patre et Spiritu Sancto vivit et regnat deus, per omnia saecula sae culorum. Amen.*

L'ayant fermement immobilisée, le prêtre ramassa à terre l'écharpe liturgique et la lui posa de nouveau autour du cou.

– Reyne, dit-il solennellement, je te remets le bouclier de la foi, grâce auquel tu seras désormais en mesure d'éteindre tous les traits enflammés du Malin. Je te remets aussi le casque du salut et le glaive de l'Esprit, qui est la parole de Dieu. *In nomine Patris, et Filii, et Spiritus Sancti.*

Alors la veuve, aussi subitement qu'elle s'était déchaînée, cessa de se contorsionner. Ses lèvres se tendirent pour embrasser enfin le crucifix et murmurer une prière inaudible. Lorsque son regard fiévreux s'accrocha sur la lumière des cierges, elle expira un son très rauque, comme venu du plus profond de son être caverneux, et s'évanouit.

Pierre Bossuat fit entrer dans l'église les quatre sergents et leur ordonna de ramener la possédée chez elle. Avant que ces derniers ne s'exécutent, Jehan Estienne eut le temps de tâter le pouls de Reyne.

Ce fut Percheval qui, cette fois, l'interrogea du regard.

– N'ayez crainte pour sa santé, répondit le médecin avec une pointe d'ironie. Notre énergumène est seulement fatiguée. On le serait à moins, après une telle danse…

À l'extérieur, la foule des curieux, lasse d'attendre en vain un divertissement qui eût pu rompre la monotonie de leur journée et exciter leur curiosité, s'était dispersée. Les gens d'armes portèrent le corps à demi inconscient de la veuve hors de l'église et le hissèrent dans un chariot à foin pour la reconduire au hameau du Gros Chêne.

Lorsqu'il fut dehors, Pierre Bossuat se planta devant Melchior Percheval et le dévisagea d'un air belliqueux.

– J'espère que vous avez vu, monsieur, comme nous tous, ce dont le Diable est capable. J'ose espérer que vous ne doutez pas que cette femme soit effectivement habitée par le Mal.

– J'en doute fort, au contraire, répondit l'avocat. Rien dont elle a fait démonstration ne prouve qu'elle est possédée.

– Cette femme est la victime d'un esprit malin ! Comment pouvez-vous encore prétendre nier l'évidence ?

– A-t-elle été capable de révéler des choses occultes ou cachées ? A-t-elle compris ou a-t-elle parlé une langue étrangère, comme cela aurait dû être le cas si elle avait réellement été habitée par une intelligence supérieure ? A-t-elle montré quelques facultés à extraire de son corps, de son sein ou de sa gorge des objets que le Diable lui aurait fait de force ingérer pour la torturer ? Toutes ces choses, pourtant, passent pour être la preuve d'une infection diabolique...

Bossuat se contint, piétina sur le parvis :

– Ce ne sont pas des preuves nécessaires, monsieur, quand il y en a d'autres. Il suffit qu'il n'y ait qu'une preuve, qu'elle soit inscrite dans le Rituel [1] et qu'elle ait été vérifiée, comme c'est le cas, ici.

– De quelle preuve s'agit-il ?

– Sa voix n'était pas la sienne.

– Elle était altérée, mais c'était la sienne.

– Ses forces étaient décuplées.

– Lui aurait-on demandé de soulever une bœuf, j'aurais pu le croire. Mais elle n'a pas manifesté une puissance au-delà des forces humaines : vous êtes parvenu à la maîtriser durant tout le temps qu'a duré l'exorcisme. Le Diable qui l'habite n'est donc point si fort que cela, à moins qu'il n'y ait pas de Diable.

– Son corps s'est mû comme par magie, ses bras et sa tête se sont tournés en dépit de toute explication.

– Ses mouvements étaient forts inhabituels, j'en conviens, mais nullement extraordinaires. Je n'ai vu que des acrobaties ridicules.

– Sa vision était troublée, ce que l'on dit être la marque de la présence de Satan dans les yeux où il habite.

– Son regard était celui d'une créature hors de son sens. J'en ai déjà vu de semblable, et qui n'était pas celui d'un possédé.

Bossuat posa sur l'avocat des prunelles aiguës, persistantes, d'une expression si menaçante que Percheval, un instant, fut tenté d'abandonner.

---

1. *Le Rituale romanorum (De exorcizandis obsessis a daemonio)*, rédigé en 1614, contenait les directives de l'Église pour distinguer les véritables possédés des aliénés.

– Cette femme présente une forte opposition vis-à-vis de Dieu et cela est le signe des vraies démoniaques, ajouta le petit juge en serrant les poings. Et elle a manifesté son état à travers tous les signes révélés dans les Évangiles, par Matthieu, par Marc et par Luc.

– Il est vrai, monsieur, admit Percheval, qu'elle grinçait fort des dents et qu'étant tombée par terre, elle a rendu par la bouche une écume abondante. Mais encore une fois, j'ai vu des chevaux atteints du mal de saint Jean en faire autant.

Ulcéré, Bossuat se tourna vers Estienne.

– Et vous ? lui demanda-t-il, la mâchoire crispée. Niez-vous également avoir vu les choses inconcevables que le Diable a fait faire à cette femme ? Niez-vous que seul le démon peut faire d'un corps ce que nature ne peut ?

Estienne haussa les épaules :

– Les prétendues possédées font toutes la même chose. Qui les a vues une fois les a vues cent fois.

Le conseiller Michel Groise, dont le visage n'avait pas encore repris toutes ses couleurs et qui suait abondamment malgré le froid, se mêla à la discussion.

– Mais comment expliquez-vous ces prodiges ? demanda-t-il en s'épongeant le front de la manche de son manteau. Si ce n'est l'action du Malin, qui contraint cette femme à ces prouesses, comment y parvient-elle ?

– Il n'est question ni de prodiges ni de prouesses, répliqua Jehan Estienne. Soit cette veuve abuse volontairement de votre crédulité et feint d'être possédée, soit elle souffre d'une maladie fâcheuse qui la met hors de sa raison. Dans le premier cas, cette femme serait bien détestable et mériterait le gibet. Dans le second cas, il lui faudrait des soins. Mais en ce qui concerne un mauvais traitement du démon, je n'ai rien remarqué qui m'en donne la certitude.

– Cela ne m'étonne guère, siffla Bossuat. Seuls les bons chrétiens sont en mesure, dans de tels cas, de voir les preuves d'une possession. Les mécréants, comme vous, monsieur, n'y voient généralement que ce qui les conforte dans leurs doutes.

Désireux d'en finir avec cette conversation, il tourna les talons :

– Pour ma part, conclut-il, je n'ai nul besoin d'autres indices. Aussi vais-je conduire sans tarder le procès du dénommé Mathias Vigneules.

Percheval, qui n'entendait pas en rester là, le suivit et, le dépassant, lui barra le chemin afin de l'empêcher d'atteindre sa monture qui se tenait de l'autre côté de la place.

– Quelle preuve avez-vous que cet homme est à l'origine de la possession ? demanda-t il. Ni la veuve ni le démon lui-même n'y ont fait allusion !

Bossuat l'écarta vivement du bras :

– Si fait, monsieur. La femme Inguélaère a désigné Mathias Vigneules comme étant le sorcier qui l'a envoûtée, et cela devant le père Jérôme et Aymard de Rouert, le prévôt. Il me suffit.

– C'est vrai, s'empressa de confirmer le vicaire en arrivant à leur hauteur. J'étais chez elle lorsque Reyne, l'autre jour, a désigné son beau-frère.

– Je suis venu pour voir, non pour ouïr, lui rétorqua sèchement Percheval. Et ce que j'ai vu dans l'église ne m'a nullement convaincu de la possession de cette femme, donc de la culpabilité de l'innocent que vous vous apprêtez à juger.

– C'est votre opinion, mais non point celle de la justice, ni même celle de l'Église.

Sur ce, l'acrimonieux lieutenant criminel reprit sa marche en direction de son cheval, qu'il avait laissé à la garde d'un sergent. Les quatre autres lui emboîtèrent le pas.

– La veuve ment ! déclara Percheval en le rattrapant de nouveau. N'a-t-elle pas déclaré, tout à l'heure, que le démon lui avait ôté la marque de son baptême ? Or, vous savez aussi bien que moi que selon la doctrine de l'Église, ce n'est pas sur le corps que se conserve ce caractère, mais dans l'âme, là où la toute-puissance de l'Enfer ne sera jamais capable de l'effacer.

Ce fut au tour d'Estienne de donner son avis.

– Allons, monsieur, confia-t-il à son tour au magistrat, cette femme n'est point possédée. Plus vous chatouillerez son Diable, plus elle se persuadera qu'il existe. Cessez-là les exorcismes et toutes les questions qui excitent passablement son humeur et vous verrez que son démon ne tardera pas à disparaître. Peut-être même, ajouta-t-il avec un petit sourire railleur, constaterez-vous que ce fantasme sera promptement remplacé par d'autres chimères.

Bossuat, n'écoutant rien, ne lui adressa pas même un regard. Mais le médecin, bien résolu à le détourner de sa sinistre mission, poursuivit sur le même ton d'ironie :

– J'en ai pour preuve un cas similaire. J'ai visité une femme, il y a dix ans, qui présentait des perversions de l'esprit semblables à celles de cette veuve Inguélaère et s'imaginait avoir en son corps un serpent. Un médecin de mon entourage, fort renommé et accoutumé à soigner ce genre de cas, a cru la guérir en la faisant vomir et en jetant, à son insu, une couleuvre dans un bassin. La femme s'est persuadée un temps qu'elle était délivrée de sa bête, jusqu'au jour où elle commença à se plaindre qu'un gros rat logeait dans son estomac...

Pierre Bossuat réprima un mouvement exaspéré, mais Estienne continua sur sa lancée :

– J'en ai connu une autre qui se prenait pour une jument et qui, du reste, imitait fort bien cet animal, comme j'ai pu en juger par ces ruades et son hennissement. Mais après l'avoir convaincue qu'elle n'était point cheval, j'ai appris que la pauvre créature déclarait, à qui voulait l'entendre, qu'elle était devenue une poule.

– Épargnez ma patience, monsieur, coupa le lieutenant criminel, et cessez de nous baliverner avec vos contes. Gardez vos petites fables pour les salons, elles ne font rire que vous.

Il saisit les rênes de son hongre noir et, pour clore définitivement le sujet, déclara :

– Je vous prie à présent de me laisser en paix. Rien de ce que vous pourrez dire ou faire ne pourra me défléchir de mon but. J'ai vu ce que je désirais voir et mon opinion est faite : cette possession n'est pas plus contestable que le mystère de l'Eucharistie.

Jugeant qu'il serait en effet difficile d'entamer la détermination de l'odieux magistrat, Percheval s'obligea à manœuvrer plus subtilement.

– Admettons que cette veuve Inguélaère soit réellement possédée, dit-il d'un ton adouci. Mathias Vigneules ne peut cependant pas être la cause de cette possession.

– Et pour quelle raison ?

– Vous savez pertinemment que la possession, si elle est vraie, ne peut venir que du Diable et du Diable seul.

– Non pas, monsieur. Il est communément admis que les suppôts de Satan reçoivent de celui-ci le pouvoir de jeter des maléfices sur les gens et de provoquer les infections.

L'avocat réfléchit, cherchant un nouvel argument.

– J'en conviens, admit-il. Mais Reyne Inguélaère serait-elle vraiment possédée, et cela par l'artifice d'un sorcier qui lui aurait jeté un sort, on ne peut davantage accorder crédit à ses accusations.

– Prenez-vous toujours plaisir à contre-pointer les gens ? s'énerva Bossuat.

– Je cherche seulement à vous arraisonner, se défendit Percheval.

– M'arraisonner ? Mais je n'ai nul besoin d'un avocassier présomptueux pour me dicter ma conduite !

Percheval s'inclina légèrement :

– Mon intention n'a jamais été de vous offenser, mais de débattre en votre compagnie de considérations qui intéressent la justice tout autant que la doctrine de notre très sainte religion. J'ai toujours pensé que les beaux esprits n'étaient point faits pour chamaille mais pour s'éclaircir.

Le lieutenant criminel poussa un soupir nettement exagéré afin de montrer à son interlocuteur tout l'ennui que lui causait cet entretien.

– Votre faconde me fatigue, lâcha-t-il en l'effleurant d'un regard dédaigneux. L'on ma baillé le glaive pour châtier les hérétiques, ce pourquoi je me suis rendu ici, non pour jouter avec un bien-disant.

– Convenez au moins d'une dernière chose, insista Percheval en le voyant lever le pied vers l'étrier. Si c'est bien le Diable qui conduit la volonté de cette veuve, c'est également le Diable qui l'a poussée à formuler ces accusations contre Mathias Vigneules. Or, nous savons tous que le Malin est le père du mensonge. Personne n'ignore que son plus grand plaisir est de mêler le vrai au faux et de faire passer les innocents pour coupables et les coupables pour innocents. Les Écritures témoignent formellement sur ce point : Notre Christ a bien dit qu'en son nom l'on pouvait chasser le Diable, non le contraindre à dire le vrai.

Bossuat suspendit son geste et l'envisagea de son air suffisant.

– Si fait, monsieur le beau discoureur. Mais en l'occurrence, la veuve n'est pas constamment sous l'emprise du démon. Le jour où elle a accusé son beau-frère de l'avoir maléficiée, c'était bien elle, et non le Diable, qui parlait au travers de sa personne. Je n'ai donc aucune raison de mettre en doute les propos qu'elle a tenus par sa bouche.

– Propos qu'elle n'a pas réitérés lors de votre interrogatoire, lui fit remarquer Percheval.

– Vous pouvez toujours cauteler, monsieur l'avocat, l'interrompit le juge avec agacement, vous perdez votre temps. Ce sorcier, que vous mettez tant de cœur et d'ardeur à défendre, mérite d'être jugé et puni à la hauteur de ses crimes. Car il n'a pas seulement maléficié la veuve contre sa volonté, pour la contraindre à subir les assauts répétés du démon, il a également fait mourir son époux. Et de cela personne ne peut douter : le mari de Reyne Inguélaère, Guy Vasseur, a été empoisonné.

– A-t-on seulement apporté la preuve de cet empoisonnement ?

– Le crime a été attesté par le chirurgien du village, Moïse Nature.

Percheval afficha une moue perplexe :

– Rien ne prouve que le mari de cette femme ait été empoisonné par l'effet d'une poudre diabolique. Lorsque les paysans ne connaissent pas la cause d'une maladie, ils pensent toujours que c'est un maléfice que l'on a jeté sur eux.

À cela, le juge Groise, qui partageait l'opinion de l'avocat sur la grande bêtise du menu peuple, opina du menton.

– La populace est si sotte qu'il n'est point difficile de la piper, confirma-t-il en souriant.

Bossuat pivota sur ses jambes fluettes et laissa tomber sur son conseiller l'exceptionnelle puissance de son regard.

– Vous aussi ? aboya-t-il avec une indignation révoltée. Vous niez l'existence des sorts ?

Confus, le gros magistrat rougit jusqu'à la pointe des cheveux et s'empressa de complaire à son irascible collègue :

– Non pas, non pas, bredouilla-t-il en secouant la tête. Nous savons tous que le Diable est partout en ce monde et que les abominables sorciers, avec qui il a intelligence, tuent chaque jour une multitude de pauvres gens...

Estienne, déterminé, quant à lui, à ne pas se laisser impressionner par l'ombrageux lieutenant criminel, reprit la parole :

– Convenez de cette évidence, dit-il avec une belle assurance et une souveraine autorité. Toute fâcheuse maladie, subite ou opiniâtre, est trop souvent et trop vite imputée à la sorcellerie. Les gueux se sustentent de bêtes infectes tels que des limaces ou des escargots qu'ils avalent sans prendre la peine de nettoyer, ou encore des rats, des mulots, des chats, qu'ils dévorent sans jamais jeter les abats. On ne peut s'étonner que ces traîne-malheurs soient ensuite sujets à des putréfactions internes. Pour être certain que l'époux de la veuve Inguélaère a été empoisonné par intention et non par accident, il aurait fallu au préalable qu'un médecin instruit et licencié ait estimé, devant les manifestations extraordinaires de sa maladie, que celle-ci ne pouvait relever que d'un maléfice du Démon.

– Moïse Nature a réputation d'être un excellent chirurgien, riposta Bossuat. Je me suis laissé conter qu'il avait guéri bon nombre de gens dans ce village, avec ses bouillons et ses tisanes. Il n'y a pas lieu de croire qu'il est moins expert que vous dans l'art de soigner.

– Il me plairait de savoir quelles sortes de potions et d'infusions ce charlatan utilise... ricana Jehan Estienne. Je suppose qu'il se sert de toutes sortes d'animaux, ainsi que de leurs excréments et de leurs superfluités, et qu'il cause, par son ignorance, de leurs véritables effets, des maux infiniment plus grands que ceux qu'il est censé soulager. Qu'a-t-il donné au mari de cette veuve, par exemple ? Quelques remèdes à base d'urine de renard, de cœur de grenouille, de graisse de cerf, je suppose ? Ces petits chirurgiens de village ne savent même pas distinguer l'axonge du suif ou du lard, ajouta-t-il avec un mouvement hautain des épaules. On m'a même rapporté qu'ils donnaient de la sauge quand il faudrait utiliser de la verveine. Ce ne sont que des empiriques, qui exercent sans avoir été reçus et qui n'ont aucune connaissance des vrais principes de la médecine. Nul doute que votre Moïse Nature administre des drogues au hasard et qu'il vend à la gueusaille des remèdes dont il a pris les formules dans des ouvrages réservés aux vrais médecins, et auxquels, évidemment, il ne comprend goutte...

– Je partage cette opinion, renchérit Percheval. Ce chirurgien, Moïse Nature, a pu se tromper. Et pour être certain que le dénommé Guy Vasseur ait été empoisonné, il aurait fallu que l'on vît le corps et que l'on fît un rapport. Les ordonnances royales rappellent à ceux qui seraient tentés de juger trop promptement d'un crime qu'ils doivent auparavant dresser sur-le-champ procès-verbal de l'état où se trouve le cadavre et de tout ce qui peut servir pour la décharge et conviction.

Pierre Bossuat semblait être parvenu au terme de sa patience. Sa glotte se levait et s'abaissait nerveusement. On eût cru qu'elle allait jaillir de son cou de canard.

– Allons, abandonnez l'affaire, acheva Percheval avec un geste d'impatience. Et reconnaissez, comme moi, que cette histoire de possession n'est qu'une mauvaise comédie. Aucun homme de bon sens ne pourrait y accorder créance.

Le magistrat se hissa sur son cheval et serra si fort les rênes que les veines de ses mains bleuirent. Il esquissa une moue qui valait mieux que cent discours. Il y eut, en effet, de tout dans cette grimace : de la superbe, du dédain, de l'ironie, du dégoût et surtout de la haine.

– Inutile de le répéter si haut et si fort, ni trop souvent, monsieur l'avocat, dit-il en dardant sur Percheval un regard lourd de menaces. J'ai bien compris quelle est votre position : celle d'un impie. Laissez la justice faire son œuvre et punir ce suppôt de Satan. Ou craignez que l'on vous soupçonne de conniver à ses crimes abominables.

Puis, se tournant vers Estienne, il adressa à celui-ci un avertissement identique :

– Quant à vous, monsieur le médecin, vous êtes assurément du même acabit que votre ami l'avocat. Aussi vous tiens-je en la même estime. J'ai tout de suite vu que vous faisiez partie de ces savants qui ont trop de curiosité et… trop peu de foi.

Et, d'un coup sec du talon, il fit partir au trot son hongre gris.

En réalisant que son collègue était parti sans l'attendre, le conseiller Groise, après avoir salué le vicaire d'un signe de tête, se hâta de se mettre en selle à son tour. Comme il éprouvait quelques difficultés à se hisser sur son cheval, Percheval lui prêta secours et lui fit un marchepied de ses deux paumes.

Sur la place de Malzieu, une dizaine de badauds avaient recommencé à s'attrouper, regardant avec curiosité les trois étrangers.

– Monsieur, fit Percheval en s'adressant au gros magistrat, je ne doute pas que vous soyez un homme d'accommodement. N'aurez-vous point à cœur de convaincre Pierre Bossuat de renoncer à poursuivre ?

L'autre, tout essoufflé par l'effort qu'il venait d'accomplir, lui offrit un visage rougeaud et bafouilla une réponse inaudible.

– Vous me semblez également une personne de grand cœur, mentit Percheval. Pensez-vous qu'il soit très chrétien de punir un innocent ?

– Ce… ce que j'en pense ? répéta Groise, pris de court.

Mais avant qu'il eut réfléchi à la question, chose qui chez lui prenait généralement un certain temps, le père Jérôme dressait une main courroucée vers Percheval :

– Quittez ce lieu et laissez donc la justice punir comme il se doit ceux qui ont renié notre Seigneur Jésus-Christ.

Puis, sans un mot de plus, le jeune et sombre vicaire s'éloigna vers l'église, austère, implacable, raide dans sa robe noire, tandis que Groise, profitant de cette diversion, éperonnait vivement son bidet.

Restés soudain seuls au milieu du village, Estienne et Percheval se regardèrent un moment sans parler.

– Cancre ! s'exclama finalement le médecin. Ce jeune curé m'est franchement odieux ! Et cette fouine de Bossuat bien pire que vous me l'aviez portraite !

Percheval exhala un profond soupir.

– Eh bien ? Qu'attendons-nous pour départir ? demanda Estienne avec impatience. Allons-nous demeurer encore longtemps dans ce trou ?

– Non, rentrons, fit l'avocat, le visage grave. Je sais à présent tout ce qu'il me reste à faire.

Son ami l'observa avec une mine incrédule.

– J'espère que vous n'avez pas l'intention de vous mêler davantage de cette querelle de fols furieux ? s'enquit-il, l'œil soupçonneux.

– Il le faut bien, pourtant.

– Melchior, ces histoires de sorcellerie sont tout juste bonnes pour les tonsurés et les béats [1] ! D'autant plus que vous risquez de vous attirer de fâcheux ennuis à vouloir conforter un maraud qui a si méchamment occis son beau-frère.

– Mathias Vigneules n'a occis personne. Cette veuve ment et je compte bien le prouver.

– Bah ! fit Estienne qui ne comprenait rien à cette obstination. Après tout, faites ce que bon vous semble. Mais ne vous étonnez point de recevoir le bâton en retour.

– La partie sera difficile, avoua Percheval, cependant j'ai quelques ressources.

– La partie ? répéta Estienne en le dévisageant avec une commisération cynique. N'avez-vous point compris, mon ami ? Votre petit juge a pourtant été assez clair sur ce point, il me semble : elle n'est pas encore jouée qu'elle est déjà perdue.

---

1. Dévots.

VI

Conclusions sur la possédée de Malzieu

Deux jours plus tard, Melchior Percheval, assis près de l'âtre, le dos aux flammes, une couverture en laine posée sur les genoux, remuait ses pensées. Mais rien de ce qui animait son esprit ne s'exprimait sur son visage sinon, de temps à autre, un imperceptible froncement de sourcils, entre ses tempes argentées.

Un bruit de pas dans le couloir lui fit soudain tourner la tête. Gaultier des Périers fit son entrée dans la pièce, pourpoint ajusté, rabat de dentelles, bottes à revers épanouis, croate rouge et moustache[1] frisée dans un ruban de soie.

– Te voilà bellement mis, constata Percheval, sans oser lui faire remarquer que cet excès de coquetterie ne convenait point à un futur homme de loi.

Gaultier, tendant la pointe du pied en avant, se perdit un moment dans la contemplation de ses nouvelles lazzarines. Puis il ôta négligemment la petite étoffe de mousseline enroulée autour de son cou.

– Dieu ne nous permet point de choisir notre condition, ni même notre sexe, répondit l'élégant jeune homme avec un sourire, mais au moins nous laisse-t-il libre arbitre pour le choix de nos toilettes.

Cette plaisanterie fit sourire Percheval, qui pourtant continuait de trouver inepte l'ardeur des hommes et des femmes

1. Longue mèche de cheveux pendant devant l'épaule.

pour les caprices de la mode. Lui-même n'avait jamais fait grand cas de sa tournure et de sa coiffure. Il se savait encore séduisant pour son âge et cela lui suffisait grandement. Qu'aurait-il eu à faire de rubans et de jabots quand il avait encore toutes ses dents et que le temps, contrairement à bien d'autres, ne l'avait point encore trop blanchi, ni dégarni ?

– Alors, s'enquit Gaultier, avez-vous fait bon voyage, Maître ?

L'avocat prit un temps pour répondre et se rembrunit dans son fauteuil.

– Certes non, dit-il.

– Vous voilà bien déconforté, remarqua Gaultier en plissant le nez. Vous aurait-on fait un accueil chagrineux, là-bas, dans ce village des Ardennes ?

– Va chercher de quoi écrire et installe-toi près du feu, commanda Percheval sans rudesse. J'ai besoin de toi pour une dictée. Tu auras réponse à ta question en écrivant pour moi la lettre que je compte adresser à monseigneur Depont.

Gaultier revint portant pupitre et plumes.

– Qui est ce monseigneur Depont ?

– L'intendant de justice.

– Un intendant ? Votre affaire doit être bien grave pour que vous lui adressiez une lettre !

– Elle pourrait le devenir. Aussi, vois-tu, est-il toujours préférable de dénoncer des abus qui se préparent plutôt que d'attendre qu'ils ne produisent leurs effets. Ce principe, qui n'est pas de droit mais de bon sens, devrait te servir de gouverne, mon garçon.

– Monseigneur l'intendant va-t-il vous aider ?

– Peut-être.

– Un intendant peut-il s'opposer à une sentence rendue par la cour ?

– Il le peut, s'il montre quelque intérêt pour le cas et s'il reçoit un arrêt d'attribution, afin de rejuger l'affaire.

– Sa justice serait donc supérieure à celle de tous les autres juges ?

– Si fait. Les intendants sont au-dessus de tous les tribunaux ordinaires. Ainsi l'a voulu Richelieu et avant lui nos rois, pour réprimer les injustices des magistrats.

– C'est une bonne chose, approuva Gaultier d'un clignement appuyé des paupières.

Puis, ne faisant plus d'autres commentaires, il attendit que son maître commençât sa dictée, de sa voix haute et claire :

Relation de Melchior Percheval, avocat en la ville de Metz, touchant une soi-disant possédée vivant à Malzieu, dans la prévôté de Bazeilles, au mois de février 1659. À Monseigneur Depont, intendant de justice, police et finances.

Le lieutenant criminel du bailliage de Sedan, Pierre Bossuat, et le conseiller Michel Groise, ainsi que le vicaire officiant dans la paroisse de Malzieu, dans le ressort dudit bailliage, le père Jérôme, disent avoir des preuves de la possession d'une femme séculière nommée Reyne Inguélaère.

Je ne me suis donc rendu audit village de Malzieu, non point pour démentir ces preuves, mais pour bien m'instruire de toutes les choses extraordinaires dont la prétendue possédée faisait démonstration et pour les considérer avec le plus grand soin qu'il me serait possible.

J'étais en la compagnie du sieur Jehan Estienne, médecin et homme de grande probité, lorsque j'ai assisté à l'interrogatoire de la femme Inguélaère…

Il s'interrompit, réfléchissant à la suite qu'il devait donner à sa lettre. Gaultier souffla sur le feuillet pour sécher l'encre.

Le lieutenant criminel a d'abord posé à icelle plusieurs questions auxquelles elle n'a point répondu. Lorsque le prêtre de la paroisse l'a pressée à son tour de nommer le Diable qui la tourmentait, et celui du sorcier qui lui avait jeté un sort, la veuve a commencé à faire preuve d'une forte agitation du corps et de l'esprit. La possédée nous a en premier lieu tenu des propos grossiers et proféré diverses saletés, comme si elle était fort aise de les prononcer et qu'elle goûtait de nous offenser par toutes ces déclarations ordurières, en particulier le saint homme qui lui tendait la croix. Puis elle s'est reculée contre l'autel, le corps et les membres extrêmement roides. Ensuite, elle a tourné la tête de manière inhabituelle et effrayante, le visage déformé par une grimace. J'ai pu alors remarquer que sa langue était épaisse et hors de sa bouche, ses bras tendus le long de son buste et un peu contournés en dedans, que ses mains et ses doigts étaient crispés. Elle est restée plusieurs minutes dans cette posture étrange.

Lorsque l'exorciste a de nouveau commandé à l'esprit malin de se nommer puis de nous montrer ses pouvoirs, la femme s'est violemment jetée à terre auprès de l'autel et nous a fait une démonstration impressionnante : je l'ai vue avancer sur le sol, les bras croisés, dans un mouvement inhabituel qui ressemble à celui d'un serpent qui rampe. Le lieutenant criminel Pierre Bossuat nous a fait grand cas de ce qu'elle ne se servait point de ses bras ou de ses pieds pour avancer. Mais il me paraît inutile d'expliquer cette façon de se mouvoir, car je n'y ai rien trouvé d'extraordinaire ; elle a très bien pu s'aider des cuisses pour se déplacer de la sorte.

Quant aux convulsions et aux crises qui ont suivi cette petite fantaisie et qui se sont produites avec force cris et hurlements de bête, et que je ne chercherai point à décrire dans ce rapport, je dois dire que je n'y ai point vu non plus de démonstrations concluantes.

Il est vrai que la veuve s'est mise à hurler, à se retourner dans la poussière, à grimacer, à baver et à faire devant nos yeux tout ce qui peut donner de l'horreur, mais là encore, je m'étonne qu'on puisse faire passer ces extravagances pour des preuves infaillibles d'une intervention du démon.

Gaultier s'arrêta d'écrire et l'envisagea, les yeux agrandis de stupeur :

– Dieu ! À la voir ainsi, je serais sûrement mort de frayeur ! Mais vous-même, maître, avez-vous eu très peur ?

– Cesse donc de m'interrompre toutes les deux minutes, avec tes bavardises, le pria Percheval. Je souhaite achever quiètement cette lettre. Puis-je continuer ?

– Je vous ois, maître.

Au vu de tout cela, j'accorde naturellement peu de crédit aux accusations que cette veuve a lancées contre le paysan qu'elle prétend être à l'origine de sa possession. Celui-ci, un dénommé Mathias Vigneules, vivant à Malzieu, n'a point de malice ni de méchanceté au cœur. Je ne saurais expliquer la raison pour laquelle la femme Inguélaère le tient pour responsable de son état, mais je doute qu'il s'agit là de rancœurs anciennes et fort tenaces, lesquelles ont assurément dérangé sa cervelle.

Lorsque le juge Pierre Bossuat a montré une grande opiniâtreté à me convaincre du bien-fondé de cette prétendue possession, je lui ai reparti que je n'avais rien vu de surnaturel dans les agitations de la veuve et que le Diable n'avait rien fait de ce que le Rituel demande. Sur quoi, l'on m'a tenu aussitôt reproche d'avoir des paroles et des pensées de grande impiété. Ledit lieutenant criminel, Pierre Bossuat, m'a quitté en disant que ceux qui doutaient du pouvoir du Diable pouvaient fort bien être soupçonnés d'accointance avec lui. L'ayant pour ma part assuré que je n'avais aucun dessein qui m'éloignât de la vraie et Sainte Religion catholique et apostolique, je ne me suis point résolu cependant à reconnaître la réalité de la possession. Au contraire, je ne puis toujours, en mon âme et conscience, que la révoquer en doute.

Notre Majesté vous ayant chargés de corriger toutes les injustices, oppressions et abus que ses sujets pouvaient souffrir des officiers et ministres de la Justice, et cela pour le bien et soulagement de son peuple, je sollicite votre intervention prompte et légitime afin de m'autoriser à défendre Mathias Vigneules, ce pauvre malheureux que rien n'accuse, si ce n'est la calomnie et l'ignorance superstitieuse.

Et si celui-ci, malgré mon conseil, venait à être condamné par le bailliage de Sedan, peut-être ce présent rapport contribuera-t-il à ruiner toutes les conjectures destinées à favoriser une accusation de maléfice, d'envoûtement et de sorcellerie ; et faire croire assurément, à ceux qui en prendront connaissance, que toute cette histoire n'est qu'une imposture abjecte ou divagations de femme grandement déraisonnée.

– Maître, demanda Gaultier au bout d'un moment, ce paysan…

– Eh bien, quoi ?

– Pourquoi tenez-vous tant à être son conseil ? Est-il de votre connaissance ou de votre parenté ?

– Allons, cesse de m'embâter avec des questions aussi sottes. N'as-tu point acquis un peu de cervelle depuis le temps que tu étudies avec moi, mon pauvre garçon ?

Ce « pauvre garçon » fut un peu sec, mais Gaultier n'en continua pas moins d'interroger l'avocat silencieusement du regard, avec son air de franche naïveté. Cependant, comme Percheval restait étrangement fermé à la discussion, le jeune homme trouva finalement préférable de ne plus se montrer trop curieux à ce sujet.

– Maître, que se passera-t-il si le tribunal décide de poursuivre ? Si ce paysan venait à être condamné et si monseigneur Depont ne s'émeut pas de son sort ?

– Tu devrais le savoir, puisque tu fais ton droit : il me faudrait faire appel du jugement.

– Au présidial ?

– Oui, au présidial. Et si cela s'avérait nécessaire, au parlement.

– Vous aurez donc toutes les chances de voir annuler ou réduire la sentence, le rassura Gaultier. On dit que ces messieurs du parlement de Paris ne portent plus grand intérêt aux affaires de ce genre. N'est-il pas vrai que, depuis longtemps, Paris ne confirme plus aucune peine de mort pour sorcellerie ?

– C'est vrai, soupira l'avocat, mais hélas, le village de Malzieu n'entre pas dans le ressort du parlement de Paris. À cinq lieues près, il dépend du parlement de Metz, dont le premier président, je puis te l'assurer, n'a point l'esprit aussi éclairé.

Il ramena la couverture sur ses jambes avec un mouvement de contrariété :

– Mais peu importe. S'il le faut, j'en appellerai à la justice du roi.

Il s'interrompit et frappa de la paume l'accoudoir de son fauteuil.

– Voilà ! reprit-il avec véhémence. Je mènerai l'affaire jusqu'au conseil des Parties s'il le faut ! J'irai porter la cause devant les requêtes de l'Hôtel ! Que la peste m'emporte si je ne me fais point entendre !

Gaultier, stupéfait, dévisagea l'avocat comme s'il ne l'avait jamais vu. C'était la première fois que ce dernier montrait une telle détermination à gagner un procès et s'emportait de la sorte. Le jeune homme, impressionné par ce transport inaccoutumé, l'envisagea avec perplexité. Percheval, sentant l'examen dont il était soudain l'objet, s'obligea à plus de mesure et posa la main sur l'épaule du jeune homme dans un geste rassurant.

– Mais j'espère ne pas devoir en arriver là, dit-il. Ce Pierre Bossuat, tout façonnier et faquin qu'il soit, n'est point si terrible, ni si fort, que je ne puisse le contrecarrer.

– Je ne doute pas que vous y parviendrez, maître, répondit Gaultier des Périers avec sincérité. Vous êtes le meilleur avocat dans tout le pays de Metz. Personne n'a une si grande connaissance des lois et de la jurisprudence que vous. Ainsi donc, votre bon ami… je veux dire… votre plaignant peut s'estimer heureux de vous avoir trouvé pour le défendre. Le connaissez-vous bien, maître, ce malheureux rustaud que l'on a si injustement accusé ?

Percheval leva les yeux au ciel et ravala une nouvelle réprimande. Il lui était difficile de se fâcher longtemps contre l'ingénu : toujours, par un sourire, une parole innocente, ce jeune bougre le désarmait.

– Ne t'ai-je pas déjà répondu que ce Vigneules n'était point mon ami ? dit-il en soupirant. Je ne l'ai jamais vu et ne le connais ni d'Ève ni d'Adam. A-t-on besoin de connaître tous les malheureux qui vivent sur cette terre pour se compassionner de leur ennui ?

Gaultier passa un doigt sous son rabat. La chaleur lui avait un peu gonflé le cou.

– Et votre ami médecin, demanda-t-il encore, qu'en pense-t-il ? Croit-il, lui aussi, que cette veuve feint d'être possédée ?

– J'ai prié Jehan Estienne d'adresser également son rapport à monseigneur Depont. Tu peux lire ses conclusions, si cela t'intéresse. Elles sont sur la table.

Gaultier se leva et revint aussitôt, trois feuillets de papier dans la main.

– Avec plaisir, maître.

Rapport autographe de Jehan Estienne, médecin, sur Reyne Inguélaère, prétendue possédée. Rapport fait à la demande de M. Percheval, avocat, le 13e de février 1659.

Il ne fait aucun doute que la veuve Inguélaère souffre d'une maladie naturelle que les médecins se plaisent de nos jours à appeler « mélancolie », « fureur de matrice[1] *» ou encore « rêverie de matrice ». Mais elle vous sera sûrement plus familière sous les noms communs d'« hysteria » ou de délire.*

Il faut rechercher les causes de cette maladie dans la bile, le sang ou la pituite, qui tournent subitement, sans que l'on sache exactement pourquoi, en mélancolie et s'amassent, soit dans la rate des hommes, soit dans le ventre des femmes.

Cet humeur mélancolique, ainsi amassé se gâte, se rôtit et pourrit insensiblement par fermentation. Il résulte de cette altération lente et néfaste une émission de vapeurs dans le reste du corps. Ces vapeurs s'engagent d'abord dans l'épine du dos puis passent dans les nerfs et, des nerfs, montent enfin vers la tête. Arrivées dans la tête, elles renversent le tempérament du cerveau. J'entends par là qu'elles mettent la malade hors de son bon sens en excitant son imagination et en créant des phantasmes ou des hallucinations.

Cette maladie ne s'accompagne pas de fièvre comme c'est le cas pour la frénésie ; elle est sans fièvre mais n'en suscite pas moins de fâcheux désordres dans le timbre ; elle peut être continuelle et sans relâche ou bien, comme c'est le cas pour la femme Inguélaère, observer des intervalles de répit qui laissent la malade en pleine santé. J'explique cela par le fait que l'humeur gâté, qui croupit toujours dans la matrice, n'a pas eu le temps de venir s'attacher définitivement à la substance du cerveau et de le corrompre. Il lui arrive encore d'en sortir promptement, et c'est la raison pour laquelle la fureur passe aussi soudainement et que la raison revient par moments.

Toutes sortes d'humeurs peuvent se porter à la tête et exciter diverses sortes de troubles ; le sang et la pituite, s'ils abondent excessivement, sont à l'origine de petits désordres qui ne sont pas bien méchants. Mais la bile, lorsqu'elle tourne en mélancolie vitieuse et

1. Utérus.

lorsqu'elle est passablement échauffée, fait les plus grandes folies. Elle donne aux malades de la férocité et de la sauvagerie et leur font voir des spectres fort étranges.

Il semblerait, dans le cas de la veuve, que l'humeur qui domine le tempérament du cerveau soit bien un humeur mélancolique, noir et brûlé. Celui-ci, le plus terrible, éveille et agite dans l'esprit de la malade, des visions et des pensées funestes et l'amène à ne parler que de l'Enfer et du Diable.

Les gestes et les paroles que nous a tenus la femme Inguélaère, très impudiques et pleines de saleté, sont des témoignages très certains de la partie de son anatomie où réside cet humeur pourri. Toute mélancolie excite la matrice et, par conséquent, incite les femmes à la lubricité.

Le grand Hippocrate, dans le livre qu'il a fait de cette maladie, affirme que celle-ci touche souvent les filles assez jeunes et qui n'ont point eu encore leurs purgations naturelles ; les femmes mariées y sont moins sujettes que les filles, mais cependant, elles sont plus souvent atteintes que les filles si elles sont privées de leurs menstrues ou si elles sont devenues veuves ou encore si elles sont célibataires ; les femmes seules, en effet, présentent les cas les plus nombreux de cette affection. Tout nous porte à croire que la continence, chez les femmes sans époux, les prédispose grandement à la mélancolie.

Chez ces dernières, la fantaisie s'accoutume à un objet particulier, de sorte que si on leur parle de cet objet ou des choses qui en dépendent, tout aussitôt, cette fantaisie, créée par la maladie, s'exprime vivement. Si vous parlez à une femme souffrant de mélancolie du sujet où s'est tournée sa folie, vous la mettrez hors d'elle-même. Aussi, lorsqu'on parle à la veuve Inguélaère de Diable et de maléfices, tout aussitôt, comme si on la touchait sur son mal, sa fantaisie s'échappe et crée une assez notable agitation en son corps et en son cerveau.

La mélancolie s'annonce toujours par certains signes, aisément reconnaissables : on remarque généralement chez les femmes sujettes à ces maux un changement notable dans le caractère et le tempérament, une plus grande irritabilité, une mobilité d'esprit continuelle, des impatiences, des inquiétudes vagues, des idées tristes, des pleurs ou des rires sans sujet, des rêvasseries, des songes étranges ou effrayants, des insomnies. La malade ressent des crampes et des fourmillements au niveau des extrémités inférieures ; elle est prise de frissons résultant tantôt d'une chaleur brûlante, tantôt d'un froid glacial dans tout le corps ; elle est prise alors d'un irrépressible besoin de marcher ou au contraire de s'étendre, de s'étirer, de changer sans cesse de position. Par la suite, elle éprouve une gêne, d'abord faible, puis très pénible, dans le bas-ventre. Cette gêne monte rapidement jusqu'au cou, en lui faisant l'effet ou la sensation d'une boule qui s'étend des mêmes parties et qui suit le même trajet, à savoir de la matrice au cou, et qui, parvenue à la gorge, détermine une constriction douloureuse telle que la malade craint tout à coup d'être étranglée ou suffoquée. En même temps surviennent des bouffées de chaleur au visage, qui se montre fort rouge et congestionné. Enfin, la malade agite les bras et les jambes dans tous les sens et leurs mouvements acquièrent une force extraordinaire, de sorte que trois ou quatre personnes ont du mal à la contenir, quand une seule suffirait ordinairement.

Cela étant posé, j'en viens à présent à expliquer les causes des divers symptômes et accidents qui me sont apparus durant la crise de la veuve Inguélaère.

D'aucuns pensent qu'il s'agit là de prodiges, de choses non naturelles qui ne peuvent se concevoir que par l'intervention d'un esprit malin ou d'une force occulte. Je n'ai rien vu, quant à moi, qui puisse m'en convaincre et, au contraire, je puis dire que tout ce que cette femme m'a donné à voir est directement et infailliblement en rapport avec la mélancolie. À plusieurs reprises, elle a montré une rigidité extraordinaire des membres et de tout le corps ainsi qu'une grande agitation des bras et des jambes. La cause de cette raideur et de ces convulsions a été expliquée précédemment : l'humeur vitieux et troublé, enfermé dans la matrice, et plus particulièrement dans les urines de la matrice, envoie des vapeurs dans la tête au moyen des nerfs. Ces vapeurs, à leur tour, agitent fortement les nerfs qui provoquent cette tonicité et cette raideur particulière des différentes parties du corps. Il nous est apparu également, et plusieurs fois de suite, que la femme, étant étendue par terre, parvenait à se ployer en arc, en se cambrant, et cela, sans s'aider des coudes ou des cuisses. Les magistrats présents lors de l'examen ont vu dans cet exercice une preuve incontestable de la possession démoniaque. J'ai la certitude, pour ma part, que ce fameux prodige n'est que l'effet de l'agitation excessive des vapeurs, qui à ce moment précis, étaient passées dans l'épine du dos et donnaient à celle-ci une force décuplée.

Pour ce qui est des autres contorsions et des convulsions, qui ressemblent fort, dans leurs démonstrations, à celles que montrent les personnes atteintes du mal de saint Jean, la médecine peut aisément les expliquer par les mêmes principes que ceux énoncés précédemment.

Le seul remède pour traiter la mélancolie de cette veuve est de cesser promptement les exorcismes et les interrogatoires des autorités séculières. Il paraît évident que toutes les questions qu'on lui pose à propos d'une supposée infection, de crimes de sorcellerie, de diableries en tout genre ne peuvent, au regard des maux dont elle souffre, qu'exciter les rêveries et les phantasmes produits par son humeur gâté.

Par conséquent, le plus grand bien que l'on puisse faire à cette prétendue possédée est de mépriser son encombrant démon et sans doute la verrons-nous bientôt ennuyée de sa possession. Et si ce n'était point le cas, pour éviter que ne surviennent trop fréquemment les crises, l'homme de l'art ne saurait trop conseiller que l'on tire tous les jours les vents et les vapeurs pourries qui se forment dans le ventre de la malade, en exerçant de violentes pressions sur son abdomen ; pour faciliter la sortie de ces vapeurs, il faudrait encore lui tenir, la nuit, la tête bien surélevée, ceci afin que l'humeur noirci et les brumes mélancoliques ne puissent point remonter vers le haut du corps et cheminer jusqu'au cerveau. Qu'on lui administre ensuite, le plus souvent qu'il se pourra, diverses purgations pour réduire les humeurs ou délayer, tout au moins, ceux qui sont visqueux ; enfin, il faut conseiller l'usage régulier et répété de la saignée, afin d'évacuer le sang corrompu et en ôter l'âcreté ; sans oublier une alimentation saine et légère, expurgée de toute pourriture.

– Tu joindras le rapport de Jehan Estienne à ma missive, ordonna Percheval à son stagiaire dès qu'il eut fini sa lecture. Je souhaite remettre les deux courriers à une personne de confiance, ce jourd'hui. Prépare la cire pour sceller.

– Bien, maître. Oh… j'oubliais : devrais-je aussi répondre à messieurs Barras et Camilles ? Ils insistent pour que vous les receviez…

– J'ai d'autres chats à fouetter que les petites brouilles de ces deux-là, répondit l'avocat avec un nouveau soupir.

Puis, rejetant la couverture qui dissimulait ses jambes et se levant :

– Dis à tous ces chicaneurs que je suis mort et enterré. Pour un temps, du moins.

– Vous sortez, maître ? s'informa le jeune homme en le voyant quitter ses pantoufles et enfiler ses souliers à rosettes.

L'avocat se surprit à rougir.

– Je dois rendre visite à une dame.

Gaultier dissimula derrière le rideau de sa main un petit sourire effronté. Jamais, depuis trois mois qu'il le côtoyait, il n'avait vu le très sobre Melchior Percheval chaussé de bas milanais, en tricot de soie rouge.

VII

Athénaïs

Il marcha pendant une heure, perdu dans ses pensées, sans rien voir des rues et des gens qui l'entouraient et, au terme de sa promenade, s'arrêta devant l'une des plus belles maisons bourgeoises de la ville.

C'était une grande demeure à deux étages, en pans de bois, dressée sur un rez-de-chaussée dont la façade, entièrement peinte, offrait le plus vif contraste avec le reste du bâtiment. Derrière les hautes arcades débouchant sur la place s'ouvraient les entrées de plusieurs caves voûtées. Tout l'avant du logement était envahi par des marchands et des petits boutiquiers, qui avaient disposé là leurs enseignes colorées, leurs logettes de toile et de plâtre, leurs échoppes et leurs étals, bien placés à l'abri des couverts. Les fenêtres du bâtiment, larges et ornées, mais également les claires-voies, le décor peint et l'ampleur des vitreries, quand la plupart des logis se contentaient de volets, tout témoignait de l'opulence du propriétaire. De l'extérieur, les étages qui surplombaient l'espace dévolu à l'échoppe paraissaient fort vastes et semblaient regrouper au moins cinq pièces. Bien que le rez-de-chaussée fût entièrement loué aux commerçants de Metz, la maison était néanmoins directement accessible depuis la rue par un grand escalier droit, plaqué contre le mur de façade. Percheval gravit celui-ci et, parvenu à la dernière marche, frappa à l'huis. Un valet lui ouvrit et le dévisagea des pieds au chef.

– Monsieur ?

– Le conseiller Bonnet-Maurois ou son épouse sont-ils céans ?

Il fut balayé par un regard hautain.

– Il n'y a que Madame qui soit céans.

– Alors, dites à votre maîtresse que Melchior Percheval désire s'entretenir avec elle.

– Madame ne reçoit pas.

Mais le coup d'œil que lui lança à son tour l'avocat fit aussitôt ravaler sa morgue au naquet.

– J'entends être reçu, et prestement. Annoncez-moi !

– Si vous voulez bien attendre, fit le domestique en pinçant les lèvres.

Quelques minutes plus tard, l'avocat se faisait conduire jusqu'au salon, une pièce vaste et richement meublée, pour autant qu'on pouvait en juger à la lumière qui filtrait entre les lourdes tentures des rideaux.

Au-dessus d'une console en marbre, un grand miroir semblait percer le mur sur lequel il était placé et offrait le reflet du contenu de la pièce : tous les signes de l'opulence et du prestige se trouvaient réunis là, des huit splendides chaises italiennes en noyer, pourvues de confortables accoudoirs et recouvertes de cuir rouge, au cabinet à marqueterie de laque et d'écaille, en passant par les tapis épais, les fauteuils garnis de coussins, les tapisseries et les porcelaines.

– Melchior, quelle charmante visite ! s'exclama Athénaïs Bonnet-Maurois en voyant son visiteur entrer dans le salon. Depuis combien de temps ne nous sommes-nous pas…

– Fort longtemps, coupa sèchement l'avocat, bien résolu à éviter les effusions et les gracieusetés.

– Je suis ravie. Cela fait au moins… Seigneur ! Combien ? Vingt ans ?

– Davantage, madame. Mais ce n'est point là l'entretien que je souhaite avoir avec vous.

Mme Bonnet-Maurois se dirigea lentement vers un petit guéridon vénitien et choisit une dragée dans une coupole à confiseries. Elle observa Percheval en échappade avant de porter délicatement la sucrerie à ses lèvres.

– Prendrez-vous une douceur ?

L'avocat rejeta sa proposition d'un geste méprisant.

– Vous n'avez point abandonné votre mauvais caractère, fit son hôtesse en croquant avec raffinement sa dragée. Et les années n'ont guère adouci vos manières.

– Le temps ne vous a point trop changée non plus, répliqua Percheval en lui jetant un bref regard.

La femme eut l'air de prendre la remarque pour un compliment et s'en flatta. Son visage s'illumina de cette joie intense qu'expriment généralement les coquettes un peu faites, lorsqu'on loue des attraits qu'elles croient avoir perdus.

Mais de ses charmes, pourtant, Anthénaïs Bonnet-Maurois n'en avait abandonné que très peu aux années.

C'était encore, à quarante-huit ans, une personne fort séduisante. Mince de taille et large de hanches, elle avait la peau très pâle, le cou très fin, les cheveux très blonds. Sa robe azurine, en velours broché, qu'elle portait avec autant d'élégance que si elle eût été fille, dessinait nettement les plénitudes d'une chair toujours ferme et soyeuse, et l'échancrure de son corsage découvrait une poitrine haute, dûment poudrée et fardée, aussi blanche que le lait.

– Je suis heureuse que vous ayez enfin pensé à moi, dit-elle à Percheval tout en lui coulant un coup d'œil engageant, non dépourvu de malice. J'ai craint, toutes ces années, que vous m'ayez oubliée pour de bon…

– Ne vous méprenez pas, répliqua froidement l'avocat. Je ne suis point venu vous rendre une visite de courtoisie.

Mme Bonnet-Maurois baissa les yeux mais ne parut pas s'offusquer du ton qu'il avait pris pour lui répondre. Son visage magnifique, si peu marqué, aux lèvres bien ourlées, ne trahit aucun sentiment. Percheval n'y vit ni déception ni colère, simplement une certaine fausseté dans cet abaissement de ses très longs cils, derrière lesquels elle lui dissimula l'éclat de son regard bleu.

Et il se souvint que c'étaient cette figure et ce corps, d'une perfection hors du commun, et cet art de l'artifice, qui avaient valu à la belle sa position, bien plus que ses vertus ou son éducation.

Athénaïs n'avait pas encore atteint sa dix-neuvième année lorsqu'un des plus riches marchands drapiers de la région s'était follement épris d'elle, au point de lui donner son nom, deux mille livres de rente et le reste de sa fortune par testament, s'il venait à mourir avant elle. Huit ans plus tard, par le fait d'un heureux accident, cette divine créature s'était retrouvée libre, non seulement de profiter des largesses de son défunt époux, mais également d'exercer sa coquetterie et de s'autoriser une liberté de mœurs qui eût fait rougir la plus vile ribaude.

Deux après son veuvage, pourtant, sentant l'âge avancer, et avec lui les chances d'un remariage compromises, la belle s'était résolue à convoler de nouveau, avec un robin cette fois, M. Bonnet-Maurois. Ce dernier avait hérité de son père la charge de conseiller au parlement de Metz. Percheval, sans le connaître bien, savait néanmoins que l'homme jouissait d'une solide réputation d'indépendance et d'intégrité et qu'il passait pour un magistrat dévoué au bien public – ce qui n'était pas coutume dans cette caste orgueilleuse, gangrenée depuis plus de deux siècles par la vénalité et l'incompétence. Ce ne furent pas cependant les qualités de son époux, si tant est qu'elle ait pu les apprécier, qui poussèrent la superbe Athénaïs à cette nouvelle union, mais simplement le souci d'asseoir davantage sa fortune. Bonnet-Maurois, en effet, était bien plus riche et fort mieux considéré en société que ne l'était feu le marchand drapier. Les chaînes de ce second mariage, naturellement, n'entravèrent jamais la jeune femme au point de la faire renoncer à la galanterie. La dame reprit ses anciennes habitudes, mais se croyant quelque chose dans le monde et redoutant sans doute les foudres de son nouvel époux, elle y mit seulement un peu plus de discrétion.

Alors qu'elle coquetait devant lui, la gorge avancée pour se montrer à son avantage, Percheval devina que, même à l'automne de sa beauté, la garce devait encore goûter le badinage.

– Eh bien ? demanda Athénaïs Bonnet-Maurois d'une voix exagérément suave. Que me vaut le bonheur de cette visite, Melchior ? Puisque je n'ai point droit à vos civilités, j'en conclus que vous êtes venu me demander une faveur. J'attends que vous m'éclaircissiez…

Elle reprit une dragée et, avant même que Percheval n'ouvrit la bouche pour s'exprimer, reprit sur le ton le plus léger :

– Je serais fort aise de répondre à cette demande… Si toutefois vous y mettez un peu de courtoisie.

Percheval la dévisagea avec répulsion. À présent, elle se tenait droite et réservée, mais son œil s'allumait vaguement, comme si elle se divertissait grandement de la situation.

– Je n'irai pas par quatre chemins, répondit-il. Je sais que votre époux est en meilleurs termes avec monseigneur Depont, l'intendant de justice. Je veux qu'il lui sollicite la permission de me présenter comme défenseur auprès d'un homme qui va être, d'ici peu, jugé par le bailliage de Sedan. Il me faut autorisation d'un commissaire départi pour me présenter comme conseil en cette affaire.

– Comme cela est dit roguement coupa Athenaïs avec un rire narquois. « Je veux… », « Il me faut… » ? Est-ce donc les manières que l'on prend avec une dame pour lui mander un service ?

Percheval frémit. Cette voix traînante, ironique, ce regard bleu qui brillait un instant et s'éteignait aussitôt derrière la barrière de ces cils recourbés, ce rire forcé, tout ce manège augmentait le dégoût qu'il avait d'elle.

Il sentit que la colère menaçait de lui faire perdre sa retenue et s'obligea à une froide politesse.

– Il est de la plus haute importance que vous parliez à monsieur Bonnet-Maurois, insista-t-il. Vous devez le convaincre de l'importance de ma requête.

Puis, sortant de son pourpoint les deux lettres scellées :

– Voici un rapport que j'ai écrit à monseigneur l'intendant et que vous voudrez bien transmettre à votre époux afin qu'il le lui adresse.

Les lèvres de la belle esquissèrent une moue faussement gênée.

– Je ne puis, soupira-t-elle en balayant d'un geste nonchalant une poussière imaginaire sur sa friponne.

– Pourquoi ?

– À cause que mon époux et moi-même ne sommes pas en très bons termes ces temps-ci, avoua-t-elle. Ce rustre de Bonnet-Maurois me bougonne dès que je lui dis une parole. Ainsi, cela est fâcheux, ajouta-t-elle, mais je crains de ne pouvoir vous être utile, en aucune manière.

– Votre mari vous bougonne ? demanda Percheval qui perdait patience. Serait-ce une façon délicate de me dire qu'il ne supporte plus vos infidélités ?

La dame fit, non sans un charmant effet, claquer sa langue. La franchise de la question souleva ses seins d'albâtre.

– Ne soyez pas offensant, dit-elle en s'obligeant à sourire.

– Je n'offense que votre pudeur, madame. Est-ce si grave ? Après tout, elle a déjà subi bien d'autres outrages.

Cette fois Athénaïs Bonnet-Maurois ouvrit la bouche et son visage s'empourpra d'une émotion qu'il n'aurait pu décrire. De nouveau, il y eut cet admirable remue-ménage dans sa poitrine, puis cette moue factice qui creusait dans ses joues de très jolies fossettes.

– Il n'est pas une vertu dans cette ville qui soit mieux gardée que la mienne, se défendit-elle, avec un regard amusé qui manquait franchement de conviction.

– À quoi bon mentir, madame ? maugréa Percheval. Je suis sûr que la liste de vos amants est plus longue que celle de mes plaignants.

– Je prends la chose pour un compliment, s'amusa Athénaïs en montrant une rangée de dents petites et blanches. Et si cela devait être vrai, croyez que j'en serais la première ravie.

Cette insolente provocation ranima chez Percheval son envie de la mortifier par une nouvelle raillerie.

– Le temps ne nous défait jamais de nos mauvais penchants. J'avais le sentiment que votre baron portait des cornes, je ne me suis point trompé. Et j'imagine aisément qu'il éprouve quelque courroux à ne plus pouvoir passer sous sa porte ainsi coiffé…

Elle eut un mouvement d'épaules hautain et le dévisagea avec cynisme.

– La belle affaire ! répliqua-t-elle en riant franchement. Mon époux ne peut s'en prendre qu'à lui-même, s'il se retrouve cocu. Vous le savez, puisque vous en êtes : les hommes sont trop vaniteux. Une fois qu'ils nous marient, ils s'imaginent qu'ils nous possèdent pour toujours et ne font plus aucun effort pour nous plaire. Monsieur Bonnet-Maurois aurait dû connaître le proverbe : « Les femmes, comme les fruits du jardin, sont difficiles à garder. Il y a toujours quelqu'un qui passe et qui voudrait en tâter… »

Percheval lui jeta un regard chargé de mépris. Athénaïs était assurément la plus belle garce que la vie, dans son lit d'ordures, ait jamais enfantée.

– Si vous y tenez, ma chère, restons dans le verger, ricana-t-il à son tour en la dévisageant d'un air mauvais. Je crois, moi aussi, que les femmes et les fruits sont en effet une même chose. Mais méfiez-vous à votre tour, car lorsqu'ils sont un peu trop mûrs comme vous l'êtes, ils se gâtent si vite qu'on s'empresse de les jeter avant qu'ils ne pourrissent.

Cette fois, son hôtesse ne parut pas goûter la réplique. Elle réprima un geste de mauvaise humeur.

– Finissons, pria-t-elle d'une voix tranchante. Je ne peux vous aider, vous l'avez bien entendu.

Percheval fit deux pas vers elle et amena son visage tout près du sien.

– Je crois que c'est vous, madame, qui ne m'avez point entendu. L'homme que je compte défendre en justice est le fils d'un censier qui vit à Malzieu, un village des Ardennes, et qui s'appelle Toussaint Vigneules. Ce nom vous dit-il quelque chose ?

– Un maraud ? Grand Dieu, non ! s'exclama Athénaïs. Aurais-je connaissance chez les gens du commun ?

– Toussaint, répéta Percheval en appuyant sur le prénom. Il était cousin de votre chambrière.

Cette fois, Mme de Bonnet-Maurois se raidit. La respiration sembla soudain lui manquer sous la busquière rigide et trop ajustée de sa robe.

– Dois-je mettre cette oubliance sur le compte de votre âge ou de votre mauvaise grâce ? se moqua l'avocat. Voulez-vous que je vous remembre certains faits ?

– Je ne sais rien de cette personne… souffla Athénaïs. Quant à mon époux, je vous le répète, je doute qu'il accepte d'intercéder en votre faveur.

Mais une brève secousse lui coupa net la parole. Percheval l'avait saisie par le bras, un peu trop fermement.

– Mathias Vigneules, le fils de Toussaint, est soupçonné d'être sorcier. Le lieutenant criminel du bailliage de Sedan, Pierre Bossuat, envisage d'entamer contre lui un procès. Si jamais les liens qui vous unissent à l'accusé devaient être découverts, vous auriez immanquablement à pâtir de cette fâcheuse situation. Ai-je été assez clair ? Ou la menace n'est-elle point assez évidente à vos yeux ?

Elle blêmit un instant, puis se reprit avec autant de promptitude.

– Il en va de même pour vous, lui fit-elle remarquer en se libérant vivement de son étreinte. Si l'on venait à savoir, vous serez tout autant que moi, sinon davantage, impliqué dans l'affaire…

– C'est pourquoi, lâcha Percheval dans un murmure, nos intérêts communs devraient nous inciter à conspirer.

Athénaïs se reprit, secoua la tête.

– Vous cherchez à m'effrayer, dit-elle. Qui donc pourrait bien savoir ? Personne ne sait… Allons, cessez donc de m'importuner avec cette vieille histoire.

Elle feignait à présent l'indifférence, mais dans le ton de sa voix pointait néanmoins une sourde appréhension.

Percheval la fixa avec haine, et les mots fusèrent comme une menace :

– On le saura, soyez-en certaine. Votre époux le premier. Je lui conterai tout… sans omettre aucun détail.

– Est-ce une menace ?

– C'en est une, confirma Percheval. Aussi, consentez à intervenir en ma faveur.

Un silence pesant s'installa dans le salon. Athénaïs Bonnet-Maurois roula nerveusement la perle de sa boucle d'oreille entre ses doigts.

– Je parlerai à mon mari, dit-elle finalement. Et je tâcherai de vous obtenir son soutien.

– Vous ferez mieux que de tâcher, lui conseilla l'avocat. Et n'oubliez pas que le temps nous presse. Arrangez-vous pour convaincre votre époux d'intercéder en ma faveur auprès de monseigneur Depont, le plus promptement possible.

Athénaïs fronça ses sourcils pâles et Percheval comprit qu'elle doutait d'y parvenir aussi aisément.

– J'ai toute confiance en vos dispositions pour convaincre un homme, dit-il en fixant la naissance de ses seins, dans l'échancrure du corsage. Il vous reste encore suffisamment d'attrait pour parvenir à vos fins.

Elle souleva ses jupes et se détourna dans une volte superbe :

– Ne me faites point de chatteries. Il me plaît assez que l'on me flatte, mais non qu'on me prenne pour une niaise.

– Il me faut cette permission, répéta Percheval froidement.

– J'ai parfaitement compris. Cela vous est acquis.

Satisfait, l'avocat la salua d'un bref signe de la tête et, sans aucune autre forme de civilité, fit mine de se retirer.

Mais à peine avait-il atteint le seuil, que la coquette, oubliant tout ce qui venait d'être dit, penchant la tête, reprit ses minauderies.

– Ne me donnez-vous point un baiser avant de partir, Melchior ? demanda-t-elle, le sourcil levé en un accent ravissant. Ce sont des choses qui se font entre gens d'une même famille.

Percheval se retourna, contempla pour la dernière fois la gorge blanche et les traits purs. Et cette vision lui fit l'effet d'une piqûre en plein cœur.

– Dussé-je en mourir, il me serait mille fois plus doux d'étreindre un serpent venimeux que d'effleurer ne serait-ce que votre joue.

Le regard de Mme Bonnet-Maurois se voila légèrement.

– La rancœur vous sied mal, mon cher frère, dit-elle en pinçant les lèvres. Et la colère vous envieillit. À présent, on oublierait aisément que vous êtes mon cadet : vous paraissez dix ans de plus que moi.

– Pardonnez-moi, madame, coupa Percheval d'un ton terriblement las, comme s'il se parlait soudain à lui-même. Pardonnez-moi d'avoir abusé de votre temps et de votre patience. Il est vrai que j'ai quelque peu troublé votre repos et rouvert de vieilles plaies... Mais c'est tout ce que nous recueillons, l'un et l'autre, des cruelles injustices que nous avons causées par notre conduite insensée.

S'attendait-il que des larmes amères vinssent inonder les joues de sa sœur, Percheval n'en eut pas une. Au lieu de cela, Athénaïs, sans nulle trace de repentir ou d'émotion, alla sonner la clochette des domestiques.

– Notre conférence est terminée, annonça-t-elle au valet qui arrivait. Veuillez raccompagner Monsieur mon frère.

VIII

Où l'exception respecte les règles

Sedan. 28 février.

Dressée au cœur de la ville, haute de trois étages mais de faible profondeur, la demeure de Pierre Bossuat avait l'allure d'une tour. Suffisante et ombrageuse comme son propriétaire, elle semblait vouloir écraser, sous sa silhouette austère, toutes les constructions voisines.

Percheval, enveloppé dans sa hongreline, se tenait sous l'arcade d'une boutique, en face de cette singulière demeure qu'il observait attentivement depuis plus d'une heure.

Contrairement à la plupart des logis ouverts sur la rue, le mur du rez-de-chaussée de cette étrange maison-forte n'était percé d'aucune baie de plain-pied, ni d'aucune ouverture importante. Il n'était troué que d'une porte basse et étroite, une bouche minuscule, qui semblait interdire l'entrée du lieu à quiconque. Quant aux deux petites fenêtres géminées, au deuxième étage, perdues au milieu de cette façade grise, elles semblaient loucher comme deux yeux trop rapprochés sous un front sévère.

Bâti au XIIIe siècle en pierre de taille, ce donjon urbain avait conservé, dans son aspect primitif, sa rudesse et sa roideur, mais personne cependant n'aurait eu l'idée de le trouver ridicule. Qui levait les yeux sur cette demeure d'une autre époque éprouvait aussitôt un sentiment d'écrasement et d'impuissance. La tour grise et hideuse jetait sur la rue le même regard glacial et hautain que Bossuat jetait sur les gens. Elle exprimait tout l'orgueil d'un homme qui, ayant changé de condition, se sent soudain élevé au sommet de la hiérarchie terrestre.

Durant trois générations, de père en fils, les Bossuat avaient prospéré dans la mercerie et l'industrie des draps de serge. Pierre, cadet de cette dynastie commerçante, avait été le premier à rompre avec la tradition familiale. À vingt ans, il avait préféré la carrière juridique plutôt que de s'avilir à accroître une richesse qui, il le savait, ne lui apporterait jamais ni les honneurs ni le prestige auxquels sa vanité prétendait naturellement.

En 1645, à vingt-six ans, fort de sa licence en droit civil et des deniers paternels, il s'était offert la charge de conseiller au bailliage de Sedan. Cinq ans plus tard, il y ajoutait celle de lieutenant criminel et, en 1652, moyennant quelques suppléments de finances, une place dans le second ordre de l'État. Une noblesse bien récente et de robe, certes, mais qui pouvait faire oublier l'origine d'une fortune qui fleurait un peu trop la marchandise.

Vers cinq heures de l'après-midi, le magistrat sortit enfin de son logis, accompagné de Michel Groise et de Robert Bérenger, un autre de ses assesseurs.

Percheval marcha aussitôt à la rencontre des trois hommes et les accosta avant qu'ils ne s'engouffrent dans la rue. Bossuat le reconnut immédiatement et l'envisagea sans dissimuler son mécontentement.

– Encore vous ! aboya-t-il. Que venez-vous chercher ?

– Pardon, fit Percheval, mais je passais par là. Il n'est point interdit de se promener en ville, ni de saluer une connaissance quand le hasard la met sur notre chemin.

– Le hasard ? Allons ! Vous ne me ferez point croire que c'est le hasard qui vous a conduit jusqu'à nous ! N'y a-t-il point assez d'occupations à Metz, pour que vous veniez divaguer dans ce pays et nous entreprendre en pleine conférence ?

– Je n'ai pas l'impression d'avoir interrompu votre conversation, fit remarquer Percheval. Je venais seulement m'informer des dispositions que vous aviez prises… Qu'en est-il de ce fameux sorcier de Malzieu ?

– Nous n'avons rien à vous dire à ce propos, répliqua aigrement Pierre Bossuat.

Et Groise, d'ajouter, pour se donner de l'importance :

– Cette affaire occupe grandement nos esprits. Aussi, veuillez, je vous prie, nous laisser vaquer à notre office. Nous nous apprêtons à ouïr d'ici peu les déclarations de cinq villageois, qui, tous, affirment avoir été victimes des abus du sorcier.

Furieux, Bossuat lança à son conseiller un regard noir. Mais le gros magistrat ne vit pas cet œil qui tombait sur lui avec le tranchant net d'un couperet et, benoîtement, continua sur sa lancée, livrant à Percheval des informations que visiblement le lieutenant criminel ne tenait pas à dévoiler.

– Le monitoire[1] que le père Jérôme a lu à la messe, dimanche dernier, les a convaincus de venir témoigner, confia-t-il.

– Taisez-vous ! cracha Bossuat à l'adresse de son assesseur, tout en frappant le sol du pied pour le rappeler à l'ordre. Nous n'avons rien à faire avec cet avocat, que je sache ! L'instruction doit rester entièrement secrète et vous n'avez ni à nommer les déposants, ni à lui donner connaissance du déroulement du procès !

Percheval, saisi par cette nouvelle, resta coi.

– Des témoins ? s'étonna-t-il.

– En effet, confirma Bossuat d'un ton suffisant. Ainsi, vous ne pourrez plus douter du bien-fondé des accusations de la veuve Inguélaère.

Et, pour l'expédier, il lui tendit une feuille de parchemin.

Percheval s'en saisit, l'air inquiet, et blêmit en lisant l'ordonnance :

Considérant les pertes et dommages que depuis quelque temps il est advenu aux habitants de Malzieu, en la prévôté de Bazeilles et bailliage de Sedan, lesquelles pertes, selon l'expérience et rumeur

1. Avis que le tribunal adresse au juge ecclésiastique du diocèse, et que celui-ci envoie à son tour au curé, afin qu'il le lise aux fidèles. Cette injonction était destinée à exhorter les paroissiens à venir déposer contre un suspect et les obligeait à révéler ce qu'ils savaient d'un crime, sous peine d'excommunication.

publique, adviennent par sorts et sorcelleries et infâmes maléfices, et afin de couper la voie à de telles pertes, les autorités ont consenti et accordé, et par cette présente, consentent et accordent de propos délibérés, que le dénommé Mathias Vigneules, sa femme, la dénommée Sarah Inguélaère, ainsi que leur fils Hugues Vigneules, soient appréhendés par la justice supérieure et sur ce, examinés, questionnés[1] *et, si le cas le requiert, justiciés comme il appartient en de telles circonstances.*

– Cela satisfait-il votre curiosité ? À présent, consentez à départir et retournez à vos petites chicanes.

– Quel âge a l'enfant ? demanda Percheval en se raidissant.

– Sept ans.

– Quelles charges pèsent sur lui ?

– Les sorciers font ordinairement leur fils sorcier. La sorcellerie est héréditaire et la contagion inévitable. C'est pourquoi j'ai ordonné, en sus de l'enfermement de ce Mathias Vigneules, celui de sa parentaille.

Percheval fut envahi par une colère sourde. Il aurait volontiers étranglé de ses mains ce juge obtus et la veuve Inguélaère tout en même temps. Cette femme avait-elle eu conscience qu'en condamnant Mathias, elle avait également condamné sa propre sœur et son neveu ?

– Je trouve, monsieur, bien dangereux, sur la déposition d'une folle et de quatre ou cinq misérables, qui ne savent le plus souvent ce qu'ils disent, de juger des innocents.

Puis il ajouta, en rendant le parchemin à Bossuat :

– Je vous conjure de renoncer à ce procès, pendant qu'il en est encore temps.

– Plaît-il ?

– Infliger la torture à une famille que rien n'accuse, sinon les propos d'une enfiévrée et les calomnies de quelques pécores, serait une terrible erreur. Vous n'êtes point dépourvu de bon sens, je n'ose croire que vous ferez une chose pareille.

Un silence pesant tomba sur le petit groupe. Les juges Groise et Bérenger restèrent sans réaction, parfaitement

1. Torturés.

immobiles. Bossuat lui-même ne fit aucun éclat, baissa les yeux vers le sol, mais sa lèvre pincée et son teint pâli trahirent la mauvaise humeur qui l'assaillait. Il releva lentement le visage vers l'avocat et le fixa longuement, comme s'il eût voulu tout à coup en débattre avec le Diable lui-même.

– Êtes-vous en possession de preuves considérables de la culpabilité de l'accusé ? s'enquit-il alors qu'il reprenait quelques couleurs.

– Non, répliqua Percheval, je n'en ai aucune, pas plus que vous d'ailleurs.

Bossuat, le long de son nez mince, lui coula alors un regard ironique.

– Cela est exact, je n'ai point encore de preuve parfaite. C'est justement la raison pour laquelle il me faut recourir à la question préparatoire [1].

Percheval ne révéla rien des émotions qu'il refoulait. Il continua de manifester une calme indifférence, détaillant en silence le visage chafouin du magistrat.

– Je déplore, dit-il, qu'un homme que l'on a établi pour rendre la justice puisse se laisser ainsi guider par la démesure et d'excessives passions. Et qu'on le laisse mettre tant de confusion dans la société au lieu de la conserver en bon ordre, comme il lui a été mandé.

– Quant à moi, je vous préviens pour la dernière fois, siffla Pierre Bossuat entre ses dents : la justice ne saurait voir entraver son cours parce que vous avez une opinion à faire valoir. Vous n'êtes pas sans savoir qu'en l'absence de preuves formelles contre l'accusé d'un crime méritant peine de mort, la question est un moyen d'instruction habituellement usité. À moins, je vous le répète une dernière fois, que vous puissiez présenter à la cour des restrictions valables. Si ce n'est point le cas, retournez d'où vous venez.

– Non pas, répondit Percheval, en revanche, je puis vous présenter une lettre de monseigneur Depont, intendant de justice, qui m'autorise à me présenter comme défenseur auprès de Mathias Vigneules.

1. Torture infligée aux accusés pour obtenir leurs aveux.

Robert Bérenger et Michel Groise eurent, ensemble, le même sursaut de surprise indignée. Bossuat, quant à lui, tendit son cou maigre, comme s'il n'avait pas bien entendu cette annonce.

– Que dites-vous là ?

– Monseigneur Depont, répéta calmement Percheval, me donne permission d'aider le prévenu de mon conseil.

Et, sur ces mots, il lui tendit à son tour la précieuse missive reçue la veille. Il ignorait toujours comment sa sœur avait réussi à convaincre Bonnet-Maurois d'intercéder en sa faveur, ni même comment celui-ci avait présenté sa requête auprès de l'intendant, mais la démarche avait été menée avec diligence et abouti favorablement, et cela, seul, lui importait. À présent, dûment autorisé par un commissaire départi à défendre Mathias en justice, il entendait bien contrarier à l'arbitraire de cet odieux petit juge.

Bossuat s'empara du courrier et, après l'avoir lu, le froissa rageusement.

– Cela est trop fort ! fulmina-t-il en jetant la lettre par terre. Les sorciers n'ont pas le droit à un avocat ! Ils doivent se défendre par leur bouche, sans le conseil ni ministère d'aucune personne ! Je ne vous laisserai certainement pas l'occasion de procurer l'impunité à ce criminel !

Percheval se pencha pour ramasser la missive :

– Vous ne pouvez aller à l'encontre des décisions de monseigneur Depont, dit-il sereinement. Copie de cette lettre a été envoyée au premier président du bailliage, qui en a déjà eu connaissance.

– Cette décision est à l'opposite de la loi ! vociféra Bossuat. Elle ne peut donner lieu à une quelconque contention ! En outre, ajouta-t-il en levant le bras dans un geste ulcéré, on ne m'en a point parlé, aussi cela signifie-t-il qu'elle n'a point été enregistrée ! Et donc, qu'elle est nulle et sans effet !

Et, pour appuyer cette conclusion, il se frappa la cuisse d'un de ses gants à revers. Celui-ci claqua dans un bruit sec. Il y eut, durant les secondes suivantes, un silence de mort. Percheval, regardant toujours le magistrat fixement, mais avec tranquillité, déclara simplement :

– Vous ne pouvez décréter qu'une décision émanant d'un intendant de justice, représentant de la volonté souveraine dans les généralités du royaume, soit nulle et sans effet. Les intendants sont au-dessus et en dehors des tribunaux ordinaires de la justice réglée : ils ont le droit, ne vous en déplaise, d'intervenir dans les procès civils et criminels s'ils le jugent à propos, voire…

Il marqua volontairement une pause avant d'ajouter :

– … de juger eux-mêmes une affaire, si l'envie leur en prend.

Bossuat recula d'un pas. Sa main dégantée tressaillit légèrement, sous le coup de la colère et de la surprise.

– Est-ce là l'intention de monseigneur Depont ? s'alarma-t-il en rougissant soudainement.

Percheval, ravi de voir à quel point il venait d'ébranler l'assurance de l'arrogant magistrat par cette simple menace, prit son temps pour répondre et comprit qu'il avait tout intérêt à donner le change.

– Qui sait ? répondit-il d'un air détaché. Pour l'instant, monseigneur Depont m'a seulement autorisé à apporter mon conseil à Mathias Vigneules, mais il est fort possible, si vous faites obstacle à son commandement, qu'il se procure un arrêt d'attribution pour juger lui-même du cas.

Il venait de poser le doigt sur un point sensible du corps de la magistrature et le savait pertinemment. Depuis que le cardinal de Richelieu avait renforcé leurs attributions et leur pouvoir, les intendants étaient naturellement détestés des membres des cours souveraines. Gens des parlements, des sénéchaussées ou bailliages, des prévôtés, tous, des plus éminents aux officiers subalternes, voyaient dans l'intrusion des commissaires départis une grave offense à leur dignité.

Bossuat pâlit puis observa son interlocuteur curieusement, comme si une autre idée, soudainement, venait de s'imposer à lui.

– Le connaissez-vous ? demanda-t-il en levant un sourcil suspicieux.

– Qui donc ?

– Cet homme.

– Quel homme ? monseigneur Depont ?

– Non pas, l'accusé. Connaissez-vous l'accusé ?

Percheval eut une hésitation.

– Aucunement.

– Alors pourquoi vous opiniâtrez-vous ? interrogea Bossuat en maintenant la pression de son regard inquisiteur. Je trouve fort suspecte votre obstination à prendre le parti de ce sorcier...

Percheval resserra les pans de sa hongreline.

– Ne vous méprenez pas sur mes intentions, fit-il avec prudence. Je ne suis point sceptique[1] et n'ai aucune accointance avec le présumé sorcier.

– On en douterait, lâcha Bossuat comme un sarcasme.

– Je reconnais que ma profession, poursuivit l'avocat, m'oblige souvent à soutenir de mauvaises causes, mais cette fois, je suis convaincu que la justice est victime d'une grande duperie par la faute de cette femme Inguélaère. Et j'entends le prouver. Si Mathias Vigneules, toutefois, est bien coupable de sorcellerie, je suis persuadé que je pourrai l'amener à avouer, sans qu'il soit fait usage de la question. Laissez-moi le voir et l'entretenir afin d'entendre sa confession.

L'autre le considéra de nouveau avec fureur.

– Je ne le permettrai pas !

Percheval, à bout de patience et d'argument, dut lui brandir la lettre de l'intendant sous le nez.

– J'ai permission de monseigneur Depont, qui représente le roi.

– Vous pourriez bien avoir permission de Louis en personne, ou même du Cardinal[2], je ne tolérerai pas une telle entorse au droit !

– Justice retenue est au-dessus de justice déléguée. Il n'est pas en ce royaume une seule personne, une seule ordonnance qui soient supérieures aux volontés de notre souverain. Si c'est au nom de Sa Majesté que monseigneur Depont a jugé bon que j'apporte mon conseil à l'accusé, vous ne pouvez

1. Ici, au sens d'athée.
2. Mazarin, Premier ministre de Louis XIV.

vous y opposer. Au lieu de vous obstiner, pourpensez plutôt les conséquences de votre entêtement... Et des risques que vous encourrez à vous dresser contre le commandement qui vous a été fait.

À ce sous-entendu, les sourcils du lieutenant criminel se contractèrent ; il mordit sa lèvre inférieure, où ses dents laissèrent des marques blanches. Puis il se calma soudainement, comprenant qu'il valait sans doute mieux se laisser ferrer un peu que de tout perdre. Ce fut son incorrigible orgueil qui, finalement, lui fit lâcher prise. La menace que représentait l'intervention d'un avocat dans le déroulement du procès, face à l'ampleur de sa suffisance et à la certitude de sa toute-puissance, lui parut trop insignifiante, trop ridiculement inoffensive, pour l'inquiéter sérieusement.

– Fort bien, dit-il d'une voix redevenue neutre, allez donc retrouver votre protégé dans son cachot et faites-le parler, si tel est votre souhait. Je vous le laisse une heure, durant laquelle vous obtiendrez ses aveux et les consignerez par écrit.

Et, continuant sur ce ton d'indifférence :

– Vous épargnerez ainsi notre temps : plus vite le sorcier confessera ses crimes, plus vite nous pourrons le châtier.

Robert Bérenger, qui n'avait pas encore pris la parole, éleva une énergique protestation :

– Seul un magistrat dûment mandé est autorisé à recueillir des aveux !

– Non pas, monsieur, rectifia Percheval en se tournant vers le conseiller, puisque vous introduisez des moutons[1] dans les prisons.

Sans outrecuidance, il salua alors l'assemblée des magistrats.

– Ne vous enflez point trop de votre petite victoire ! lui lança Bossuat avant qu'il ne s'éloigne. Car sachez que si vous obtenez les aveux du sorcier, nous lui épargnerons, certes, la question préparatoire, mais...

1. Agent de la justice, placé en prison avec les suspects, dont le rôle consistait à mettre l'accusé en confiance afin de recueillir ses aveux.

Il marqua une pause à son tour, tordit sa bouche dans un rictus ironique :

– Mais nous lui infligerons de toute façon la question préalable [1], comme il est fait ordinairement dans de tels cas.

Melchior Percheval le regarda avec toute la répugnance dont il était capable, mais cela ne suffit pas à ébranler l'assurance du lieutenant criminel, ni à effacer son insupportable sourire.

– J'aurais été surpris que vous renonciez à un si triste privilège.

Et il ne discourut pas plus avant, profondément empli de dégoût.

Ainsi l'affaire était entendue : innocent ou coupable, avec ou sans son aide, Mathias Vigneules n'échapperait pas au bourreau.

---

1. Contrairement à la question préparatoire infligée avant jugement, la question préalable était appliquée après condamnation et visait, quant à elle, à obtenir l'identité d'éventuels complices.

IX

Les geôles de Sedan

L'unique prison de Sedan se réduisait à une salle obscure et humide, pourvue d'une seule fenêtre étroite, dans laquelle on avait entassé, comme des bêtes dans une étable, plus de quarante personnes. Dans une promiscuité étouffante, sur le sol d'un cachot qui ne faisait pas vingt pieds en carré, des hommes et des femmes de tout âge, couverts de hardes et de puces, se serraient les uns contre les autres, couchés sur de la paille souillée. On ne pouvait entrer dans ce lieu sombre et malsain sans que le cœur et les tripes ne se soulèvent. L'odeur des déjections le disputait à celle des haleines empestées et de la moisissure.

Dans cette geôle principale, davantage lieu de supplice que lieu de sûreté, séjournaient pour un temps plus ou moins long des ribaudes et des maquereaux, des coupeurs de bourses, des petits trousseurs, auxquels on pouvait ajouter quelques mauvais payeurs, trois ou quatre insulteurs et gifleurs occasionnels, des adolescents noctambules et indisciplinés, des ivrognes et des époux trop brutaux, ainsi que toute la horde habituelle mais toujours inquiétante des gens sans feu [1], mendiants, oiseux et autres inutiles au monde.

Le guichetier tourna vers Percheval une mine bougonne :

– Lequel ?

– Mathias Vigneules, de Malzieu.

1. Vagabonds.

– Profession ?

– Métayer.

– À quoi i ressemble ?

Percheval leva les mains, signe qu'il n'en savait strictement rien.

– Motif de son arrestation ?

– Sorcellerie.

Cette fois, l'homme opina du chef et colla son gros nez sur la grille aménagée dans le mur.

– Là-bas, dit-il en pointant un doigt à l'ongle crasseux en direction de la petite fenêtre. Suivez-moi.

Ils contournèrent le cachot par un couloir sombre et étroit, lequel les mena devant une lourde porte.

– Sa femme, Sarah Inguélaère, se trouve-t-elle avec lui ?

– Elle, on l'a mise à côté. Avec les infanticides.

– Et le petit garçon ?

– Avec les voleurs des tailles et gabelles.

Tandis que le guichetier détachait le lourd trousseau qui pendait à ses chausses, le geôlier de la prison, l'ayant rejoint, se planta devant la porte pour lui faire barrage. La trogne mauvaise, les poings sur les hanches, l'individu lorgna son subalterne avec la mine d'un chien prêt à mordre.

– Qui est-ce ?

– Un avocat pour le sorcier.

– Pas de visite aujourd'hui, décréta l'autre.

Puis, prenant un air tout à coup goguenard, il s'adressa directement à Percheval :

– Mais on peut toujours s'arranger.

L'avocat le considéra sans emportement. Il jaugea d'abord sa face vile et épaisse, puis détailla sans mot dire sa tenue négligée : le maroufle avait passé, sur son justaucorps sale, un vieux gilet de peau et posé sur ses cheveux gras un morion à crête, probablement acheté à un soldat.

– Combien ? demanda-t-il en sortant sa bourse de son pourpoint.

– À Dieu vous plaise, mon sire.

Percheval lui tendit la bourse.

– Un sol pour voir le prisonnier, annonça-t-il. Plus cinq sols pour procurer à la femme et l'enfant un lit de paille propre. Et dix sols pour que les trois détenus reçoivent, chacun, seize onces de pain de bonne qualité, tous les jours.

– Cinq de plus et i z'auront d'quoi faire ripaille, renchérit l'autre.

Cette fois, Percheval perdit son calme, avança la tête vers la sienne, mettant tout près du sien un visage dur et déterminé :

– Les frais sont dus pour le gîte, les vivres et denrées, dit-il d'une voix tranchante. Soyez déjà heureux que je paie pour ce qui vous incombe naturellement. Et que je ne signale point les abus que vous vous autorisez. Il est interdit de monnayer les visites et de faire payer aux prisonniers des droits au-delà de ceux permis par les ordonnances et les arrêts de nos cours de parlements.

Le geôlier, qui pourtant avait l'injure prompte et la main leste, ravala sa hargne. Mais, passant sans ménagement ses grosses mains poisseuses sur le buste de l'avocat, il lui fit néanmoins une réponse à l'avenant :

– Et défense, cracha-t-il à son tour, à toutes personnes venant visiter lesdits prisonniers de leur bailler ou porter aucun instrument ou ferrement propre à faire effraction aux murs et portes, pour les aider à s'évader…

Et, tout en continuant à tâter le corps de Percheval :

– … sous peine d'être pendues à une potence sans autre forme ni figure de procès.

Dès qu'il eut fini sa fouille, il fit signe au gardien d'ouvrir la porte et cria du chambranle :

– Vigneules !

Une dizaine de tête se relevèrent. Melchior chercha parmi ces faces livides celle de Mathias, hésita à entrer.

– L'grand, au fond, lui précisa le guichetier. I l'est assis sous la lucarne.

Percheval traversa alors l'immonde cellule, écartant sur son passage les loqueteux qui s'étaient levés et tendaient vers lui leurs mains avides, dans l'espoir d'une aumône inespérée. Il avança ainsi jusqu'au beau-frère de Reyne, retenant sa respiration pour ne pas vomir. Découvrant Mathias accroupi sur le sol, adossé contre le mur, le visage entre ses bras, il éprouva aussitôt à son égard une compassion sincère.

Il ne chercha pas à relever le malheureux, sachant l'effort que cela représenterait pour lui, mais s'agenouilla à ses côtés. L'autre redressa la tête et lui jeta un regard effaré. Il avait conservé ses grandes joues, quoiqu'elles fussent plus émaciées par la fatigue et les tourments de ces derniers jours. La plume de son chapeau était tombée, et son grand corps, affaissé et amaigri, ne semblait pouvoir supporter le poids de son calvaire.

– Ne crains rien, le rassura Percheval, je ne suis pas un juge. J'ai eu connaissance du crime dont on t'accuse et suis venu pour t'apporter mon aide. Je suis avocat.

– Un avocat ? répéta Vigneules interdit, comme si la chose lui paraissait tout bonnement impossible à croire. Qui vous envoie à moi ?

– La providence, répondit Percheval avec un faible sourire.

– Et qui va vous payer ? s'inquiéta soudain Mathias.

– Ne te préoccupe point de cela, fit Percheval en balayant cette dernière question d'un geste de la main. Nous avons mieux à faire que de discuter de mes honoraires.

Le prisonnier l'envisageait toujours d'un air stupéfait.

– Eh bien, Mathias, qu'as-tu à me dire ?

Vigneules lança autour de lui des yeux inquiets.

– J'y entends rien à c'qui m'arrive, m'sieur… Quat'e sergents sont v'nus chez moi avec un juge. I m'ont attrapé par les pieds et par la tête en criant : « Au nom du Père, du Fils et du Saint-Esprit ! » I m'ont soulevé, porté dehors et j'té dans une charrette. J'crois qu'i z'ont aussi emm'né ma femme et mon fils, et qu'i les ont enfermés dans cette prison.

Percheval ne fut pas étonné de cette relation. Les magistrats avaient l'habitude d'opérer par surprise et de s'entourer de certaines précautions lors de l'arrestation d'un sorcier afin d'éviter que ce dernier ne s'échappât, en particulier par la cheminée, ou bien qu'il n'usât de ses sorts contre les gens d'armes.

– Après, confia Vigneules, i m'ont conduit dans c'cachot et i m'ont laissé là, sans rien m'dire de plus.

Melchior observa l'écuelle remplie de pain trempé, qu'on avait placée devant le prisonnier et s'avisa qu'elle était encore pleine.

– Tu dois manger tout ce qu'on t'apporte, lui conseilla-t-il fermement.

– Bah ! fit Vigneules en haussant ses lourdes épaules de paysan. J'ai guère l'cœur à manger.

– Je le dis pour ta sauvegarde, Mathias. Ils ont sans doute trempé ta nourriture dans de l'eau bénite et du sel. C'est un piège que les juges tendent généralement aux accusés. On dit que le sel brûle la langue et la peau des sorciers comme le feu. Si tu ne touches pas à ta gamelle, alors ils auront la preuve qu'ils espèrent.

Vigneules acquiesça avec une résignation douloureuse.

– Ils ne vont pas tarder à t'interroger, poursuivit l'avocat. Voilà deux semaines qu'ils t'ont mis au cachot, et ils pensent sûrement que la faim, le froid et la peur ont fait leur œuvre. Ils attendent tes aveux.

Il se rapprocha de Mathias et reprit à voix basse :

– As-tu parlé à quelqu'un ?

– Nenni.

– Parfait. Ne fais confiance à aucun des détenus enfermés céans. Tu verras peut-être arriver bientôt un autre prisonnier qui voudra te pousser à soulager ta conscience et fera semblant de te plaindre beaucoup. Méfie-toi, il se peut que ce soit là un mouton envoyé par le lieutenant criminel pour te confondre. Ne parle à personne, car tout ce que tu pourras dire, sauf à moi, se retournera contre toi.

Vigneules opina du chef, puis courba les épaules, profondément affligé.

– Ainsi donc, continua Percheval, ce lieutenant criminel, Pierre Bossuat, ne devrait pas tarder à procéder à un premier interrogatoire. Laisse-moi te donner quelques conseils qui pourront t'être utiles.

Il s'arrêta, jeta un regard méfiant autour de lui et se remit à chuchoter, de crainte que ses avertissements ne tombassent dans quelques oreilles trop curieuses.

– Sois très prudent dans tes premières déclarations, le prévint-il. Pierre Bossuat te demandera d'abord de prêter serment, de dire la vérité, toute la vérité. Puis il te posera sans doute des questions qui te paraîtront bien banales, à propos de Dieu, des Évangiles et de ta foi. Mais ces questions contiennent des pièges qui peuvent te perdre.

Tandis que Vigneules le dévisageait sans comprendre, Percheval crut bon d'insister :

– Par exemple, s'il te demande benoîtement si tu te rends à l'église, ne réponds point que tu y vas trop souvent. Il te reprochera de feindre d'être dévotieux, ce qui est typique des sorciers. Réponds-lui que tu y vas seulement les dimanches, quelques fois à confesse, et une fois l'an, à Pâques, pour communier.

Mathias acquiesça faiblement.

– Il te demandera ensuite si tu crois à l'existence des sorciers. À cette question tu ne dois surtout pas répondre non. Car si te le fais, on te reprochera de ne pas croire au Diable, ce qui est contraire à la doctrine de l'Église. Entends-tu ?

– J'entends, fit Vigneules en se recroquevillant. J'dirai que j'y crois.

– Certainement pas ! s'affola Percheval. Si tu réponds que tu crois aux sorciers, Bossuat te demandera d'où te vient cette connaissance et t'ordonnera de nommer incontinent les autres sorciers et sorcières que tu fréquentes.

– Mais alors, qu'est-c'que j'dois dire ? fit Mathias désespéré.

– Réponds-lui que tu crois en l'existence des sorciers puisque la Bible en parle et que tu ne saurais remettre en cause les textes saints. N'ajoute rien de plus.

Il s'interrompit un instant, se laissant le temps de réfléchir.

– Es-tu en mesure de réciter complètement une prière ? demanda-t-il encore.

– Oui.

– Laquelle ?

– Le *Notre Père*. J'la connais en entier.
– Et l'*Ave* ?
– Aussi.
– Et le *Credo* ?
– Pareil.
– Très bien, le félicita Percheval.

Puis, lui glissant dans la main un collier de grains :

– Voilà un chapelet. Le juge regardera certainement s'il en manque un élément, ce qui prouverait assurément que tu as renié le Christ. Celui-ci est complet, je m'en suis assuré. Et ne t'en sépare surtout pas.

Vigneules, abasourdi par tous ces conseils et l'esprit soudain encombré de tant de précautions, se plia en boule, de nouveau prostré dans une attitude résignée. Percheval le vit essuyer subrepticement, du revers de sa manche, une larme sur sa joue.

– Surtout ne pleure pas en présence du juge, lui conseilla-t-il doucement. Non seulement tu n'éveilleras point sa pitié, mais cela risque, encore une fois, de te perdre. Les magistrats pensent que les sorciers feignent de verser des larmes pour les attendrir et que cet artifice leur est inspiré par Satan. Mais ne te montre point non plus insensible. Avoue-leur souffrir beaucoup des mauvais traitements qui te sont infligés en prison, car sinon ils affirmeront que c'est le Diable qui te soustrait à la douleur.

– J'crois qu'j'dirai rien, gémit Mathias. Ainsi, j'risquerai point de m'trahir…

– Non, ne refuse surtout pas de répondre à leurs questions. Cela passerait pour la preuve que le Diable t'empêche de parler et qu'il te bloque la langue par ce qu'ils appellent « le maléfice de taciturnité ».

Vigneules baissa les yeux et émit une faible plainte.

– Et ne garde jamais les yeux penchés ainsi, vers le sol, poursuivit Percheval. Ou bien le juge pensera que tu cherches conseil auprès de Satan. Les magistrats sont forts entichés de cette croyance selon laquelle le Mal provient de la terre et que c'est au contact de celle-ci que les sorciers fortifient leur pouvoir. C'est la raison pour laquelle les gendarmes t'ont soulevé par les pieds et la tête lors de ton arrestation. Autre chose encore : tu dois savoir que Pierre Bossuat n'hésitera pas à te mentir. Tu ne dois en aucun cas croire aux fausses promesses qu'il te fera en échange de tes aveux. C'est une ruse infiniment odieuse mais légalement autorisée pour tromper les sorciers.

Le visage de Mathias exprima l'incompréhension la plus totale.

– Le juge t'assurera à haute voix qu'il est prêt à te libérer sur-le-champ s'il obtient ta confession, mais sache qu'il ajoutera aussitôt une condition qui ne pourra jamais être réalisée.

– J'entends rien à tout ça, se plaignit Vigneules en lui jetant un regard perdu.

– Si Bossuat te commande d'avouer que tu as pactisé avec le Diable ou bien que tu as usé de sortilèges, et qu'il t'assure de te laisser partir contre tes aveux, sache qu'il peut bien ajouter, dans le secret de son esprit, ou à voix si basse, que tu ne pourras pas l'ouïr, et de telle sorte que tu n'en sauras rien : « *Si la Vierge Marie m'en donne l'ordre* », ou encore : « *Si saint Martin m'apparaît…* »

– Vous êtes ben hardi de v'nir ici et d'vouloir m'aider, gémit le malheureux en se prenant la tête entre les mains. Mais j'crois que c'en est fait d'moi. Et qu' tous ces conseils serviront à rien.

– Mathias, répondit Melchior en l'observant d'un air profondément et sincèrement désolé, il m'est impossible de te tirer promptement de la fâcheuse situation dans laquelle ta belle-sœur t'a mis ou dans laquelle tu t'es mis toi-même. Cependant, je puis t'épargner un sort plus terrible que celui que tu vis à présent et te tenir à l'écart des persécutions inouïes que l'on s'apprête à te faire endurer. Écoute-moi bien, car nous avons peu de temps devant nous.

– Vous savez mieux qu'moi c'qui m'attend.

– Sache, poursuivit Percheval, que je ne suis soucieux que de ton sort et de celui de ta famille. Aussi tu dois répondre à mes questions sans détour. Je veux savoir si ce que Reyne a déclaré est vrai. Guy Vasseur a-t-il été réellement empoisonné ?

– J'ai dit c'que j'savais. À présent, i peuvent faire d'moi c'qu'i voudront.

– Je crois que tu n'as pas compris ce qui t'attend. Aux yeux des juges, tu n'es pas un homme dont il convient de prouver l'innocence, tu es un sorcier. Tous les moyens seront par eux utilisés pour t'arracher des aveux. En particulier la torture.

À ce mot, le visage de Vigneules se décomposa tout à fait, en proie à une frayeur évidente. Puis il se reprit aussitôt et déclara avec un faible et pathétique accent d'espoir :

– On dit qu'ceux qui avouent point sont pas exécutés... J'suis robuste, si Dieu m'en donne l'courage, j'pourrai ben résister à leurs supplices.

– C'est vrai, en principe, soupira Percheval avec une grimace navrée. Mais dans les faits, laisse-moi te prévenir qu'il en va tout autrement. Je connais des innocents qui avaient plus de vaillance et plus de force que toi, qui ont subi la même procédure, parfois durant plusieurs jours et qui ont été jusqu'à avouer avoir baisé le cul du Diable.

– Alors, se désola Vigneules en fermant les paupières, si l'est permis d'torturer et d'tuer un bon chrétien, c'est qu'Dieu l'a voulu ainsi.

Percheval s'irrita de sa résignation :

– Et ta femme ? Et ton fils ? Veux-tu qu'ils passent, eux aussi, à la question ?

– Nenni... souffla Vigneules d'une voix étouffée. Et il n'en dit pas plus, car, perdant toutes ses couleurs, il faillit s'écrouler et serait certainement tombé s'il n'avait été assis.

– Si tu me dis la vérité sur ce que je désire savoir, je te promets de faire tout ce qui sera en mon pouvoir pour lever l'accusation de sorcellerie. Mais prends garde à ne point me déguiser la moindre chose, car si tu le fais, tu seras assurément un homme mort et ta progéniture n'engendrera que des cendres. Réponds, Mathias : le mari de Reyne a-t-il été empoisonné ? Es-tu responsable de ce grand crime ?

– Oui m'sieur, mais j'jure d'vant l'Seigneur qu'c'est pas moi qui ai mis l'poison dans son corps.

– Et qui l'a tué, si ce n'est toi ?

– J'sais point.

– Pourquoi ta belle-sœur s'acharne-t-elle à te désigner comme coupable ?

Mathias ne répondit pas, plia les genoux et ramena ses grandes jambes entre ses bras.

– Quelles relations entretenais-tu avec le mari de Reyne ?

– J'le voyais point. J'lui parlais jamais.

– Pour quelles raisons ?

– C'était comme une mauvaise gale, c't'homme-là. J'l'aimais point.

– Est-il vrai que la veille de sa maladie subite, il est venu chez toi et qu'il est resté souper ?

– I l'est v'nu chez moi, pour rapporter une rapière, mais i l'est point resté.

– Il a pourtant affirmé à Reyne que tu lui avais offert à manger. Ta belle-sœur en a conclu que tu l'avais empoisonné à cette occasion.

Mathias secoua la tête en signe de dénégation.

– Pourquoi Reyne croit-elle être victime d'un sort que tu lui aurais jeté ?

De nouveau Mathias replia les jambes, se déroba.

– Que faut-il que je fasse pour connaître la vérité ? s'impatienta Percheval. Faut-il que je te laisse entre les mains du bourreau, et ta femme aussi ? Combien de temps crois-tu que Sarah et Hugues résisteront au brodequin ?

– Vous mettez pas si fort en colère, m'sieur…

Percheval sentit, dans la puérilité de la remarque, l'immense frayeur et le désespoir du pauvre homme, tassé sur sa paillasse. Il abdiqua toute autorité.

– J'aurais aimé t'éviter un procès, poursuivit-il en s'adoucissant, mais il est trop tard. La justice est comme un cheval qui s'emballe, Mathias. Un fois lancé au galop, il est impossible de l'accoiser. Mais ce dont je suis certain, c'est que si tu avoues le meurtre de Vasseur, que tu exposes les mobiles qui t'ont conduit, et les moyens par lesquels tu as conçu ce meurtre, tu échapperas à la question et ta famille également. Tu dois me convaincre et convaincre tes juges que tu n'es point un sorcier.

– J'suis point sorcier. Mais j'suis point un assassin pour autant.

– Est-ce la vérité ? Ou t'obstines-tu à me cacher des faits ?

– C'est la vérité entière. J'croirais pécher, si j'm'accusais d'vant les juges et d'vant not'Seigneur de c'grand crime.

– Je veux bien croire que tu n'es point coupable, soupira Percheval, mais dans ce cas, il me sera difficile de te sauver. Les juges sont plus cléments à l'égard d'un meurtrier, eût-il les mains rougies du sang de sa victime, que d'un sorcier.

– Rentrez donc chez vous, m'sieur, et laissez-moi mourir dans c'cachot… fit Vigneules en essayant de se relever un peu pour bouger ses membres endoloris et ses larmes tarissant enfin. Ainsi, j'vous causerai plus d'ennui.

Il redressa, avec toutes les peines du monde, son grand corps secoué de sanglots.

– Je suis venu pour t'aider et je ne t'abandonnerai point, répliqua Percheval. Rien n'est encore perdu. Sache que j'ai fait appel de la première sentence qui te condamne à la torture devant le parlement de Metz. Nos cours de province, imitant en cela le parlement de Paris, répugnent de plus en plus à l'usage de la question.

Le visage de Mathias s'illumina subitement et l'avocat s'en voulut aussitôt d'avoir fait sourdre en lui une telle espérance.

– Mais ne te réjouis point trop quand même, rectifia-t-il. Le temps que l'appel soit entendu et jugé par ces messieurs du parlement, je crains fort que Bossuat n'ait eu dix fois le temps de te livrer au bourreau.

– Ah ! Quelle mauvaise justice ! se désola Vigneules. Qui m'laisse entre les mains du tortureur !

– Nous n'en sommes pas encore rendus là. En attendant, prie Dieu de t'épargner cette épreuve et aide-moi du mieux que tu pourras en répondant à mes questions. J'ai appris que le père Jérôme avait lu un monitoire, à la suite duquel cinq personnes de ton village se sont manifestées et ont confirmé ta renommée de sorcier. Le lieutenant criminel s'apprête à faire comparaître ces témoins, qui prétendent tous, et de leur plein gré, vouloir déposer contre toi. J'ignore leur nom et la nature de leurs accusations. Que peux-tu me dire à ce sujet ?

Vigneules haussa les épaules.

– Aurais-tu quelque chose à te reprocher ? Un méfait, quelque méchanceté ou délit qui aurait provoqué le ressentiment des gens de ton village et qui les pousse, ce jourd'hui, à vouloir se venger de toi ?

– J'ai jamais fait d'mal à personne, se défendit faiblement Mathias. J'ai toujours besogné dur, prié l'bon Dieu et rendu la politesse. Tout le monde vous l'dira, à Malzieu.

– Pourtant, il se trouve cinq personnes qui s'apprêtent à confirmer devant le tribunal l'accusation de sorcellerie. Cinq témoins à charge, cela fait beaucoup.

– Oh, ceux-là, j'me doute ben de qui i sont, et d'pourquoi i font ça…

– Ah oui ? Alors, dans ce cas, dis-moi leur nom et parle-moi d'eux. N'omets rien, aucun détail. Il en va de ta vie, Mathias, et de celle de ta famille. Et hâte-toi, car nous n'avons plus beaucoup de temps.

X

Des âmes simples

Le premier jour de mars, Melchior Percheval, après avoir quitté Sedan, reprit la route de Malzieu. Le temps, fort brumeux et humide, aurait dû le dissuader d'entreprendre un second voyage, mais sa résolution était si ferme que rien ne semblait pouvoir l'entamer. L'avocat retrouva le village, pelotonné dans son vallon étroit, comme roulé en boule entre ses champs endormis, ses jachères brunâtres et ses touffes de bois épais.

Il dirigea sa monture sur le chemin pierreux, passa le vieux pont qui marquait l'entrée du village, longea les communaux, mince banquette d'herbe où paissaient de maigres moutons, et remonta la rue principale. Depuis quelques jours, une pluie fine avait remplacé les lourds flocons de neige. Ce crachin imprégnait tout et charriait, dans l'air immobile et chargé de brume, un parfum de pourriture.

Parvenu sur la place, il mit pied à terre et rabattit les rênes de son filet sur l'encolure de son cheval. Sitôt après avoir frappé le sol de ses bottes pour réveiller ses pieds gourds, il huma, d'un air dégoûté, le pan de sa hongreline. L'odeur que dégageait son vêtement ressemblait fort à celle d'un vagabond, un mélange de sueur et de vieilles nippes mouillées. Il grimaça, s'ébroua vigoureusement, puis tira les brides de sa jument pour l'obliger à avancer jusqu'à la taverne située sur la place, non loin de l'église.

Un garçon, ou plutôt un homme de la taille d'un garçonnet, vêtu de haillons, était assis sur le perron de l'établissement, sous l'enseigne. Un petit couteau dans la main gauche, il taillait un morceau de bois afin d'en faire une épée. Percheval lui demanda s'il savait à qui appartenait cet endroit et si on pouvait y coucher. L'autre posa son couteau et son jouet et se redressa vivement. Il lui répondit, en bombant un peu sa poitrine chétive, qu'il le savait très bien, puisque c'était son oncle qui dirigeait la maison du Merle noir, et que pour ce qui était d'y dormir, il n'en était pas sûr, mais qu'on trouverait bien un coin pour y jeter une paillasse, si cela lui tenait à cœur.

L'avocat le remercia et le pria alors de donner une mesure d'avoine à son cheval, de le panser et de l'emmener où il pourrait, du moment que l'animal fût bien au chaud, à l'abri du brouas. L'avorton sourit et ses petits yeux chassieux se mirent à briller comme la pièce qu'il s'imaginait déjà avoir gagnée.

Dès qu'il s'éloigna avec la jument, Melchior entra dans la taverne.

C'était un établissement fort modeste, un cabaret de village, meublé seulement de trois tables poisseuses et de quelques bancs, mais pourvu d'une cheminée de bonne taille qui tirait et chauffait bien. On y vendait, au pot ou à la chopine, du cidre, de la bière et, tiré au tonneau, le mauvais vin du pays, un rouge aigre et piqué, ainsi que des écuelles de soupe et des galettes de blé noir. Au sortir de la messe dominicale, les habitants de Malzieu avaient coutume de venir y boire une pinte ou jouer aux dés. C'était d'ailleurs le seul moment de la semaine où la petite salle se trouvait remplie. Les juges seigneuriaux y tenaient leurs jours, les collecteurs d'impôts, une fois l'an, s'y rendaient afin de percevoir la taille, les recruteurs de l'armée du roi, enfin, s'y arrêtaient parfois, dans l'espoir d'y trouver quelques solides manouvriers, assez cocards pour s'enrôler.

Dès qu'il fut entré, un homme d'une cinquantaine d'années vint à la rencontre de Percheval, et ce dernier devina qu'il s'agissait du propriétaire du lieu. Il avait honnête figure, un regard franc et une belle barbe grise.

Lorsque Percheval se présenta et lui eut formulé sa demande, le visage de Guillaume Augelet, le cabaretier, exprima tout d'abord une certaine surprise, puis un évident contentement.

– Da ! Restez tant qu'i vous plaira ! dit-il avec enthousiasme. J'offre le gîte et l'couvert pour deux sous par jour.

Percheval le remercia également et se fit conduire dans ce que le cabaretier appelait pompeusement la « chambre d'hôtes » : un réduit sans ouverture, meublé d'un matelas non moins crasseux qui consistait en une bourre de paille serrée dans une grossière étoffe, tachée et râpeuse, et coincée entre quatre planches plus ou moins jointives.

– On voit peu d'gens d'la ville par chez nous, lui fit remarquer Guillaume Augelet, tout en le dévisageant avec curiosité. Et qu'est-ce donc qui vous amène ici ?

Melchior ne voulut pas en dire trop, resta comme sourd.

Le cabaretier, dépité, haussa les épaules et jeta sur le lit une couverture trouée.

– Parguié ! Nous v'là ben aise de voir v'nir au village tous ces m'ssieurs de robe ! L'aut'e jour, l'prévôt, pis les deux juges, et maintenant vous, un avocat d'la ville…

– Sans doute, répondit évasivement Percheval.

Et, sur ces mots, il signifia à son logeur qu'il souhaitait ressortir mais qu'il prendrait en gré qu'on lui servît un repas chaud à son retour.

***

Pendant plus d'une heure, il la chercha et se désespéra de ne pas la retrouver. Les étroites et vétustes maisons de Malzieu, toutes aussi misérables d'aspect, se ressemblaient si bien que rien, ni dans leur construction, ni dans leur couleur, ne permettait de les distinguer les unes des autres.

Quand il eut parcouru toutes les ruelles, il revint à son point de départ, sur la place de l'église. En vain sa mémoire plongea et replongea dans l'inextricable fouillis de ses souvenirs, en quête d'un détail qui lui aurait permis de la reconnaître parmi toutes les autres fermes.

Les dernières maisons de la grande rue dépassées, il s'engouffra entre des bâtisses lépreuses, dans un boyau qu'il n'avait pas encore visité. Soudain, il s'arrêta, observa avec attention l'un des manses et poussa un soupir de soulagement. Il l'avait enfin trouvée.

C'était bien la maison de Toussaint Vigneules, il en était certain, bien qu'il ne l'ait vue qu'une seule fois, et plus de trente ans auparavant. Il reconnut, dans l'alignement du toit, au milieu des labours qui s'étendaient au loin, le grand chêne rouvre et, au-dessus des chaumes, la pointe du clocheton qui surmontait l'église. Il reconnut encore, sur sa gauche, la façade sépia de la maison du forgeron et, sur le côté, l'abri dans lequel le père Toussaint rangeait autrefois sa herse et ses bêches. La mare était encore là, elle aussi, dans le clos qui fermait l'arrière de la ferme. Un canard, probablement le seul du village, car ce genre de volatile était bien rare dans la contrée, reposait près de l'étendue d'eau vaseuse, endormi contre un vieux seau.

Il s'approcha et observa la petite bâtisse.

À présent, la maison n'était plus qu'une ruine, un pauvre débris tout en plaies et bosses. Rongée par les intempéries, à moitié disloquée par l'eau qui délitait ses murs poreux, elle ne tenait plus qu'à l'aide des béquilles de ses contreforts de bois et de ses soubassements en moellons. Le lilas, planté jadis le long du mur, devenu un arbre au tronc gros comme une cuisse d'homme, faisait courir ses branches sur les murs d'argile couverts de profondes lézardes et montait jusqu'au toit, en partie arraché et gonflé par une mousse verdâtre.

Quant au jardin, abandonné depuis des lustres, envahi de mauvaises herbes, il étalait à présent, pour mieux repousser les curieux, les griffes de ses ronciers et de ses chardons. La seule fenêtre qui perçait la façade ruisselante et fissurée semblait condamnée sous son volet de bois, et la porte, bien qu'à moitié défoncée, était barrée par une large planche.

– Oh là ! Y a-t-il quelqu'un ? interrogea Percheval.

Nulle voix ne répondit et il répéta plus fort, mais sans que s'éveillât le moindre écho :

– N'y a-t-il personne ?

Alors il traversa le clos, arracha les clous rongés qui maintenaient la traverse et poussa sur le fragile panneau. Le bois céda avec un craquement sec.

À l'intérieur du manse, il ne trouva qu'une grosse poutre effondrée et des toiles d'araignées suspendues comme du linge à sécher. Il vit que la poussière recouvrait tout, le sol et les murs, et comprit que nulle âme ne vivait plus depuis longtemps dans cet endroit désolé.

Alors qu'il s'apprêtait à sortit, un grincement de gonds rouillés le fit sursauter malgré lui.

– V'là ! lança une voix inconnue dans son dos. Vot'jument a été conduite dans l'étable et tout ben étrillée ! Comme vous z'aviez mandé !

Une frêle silhouette se tenait immobile dans l'embrasure de la porte.

Melchior reconnut le petit homme de la taverne, à qui il avait confié le soin de panser son cheval.

– Faut-il aut'e chose pour vot'service, monseigneur ?

Percheval réprima un mouvement d'humeur et se contenta d'épousseter son manteau.

– Inutile de me donner du « monseigneur », dit-il, n'étant point personnage conséquent, je n'ai pas droit à ce titre.

Il négligea de préciser au gêneur que cette marque de déférence ne se donnait qu'aux ministres, aux intendants et aux évêques.

– C'est une gentille bête, ajouta le cascaret en souriant sottement. S'il plaît à messire, j'lui donnerai du fourrage d'main matin et lui f'rai une bonne litière de paille.

Agréant volontiers cette proposition, Percheval hocha du chef et, sitôt après, le questionna à propos des habitants de la maison.

– N'y avait-il pas, autrefois, un homme nommé Toussaint Vigneules qui vivait ici ?

– Si, confirma le paysan, mais i l'est plus là.

– Où vit-il ?

– Là-bas, répondit l'autre en montrant le clocher de l'église.

– Peux-tu me conduire ?

– Nenni ! J'vas point dans l'champ des morts !

Percheval comprit qu'il parlait du cimetière.

– Et sa femme, Antoinette ?

– Ben, elle est avec.

Le visage de l'avocat trahit alors un sentiment indéchiffrable, mélange de surprise et de délivrance.

– Depuis quand sont-ils morts ?

Le neveu du tavernier lui fit une grimace un peu grotesque et lui avoua :

– J'sais point compter jusque-là.

– Donc, reprit Percheval, il y a fort longtemps, d'après toi ?

– Sûr ! fit le ragotin en opinant.

De nouveau, une expression étrange passa sur le visage de l'avocat, suivi aussitôt par un imperceptible soupir de soulagement.

– Peux-tu me dire où leur fils Mathias habite à présent ?

Effrayé, le petit homme se mit à tourner sur lui-même, comme s'il chassait une ombre menaçante. Puis, il s'immobilisa et se pencha pour chuchoter :

– À l'aut'e bout du village, après l'pont. Mais lui non plus, i l'est plus là…

Et, sur le ton de la confidence, il ajouta, encore plus bas :

– Les sergents… I sont v'nus… pour l'emm'ner en prison. À Sedan… et sa femme et son fils, pareil…

– Je sais cela, répliqua Percheval.

Son interlocuteur l'envisagea d'un air effrayé :

– C'est famille d'sorciers, les Vigneules !

– Je ne suis point ici pour entendre ces crucheries, coupa sévèrement Percheval. Et la veuve Inguélaère, où loge-t-elle ?

– La possédée ? répliqua l'autre en reprenant sa face épouvantée et se tortillant étrangement, comme pris de démangeaisons soudaines. Oh, celle-là… ! Elle est ben trop mauvaise ! Faut point aller la trouver, monseigneur ! On dit qu'elle a quatre très méchants diables dans son corps ! Un dans l'nombril, un dans les pieds, un aut'e dans l'oreille… et un dans… vous savez, là… dans son…

– Baste ! coupa de nouveau Percheval, excédé par ce babil.

– C'que j'en dis… se reprit aussitôt le paysan. Si vous voulez la voir, la Reyne, elle vit au hameau du Gros Chêne. Té, c'est en sortant du village, après l'bois…

Melchior mira attentivement son interlocuteur. Il était entré dans le manse en ruines et s'amusait maintenant à décrocher, en sautant, les toiles d'araignées, comme l'eût fait un enfant ou un simple d'esprit.

Il remarqua que le petit homme était né vilainement tordu. Il avait une jambe plus courte que l'autre, une hanche plus haute que l'autre, une épaule plus basse que l'autre, et tout le reste aussi mal bâti.

Quant à sa tenue, elle était aussi grotesque et piteuse que son allure. Il ne portait pas de manteau, ni de cape, mais un accoutrement fait de superpositions hasardeuses : un pantalon bouffant en guenilles, à peine rapiécé, qui ne semblait tenir que par la crasse qui l'en recouvrait, et deux vestes de couleurs différentes, enfilées l'une sur l'autre, fermées par des cordons élimés. Ses bas de laine, mangés par les mites, s'accrochaient sur ses mollets arqués par de grossières jarretières, et ses chaussures à brides étaient tellement usées que la saillie du gros orteil avait troué leur cuir.

Percheval fit mine de ne pas s'attarder sur sa tournure et entama une conversation polie durant laquelle il le traita en toute cordialité, comme une connaissance, lui demandant qui il était et de quoi il vivait. Le petit homme – il ne faisait guère plus de quatre pieds et demi au garrot – lui confia qu'il se prénommait Rémi Augelet, mais que tout le monde à Malzieu, y compris ses proches, le désignait sous le sobriquet de « Patte-Folle ». Percheval apprit également qu'il était orphelin depuis l'âge de dix ans et qu'il vivait chez son oncle depuis la mort de son père, qui était autrefois tonnelier à Mézières. Guillaume Augelet le payait pour servir les clients à la taverne, cependant, dans les périodes creuses, les gens du village l'employaient comme ils pouvaient à de menus travaux : ramasser du bois mort ou des feuilles, garder les moutons sur les communaux, ou chasser les taupes. Certains le regardaient de travers et se raillaient de sa démarche en godille, mais la plupart se montraient charitables à son égard car, malgré son infirmité, il était peu fainéant, utile et bon chrétien.

Tandis que l'avocat continuait de l'écouter, il tira sur la manche de sa veste et exhiba sans vergogne une main droite amputée de l'index et du majeur. Il se désola avec une mimique particulièrement comique que, non content d'être né tors, la roue d'une charrette lui avait broyé ses deux pauvres doigts étant enfant, le condamnant ainsi à ne jamais pouvoir exercer l'art précis et méticuleux de son défunt père.

– Je souhaiterais rencontrer Moïse Nature, l'interrompit soudain Percheval, las de son bavardage. A-t-il sa maison dans le village ?

– Pourquoi, z' êtes malade ?

– Pas vraiment, répondit l'avocat évasivement, en songeant que moins il en dirait à cet imbécille[1], mieux cela vaudrait.

Mais au lieu de lui servir la réponse brève et concise qu'il aurait souhaitée, l'autre ouvrit une bouche ronde comme celle d'un saint en béatitude, et, de ses lèvres bien déliées, tomba de nouveau une cataracte de paroles :

– Moïse, c'est un bon panseur et un fameux r'bouteur ! I m'a guéri des oripeaux[2] quand j'avais dix ans et i m'a d'jà arraché six dents !

– Certes, mais où...

– La s'maine passée, poursuivit le bonhomme, il a r'mis sur ses pieds l'fils Fauchon ! C'ti-là qu'avait attrapé une mauvaise fièvre en s'lavant les pieds dans la rivière. Ah ça ! L'froid lui est rentré par les pieds au p'tiot ! C'est Moïse qui l'a dit ! Moïse, i dit toujours : « Si tu veux d'venir vieux, enlève point l'huile de ta peau, ni la crasse de tes ch'veux » ! Té, il a aussi guéri Nicolette, la fille du meunier, qu'avait un mal de ventre, avec des tisanes de coquelicots ! Moi aussi, j'en cueille des coquelicots ! Et les punaises, hein ? Les punaises, tout l'monde dit qué sont sales et qué puent, mais moi, j'les bois

1. L'idiot du village.
2. Les oreillons.

avec du vinaigre ben fort, pour faire sortir les vers ! C'est Moïse qui m'a donné la r'cette !

– Certes, certes, fit de nouveau Percheval non sans agacement, mais ce Moïse Nature, où habite-t-il ?

L'infirme se gratta la tête du pouce – ce que Melchior interpréta, à tort, comme le signe de sa réflexion – et poursuivit son idée :

– Moïse, i dit qu'les poux c'est bon pour la santé, à cause qu'i nous tirent l'mauvais sang. Z'en voulez un ?

L'avocat eut un mouvement instinctif de recul lorsqu'il lui offrit, entre deux doigts de la main gauche, l'un des répugnants insectes qui grouillaient dans sa tignasse.

– Té, allez, prenez ! insista « Patte-Folle ». Ici, quand quéqu'un en a point, on lui en donne tant qui n'en veut ! J'vous ai choisi l'plus gros !

Puis, l'incorrigible bavard se mit de nouveau à conférencier avec force gestes et grimaces, et avec une telle abondance de postillons que Percheval, un peu las, alla s'adosser contre le mur. Il se résigna à subir le soliloque du bonhomme, certain qu'avant la nuit sa curiosité serait sans doute satisfaite.

– Moïse, i l'habite tout au bout d'la grand-rue, annonça finalement « Patte-Folle », quand il eut achevé son verbiage. Passé la croix, vous faut compter un, deux, trois bouleaux... et pis marcher jusqu'à la grosse butte.

– Bien aimable, fit Percheval en soupirant et en s'inclinant de bonne grâce.

– Alors donc, messire, acheva le maigrichon, laissez-moi vous dire que ce s'rait un honneur pour vot'serviteur de vous aider à trouver c'que vous cherchez...

Melchior le dévisagea avec un brin de contrariété.

– Je ne cherche rien de particulier, déclara-t-il sur la défensive.

Le neveu du tavernier ficha son regard amusé dans les yeux de l'avocat :

– Alors, pourquoi qu'vous êtes v'nu vous perdre dans not'village ? Avec des gueux comme nous aut'es ? Et qu'vous posez toutes ces questions, sans ça ? Monseigneur, c'est mes doigts qu'ont été écrasés par la roue, pas ma tête !

Peut-être, songea Percheval, que ce tordu-là avait effectivement plus de cervelle qu'il n'y paraissait. Se pouvait-il que logeât, dans cette machine contrefaite et chétive, un esprit plus finet qu'il ne l'avait cru d'abord ?

– Je te remercie, lui dit-il, et je te promets que je ne manquerai point de quérir ton aide le moment venu.

Et, comme pour sceller cet accord, il tendit sa main gantée au boiteux qui, non content d'en rougir d'émotion, en perdit toute sa salive et la garda un long moment, comme s'il avait tenu la dextre du jeune roi Louis en personne et qu'il voulait la conserver ainsi, pour l'éternité.

***

Par trois fois dans la journée, Percheval voulut rendre visite à la veuve Inguélaère, mais, à chacune de ses tentatives, la porte de la maison lui fut malheureusement claquée au nez par la jeune Rose.

« Not'mère est trop malade pour quitter l'lit. Personne peut la voir ou lui parler ! » lui répéta la fille aînée de Reyne avec une figure de tragédienne. Aussi, en fin d'après-midi, l'avocat, excédé par tant de mauvaise volonté et profitant du fait que Rose avait oublié de tirer le verrou, poussa-t-il avec impatience la porte de la misérable chaumière.

Il trouva Reyne effectivement couchée, les yeux clos, comme une morte. À son entrée, une expression révoltée éclata sur le visage de ses deux fillettes qui se mirent à chuchoter, en regardant l'étranger d'un air mauvais, comme s'il eût commis quelque grave impertinence.

Percheval regretta un moment sa mauvaise humeur et eut un petit mouvement de honte. Mais il secoua très vite sa gêne et se laissa seulement aller à un accès de toux qui manqua franchement de naturel.

– Eh bien, demanda-t-il en se raclant la gorge, Reyne est-elle disposée à converser avec moi à présent ?

Les chuchotements des filles laissèrent la place à un silence inquiet et hostile.

– L'une d'entre vous aurait-elle l'amabilité de me faire une réponse ?

Mais personne, dans la pièce, ne voulut lui adresser la parole. Pas plus la veuve qui restait, inerte, sur sa couche, que les enfants, ou même que la grand-mère, qu'il aperçut, occupée à éplucher des châtaignes.

S'adressant à la plus âgée des filles, il déclara d'un ton apaisant :

– Je ne viens point pour vous effrayer. Il n'y a pas lieu d'avoir peur.

– Et d'où qu'on aurait peur ? rétorqua l'adolescente en haussant les épaules.

– Oh non ! renchérit sa cadette, plus ingénument que son aînée, on n'a point peur de vous !

La voix de Perrine retentit à son tour, du bout de la table :

– Allez-vous en !

– Faites excuse, répliqua Percheval, mais je suis très bien ici. Il fait bon.

Comme il ne voulait ni partir, ni mettre trop d'agitation dans la demeure, il se tint debout, adossé contre le mur et resta tranquille un instant. Il examina tour à tour les visages, défiant ces trois femelles par sa circonspection et son obstination.

Aucune d'entre elles ne paraissait vouloir faire mine de le remarquer et il éprouva bientôt l'étrange sensation d'être aussi invisible que l'air qu'il respirait.

Reyne restait allongée et l'on aurait pu la croire réellement aux portes du trépas tant elle demeurait raide et sans souffle sous la couverture.

– Comment va-t-elle ? demanda Percheval.

Sa question fut de nouveau accueillie par le mutisme le plus complet.

– Faut-il faire venir le prêtre ? se moqua-t-il gentiment.

Ce fut la petite Madeleine qui, un peu effrayée, lui répondit, sous le regard sévère de sa sœur :

– Oh ! Not'mère va point mourir !

– Elle a pourtant l'air d'aller bien mal.

– Ça va pas mieux, ça va pas pire, cracha la grande.

Melchior observa attentivement cette toute jeune fille aux cheveux roux comme les feuilles d'automne et songea qu'elle deviendrait fort belle avec le temps. Ses grands yeux verts avaient un éclat magnifique, ses rondes pommettes, toutes colorées du rose vif de l'émotion, faisaient une adorable saillie dans son visage en cœur.

Il laissa échapper un soupir et se saisit d'une chandelle dont la maigre lumière tremblait dans l'obscurité du logis. Il se dirigea vers la table et s'assit en face de la grand-mère.

– Je goûterais volontiers à vos marrons, déclara-t-il à Perrine.

En signe de dénégation, la vieille se crispa sur son bol de terre cuite.

– Vous aussi, vous avez perdu l'usage de votre langue ?

L'avocat saisit l'une des bogues et en effleura les piquants tout en feignant la plus parfaite sérénité.

– Il est curieux, tout de même, que personne, dans cette maison, ne veuille me parler de ce diable qui tourmente Reyne. Y aurait-il là un grand secret qu'on voudrait me cacher ?

Puis, sans attendre de réponse, il se leva du banc, se dirigea lentement vers la fenêtre, dont il souleva le parchemin huilé, afin de jeter un œil sur la cour et le jardin désolé. Puis, abandonnant son inspection, il se tourna vers Rose :

– Dis-moi, petite, où donc trouvez-vous de quoi manger ? Et la bougie, comment l'avez-vous payée ?

L'enfant lui lança un regard mauvais qui fit sourire l'avocat. Il ajouta :

– Quatre femmes dans la misère, plus d'homme pour gagner le sou… Il faudra bien me dire un jour où vous trouvez de quoi payer votre pitance…

La fille de Reyne fonça vers la porte et lui fit signe de sortir :

– Not'père nous a laissé ben assez pour vivre jusqu'à l'été, déclara-t-elle en relevant son petit menton volontaire. Et si ça suffit pas, j'irai m'placer, et ma sœur avec. On cherche des servantes à Rocroi.

– Je n'en crois rien, objecta Percheval sans bouger. Ton père était un pauvre tenancier. Il est difficile d'imaginer qu'il ait mis suffisamment de côté pour que vous subsistiez pendant six mois.

Rose, obstinée, lui montra de nouveau la porte.

– Si vous vous décidez point à sortir, j'irai jusqu'au village et on vous forc'ra ben à quitter not'maison !

– Inutile de te donner cette peine, ma mignonne, je m'en vais. Mais dis à ta mère que je reviendrai tous les jours. Il faudra bien qu'elle me parle de ce mauvais sort qui la fait ainsi dépérir. Vraiment, quelle pitié de voir une chose pareille.

À peine fut-il sorti que l'huis claqua violemment derrière lui. Il resserra les pans de son manteau et remonta lentement vers le potager.

Il s'apprêtait à s'enfoncer dans le sous-bois quand, passant devant le petit bâtiment qui servait à ranger les outils, la curiosité le fit s'arrêter. Il éprouva soudain le besoin de pénétrer à l'intérieur de la remise et d'y jeter un coup d'œil. La chose fut aisée : il lui suffit de forcer les planches pourries et la porte céda aussitôt.

Il n'aperçut d'abord qu'une bêche, quelques pots et une grande fourche. Mais dans un coin, une masse informe, recouverte d'un linge, attira son regard. Il souleva alors le drap moisi par l'humidité et découvrit une vieille baratte à beurre. Songeant qu'il n'y avait rien, dans cette cabane, qui fût susceptible de l'intéresser, il recula d'un pas. Il s'apprêtait à sortir quand ses yeux se posèrent enfin sur une petite caisse de bois montée sur une roue, posée près du mur. On avait retourné cette espèce de brouette rudimentaire, bords contre sol. Percheval s'avisa aussitôt que si celle-ci avait été posée ainsi à l'envers, ce n'était certainement pas sans une bonne raison et, à l'observer plus attentivement, il lui sembla qu'en effet elle dissimulait bien quelque chose. Il empoigna les deux brancards et la renversa pour s'apercevoir qu'il n'y avait rien en dessous, excepté trois grosses planches. Surpris que l'on eût disposé ainsi des lattes de bois à même la terre, il s'agenouilla et les souleva sans hésiter. Un sourire de satisfaction étira son visage lorsqu'il découvrit que ces dernières cachaient un trou.

Il plongea alors son avant-bras dans celui-ci et entreprit d'en inspecter l'intérieur. La faille, d'abord large et profonde de quinze pouces, se rétrécissait légèrement vers le fond, lequel était rempli d'objets divers. Il retira, doucement, tout ce qu'il sentait sous sa paume et, quand il eut terminé, examina attentivement le contenu de la cachette.

Tout ce que Guy Vasseur avait entreposé là, depuis des mois, des années peut-être, se trouvait devant lui, exposé sous ses yeux. Percheval fut aussitôt convaincu qu'il s'agissait du produit de multiples larcins et se demanda si quelqu'un d'autre, dans la famille, connaissait l'existence de ce petit butin. Il vida d'abord les bourses et fit le compte de ce qu'elles contenaient : deux écus d'argent, une vingtaine de billons de deux sols, de la petite monnaie en deniers et en liards – en tout, une dizaine de livres, soit presque la moitié d'un louis d'or. Puis il s'attarda sur les objets qui venaient compléter ce pécule : des boutons, des boucles de chaussures, un mouchoir finement ouvragé, une paire de gants brodés de fils d'argent, quatre cierges intacts, un ostensoir et un calice.

Melchior eut une moue écœurée. Nul doute que ce Guy Vasseur était un larron. Mais qui plus est, et ceci constituait au regard du bon chrétien qu'il était une faute bien plus grande que le vol, ce gredin avait commis l'infâme sacrilège de piller une église.

– Vous avez point l'droit ! s'écria soudain Rose en voyant le trésor de son père étalé sur le sol. Ah ça, vous êtes un voleur ! Laissez nos affaires, sale bourrique !

Honteux de s'être laissé surprendre, Percheval se redressa vivement et recula d'un pas. Il voulut calmer l'enfant et leva une main apaisante vers son visage bouleversé, mais la fillette se rua sur lui comme une bête enragée. De toutes ses forces, elle le plaqua contre la paroi de la remise et le bourra de coups de poings et de coups de pieds. Melchior dut alors la saisir par les cheveux, qu'il tira violemment en arrière, pour que cessent les attaques. Puis il lui administra une gifle magistrale qui jeta l'enfant à terre. Découvrant soudain l'horreur de son geste, il se précipita hors de la cabane et s'enfuit en toute hâte.

***

Une bonne demi-heure plus tard, remis de ses émotions, il se rendit chez le chirurgien du village.

Lorsqu'il poussa la porte du logis, le pâle soleil d'hiver entra avec lui et jeta un mince ruban de lumière sur les murs. Mais sitôt l'huis refermé, la pièce se retrouva plongée dans la pénombre, et il lui fallut plusieurs secondes avant de pouvoir s'habituer à l'obscurité. Il put alors découvrir l'occupant de cet antre sinistre.

Peu d'hommes, dans sa vie, lui avaient fait l'effet d'être des créatures hors du commun. Moïse Nature se rangeait parmi ceux-là.

Il dévisagea, un peu stupide, un géant de six pieds de haut, penché au-dessus d'une meule de pierre, occupé à réduire en poudre quelques graines qu'il avait sorties d'une besace.

Cette espèce d'ogre à la figure énorme, à l'encolure de taureau et au mufle de fauve, portait des guêtres rouges dont la forme épousait le galbe de deux jambes monstrueuses par leur grosseur, et une brassière en serge assez lâche pour laisser deviner un torse bombé et dur comme le plastron d'une armure. Le colosse avait des mains gigantesques, couvertes jusque sur les doigts d'une masse de poils blonds, et la pierre qu'il tenait serrée dans sa poigne prodigieuse paraissait, en comparaison, un caillou ridicule.

Mais ce fut une autre particularité de ce physique de Titan qui attira néanmoins l'attention de Percheval : sous le front bas, presque bestial, du chirurgien, et sous l'arcade prononcée de ses sourcils broussailleux, jaillissait un œil mort, un œil vitreux, sans pupille.

Moïse Nature reposa la pierre qu'il tenait et se retourna. L'unique organe de sa vue, d'une couleur indéfinissable, comme le sont généralement les yeux des animaux sauvages, fixa le visiteur sans trahir le moindre étonnement ni la moindre contrariété. Il salua Percheval de la même façon qu'il aurait accueilli un ami ou un proche, ignorant parfaitement cette intrusion inopinée, et lui sourit de toutes ses dents, aussi larges que jaunes. Puis il l'invita très naturellement à s'avancer, en déployant devant lui une paume herculéenne.

– Qu'est-c'qu'i vous faut ? demanda-t-il sans manifester la moindre surprise et sans aucune méfiance.

Constatant que le chirurgien ne lui donnait ni du monseigneur, ni même du messire à tour de bras, l'avocat devina qu'il n'était pas si rustre qu'il en avait l'air. Et ce sentiment le poussa à renoncer au tutoiement, comme il avait l'habitude d'en user avec les gens de basse condition.

– Je me nomme Melchior Percheval, répondit-il.

Et, après l'avoir informé sur sa profession, il ajouta, tandis qu'il balayait du regard l'extraordinaire foisonnement d'herbes et de plantes médicinales autour du chirurgien :

– J'aimerais vous poser quelques questions. Si vous n'êtes pas trop occupé, bien entendu.

– Je l'suis point, fit posément Moïse.

Percheval détailla plus attentivement l'antre du cyclope. Contre une des cloisons était posée une couchette de bois qui contenait un lit. Au centre de la salle se dressaient un banc et une grande table sur des tréteaux. Aux murs, accrochés à des chevilles et à des clous, pendaient une blouse et un tablier sales, une peau de loup, des sacs de toile vides et des nids d'hirondelles. Il y avait, sur la table et sur les étagères, pêle-mêle, des écuelles de bois remplies de gousses d'ail, d'écorces, de chiendent, de fleurs de rue, de feuilles de sauge ou de thym, mais aussi des bols débordants de vers blancs, de cantharides, de limaces, de miel, de cire et de lait. Dans des pots de toutes formes, encore, de la poudre d'os, de la chair broyée de petits gibiers ; dissimulés dans la pénombre d'un recoin, des écuelles où l'on avait recueilli de la moelle, des cerveaux de moineaux et le poumon d'un renard ; sur les planches de bois grossièrement fixées aux murs et puis ici et là, sur le banc, par terre, mêlés aux cadavres de petits animaux et à de la fougère odorante, une pauvre littérature achetée à quelques colporteurs : un almanach, des livrets de médecine bon marché, un exemplaire de *L'Apothicaire charitable*, deux ou trois recueils d'une dizaine de pages sur l'utilisation des simples, une très vieille édition du *Grand Albert*. Enfin, près de la couchette, des instruments de chirurgie constitués d'un trépan, d'une canule, de lancettes, de plusieurs couteaux et d'une grosse scie.

– Peut-être pourrions-nous marcher un peu ? suggéra Percheval, incommodé par les relents puants qui émanaient des corps en décomposition.

Moïse Nature secoua ses deux cents livres de chair et entraîna son visiteur au dehors.

Ils cheminèrent à pas lents sur le sentier bourbeux, devant la maison, prenant soin de ne pas glisser et choir dans ce cloaque.

– Avez-vous soigné un dénommé Guy Vasseur, il y a environ six mois ? interrogea aussitôt l'avocat. Sa femme, Reyne Inguélaère, affirme qu'il était malade.

– C'est vrai, acquiesça le chirurgien. D'ailleurs, il est passé.

– Son épouse expose que quelqu'un l'a empoisonné. Qu'en pensez-vous ?

– Je pense qu'elle vous a pas trompé.

Percheval hésita un instant avant de lui faire part de ses doutes et surtout de lui rapporter les insinuations d'Estienne sur sa pratique de la médecine, que ce dernier jugeait apparemment très lacunaire, et sur son incapacité à établir un diagnostic sérieux.

Il se racla la gorge.

– Jehan Estienne, qui est médecin à Metz et auquel j'ai parlé de l'affaire, prétend qu'il n'y a pas de raison de penser que la mort de cet homme n'était pas naturelle.

– J'connais ces songe-creux d'la ville, rétorqua le borgne avec humeur. I z'ont qu'du mépris pour nous aut'es, les chirurgiens. I nous appellent les empiriques. Oh, c'est vrai qu'j'ai point étudié la méd'cine à la faculté, comme ce… comment qu'vous dites ?

– Jehan Estienne.

– Comme c'monsieur Estienne. J'suis point gradué, mais mes soins en sont pas moins efficaces qu'les siens. Mon art, à moi, consiste à suivre l'expérience, pas à faire des savanteries. Et y a peu d'gens qui s'en plaignent.

– Sans doute, répliqua Melchior avec amabilité, sans se départir de son air dubitatif.

– Rien que dans l'village, expliqua Moïse, y se trouve au moins cinq personnes qui pratiquent la méd'cine. Ces matois-là font pas grand bien et abusent les pauv'es gens avec leurs bouffonneries. Mais quand i vient aux hommes et aux femmes de Malzieu que'ques maladies sérieuses, ou ben quand i s'cassent les os, c'est moi qui les soulage et qui les r'mets d'bout sur leurs jambes.

– Jehan Estienne, persista l'avocat, affirme qu'il est difficile de distinguer un empoisonnement d'un flux de ventre…

– I coûte ben peu aux jacteurs de n'donner que des paroles. Votre Estienne, sait-i seulement déboucher les intestins, extraire les dents pourries, débarrasser les malheureux d'leur gale, réduire leurs fractures ? C'est toujours l'même refrain avec ces pompeux d'la ville. Mais qu'est-ce qu'i savent faire de plus qu'moi, hein ? Sinon contempler la pisse d'leur malade et en renifler l'odeur, comme des chiens ?

Percheval, qui ne désirait pas rentrer dans ces querelles de famille et qui, pour sa part, avait bien des difficultés à comprendre où résidait la différence entre la sapience de tous ces praticiens, ramena la conversation à son point de départ.

– Revenons à Guy Vasseur, dit-il. Vous l'avez soigné, vous êtes donc en mesure de me rapporter toute l'affaire. À quoi cet homme a-t-il succombé précisément ?

Le borgne haussa les épaules et prit un air chagriné qui tranchait avec sa grosse mine patibulaire.

– Puisqu'ce fameux méd'cin de Metz vous a d'jà donné son avis sur la maladie du Guy, fit-il remarquer à l'avocat en lui tournant le dos, j'vois pas en quoi l'mien pourrait vous êt'e utile…

Cette dernière remarque révéla à Percheval le talon d'Achille du chirurgien. Cette grande masse de viande et de muscles durs, ce colossal gaillard, d'une vigueur peu commune, avait à l'évidence une petite faiblesse : la susceptibilité.

Alors, Melchior, comprenant qu'il avait un peu trop chatouillé la fierté de cet orgueilleux guérisseur, changea de stratégie.

– Jehan Estienne n'a pas connaissance de toutes les maladies qui frappent les gens de la campagne, se reprit-il avec diligence. Comme vous l'avez affirmé si justement, l'expérience a plus de valeur que la théorie.

L'autre s'immobilisa, visiblement radouci.

– Pour moi, Guy est mort d'avoir avalé un poison mortel, déclara-t-il avec conviction.

– Comment a-t-il pu le prendre sans s'en rendre compte ?

– On a mêlé l'poison à un aliment ou à un breuvage. Vasseur avait d'grosses sueurs, son pouls était vite et inégal. I s'plaignait d'maux de tête, et i vomissait tout c'qu'i pouvait...

Il s'interrompit, croisa ses deux bras autour de sa carcasse massive :

– Tout lui r'ssortait par l'fondement et par la bouche. On aurait cru qu'c't homme-là avait avalé tous les purgatifs qu'on peut trouver dans la boutique d'un apothicaire.

Percheval lui concéda qu'il était assurément un très bon chirurgien mais lui fit remarquer qu'il pouvait peut-être, pour cette fois, se tromper dans l'interprétation des symptômes. Bien qu'il eût peu de connaissances en matière médicale et que la susceptibilité du chirurgien n'était plus à démontrer, il se risqua néanmoins à envisager d'autres hypothèses :

– N'était-il pas atteint tout simplement de coliques tenaces ?

– I l'en serait pas mort.

– La suette, peut-être ? Ou quelque fièvre pourpre ?

– Impossible, répliqua Moïse Nature en reniflant. Si ça avait été, d'aut'es cas se s'raient manifestés.

– N'y a-t-il eu aucun signe de maladies contagieuses dans le village, ces derniers mois ?

– Aucun.

– Et la rage ? Et pourquoi pas une grosseur mortelle ?

– Rien à voir avec la rage, coupa Moïse. Y avait aucune trace d'morsure sur l'corps de Guy. Quant à ces maladies qui rongent p'tit à p'tit les viscères ou celles qui viennent dans les organes sous forme de tumeurs, c'sont des maladies lentes. Not'homme s'portait très bien jusque-là.

– Ne pouvait-il s'agir de ce « mal italien », qui se contracte en frayant avec les gouges [1] ? insista prudemment l'avocat.

– Croyez, où qu'i l'ait mis son bourgeon, le paillard présentait aucun signe d'la grosse vérole [2].

Le chirurgien arrêta de nouveau sa marche et observa attentivement Percheval.

– J'ai comme l'impression qu'vous êtes pas convaincu, lâcha-t-il plus vexé que navré.

Melchior aurait voulu adhérer sans retenue à son avis, mais sa raison le poussait à persévérer dans l'idée d'une mort naturelle. Il parvint cependant à faire taire son incrédulité.

– Si le mari de Reyne Inguélaère a bien été empoisonné, demanda-t-il en feignant d'admettre cette hypothèse, quel poison a-t-on utilisé ?

Le chirurgien secoua son grand corps et se remit en marche.

– L'foie était tout engorgé, expliqua-t-il, et Guy avait des selles énormes, toutes pleines de sang. On aurait dit un empoisonnement à l'antimoine.

Percheval le considéra avec un intérêt nouveau.

– L'antimoine ? répéta-t-il en plissant les yeux.

– *Vomere, cacare, sudare.*

– Un émétique ?

– C'est ça. Un émétique puissant, qu'les méd'cins d'la ville et les limonadiers du cul [3] administrent pour purger. I nettoie l'corps avec violence, et par tous les orifices. On dit qu'ces propriétés sont merveilleuses, mais moi, j'dis qu'à forte dose, c'est un r'mède qu'a des qualités venimeuses. Un poison mortel.

– Qui peut en posséder dans ce village ?

– Bah ! Personne.

– Et Reyne Inguélaère ?

1. Femmes de mœurs légères.
2. Syphilis.
3. Apothicaires.

– Encore moins. J'vois pas comment cette pauv'e créature aurait pu en avoir.

– Donc, conclut Percheval, ce n'est certes pas ce poison qui a servi a à tuer Vasseur puisque personne, ici, n'est en mesure de s'en procurer...

Puis, d'ajouter, sans se départir de son air dubitatif :

– Si tant est que cet homme a bel et bien été empoisonné...

Moïse Nature, froissé que l'avocat puisse encore mettre en doute la valeur de son diagnostic, avança ses lèvres épaisses dans une mimique boudeuse :

– On a pu aussi s'servir d'une plante vénéneuse. Du pavot ou d'la belladone. Ou encore d'mauvais champignons. Y en a tout plein qui poussent dans la forêt.

– De toute façon, rien n'est prouvé, dit Percheval en soupirant. Et quand bien même aurait-on empoisonné Vasseur, pourquoi Reyne est-elle persuadée que le meurtrier s'est servi d'une poudre diabolique ? Est-ce vous qui le lui avez suggéré ?

– J'lui ai dit qu'Dieu seul était en m'sure de guérir son homme. Du diable, j'ai point parlé.

– Et de sa possession, qu'en pensez-vous ?

– Je suis qu'chirurgien. J'vois et j'touche. Son démon, j'l'ai point vu, ni touché. Aussi, j'peux pas dire si il existe. Mais j'peux point dire non plus qui l'existe pas.

Le raisonnement laissa Percheval un peu perplexe.

– Et vous ? interrogea à son tour le borgne, qui trouvait à présent cette curiosité fort suspecte. Pourquoi qu'vous posez tant d'questions ?

– Je compte défendre l'homme que la veuve Inguélaère a injustement accusé de l'avoir envoûtée. Il s'agit du fils de Toussaint Vigneules. Le connaissez-vous ?

Moïse le dévisagea soudain comme s'il avait affaire à un demeuré, tant la question lui parut sotte. Comment pouvait-il ignorer qui était le fils de Toussaint et d'Antoinette, lui le guérisseur de tous les corps souffrants, et, qui plus est, d'un village qui comptait à peine deux cents âmes ?

– Évidemment, répliqua le chirurgien en haussant ses monstrueuses épaules.

– Pourquoi Reyne accuse-t-elle son beau-frère de l'avoir maléficiée ? insista Percheval. Quelle raison a-t-elle de lui en vouloir ?

Moïse demeura un long moment l'œil fixé dans le vide, une lueur sombre dans son unique prunelle, puis, il hocha brusquement la tête, comme s'il voulait chasser son envie de parler et qu'il craignait qu'elle ne l'entraînât trop loin. Enfin, se secouant comme un bœuf, il se ressaisit, et fit demi-tour sur le chemin.

– J'me mêle jamais des histoires des gens, déclara-t-il en bougonnant.

Et, tandis qu'il s'éloignait en direction de son logis, il ajouta :

– Vous d'vriez en faire autant. Le malheur des aut'es, c'est comme la peste sur un cadavre : ça s'attrape rien qu'en l'reniflant.

XI

L'envie, racine de tous les maux

Le lendemain, en sortant de la taverne du Merle noir, vers la tierce heure de la matinée, Melchior Percheval eut l'agréable surprise de tomber nez à nez avec Jehan Estienne et Gaultier des Périers. Tous deux avaient quitté Metz la veille et, après avoir couché à Bazeilles, s'étaient remis en route à l'aube dans l'espoir de retrouver leur ami. Percheval, d'abord stupéfait, ne trouva pas les mots pour exprimer la joie qu'il éprouvait de les voir là, à plus de trente lieues de Metz.

– Huit heures pour venir jusque dans ce margouillis, une nuit passée dans une infâme auberge à nous gratter de concert les puces, et vous voilà planté là, comme un bégaud ! s'amusa Estienne.

– Pardonnez-moi, répondit Percheval en se secouant et en étreignant chaleureusement le médecin. Ah, mes amis ! Mais quelle mouche vous a donc piqués ? Lequel a eu l'idée de venir me trouver céans ?

– Moi, maître ! répondit fièrement Gaultier. Depuis cinq jours que je n'avais plus de nouvelles de vous, je commençais à pourpenser à part moi que vous étiez en méchante posture. Hier, monsieur Estienne est passé chez vous et nous nous sommes croisés devant votre logis. Étant fort inquiet à son tour de cet évanouissement aussi subit qu'inexpliqué, nous nous sommes résolus à venir vous chercher par ici.

– Et il m'est fort plaisant, je l'avoue, de vous voir tous les deux !

Les trois hommes pénétrèrent dans la taverne et s'attablèrent. Estienne et Gaultier n'ayant rien avalé depuis la veille, Percheval ne trouva pas utile d'attendre midi pour dîner, et pria Guillaume Augelet de leur servir de quoi se restaurer. Tandis que le cabaretier s'affairait à leur préparer un maigre repas avec le peu qu'il tenait en réserve, Estienne pria l'avocat de lui conter tout ce qui s'était passé depuis leur dernière rencontre. Il put alors se faire une idée de la gravité de la situation, dont, au reste, le visage de son ami, soudain grave et inquiet, lui donnait déjà la mesure.

– Ainsi, fit Percheval, vous ne pouviez point mieux tomber, Jehan : c'est ce jourd'hui que le lieutenant criminel va ouïr les déclarations des cinq témoins à charge.

– Savez-vous qui sont ces manants ?

– Vigneules m'a confié qu'il avait présomption de leur identité et des reproches qui pourraient bien lui être adressés....

Pendant qu'ils continuaient à converser ainsi et que Percheval informait le médecin de tout ce qu'avait pu lui confier le prisonnier, Guillaume Augelet revint avec une miche de pain, du fromage, quelques poires et un pichet de rouge. Estienne considéra avec circonspection les vivres posés sur la table poisseuse.

– Fi ! Du pain et du chasse-cousin ? N'auriez-vous point quelques fafelus pâtés de lièvre ou quelques bonnes saucisses à nous servir ? Ce n'est certes pas avec ces croustilles que nous allons faire gogaille !

– Les temps sont durs, m'sieur, lui répondit le tavernier, un peu gêné.

– Allons, fit Percheval en se versant à boire, je suis bien aise de vous voir, mon ami. Peu importe que le vin soit piqué et les poires un peu fadettes, cela ne gâtera point notre plaisir.

Et, se tournant vers Gaultier avec un large sourire :

– Vous avez fait une longue route, mon garçon, buvez pour vous réchauffer.

Ils poursuivirent ainsi leur discussion, s'accommodant finalement assez bien du frugal repas, tout à leur joie d'être ensemble.

Pendant ce temps, à l'entrée de Malzieu, six cavaliers venaient de franchir le pont. Les paysans, intrigués, étaient sortis des chaumières pour suivre des yeux le petit cortège qui se dirigeait vers la place du village.

Robert Bérenger et Pierre Bossuat chevauchaient en tête, botte à botte, le premier monté sur une haquenée blanche, le second sur son hongre gris. Michel Groise, sur son bidet, accompagné d'un greffier, d'un sergent et d'un recors, trottait derrière.

La compagnie fit halte devant l'auberge. Bossuat sauta à bas de son cheval le premier, lui jeta la bride sur le cou et se dirigea vers l'église. Bérenger en fit autant, suivi de Groise, qui démonta également mais avec nettement moins d'aisance. Les trois hommes pénétrèrent dans l'édifice, laissant leur monture au soin de quelques gamins du village qui s'étaient élancés à leur rencontre.

– Du beau monde ! cria une voix aiguë, de la fenêtre du Merle noir.

« Patte-Folle » apparut dans l'encadrement, visiblement essoufflé.

– Qui donc ? s'enquit son oncle.

– Ces messieurs de la justice ! Quatre ! V'là qu'i sortent de l'église !

– Viennent-i par là ?

– Oh, oh ! fit le ragotin en allongeant le cou à l'intérieur de la taverne dès qu'il aperçut Percheval. Le bonjour, monseigneur !

– Vas-tu répondre, cagnard ? s'irrita Augelet, le bras levé vers son neveu, prêt à lui décoller une oreille.

Mais il n'eut pas le loisir d'en entendre davantage, car la tête de « Patte-Folle », esquivant la riflade, avait déjà disparu.

Percheval se leva et ajusta son pourpoint. Estienne remarqua qu'il avait pâli. Il posa son gobelet et s'essuya la bouche du revers de la main.

– Les attendiez-vous de si bonne heure ?

– Je me doutais qu'ils ne tarderaient pas, répondit Melchior, mais je ne pensais point les voir arriver avant l'après-midi. La peur, sans doute, les aura poussés à se mettre en route plus tôt.

– La peur ?

– Que leurs précieux témoins ne changent d'avis ou que je ne les entreprenne avant eux...

La seconde qui suivit vit entrer dans la grande salle les trois magistrats, très raides et compassés, en robes à rabat et perruques. Le père Jérôme leur emboîtait le pas, l'air sombre, comme à l'accoutumée.

Dès qu'il vit l'avocat, Pierre Bossuat le toisa du regard. Celui-ci, parfaitement impassible, le salua brièvement, imité par Estienne et par Gaultier des Périers.

– Ainsi, commença le lieutenant criminel, aigrement, je ne m'étais point trompé en imaginant vous trouver céans... Mais je n'avais pas songé que vous pousseriez l'audace de venir en compagnie.

Il posa un œil fendu, oblique, sondeur, sur la personne de Jehan Estienne puis sur Gaultier. Après avoir détaillé les rubans et dentelles qui ornaient le vêtement de ce dernier et jaugé son allure efféminée, il esquissa une vague moue de dégoût :

– Jolie compagnie que la vôtre, d'ailleurs : un bougre [1] et un athée. Deux engeances de la pire espèce.

Le juge Bérenger fixa également le visage grêlé du médecin, avança les lèvres dans une grimace répugnée :

– Athée et crottu [2], de surcroît.

– Oui, un athée, confirma Pierre Bossuat. Et le Tout-Puissant l'en a puni en lui écrivant, en lettres infâmes et profondes, son terrible châtiment sur le visage.

Il n'en fallut pas davantage pour qu'Estienne, déjà prêt à disputer avec les magistrats, les toisant à son tour, leur rendît l'estocade. Les lignes de sa mâchoire saillirent en muscles durs :

– Cette disgrâce, en effet, est un présent qui m'a été accordé par la miséricorde divine, messieurs. Mais prenez

1. Homosexuel.
2. Marqué par la variole (vérole).

garde que la vérole, un beau jour, ne vous touche également, car le malheur n'épargne personne, pas même les bons dévots. Tout le monde sait que Dieu, dans son infinie bonté, distribue ses bienfaits sans grand discernement.

Bérenger s'étrangla d'indignation et Bossuat foudroya Estienne du regard. Puis, aussitôt, il tourna le dos au médecin, affectant de n'avoir rien entendu. Percheval songea qu'il n'avait encore jamais vu de tels yeux : froids comme de la glace, brûlants l'instant d'après, capables de transpercer leur adversaire puis, dans la seconde suivante, de le fixer sans aucune émotion, d'exprimer tout en même temps une implacable ironie, une profonde indifférence et un souverain mépris.

Le silence tomba soudain dans la salle, troublé seulement par le bourdonnement d'un insecte qui volait autour de la crémaillère, dans la cheminée.

Bossuat s'adressa alors à Guillaume Augelet :

– N'ayant trouvé aucun lieu qui puisse servir à nous réunir, nous allons nous installer dans cet établissement. Veuillez pousser les tables et amener un tabouret pour les témoins.

Le tavernier pesta entre ses dents :

– Qui paiera ? Si j'ferme la maison, j'aurai pas de clients.

– Vous toucherez un dédommagement pour la perte d'une journée de travail.

– Combien ?

– Deux liards.

L'autre fit entendre un murmure de protestation que Bossuat interrompit net :

– Le dénommé Mathias Vigneules à été mis en accusation à la suite d'une plainte déposée par une femme de ce village, dit-il d'une voix sinistre. De ce fait, il incombe à tous les habitants de Malzieu de pourvoir aux frais de son procès qui, pour l'heure, s'élèvent à dix livres, sans compter les dépenses de geôlage…

Guillaume Augelet leva les mains dans un geste d'horreur.

– Mais sans doute, ajouta Bossuat négligemment, la confiscation des biens du sorcier couvrira-t-elle la totalité des dépenses…

Rasséréné par cette promesse, le tavernier s'inclina alors de bonne grâce, puis s'exécuta avec diligence avant de déguerpir bien vite, de crainte qu'on ne lui demandât d'en faire davantage.

Lorsqu'il fut sorti, suivi de près par le père Jérôme, Bossuat se planta devant Percheval, Estienne et Gaultier des Périers.

– Désemparez ce lieu, messieurs, ordonna-t-il sèchement. Et sans déport.

Percheval croisa les bras :

– En convenance avec le droit qui m'a été accordé et en tant qu'avocat justificatif, j'entends également ouïr les témoins.

– Soit, fit Bossuat à contrecœur, demeurez mais ne comptez pas plaider pour la défense de l'accusé. Ceci n'est qu'un récolement de témoignages.

– Je n'interviendrai que dans le cas où il sera expédient de le faire.

– Vous n'interviendrez point, monsieur, riposta Bossuat hautement. Si je me montre conciliant, je ne le suis, dans le fait, que parce que vous avez l'heur de plaire à monseigneur Depont.

Jehan Estienne, ne voulant pas jeter d'huile sur le feu, tira sur la manche de Gaultier et l'entraîna vers la porte. Avant de quitter la salle, il s'arrêta à hauteur de son ami et lui chuchota à l'oreille :

– Ne vous laissez point impressionner par cette face de carême, Melchior. Et n'oubliez pas, lorsque ce pédant vous outrecuidera, que, malgré les grands airs qu'il prend, il n'est jamais assis que sur son cul.

Quinze minutes plus tard commençait le défilé des témoins. Les personnes qui s'étaient manifestées, suite au monitoire lu par le père Jérôme, vinrent se présenter à la taverne du Merle noir pour déposer devant les magistrats assemblés. Toutes avaient confirmé à Pierre Bossuat, lors de l'information préparatoire, qu'elles résidaient à Malzieu, qu'elles connaissaient l'accusé depuis longtemps et qu'elles n'avaient aucun doute sur le fait qu'il fût sorcier. Mais la loi, interdisant au prévenu la possibilité de se confronter aux témoins, avait ôté à Mathias Vigneules, qui toujours croupissait au fond de sa prison, le droit de se défendre contre les accusations que ces cinq voisins s'apprêtaient à porter contre lui.

Le recors ouvrit la porte de la taverne, et le premier déposant, un lourd gaillard, vint se planter devant les juges.

Il affirma s'appeler Benoît d'Aunis, dit qu'il était célibataire, âgé de quarante ans et qu'il exploitait en métayage une ferme de cinq arpents. L'homme avait les cheveux noirauds et frisés, les sourcils épais, les lèvres énormes. Ses paupières étaient lourdes, son col gras comme celui d'un verrat de la meilleure espèce, son menton tombant et enflé à la jointure des mâchoires. Et la pâte n'était pas moins grossière que le caractère. Percheval devina, dans sa physionomie, à travers l'examen minutieux de ses traits, les marques d'une personnalité veule et une inclination certaine au mensonge et à la bassesse. Qui plus est, le rustaud tonnait fort, d'une voix haute et sonore. Et Melchior eut aussitôt le sentiment que cette façon de parler traduisait également un tempérament envieux et querelleur. Nul doute que ce paysan-là était rempli de méchantes et belliqueuses humeurs et qu'il était sujet à se mettre facilement en colère, et surtout à y demeurer longtemps.

Le juge Bérenger l'interrogea sur ce qu'il savait concernant l'accusé, et l'autre, sans se faire prier, se mit à relater son histoire, tout en agitant ses grosses mains.

Il raconta que, l'année passée, l'une de ses brebis était tombée malade sans qu'il en connaisse la raison. Il précisa qu'il ne soupçonnait pas encore que quelqu'un ait pu l'empoisonner et qu'il la remplaça naturellement quand elle fut morte. Mais lorsque, peu de temps après, une autre de ses brebis se mit à dépérir et qu'il la trouva toute froide sans son étable, il fut certain, cette fois, qu'elle avait été ensorcelée. Il déclara ensuite que sitôt survenu ce grand malheur, tandis qu'il croisait un matin le chemin de Mathias Vigneules, il lui avait confié, comme il aurait fait avec n'importe qui, qu'il mettrait le feu à la maison du foutu sorcier qui s'en était pris à ses bêtes. Il vit alors, en rentrant chez lui, que l'animal se portait beaucoup mieux. Il se rétablit même complètement après qu'il eut promis de s'en prendre au jeteur de sort. Il ajouta, pour terminer sa déclaration, que seul Mathias Vigneules avait entendu ses menaces et que, donc, lui seul pouvait être responsable de la maladie inopinée puis du rétablissement de ses brebis.

Les trois juges se regardèrent d'un air convaincu, demandèrent au greffier de prendre note du témoignage, puis, sans lui poser d'autres questions, firent signe à Benoît d'Aunis de se retirer.

Mais Percheval apostropha ce dernier avant qu'il n'ait quitté la salle.

– N'est-il pas vrai que Mathias et toi avez eu un petit différend, il y a de cela environ trois mois ? demanda-t-il en l'invitant à demeurer. À propos d'un lièvre ?

– Si, avoua Benoît d'Aunis en bombant son torse de percheron. J'l'ai surpris en train d'ramener un lièvre qu'i l'avait pris dans l'bois. C'est ben connu, dans l'village, que Vigneules pose des collets et des appeaux un peu partout, dans les forêts et les communaux.

– Cela ne nous explique pas l'origine de votre dispute.

– J'lui ai dit qu'si l'garde-chasse du marquis l'prenait à braconner sur les terres d'not'seigneur, i lui en cuirait.

– Tu savais pourtant que le marquis de Verny autorise l'accusé à poser des pièges et à pêcher dans la rivière seigneuriale, en échange des services que l'accusé lui rend…

Le gros homme n'entendait pas se laisser démonter aussi aisément.

– Bah ! fit-il en ricanant et en se tournant vers les magistrats. Quels services ? C'est lui qui l'dit !

– Non, c'est ton seigneur, le marquis de Verny qui me l'a confirmé, répliqua Percheval. Vous êtes tous au courant, à Malzieu, du travail que l'accusé accomplit pour le marquis et des largesses que celui-ci lui accorde en retour. Outre la tierce, le champart, les corvées de bras à la fenaison et à la moisson, l'accusé entretient régulièrement les fossés du château, le parc et le colombier.

– Et où qu'c'est qu'i trouve l'temps d'faire tout ça ? s'emporta d'Aunis. C'est des mensonges ! Personne l'a jamais vu aller travailler au château, mais dép'cer un chevreuil ou plumer des bécasses, ça oui !

L'avocat se leva et désigna du doigt une feuille de parchemin, posée devant lui.

– J'ai ici la déposition écrite du marquis de Verny, précisa-t-il. Déposition dans laquelle ton seigneur reconnaît les arrangements passés avec le dénommé Mathias Vigneules. Mettrais-tu en doute les paroles d'un gentilhomme ?

Benoît d'Aunis émit un grognement qui ressemblait fort à celui d'un porc et s'abstint de répondre. Mais Percheval ne comptait manifestement pas en rester là.

– Pourquoi es-tu venu témoigner contre Mathias ? Est-ce la jalousie qui t'a conduit jusqu'à cette cour ?

– La jalousie ? s'écria d'Aunis. Allez donc ! Qu'est-ce qu'i l'a de plus qu'nous, ce sorcier ?

L'avocat se leva et tira sur sa manche avec nonchalance, avant de répondre d'une voix neutre :

– Huit arpents de bonnes terres, une vache, des oies, des poules et des chapons, quatre chevreaux, un bon attelage et un bœuf, alors que la plupart d'entre vous ne possédez en propre que deux misérables brebis, à peine deux cents perches à labourer, aucune bête de trait, de somme ou de bât...

Il marqua une pause, jeta un bref coup d'œil en direction de Bossuat pour s'assurer de l'effet de cette déclaration. Le lieutenant criminel avait blêmi de rage.

– Mathias possède tout ce que vous rêvez d'avoir, poursuivit-il avec la même sérénité de ton. Voilà un homme qui, à force de labeur et d'intelligence, a su faire croître son bien, épargner quelques sous, qui a pu s'acheter une charrue et une faux, alors que vous vous cassez le dos à pousser l'araire et à moissonner avec une vieille faucille. Toute l'année, vous vous sustentez de pain rassis, de bouillies infâmes et de blettes, sans jamais pouvoir jeter dans la soupe un morceau de lard, alors qu'il arrive à Vigneules, plus souvent que la décence ne le voudrait en ces temps de misère, de rôtir un lapin ou de fumer une truite… Sans compter que l'accusé a pris récemment à ferme le champ loué par la veuve Canac, parce qu'elle ne pouvait plus s'occuper de son bien, un lopin qui fait plus de dix journaux de Paris… Nul doute que l'accusé est devenu le paysan le plus aisé du village. D'ailleurs, n'a-t-il pas prêté cette année, à deux personnes de Malzieu qui étaient dans la gêne, du seigle et du méteil ? Tiens, il ne m'étonnerait guère que ces deux-là viennent d'ici peu se présenter devant le tribunal pour raconter que leur créancier a empoisonné leur cheptel…

Benoît d'Aunis leva le poing et ce simple geste ébranla ses deux cents livres de boucherie :

– Eh ben, moi, j'dis que s'il a tout ça, l'Mathias, alors qu'nous, on s'tue à sortir un peu de grain de nos pauvres terres et qu'on crève quand même la faim, c'est ben parce qu'i l'est sorcier ! Sinon, comment est-ce qu'i pourrait réussir mieux que nous aut'es ? Et ma brebis, hein ? Qui c'est qui l'a ensorcelée ? Parce qu'on lui a ben jeté un sort, non ? Faudra répondre à ça et faudra m'rendre justice !

– En effet, approuva Bossuat.

Puis il dévisagea Percheval avec un rictus sarcastique, avant de s'adresser à ses collègues :

– Remercions monsieur l'avocat, qui vient de nous donner une preuve supplémentaire de la culpabilité du sorcier. Il paraît en effet impossible que l'accusé ait pu faire croître son bien de la sorte sans avoir passé un pacte avec le Diable.

Le juge Groise opina vigoureusement du menton pour signifier qu'il en convenait, et Bérenger lâcha cette conclusion pour le moins pontifiante :

– Satan, et lui seul, peut donner la richesse aux pauvres.

Loin de ranimer la verve de Percheval, ces quelques mots le clouèrent au contraire sur son banc. Il se produisit dans sa physionomie un changement perceptible : la ligne ferme de ses joues se creusa singulièrement et un pli d'amertume se dessina au coin de sa bouche. Puis il ferma les yeux et, sur son visage soudain devenu très pâle, s'imprima une expression de désastre absolu.

Qu'aurait-il pu dire en cet instant ? Comment aurait-il pu objecter que la bonne fortune de Mathias ne le devait en rien à un pacte avec le démon et qu'il en connaissait parfaitement l'origine ?

En un éclair, ses pensées le ramenèrent trois décennies en arrière, un jour de juin 1629.

Tout lui revint en mémoire avec la force d'une lame de fond. Il revit alors Toussaint Vigneules, debout près de l'âtre, sa femme Antoinette à ses côtés, qui serrait Mathias dans ses langes, tous deux les yeux rivés sur la bourse qu'il venait de poser sur la table. Le temps, en jetant sur les années une impalpable poussière, finit généralement par recouvrir le rappel des événements les plus désagréables de notre vie et les circonstances funestes qui les ont fait naître. Mais pour Melchior, le sable de l'oubli n'avait jamais effacé les images de cette journée-là.

Telle était donc l'odieuse ironie du destin : les vingt écus d'argent qu'il avait offerts à Toussaint, loin de faire le bonheur de son unique enfant, avaient au contraire apporté à celui-ci son lot de malheurs.

Ce fut ensuite le tour de Simon Martin de témoigner.

Simon était un pauvre manouvrier, un paysan sans terre qui louait à la journée la force de ses muscles, pourtant bien maigrelets. En effet, le brassier était aussi décharné que Benoît d'Aunis était corpulent.

Melchior le regarda attentivement, comme il avait observé son prédécesseur. Le garçon avait un nez extrêmement long et un peu relevé en sa pointe, ce qui lui donnait un air parfaitement nigaud. À voir ses yeux marqués de profonds sillons et son teint terreux, on aurait parié sans risque qu'il s'avançait vers les cinquante ans, alors qu'il n'en avait pas vingt-cinq. Percheval remarqua également qu'il avait une bien étrange façon de se mouvoir. Soit le chétif garçon avançait en faisant de grandes enjambées et, à chacune d'elles, ses longs bras maigres venaient alors taper contre son corps maigre, soit il marchait en faisant de tous petits pas rapides, saccadés et nerveux.

Simon Martin s'arrêta face aux magistrats, sembla hésiter à s'enfuir. Lorsque son regard croisa celui de Bossuat, il se mit à trembler vivement, à tel point qu'on crut voir ses côtes saillir sous son gilet crasseux.

Dès que les juges l'interrogèrent, le gringalet se mit à tourner la tête de tous les côtés en lançant autour de lui des regards inquiets. Percheval se demanda quel crédit on pouvait accorder au témoignage d'un tel homme, s'il s'avérait aussi hésitant et versatile dans ses jugements que dans ses manières.

– Quels reproches adresses-tu au dénommé Vigneules ?

– I l'a empêché mon mariage, déclara Simon Martin.

– C'est-à-dire ?

– I l'a empêché mon mariage par magie.

– Et qu'a-t-il donc fait ?

– Mes aiguillettes... souffla l'avorton en rentrant les épaules. D'puis quatre ans, elles sont nouées et j'peux plus connaître ma femme.

– Veux-tu dire que tu ne peux plus la connaître charnellement ?

Le journalier acquiesça piteusement.

– Comment sais-tu que l'accusé est responsable de ton nouement d'aiguillettes ? demanda le juge Bérenger.

Simon se tourna alors vers Benoît d'Aunis, le premier déposant, cherchant du regard quelque encouragement à poursuivre. Le gros homme lui répondit par un signe de la tête.

Cet échange silencieux n'échappa à personne. Percheval, tout particulièrement, s'irrita de voir les deux témoins se soutenir mutuellement dans leurs déclarations.

– Je demande au tribunal que toutes ces personnes soient ouïes en secret, les unes après les autres, comme la loi le requiert, dit-il en se levant.

Cette requête mécontenta Bossuat, mais celui-ci ne put faire autrement que d'y satisfaire. Un sergent fit donc sortir le gros Benoît d'Aunis de la taverne et Melchior se félicita de son initiative : à présent que les témoins allaient être entendus séparément, il verrait peut-être apparaître quelques heureuses contradictions dans leurs dépositions.

– Alors ? fit encore le juge Bérenger au témoin, comment sais-tu que l'accusé a lié tes aiguillettes ?

– C'est Benoît qui m'l'a dit, lâcha Simon avec cet air de quelqu'un qui va se mettre soudain à pleurer. I l'était là, le jour d'mon mariage et l'Mathias aussi. Benoît l'a vu faire un nœud à un fil et i l'a entendu prononcer mon nom. I l'a dit aussi des paroles magiques, mais Benoît a pas pu les r'dire. En tous cas, dès l'soir d'mes noces, j'ai été empêché et ma femme a été ben chagrinée.

– Es-tu gobe-mouche pour croire tout ce que Benoît d'Aunis te raconte ? ricana un peu fort Percheval.

De nouveau Simon Martin rentra son cou dans ses épaules.

– Pourquoi n'es-tu pas allé voir le sorcier afin qu'il te délivre de ce maléfice ? s'informa à son tour Robert Bérenger.

– Pour qu'i m'jette le mauvais œil ? pleurnicha le témoin. J'm'en suis ben gardé !

– Et pourquoi as-tu attendu ce jour pour raconter ton histoire, si ton empêchement te pesait tant ? s'enquit encore Michel Groise.

– Tout simplement par peur du ridicule ! répondit Percheval à la place de Simon Martin.

Le lieutenant criminel ne sembla guère apprécier la manœuvre. Il pria aussitôt l'avocat de ne point se substituer au témoin et lui rappela, sur un ton revêche, les règles à observer pendant l'audience des déposants. Puis il encouragea le manouvrier à poursuivre, d'un petit geste excédé de la main.

– J'en ai parlé à Moïse Nature, déclara celui-ci. J'suis allé l'trouver pour qu'i m'guérisse, d'mandez lui. I l'a pris l'foie et les couilles d'un porc et i les a mis en poudre. Ensuite, i m'les a donnés à boire dans d'l'eau. I m'a dit qu'si j'étais impuissant par maladie subite, j'me trouverais bientôt capable de red'venir dur. Mais ça a rien fait. Les r'mèdes du chirurgien, ça peut rien faire contre l'nouement d'aiguillettes. Qu'est-ce que j'pouvais faire, moi ? J'suis même allé voir le curé. J'veux dire, l'aut'e curé… l'ancien… l'père Boniface. I l'a posé la main sur mes parties et i l'a récité des formules en latin. J'me souviens aussi qui m'a mis d'l'eau bénite… Mais l'curé non plus, i l'a rien pu faire contre l'mauvais sort…

Percheval, décidé à en finir avec le témoignage de ce paltoquet, se leva et osa une nouvelle attaque :

– Évidemment, puisque c'est ton esprit qui commande ton membre viril et tes sens. La concupiscence trouve généralement son origine dans la tête de l'homme, davantage qu'entre ses jambes.

Le regard noir de Bossuat le rappela de nouveau à l'ordre. La menace qu'il put lire dans ses yeux le fit se rasseoir immédiatement. Il songea que, exclu de la salle, il ne serait plus d'aucune utilité à Mathias. Il prit donc sur lui et afficha morne figure, pendant que le premier magistrat poursuivait l'interrogatoire.

– Continue, intima Bossuat à Simon Martin, avec une sournoise affabilité.

– J'étais ben en peine, déclara celui-ci, vu qu'l'curé i l'avait rien dénoué… Alors, j'en ai parlé à mon cousin, qu'habite aussi à Malzieu. On était sur l'pas de ma maison, d'vant la porte, quand l'Mathias est passé. I m'a r'gardé d'un drôle d'air, comme s'i savait de quoi j'causais…

– T'a-t-il menacé ? T'a-t-il maléficié d'une autre façon ?

– Moi, nenni. Il en avait ben assez fait. Mais i s'en est pris à mon cousin, l'Jacques… Enfin, rectifia-t-il aussitôt, i s'en est pris plutôt à sa femme…

– Et qu'a-t-il donc fait à l'épouse de ton cousin ?

– L'Jacques m'a dit, deux jours après, qu'la Margot était fermée.

– Veux-tu dire que le sorcier avait fermé la matrice de cette femme, par un autre de ses sorts ?

– Oui. Et après, la Margot, elle pouvait plus accueillir mon cousin dans son ventre.

Percheval regretta que Jehan Etienne ne fût pas à ses côtés. Son cher ami aurait pu aisément expliquer à ces pauvres ignorants que la grande difficulté qu'ils avaient à remplir leur devoir conjugal n'était pas imputable à la malfaisante magie d'un sorcier de village mais à quelques incapacités physiques et naturelles.

Il tenta néanmoins de se mettre à la place du praticien et de parler comme il l'aurait fait :

– Il existe mille causes pour expliquer un empêchement de cette nature, déclara-t-il en s'adressant aux trois magistrats comme au témoin lui-même. Mille causes qui n'ont rien à voir avec la sorcellerie. Tu dis avoir les aiguillettes nouées ? Cela peut tout aussi bien venir d'une trop grande froideur ou d'une trop grande sécheresse de ton épouse. Il faut peu de choses à un homme pour émousser son ardeur… Quant à ton cousin, n'est-ce pas ce petit homme à moustache avec lequel tu t'entretenais ce matin, près de la fontaine ?

– C'est lui.

– Et qui était cette femme qui vous accompagnait, tandis que vous marchiez tous les trois sur la place du village ?

– C'était la Margot, avoua Simon qui ne comprenait manifestement pas où l'avocat voulait en venir.

– Eh bien, déclara Melchior, on peut comprendre aisément d'où vient l'empêchement de ton cousin à honorer son épouse : elle est plus grosse qu'une vache. Il est bien connu, et pas seulement des médecins, que l'excès de graisse gêne le coït, parce que la graisse bordant l'orifice de la matrice la resserre et empêche la verge de l'homme d'y entrer.

Les yeux de Pierre Bossuat flamboyèrent de rage et il tapa violement du poing sur la table.

– Nous ne vous écouterons pas plus longtemps desgorger vos propos impudiques ! vociféra-t-il en perdant toute retenue. Monsieur, tout avocat que vous êtes et quelles que soient les recommandations dont vous vous vantez être pourvu, vous contrepassez les limites de notre pudeur !

Mais la savante et médicale déclaration de Percheval avait cependant produit son effet. Confus et honteux que l'on ait souligné ses propres insuffisances, et devant tant de beau monde, Simon Martin en perdit tout à coup l'usage de la parole. Son corps maigre se replia et se tassa sur lui-même comme un petit sac d'os, au milieu de la pièce.

Andrieu de Vicq fut le troisième à comparaître.

Celui-ci inspira aussitôt à Percheval la plus grande méfiance. L'homme portait sur son visage la vilenie et l'arrogance comme le nez au milieu de la figure.

– Monsieur l'avocat, commença Bossuat sur un ton menaçant, avant même que Vicq n'ait pris la parole et en s'adressant à Percheval, j'espère que vous nous épargnerez cette fois vos petits discours hors de propos et vos remarques insidieuses. J'entends ouïr le témoin sans que vous ne l'interrompiez toutes les deux minutes par vos vétilleries et vos raisonnements oiseux.

– Je me suis adressé aux témoins non pour faire des contredits mais pour juger du bien-fondé de leurs accusations.

– C'est à moi d'en juger, coupa Bossuat. Et vous aurez beau vous monter contentieux et prendre plaisir à nous contrepointer sans cesse, vous ne défléchirez pas pour autant notre opinion.

Et sur cet avertissement, il demanda à Andrieu de Vicq de jurer sur la Bible. Percheval rencontra le regard matois de ce dernier et songea que le serment qu'on lui faisait prêter ne l'empêcherait certainement pas de nuire à Mathias : il y avait beau temps que le péché mortel de parjure ne tourmentait plus que les âmes sensibles.

– Tu peux commencer, proposa Bérenger.

– Par quoi ?

– Par les faits qui t'ont conduit à venir confirmer, devant cette cour, la renommée de sorcier du dénommé Vigneules.

L'autre passa une main dans ses cheveux, jeta un regard satisfait autour de lui.

– Un jour, dit-il avec cette suffisance des hâbleurs, j'ai vu l'Mathias qui s'promenait dans les bois et qui t'nait un grand sac. J'lui ai trouvé un drôle d'air.

– Que faisait-il dans les bois ? interrogea Bossuat.

– I m'a dit qu'i cherchait des mûres et i m'a pressé d'passer mon ch'min. Pour sûr, j'ai ben compris que j'dérangeais ses affaires... Alors, j'ai fait semblant d'partir, mais je m'suis caché derrière un arbre et j'l'ai regardé faire. J'l'ai vu ramasser que'que chose par terre : c'était de la merde de loup. I l'a prise à pleines mains et i l'a fourrée dans le sac.

– Il n'y a pas de quoi s'étonner… murmura Percheval en se penchant vers Groise, assis à ses côtés. Vigneules n'est pas le seul, dans le village, à se servir du fient des animaux. Ils en utilisent tous, pour soulager leurs maux…

Bien qu'il n'eût exprimé cette opinion qu'à voix basse, la réplique d'Andrieu de Vicq lui arriva aussitôt :

– D'la bouse ou d'la merde de chien, oui ! Pour guérir les coliques. Mais point d'la merde de loup ! C'est la crotte du diable ! On la prend pour les ensorcellements, tout l'monde le sait par ici !

Et il acheva sa remarque en retroussant les lèvres, dans une contraction de dégoût.

Percheval savait que Mathias avait l'habitude de se servir de cette matière pour soulager les indispositions de son épouse et soigner son fils. Il lui en avait fait lui-même la confession en prison.

– Il se trouve, dit-il en se tournant vers Bossuat et Bérenger, que j'ai consulté à ce sujet un médecin de Metz, que cette cour connaît : il s'agit de Jehan Estienne. Je lui ai demandé si cette sorte de fient présentait quelques vertus thérapeutiques et si l'on pouvait imaginer que l'accusé l'ait précisément utilisé dans ce but. L'homme de l'art m'a affirmé que cela était possible et qu'il se servait lui-même des fèces de loup. Et pourtant, il n'est pas sorcier. Les excréments de cet animal, m'a certifié Jehan Estienne, sont admirables pour guérir les cours de ventre et les ulcères tenaces. Mêlé à un peu de vin, ce breuvage est un des meilleurs dessicatifs que l'on puisse trouver. Le médecin a également ajouté l'heureux usage que l'on peut faire du fient si on l'applique sur une piqûre de frelon : il enlève aussitôt la douleur…

Mais le lieutenant criminel interrompit aussitôt cette déclaration et s'exclama avec éclat :

– Le loup est œuvre de Satan et compagnon de sorcier ! Ignorez-vous, monsieur, que lorsque le Tout-Puissant eut fait le pigeon, l'hirondelle, le mouton et autres animaux bénéfiques, le Diable, pour le narguer, fit le corbeau, le renard, le crapaud, la mouche et le loup ?

Percheval prit le parti le plus sensé et s'abstint du moindre commentaire, observant le silence qui convenait après une telle ineptie.

Ce fut Andrieu de Vicq qui reprit la parole, sans y être toutefois invité par les magistrats :

– Nous, c'qu'on sait par ici, c'est qu'la crotte du diable, elle sert surtout aux sorciers ! Elle leur sert à faire des potions et à s'changer en galoups !

– Que dis-tu là ? demanda Bossuat, dont la curiosité venait manifestement d'être piquée par l'annonce de ce fait nouveau. Tu prétends que le sorcier aurait le pouvoir de se transformer en loup ?

– C'est c'que j'dis.

– L'as-tu vu faire de tes propres yeux ?

– Non, à cause que c'est la nuit que l'mal le prend, répondit l'autre, prudemment. Et la nuit, ajouta-t-il, moi, j'dors dans ma maison. Mais y en a plus d'un, à Malzieu, qui disent que l'soir Mathias sort d'son lit et s'en va courir les champs à quat'e pattes.

– Et que fait-il ?

– On dit qu'i s'touille dans la vase des mares et qu'i va chercher des bêtes à tuer. La Germaine a eu trois fois son poulailler attaqué. C'est l'galoup qu'é rentré en'dans et qu'a emporté deux d'ses poules, pour les manger et leur sucer l'sang.

– Allons ! Personne ne peut croire des propos aussi impertinents ! s'exclama Percheval.

Bossuat se redressa et riposta avec autant de véhémence :

– Depuis quand parlez-vous au nom des membres de ce tribunal ? Il se trouve que les juges ici présents n'ont aucune doute sur la faculté des sorciers à sortir de leur enveloppe charnelle pour prendre une forme animale ! La lycanthropie est une des plus puissantes manifestations des pouvoirs du démon !

Puis, revenant à Andrieu de Vicq :

– La femme Germaine a-t-elle vu le loup-garou ?

– Un matin, elle a vu l'Mathias qui rentrait chez lui. Elle savait pas d'où i v'nait… I l'avait r'pris son corps humain mais i l'était encore tout couvert de boue, et i courait en marchant sur les pieds et les mains.

Le témoin ajouta encore que, après le départ de l'accusé, la femme Germaine avait constaté que l'empreinte de ses griffes était restée marquée dans la terre.

Les magistrats firent venir Germaine Billault, « La Bouche » comme on disait dans le pays, afin que la déposante confirmât les propos d'Andrieu de Vicq.

Percheval vit entrer une guimbarde sans âge, petite et laide, le teint bistre, le menton en galoche, le cheveu rare. Dans sa face camarde, ses yeux mobiles, fureteurs paraissaient voir comme ceux d'une mouche, de tous les côtés à la fois.

Elle habitait une pauvre cabane à quelques pas de Malzieu, la seule chose qu'elle possédât au monde avec un petit courtil, dont elle vendait les légumes et les fruits. Mathias avait confié à l'avocat que la garce avait la cuisse légère et qu'elle la levait dès que la soupe se faisait un peu trop maigre. Percheval se demanda s'il n'y avait pas eu erreur sur la personne. Les hommes de Malzieu étaient-ils si mal pourvus en épouses qu'ils dussent aller se soulager dans les bras d'une telle guenuche ? « Une femme est toujours assez belle quand elle ne fait pas peur à son chien », affirmait l'adage populaire, et il lui sembla que celui-ci avait dû être inventé pour Germaine Billault.

Avant même que les juges ne l'interrogent, Melchior sut que la maraude allait jeter sur Mathias le venin de ses médisances. Elle avait pris cet air de mystère, cet air ineffable et particulier aux commères. Les habitants de Malzieu ne l'avaient certes pas surnommée « La Bouche » sans raison. Germaine était une de ces langues bien pendues qui lapent avidement toutes les nouvelles et tous les propos d'une contrée pour les recracher ensuite, tellement mêlés à leurs inventions de bavardes qu'il n'est plus possible d'en tirer le vrai du faux. Elle était de cette race de femmes qui fait d'une seule phrase un récit, d'un bruit vague une sentence, d'un silence un secret inavouable, qui enfle à plaisir, détourne et pétrit les mots et les gestes de chacun au gré de son ignorance crasse et de son imagination malfaisante.

– Femme Billault, commença Bérenger, est-il vrai qu'un loup-garou s'en est pris à ta volaille, et par trois fois ?

– Oui-da ! I l'a mangé deux d'mes poules. J'ai r'trouvé qu'leurs plumes.

– Cet animal du Diable, était-ce Mathias Vigneules ?

– C'était lui.

– Qu'est-ce qui te permet de l'affirmer ?

– J'lai vu qui rôdait près d'mon poulailler.

– Y a-t-il eu d'autres attaques de bétail dans le village, ces derniers temps, qui puissent être attribuées au lycanthrope ?

– De bétail, j'sais point, répondit « La Bouche », mais c'qu'est sûr, c'est qu'y a eu la p'tite Raymonde, la fille d'Honoré.

– Une enfant ?

– Da ! On a r'trouvé son corps près d'la rivière, l'an passé. Le galou l'avait dévorée à moitié.

– Quelqu'un a-t-il vu l'enfant se faire attaquer par le loup-garou ?

– Nenni.

– Alors, intervint aussitôt Percheval, nous pouvons aussi bien supposer que cette mort est due à un loup ordinaire.

– Nenni. À cause que l'jour où la p't'ite Raymonde est point rentrée chez son père, c'était un jeudi, le jour de la saint Grégoire. Et qu'à la saint Grégoire, j'me souviens ben, la meute était à Fernois. Je l'sais à cause que les hommes avaient fait une battue, là-bas. Des loups, à c'te moment, y en avait pas un seul par chez nous…

Son œil de pie se fixa sur Bossuat avant qu'elle n'ajoutât :

– La p'tite, elle a disparu pendant trois jours. Le loup-garou, i la t'nait cachée tout c'temps… pour la manger la nuit.

Effrayé par ces infâmes accusations, les plus graves qui aient été portées jusque-là à l'encontre de Mathias, Percheval décida d'y couper court promptement. Espérant pouvoir confondre cette commère, il l'interrogea à son tour, faisant fi des avertissements du lieutenant criminel :

– Comment gagnes-tu ta pitance depuis que ton mari est trépassé ? Car ton homme est bien mort, il y a deux ans ?

– J'ai encore un fils à la maison.

– Tu mens : ton cadet s'est enrôlé, l'hiver dernier, dans l'armée. Alors, réponds : de quoi vis-tu ?

– J'ai encore mes poules, une brebis et mon jardin. Et j'fais des travaux d'couture.

– T'est-il arrivé de demander à certaines gens du village de te faire la charité ?

– J'ai jamais mendié.

– T'est-il arrivé de proposer tes charmes contre quelques pièces ?

– Je suis point une vicieuse !

Avec une force de regard et d'affirmation qui troubla fortement la veuve Billault, Percheval ajouta :

– On t'a entendue demander à Mathias Vigneules quelques deniers, pour passer la mauvaise saison. Était-ce en échange de privautés que tu étais prête à lui accorder ?

– Nenni !

– Mais tu lui as bien demandé de t'aider ? Ne nie point !

Quinaude d'avoir eu le dessous, « La Bouche » maronna entre ses dents :

– Et alors ?

– Et alors ? Cela me paraît fort étrange de demander au sorcier qui a tué ses poules de lui faire l'aumône !

– C'était avant, avant qu'j'le vois galoper dans la campagne et qu'i rôde autour d'mes poules.

– Comme cela est commode ! Est-il vrai que, le jour où tu as demandé quelques pièces à l'accusé et que celui-ci te les a refusées, tu l'as traité de canaille et que tu es partie chercher un bâton pour le cogner ?

– I m'avait insultée !

– Que t'avait-il dit pour te courroucer de la sorte ?

– J'm'en souviens p'us.

– Ne t'a-t-il pas dit que tu étais une ribaude, et que si tu travaillais plus de tes mains que de ton cul, tu pourrais manger à ta convenance ?

– Ah ça, alors ! s'écria la femme en faisant de grands gestes vers les magistrats. Si j'avais su ! Si j'avais su qu'ces messieurs d'la justice me f'saient v'nir pour m'traiter de putain, sûr que j'serais point v'nue ! C'est-y possible ? V'là qu'c'est l'sorcier qu'on défend et les honnêtes bonnes femmes qu'on accuse !

– Personne ne t'accuse, femme Billault, dit Percheval. Les juges souhaitent seulement t'entendre dire que l'accusé ne t'a en rien méfait. Tu peux encore revenir sur ta déposition, si tu le souhaites.

– J'ai dit c'que j'ai dit.

– Et elle n'a plus rien à ajouter ! coupa Bossuat en priant la déposante, d'un signe de main, de sortir de la taverne.

Vint ensuite le tour de Colin Valot.

Celui-ci avait vécu chez Mathias quelques mois. Lorsque sa chaumière avait été en partie détruite par la chute d'un arbre, Vigneules avait été le seul à lui offrir de le loger.

– Nous t'écoutons, fit Bossuat.

– D'abord, confia Valot, y a eu l'chat noir. Un gros chat noir, qui rôdait toujours dans l'jardin et qui v'nait même d'vant sa porte. Les sots prennent pas garde aux chats noirs, moi, oui. J'ai d'mandé à Mathias : « Pourquoi donc qu'cette sale bête elle dort près d'ta maison ? » J'lui ai dit qu'c'était fâcheux, vu qu'les chats noirs i portent malheur. J'lui ai dit aussi qu'i f'rait ben d'le chasser à coups d'pied.

– Tu sais que les chats noirs sont les suppôts du démon, lui fit remarquer Bossuat. Et que le Diable les attache à la personne avec laquelle il a passé un pacte. Pourquoi, alors, n'as-tu pas quitté aussitôt le logis du sorcier ?

– À dormir dehors, en plein hiver, j'serais mort gelé. De toute façon, à cause de c'que j'lui ai dit, l'Mathias a eu peur et i l'a chassé sa bête. Et trois jours après, Basile a tué l'chat.

– Ce Basile, qui est-il ?

– L'meunier.

– A-t-il tué le chat noir devant toi ?

– Nenni, mais j'suis sûr qu'i l'a fait puisqu'i m'l'a dit. Et à cause qu'ensuite, j'l'ai plus jamais r'vu. Et pis juste après, y a eu cette tempête, qu'a causé tant de dégâts dans l'village.

Cette tempête, c'est Mathias qui nous l'a envoyée, à cause qu'i l'était en colère. Il voulait s'venger, pardi ! Et nous faire payer pour la mort d'son chat.

– Lorsque tu vivais chez l'accusé, l'as-tu vu préparer des philtres, des graisses ou des poupées ?

– Nenni, parc'qu'la journée, j'étais occupé à réparer ma maison. Je rentrais que l'soir, pour souper.

Percheval maîtrisa la colère qui montait et s'efforça de demander quiètement :

– Tu n'as donc été témoin d'aucune mauvaise action de la part de celui que tu prétends sorcier ? Tu affirmes seulement qu'un chat traînait vers chez lui… Cela n'est guère conséquent.

– Et la tempête ? répliqua Colin Valot, hargneux. C'est lui qui l'a fait v'nir ! Par deux fois ! Au printemps, i l'a fait tomber une grêle si forte qu'elle a emporté et gâté toutes les récoltes ! Des bouts d'glace gros comme des œufs !

Percheval réprima un geste de mauvaise humeur. Ces croquants étaient si intimement persuadés que toutes leurs difficultés provenaient de l'action incessante en ce monde de forces obscures et maléfiques qu'il était bien difficile de les raisonner. À leurs yeux, rien n'était naturel. Tout événement, qu'il soit bénéfique ou non, s'expliquait nécessairement par l'intervention de puissances magiques, invisibles, fastes ou néfastes. Ce qu'ils nommaient sorcellerie n'était que le fruit de leur imagination trop fertile, la persistance de leurs ancestrales, païennes et vilaines superstitions.

– Tout l'monde le sait, à Malzieu, qu'c'est l'Mathias qui fait la grêle ! persista Valot. On l'a ben vu battre, plusieurs fois, la rivière avec son bâton ! I fouette l'eau d'la Tonge, pour appeler la tempête !

– Sais-tu que l'accusateur de tels crimes est tenu de prouver ce qu'il avance ? le prévint Percheval.

– Allez, j'peux bien prouver qu'il est sorcier, si j'dis tout c'que j'sais !

– Eh bien, parle donc, invita Bossuat doucereusement.

– Un jour, sa femme, Sarah, elle lui a coupé les ch'veux. J'ai vu Mathias en garder une mèche et pis la mettre dans un pot.

– Tu sais pertinemment que Mathias a conservé cette mèche pour fabriquer un remède ! l'interrompit durement Percheval. Il te l'a dit ! Mélangée à de la salive d'homme à jeun et à des limaces, cette préparation sert à faire mûrir les furoncles et les gales des enfants !

Bossuat leva la main pour faire taire l'avocat.

– Cessez vos biaisements ! ordonna-t-il avec un regard noir. Votre aheurtement à vouloir impugner chacun des témoignages commence à nous lasser !

– Voilà une nouvelle preuve de la culpabilité de l'accusé, se réjouit Bérenger. Au moment de la signature du pacte diabolique, les sorciers donnent généralement une mèche de cheveux au démon, lequel en compose une poudre destinée à susciter la grêle.

Michel Groise, ne pouvant s'empêcher de bonneter, se pencha vers Melchior et lui souffla d'un air entendu :

– C'est la raison pour laquelle on trouve parfois présence de petits poils dans les grêlons… Le saviez-vous ?

L'avocat haussa les épaules avec mépris. De son côté, Valot, bien résolu à vider tout son fiel, reprit d'un ton aigre :

– L'soir après souper, on jouait souvent aux dés. C'était toujours la même chose : Mathias i disait : « Tu vas faire un deux, bougre de ver, mais attends qu'j'fasse un trois ! » Alors, pour sûr, j'faisais un deux et lui un trois ! Et si j'sortais un cinq, i faisait un six ! Pour savoir les coups, i traçait un cercle autour du dé et ça marchait à chaque fois !

– Tu prétends qu'il pouvait dire les coups de dés, avant même qu'ils soient lancés ? interrogea Michel Groise.

– Pour sûr !

– Notez, commanda Bossuat au greffier, notez que le déposant a été témoin des prouesses de divination de l'accusé.

– À quel moment t'est-il apparu que l'accusé possédait des pouvoirs maléfiques ? demanda à son tour Bérenger. Était-ce avant, ou après que tu aies été contraint d'aller loger chez lui ?

Valot retint un moment sa respiration et prit son temps pour répondre. Puis il adressa aux trois magistrats le plus singulier des regards.

– L'Mathias, il est sorcier d'puis sa naissance.

– Depuis sa naissance ? Allons donc ! railla Percheval. Provoquait-il la tempête depuis son berceau, en suçant son pouce ?

L'autre rendit à l'avocat son sourire narquois. Ses yeux se posèrent tranquillement sur lui et ne le quittèrent plus, comme pour saisir toutes les sensations qu'allaient éveiller ses paroles :

– Sûr qu'i l'est né sorcier. Sinon, comment est ce qu'i l'aurait pu rev'nir vivant… après qui soit mort ?

Le silence se fit dans la salle du Merle noir. Pierre Bossuat tendit son cou maigre :

– Explique-toi.

Colin Valot se planta plus fermement dans le sol pour répéter ce fait étonnant, trop content de livrer aux magistrats les terribles révélations dont lui seul avait eu le secret :

– Le Mathias, i l'est mort l'jour où il est v'nu au monde. Y a personne qui l'sait au village, mais moi, oui. C'est ma tante qui m'l'a dit.

– Raconte-nous cela.

– Ma tante Gilberte, elle est passée chez les Vigneules, l'jour où Antoinette elle a eu ses couches. Paraît qu'elle pleurait comme une fontaine à cause qu'son drôle était mort. L'curé a même pas eu l'temps d'le baptiser. Tout bleu, qu'i l'était et sans souffle. Et deux jours après, v'là ma tante qui voit l'Mathias, ben vivant, comme vous et moi, tout rose et tout r'muant.

De nouveau, Percheval blêmit et sentit sa situation se décomposer horriblement. Il devina que Bossuat avait senti, certes de façon confuse mais certaine, son soudain malaise. Il eut, dès lors, conscience de la menace que représentaient pour lui les dernières révélations de Valot.

– Ladite Antoinette n'est point là pour confirmer ce témoignage ! s'exclama-t-il en se levant vivement de son banc. Tout cela n'est que divagations ! Et blasphème ! Oui, blasphème ! Les sorciers n'ont pas le pouvoir de ressusciter d'entre les morts ! Seul Dieu peut ordonner la résurrection de la chair, comme il le fit pour son fils et pour Lazare !

Cette intervention apporta le trouble sur le visage de Robert Bérenger et de Michel Groise.

– Cela est vrai, concéda le premier, légèrement marri.

– Las ! Nous devons en convenir, approuva le second, qui jamais n'avait d'avis et qui, en toute circonstance, se rangeait à celui de la dernière personne qui s'était exprimée.

Bossuat, dont les yeux inquisiteurs s'étaient fixés sur l'avocat, hocha la tête et s'adressa au greffier.

– Cette dernière déclaration ne saurait être retenue, confirma-t-il. C'est en effet hérésie que de prétendre que le Diable, par les pouvoirs qu'il confère à ses suppôts, est en mesure de faire ressusciter les morts.

Les magistrats jugèrent qu'ils avaient recueilli suffisamment de preuves à l'encontre de l'accusé et prièrent le témoin de se retirer.

Percheval se leva derechef, sachant qu'il avait là sa dernière carte à jouer et, un doigt pointé vers Valot, intima à ce dernier, par ce seul geste impérieux, de ne pas bouger.

– Il me semble, dit-il, que tu as omis délibérément de livrer à cette cour certaines informations… Par exemple, tu ne nous as point expliqué la façon dont tu t'acquittais de ta dette envers l'accusé, du temps où tu vivais chez lui.

Valot ne parut nullement gêné par la question et répliqua avec assurance :

– J'lui donnais la main comme j'pouvais : j'emm'nais paître ses moutons sur le pré, j'l'aidais aussi à déchaumer les jachères, préparer les s'mailles et ravauder ses outils. Et pis, j'lavais la laine, j'allais cueillir des baies. Et j'allais au moulin pour lui.

– Justement, fit Percheval, l'accusé affirme que, lorsqu'il t'envoyait moudre son blé, tu t'arrangeais à chaque fois pour prélever sur la mouture une, voire deux bonnes poignées de grain…

– J'lui ai jamais rien pris !

– Rien ?

– Nenni !

– Mathias Vigneules affirme également qu'il t'a surpris plusieurs fois à chaparder chez lui des pommes, des œufs ou même du linge que sa femme avait mis à sécher.

– Devez-vous incidenter sur ces petits discords ? coupa Bossuat. Vous pointillez !

L'avocat poursuivit, faisant fi de cette remarque :

– Est-ce parce que l'accusé t'en a fait le reproche et qu'il a fini par te renvoyer de chez lui, que tu nourris une telle rancœur à son égard ?

– J'lui ai jamais rien volé ! répéta Colin Valot.

– Pourquoi gauchir et ne point parler franchement ? Veux-tu que nous fassions venir céans Honoré Martineau, ton voisin, pour qu'il confirme les propos de Mathias ? Il t'a vu, lui aussi, chaparder des outils chez l'accusé et il a été témoin de votre dispute…

– Il ne saurait en être question, monsieur l'avocat, objecta Bossuat en retrouvant son sinueux sourire. Dois-je vous recorder que la loi n'autorise pas l'accusé à présenter des témoins à décharge ? Ni à réfuter les faits allégués ?

Mais Percheval, qui n'entendait plus rien, les sourcils froncés, la main levée, continua sa harangue :

– Est-ce honnête d'accuser un homme qui a eu la générosité de t'héberger pendant quatre mois chez lui ? Est-ce là une façon de le remercier, en lui volant son bien et en l'incriminant honteusement comme tu le fais ?

– Et d'quoi qu'j'devrais le remercier ? riposta Valot en crachant par terre, hargneusement. D'avoir pris ses grands airs avec moi et d'm'avoir fait besogner comme quat'e ?

– Mathias Vigneules a été le seul dans ce village à t'accueillir et à te proposer de te loger ! Il a été ton seul ami et ton unique soutien quand tu t'es retrouvé dans l'ennui ! N'éprouves-tu aucune sorte de gratitude envers lui ?

– Les sorciers ont point d'amis ! C'est d'la race de chienaille !

– Alors restons-en là, fit Percheval. Mais sache bien que tu auras à répondre de tes mensonges devant un autre tribunal.

– J'ai rien fait !

– Au regard de la justice humaine, peut-être. Mais, sois-en sûr, aux yeux de notre Créateur, tu es bien plus coupable que le malheureux que tu accuses. Tous ici, Andrieu de Vicq, Benoît d'Aunis, Simon Martin, la femme Billault et toi êtes grandement coupables. Que direz-vous à Dieu, lorsque vous comparaîtrez devant lui, au jour de votre jugement ?

– J'ai rien fait !

– Vous serez sévèrement châtiés, trancha Percheval, car vous cachez dans votre âme le plus abominable des vices, la racine de tous les maux, le père de tous les péchés : l'orgueil !

Il se tenait à présent les poings posés sur les bords de la table et les bras tendus, prêt à bondir. Sa voix s'était élevée si subitement et avec une telle intensité que Valot sembla se recroqueviller sur lui-même, effrayé soudain que la colère divine ne lui tombât dessus pour de bon.

– Toi, par exemple ! gronda l'avocat en apostrophant de nouveau le témoin. Toi qui prétends savoir lequel se trouve dans le droit chemin de la foi et lequel s'en écarte, sais-tu seulement comment se nomme la fille aînée de cet orgueil qui t'étouffe ?

Valot serra nerveusement les cordons de son gilet.

– Elle se nomme Envie !

Percheval baissa d'un ton, modulant sa voix pour mieux l'impressionner :

– Étrange vice que ce péché d'envie qui nous afflige de voir les autres jugés meilleurs que nous, qui nous fait considérer la gloire et le bien d'autrui comme une blessure pour nous-même, qui nous ronge avec la cruauté d'une tumeur, à nous rendre fou… L'envie de Caïn envers Abel, celle d'Esaü envers Jacob, celle de Saül qui poursuivit David, l'envie des juifs envers notre Christ qui le livrèrent à Pilate…

Il l'examina, les sourcils hauts, se réjouissant de le voir penaud, les narines pâlies, la bouche tordue, le menton légèrement tremblant.

– Oui ! fit-il avec un puissant éclat. J'affirme que vous tous, ici, êtes pourris par l'envie ! Votre voisin possède-t-il un champ plus fertile que le vôtre ? Sa maison regorge-t-elle de biens dont vous êtes privés ? Tout cela alimente votre rancœur et accroît votre haine ! Votre voisin est-il fort et robuste ? Heureux en ménage ? Voici une plaie de plus qui vous frappe en plein cœur ! Mathias Vigneules serait-il faible, débile, sans feu et sans bien, personne ne l'aurait jamais désigné comme sorcier !

Voyant que le témoin avait perdu toute son arrogance, Percheval pointa un index accusateur et menaçant vers lui :

– Et lorsque l'envieux ne supporte plus la supériorité de l'autre qui le fait tant souffrir, que fait-il ? Le voici qu'il recourt au vol, à la rapine et à la trahison ! Quand il n'utilise pas cette arme odieuse mais tellement plus subtile et tellement plus efficace : la diffamation !

Pierre Bossuat, rouge comme une pivoine, semblait sur le point de s'étrangler tandis que Bérenger et Groise échangeaient des regards indignés.

– La diffamation ! poursuivit Percheval sans se troubler de la confusion des trois magistrats. Cette langue infâme qui sort de la bouche de l'envie, pour ruiner la réputation des innocents et leur causer mille préjudices ! La diffamation et son complice : le mensonge !

– Cessez de verbiager ! ordonna enfin Bossuat en frappant des deux mains sur la table.

Percheval ignora ce nouveau rappel à l'ordre. Il ne quittait pas Valot des yeux.

– Sais-tu ce qu'il advint de Judas après qu'il eut livré le Christ à ses bourreaux contre trente deniers d'argent ? Le sais-tu ?

– Nenni…

– Il est allé se pendre ! Car le remords est la seule chose qui attend les envieux ! Et crois-moi, c'est un sentiment bien plus fort que la jalousie ou la haine. Le remords est sans relâche et nous ronge pour l'éternité ! Seul le repentir, seul le regret de nos fautes, accompagnés du désir de les réparer, peuvent nous ramener dans l'amour de Dieu. Souhaites-tu te racheter de ta faute en déclarant, devant cette cour, que Mathias Vigneules n'est pas sorcier et qu'il n'a commis aucun des actes détestables dont tu viens de l'accuser ?

Colin Valot jeta autour de lui un regard perdu, bredouilla quelques mots. Percheval comprit qu'il était prêt à revenir sur sa déposition.

– Le veux-tu ?

Pierre Bossuat, la face convulsée, cracha le seul mot qui lui venait au gosier :

– Cessez !

Ce fut Bérenger qui prit la parole et qui, cette fois, prévint l'avocat :

– Puisque vous voilà très en verve, monsieur le rabâcheur, informez donc cet homme que la loi lui interdit de se rétracter. À partir du récolement, il est lié par ses dernières déclarations. L'auriez-vous oublié ? J'en doute. Allons, dites-le lui : il est interdit au témoin de revenir sur sa déclaration, sans risquer d'encourir la peine édictée contre le faux témoignage… C'est-à-dire la peine que sa déposition nous aurait contraints d'infliger à l'accusé.

Pris au piège entre un avocat qui le menaçait des flammes de l'Enfer et un juge qui lui promettait celles, non moins réjouissantes du bûcher, Valot recula d'un pas. Une brève réflexion l'amena finalement à se ranger au premier choix. Comprenant qu'il lui était désormais impossible de faire autrement que de persister sous peine de se compromettre lui-même, il secoua la tête.

– J'ai rien fait ! s'écria-t-il en se précipitant vers la porte de la taverne. C'est l'Mathias qu'est sorcier ! J'ai rien fait !

***

Le silence retomba dans la salle du Merle noir. La cloche de l'église, dont la volée bruyante venait de sonner sexte[1], égrena un long écho étouffé et métallique. Pierre Bossuat, de nouveau impénétrable, se leva du banc et se tint un instant devant la cheminée. Le feu mourait dans l'âtre et le froid commençait à emplir la grande salle.

1. Midi.

– Vous n'avez cessé de déparler durant l'interrogatoire, dit-il au bout d'un moment sur un ton glacial, aussi puis-je supposer que vous n'avez plus rien à dire ?

Percheval comprit qu'il s'adressait à lui, bien qu'il ne se fût pas retourné, occupé, toujours, à contempler les flammes qui pâlissaient. Il s'obligea à retrouver son flegme et sa modération, en homme de loi expérimenté, sans nerfs et sans sentiment, en logicien éprouvé depuis longtemps aux contrecarres et à la rigoureuse orthodoxie des joutes verbales :

– Au risque de paraître litigieux et procédurier, répliqua-t-il avec détachement, j'ai encore quelques objections à formuler.

Bossuat pivota lentement et le fixa sans ciller.

– Continuez de verbiager et de nous traverser tant que vous voudrez, fit-il cyniquement, vous ne nous persuaderez de rien du tout. Vous êtes un insupportable façonnier, monsieur, et un phrasier, qui fait de grands discours pour dire peu de choses. Quant à vos arguments délusoires, ils prouvent la pertinacité de votre attachement à défendre l'hérésie.

– À défendre l'innocence, corrigea Percheval.

Bossuat balaya cette remarque d'un geste négligeant. Percheval lança sa première offensive :

– Il apparaît évident que vos témoins ne sont pas des oiseaux rares [1].

– Ce ne sont pas *mes* témoins, monsieur. Quant à leurs déclarations, je n'ai aucune raison de ne pas les retenir.

– Toutes les raisons, au contraire. Vous devez, ne vous en déplaise, entendre les « reproches à témoins » que l'accusé a allégués, et ceci avant le récolement, comme la loi le requiert. Et en premier lieu, celui-ci : l'inimitié que lui portent depuis longtemps Andrieu de Vicq et Benoît d'Aunis. On ne saurait donc accorder foi aux propos de ces deux hommes.

Bossuat para l'attaque habilement :

– Reproche subjectif.

1. Les pénalistes appelaient ainsi les témoins irréprochables, au sens que le droit, au XVIIe siècle, donnait à ce mot : réputation sans tache, pleine possession de leurs moyens, neutralité à l'égard des parties en cause.

– En second lieu, poursuivit Percheval imperturbable, le ressentiment de Colin Valot à l'encontre de l'accusé, suite à la violente noise qui les a opposés.

L'autre lui fit un sourire sans équivoque, qui n'avait rien de courtois.

– Reproche subjectif.

– Le témoignage de Germaine Billault n'est pas plus crédible, au vu de sa réputation. Cette femme est une ribaude et ceci, convenez-en, constitue un reproche objectif.

– Non pas. Ce « reproche à témoin » ne peut être retenu, pas plus que les deux autres : il n'est étayé par aucune décision de justice antérieure. La veuve Billault n'a jamais été reconnue femme publique, ni recluse pour avoir fait commerce de ses charmes.

– Ce reproche infâme la déposante, *ipso jure*, même en l'absence de condamnation.

Le magistrat haussa les épaules.

– Nous vérifierons cela.

Percheval regretta de ne pas avoir pu marquer un point. L'audace lui revenant, il ajouta un peu hâtivement :

– De toute façon, la loi met en garde de ne point recevoir le témoignage des femmes à hauteur de celui des hommes, du fait de la fragilité de leur sexe.

Le coup était bas, mais humain. Contre toute attente, ce fut le conseiller Groise, qui, une fois de plus, apporta de l'eau à son moulin. Le gros magistrat fixa Percheval d'un air solennel, comme si ce dernier venait de proférer une profonde vérité, puis hocha la tête sentencieusement :

– Il est vrai, approuva-t-il, que la déposition de trois femmes ne vaut que celle de deux hommes. Et que la déposition de deux femmes ne sert que pour celle d'un homme. Ainsi, celle d'une seule femme, vaudra moitié de celle d'un homme.

– Taisez-vous donc ! coupa le lieutenant criminel, irrité par l'intervention de son assesseur.

Et, après l'avoir réduit au silence, en le clouant d'un regard sévère et dominateur, il revint à l'avocat :

– Vous faites le difficulteux mais cela ne vous avancera pas plus. Avec ou sans le témoignage de la veuve Billault, nous avons suffisamment de preuves pour condamner l'accusé.

– Ce ne sont point des preuves complètes.

Pierre Bossuat se dirigea lentement vers la table et se saisit des feuillets posés devant le greffier. Il parcourut du regard les documents, distraitement, avec une lueur maligne au fond des yeux.

– Voyons... dit-il. J'ai ici deux quarts de preuves imparfaites, qui font une semi-preuve. N'est-ce pas ? Et voyons... j'ai là encore deux quarts de preuves qui font également semi-preuve supplémentaire. Deux semi-preuves font preuve complète.

– Mais point preuve parfaite. Les témoins n'ont déposé que sur des conjectures.

– Ils ont énoncé des faits avérés.

– Soit. Alors considérons ces faits : ces gens n'imputent à l'accusé que l'utilisation de maléfices. Benoît d'Aunis prétend que Vigneules a empoisonné sa brebis et Andrieu de Vicq affirme qu'il utilise des fients pour ses sorts. Simon Martin, quant à lui, est persuadé que Vigneules est responsable de son nouement d'aiguillettes. Si vous vous attachez à ces seules déclarations, vous ne pouvez retenir contre le prévenu qu'une accusation de légers cas de magie.

Bérenger et Groise s'indignèrent :

– Vous oubliez les tempêtes et la grêle ! s'exclama vivement le premier. L'accusé a été reconnu comme « meneur de nuées » !

– Et vous oubliez la divination ! ajouta Groise. Et la lycanthropie ! Ce sorcier a dévoré une petite enfant !

– Saint Augustin a toujours affirmé que la lycanthropie n'était qu'illusion ou superstition, riposta l'avocat, et avec lui de nombreux docteurs de l'Église, comme le cardinal Baronius, dans le quatrième volume de ses *Annales ecclésiastiques.*

Cette fois, Bossuat abandonna son air d'indifférence et ses yeux redevenus furieux lancèrent des éclairs meurtriers. Perceval s'en troubla et la confusion régna un instant dans son esprit. S'efforçant d'imiter, dans le ton et l'allure, les dévots magistrats, cette gent pontifiante qui ingère avidement tout ce que les doctes esprits ont pu écrire sur les événements les plus saugrenus, dans le seul but de déposer la fiente de leurs conclusions, il reprit son argumentation :

– Et je vous recorde que le canon d'Ancyre, *episcopi* 26 *a*, *quaestio* 5 *a*, déclare qu'on ne peut avoir croyance en cette transformation. Car le changement d'un homme en loup entraînerait que la première forme de cet homme, sa forme humaine, serait anéantie pour créer la seconde forme, celle de l'animal. Or, seul Dieu crée, et il ne communique point ce pouvoir à un autre, fût-il le Diable. Le Démon peut se mouvoir au-dessus de notre hémisphère, aller au centre de la Terre, fouiller tous les coins et entrailles d'icelle, monter aux nuées, foudroyer, tempêter, faire pleuvoir, mais il ne peut rien créer, car cela serait proprement faire un miracle, ce qui n'appartient qu'au Très-Haut.

Dès qu'il eut achevé sa démonstration, il se tut, attentif aux réactions des trois magistrats.

Michel Groise, qui préférait rester neutre dans une discussion à laquelle il ne comprenait pas grand-chose, évita de ne se prononcer. Il esquicha donc, rentrant son menton flasque dans son rabat. Bérenger, qui pressentait pour sa part une mauvaise querelle et qui n'avait, lui non plus, aucune intention de pénétrer dans ces régions mouvementées de la démonologie scolastique, se perdit dans la contemplation des solives du plafond. Quant à Bossuat, il dut estimer, sans doute, que l'avocat était dans le vrai, car il ne tenta pas de réfuter sa théorie sur l'impossibilité de la métamorphose. Néanmoins, il pesta intérieurement et, à court de riposte pertinente, se réfugia comme à son habitude dans une enflure dédaigneuse :

– Depuis quand les mécréants, qui font profession de ne rien croire et qui ne connaissent point Dieu, prétendent-ils juger des vérités spirituelles et surnaturelles en utilisant, selon leur fantaisie, les enseignements des théologiens et les saintes lois des conciles ?

Les deux hommes se toisèrent mutuellement, méchamment, affichant une haine réciproque, évidente, franche et profonde. Mais Percheval, attaché aux usages du monde et de la civilité, s'obligea à ne pas se laisser aller à la colère.

Il se cala sur son banc et lança, très calmement :

– Les assertions de Simon Martin concernant l'empêchement ne sont nullement crédibles, pas plus que les propos tenus par la veuve Billault et Colin Valot, lesquels ne sont dictés que par le ressentiment, comme j'ai pu le démontrer. J'en appelle au discernement de ce tribunal pour récuser ces trois témoignages. Pour le reste, ce ne sont que de légers cas de magie : ceux qui jettent des sorts sur les animaux ou sur les récoltes ne sont, en principe, justiciables que des tribunaux d'église.

– Nous n'en référons pas à l'officialité, grogna Bossuat. La loi défend aux cours d'église d'instruire contre les laïcs, et il ne s'agit point d'une cause spirituelle mais d'un crime de sorcellerie. Ce cas n'entre pas dans les compétences des juges ecclésiastiques.

– Alors laissez le bailli du seigneur de Verny se charger de cette affaire. Le marquis, avec lequel je me suis entretenu hier, accepte que son homme procède contre l'accusé, et cela à ses frais.

Pierre Bossuat répliqua par un rictus hautain :

– Le petit bailli du marquis de Verny n'est pas plus compétent pour instruire ce procès que ne l'est l'official.

– Pardonnez, persévéra l'avocat, mais la haute justice du marquis peut connaître en première instance toutes matières civiles et criminelles.

Bérenger s'offusqua de la proposition :

– Il y a bien longtemps que nous ne laissons plus les juges seigneuriaux prendre en charge les cas conséquents ! Non seulement ces gens-là sont totalement ignorants des lois, mais tout le monde sait que dans la crainte de fournir aux frais d'un procès pour lequel ils ne seront point payés, ils ne mènent généralement jamais la procédure à son terme !

Groise se crut obligé de renchérir :

– Cela est vrai. J'ai ouï dire que le bailli du marquis de Verny montrait assez peu d'empressement pour les affaires qui ne lui rapportaient rien. Quant à son greffier, c'est un cul-terreux qui sait à peine signer...

Bossuat laissa courir ses doigts fins sur la table crasseuse, comme pour en sentir chacune des rugosités, puis se mit à les agiter nerveusement, de la même manière qu'il l'eût fait sur les touches d'un clavecin.

– Le marquis de Verny ? répéta-t-il avec aigreur. Sans doute monsieur l'avocat compte-t-il sur lui pour faire traîner en longueur toute l'affaire...

– J'ignore ce que vous entendez par là.

– Je vais vous le dire. Vous savez pertinemment que le village de Malzieu dépend de cinq juridictions différentes... Et vous espérez certainement que si les juges seigneuriaux se montrent incapables de statuer sur le sort de votre protégé, ils abandonneront le cas ou bien ils ne manqueront pas d'en référer à la juridiction supérieure, n'est-ce pas ? Ainsi, cela est bien pensé et fort habile de votre part : Malzieu dépend de la justice seigneuriale de Verny, qui elle-même dépend de Bazeilles et vous n'ignorez certainement pas que le prévôt Aymard de Rouert refuse de procéder. Or, Bazeilles dépend de Sedan, qui lui même ressort du présidial de Mézières, d'où on en appelle au parlement de Metz. Sans compter qu'il n'est même pas certain que le village de Malzieu relève bien de Mézières mais peut-être de Mouzon. Et dans cette hypothèse, vous pourriez fort bien opposer un déclinatoire de compétence... Ainsi donc, l'accusé pourrait comparaître successivement devant chacune de ces cinq juridictions avant que son procès ne vienne enfin en état à l'audience. Combien d'années espérez-vous gagner avant qu'il soit jugé en dernier ressort ?

– Ce sont les voies ordinaires de justice, il n'y a pas lieu d'y voir malice. Il est...

– Je conduirai le procès à son terme ! trancha Bossuat. Et aucune de vos ruses, inspirées par le Diable, ne saura me détourner de ma mission !

Percheval se redressa, les traits tendus :

– Si vous persistez dans votre volonté de conduire ce procès, il vous faudra vous en tenir aux peines afflictives prévues par la loi : celle-ci prescrit le bannissement pour les devins ou la fustigation pour les noueurs d'aiguillettes. Rien de plus !

– Les choses ne sont point si simples que vous voudriez les faire paraître. Ce tribunal a loin d'en avoir fini avec votre protégé. Je n'ai pas l'intention de retenir contre Vigneules une accusation de magie mais bien de sorcellerie.

Il esquissa un demi-sourire, avant d'ajouter :

– Or, chacun sait qu'il n'y a point de sorcellerie sans qu'il y ait eu pacte avec le Diable.

Melchior eut la désagréable sensation d'avoir perdu la partie. Il déglutit avec difficulté :

– Rien, dans les témoignages des habitants de Malzieu, ne se rapporte à une initiation diabolique.

– Certes, concéda Bossuat avec un flagrant cynisme. Mais nous n'avons pas encore interrogé l'accusé : la question préparatoire nous révélera d'ici peu tout ce que nous devons savoir sur le pacte infernal. Nous ferons en sorte que le sorcier avoue les crimes abominables qu'il a jusqu'à présent si bien dissimulés à la justice des hommes. Et nous obtiendrons cette preuve parfaite que vous réclamez tant.

Bien que le tragique de la situation ne lui parût en rien diminué, Percheval sentit qu'une chance lui restait, celle de gagner du temps :

– À cette étape de la procédure, annonça-t-il, il vous faut demander l'avis des magistrats de Metz. Vous ne pouvez infliger la question à l'accusé sans autorisation du parlement.

– Je suis juge royal ! Je n'ai nul besoin de mander de permission pour mener un procès ! Pas même à ces messieurs du parlement !

Cette fois, Percheval n'insista pas, connaissant le personnage et les symptômes de sa colère qui montait.

Bossuat, satisfait d'avoir eu enfin le dernier mot, se leva, imité aussitôt par ses deux conseillers.

– En attendant que le sorcier soit soumis à la torture, dit-il en se dirigeant vers la porte, nous allons procéder à la recherche du *puctum diaboli*. Cela aura lieu demain. Rien ne m'oblige à vous accorder cette faveur, mais je vous autorise à assister à l'examen de votre ami le sorcier… Si le cœur vous en dit.

XII

Où Percheval décide de mener enquête

À peine les trois magistrats furent-ils sortis de la taverne que Guillaume Augelet, suivi d'Estienne et de Gaultier des Périers rentrèrent.

Le médecin trouva son ami très pâle, le nez pincé, apparemment calme, et devina le tumulte qui l'agitait intérieurement.

– Comment se présente l'affaire ?

– Mal, répondit Percheval. Divination, nouement d'aiguillettes, déchaînement de tempêtes, lycanthropie : rien ne lui a été épargné. Il a même été accusé d'avoir tué et mangé une petite fille. On dirait que tout le village s'est ligué contre lui.

– Que va-t-il advenir ?

L'avocat se passa la main sur le front et soupira profondément. En général, la perspective de disputer un procès difficile lui insufflait une volonté qui rendaient plus lucides encore ses brillantes facultés d'esprit. Pourtant, il avait la tête lourde, et ses projets s'y heurtaient comme dans un chaos ; il lui aurait fallu davantage de silence et de quiétude pour mettre un peu d'ordre dans ses idées, pour donner à toutes ses pensées, encore confuses, une forme distincte, un plan arrêté. Car cette fois, l'enjeu dépassait largement le souci de sa notoriété ou l'espoir de gagner quelques livres. La vie de Mathias était assurément en danger, mais la sienne et celle de sa sœur risquaient de l'être également.

Et la sensation de se trouver au bord d'un horrible péril tout en étant impuissant à l'éviter lui donnait une impression de vertige.

– C'en est fini de Vigneules, avoua-t-il en soupirant pour la seconde fois. C'était une folie de croire qu'il me serait aisé de contrer Pierre Bossuat.

– On ne contre pas si facilement la bêtise. Surtout lorsqu'elle porte robe ou soutane.

En effet, Percheval commençait à douter de l'issue de ce duel terrible, où son ennemi mettait autant d'acharnement qu'il mettait, lui, de persévérance.

– Vont-ils le maintenir en prison ?

– S'il ne s'agissait que de cela. Les accusations de Reyne Inguélaère étaient déjà accablantes mais les déclarations des témoins ont achevé de le perdre. Si, en outre, demain, Bossuat vient à trouver sur son corps une marque suspecte, il détiendra une preuve supplémentaire de sa culpabilité. Et n'hésitera plus à le faire torturer pour obtenir ses aveux.

– Mais n'avez-vous pas fait appel au parlement ? demanda Gaultier.

– L'avis du parlement, si jamais celui-ci devait s'opposer à l'usage de la question, ne nous parviendra jamais à temps.

– Alors tout est perdu ?

Percheval eut un geste d'impuissance et d'amertume. Puis il resta un moment silencieux, les yeux fixés sur la cheminée. Estienne suivit son regard lorsqu'un souffle de vent éteignit brutalement de son haleine glacée les dernières flammes dans l'âtre. « Patte-Folle » se tenait dans l'embrasure de la porte, le sourire aux lèvres.

– Monseigneur, ces m'ssieurs d'la justice ont quitté le village ! annonça-t-il joyeusement. I z'ont parlé avec not'curé et i sont partis ! Au grand trot !

En trois enjambées boiteuses, le chétif paysan se tint devant l'avocat et le médecin, l'air comploteur.

– J'me suis approché d'eux, avant qu'i montent sur leurs ch'vaux… Pour ben ouïr c'qu'i disaient.

– Oh… Et qu'as-tu appris ? demanda Percheval.

– Rien !

Estienne leva les yeux au ciel. Puis, considérant le cascaret, sa mise débraillée et sa hanche tordue, il lui fit signe de s'éloigner, avec un mépris affiché.

– Ne le rabrouez point trop, conseilla Percheval. Ce garçon peut m'être utile.

– À quoi ? se moqua gentiment Estienne. C'est un simple d'esprit.

– Un simple d'esprit qui me prête ses yeux et ses oreilles. Je puis au moins lui en tenir gré.

« Patte-Folle » revint aussitôt, tenant un pichet de vin.

– Laisse-moi te présenter mes compagnons, fit Percheval sur le ton d'une franche cordialité. Voici Jehan Estienne, médecin. Et voici Gaultier des Périers, étudiant en droit.

« Patte-Folle » s'inclina dans une révérence grotesque.

– Messieurs, fit encore Percheval, voici Rémi Augelet, le neveu de notre tavernier, en qui j'ai trouvé, dès mon arrivée, un compagnon agréable et fort attaché à me bien servir.

Il y avait quelque chose d'outré et de comique dans ces présentations trop formelles, entre des gens de conditions si différentes, mais Percheval avait déjà en tête de soutirer au bavard quelques informations sur son affaire. L'avocat avait deviné que les habitants de Malzieu se moquaient de son infirmité et qu'ils l'accablaient de leurs brocards. Aussi fit-il preuve, au contraire, de bienveillance à son égard et l'invita-t-il à s'asseoir en leur compagnie. Il entendait amener « Patte-Folle » à lui parler de la veuve Inguélaère et du ressentiment qu'elle nourrissait envers son beau-frère, devinant qu'il avait certainement entretenu quelques amitiés avec ses deux-là par le passé. Même si l'hommelet, de corpulence, n'en paraissait que douze, il approchait certainement, à en juger par les petites rides qui creusaient ses joues, les trente ans, ce qui était sensiblement l'âge de Mathias et de Reyne.

« Patte-Folle » s'empressa de s'asseoir à ses côtés, trop heureux d'avoir quelqu'un à qui parler et qui ne le traitait pas comme un bon à rien. La première chose dont Percheval s'enquit, fut, bien entendu, de savoir pourquoi Reyne Inguélaère haïssait tant son beau-frère, et si Mathias avait causé du tort à cette dernière, d'une façon ou d'une autre.

– Pardi ! lui répondit « Patte-Folle » en avalant d'un trait le vin que lui servit Melchior. Mais c'que j'sais, moi, c'est qu'i se sont pas toujours détestés ces deux-là !

– Qu'entends-tu par là ?

– Quand i z'étaient jeunes, les deux, i z'étaient comme...

Il s'interrompit soudain et écarquilla les yeux, observant avec un étonnement ravi une fourmi qui courait sur la table. Percheval lui servit une autre rasade, détournant son attention de l'insecte.

– Tu disais ?

– Avant, i z'étaient comme les deux pieds dans l'même soulier.

– Étaient-ils... proches ?

– Ah, ça ! Le Mathias, i voyait qu'elle. Toujours à la manger des yeux, la Reyne, et à lui serrer l'bras. Et pis à l'entraîner dans les coins...

Cet aveu surprit Percheval plus que le chétif garçon n'aurait pu l'imaginer. Il l'ébranla même davantage que ne l'eût fait un coup de poing.

– Es-tu certain ? Ta mémoire ne te joue-t-elle pas des tours ?

– J'vous l'ai d'jà dit, monseigneur : c'est mes doigts qu'ont été écrasés par la roue d'la charrette, pas ma tête !

– Et Reyne ? De quelle façon se comportait-elle avec Mathias ?

– Oh, elle était pas farouche, pour sûr ! Té, j'l'ai jamais vue r'fuser un baiser du Mathias. D'ailleurs, au village, les gars i osaient pas y aller d'trop près, vu qu'l'autre, i l'appelait « sa femme »...

– Sa femme ?

– Et pis jaloux qui l'était ! Faut dire, monseigneur, qu'elle était bellotte la Reyne... avant.

Percheval essaya de chasser de son esprit la vision de la créature noueuse, à l'œil vide et au teint hâve qu'il avait vue à l'église, pour s'imaginer la fille ronde et fraîche que la veuve Inguélaère avait dû être jadis. Il conçut alors plus aisément que Mathias ait pu la regarder sans déplaisir et qu'il ait même pu éprouver envers elle quelques tendres sentiments. Ce qu'il comprenait moins bien, en revanche, c'est pourquoi il ne l'avait pas épousée, si leur affection avait été à ce point sincère et réciproque.

– Tu prétends qu'il l'appelait « sa femme »... Pourtant, ils ne se sont jamais mariés.

« Patte-Folle » n'entendit pas la question, occupé à présent à regarder à l'intérieur du pichet vide et à en laper avidement le goulot.

– Que s'est-il passé ?

Le neveu d'Augelet haussa les épaules et, passant la main dans sa tignasse, se fit une étrange coiffure, dans le but, sans doute, d'amuser son auditoire. Ainsi hurlupé à la façon d'un hérisson, il promena autour de lui un regard satisfait.

– Alors, fit Percheval sans montrer son impatience, pourquoi Mathias n'a-t-il point épousé Reyne ?

– Pff ! fit Rémi en haussant les épaules. On sait jamais c'qui passe dans la tête des sorciers !

Et soudain, il se couvrit la tête et le visage de ses bras, comme si le mot qu'il venait de prononcer, plus que l'idée, l'effrayait terriblement et qu'il regrettait de l'avoir lâché. Puis il posa sa paume sur sa bouche en lançant à Gaultier des Périers et à Jehan Estienne un regard d'avertissement.

– Faut point dire le mot ! marmonna-t-il entre ses lèvres closes. Oh, non ! Faut point l'dire ! Ou l'mauvais sort viendra sur vous !

– Peste ! s'emporta cette fois Percheval. Tu sais bien que Mathias n'est pas plus sorcier que toi ou moi !

« Patte-Folle », confus, baissa le front et ravala un petit hoquet de dépit.

– Vous savez point, monseigneur, c'que l'Mathias i l'a fait à Sarah Inguélaère...

– Cesse de parler par énigme, le pria Percheval.

– Un jour, i l'a pris un cœur d'pigeon et i l'a jeté dans l'feu avec une crête d'coq noir et d'la corne de bouc. Et pis i l'a récité dix Ave, pour lui voler son cœur !

– Un philtre d'amour ?

« Patte-Folle », relevant la tête, jeta un regard en biais à l'avocat.

– Pardi ! Mais la Reyne, elle a rompu l'charme ! Elle a enterré une taupe dans l'jardin de sa sœur. Les taupes, avec l'sang de huppe, ça coupe l'amour… Pour sûr, le Mathias, après ça, i lui a jamais pardonné ! C'est pour ça qu'i lui a envoyé trois diables dans son corps ! Un dans ses pieds, un dans sa cervelle, un dans son…

– Tout cela n'est que superstitions ! coupa Estienne en élevant la voix. Tu devrais être le premier à ne point prendre créance dans ces sottises !

Et tandis que l'infirme l'envisageait sans comprendre, Estienne précisa :

– On dit que les boiteux sont naturellement méchants, menteurs et envieux et qu'ils portent malheur à tous ceux qu'ils approchent. Et qu'ils sont maléfiques.

– Nenni ! s'affola « Patte-Folle » ! J'suis point maléfique ! J'ai vu Dieu ! Comme Jacob ! J'ai vu Dieu et c'est pour ça que j'suis tout branlant ! Comme lui ! C'est l'père Boniface qui l'a dit !

Et il se mit aussitôt à réciter un passage de la Genèse, devant un Percheval amusé et un Estienne fort irrité :

– « *Jacob vit Dieu à face, mais i l'eut la vie sauve. Au lever du soleil, i l'avait passé Panuel et i boitait de la hanche…* »

– Comme Jacob ? ricana le médecin. Allons donc ! Et tu crois pareilles sornettes ?

Avant même que le petit homme ait eu le temps de répondre, Guillaume Augelet l'attrapait par l'épaule et le soulevait promptement du banc. Maintenu au-dessus du sol, les jambes battant l'air, « Patte-Folle » se mit à crier avec une voix d'orfraie plumée vive.

– J'sais point si t'as vu Dieu, mon coquin, déclara son oncle en lui tirant l'oreille de sa main libre, mais tu vas tâter du bâton ! Menteur ! Et musard, avec ça ! Jamais vu un clampin pareil ! Toujours à dégoiser et à vagabonder par monts et par vaux, au lieu d'besogner !

Percheval regretta que l'on réduisît ainsi son principal informateur au silence. Il tenta de s'interposer mais sitôt reposé à terre, « Patte-Folle » s'empressa de filer sans demander son reste, prompt et fluide comme un courant d'air, malgré sa jambe courte.

– Faut pas croire tout c'qu'i raconte, prévint le tavernier. I l'a la cervelle aussi tordue qu'le corps !

Jehan Estienne étendit ses jambes sous la table.

– Je suis bien aise de constater qu'il existe au moins une personne, dans ce village, qui ne porte pas foi à ces histoires de sorcellerie.

Le regard de Guillaume Augelet coula sur le médecin, puis se heurta à celui de Percheval,

– Que Mathias soit sorcier ou pas, qu'est-ce qu'ça change ? dit-il sans cacher sa mauvaise humeur. De toute façon, parti comme c'est parti, on va d'voir payer les frais de c'foutu procès !

L'avocat le dévisagea avec reproche.

– Et cela vous arrangerait bien que ce soit Vigneules qui paye, n'est-ce pas ?

– Tout ça, c'est d'sa faute, non ? Alors, oui, faudra qu'i paie pour l'tort qu'i nous a fait.

Le jeune Gaultier afficha une mine désolée et, dès que le tavernier eut le dos tourné, se risqua à faire une suggestion :

– Maître, dit-il, il me semble que nous n'ayons plus rien à faire céans. Ces vilaines gens ne vous apprendront rien de plus que vous ne sachiez déjà. Et comme vous l'avez si bien dit, ils paraissent s'être tous ligués contre ce pauvre Vigneules. Pourquoi ne pas retourner à Metz, où nous aviserons de ce qu'il convient de faire ?

Tout entier à une seule pensée, celle de la promesse qu'il avait faite à Mathias, Percheval se mit à réfléchir intensément. Ce n'était certainement pas à Metz qu'il pourrait venir en aide à ce malheureux. Non, il lui fallait demeurer dans le pays afin de recueillir de nouvelles informations sur Reyne Inguélaère et mettre en pièce ces infâmes accusations. Et surtout, prendre Pierre Bossuat de vitesse. Car pour l'heure, le plus pressé était d'empêcher que Mathias fût questionné et qu'il n'avouât le crime de sorcellerie sous l'effet des supplices que le lieutenant criminel s'apprêtait à lui infliger.

Son esprit fonctionnait à présent comme celui d'un homme de guerre, prévoyant les retournements de situation et les changements nécessaires de stratégie, tout prêt, selon la tournure que prendrait la bataille, à marcher droit devant ou à contourner l'ennemi sur ses flancs.

– Gaultier, te sens-tu prêt à chevaucher jusqu'à Paris d'une seule traite, afin d'y être demain ?

– Jusqu'à Paris ?

– T'en sens-tu capable ?

– Mais que ferai-je à Paris, maître ?

– Il est trop tard pour saisir la chancellerie et nous en remettre au conseil des Parties. Nous devons nous adresser directement au roi. As-tu emporté de quoi rédiger une lettre ?

– Oui, maître.

Le jeune homme, en effet, avait eu la présence d'esprit, au moment du départ, de jeter, dans son sac de voyage, son petit nécessaire à écrire et quelques feuillets. Il se hâta de sortir une plume et un flacon d'encre et de les tendre à l'avocat.

– Espérons que le jeune Louis trouvera le temps de lire cette supplique et que notre cause retiendra son attention. C'est notre dernière chance.

Jehan Estienne n'était pas convaincu et plissait les yeux d'un air de doute.

L'entreprise, aussi audacieuse qu'elle pût paraître, n'en était pas moins courante. Dans tout le royaume, on avait coutume, régulièrement, de solliciter l'intervention du souverain, sans passer par le filtre de son conseil privé, de la chancellerie ou de l'hôtel des Requêtes. Les « lettres royaux », véritable fontaine de justice, ruisselaient ainsi sur les sujets bien inspirés du roi de France en prenant la forme de lettres de rémission, de pardon, de grâce, d'abolition, de rappel de ban, de commutation de peine, de réhabilitation ou de révision. Bénie des plaideurs malchanceux et des condamnés, cette voie de recours à la miséricorde royale restait l'ultime espoir de Mathias Vigneules.

Percheval se pressa d'écrire sa lettre et la confia à Gaultier. Mais le jeune homme, peu enthousiaste, le visage empourpré par une évidente panique, se mit à bafouiller :

– Maître, comment être certain que le roi est à Paris ? Il peut tout aussi bien se trouver à Fontainebleau ou à Compiègne ! Et s'il réside dans la capitale, où vais-je le trouver ? Irai-je au Louvre ou aux Tuileries ? Comment l'approcherai-je ? À quoi ressemble-t-il ? Oh, maître, ne serait-il pas plus sage que vous vous y rendiez à ma place ?

– Va au Louvre, lui commanda Percheval, bien qu'il ne fût pas certain lui-même que le roi puisse s'y trouver. Mais n'espère pas le voir en personne : la chose, bien entendu, te sera impossible. Aussi, renseigne-toi de l'intermédiaire auquel on remet ordinairement les placets. Et surtout, assure-toi que cette requête sera lue par le roi, ou, à défaut, par son éminence le cardinal de Mazarin, et cela le plus promptement possible.

Ces consignes durent lui paraître bien évasives, car Gaultier les accueillit avec une grimace dépitée.

– Jehan, fit encore Percheval en s'adressant au praticien, puis-je vous demander de demeurer à Malzieu et de rendre visite à la femme Inguélaère ? En votre qualité de médecin, vous aurez sans doute plus de facilité que moi à l'approcher et à la faire parler.

Estienne resta un moment pensif et Percheval l'observa avec inquiétude, craignant qu'il ne trouvât sa demande excessive. Mais il hocha finalement la tête en signe d'acquiescement.

– Parfait. Alors, séparons-nous, déclara Percheval en se levant. Mes amis, je vous suis infiniment reconnaissant de l'aide que vous consentez, de si bonne grâce, à m'accorder.

– Et vous ? interrogea Estienne en se levant à son tour. Que ferez-vous pendant que Gaultier se chauffera le cuir sur son canasson et que je converserai avec la folle ?

– Je compte me rendre à Mouzon, afin de m'entretenir avec l'ancien vicaire de Malzieu, le père Boniface. Je me suis informé de l'endroit où il logeait.

– Qu'espérez-vous en rencontrant cet homme ?

– Le père Boniface a exercé son ministère durant plus de trente ans dans cette paroisse, nul doute qu'il connaît ses ouailles mieux que quiconque. Peut-être sera-t-il en mesure de me dire ce que je cherche à savoir.

Les trois hommes sortirent du Merle noir et, sous l'enseigne, se serrèrent chaleureusement la main. Le ciel avait pris cette couleur de plomb qui annonce les froides et précoces soirées d'hiver.

Gaultier se mit péniblement en selle et fit avancer lentement son cheval sur le chemin, non sans avoir lancé un dernier regard résigné à Percheval. En songeant que le garçon aurait à galoper, seul, dans la nuit glacée et sans lune, Estienne fut pris d'un sentiment de compassion.

– Tout cela est-il vraiment nécessaire ? demanda-t-il en voyant le jeune des Périers s'éloigner vers le pont, à la sortie du village.

– Tout dépend de la définition que vous avez de la nécessité, répondit Percheval. Si l'on entend par « nécessaire » le devoir que l'on a de faire triompher la justice et l'innocence, oui, à mon sens, cela l'est assurément.

Le regard perçant du médecin sembla vouloir aller chercher la pensée de son ami jusqu'au fond de son âme, mais l'avocat soutint ce regard avec une admirable sincérité.

« Il continue de mentir, se désola intérieurement Jehan Estienne. Et pourtant, cela n'est point dans ses habitudes. Melchior, il faudra bien que vous vous décidiez à me dire la vérité, où notre amitié n'y survivra pas… »

***

Au premier coup sec frappé à l'huis, Rose vint tirer le verrou et se planta sur le seuil, l'air farouche.

– Vous voulez quoi ? demanda-t-elle d'une voix hargneuse, comme si elle eût craché des cailloux.

– Le bonsoir, jeune fille, répondit civilement le médecin en ôtant son feutre.

– Qu'est-ce que c'est ? fit Rose, méfiante.

– On m'a rapporté que ta mère était souffrante. Je suis médecin.

Estienne trouva que l'enfant était ravissante, malgré son air de cerbère. La crasse lui collait les cheveux, mais entre les plaques et les tignons, il pouvait entrevoir, ici et là, des nuances d'un roux chaud et flamboyant. Et ses yeux verts avaient des éclats surprenants.

– Quelle merveille... murmura-t-il, feignant de tomber soudain sous le coup d'une admiration béate.

Il se risqua à avancer la main vers la sévère petite gueuse pour lui effleurer les cheveux. Mais Rose, effrayée par les doigts de l'homme, eut un sursaut de crainte.

– Sont-ils... blond vénitien ? souffla Estienne sans cesser de contempler la chevelure de l'adolescente. J'y vois l'ambre du Titien et l'or de Véronèse... Quelle magnifique couleur ! Et quel doux visage... Monsieur Rembrandt n'aurait su peindre avec plus de délicatesse cette chair tendre...

L'adolescente ne comprit pas un traître mot à ce charabia, mais elle fut assez fine pour y deviner un hommage à sa beauté. Elle jeta au visiteur un regard nettement radouci et lui fit un sourire timide en l'invitant à entrer. Estienne avança de quelques pas dans la chaumière et découvrit une autre enfant, un peu plus jeune, au minois de chaton.

– C'est ma sœur, expliqua Rose. C'est Madou.

– Vergue bleu ! s'exclama Estienne avec un naturel de comédien. Suis-je déjà au Paradis pour me trouver ainsi entouré d'anges ?

La petite Madeleine étouffa un rire sous sa main potelée et sa sœur aînée s'empourpra d'émotion.

– Êtes-vous seules dans la maison, charmantes enfants ? N'y a-t-il pas une grand-mère qui vit avec vous ?

Rose se tint plus droite et lissa furtivement sa jupe.

– Elle l'est partie quérir Moïse, le chirurgien.

– Un chirurgien ?

Les yeux d'émeraude se voilèrent un instant.

– C'est pour not'mère, qui va mourir.

– Allons donc, fit Estienne avec douceur, que me chantes-tu là, ma mignonne ?

Rose pointa du doigt le lit où reposait Reyne Inguélaère. Le médecin s'approcha de la couchette et découvrit la veuve recroquevillée sur sa paillasse, la face ruisselante de sueur, tremblant de tout son corps. Une pâleur effrayante faisait ressortir les rides de son visage. Estienne douta que la mélancolie pût faire autant de ravage sur un corps de femme.

– De quoi souffres-tu ? s'enquit-il en se penchant vers elle.

Un râle étouffé, à peine audible, accueillit sa question.

– Elle est tombée, expliqua Rose. Y a deux jours. Elle s'est coupée la jambe sur la bêche.

Reyne tenta de bouger sur sa couche, mais le seul geste qu'elle parvint à exécuter fut de passer sa paume moite sur son front, puis de laisser retomber sa main, comme si celle-ci portait le poids de toute sa souffrance. La fièvre avait miné le peu de force qui lui restait et une douleur violente, dans tous les muscles de son corps, rendait chaque mouvement insupportable.

Jehan Estienne souleva le drap, puis la chemise de la veuve, afin d'examiner sa jambe meurtrie. Son regard s'assombrit aussitôt devant ce qu'il découvrit : une profonde blessure, longue de six pouces qui entaillait vilainement le mollet jusqu'à la cheville, une plaie noire, béante, d'où s'écoulait un jus infect. Toute la partie inférieure de la jambe, y compris le pied, était comme bouffie de cette matière purulente et nauséabonde.

L'examen du médecin fut interrompu par le bruit de la porte qui s'ouvrait. Perrine, accompagnée de Moïse Nature, pénétra d'un pas lent dans la maison. L'aïeule s'appuya sur sa canne d'épines, pencha la coiffe qui emprisonnait ses cheveux blancs et jaugea Estienne avec défiance. Mais celui-ci, sans voix, vit à peine la grand-mère. Son regard s'était rivé sur le titan planté dans le dos de la vieille.

Comme s'il se fut trouvé en présence de quelque phénomène extraordinaire, inexplicable par les lois de la nature, il cligna plusieurs fois des yeux pour s'assurer de la réalité de sa vision.

Au milieu de la pièce se tenait une carcasse démesurée, enrobée de muscles monstrueux, un buste prodigieux surmonté d'un cou plus large qu'un billot et d'une caboche large comme deux têtes d'homme. Des bras et des jambes énormes jaillissaient de ce tronc incroyable, des membres qui eussent facilement broyé un veau dans leur étau.

Perrine avança jusqu'à la cheminée, courbée sur son bâton noueux, épuisée par sa marche jusqu'au village, qui pour elle avait été un voyage.

– Qu'est-ce qu'vous lui voulez, à ma fille ?

Estienne rencontra l'œil borgne du chirurgien et crut y déceler une franche animosité.

– La soigner, répondit-il sans paraître se troubler. Je suis médecin.

– Qui c'est qui vous envoie ?

– Melchior Percheval, l'avocat qui se charge de défendre votre gendre. Vous l'avez rencontré, je crois.

Perrine réfléchit un moment, cherchant sa pensée au fond de sa vieille tête, comme on cherche une chose égarée, perdue dans les cendres d'un foyer éteint.

– Bon, dit-elle finalement. À vous deux, p't-ête ben qu'vous pourrez la guérir.

Cette idée arracha à Moïse un grognement contrarié. Jehan Estienne renifla dédaigneusement. Manifestement, l'idée de conspirer parut aussi ridicule aux deux praticiens. Le premier, persuadé qu'il ne pourrait rien apprendre des pompeuses savanteries d'un esbrouffeur de la ville, l'autre se demandant quant à lui quelle accointance il pouvait y avoir entre un docteur gradué et un charlatan pouilleux, égorgeur de moineaux.

– Vrai ? Vrai ? s'écria tout à coup la petite Madou en sautant comme un jeune cabri, entre Moïse et à Estienne. Vous allez la guérir ?

Tant d'innocence eut raison de l'hésitation des deux hommes qui, dans un même mouvement, se retrouvèrent auprès de Reyne.

Jehan, qui avait déjà établi son diagnostic, exposa sa conclusion :

– La jambe est arrivée à un degré considérable de pourriture. Il faut agir promptement, avant que le dedans du corps ne pourrisse également.

Moïse considéra la plaie et ne put qu'en convenir. Mais le discord, cependant, ne tarda pas à survenir lorsqu'il fut question de la thérapeutique à choisir. Alors qu'Estienne préconisait que l'on frictionnât la jambe avec un mélange d'eau bouillie et de simples avant de couper les chairs mortes, Moise, lui, décréta qu'il fallait, incontinent, pratiquer une saignée.

– Elle est trop faible, jugea Estienne.

Reyne, fiévreuse, à demi consciente, s'agita sur sa couche en claquant des dents.

– Les herbes serviront à rien, fit remarquer Moïse d'un ton sec. Le sang s'est échauffé et bout dans les veines. Il bout et il fermente comme le vin dans un tonneau.

– Certes, fit Estienne avec hauteur, n'importe qui serait en mesure de le constater. La fermentation du sang, en augmentant sa chaleur, provoque ainsi la coagulation, d'où la fièvre et les horreurs [1].

– Alors j'ai raison, insista le chirurgien, faut la saigner.

– Il faut inciser, objecta Estienne. Ainsi nous extirperons plus sûrement la matière maligne et sanieuse.

– Et où qu'c'est qu'vous allez inciser ? grogna Moïse. Le mal a gagné tout le bas d'la jambe.

– C'est justement la raison pour laquelle il est inepte de penser pouvoir sortir le sang corrompu par la seule saignée. Il faut inciser rapidement et ôter toutes les chairs vicieuses.

– Faut saigner, persévéra Moïse d'un ton définitif, tout en laissant tomber sur Estienne la foudre de son regard fauve, comme s'il voulait dompter et faire s'aplatir sur le ventre quelque bête sauvage de la forêt.

Estienne manqua, en retour, de lui adresser une verte réplique mais, jaugeant la carrure, la vigueur et l'air sombre de son adversaire, il se ravisa aussitôt. La lumière du feu frôlait le corps du guérisseur, faisant surgir sous ses yeux de monstrueux reliefs.

Il opta finalement pour une solution qui lui épargnerait l'affrontement et déshonneur.

– Incisons d'abord, nous pratiquerons la saignée ensuite. Ainsi, nous serons assurés de sortir tout le sang corrompu.

1. Frissons.

Moïse Nature dut trouver le compromis acceptable, car il opina du chef. Il sortit de sa besace une lancette et un petit couteau.

– J'incise, vous coupez, commanda-t-il au médecin.

– Si cela vous agrée, répliqua froidement celui-ci.

Après avoir entièrement découvert le corps de Reyne, les deux hommes s'attelèrent à leur besogne. Derrière eux, les visages de Perrine et des deux fillettes, ciselés par le clair-obscur, observaient la scène avec une immobilité de bas-relief.

Le scalpel de Moïse s'enfonça dans la jambe de la veuve autour de la plaie, ce qui arracha un cri de douleur à la pauvre femme et fit sortir une quantité de liquide roussâtre et puant.

Dans le même temps, Estienne s'appliqua de son côté à entailler les parties atteintes, scarifiant avec le tranchant effilé du couteau la chair mortifiée, jusqu'au vif.

Une fois leur tâche achevée, jugeant qu'ils avaient suffisamment sorti de pus et retranché de lambeaux de peau corrodés, ils lavèrent la jambe de la veuve et décidèrent d'y appliquer un pansement. Estienne proposa un cataplasme de pulpe d'oignons, de fleur de camomille et de millepertuis pour leurs vertus cicatrisantes, Moïse une pommade à base de limace et de racine de bardane. Mais un nouveau désaccord les opposa aussitôt sur les propriétés des remèdes, l'un considérant que le millepertuis était davantage astringent que cicatrisant, l'autre que le limaçon n'était valable que pour les ulcères et la goutte. Les plaintes et les gémissements de Reyne, qui était retombée dans une grande agitation, les contraignirent finalement à s'entendre. Ils tranchèrent pour un emplâtre constitué de feuilles de sauge, de fraie de grenouille et de lait de brebis.

– Maintenant, faut la saigner, déclara Moïse qui n'avait pas abandonné sa première idée.

– Nous avons sorti beaucoup de sang en incisant, prévint Estienne qui déjà avait oublié leur accord.

Mais le chirurgien réfuta l'objection d'un large geste de sa main herculéenne. Convaincu, à l'instar de nombreux praticiens, que le corps humain contenait au moins sept pintes [1] de sang et que par conséquent on pouvait bien le tirer comme on tire l'eau du puits, il ne voyait pas utile de se montrer parcimonieux sur ce point. Estienne dut capituler devant sa détermination. Il s'empara de la lancette et souleva le poignet de Reyne pour l'entailler, mais Moïse l'en empêcha aussitôt :

– Non. Faut la saigner au pied.

– Cela ne me semble pas très pertinent. Il faut la saigner au bras.

– Faut faire la saignée au pied, insista Moïse en bougonnant. Pour attirer l'mal vers le bas.

Une nouvelle querelle les opposa. Sans remettre en cause la divine méthode de Galien, ils entamèrent une noise fort ridicule à propos des règles relatives à la façon d'ouvrir les veines selon l'effet thérapeutique recherché.

– Par le pied, le sang risque de couler trop abondamment, s'indigna Jehan Estienne.

– Son état s'en trouv'ra amélioré, rétorqua Moïse.

– J'en doute. J'ai étudié la médecine à la faculté de Paris et au collège du Roi.

– Et moi, j'ai toujours saigné par les pieds. C'est pas une robe fourrée qui va m'apprendre à soigner.

– Je suis docteur. J'entends suivre les principes et les enseignements des traités de médecine et non point les conseils d'un châtreur de village.

Moïse ravala une injure et croisa les bras sur son énorme poitrine, signe qu'il n'en démordrait pas.

– Fort bien, fit Estienne en rechignant. Saignez donc au pied, à condition que je fasse de même avec les veines supérieures, celle du bras, ceci dans un but rétentif.

Ainsi fut fait. Les deux praticiens ouvrirent au pied et au bras, tirant aux deux endroits cinq bonnes poêlettes de sang, et s'estimèrent heureux, l'un de voir l'humeur purulent et séreux s'évacuer copieusement par les deux extrémités du

1. Environ 12 litres.

corps, l'autre d'avoir pu imposer sa sapience à un vulgaire barbier de campagne.

Perrine, Rose et Madou, assises sur le banc, regardaient quant à elles, avec une mine répugnée et inquiète, le corps de Reyne pisser le sang comme une fontaine

***

Pendant ce temps-là, Percheval, parvenu à Mouzon, examinait d'un œil attentif l'homme replet qui l'avait aimablement convié à entrer chez lui.

Le père Boniface était devenu, sur la fin de sa vie, d'un embonpoint si considérable qu'il avait été obligé d'entailler le haut de ses chausses pour faire place à son estomac. Sa face avait pris des tons de vin bleu et son nez, boursouflé en sa pointe, lui trouait le visage comme une tomate trop mûre. Grand viveur, grand mangeur, buveur intrépide, mais bonhomme, l'ancien ecclésiastique avait une mine affable qui inspira aussitôt la plus grande confiance à l'avocat.

– Restez souper, proposa-t-il à Melchior en lui désignant une chaise paillée. Nous converserons et mangerons en même temps.

Percheval hésita puis, paisiblement, comme s'il s'était décidé après de mûres réflexions, se laissa choir sur le siège branlant.

Une petite femme blonde, aux formes rebondies et aux joues rouges, vint apporter de la lumière. Elle tenait une chandelle de suif plantée dans une cuvette de cuivre dont la flamme, soudain, éclaira la misère honteuse du taudis.

– Mets donc la nappe, ma mie, et donne-nous la soupe.

Boniface avait connu sa « cousine » Clémence bien des années plus tôt, alors que celle-ci atteignait ses vingt printemps et qu'elle était assurément la plus jolie frisquette de la région, ronde, fraîche et toute parée des boucles d'un d'ange. Faisant fi de son vœu de chasteté, le vicaire l'avait tant et si bien courtisée que la mignonne lui avait offert son pucelage et s'était mise à son service pour ne plus l'en quitter. Cette coupable relation, ajoutée à d'autres menus débordements, avait valu au père Boniface une condamnation sans appel de l'officialité. Le clerc défroqué s'était retiré à Mouzon l'année précédente, emmenant avec lui sa chère Clémence, qui toujours lui était entièrement dévouée d'âme et surtout de corps. Le ménage louait une petite maison à l'écart du bourg, rue des Chiens, une minable maison de torchis et de bois, possédant deux pièces en enfilade, l'une servant de cuisine, l'autre, de trois toises de long et de large, de salle commune et de chambre à coucher à la fois.

Clémence jeta sur la table un morceau de drap sale, posa au milieu un petit pot décoré et dressa le couvert.

– Monsieur Percheval ne saurait repartir le ventre creux, ma caillette. Aussi voudras-tu bien nous servir, après la soupe, ce petit chapon que tu gardais pour dimanche…

Il flottait dans la pièce une odeur infecte, un parfum de graillon et de crasse. Mais Percheval, n'obéissant qu'à ses bonnes manières, ne laissa rien paraître de son dégoût. Feignant se trouver à son aise, il ne laissa courir son regard qu'une seconde sur le pauvre mobilier. Le seul élément de confort, dans le minuscule logis, consistait en un châlit en bois de chêne sur lequel reposait une couette de grosse toile et une mince couverture de laine, surmonté par un ciel en serge bleu. Tout le reste faisait peine à voir. Mais l'ancien vicaire ne semblait point trop souffrir de sa condition, pas plus qu'il ne paraissait regretter les douceurs de son ministère.

Peu lui importait que l'Église l'eût jugé indigne, il s'accommodait fort bien de cette nouvelle vie, à tout moment de l'année, sans s'obliger à la pénitence, et de pouvoir enfin coucher dans son lit sa chère Clémence, qu'il avait dû appeler sa « cousine » durant tant d'années pour ne point encourir les foudres de l'épiscopat, mais qui, à en juger par leur peu de ressemblance et par les œillades hardies qu'il lui adressait sans cesse, n'était pas plus sa parente que la sainte d'Avila. Il semblait sombrer quiètement dans cette existence profane, dans un engourdissement de fainéantise, avec cette volupté des noceurs que l'on a contraints trop longtemps à la continence, savourant même cette saleté qui lui faisait un nid chaud et dans lequel il pouvait croupir à son aise avec sa grassouillette compagne. Bien sûr, il y avait plus souvent des bas que des hauts, davantage de jours maigres que de fastes, plus de soirs où il se frottait le ventre devant l'écuelle vide que de jours où il faisait crevaille. Mais au diable si la table n'était pas tous les jours garnie, sa nouvelle liberté suffisait, à elle seule, à engraisser le bon père Boniface. Car celui-là, au contraire du père Jérôme, goûtait fort le siècle et ses licences. Sa béatitude lui venait des plaisirs terrestres, qui valaient bien, à ses yeux, toutes les auréoles.

Clémence revint portant la soupe, une soupe épaisse dans laquelle flottaient des choux cuits avec du lard, lesquels faisaient, à sa surface, une sauce visqueuse, brillante comme une gelée. En quelques minutes tous trois achevèrent leur potage, Percheval n'osant pas rompre le silence quasi monacal que son hôte observait pour engloutir sa pitance. Puis Clémence apporta le vin, un clairet au goût de vinaigre, et Boniface but son verre d'un coup pour faire passer le gras.

La chandelle avait diminué de moitié mais continuait d'éclairer, dans le morne crépuscule d'hiver, la nappe maculée de taches, ses écuelles et son pichet ébréchés, son pot de fleurs vide, habillé d'une collerette de trèfles fanés.

Quand la soupe fut avalée, l'avocat considéra qu'il était temps d'aborder le sujet de Reyne Inguélaère.

– Cette veuve, donc, dit-il en posant sa cuillère, prétend être possédée par le Diable. Et elle accuse Mathias Vigneules d'être responsable de cette possession.

– Pauvre enfant… se désola sincèrement Boniface avec un branlement de tête.

– Ce n'est point du sort de cette femme dont je me soucie. Elle ne sera pas inquiétée par les autorités judiciaires, contrairement au malheureux qu'elle a injustement accusé.

– Ce que nous ne saurions laisser faire, ajouta Boniface gravement.

À cet instant, Clémence apporta le chapon, et l'ancien vicaire, essuyant son couteau sur son pain noir, suivit le plat avec un visage redevenu rayonnant. Lorsque le poulet fut mis sur la table, doré, ruisselant de jus, le maître de maison le contempla longuement, religieusement, avec une gourmandise qui lui gonfla les lèvres et se figea en un long sourire d'extase.

– Jehan Estienne, qui est médecin à Metz, reprit l'avocat, affirme que Reyne souffre de mélancolie.

Boniface découpa lentement les ailes et les cuisses du chapon avec des gestes méticuleux, les yeux fixés sur la bête, les narines grandes ouvertes pour en respirer l'odeur.

– Oui, oui, fit-il. J'ai entendu parler de cette maladie et de cette bile noire qui, en excès dans la tête, serait responsable de toute sorte de folies. Mais ce ne sont que des théories ridicules.

– Vous n'êtes pas médecin…

– On m'a confié, fut un temps, la charge de soigner les âmes, répliqua Boniface avec un sourire affable. Ce qui, déjà, n'était pas si aisé…

– Ce n'est pas de l'âme de la femme Inguélaère dont il est ici question. Jehan Estienne soutient que son esprit est dépravé par un humeur mélancolique, un suc épais en consistance, répandu dans son cerveau. Ce serait, d'après lui, cet humeur qui ferait fixer l'attention de la veuve de façon continuelle sur le Diable et surtout sur Mathias Vigneules, qu'elle imagine être sorcier.

– C'est le désespoir qui anime cette pauvre créature, répliqua Boniface en suçant, sur ses doigts, le jus de la volaille. Et sa folie, car à mon sens, elle est bel et bien devenue folle, n'a pas pour origine quelque vapeur venue de je ne sais où.

Il s'arrêta un moment de discourir pour joindre, dans sa pose favorite, ses deux paumes sur sa panse tendue.

– Monsieur Percheval, dit-il au cours des trente-cinq années qu'a duré mon ministère, j'ai entendu bon nombre de femmes dans le secret du confessionnal. Des vieilles, des filles à peine pubères, des célibataires, des femmes mariées, des veuves… Et aujourd'hui, je puis vous le dire, puisque me voilà délivré du pesant secret de la confession : au cœur de leurs préoccupations et de leurs tourments, je n'ai trouvé ni la mort, ni Dieu, ni le Diable. Je n'ai trouvé que l'amour.

Percheval ouvrit des yeux légèrement railleurs, amusé par cette idée qui lui parut fort puérile et frivole.

– L'amour ?

– Oui, l'amour. Et ceci n'est point baliverne. Croyez-vous vraiment que les hommes ne vivent que pour le salut de leur âme ? Qu'ils se réconfortent de leurs malheurs par la promesse du Paradis ? Allons... L'amour, et lui seul, est l'objet d'une éternelle attente pour tous ceux qui vivent et qui souffrent sur cette terre. Il est la seule créance qui soit véritablement universelle. C'est lui, et non le Christ, notre seul guide en ce bas monde. C'est lui notre seul pasteur. L'amour est l'unique consolation de nos tristes et pitoyables existences. Croyez-moi, monsieur, j'en sais plus que tout autre sur le sujet. La seule religion dont les mystères valent la peine d'être pris pour des vérités est ce sentiment étonnamment puissant, ce penchant irrésistible que la nature a donné aux hommes pour les femmes et inversement...

Percheval ne répondit rien, trop surpris d'entendre dans la bouche d'un ancien homme d'Église des considérations si hautement blasphématoires.

– Tout au long de ma vie et de par ma fonction de prêtre, poursuivit Boniface, j'ai rencontré le visage de l'amour. Oui, croyez-moi monsieur Percheval, j'en ai vu toutes les nuances : chaste, pur, voluptueux, adultère et même sodomite. Et quels enseignements j'en ai tiré ! Il est fort regrettable que les pères de l'Église se soient si peu intéressé à l'amour, ou alors seulement pour en condamner les excès...

– Et Reyne dans tout cela ?

– Reyne ? Elle n'est point différente des autres. L'amour a toujours été sa seule et plus grande préoccupation.

– Voilà une chose qu'il me plairait que vous m'expliquiez, fit Melchior en cessant de manger. La veuve Inguélaère me semble davantage animée par la haine que par l'amour.

– Ces deux sentiments se confondent parfois. Et l'un et l'autre sont soumis aux mêmes lois impénétrables.

– On m'a dit que Mathias et Reyne s'étaient tenus en affection, autrefois. Mais j'ai grand peine à le croire.

– Et pourtant cela est vrai. Il y a treize ans, Reyne et Mathias se sont promis l'un à l'autre. J'étais présent, ce jour-là.

– Vous avez assisté à l'échange des promesses ?

– Oui, et j'en m'en souviens fort bien. Mathias avait rassemblé la famille de Reyne chez son père. Je me rappelle également les mots qu'il a prononcés devant nous tous : « Je promets, Reyne, que jamais je n'aurai d'autres femmes que toi jusqu'à ma mort. » Il lui a ensuite baillé un morceau de ruban et tous ceux qui assistaient aux échanges ont pris du pain et du vin pour fêter les fiançailles.

Percheval connaissait l'importance de ce genre de cérémonial dans les coutumes du petit peuple, pour douter à présent de l'amour que Mathias Vigneules et Reyne Inguélaère avaient pu éprouver l'un pour l'autre. Dans les campagnes, l'échange de promesses était un acte solennel qui revêtait autant d'importance, sinon plus, que la cérémonie religieuse. Les jeunes gens se conféraient eux-mêmes le mariage en usant de formules rituelles et le sacrement ne venait qu'ensuite, quand ils ne s'en dispensaient pas.

Percheval voulut naturellement savoir pourquoi les noces n'avaient jamais eu lieu. Et surtout, ce qui avait poussé Mathias à épouser la sœur de Reyne.

Hélas, l'ancien vicaire lui avoua qu'il ne savait rien de ce fâcheux retournement. La seule information que l'avocat pu tirer du personnage fut qu'un beau jour on vit Vigneules délaisser Reyne et reporter toute son attention sur sa sœur cadette, Sarah Inguélaère.

– J'ignore ce qui a bien pu se passer. Il n'y avait point en ce monde de jeune fille plus jolie et plus ardente que Reyne Inguélaère. Mais peut-être Mathias faisait-il partie de ces êtres qui nourrissent une terreur instinctive à l'égard de l'amour, parce qu'il leur semble plus puissant qu'eux ? Allez savoir… Sarah était beaucoup moins belle que sa sœur aînée mais elle apportait en dot deux bras solides qui ne rechignaient pas au labeur. Mathias a sans doute choisi la raison plutôt que la passion.

– Comment Reyne a-t-elle réagi lorsque Mathias a rompu ses engagements ?

– Elle était comme enragée. Elle aurait mené l'inconstant devant les juges si sa mère, Perrine, ne l'avait pas empêchée.

Percheval parvenait à imaginer sans difficulté la déception et la colère de Reyne, lesquelles expliquaient évidemment la rancœur tenace qu'elle nourrissait à l'égard de celui qui l'avait si cruellement délaissée. Mais une blessure d'orgueil, même profonde, justifiait-elle qu'on mît tant d'entêtement à nuire à son semblable ?

Quant à Mathias, il ne pouvait se résoudre à le condamner trop hâtivement. Son seul tort avait été de s'accorder à une femme et de se marier ensuite à une autre. Percheval ne pouvait s'empêcher de penser qu'il payait aujourd'hui un peu trop cher le prix de cette vieille trahison.

Boniface, qui avait englouti une aile, une cuisse et tout le blanc de la volaille, achevait à présent le croupion, qu'il suçait avec un fort gloussement des lèvres.

– Quand Reyne a-t-elle rencontré Guy Vasseur ? demanda l'avocat.

– Un peu plus tard. L'année qui a suivi le mariage de Mathias et de Sarah.

– Dans quelles circonstances se sont-ils rencontrés ?

– Vasseur n'était pas du village. Personne, d'ailleurs, n'a jamais su d'où venait ce gredin. Il se disait tantôt de Sedan, tantôt de Mézières ou de Rethel... Nous l'avons vu arriver un matin au village, monté sur sa mule. Il n'en est plus jamais reparti. Le maraud prétendait être colporteur mais n'avait ni draps, ni chapelets, ni médailles à vendre. En revanche, il portait la vilenie et la rapine sur son visage. Oui, ce coquin-là aurait tout aussi bien pu être vagabond, trousseur ou déserteur. Qui sait ? On voit parfois venir par chez nous des étrangers qui n'ont ni feu ni bien, qui errent de bourg en village, dans l'idée de chaparder ou dans l'espoir de trouver une femme seule à réconforter, pour s'établir.

– La chance lui a donc souri.

– C'est peu dire. Reyne n'était pas la plus décatie ni la plus laide...

– L'a-t-elle épousé par dépit ?

– J'ignore ce qui a pu lui passer par la tête lorsqu'elle a décidé de prendre cet étranger pour mari. Peut-être pensait-elle piquer la jalousie de Mathias ? Mais cela n'a point été le cas. Le cœur de ce denier appartenait désormais à Sarah et n'éprouvait plus pour Reyne la moindre inclination. L'indifférence avec laquelle Mathias accueillit la nouvelle de son mariage fut, sans doute, la pire des injures que Reyne eut à souffrir…

Clémence lança à son compagnon un regard d'approbation muette.

– Ainsi, vous l'aurez compris, poursuivit Boniface, le mal dont souffre la femme Inguélaère n'est point récent. C'est une tumeur qui la ronge depuis fort longtemps. Pendant treize ans, l'amour a possédé le cœur de cette pauvre créature avec la furie d'une passion qui balaye tout sur son chemin. Et cependant, pendant treize ans, elle s'est imposé le devoir de le dissimuler aux yeux des autres, son orgueil lui commandant de ne rien révéler de ce cruel secret qui la minait.

Il s'interrompit pour finir le pichet.

– Guy Vasseur était un fieffé paresseux, qui n'en faisait pas lourd à la ferme. Mais tant qu'il était vivant, Reyne gardait encore un peu de sa raison. Sa disparition a laissé la pauvresse de nouveau seule, et cette situation lui a sans doute été insupportable. On n'imagine pas la détresse de ces veuves, perdues dans un monde de misère…

– Son état aurait-il empiré du fait de son veuvage ?

– Sans doute. Les veuves sont toujours les plus malheureuses. Les pauvres créatures ont goûté aux plaisirs de la chair et ne les ont pas oubliés. Et elles ont même tendance à trop s'en remembrer, non sans un certain délice… Nos théologiens nomment cette perversion « la délectation morose », une habitude qui consiste à nourrir des pensées impudiques. De fait, en confession, j'ai pu constater que c'étaient bien les veuves qui étaient le plus souvent sujettes à des rêves luxurieux.

Il soupira :

– Les veuves, plus que toutes les autres, monsieur Percheval, sont obsédées par le souvenir de l'amour.

Melchior s'absorba quelques instants dans ses méditations. La perspicacité que la confession donnait aux hommes d'Église était bien supérieure à celle des gens de justice. À force de contempler de si près le théâtre du péché et des passions, le père Boniface avait fini par pénétrer dans les secrets replis de l'âme humaine. Percheval n'avait nulle raison de mettre en doute ses conclusions.

– Mais pourquoi Reyne Inguélaère est-elle persuadée que le Diable la tourmente ?

– Le Diable, ou du moins celui qu'elles imaginent être le Diable, apparaît généralement aux femmes durant la nuit, et cela sous des formes souvent plus attrayantes que terrifiantes, quand il ne prend pas l'apparence d'un être désiré en secret. La pièce qui se joue durant leurs rêves nocturnes est toujours la même : le Malin se glisse dans leur couche et les séduit durant leur sommeil pour obtenir d'elles les faveurs les plus intimes. Mais à leur réveil, en proie à la plus vive culpabilité, ces faibles créatures confondent ce qui n'a été qu'un songe provoqué par Vénus avec la visite d'un incube.

Il eut un petit sourire amer :

– C'est un cruel châtiment, monsieur Percheval, que l'Église nous inflige en nous interdisant le plaisir, même dans nos rêves. Quelle odieuse tyrannie et grande absurdité que de condamner le plaisir en pensées et en intentions, de le considérer comme une perversion hideuse, un péché mortel, plus coupable encore que les actes. Comment ne nous sentirions-nous pas coupables ? Les femmes, je dis les femmes, car elles y sont plus accoutumées que les hommes, n'ont d'autre recours, pour sauver leur âme, que de se persuader qu'elles sont les victimes innocentes d'une force maléfique. Je sais que tout cela peut paraître insensé mais le moindre rêve inspiré par leurs sens enfiévrés se traduit alors, dans leur esprit fragile, par une possession démoniaque. Elles sont convaincues d'avoir coïté, non point avec un être né de leur phantasme, mais avec un démon, et s'en accusent avec tout le désespoir que leur procure cette certitude. J'en ai même vu certaines se montrer vivement contrariées que je puisse mettre en doute leurs affirmations ! Si vous saviez combien de fois j'ai pu ouïr ce refrain... Le Diable s'est infiltré nuitamment en elles sans les consulter... Il les a obligées à succomber à la tentation, à nourrir des pensées luxurieuses... à rêver de fornication et à se polluer...

Il se tut un instant et expira de nouveau un gros soupir.

– Évidemment, tout cela ne prêterait point à conséquence si, parfois, quelques-unes ne franchissaient ce pas qui conduit des innocents à la mort.

– Car ce méchant Diable, bien sûr, ne saurait venir tout seul, acheva Percheval à sa place. Il lui faut un allié, il lui faut un sorcier pour accomplir l'infection. Voilà qui nous ramène aux accusations insensées de la veuve Inguélaère.

– En effet, approuva l'ancien vicaire. Reyne est toujours tourmentée par le souvenir de son amour perdu, lequel se confond à présent avec un désir farouche et inavoué de vengeance. Puisqu'elle se croit damnée, Mathias doit l'être avec elle. Voilà, monsieur l'avocat, tout le désespoir et l'espoir de Reyne, voilà sa tragique volonté : se persuader que son beau-frère l'a maléficiée et qu'il tombe avec elle dans les flammes de la perdition éternelle. Il n'est point si difficile de sonder cette pauvre âme tourmentée : sans doute se réconforte-t-elle en songeant que Mathias, qu'elle a aimé éperdument, mais qui est responsable de tout son malheur, souffrira à son tour quand les brasiers de l'enfer chaufferont son cœur de pierre...

Percheval repoussa son écuelle. Tout était clair à présent et le désolait. Abandonnée par son promis, trahie par sa propre sœur, Reyne avait tant et si bien ruminé ses déceptions que celles-ci s'étaient peu à peu muées en une rancune tenace et mortelle. Et la mort de Vasseur avait fait remonter en elle cette boue de haine. Cependant Bossuat entendrait-il cette explication ? Ces subtiles déductions ne pouvaient éclaircir qu'un esprit ouvert. Or, celui du lieutenant criminel était le plus rebours et buté qu'on puisse trouver.

Boniface devina l'état des réflexions de son hôte et l'abîme de perplexité dans lequel ses propos l'avaient visiblement plongé. Il lui fallait pourtant mettre à ce tableau une dernière touche.

– Savez-vous qu'il m'arrive, de temps en temps, de retourner à Malzieu ? dit-il, un peu gêné. Non point pour me languir de ma condition passée et m'abandonner à une nostalgie inutile, mais pour revoir des gens que je tiens encore en amitié. C'est ainsi que j'ai revu Perrine, il y a quelques semaines. La pauvre vieille venait de recevoir la visite du prévôt Aymard de Rouert et de mon successeur, le père Jérôme. Elle était fort retournée et très inquiète des accusations de sa fille.

– Et elle avait raison d'être inquiète, approuva Percheval, puisque voilà Mathias entre les mains des juges.

– Quant à moi, la situation de Mathias m'a paru suffisamment fâcheuse pour que je vous en informe promptement.

– Que vous m'en informiez ?

– La lettre…

L'avocat ne put cacher sa stupeur.

– La lettre que j'ai reçue au mois de février ?

– Si fait.

– Cette lettre venait de vous ?

– Oui.

Percheval resta un instant saisi, le visage consterné.

– J'ai cru… J'ai d'abord pensé que… que les parents de Mathias me l'avaient envoyée.

– Antoinette et Toussaint ? Cela eût été impossible, du fait que ni l'un ni l'autre n'ont jamais su écrire. Et quand bien même auraient-ils pu la faire rédiger par tierce personne, ils sont morts tous les deux depuis longtemps.

– Je sais, répondit Percheval en bougeant nerveusement sur sa chaise, travaillé soudain par l'inquiétude. Mais comment avez-vous su que… ?

Sous le coup d'un émoi qu'il lui était impossible de dissimuler, il ne put terminer sa phrase.

Boniface se tourna vers Clémence, toujours assise près de lui, et baissa la voix.

– Laisse-nous, ma mie. Il est temps que j'entretienne monsieur Percheval de choses qui ne concernent que lui et moi.

Très calmement, comprenant qu'il s'agissait d'une affaire importante dont elle ne devait se mêler, Clémence s'éloigna en direction de l'autre pièce.

Boniface se cala dans sa chaise, les mains non plus posées sur son ventre mais sur la table, et prit un visage pénétré d'une grande solennité.

– Je ne puis vous dire comment j'en suis venu à vous envoyer cette lettre sans vous faire auparavant le récit d'une étrange histoire.

– Faites, répondit l'avocat en retenant sa respiration.

– Il y a de cela trente ans, poursuivit l'ancien vicaire, Antoinette a accouché d'un fils. Une pauvre petite chose bien malingre, à dire vrai, qui ne pesait pas plus de quatre livres. L'enfant n'a pas vécu plus d'une journée : il a expiré dans les bras de sa mère, le lendemain de sa naissance, à l'instant même où celle-ci, accompagné de Toussaint, arrivait à l'église pour le faire baptiser. Il repose derrière le mur du cimetière, là où sont inhumées les petites âmes qui ne connaissent pas Dieu et sont condamnées à errer dans les limbes…

Percheval se taisait, serrant maintenant son gobelet entre ses doigts crispés, les yeux accrochés sur son hôte.

– Deux jours après ce grand malheur, Antoinette est venue au presbytère. J'ai été fort stupide de voir qu'elle tenait contre son sein un nourrisson. Oh, bien vivant celui-là ! Alors que je l'interrogeais sur cette miraculeuse résurrection, elle m'a conté que, dans la matinée, un homme était arrivé au village et s'était diligemment présenté chez eux. Un très jeune homme, au dire d'Antoinette, qui n'avait guère plus de seize ou dix-sept ans et qui semblait de bonne famille. Le garçon avait chevauché depuis Metz toute la nuit avec le nouveau-né dans les bras. Antoinette m'a confié que ce jeune garçon était venu de la part d'une de ses cousines, une certaine Floriane, laquelle était chambrière d'une belle et riche personne de Metz. Ce jeune homme avait ouï dire, par la même Floriane, qu'Antoinette était grosse d'enfant et que si elle avait fait ses couches, elle serait probablement en mesure d'allaiter le nourrisson. Les mères de la ville ont coutume de placer leur maillot en nourrice, aussi Antoinette et Toussaint n'ont-ils point été surpris par cette demande, qui se trouvait justifiée par l'usage. Mais le jeune homme de Metz ne cherchait point seulement deux bonnes mamelles en location… Il avait offert vingt écus d'agent à Toussaint pour l'adoption du petit.

Percheval avait écouté ce récit avec un sentiment de désastre, visible à la contraction de ses sourcils.

– Vingt écus, fit Boniface en hochant la tête, pensez-vous. Une fortune pour deux pauvres paysans. La tentation était trop forte pour ne point y résister. Qui aurait refusé une telle offre ? Sans compter qu'Antoinette avait perdu son fils et se remettait mal de son deuil. Et voilà que lui arrivait, comme tombé du ciel, cet enfant frais et rose… Je la revois encore, tenant le petit sur son sein, déjà en train de le mignoter comme si ce petit drôle, qui sortait tout juste du ventre chaud d'une autre, avait été le fruit de ses propres entrailles…

Ces révélations n'étaient pas faites pour diminuer le malaise de l'avocat, dont le sang semblait s'être glacé dans les veines. La voix de Boniface poursuivit pourtant tranquillement :

– Toussaint était un brave homme, doté d'un bon cœur. Il n'a pas vu à mal de garder cet enfant de la divine providence. Il lui a donné un prénom, Mathias, et l'a fait promptement baptiser. Il ignorait tout de ce garçon, mais cependant, il a veillé sur lui comme s'il était le sien. Et il s'est gardé de ne point manger son pécule : les écus sont restés cachés jusqu'à son dernier souffle. Ce n'est que sur son lit de mort qu'il a révélé à son fils l'endroit où il avait mis les pièces. Quant à Mathias, j'en suis certain, il n'a jamais rien su de ses obscures origines. Il n'a même jamais cherché à savoir comment son père avait pu amasser la petite fortune qu'il lui avait laissée en héritage.

– Étrange histoire, en effet, approuva Percheval d'une voix faussement détachée, mais l'air visiblement troublé. Est-ce là tout ce que vous aviez à me raconter ?

– Non, répliqua aimablement le père Boniface. Mais s'il vous déplaît d'entendre la suite, nous pouvons en rester là.

– Vous en avez trop dit ou point assez. Alors, continuez. J'aimerais savoir pourquoi vous avez cru pertinent de me faire parvenir cette lettre.

– Lorsque Antoinette est tombée malade, un an après la mort de Toussaint, elle m'a fait appeler à son chevet. L'idée de laisser Mathias seul au monde la torturait, bien que celui-ci fût déjà marié, à cette époque, avec Sarah Inguélaère. Cette chère Antoinette m'a fait promettre, si son fils venait à se trouver un jour dans l'ennui, d'en avertir aussitôt celui qui leur avait confié l'enfant, ce matin de juin. Elle connaissait son nom : un certain Melchior Percheval.

L'avocat ne baissa pas les yeux, s'obligeant à ne plus trahir aucune des émotions qui l'assaillaient.

– Je n'ai jamais pensé que j'aurais à tenir ma promesse, acheva Boniface. Ce n'est que lorsque Perrine m'a tenu informé des terribles accusations de Reyne que l'idée m'est venue de vous retrouver, bien que cette démarche m'ait semblé aussitôt insensée : je n'étais pas certain que vous fussiez encore vivant, trente ans après. Aussi ai-je été fort soulagé d'apprendre que, non content d'être toujours de ce monde, vous aviez épousé le métier d'avocat. Rien ne pouvait mieux servir la cause de Mathias.

– Ou la desservir, murmura Melchior.

Cette remarque amena, sur la face bouffie du père Boniface, une moue désolée.

– Nous avons tous nos secrets, monsieur Percheval. Mais peut-être le vôtre, à présent, est-il trop lourd à porter ? Je peux entendre votre confession.

Percheval accueillit la proposition avec un dédain irrité.

– Vous n'êtes plus prêtre.

– Mais j'en ai gardé les habitudes.

– Qu'aurais-je à dire de plus que vous ne sachiez déjà ? lança l'avocat en se levant et en reprenant sa casaque. Mathias est un enfant abandonné, et c'est moi, en effet, qui l'ait confié à Antoinette et à Toussaint. L'on m'avait chargé de cette triste besogne, et je m'en suis acquitté. Il n'y rien de plus à ajouter.

– La plaie restera béante tant que vous ne soulagerez pas votre cœur, monsieur Percheval. Si grande soit votre faute, dont j'ignore cependant tout, mais que je devine au chagrin de votre regard, sachez qu'il n'est pas un homme sur cette terre qui ne puisse la comprendre mieux que moi.

Melchior se leva de table un peu brusquement.

– Ayez la bonté de m'épargner votre compassion. Je n'en ai nul besoin. Il n'est pas de faute dont je doive me racheter, je n'ai rien à confesser.

– Alors que Dieu vous garde.

Et, avec une délicatesse qui fut appréciée de Percheval, l'ancien vicaire l'aida à passer les manches de son manteau.

– Ne me laissez point sans nouvelles, pria-t-il en ouvrant la porte. Et prenez soin de vous.

Melchior salua son hôte d'un signe de la tête et s'éclipsa sans un mot de plus, avalé par la nuit noire et hideuse, peine de bruine et d'ombres.

XIII

Qui cherche trouve (Évangile selon saint Matthieu)

3 mars.

Fort de leur conviction que lorsqu'une partie du corps d'un sorcier avait été touchée par le Diable, sa peau, à cet endroit précis, portait inévitablement la trace de ce contact funeste, les juges ordonnèrent que l'on procédât sans attendre à la recherche du *stigma* infernal. Vers deux heures de l'après-midi, Mathias fut amené dans l'une des salles de la prison, où l'attendaient Pierre Bossuat et ses deux assesseurs, ainsi que Percheval.

Melchior vit le pauvre garçon entrer lentement dans la pièce, le dos courbé, déjà brisé avant même d'avoir enduré son supplice. Il y avait dans sa démarche quelque chose de terrible dont rien n'aurait pu donner l'idée. Il n'avançait plus comme autrefois de ce pas ferme qui avait été le sien, il avançait comme un condamné vers le gibet, effrayé et résigné à la fois. Lorsqu'il pénétra dans la pièce glaciale, il frissonna, sans doute plus de peur que de froid et ses yeux éteints, agrandis de profonds cernes mauves, se posèrent sur Percheval avec une expression douloureuse. Mais l'avocat ne put prononcer un seul mot, parce que devant tant de détresse aucun son ne lui vint aux lèvres, et parce que, surtout, les apartés étaient impossibles, du fait que l'un et l'autre demeuraient sous l'œil et sous l'ouïe attentifs des trois magistrats. Malgré tout, devant la peur et le désespoir de Mathias et, voulant les soulager par sa muette compassion, Melchior, d'un abaissement appuyé des paupières, l'encouragea à ne pas céder à la panique.

Arriva ensuite le bourreau, qui répondait au nom de Lazare Drouet, mais que l'on affublait ordinairement du titre pompeux de « Maître des Hautes Œuvres ».

Lazare était de ces tourmenteurs dont on devine aisément, au premier regard, qu'ils possèdent les trois vertus indispensables à leur qualité : celle de manier fort habilement leurs instruments, celle d'être parfaitement indifférents à la souffrance de leurs semblables et celle, enfin, de déployer toujours le plus grand zèle à accomplir leur répugnant office.

L'homme extirpa de son sac de cuir noir le petit matériel en usage pour les examens de sorciers et le posa méticuleusement devant lui. Percheval vit qu'il avait amené un rasoir, plusieurs aiguilles de tailles différentes, des pinces, des poinçons acérés et quelques pansements.

L'exécuteur délesta ensuite Mathias de sa longue chemise. Après l'avoir ainsi dévêtu, il lui rasa les cheveux, les sourcils et les poils, afin qu'aucune marque n'échappât à sa vigilance. Lorsque le corps du prisonnier fut aussi lisse que celui d'un enfant, il l'allongea enfin sur la table.

Il était courant que le bourreau se chargeât de cette sinistre besogne : les juges s'épargnaient ainsi les frais d'un chirurgien ou d'un piqueur professionnel, sans compter qu'ils évitaient d'approcher de trop près le sorcier et d'avoir à le toucher. Car bien qu'ils s'en défendissent, les hardis magistrats avaient manifestement très peur des attaques du Démon. Pour se protéger des perfidies de Satan, le juge Bérenger était d'ailleurs venu avec un *Agnus Dei* et une poignée de sel dans la poche de son pourpoint. Groise, quant à lui, avait apporté une petite branche de buis béni qu'il agitait nerveusement derrière son dos. Seul Bossuat, impavide, observait le prisonnier avec une parfaite assurance, les bras croisés, les yeux grands ouverts, les cils et les paupières parfaitement immobiles, donnant volontairement à son regard cette étrange fixité dont tant d'accusés devaient s'effrayer.

– Sainte Marie ! s'alarma soudain Mathias.

– Que crains-tu ? demanda Bossuat avec une douceur ironique. Si tu es innocent, comme tu l'affirmes, alors tu n'as rien à craindre.

– J'suis innocent ! J'suis point sorcier ! se défendit Mathias avec l'accent du désespoir. Laissez-moi m'en aller !

Et, comme il commençait à montrer une grande agitation et à se plaindre, Bossuat ordonna à Lazare d'aller chercher une corde afin de le maintenir sur la table.

– Si tu continues à forcener, le prévint Bossuat, nous serons contraints de te couper incontinent les jambes et les bras.

Mathias répondit à cette menace par un hoquet épouvanté et se recroquevilla sur la table, rentrant la tête dans les épaules.

– Allons, fais ton office, commanda le petit juge au bourreau.

Après avoir bouché les yeux de Vigneules au moyen d'un bandeau, le maître des Hautes Œuvres commença sa « visitation ».

Il se mit en quête de l'indice diabolique en scrutant scrupuleusement sur le corps dénudé et tremblant de sa victime tout ce qui pouvait ressembler, de près ou de loin, à une marque douteuse. Son attention fut attirée en premier lieu par une large tâche brune sur le poignet droit, et une autre, plus petite, sur le dos de la main. Il piqua donc chacune de ces régions suspectes à l'aide d'un poinçon afin de vérifier leur insensibilité. Mais aussitôt, au grand soulagement de Percheval, le sang perla à la surface de la peau, et Mathias laissa échapper un petit grognement sous l'effet de la douleur.

Il repéra ensuite sur l'avant-bras deux longues traces d'une ancienne blessure, légèrement boursouflées et plus claires que la chair.

– Pique-les, lui ordonna Bossuat avec un air satisfait. Il semblerait bien que ces parties-là soient mortes.

– Il a raison, souffla Michel Groise à Robert Bérenger. On dirait que le Diable a posé sa patte à cet endroit. Ceci ressemble fort à l'empreinte de ses griffes…

De nouveau, la souffrance infligée par la piqûre du poinçon fit gémir Mathias et les cicatrices se mirent à saigner.

Quelques minutes plus tard, après avoir examiné, en usant du même procédé, une croûte sur l'épaule ainsi qu'une tâche de naissance au niveau du coude, Lazare découvrit d'autres lésions suspectes, sur la partie antérieure de la cuisse gauche. Bérenger s'avisa aussitôt que, d'après leur forme, ce pouvait être les empreintes d'une patte de chat, mais Groise objecta qu'il y voyait plutôt le dessin d'un petit crapaud, lequel animal était, lui aussi, l'un des attributs détestables du Malin.

Le bourreau abandonna alors le petit poinçon pour une aiguille plus longue, de deux doigts environ et l'enfonça dans la chair de la cuisse. Mais Mathias, qui toujours avait les yeux bandés, poussa un grognement sous l'effet de la douleur.

Cette fois, les trois magistrats se montrèrent fort dépités et commencèrent à donner des signes d'impatience. Bossuat intima à Lazare Drouet de piquer, encore et encore.

Ce dernier s'attarda dès lors, avec une ardeur admirable, sur tous les points du corps de l'accusé. Il planta son aiguille dans une minuscule dartre, de la taille d'une lentille, située sur la cheville, puis, sitôt après, dans les genoux. Il piqua sous les aisselles, dans le cou, entre les doigts des mains. Il plongea ses épingles, ses pointes, ses poinçons, dans les grains de beauté, dans les régions cornées des pieds, les durillons, les verrues, les croûtes, les plaies, dans les petites égratignures, les ecchymoses, les taches, meurtrissant sans relâche les membres, l'abdomen, le dos, les reins, et même le visage de Mathias. En vain. Car toujours le sang, clair et rouge, finissait par jaillir de la piqûre.

– Pas de marque… souffla Percheval à l'oreille de Bossuat.

– Pas encore… lui répondit l'autre en souriant, de ce sourire cruel que l'avocat abhorrait.

– Pas de marque, pas de preuve, répéta Melchior fermement.

– S'il n'y a pas de marque, coupa le juge Bérenger, c'est certainement parce que le Diable est venu l'enlever. Oui, il a sûrement agi nuitamment dans la prison. Le démon, peut, de son souffle fétide, effacer l'indice sans même que ses suppôts s'en aperçoivent.

Une telle affirmation aurait, en des circonstances moins tragiques, entraîné chez Percheval une réaction ironique. Mais, ne voulant surtout pas laisser passer une si belle occasion de confondre les magistrats dans leurs absurdes convictions, il répliqua, avec le plus grand sérieux :

– Si c'est le Diable qui a fait disparaître la marque, n'est-ce pas là le signe qu'il a abandonné l'accusé ? N'est-ce pas la preuve que le pacte a été rompu ? Vous devez en déduire que Mathias Vigneules est entré dans la voie du salut.

– Mais rien ne nous prouve que l'indice ait été enlevé, rétorqua Bossuat. Nous n'avons pas examiné le sorcier entièrement. Certaines parties du corps n'ont pas été sondées… Celles-là, justement, où se cache le plus souvent le *punctum diaboli*.

Puis, se tournant vers le bourreau, il crut bon de lui préciser :

– Le Diable ensevelit et cache si bien sa marque qu'il faudrait mettre le corps en pièces pour la trouver. Mais nous ne nous laisserons point abuser par les artifice du démon : nous allons procéder à l'examen des parties cachées.

Et d'insister pour que tous les endroits du corps, sans exception, soient parfaitement sondés, en particulier les plus secrets.

Lazare enfonça donc ses aiguilles dans l'intérieur de la bouche de Mathias, sous ses lèvres et dans sa langue, puis au plus profond des oreilles, allant même jusqu'à visiter les replis internes des paupières et le dedans des narines.

Épuisé de douleur, le corps en sang, Mathias n'en finissait pas de gémir. Bérenger et Groise s'interrogeaient du regard, doutant qu'on ne découvrît jamais la preuve qui manquait pour asseoir leur intime conviction.

– Nous savons tous que le Diable est très répugnant et infiniment pervers, déclara soudain Bossuat. C'est la raison pour laquelle il a certainement imprimé sa marque dans des parties si sales que les juges ont horreur de les y aller chercher. Des endroits que la pudeur nous interdit généralement de regarder… Oui, messieurs, c'est ainsi qu'il agit : il infecte les régions immondes, comme le fondement de l'homme ou la nature [1] de la femme.

Sous les testicules, Mathias fut piqué si profondément que l'aiguille se brisa et resta en partie fichée sous la peau, sans qu'on parvînt à la retirer entièrement. Enfin, lorsque le bourreau acheva sa recherche dans la partie la plus intime de son anatomie, le malheureux implora, à grands cris et pleurs, qu'on lui épargnât cette épreuve. Mais les juges ne se montrèrent guère sensibles à ses déchirantes suppliques.

L'exécuteur, n'écoutant que les ordres de Bossuat et sa conscience professionnelle, ouvrit sans ménagement, à l'aide d'un écarteur, les muscles de l'anus, pour y enfoncer son épingle. Cette fois, et au grand contentement des magistrats réunis, l'aiguille pénétra dans les chairs molles sans les faire saigner aucunement et sans provoquer la moindre réaction de souffrance chez l'accusé.

– La marque est ici, annonça-t-il en retirant son poinçon.

Percheval, pris de violentes nausées, dut s'écarter de la table. Qu'aurait-il pu faire pour sauver l'innocent ? Il connaissait la façon de procéder des piqueurs et devina que Lazare, pour satisfaire au vœu de l'ombrageux lieutenant criminel, n'avait pas enfoncé son instrument aussi loin qu'il l'avait fait dans les autres endroits. Il aurait pu faire remarquer à Bossuat qu'il connaissait cette pratique et n'était point dupe de la supercherie. Mais à quoi bon prolonger cette séance ? Il était terriblement las, et Mathias, manifestement, l'était encore bien plus que lui.

Lardé depuis plus d'une heure de coups d'aiguilles, le corps en sang, le pauvre garçon n'avait même plus la force de bouger.

– Ainsi donc, votre protégé à été trouvé marqué par l'Ennemi, annonça Bossuat à l'avocat. Voilà une preuve supplémentaire de sa culpabilité.

Les yeux brillants, le sourire féroce, il contempla Mathias avec un air de triomphe, comme s'il venait de vaincre la Bête et l'avait jetée lui-même dans l'étang de feu et de soufre.

1. Le sexe.

XIV

Où une salutaire réflexion succède à un emportement colérique

6 mars.

– Je suis tellement déconforté que j'en ai perdu tout le sommeil et l'appétit !

– Ce n'est point de ta faute, déclara Percheval. Nous avons joué de malchance, voilà tout.

Gaultier des Périers, les joues enflammées d'un évident courroux, posa ses deux mains sur ses hanches :

– Vous prenez sereinement l'affaire, maître. Pour ma part, je trouve la chose difficile à avaler ! Chevaucher cinquante lieues à bride abattue et par une nuit si pleine de périls que j'ai cru mourir dix fois, pour apprendre que le roi n'était plus à Paris ! Cela est fort !

– À quoi bon te mettre dans cet état, mon garçon ? C'est ainsi et nous n'y pouvons rien changer.

Mais Gaultier n'était pas prêt à digérer aussi facilement sa déconvenue :

– N'est-ce pas incroyable ? Aucune des personnes que j'ai rencontrées au château n'a été en mesure de me préciser où Sa Majesté se trouvait ! Tout ce que l'on a su me dire c'est que le roi « n'était plus au Louvre » ! Ah, ça, si l'on m'avait dit que je serais éconduit et jeté dehors, comme un coupe-jarrets ! Voilà qui est bien insolent ! Qui sont-ils, ces petits chiens de garde, avec leur pourpoint tailladé, leur grotesque chapeau noir et leur hallebarde ? Qui sont-ils pour entreprendre si grossièrement un honnête Sujet de sa Majesté ?

– Ce sont les gardes suisses...

Gaultier eu un petit reniflement méprisant :

– Des Suisses ? Eh bien, laissez-moi vous dire, maître, que ces gens-là ont de bien odieuses manières.

– N'en parlons plus, fit Percheval, voyant qu'il ne décolérait pas.

Gaultier ne l'entendit pas et continua de faire les cent pas, de la table-bureau au fauteuil.

– Dire que c'est un valet des cuisines qui a eu soin de m'avertir que le roi était parti pour les Flandres ! Un valet ! Et d'ailleurs, ajouta-t-il en levant les bras dans un geste un peu théâtral, que fait-il, notre roi, dans les Flandres ? N'avons-nous pas récemment repris Dunkerque aux Espagnols et toutes les autres places, des Dunes jusqu'à Ypres ?

– Je doute, en effet, que le roi soit là-bas, approuva Percheval. Il n'a aucune raison de s'y trouver. Ce laquais t'aura sans doute mal informé. Le bruit court que Louis négocie, en ce moment même, la main de la jeune infante d'Espagne, Marie-Thérèse. Il ne s'est certainement pas éloigné de la capitale...

– Alors où est-il ? À Marly ? À Saint-Germain ?

L'avocat se leva de son siège pour couper court à ces hypothèses inutiles :

– Peu importe l'endroit où il se trouve, dit-il avec impatience. Il ne prendra pas connaissance de ma requête.

Le jeune homme se désola sincèrement :

– Espérons quand même que votre lettre tombera entre de bonnes mains, même si ce ne sont pas celles du roi...

Melchior lui répondit par un regard irrité :

– Lorsqu'il ne sont pas lus par le roi en personne, les placets sont remis à un secrétaire d'État pour être examinés et faire l'objet d'un rapport, lequel rapport est ensuite transmis au chancelier, qui décide du bien-fondé du recours. Il faut ensuite que le chancelier saisisse le Conseil privé de Sa Majesté afin que celui statue sur le fond de la demande. Nous voilà bien avancés, en vérité. L'affaire peut prendre des semaines, voire des mois…

Il secoua la tête et marcha en direction de la fenêtre.

– Oh, bien sûr, fit-il en murmurant, tout irait plus promptement si je bénéficiais de relations à cour… Si j'avais été officier de la Maison du roi, membre du parlement de Paris ou prélat… Si encore j'avais été domestique de Sa Majesté, ou même son page, son perruquier, ou si j'avais été le petit bougre de Monsieur [1], l'on aurait accordé un peu plus d'attention à ma demande. Mais je ne suis personne. Et Mathias encore moins que moi. J'ai bien peur que la grâce de ce malheureux n'arrive trop tard. Si elle arrive jamais.

Gaultier des Périers s'affligea de nouveau :

– Voilà ! Tout cela est ma faute ! Si seulement j'avais pu m'assurer que votre lettre soit remise au roi !

– Tu as fait de ton mieux. Cesse donc de te lamenter.

Le jeune homme, un peu honteux de se faire reprendre, détourna la conversation :

– Votre ami, monsieur Estienne, a-t-il réussi à faire parler la femme Inguélaère ?

– Non. Pour la bonne raison que la veuve est à présent si mal qu'elle trouve à peine la force de respirer. Une mauvaise chute, à en croire Jehan, lui a ouvert la jambe jusqu'à l'os.

Gaultier se tut quelques secondes, puis reprit, d'un air navré :

– Décidément, vous disiez vrai, maître : nous jouons de malchance.

– Sans doute.

– Et qu'en est-il de la lettre que vous avez adressée au parlement de Metz ?

– Je suis sans nouvelle.

– Et cette troisième requête, au président du bailliage de Sedan, où en est-elle ?

– On ne m'a fait aucune réponse.

Il avait dit cela avec tant de gravité et d'une voix tellement sinistre que son stagiaire en resta saisi.

– Il vous reste encore un espoir, maître…

1. Philippe, duc d'Orléans, frère du roi.

– Lequel ?

– Monseigneur Depont. Il est notre dernière chance de faire annuler la sentence condamnant Mathias à la torture.

Percheval, toujours debout près de la fenêtre, le visage à présent collé contre le carreau de verre, feignit de n'avoir rien entendu.

– Celui-ci vous a déjà témoigné de son amitié en vous autorisant à vous présenter comme avocat justificatif, insista Gaultier. Pourquoi ne solliciteriez-vous pas son aide de nouveau ?

Le corps de Percheval tressaillit imperceptiblement. Il murmura entre ses dents :

– La chose est impossible.

– Pourquoi ?

– Parce qu'il me faut, pour cela, passer par un intermédiaire qu'il ne m'est point du tout agréable de rencontrer.

Au ton singulièrement lugubre qu'il avait pris pour répondre, Gaultier sentit qu'il devait se garder de lui parler de cet « intermédiaire » et qu'un mot, un seul mot, risquait de lui attirer une sévère réprimande.

– Maître, votre inimitié pour cette… personne est-elle si grande que vous lui abandonneriez la vie de Mathias Vigneules ?

Percheval demeura silencieux un long moment, comme s'il cherchait en lui-même une réponse.

Puis, sans se retourner vers Gaultier, comme s'il eût été seul dans la pièce et semé ses paroles dans l'air, il dit, d'une voix basse et résignée :

– Tu as raison. J'irai la voir… puisqu'il le faut.

***

Depuis que madame de Rambouillet, de santé fragile, avait mis « l'alcôve » à la mode, toutes les dames de qualité ne recevaient plus que dans leur chambre à coucher. Hôtesses mondaines, courtisanes, précieuses, bourgeoises de province, toutes se devaient d'avoir, pour converser en intimité, leur ruelle et leur lit de parade.

Celui d'Athénaïs Bonnet-Maurois était un monument.

Monté sur des piliers couronnés de plumes, couvert par un dais de velours rouge et bronze, drapé de tentures, de bonnes grâces, de pentes et de cantonnières, il laissait à peine la place d'installer un pliant ou un fauteuil entre son châlit et le mur.

Ce fut sous cet échafaudage de rideaux et d'étoffes qu'Athénaïs reçut son frère, cet après-midi-là. Le dos calé sur un épais traversin, vêtue d'un déshabillé d'étoffe siamoise savamment disposé afin que la pose parût à la fois négligée, élégante et suffisamment relevée pour dévoiler ses chevilles gainées de bas de soie, elle finissait son chocolat.

Cette passion lui était venue récemment, après qu'une de ses amies lui eut assuré que l'étonnant breuvage, outre le fait qu'il facilitait grandement la digestion, éveillait aussi l'esprit. Il fallait se bien garder d'en consommer trop, au risque de voir la peau se teinter à la façon des nègres ou des sauvages d'Amérique, mais deux tasses par jour, au lever et à midi, ne semblaient pas, aux yeux de Mme Bonnet-Maurois, présenter le moindre risque d'altérer la blancheur de son joli visage.

– Mon époux ne goûte guère les boissons nouvelles, dit-elle en portant délicatement sa tasse à ses lèvres. Il a tort. Le cacao, paraît-il, rend plus aimable. En prendrez-vous un peu, Melchior ?

– Non, merci.

Percheval était habillé de velours sombre et chaussé de bottes de cuir marron. Une grande plume violette enveloppait son feutre noir. Il lui manquait des dentelles et des rubans pour lui donner l'air d'un gentilhomme, mais sa sœur le trouva suffisamment bien mis pour lui faire signe de prendre un tabouret auprès d'elle.

Il se fit un instant de silence, pendant lequel tous les deux s'examinèrent avec embarras. Athénaïs rompit le silence la première :

– Eh bien, monsieur mon frère, dit-elle sans sourire, deux visites en moins d'un mois… Je vais finir par croire que vous ne pouvez plus vous passer de ma compagnie.

– J'ai besoin de vous, en effet.

– Il fait froid, se plaignit Athénaïs en se frottant le bras. Il me tarde de sortir de cet hiver. Je compte aller à Rome dès que le temps sera au beau. Connaissez-vous l'Italie ? On dit que les printemps y sont très doux... Oh, mais achevez votre pensée, Melchior, car vous ne me l'avez pas dite tout entière.

– Je dois vous demander de remettre une seconde lettre à M. Bonnet-Maurois afin qu'il la fasse parvenir à monseigneur Depont.

– Encore une lettre ? Entendez-vous que je sollicite de nouveau mon époux ?

– Oui, madame, j'entends et j'espère.

Athénaïs s'essuya délicatement les lèvres avec son petit linge de bouche, en prenant grand soin de ne pas faire tomber sa précieuse mouche de beauté. Car la dame, à l'instar de toute l'Europe, s'était prise de cette nouvelle mode, fort inconvenante aux yeux des moralistes. En forme de lune, de demi-lune, d'étoile, de cœur, ces petites frivolités en soie noire que les femmes posaient sur leur visage poudré n'en finissaient pas se susciter commentaires, critiques et polémiques. Les passionnées la portaient au coin de l'œil, les enjouées sur la pommette, les galantes au milieu de la joue, les baiseuses au coin de la bouche, les gaillardes sur le nez, les discrètes vers le menton. Athénaïs Bonnet-Maurois, elle, avait collé sa pastille au dessus de la lèvre supérieure, à la manière des coquettes.

– Je vous ai déjà rendu ce service, dit-elle avec indifférence, je pensais que nous étions quittes.

– Il me semble que vous vous êtes rendu tout autant service à vous-même.

– Peut-être, répondit-elle, impatiente. Mais considérez que je me suis déjà bien assez compromise comme cela, sans que je veuille me compromettre encore davantage.

– Mathias Vigneules va être questionné.

Elle l'arrêta avec une nuance d'irritation :

– Que voulez-vous que cela me fasse ?

– Ne tenterez-vous rien pour lui sauver la vie ?

– Et vous ? Désirez-vous tant que l'on sache pourquoi vous vous intéressez à lui ? Mieux vaudrait que l'on ignorât qui vous êtes.

– Je pense davantage à son sort qu'au mien.

Elle eut une moue évasive :

– C'est ridicule. Maintenant, parlons d'autre chose, voulez-vous ?

– Je n'ai pas l'intention d'aborder un autre sujet que celui-ci. À la fin, m'aiderez-vous, oui ou non ?

Elle haussa les épaules lentement, avec un dédain infini, prolongé. Puis répondit d'une voix nette :

– Certainement non.

Et, devant la mine déconfite de son frère, elle précisa :

– Je croyais m'être bien fait comprendre lors de votre dernière visite. Je ne veux plus rien savoir de cette histoire. Le chapitre est clos.

Percheval serra la mâchoire. Fixant sur sa sœur un regard qui n'admettait aucune dérobade, il essaya encore une fois de la convaincre :

– Vous avez tenté d'envoyer ce pauvre garçon à trépas par deux fois. Fort heureusement pour vous, Dieu ne vous a pas tellement tenu rigueur de vos crimes. Craignez que cette fois, si vous l'abandonnez, cette dernière cruauté, qui viendra s'ajouter à vos immenses péchés, ne vous soit jamais pardonnée.

– Mes péchés ? répéta-t-elle sans battre un cil. Vous vous oubliez, Melchior. Dois-je vous rappeler qu'ils n'ont point été plus terribles que les vôtres ?

– Ne jouez pas avec le feu, madame, dit Percheval avec force.

– Que puis-je craindre ? Il n'existe pas une seule personne sur cette terre qui soit en mesure de faire le lien entre ce paysan et moi. Excepté Floriane, ma chambrière. Mais elle est morte depuis longtemps. Et vous, bien sûr. Étant tout aussi impliqué que moi, j'ose espérer que vous saurez cependant garder le silence.

– L'ancien vicaire de Malzieu, le père Boniface, sait tout, mentit Percheval.

– Je ne vous crois pas, répondit-elle avec un petit tressaillement.

– Vous avez tort.

– Comment un curé de village pourrait-il savoir ?

Percheval, qui l'avait un instant sentie faiblir, insista :

– Il sait et il pourrait bien parler…

Sa sœur se retourna pour tapoter son traversin. Elle fit de nouveau face à son frère, le visage recomposé en un masque impassible.

– Eh bien, faites-le taire, conseilla-t-elle avec un petit sourire cynique.

Percheval sentit la colère monter en lui avec la force d'une lame de fond.

– Décidément, madame, n'avez-vous aucune moralité ?

– Tout est affaire de conscience, Melchior. Je vois bien que la vôtre, qui est faible, vous tourmente à tout propos. Mais en ce qui me concerne, je n'éprouve jamais ni remords, ni honte, ni états d'âme d'aucune sorte. Et je m'en félicite.

À court de riposte, Percheval demeura un moment incertain, oscillant entre l'envie de la gifler et celle de lui tordre le cou. Il bouillait intérieurement, le visage crispé, dans une attitude si tendue qu'elle rendait menaçante l'inflexion de ses sourcils relevés sur ses tempes.

– Ne vous soucierez-vous jamais que de vous-même ?

– Je n'ai de souci que mon intérêt et le salut de ma position, que, du reste, j'ai eu quelques peines à acquérir.

– De la peine à acquérir ? ricana Percheval. En ouvrant les cuisses ?

Athénaïs observa son frère lentement, le prenant tout entier dans son regard ironique, cherchant la réplique, la phrase, le mot qui pourrait le frapper jusqu'au cœur.

– Cuisses entre lesquelles vous trouviez autrefois, je crois, quelques délices.

Percheval se raidit. Il resta quelques secondes sans voix, comme un homme sous le coup d'une commotion.

– Voilà que vous rougissez ! se moqua Athénaïs. Reprenez-vous, mon frère, je vous prie. Vous avez l'air aussi niais que la nuit où…

Elle ne put achever. Percheval s'était levé de son fauteuil, la bouche tordue dans une contraction de rage.

Empoignant soudain Athénaïs par les cheveux, il la tira violemment de son lit.

– Taisez-vous ! hurla-t-il. Ne parlez point de cette nuit, ni d'aucune autre !

Puis, sans plus se maîtriser, il serra le cou de sa sœur entre ses deux paumes. Athénaïs secoua la tête, comme une bête prise par le collet et reversa la nuque pour aspirer l'air en suffoquant.

– Je vous ordonne de vous taire ! ordonna-t-il tout contre son oreille tandis qu'il accentuait la pression de ses doigts autour de sa gorge. Misérable !

– Ah… s'étrangla Athénaïs. Iriez-vous jusqu'à occire votre propre sœur ?

– Je n'en éprouverais pas le moindre scrupule !

– Lâchez-moi !

– Allez-vous m'aider ?

– Ah… Lâchez-moi !

– Je vais vous briser le cou…

Et, comme pour accompagner sa menace, il resserra encore l'étau de sa main comme s'il espérait entendre la nuque fine craquer sous ses doigts.

Athénaïs poussa un grand cri pour alerter ses gens.

– Espèce de garce ! s'emporta Percheval. Sur ma vie, sois maudite !

Alarmés par le bruit, trois domestiques accoururent aussitôt de l'antichambre.

L'un deux, le plus robuste, s'élança vers l'avocat les poings crispés, prêt à en découdre. Mais Percheval, exaspéré, le repoussa si rudement que celui-ci alla choir dans le fauteuil.

– Canaille ! s'écria Melchior. Ne t'avise pas de recommencer ou je jure que je te tue ! Ne me fais pas verser l'ignoble sang d'un laquais !

– Allons, accoisez-vous ! implora un autre serviteur, qui redoutait les coups et espérait tenir en respect le perturbateur avec son air bonasse.

– Comment oses-tu ? rugit Percheval. Qui t'a permis d'entrer céans et de t'interposer ? Je n'en ai pas fini avec cette chienne que tu appelles ta maîtresse !

À ces mots, la valetaillle poussa d'un commun accord une ruée et saisit Percheval par les bras, l'immobilisant comme s'il avait été soudain tenu par six chaînes. Ainsi entravé, Melchior foudroya sa sœur du regard.

Celle-ci, blanche comme un linge, tenta de prendre une figure honorable devant ses gens.

– Monsieur, fit-elle en ajustant ses rabats de dentelle, d'un ton de politesse hautaine et glaciale, veuillez quitter mon logis et n'y revenir jamais. Je ne reçois que les personnes qui ont l'honneur de m'être présentées, or je ne vous connais pas.

Après avoir débité lentement cette phrase, dont chaque syllabe avait appuyé volontairement son mépris, Athénaïs de Bonnet-Maurois se retira de sa chambre.

Les domestiques, assurés qu'il était revenu à de plus sages dispositions, relâchèrent l'avocat et le prièrent de sortir de la maison sans plus faire d'esclandre.

– Madame vous a prié de ne point revenir, lui rappela le laquais chargé de le reconduire, alors qu'il franchissait le seuil.

Percheval ne dit mot, ne voulant s'avilir à répondre, pas même d'un regard.

La rage au cœur, il quitta la demeure des Bonnet-Maurois, avec la conviction qu'en effet il n'y reviendrait jamais plus. Ces deux rencontres n'avaient fait que raviver la vieille lèpre qui le rongeait depuis tant d'années et augmenter le dégoût qu'il avait de lui-même.

Lorsqu'il eut descendu les marches, il traversa la rue précipitamment en direction de la petite fontaine de pierre, en face de la maison. Il se tint immobile contre l'édicule de pierre, le visage encore rouge de fureur, les mains tremblantes. Puis il se pencha au-dessus du bassin et, recueillant entre ses deux paumes un peu d'eau glacée, il s'en aspergea vigoureusement la figure, le cou, la nuque, avec des gestes fous, comme pour se laver de sa faute, pour effacer le sceau immonde dont il avait été marqué.

Lorsque Gaultier le retrouva deux heures plus tard, il avait repris son visage ordinaire. Sa colère était tombée et son âme s'était apaisée. Rien n'aurait pu laisser deviner l'accès de rage auquel il s'était laissé aller dans la chambre d'Athénaïs. Il alla s'asseoir près du feu, comme à son habitude, posa sur ses jambes sa vieille couverture et s'absorba dans la contemplation des flammes. Il affichait à présent un regard tranquille. La sérénité avait détendu les rides soucieuses de son front et relâché l'arc de ses sourcils. Sa physionomie tout entière exprimait cette quiétude de l'esprit qui suit les grands désespoirs consolés par de sages résolutions.

– Avez-vous obtenu ce que vous souhaitiez, maître ? interrogea Gaultier en interrompant ses écritures.

– Non, répondit Percheval quiètement.

– Seigneur ! se désola son stagiaire. On a refusé de vous aider ? Mais comment allons-nous faire ?

– Nous ferons autrement, fit Melchior, sans que sa voix ne laissât deviner le moindre regret ou la moindre contrariété.

– Je ne vous trouve point trop marri, tout de même, constata le jeune homme en posant sa plume sur le bureau.

– Je ne le suis point.

– Auriez-vous une bonne nouvelle à m'annoncer ?

Percheval étendit ses mains vers l'âtre, frotta ses paumes pour les réchauffer.

– Une bonne nouvelle, non. Mais un conseil, peut-être : ne te laisse jamais envahir par la colère, mon garçon. C'est une passion qui nous rend aveugles. Or, les passions sont aussi mauvais instruments que mauvais guides.

Et il ajouta, pour mieux se faire entendre :

– L'emportement, l'orgueil, la haine ou encore la rancune sont autant de faiblesses qu'il nous faut repousser, sous peine de ne pouvoir jamais envisager une situation avec lucidité. Laisse-toi emporter par la violence de tes sentiments et celle-ci fera de toi tout ce qu'elle voudra et non jamais ce qui sera bon ou utile. Il faut étouffer nos passions car si nous leur prêtons le flanc, nous leur abandonnons notre volonté.

– Mais pouvons-nous rester insensibles à l'injustice et aux offenses qui nous sont faites ? Devons-nous plier l'échine devant les méchancetés et les cruautés dont on nous afflige, ou dont on afflige ceux que nous estimons ?

– Qui te parle de plier l'échine ou de renoncer ? Pour combattre l'injustice, Dieu nous a donné une arme bien plus utile que la passion : la raison. Rien ne sert de s'emporter. Il faut observer beaucoup et attentivement, et avancer avec réflexion. Le taureau furieux qui charge ne voit pas l'objet qu'il souhaite atteindre. L'homme qui réfléchit a toutes les chances d'arriver à son but.

– Je suppose, maître, que ces considérations s'appliquent à notre affaire ?

– C'est le cas.

Quelque désir qu'eût Gaultier d'être informé des nouveaux projets de l'avocat, comme il connaissait les façons de faire de ce dernier, il ne posa pas d'autres questions, croisa une jambe sur l'autre et attendit qu'il l'éclairât de lui-même.

– Et rien n'est plus nécessaire à notre réflexion, poursuivit celui-ci, que la connaissance de la pensée de l'autre.

Gaultier appuya son menton sur ses deux mains, posa ses deux coudes sur la table-bureau et regarda Melchior avec ce regard confiant qui lui donnait une si grande expression de naïveté.

– Nous allons reprendre toute l'affaire à ses débuts, annonça Percheval. Et démontrer que Mathias n'est point un suppôt du diable.

– Comment ferons-nous ?

– Pierre Bossuat prétend conduire son raisonnement de la façon suivante : Reyne Inguélaère est possédée par le démon. Cette possession est l'œuvre d'un sorcier. La veuve ayant accusé Mathias d'avoir provoquer la possession, celui-ci est donc sorcier. Si nous procédons ainsi que le fait notre petit juge et que nous restons dans le syllogisme, nous devons tenter de prouver que la veuve n'est point réellement possédée, et nous en déduirons, de ce fait, que Mathias n'est point sorcier.

– Cela me semble, en effet, être logique.

– Oui ? Alors, dis-moi : quelle doit être la prémisse de notre démonstration ?

– Eh bien, la prémisse doit être : « La veuve n'est point possédée. »

Percheval hocha la tête :

– Non pas. C'est justement l'erreur que j'ai faite jusqu'ici.

– L'erreur, maître ?

– Oui, l'erreur, mon garçon. Toutes mes recherches ont été conduites par la volonté de m'assurer et de prouver qu'il n'y avait point d'infection démoniaque. Et j'y suis parvenu. Cependant, qu'y ai-je gagné ? Rien. Et je ne me trouve point avancé pour autant. Même si je suis convaincu, à présent, que Reyne souffre de mélancolie et que c'est cette fâcheuse maladie, ajoutée à sa haine pour Mathias, qui explique ses convulsions et ses accusations calomnieuses, cela ne m'est d'aucune utilité.

– Pourquoi ?

– Parce que Bossuat pourrait toujours m'objecter que conviction n'est pas certitude, puisqu'elle relève de l'opinion. L'on pourrait donc m'opposer que mes conclusions sont mal fondées. Ainsi, la prémisse de ma démonstration ne doit plus être : « La veuve n'est point possédée. »

– Alors quelle doit-elle être ?

– Désormais, la prémisse de ma démonstration doit être : « Guy Vasseur a été empoisonné. »

Gaultier plissa les yeux.

– Je ne vous entends plus si bien, maître… Vous disiez il n'y a pas si longtemps que l'empoisonnement n'avait jamais été prouvé.

– Certes et nous ne pouvons donc considérer cette proposition comme une vérité première. Car ce n'est point une chose dont l'évidence nous apparaîtrait clairement et distinctement, en s'imposant d'elle-même à notre raison. Étant donné que n'avons point la certitude de cette chose, nous ne pouvons l'accepter pour prémisse à notre déduction, ni comme une vérité première ni même comme une vérité de fait, puisque le fait en question n'a point été vérifié.

Cette fois, Gaultier ouvrit une bouche toute grande et le regarda, un peu perdu.

– Maître, se lamenta-t-il, je n'y entends plus rien du tout ! Si nous ne pouvons vérifier que Guy Vasseur a été empoisonné, comment pouvons-nous en faire le point de départ de notre démonstration ?

Percheval sourit.

– Nous le pouvons. En considérant tout simplement ce fait comme vraisemblable. Et cela est suffisant.

– Vraisemblable ? Et qu'est-ce qui le rend probable ?

– La veuve Inguélaère a déclaré que son mari avait avalé un poison mortel. Le père Jérôme le pense également. Sans oublier Moïse Nature, le chirurgien, qui a confirmé la chose. Quant à Pierre Bossuat, et cela est le plus important, il considère lui aussi le fait comme indiscutable.

– Je vois…

– Ainsi, je puis donc moi-même accepter l'affirmation « Guy Vasseur a été empoisonné », sans que personne, pas même Bossuat, n'y apporte objection et en faire le premier principe de ma nouvelle démonstration.

– Bien, fit Gaultier des Périers, un peu dubitatif. Alors, considérons que la prémisse « Vasseur a été empoisonné » est valable. À quoi cela va-t-il nous mener ? Quel intérêt cela présente-t-il ? Ne risquons-nous pas au contraire de conforter le juge Bossuat, lequel est déjà convaincu de l'empoisonnement, donc du crime de sorcellerie ?

Percheval lui fit signe de venir s'installer plus près, en lui désignant du doigt le second caquetoire. Le jeune homme, ravi de quitter le cuir dur de son siège à dossier, s'empressa de le rejoindre au coin du feu.

– J'ai lu, il y a peu de temps, un ouvrage admirable, appelé *Discours de la méthode*. Il a été rédigé par un certain monsieur Descartes.

– Un juriste ?

– Un penseur. Pour bien raisonner, ce monsieur Descartes nous conseille de conduire nos pensées par ordre, en commençant par les objets les plus simples et les plus aisés à connaître, et de monter peu à peu, par degré, jusqu'à la connaissance des plus complexes, en supposant qu'il existe un ordre entre eux, et même entre ceux qui ne se précèdent point naturellement les uns des autres. Cela n'est pas dénué de bon sens.

– Procéderez-vous ainsi ?

– J'ai déjà procédé ainsi. Écoute-moi bien : Vasseur a été empoisonné le soir où il s'est rendu chez Mathias pour ramener une rapière. Mais Mathias n'ayant point mangé en sa compagnie, je peux en déduire, premièrement, que Vasseur n'a point été empoisonné par Mathias mais par quelqu'un d'autre. Et je peux en déduire, secondement, que Guy Vasseur a menti à sa femme puisqu'il lui a affirmé être resté à souper chez Mathias. J'en déduis, troisièmement, que Vasseur voulait garder secrète l'identité de celui avec qui il a mangé ce soir-là et que les deux gaillards se tenaient suffisamment en amitié pour partager leur repas. J'en déduis, par ailleurs, que celui qui a occis Vasseur ne l'a certainement pas fait sans bonnes raisons. J'en déduis, quatrièmement, que ce meurtre et la possession de Reyne ne peuvent être liés en aucune façon.

– L'empoisonnement, selon vous, n'aurait aucun rapport avec l'infection démoniaque dont souffre la veuve ?

– J'en suis persuadé. Les deux faits ne sont nullement associés entre eux, car cela n'entre pas dans l'ordre de ma démonstration.

– Oh…

– S'ils se sont trouvés liés, cela est simplement par le fait d'un enchaînement de circonstances hasardeuses.

– Pourriez-vous être plus clair, maître ?

– Je dis que l'assassin n'a certainement pas imaginé les conséquences de son geste, lorsqu'il a administré le poison à Vasseur. Comment l'aurait-il pu d'ailleurs ? Comment aurait-il pu deviner que la mort de Vasseur aggraverait la mélancolie de Reyne, au point que celle-ci se déclarerait possédée et qu'elle chargerait son beau-frère du crime qu'il était en train de commettre ? Pas plus qu'il ne pouvait se douter qu'un petit juge confit en diableries viendrait fourrer son nez dans cette histoire et que les habitants de Malzieu profiteraient de cette aubaine pour régler leurs comptes avec Mathias, qu'ils ont toujours jalousé, et pour nuire à sa renommée. Cela étant posé, je dois désormais faire en sorte que ce lien serve ma démonstration.

– Comment ?

– Lorsque j'aurai découvert lequel des habitants de Malzieu a empoisonné Guy Vasseur et pourquoi il l'a fait, je serai en mesure d'apporter la preuve qu'il n'y a point eu meurtre par usage de maléfice et donc qu'il n'y a point de sorcellerie dans cette affaire. Et, par une ultime déduction, que Mathias ne peut être soupçonné d'accointance avec le Diable.

Gaultier, qui avait écouté avec une attention profonde, s'absorba un instant dans ses propres pensées, puis afficha une moue perplexe :

– Et de quelle façon comptez-vous découvrir le véritable meurtrier de Guy Vasseur et les raisons qui l'ont poussé à commettre son assassinement ?

Percheval se rapprocha de lui.

– Il n'y a point de diableries à Malzieu, mon garçon, si ce n'est dans le cœur de ses habitants. C'est donc là qu'il va me falloir les dénicher. Je ne puis ressusciter le mari de Reyne et lui arracher le secret de sa mort. Mais je puis toujours faire parler les vivants.

XV

« Tout homme est menteur » (psaume CXVI, 11)

Percheval et Gaultier retournèrent dans les Ardennes trois jours plus tard, faisant halte à Mouzon pour dormir. Lorsqu'ils reprirent la route au petit jour, ils découvrirent les chemins fort enneigés. Les flocons tombaient si gros et si serrés qu'en arrivant à l'entrée de Malzieu, un peu avant midi, ils distinguèrent à peine les premiers toits des bâtisses, recouverts d'une épaisse couche blanche.

Gaultier, qui envisageait déjà avec un certain désagrément l'idée de dîner à l'auberge infecte du Merle noir, s'inquiéta de s'y trouver retenu pour la nuit si la neige continuait de choir aussi abondamment. Percheval, moins affecté par le mauvais temps et les infortunes qu'il pouvait laisser présager, avançait quiètement. Tandis qu'ils finissaient de franchir le vieux pont, l'avocat arrêta sa monture un instant. Le jeune des Périers, l'imitant, lâcha la bride de sa jument.

– Par où allons-nous commencer ?

– Tu devrais me demander : par qui.

– Par la veuve Inguélaère ?

– Non, nous allons d'abord rendre visite au prêtre de la paroisse, le père Jérôme.

– Devrais-je l'interroger, moi aussi ?

– Sais-tu seulement ce que tu aurais à lui dire ?

– Certes non, avoua Gaultier. Je ne sais même pas ce que vous êtes venu chercher ici. Je me souviens de votre intention « de faire parler les vivants », mais je n'entends point comment vous comptez y parvenir, ni ce que vous espérez découvrir.

Percheval talonna son cheval et se remit au pas dans le chemin enneigé.

– C'est dans les choses qui nous semblent *a priori* peu conséquentes que l'on trouve le plus souvent matière à nourrir notre réflexion, déclara-t-il. Nous passons à côté de faits ordinaires qui relèvent du commun ou de l'habitude, sans prendre la peine de les bien considérer et de nous interroger sur leurs causes et leurs conséquences. Et de fait, ce qui nous apparaît souvent comme un mystère très singulier n'est parfois rien d'autre qu'une suite d'événements simples, d'incidents insignifiants, que nous ne prenons pas le temps de relier entre eux afin de leur donner un sens.

Gaultier tordit sa bouche dans une grimace circonspecte.

– Veux-tu bien regarder ce marronnier, demanda Percheval, et me le décrire ?

– Que puis-je vous dire, maître ? C'est un marronnier très ordinaire. Son tronc est large, de couleur brun foncé. Il a perdu toutes ses feuilles. Je ne vois rien qui le distingue des autres marronniers.

– C'est là où tu te trompes. Et ton raisonnement est doublement erroné. Premièrement, il n'y a pas, de par le monde, deux arbres, deux mottes de terre, deux animaux, absolument semblables. Chaque chose est unique et se différencie par une particularité qu'il nous faut discerner à force d'attention. Secondement, l'image que nous avons d'une chose dépend de l'endroit à partir duquel nous la regardons. Si tu t'étais trouvé de l'autre côté du chemin, tu aurais vu que ce marronnier n'est pas comme les autres, car la face cachée de son tronc a été en partie brûlée et noircie par la foudre…

– Mais quel rapport cela a-t-il avec notre enquête ?

– Si nous voulons trouver le meurtrier de Guy Vasseur, il nous faudra exercer notre raisonnement de cette manière : ayons toujours à l'esprit que les faits, si on les considère trop hâtivement, peuvent avoir l'air d'indiquer nettement une chose, mais que si l'on change de point de vue, ils peuvent nous indiquer, de façon moins nette, quelque chose de tout à fait différent. Et enfin, qu'il n'est pas d'écheveau inextricable qu'un homme de bon sens ne puisse démêler. Dans cette affaire, il nous faudra tout ouïr, tout observer et tout retenir, même les détails sans importance, pour comprendre ce qui échappe à notre entendement. Ensuite, il nous faudra rassembler les informations recueillies et les ordonner entre elles, pour trouver une signification à leurs enchaînements et afin qu'elles nous conduisent à la vérité.

Gaultier, qui avait auparavant et si souvent, eu tant de raisons, de reconnaître la subtile puissance de raisonnement de l'avocat, n'en resta pas moins, cette fois, assez dubitatif. Ces théories, pour intéressantes qu'elles fussent, ne satisfaisaient guère son besoin de réponses claires et concrètes. Aussi, demanda-t-il encore :

– Pourquoi allons-nous rendre visite à ce prêtre ?

– La semaine passée, j'ai découvert par hasard, dans la remise de Reyne Inguélaère, une cachette qui renfermait plus de dix livres, ainsi qu'un calice et une monstrance.

– Et vous pensez que Guy Vasseur a volé ces objets dans l'église de Malzieu ?

– Probablement. Le nouveau vicaire aura peut-être quelque chose à nous dire à propos de ce larcin…

***

La vie du père Jérôme aurait pu continuer à s'égrener longtemps entre les hauts murs du couvent des frères Augustins si ses dons pour l'étude, sa foi ardente mais surtout son talent pour la prédication n'avaient décidé l'abbé de Quernois à le conduire jusqu'à la prêtrise au lieu d'en faire un simple religieux.

Lorsque le père Boniface avait abandonné son ministère pour repartir dans le monde, l'abbé, qui avait à charge de nommer, n'avait pas hésité un seul instant, et son choix s'était tout naturellement porté sur son protégé. Non seulement le frère Jérôme était, de tous les moines, le plus versé en théologie et en latin, mais il était également d'une chasteté et d'une piété sans tache. De surcroît, le jeune régulier avait toujours affiché son aversion pour les superstitions et les pratiques païennes du petit peuple des campagnes. Autant de qualités qui avaient fait cruellement défaut à son prédécesseur et qui apparaissaient indispensables pour encadrer les habitants de Malzieu.

Ces derniers avaient d'ailleurs accueilli leur nouveau pasteur avec une triste figure et de bien mauvaises manières lorsqu'il s'était présenté dans la paroisse pour remplacer le vieux clerc indigne. Et un grand nombre d'entre eux continuaient de regarder avec des yeux intrigués ou craintifs ce jeune vicaire si différent du père Boniface, différent non seulement par ses cheveux bruns qu'il coupait très court au dessus de ses oreilles et qu'il avait troués en leur milieu par la symbolique tonsure, mais également par sa soutane de bure, dont les plis raides et profonds, comme les cannelures d'une colonne, lui donnaient quelque chose de sculpté, de hiératique, de presque inhumain.

Lorsque Percheval et Gaultier entrèrent dans l'église, ils le trouvèrent agenouillé devant le maître-autel.

Le bruit de leur pas résonna sur le pavé, mais le père Jérôme n'interrompit pas pour autant sa prière. Il fallut que Percheval toussât un peu fort pour qu'il consentît à tourner vers les deux visiteurs son regard noir. Cependant il ne fit pas un seul pas pour les accueillir et resta courbé devant la sainte table, dans une attitude de recueillement intense.

– Bonjour mon père, dit Percheval.

Le jeune vicaire ne put continuer à ignorer plus longtemps leur présence et se leva, serrant entre ses mains son missel.

– Nous venons nous enquérir des nouvelles de la femme Inguélaère.

Le père Jérôme ne fit aucun commentaire, seulement un vague mouvement de la tête et du corps, et le frôlement de sa soutane sur les dalles vint rompre le silence de la petite église.

– Le Diable la tourmente-t-il toujours ?

– J'ai le souvenir que vous étiez présent lors de l'exorcisme. Vous avez donc vu, de vos propres yeux, que le pouvoir du Tout-Puissant l'avait chassé.

– Je n'ai vu que ce qu'elle a bien voulu nous donner à voir.

Le père Jérôme s'éloigna vers le bas-côté. Une grosse corde de chanvre tombait de la voûte sur les dalles, près du confessionnal. Après en avoir saisi le nœud, le prêtre s'y suspendit de tout son poids afin de faire basculer la cloche.

Tandis qu'il s'affairait ainsi à sonner l'angélus, Percheval franchit le chancel et s'approcha du grand crucifix qui avait attiré son attention, le jour de l'exorcisme de Reyne.

La statue, haute de quatre pieds, trônait sur une petite table de pierre rudimentaire entourée d'une balustrade de bois. Son visage et ses pieds barbouillés d'ocre ne semblaient point trop avoir souffert de l'usure du temps, mais pour le reste de son corps, il était difficile d'en juger, car il était toujours entièrement dissimulé sous son linge blanc.

– Pourquoi avez-vous recouvert le corps du Christ ? demanda-t-il au vicaire lorsque celui-ci eut fini de sonner la cloche.

Constatant qu'il avait pénétré dans le chœur, le père Jérôme lui jeta un regard irrité et lui fit signe de repasser la clôture. Mais Percheval ignora l'avertissement.

– Pourquoi ce linge ? insista-t-il.

– Pour cacher la nudité de notre Seigneur, répondit sèchement le père Jérôme en allant retirer un cierge de la herse.

Melchior souleva l'étoffe qui couvrait la statue et dévoila, au-dessous des côtes saillantes et du ventre creusé, un pagne dont les plis sculptés cachaient parfaitement tout ce que la pudeur aurait pu réprouver.

– Le Seigneur n'est pas nu, fit-il remarquer.

– Il est à demi nu, répliqua âprement l'ecclésiastique, et cela suffit à faire de lui un être de chair.

– Jésus fut homme, mon père, crut bon de lui rappeler Percheval.

Le vicaire brandit la longue chandelle de cire qu'il tenait dans sa main :

– Non. Le Fils procède du Père et il est de même nature.

– L'Église ne nous interdit-elle pas de privilégier sa nature divine aux dépens de sa nature humaine ?

Le clerc ignora la question et vint reprendre son missel sur l'autel.

– Je n'ai fait qu'obéir à ses volontés, dit-il.

– Oh… Le Christ vous aurait-il mandé de l'habiller ce matin ? s'étonna Percheval.

– Le Seigneur n'a point besoin de mander, rectifia aussitôt le père Jérôme d'un ton aigre. Ceux qui l'aiment et le connaissent savent instinctivement ce qu'il désire et suivent ses commandements. Dieu parle à l'esprit par ses lumières et au cœur par ses inspirations Ainsi, je sais que notre rédempteur n'apprécie guère que l'on expose son torse et ses cuisses aux regards de toutes les créatures sensuelles et impudiques qui entrent dans cette église.

Gaultier des Périers dirigea son regard vers le troisième autel. Celui-ci, consacré à la Sainte Mère, était surmonté d'une charmante représentation de Marie, faisant pendant au Christ agonisant. Debout, dans sa robe bleue aux plis amples, les mains tendues, la madone les regardait avec une expression d'une ineffable douceur. Un mince rayon de soleil, égaré par hasard dans l'obscure église, rehaussait la pâleur de son visage et l'éclat de son voile en plâtre doré. Percheval, suivant le regard de son stagiaire, observa à son tour la statue de la Sainte Vierge et s'aperçut qu'on avait noué sur ses épaules et sa gorge un petit morceau d'étoffe en manière de châle.

– Et Notre-Dame ? fit-il en haussant les sourcils. Avait-elle les tétins à l'air pour que vous la couvriez de même ?

Le père Jérôme serra nerveusement ses doigts sur son missel :

– Celui qui a sculpté cette image de la Vierge a commis un grand péché en échancrant ainsi son corsage.

– Le décolleté ne doit pas être très audacieux, supposa l'avocat. L'artiste n'a sans doute découvert que les épaules…

– La chair, que ce soit celle des épaules ou d'un sein, appelle la tentation, donc le mal, riposta le vicaire. Mes paroissiens sont harcelés à chaque instant par le Diable. Je ne puis espérer sauver leur âme en exposant sous leurs yeux un Christ à demi nu et une Sainte Mère dépoitraillée.

Percheval l'envisagea avec étonnement :

– La nudité vous fait-elle si peur, mon père ?

– Dieu exècre la nudité. Rappelez-vous qu'il a maudit Cham et sa descendance pour avoir raillé Noé alors qu'il était nu.

– Adam, le premier homme, n'a-t-il pas été créé dans le plus simple appareil ?

– Certes, mais après l'avoir chassé du jardin d'Eden, Dieu lui a imposé de se couvrir.

– Alors pourquoi Dieu, si chaste, a-t-il permis que l'on mette son fils nu sur la croix ? s'informa à son tour Gaultier avec un air d'innocence.

Le prêtre réprima un geste d'impatience.

– Notre Sauveur n'était certainement pas sans vêtements lorsqu'il endura la Passion, objecta-t-il sèchement.

– Nous savons que les Romains déshabillaient les condamnés pour les crucifier, lui rappela Percheval.

– En ce qui concerne notre Seigneur, la chose est impossible.

– C'est pourtant ce qu'a toujours affirmé saint Jean Chrysostome, renchérit l'avocat.

– Le Christ n'était pas nu lorsqu'il fut mené au Golgotha, contra le vicaire. Les larrons l'étaient, lui, non. Notre Sauveur n'aurait jamais accepté d'apparaître dévêtu devant sa très chère Mère et les autres saintes femmes.

– Je ne pense pas que ses exécuteurs lui aient donné le choix.

Melchior le vit trembler légèrement, comme si ses paroles avaient soulevé en lui une vague d'indignation. Le voyant ainsi troublé, il n'en continua pas moins sur ce terrain :

– Si Jésus n'était pas nu, fit-il, alors pourquoi les Écritures nous enseignent-elles que, *« dès la sixième heure, les ténèbres s'étendirent sur la terre »* ? N'est-ce pas parce que la nuit fut le premier voile de Jésus sur la croix ? Cette interprétation ne serait pas contraire aux visions de saint Anselme, qui prétend que, parvenue au calvaire, Marie a ôté son voile pour recouvrir les hanches de son fils.

Le père Jérôme fit claquer sa langue :

– Les visions de saint Anselme n'appartiennent qu'à lui.

Gaultier s'immisça de nouveau dans la conversation :

– Je ne puis l'affirmer avec certitude, mon père, n'étant guère versé en théologie, mais il me semble également que le Christ était pareillement nu lorsqu'il s'immergea dans les eaux du Jourdain…

Le vicaire tourna vers lui un visage hautain :

– Le Christ, lorsqu'il fut baptisé par Jean-Baptiste, était comme Adam avant la faute originelle : il n'avait pas conscience de son état. Ce n'est que lorsqu'il s'est chargé de nos péchés qu'il a perdu l'innocence de la nudité. C'est la raison pour laquelle il est impensable qu'il ne fût pas habillé au moment de sa mort.

Percheval jeta à Gaultier un regard en biais et abaissa les paupières, signe qu'il désirait changer de sujet.

– Père Jérôme, dit-il, j'aimerais vous poser une question qui n'a rien à voir avec la nudité de notre Seigneur : vous manque-t-il des objets liturgiques ?

Le prêtre eut une réaction à peine perceptible, comme un tressaillement, qui n'échappa pas à Percheval.

– Non, lâcha-t-il.

– En êtes-vous certain ?

Le clerc se dirigea vers l'autel et s'agenouilla devant le tabernacle posé en son centre. Il ouvrit le petit coffre de bois et en sortit le récipient où il conservait les hosties consacrées.

– Voici le ciboire.

Percheval se souvenait précisément de ce qu'il avait trouvé dans la remise de Reyne, en particulier du vase, ou plutôt de la coupe, décorée d'un liseré d'argent.

– Ce n'est pas au ciboire que je songeais, précisa-t-il, mais plutôt au calice. Pourriez-vous me le montrer ?

Le père Jérôme lui désigna du doigt un calice en métal de facture assez pauvre, posé sur l'autel.

– Voyez : le calice est là.

L'avocat resta un moment sans parole. S'il n'avait vu, à cet instant, le prêtre baisser le front, sous le coup d'une gêne évidente, il n'aurait sans doute pas insisté. Une voix intérieure, comme une intuition secrète, le poussa à prêcher le faux pour découvrir la vérité.

– Et l'autre ? demanda-t-il avec une feinte assurance. Ce n'est point à celui-ci que je faisais allusion, mon père.

Le père Jérôme déglutit.

– Quel autre ?

– Mais celui que l'on vous a volé. Et que vous avez été contraint de remplacer.

Le vicaire tourna légèrement la tête et ferma brièvement les yeux.

– J'en possédais un autre, c'est vrai. Et celui-là, en effet, a disparu.

– Oh… Et, depuis quand ?

Il eut une hésitation qui sembla très longue, trop longue, à Percheval.

– Quelques semaines.

– Et la monstrance ? interrogea encore Melchior. Vous l'a-t-on volée aussi ?

– Oui, la monstrance m'a également été dérobée.

– Quoi d'autre ?

– Seulement ces deux objets.

– Et qui a pu commettre ce larcin, d'après vous ?

Percheval considéra le père Jérôme avec attention, s'imprégnant de toutes les émotions qui passaient discrètement et successivement sur son visage avant qu'il ne reprît son masque de froid dédain.

– Comment le saurais-je ? Il s'agit probablement d'un de ces mécréants qui profanent les saints temples pour se moquer des prêtres et de la religion. Il n'est pas un sacrilège qui les arrête.

– Mais ce mécréant n'a volé ni les burettes ni le goupillon. Il n'a pris que les objets précieux.

– C'est un bien grand mot, fit le père Jérôme en haussant les épaules. Le calice et la monstrance n'étaient ni en or ni sertis de joyaux. S'ils étaient précieux, ce n'était que de par leur fonction.

– N'avaient-ils vraiment aucune valeur marchande ?

L'autre tendit les bras vers l'autel, montrant la vieille nappe qui le recouvrait, reprisée en maints endroits, si élimée qu'elle laissait apparaître la pierre, et le chandelier en cuivre, piqué de taches vertes.

– Aucune. Regardez donc cette église : y voyez-vous seulement une chose qui puisse exciter la convoitise d'un larron ?

– Alors pourquoi les a-t-on pris ?

– Je vous l'ai dit : ceci est l'œuvre d'un misérable impie. Il y a dans ce village beaucoup d'hommes et de femmes qui doutent de l'existence de Dieu et de sa providence. N'importe quel maraud a pu voler ces objets sacrés.

– À vous écouter, vous êtes tombé dans une triste paroisse...

Au même moment, la porte de l'église s'ouvrit, laissant apparaître deux jeunes filles de Malzieu. Deux plantes mignonnes qui ne devaient pas avoir plus de quinze ans mais qui semblaient déjà bien précoces, élevées au grain et poussées au grand air, avec de bonnes joues rouges, des cheveux blonds comme l'avoine et des bouches rondes, pareilles à des baies de sureau. Percheval vit que la plus grande avait dégrafé les premiers lacets de son corset à manches et qu'elle avançait avec un déhanchement insolent, en riant trop fort. L'autre pouffait et se tordait en lui emboîtant le pas. Toutes les deux avaient ôté leurs guimpes et retroussé leurs jupes au dessus de leurs chevilles. Cette gaîté malicieuse pénétra soudain dans l'austère église comme un souffle de vie. Mais lorsque les deux petites gueuses virent que le prêtre n'était pas seul et qu'il les observait de son air farouche, elles se turent aussitôt et filèrent se cacher derrière le confessionnal.

– Tenez-vous sages dans la maison du Seigneur ! leur cria le vicaire d'une voix dure.

Puis, répondant à Percheval avec un mélange de dégoût et de colère :

– Une triste paroisse ? Vous ne croyez pas si bien dire. Ces paysans ont reçu pour la plupart le baptême, mais ils n'en restent pas moins des idolâtres, pétris de superstitions et de vices.

Ses doigts s'enfoncèrent dans les plis de sa robe longue puis vinrent aplatir son rabat dans un geste nerveux.

– Des païens qui traînent les pieds pour venir à confesse, blasphèment le Créateur, refusent sa chair et son sang, volent, mentent, forniquent tant qu'ils peuvent, et cela sans crainte du châtiment de Dieu. Ils viennent à la messe avec leurs poules et leurs chiens, ils crachent et s'embrassent dans ce sanctuaire sans éprouver la moindre honte. Si je ne les surveillais pas, ils boiraient l'eau du bénitier et se moucheraient dans le purificatoire. Il n'y a pas deux jours, Joseph Surgis, le forgeron, après avoir communié, m'a demandé ce que devenait l'hostie, une fois avalée. Il pensait qu'elle était digérée avec les autres aliments et évacuée par le fondement. Il était convaincu que le corps du Christ se mêlait à ses excréments…

Gaultier des Périers se retint de sourire. Le père Jérôme embrassa son livre de prières.

– Avez-vous d'autres questions à me poser ?

– Une dernière, fit Percheval : comment se fait-il que vous n'ayez point été surpris en apprenant que j'avais eu connaissance de ce vol ?

– Je suppose que l'un de mes paroissiens aura remarqué que j'avais remplacé le calice et la monstrance et qu'il vous en a parlé. Pourquoi devrais-je en être étonné ?

– Personne ne m'a rien dit, mon père. Il se trouve que j'ai retrouvé ces objets.

Cette fois le vicaire ne put dissimuler son embarras. Sa mâchoire se contracta, pinçant ses lèvres en une ligne dure.

– Où cela ?

– Dans la remise de Reyne Inguélaère. Bien cachés au fond d'un trou.

Un silence pesant s'abattit dans le chœur, interrompu seulement par les chuchotements des deux filles toujours cachées derrière le confessionnal.

– Guy Vasseur n'était ni un honnête homme ni un très bon chrétien, lâcha le père Jérôme en reprenant quelques couleurs. Je ne suis pas surpris qu'il se soit introduit dans mon église pour me voler ce qu'il pensait pouvoir revendre à bon prix.

– Mais vous disiez à l'instant que ces objets n'avaient aucune valeur…

– Il faut croire que Guy Vasseur aura pensé le contraire.

Percheval secoua la tête.

– Mon père, le mari de Reyne ne peut pas être l'auteur de ce vol. Sans offenser la sainte doctrine de la résurrection, je ne pense pas que cet homme soit revenu d'entre les morts pour vous prendre ces objets. Vous avez affirmé que le vol avait eu lieu il y a quelques semaines de cela. Or, Vasseur a été enterré il y a plus de six mois.

Le prêtre rougit de nouveau mais ne laissa rien paraître d'autre de sa confusion.

– J'ai dit cela ?

– Certainement.

– Eh bien, c'est que je n'ai guère la mesure du temps. Maintenant que vous me le faites remarquer, il me semble en effet que le vol remonte à bien plus longtemps. Oui, je m'en souviens à présent : le calice et la monstrance ont disparu après les fêtes de la Pentecôte.

– Alors ce peut-être effectivement Vasseur, dit Percheval en jouant l'indifférence.

Le père Jérôme fit disparaître ses deux mains dans les manches de sa soutane et hocha la tête.

Melchior s'inclina légèrement :

– Je vous remercie, mon père, d'avoir bien voulu répondre à mes questions.

Mais, tandis qu'il se détournait pour partir, la voix du vicaire l'immobilisa :

– En ce qui concerne ce vol, je crois inutile d'en informer les autorités. Guy Vasseur a laissé derrière lui quatre femmes dans la misère, inutile d'en rajouter à la peine de ces miséreuses. Il ne me semble pas nécessaire non plus de parler de cette affaire aux gens du village : les esprits sont suffisamment troublés par l'infection démoniaque dont souffre Reyne.

Percheval le considéra avec une curiosité nouvelle :

– Justement, mon père, y aurait-il un rapport entre ces deux faits ? Entre le vol des objets consacrés et la possession de Reyne ?

– Satan peut faire mouvoir les objets et les déplacer d'un lieu à un autre, mais peut-être pas de mon église au hameau du Gros Chêne, répondit le vicaire avec hauteur. Il s'agit d'un simple vol, inutile d'y mêler le Diable. J'irai chez Reyne et je lui réclamerai moi-même la restitution du calice et de la monstrance.

– Ainsi soit-il, fit Percheval avec une parfaite et insidieuse humilité, qu'on eût pu prendre pour de l'ironie.

***

La neige avait recouvert le parvis de la petite église. Gaultier dut se tenir au mur pour ne pas glisser en sortant.

– Qu'en pensez-vous, maître ?

– Que tout homme est menteur. Y compris le père Jérôme.

Gaultier l'enveloppa de son regard curieux et fronça le nez.

– À force de démêler les chicanes des uns et des autres, expliqua Percheval, j'ai appris à reconnaître le vrai du faux. Je sais aussi, par expérience, que les vices, et surtout le mensonge, prennent parfois les traits des vertus. C'est la raison pour laquelle il est difficile de les démasquer.

Ils dénouèrent les brides de leurs chevaux, retenues à l'anneau fixé dans le mur de l'église.

– Le père Jérôme a d'abord prétendu que ni le calice ni la monstrance ne lui manquaient, poursuivit l'avocat. N'importe qui aurait pu mettre cet oubli sur le compte d'un esprit davantage attaché aux choses célestes qu'aux bien terrestres, fussent-ils des objets consacrés. Mais lorsqu'il a feint de se remembrer qu'on lui avait effectivement dérobé ces objets, notre jeune vicaire s'est trompé sur la date du vol. Étrange, non ? Il a ensuite affirmé que le vol ne pouvait être d'origine crapuleuse, étant donné l'extrême pauvreté de son église et de son mobilier.

– Qu'en déduisez-vous ?

– Que, premièrement, il a cherché à nous cacher ce vol. Que, deuxièmement, afin que nous ne puissions pas le relier à Vasseur, il nous a délibérément induits en erreur en prétendant que le fait s'était produit il y a quelques semaines seulement. Que, troisièmement, il a volontairement minimisé l'importance du vol, alors que je sais pertinemment, pour l'avoir vu de mes propres yeux, que le calice n'était certainement pas sans valeur, comme il le prétend. Trois gros mensonges qui n'en font qu'un seul.

– Et quelle est votre conclusion ?

– Je ne puis rien conclure. Il serait dangereux de raisonner sur ces seuls faits. Cependant, je puis soulever une hypothèse : si le père Jérôme a cherché à cacher la disparition des objets liturgiques c'est peut-être, tout simplement, parce qu'ils n'ont jamais été volés.

Gaultier s'étonna :

– Entendez-vous qu'il aurait lui-même donné à Guy Vasseur le calice et la monstrance ?

– C'est une possibilité que nous pouvons envisager.

– Pourquoi aurait-il fait cela ?

– Je l'ignore, mais je compte bien le découvrir.

Le jeune homme se hissa avec agilité sur le dos de sa jument.

– Et maintenant, que faisons-nous, maître ? Allons-nous chez la possédée ?

– Je vais m'y rendre seul. Toi, tu peux m'être utile à autre chose.

Gaultier maîtrisa, d'une petite grimace des lèvres, une appréhension vague.

– Je me trompe peut-être, fit Percheval en sautant à son tour sur le dos sa monture, mais j'ai certaines raisons de penser que le père Jérôme est un ancien moine.

– Qu'est-ce qui vous le laisse penser ?

– Ses gestes, mon garçon. N'as-tu point remarqué que par deux fois, il avait glissé ses mains dans les manches de sa soutane, ainsi que le font généralement les religieux dans leur scapulaire ?

– Je n'y ai pas prêté attention sur le moment... maintenant que vous le dites, je crois que vous avez raison.

– Si le père Jérôme a été moine, alors ce ne peut être qu'à l'abbaye du Quernois, conclut Percheval. Celle-ci est située non loin d'ici. Tu pourrais t'y rendre et interroger ceux qui l'ont connu…

Gaultier plissa les yeux :

– Maître, pourquoi portez-vous tant d'intérêt à ce prêtre ?

– Parce qu'il nous a menti, répondit gravement l'avocat en talonnant son cheval. Et l'on ne ment jamais sans raison. En outre, c'est la seule personne qui, pour le moment, m'apparaît directement reliée à Guy Vasseur. Je n'ai pas d'autre piste à suivre pour l'instant.

Gaultier, au contraire de la faire avancer, retint sa jument d'un geste nerveux.

– On ne rentre pas dans un monastère comme dans un moulin, s'alarma-t-il. Comment ferai-je pour m'y introduire ? Et sous quel prétexte ?

Melchior Percheval sourit :

– Tu trouveras. Tu as deux lieues à parcourir pour te rendre à l'abbaye. Tu auras donc tout le temps d'y réfléchir.

***

À peine Percheval et Gautier furent-il sortis de l'église que les deux filles quittèrent l'abri du confessionnal pour venir saluer le père Jérôme.

Elles s'approchèrent du maître-autel, l'œil luisant, battant des cils, ondulant fort des hanches, montrant, dans leur plus gracieux sourire, leurs dents, larges et carrées, de jeunes génisses.

Trois fois par semaine, elles venaient balayer la nef et épousseter les saintes tables, se proposaient de laver le corporal ou le manuterge, se disputaient l'honneur de faire briller la patène ou de racler le sol de la sacristie.

En les voyant venir avec leur air effronté, le vicaire se plia dans une génuflexion et se signa à haute voix. Puis, il dévisagea sévèrement les deux bachelettes qui l'observaient en minaudant et fronça les sourcils :

– Je n'ai pas besoin de vos services. Allez, retirez-vous ! Rentrez chez vous !

Et, comme elles hésitaient à prendre la fuite, même devant son courroux, il s'emporta pour de bon :

– Retournez à vos poules ! Et couvrez donc vos gorges !

Puis, avec un air grave, il tendit les mains vers elles :

– *Dominus vobiscum, et cum spiritu tuo.*

Alors, elles tournèrent les talons, dépitées et boudeuses, raclant leurs sabots usés sur les dalles de l'église.

Dès qu'elles eurent quitté les lieux, le père Jérôme sortit à son tour et s'arrêta sur le seuil. Il s'adossa contre un des vantaux de la porte et leva les yeux vers le ciel. Les nuages continuaient d'abaisser leur masse compacte sur la terre comme une voûte de plomb. Au-delà des toits, le jeune vicaire contempla les champs stériles, dont la neige avait effacé les contours, et la vision de ce long et triste suaire blanc apaisa momentanément son esprit. Mais lorsqu'il embrassa du regard la grand rue du village, avec son alignement de misérables chaumières faites de torchis et de rondins, jetées le long du chemin comme des débris, tassées entre leur fumier et leur courtil, un profond dégoût lui souleva le cœur.

Les hommes et les femmes s'étaient extirpés de leurs masures pour venir commérer ou musarder sur les perrons, réparer leurs outils, sortir leur volaille et leur marmaille.

Une bande de gamins avait fait une ronde autour de quelques filles, leur jetaient des boules de neige pour les faire rire, s'amusant de les voir relever leur robes pour courir et montrer leurs jambes.

Malzieu grouillait et palpitait de vie, de cette vie qui lui faisait horreur, qui enfonçait cruellement dans son âme le souvenir et le regret du cloître, la nostalgie de son ancienne solitude. Qu'avait-il de commun avec ces rustres qui parlaient fort, qui pissaient contre les murs comme leurs chiens, qui crachaient, s'accouplaient, faisaient de chacun de leurs gestes un blasphème ?

Il posa les paumes sur ses oreilles pour que cessent de résonner les rires des enfants vautrés dans la neige, les miaulements des femelles en chaleur, l'appel des mâles en rut. Il aurait aimé se crever les tympans pour étouffer le souffle immonde de cette humanité bruyante et damnée. Mais ses narines restaient ouvertes, et il en percevait toujours l'odeur, la puanteur, la semence viciée. Et ses yeux aussi restaient ouverts, sur le spectacle désolant de ces femelles, jupes troussées, de ce troupeau ignoble, affairé à ses vaines préoccupations, enfantant, croissant, pullulant sans cesse, comme les vers sur la viande putride. Comme il aurait souhaité naître aveugle et sourd au monde qui l'entourait !

Il poussa un profond soupir de désolation et de mépris, et jeta un dernier regard sur la grand rue, comme s'il eut contemplé Gomorrhe du haut de la montagne. Puis, il descendit les trois marches de l'église, le corps raide et la tête haute, se sentant définitivement étranger à cette boue humaine, remerciant une fois de plus Dieu de l'avoir épargné, de l'avoir fait si différent de cette horde de pécheurs faibles et corrompus. Jamais celui-ci ne l'avait laissé, ne fût-ce qu'une seconde, éprouver de désirs impurs, de ces tentations qui mènent au vice de la fornication. Enfant, il avait pu croire que le Tout-Puissant lui avait envoyé un terrible châtiment. Aujourd'hui, il savait que la volonté du Très-Haut l'avait en fait tenu loin, très loin de l'instigation et du prurit de la chair. Jamais il ne connaîtrait les tourments du corps et des sens qui ébranlent la foi. Jamais il ne commettrait la faute. Il était une créature à part, à jamais absoute, à jamais étrangère parmi les hommes. Un être en dehors de l'espèce.

En rejoignant le presbytère, il oublia tout de ces pensées et son entrevue avec Percheval lui revint soudain en mémoire. Il eut alors conscience de son mensonge et cette réalité l'abattit comme un coup de poing.

Il tira le verrou, ferma le volet, ôta lentement sa soutane et sa chemise. Lorsqu'il fut entièrement dévêtu, il s'empara du fléau posé sur son lit et vint s'agenouiller sur le sol, face à un petit crucifix accroché au mur. De la main droite, il leva le fouet et l'abattit d'un cou sec sur son épaule.

– *Mea culpa...*

Lorsque les lanières eurent marqué celle-ci d'une profonde trace rouge, il porta de nouveau ses coups, neuf fois, comme neuf coups d'encensoir, sur l'épaule droite puis sur ses reins.

– *Mea culpa, mea culpa, mea maxima culpa…*

Pendant de longues minutes, il s'infligea et endura cette torture sans qu'un seul frisson ne secouât son corps martyrisé, sans qu'un seul gémissement ne s'échappât de ses lèvres serrées, tandis qu'il murmurait le *confiteor.* Il semblait au contraire boire, à longs traits, l'ivresse de cette souffrance, jouir de cette brûlure qui le lavait de son offense.

– Ayez pitié de moi, Seigneur… Guérissez-moi, car le mal a pénétré jusqu'à la moelle de mes os…

Et, tandis qu'il continuait ainsi de se flageller, tandis que le cuir cinglait et mordait sa peau nue, son regard, sans un battement de cil, restait obstinément fixé sur le crucifix devant lui. Il s'absorbait dans cette vision, comme s'il fût cloué lui-même sur la croix, appelant de tout son être des douleurs infinies, rêvant de ses pieds et ses mains troués, de son flanc transpercé, de son front meurtri coulant des larmes de sang sous la couronne d'épines.

– J'ai menti, Seigneur… Pardonnez-moi et lavez-moi de mes souillures… Seigneur, purifiez-moi de mon péché, car mon péché immonde s'élève sans cesse contre moi…

Lorsque son bras, fatigué d'avoir frappé, laissa enfin retomber le fouet sur le sol, il s'écroula à terre. Nu devant l'Éternel et devant son Fils, à bout de prières, pénétré de repentir, écrasé de contrition, la chair à vif, il se mit à pleurer.

***

Dans le même temps, Percheval s'était rendu chez Reyne Inguélaère dans l'espoir de la trouver guérie et de pouvoir enfin l'interroger.

Mais à présent, assis à son chevet, au bord du grabat sur lequel elle gisait, il ne trouvait plus rien à lui dire.

– Jehan Estienne ne l'a-t-il pas soignée ? demanda-t-il à Perrine.

– I l'a soignée, répondit celle-ci d'une voix où perçait le cynisme. I s'y sont même mis à deux, avec Moïse.

Percheval déroula le linge qui bandait entièrement la jambe et le pied droit de la veuve, et retint sa respiration : la plaie, d'où s'écoulait encore le pus cinq jours auparavant, était passée par une phase de pourriture avancée et dégageait une odeur quasi cadavéreuse. Le membre était à présent totalement gangrené jusqu'au genou et jusqu'aux orteils. Même la cuisse commençait à noircir.

– Du lait d'brebis qu'i ont mis sur sa blessure… ajouta Perrine en affaissant son vieux corps sur le banc. Mais ça l'a pas guérie. Ça a fait v'nir les mouches…

Percheval resta un moment muet devant le spectacle de Reyne, agonisante. Les joues de la veuve paraissaient avoir été aspirées sous la peau. Ses yeux s'enfonçaient dans leurs orbites comme si on les y avait poussés avec le poing. On aurait pu tout aussi bien la croire morte si l'état de semi-inconscience dans lequel elle avait sombré n'avait été entrecoupé par de faibles vagissements.

– Reyne, je dois savoir la vérité.

Perrine posa son bâton sur la table avec un bruit sec.

– Laissez-la donc ! cracha-t-elle de sa bouche édentée. Voyez pas qu'elle peut point parler ?

– Il faut qu'elle parle, insista l'avocat en dévisageant la vieille avec impatience. Il en va du salut de Mathias. Et il en va aussi de la vie de ta seconde fille. Si Mathias n'est pas innocenté, Sarah montera sur le bûcher. Et ton petit-fils avec elle.

Ignorant l'avertissement de la grand-mère, il se pencha vers Reyne. Il évita de trop respirer l'odeur qui émanait de sa jambe décomposée, une odeur de viande avariée.

– Reyne, je t'en conjure, écoute-moi : tes accusations ont conduit Mathias au cachot où il attend l'heure d'être tourmenté entre les mains du bourreau. Quant à ta sœur, elle va être bientôt, elle aussi, soumise à la question…

Le corps épuisé de souffrance, Reyne bougea lentement sur sa paillasse en râlant et tourna son visage vers le mur. Percheval lui souleva doucement sa tête, la remit avec précaution au centre du lit. Mais en la remuant ainsi, il ne fit qu'accroître son mal, et la pauvre femme se remit à gémir, le visage tiraillé par d'atroces douleurs.

Il attendit qu'elle se calmât un peu pour l'interroger de nouveau :

– Réponds-moi, Reyne : est-ce Mathias qui a empoisonné Guy ?

Il se pencha vers elle et posa la main sur son front suant. La veuve tourna son regard éteint vers lui et Melchior crut l'entendre balbutier :

– Mathias...

Puis elle s'agita brusquement sous la couverture, la figure convulsée et grimaçante.

– Reyne, tu dois me répondre, l'implora Percheval.

Elle ferma les yeux et inspira, comme pour puiser en elle-même, à quelque source de vie tarie, la force de parler. Elle répéta :

– Mathias... Mathias...

– Parle, je t'en conjure...

– Mathias... J'l'aimais...

– Je sais, fit Percheval. Et je ne veux pas croire que cet amour n'existe plus. Il est encore dans ton pouvoir de le sauver.

– I m'a volé...

– Que t'a-t-il pris ?

– Ma vie...

– Oui, je sais cela aussi. Je sais tout, Reyne. Mais Mathias a déjà chèrement payé le mal qu'il t'a fait. Maintenant, réponds-moi : a-t-il réellement empoisonné ton époux ? Ou est-ce seulement par désir de vengeance que tu l'as chargé de ce crime ?

Sa voix devint si tenue que Percheval l'entendit à peine :

– J'veux ben dire... j'veux ben dire... qu'j'ai menti...

L'avocat poussa un soupir de soulagement.

– C'est bien, dit-il, mais il ne suffit pas que tu démentes tes accusations devant moi. Il va falloir que tu répètes ce que tu viens d'avouer, devant le vicaire, Reyne. Car ma parole, seule, ne vaudra rien.

Et, se tournant vers Perrine, il commanda d'un ton ferme :

– Que l'on aille chercher le père Jérôme.

Rose et Madeleine, qui se tenaient pelotonnées l'une contre l'autre derrière leur grand-mère, eurent un petit sursaut d'effroi. Perrine serra les lèvres.

– Rose, insista Percheval en s'adressant cette fois à l'aînée. Va chercher le père Jérôme. Il faut que ta mère reçoive les derniers sacrements.

L'adolescente comprit l'allusion et ne se rebella pas. Elle interrogea Perrine du regard.

– Va, consentit la vieille.

Tandis que Rose posait sur ses épaules son châle de laine pour sortir, Percheval se pencha de nouveau vers Reyne.

– Le père Jérôme va arriver. Es-tu disposée à lui avouer que tu as injustement accusé Mathias du meurtre de Guy ?

– J'le... J'le f'rai... répondit Reyne en haletant. Mais...

– Mais ?

– Mais si c'est Mathias... Si c'est lui... qu'a vraiment tué mon Guy...

Elle laissa tomber sa tête lourdement :

– Si c'est lui... alors... alors... j'vais mentir... pour de bon...

Percheval la dévisagea d'un un air abasourdi et vaincu.

– Alors, même toi ? fit-il en soufflant. Même toi, tu n'en sais rien ?

Reyne essaya de parler mais sa voix devint inintelligible. Bientôt, les sons ne parvinrent même plus à sortir de sa gorge. À bout de force, elle ramena sa main sur sa poitrine et fit ce geste brusque, furtif, ce geste désespéré et épouvantable de ceux qui voient la mort s'approcher et cherchent à écarter, de leurs doigts convulsifs, son ombre sinistre. Percheval renonça à l'interroger. Il comprit qu'il n'en saurait jamais plus.

Le vent se leva soudain dans la campagne, entamant le refrain lugubre de la mort qui approche. À son souffle sinistre répondit bientôt le cri funèbre d'un corbeau, dans le grand orme qui bordait le chemin.

Percheval se tourna vers la grand-mère, l'envisagea avec gravité :

– Et toi, as-tu quelque chose à me dire ? Vas-tu enfin parler, ou la situation ne te semble-t-elle pas encore assez tragique ?

La vieille femme passa ses doigts nerveux sur son bâton d'épine, comme si elle cherchait dans ses reliefs la volonté qui lui manquait.

– Il est temps de me révéler ce que tu sais, femme Perrine. Ta fille aînée va mourir, ce n'est plus qu'une question de minutes. Pour celle-ci, et à moins d'un miracle, tu ne peux plus rien espérer. Mais pour ce qui est de l'autre, Sarah, nous pouvons encore lui épargner la torture et les flammes.

Perrine posa ses mains noueuses autour de ses genoux :

– Qu'est-ce que j'pourrions dire ?

– Ce que tu sais à propos de ce poison et de celui qui l'a administré à Guy...

Elle resta courbée sur son banc et haussa les épaules :

– J'sais rien.

– Le soir où Guy est tombé malade, chez qui ton gendre s'était-il rendu ?

– I s'était rendu chez Mathias.

– Certes, mais ce n'est point chez Mathias qu'il a soupé.

– C'est c'qu'i l'a dit.

– Il a menti.

– Et ben, grogna la vieille, si l'a menti, j'en savais rien.

Percheval n'entendait pas en rester là. À brûle-pourpoint, il demanda :

– D'où viennent les objets que j'ai trouvés dans ta remise ?

Perrine releva le menton, lui lança un regard de vieille chèvre irritée :

– Qu'est-c'qu'ça peut vous faire ?

– À moi rien, fit Percheval avec une feinte désinvolture. Mais à toi, cela peut te valoir de sérieux ennuis. Tu risques bien d'avoir le poing tranché et d'être conduite au gibet. À moins qu'au vu de ton âge les juges se contentent de te fouetter et de te bannir du village. Sans compter que cela porte malheur de voler des objets consacrés...

– On les a point volés ! s'offusqua soudain la petite Madou, au bout de la table.

– Toi, peut-être pas, ni ta sœur, ni même Perrine, mais vous êtes toutes les trois complices de celui ou de celle qui a commis ce sacrilège… On dit que le diable, pour remercier ceux qui pillent les églises en son nom et bafouent le Seigneur Christ, leur fait pousser des cornes sous les cheveux…

Comme toutes les imaginations simples, Madou était superstitieuse. Dans sa jeune âme de paysanne se trouvait un repli de faiblesse où dormaient toutes les croyances naïves, toutes les pensées magiques, les peurs ancestrales, les terreurs grossières du peuple des campagnes. Elle parût s'effrayer grandement de ce que venait de lui prédire l'avocat :

– Mon père les a point volés ! C'est quéqu'un qui lui a donné !

– Et qui donc lui a fait ce cadeau ? Est-ce le père Jérôme ?

– Nenni !

– Qui ? répéta Percheval en élevant la voix malgré lui.

Madou froissa nerveusement la laine de son jupon entre ses petites mains :

– C'est l'ange.

– Qui cela ?

– Z'êtes sourd ? intervint Perrine en faisant racler le bois de son bâton sur la table.

– Non pas, fit l'avocat. Mais j'ignore qui est Ange. Est-ce une personne du village ?

– J'ai pas dit Ange, rectifia Madou. J'ai dit l'ange.

– Oh… s'étonna Percheval. Un ange ? Était-ce un chérubin ? Ou un séraphin ?

La petite fille, fort troublée par le regard mi-courroucé, mi-moqueur que lui lançait l'avocat, sembla sur le point de pleurer. Sa sœur aînée se leva pour répondre à sa place :

– Not'père a dit : « L'ange nous donn'ra toujours d'quoi manger. » Une aut'e fois, i l'a dit aussi : « Avec l'ange, j'aurai d'quoi payer l'champart et la soupe pour six mois. »

Cette fois, Percheval comprit que les fillettes ne mentaient pas.

– Savez-vous qui est cet ange dont votre père parlait ?

– Nenni.

Il s'adressa à Perrine :

– Et toi ?

La grand-mère secoua ses cheveux blancs sous son bonnet à barbes.

– Petite, interrogea encore Percheval en s'adressant à Madou, essaye de bien te remembrer tout ce que ton père a pu te confier à propos de cette personne qu'il appelait l'ange. L'a-t-il décrite ? Est-ce une homme ou une femme ? A-t-il dit où elle vivait ? Si elle était du village ?

– Nenni. Un jour, Rose, elle lui a d'mandé à quoi qui r'ssemblait. Et moi, j'lui ai dit : « Est-ce qu'i l'a des ailes ? Et des cheveux dorés ? » Mais not' père, i l'a répondu : « Ah, pour ça, non, mes pauv'es filles ! C't'ange-là, i l'est pas tombé du ciel ! »

Percheval s'absorba un instant dans ses pensées.

Soudain, la main de Reyne l'extirpa de sa réflexion. La mourante l'avait attrapé par la manche de sa casaque et crispait sur son bras ses doigts décharnés, comme les serres d'un oiseau de proie. Une panique terrible, que la souffrance rendait encore plus affreuse, déformait son visage.

– Reyne, demanda Percheval, qui est l'ange ?

Elle ne l'entendit pas, concentrée sur sa seule volonté de repousser la mort, d'échapper à son inévitable fin.

– Aidez-moi... supplia-t-elle d'une voix moribonde.

Percheval, envahi d'une émotion, lui prit la main dans la sienne.

– Allons, tout ira bien.

– J'veux point mourir...

– Reste tranquille...

– Si j'meurs... j'irai en enfer...

– Épargne tes forces, lui conseilla encore Percheval. Le père Jérôme va arriver. Tu sais que l'Église ne refuse pas son aide à celui qui veut retrouver le chemin du Ciel.

– Mes péchés... Tous mes gros péchés... s'inquiéta la veuve en gémissant et en s'agitant sur sa couche.

– N'aie crainte, la rassura Melchior. La miséricorde de Dieu est plus grande que les plus grands des péchés.

Ces mots parurent apaiser Reyne. Elle retomba dans son hébétement somnolent, sans plus remuer, le menton sur la poitrine, la bouche entrouverte par sa respiration qui lui raclait la gorge. Seuls ses doigts s'agitaient encore par moments malgré elle.

Percheval lâcha sa main, mais la veuve sursauta, le retenant, l'implorant de ne pas la laisser mourir. Alors il se résigna à attendre près d'elle, afin de ne pas l'agiter.

Le feu agonisait dans le foyer. Seule la lueur vacillante d'une petite chandelle éclairait encore la chaumine et donnait à la scène qui se jouait l'allure d'une veillée mortuaire.

Soudain, la porte s'ouvrit brusquement et Rose, toute tremblante de froid, s'écarta pour laisser entrer le père Jérôme.

Le jeune vicaire s'approcha de Reyne à longues enjambées, s'agenouilla à son chevet.

– Pourquoi n'avez-vous pas appelé Moïse ? demanda-t-il à Perrine.

– Il n'y a plus rien à faire, mon père, répondit Percheval. La gangrène la tue. Il n'y a aucun remède.

Le père Jérôme tendit les bras vers Reyne et lui tourna la tête vers l'est.

– Alors il est temps, ma fille, lui dit-il sèchement. Le soir de ta vie est arrivé et le Diable réclame déjà ton âme pleine de grande ordure.

La veuve gémit sur sa couche et ses épaules maigres essayèrent de se relever, comme pour protester et esquiver une fuite dérisoire.

– J'veux... j'veux point mourir...

Percheval se pencha vers le vicaire et s'adressa à lui à voix basse :

– Hâtez-vous de lui administrer les saints sacrements, mon père. Elle souffre beaucoup et je crois qu'elle n'en a plus pour longtemps.

Le père Jérôme le dévisagea d'un air sévère :

– Le Christ et les martyrs ont également souffert. Que sont les souffrances de cette insignifiante créature à côté des leurs ?

De nouveau, Reyne tenta de se redresser, épuisant ses dernières forces :

– Jésus... Sauve-moi... supplia-t-elle.

Le cœur de la veuve, ce cœur fier qui s'était si longtemps heurté au malheur sans jamais s'y briser semblait à présent crier sa révolte devant la mort, cherchant désespérément un dernier sursis. Percheval songea alors combien était étrange le sentiment des hommes à l'égard de la vie, cette vie qu'ils traînaient comme un fardeau, dont ils se plaignaient comme d'une plaie vive, et qui, lorsqu'ils étaient sur le point de la perdre, leur paraissait soudain si précieuse.

– N'implore pas le Seigneur ! ordonna le vicaire. Jésus était bien plus accablé que toi quand il portait sa croix ! Ne te plains pas, tais-toi et marche avec joie vers lui, vers sa glorieuse Mère et tous les saints du Paradis.

Se sentant privée de ses dernières forces, Reyne poussa un faible soupir de renoncement.

– Quitte ce monde impur, où tout n'est que vices et illusions, ajouta gravement le père Jérôme. Quitte-le sans amertume, car la damnation attend ceux qui regrettent trop vivement ce qu'ils ont abandonné sur cette terre. Ne te révolte pas, ne crains pas le jour et la lumière, quand tout, ici-bas, n'est que nuit et ténèbres. Accepte la mort de ton plein gré, comme si tu l'avais appelée toi-même.

Reyne regardait à présent devant elle, les yeux fixes. Elle semblait percevoir quelque chose d'invisible pour les autres, quelque chose de terrifiant dont ses prunelles reflétaient l'épouvante.

– Recommande ton âme à notre Seigneur et demande-lui pardon…

Elle essaya d'obéir, mais l'énergie lui manquait, même pour parler. Aussi fut-elle incapable de dire sa coulpe, ni même de réciter une courte prière. Alors le père Jérôme lui donna l'absolution sous la forme d'un signe de croix et d'aspersion d'eau bénite et, enfin, lui offrit le *Corpus Christi*. Reyne, abdiquant tout espoir de vaincre la mort, tira une langue noire pour recevoir l'hostie.

Les choses allèrent ensuite très vite, sans pleurs et sans révolte. Dans un grand silence, elle lança un dernier regard inquiet vers ses filles, et ses paupières se fermèrent doucement.

Elle rendit l'âme sans résistance, entre deux hoquets et quelques petits soupirs.

– C'est fini, annonça le père Jérôme. Dieu a accompli sa volonté.

Il remonta la couverture sur le cadavre de la veuve, laissant seulement sa figure découverte.

Percheval vit alors un visage de Reyne qu'il n'avait jamais vu, un visage tranquille, indifférent à tous les malheurs, à tous les tourments de la chair, à toutes les tristesses du cœur, un visage apaisé soudain par l'éternel oubli. Toutes ses souffrances, toutes les misères de sa vie, gravées en rides profondes sur ses joues et son front, tous les creux, dans sa face hâve et livide, s'étaient soudain atténués au point qu'on avait peine à la reconnaître. Il crut même déceler, dans les plis amers des coins de sa bouche, l'ébauche d'un sourire qui rendait à sa figure un peu de la séduction qu'elle avait dû avoir à vingt ans.

La petite Madeleine poussa un long sanglot et courut cacher sa peine dans les jupes de Perrine. Quant à Rose, elle se tenait toujours debout, sans un mot, les yeux hagards, rivés sur le corps sans vie de sa mère. Percheval se souvint alors de la première fois où il avait vu la mort de si près, vers l'âge de six ans, et de l'immense frayeur qui l'avait saisi en comprenant l'inéluctable destin de l'homme. Il se demanda si Rose éprouvait la même chose en cet instant, si, comme lui à son âge, elle sentait, sur sa peau et jusque dans sa moelle, l'haleine glacée de la grande faucheuse.

– M'man va aller au Paradis ? demanda Madou entre ses pleurs.

Le vicaire ne lui répondit pas, lissa sa soutane et salua Perrine d'un bref signe de tête.

– M'man va aller au Paradis ? répéta Madou en étouffant ses larmes du poing.

– Il ne nous appartient pas d'interpréter les volontés du Seigneur, répliqua-t-il durement. Ta mère était une grande pécheresse, il n'est pas dit que Dieu lui pardonnera ses fautes.

Percheval dévisagea le père Jérôme avec un air de reproche. Puis, il s'approcha de la fillette et lui posa une main rassurante sur l'épaule.

– N'aie nul doute à ce sujet, mon enfant, dit-il avec douceur. Dieu lui pardonnera tous ses péchés.

Et, jetant un dernier regard navré vers Reyne Inguélaère :

– Parce qu'elle a beaucoup aimé.

***

Une petite allée bordée d'arbres marquait l'entrée principale de l'abbaye cistercienne du Quernois. Gaultier mit pied à terre et frappa à la porte de l'établissement. Presque aussitôt, une voix sourde lui parvint à travers l'épaisseur du vantail de bois :

– *Deo gratias.*

C'était par ces mots que les religieux du monastère accueillaient généralement les visiteurs, rendant grâces à Dieu de ce qu'il arrivait un étranger dans leur saint asile.

La porte s'ouvrit et un frère le salua d'un signe de la tête.

– *Benedicite*, dit-il.

Gaultier lui rendit la courtoisie par une inclinaison du buste assez gracieuse :

– Je chevauche depuis l'aube, dit-il. La neige tombant fort, j'ai dû faire halte, vers midi, à Malzieu. J'espérais y trouver un endroit où me restaurer et passer la journée mais... heu... l'auberge était fermée.

– Et où allez-vous ?

– Je rentre chez moi.

– Où est-ce ?

Gaultier, embarrassé d'être ainsi questionné, bredouilla :

– Heu... Beaucoup plus au nord.

– À Rocroi ?

– Heu... non. Beaucoup plus loin.

– Où ?

– À... à Cambrai.

– C'est fort loin, en effet. Et d'où venez-vous ?

– Je... Je reviens de... de pèlerinage.

– Dans quel lieu ?

Gaultier lui fit la première réponse qui lui vint à l'esprit.

– À Marienthal, mentit-il.

– Oh ! La route est longue depuis Haguenau ! s'exclama le religieux, visiblement impressionné. Vous avez bien fait de vous arrêter dans notre abbaye. Nous pouvons vous accueillir pour la nuit dans notre hôtellerie. Je vais de ce pas prévenir le frère hospitalier.

Il lui désigna de la main la petite chapelle bâtie à côté de l'entrée, à droite de la porte.

– Attendez dans l'oratoire, conseilla-t-il aimablement, afin de vous mettre à l'abri du froid et de la neige.

– Grand merci, fit Gaultier. Le prêtre du village où j'ai fait halte, un certain père Jérôme, m'avait assuré de votre amabilité.

– Le père Jérôme ? répéta le frère portier en ouvrant des yeux surpris. Vous avec rencontré le père Jérôme ? Vous auriez dû le dire avant ! Je vais chercher l'abbé Daniel !

Et, sur ces mots, il partit presque en courant sur ses jambes courtes et arquées, en balançant ses bras trop longs, ce qui le fit se dandiner à la manière d'un singe.

Quelques minutes plus tard, il revenait accompagné du père supérieur de l'abbaye. Quelques graves ou pressées que fussent ses occupations, celui-ci ne manquait jamais de venir accueillir lui-même les voyageurs intéressants. Après s'être prosterné aux pieds de son hôte, selon la coutume, le père Daniel leva ses deux mains en signe de contentement :

– Bienvenue, mon fils.

– Je vous remercie, mon père.

Une courte prière ponctua cet échange rapide, puis l'abbé se tourna vers le frère portier :

– Que le frère Luc se charge de conduire le cheval de notre visiteur aux écuries, commanda-t-il.

Gaultier tendit les rênes de sa monture au religieux.

– Ainsi, vous nous êtes envoyé par le père Jérôme ?

– Heu… en quelque sorte.

– J'en suis ravi. Mais venez, ajouta le père supérieur en l'invitant à avancer dans l'enceinte de l'abbaye, allons nous entretenir dans le chauffoir. Nous y serons plus à notre aise que dans le parloir des moines qui est fort humide.

Ils pénétrèrent dans une grande cour entourée d'une dizaine de constructions dont les écuries, les étables, les poulaillers, les granges, l'hôtellerie et un vaste bâtiment contenant des celliers et le logement des frères convers. À gauche, se dressait l'église et, sur le côté de sa nef, placé à midi et fermé à ses angles par quatre peupliers, un grand et beau cloître auquel ils accédèrent par une porte particulière, réservée aux réguliers. La galerie donnait dans la salle du chapitre, la sacristie, les cuisines et les dortoirs, bâtis dans le prolongement du transept.

Durant plusieurs minutes, Gaultier et l'abbé Daniel marchèrent en silence le long des arcades, puis s'introduisirent dans la petite pièce où les moines allaient se réchauffer et graisser leurs sandales au lever du soleil, après l'office de nuit et le chant des laudes.

– Et comment se porte le frère Jérôme ? demanda l'abbé en entrant dans la salle. Nous n'avons plus de nouvelle de lui depuis presque un an qu'il est entré en charge.

– Il… il va bien.

Le religieux le considéra avec étonnement.

– En êtes-vous certain ?

Conscient de s'être fait trahir par le ton hésitant de sa voix, Gaultier baissa les yeux. Le père Daniel se méprit de nouveau sur son expression.

– S'il est malade, insista-t-il, vous devez me le dire, mon fils. Car je me soucie fort de sa santé. Le frère Jérôme était très apprécié des membres de cette communauté, à commencer par moi.

Un bref instant, le jeune des Périers chercha ses mots.

– Il ne m'a point donné l'impression d'être souffrant, dit-il. Il m'a seulement semblé qu'il… qu'il toussait un peu. L'hiver se prolonge tard cette année…

– Eh bien, espérons que le mal n'empirera pas, fit le père Daniel en soupirant. Car je défie quiconque de pouvoir soigner notre très cher frère Jérôme.

– Pour quelle raison, mon père ?

L'abbé hésita à son tour et Gaultier crut voir l'ébauche d'un sourire sous l'ombre de son capuchon rabattu.

– Il a en horreur les médecins, et surtout les remèdes.

Gaultier jugea préférable de ne pas se montrer trop curieux pour le moment et garda en son esprit cette réponse pour le moins énigmatique.

– Ainsi, vous êtes de Cambrai ? demanda l'abbé. C'est une ville que je connais un peu.

Le jeune homme s'en voulut aussitôt de son mensonge. Pourquoi avait-il inventé pareille bêtise ?

– Y avez-vous votre famille ?

– J'y ai mes parents.

– Et que fait votre père à Cambrai ?

Gaultier rougit et déglutit avec difficulté.

– Oh, mais je manque à tous mes devoirs ! fit le père Daniel. Souhaiteriez-vous vous restaurer un peu, mon fils ? Si vous chevauchez depuis l'aube, vous n'avez certainement rien avalé !

– Merci, mon père, mais je n'ai pas si grande faim qu'elle ne puisse attendre le souper pour être rassasiée.

– Alors, sans doute voudrez-vous prendre un peu de repos dans une des chambres de l'hôtellerie ?

– Volontiers.

Ils sortirent du chauffoir et se retrouvèrent de nouveau à marcher dans la quiétude du grand cloître. Quelques moines se tenaient sous les arcades, sans dire un mot, tête baissée, les mains enfouies dans les manches de leur bure. La neige s'était mise à tomber plus mollement. Il régnait un si grand calme qu'un seul cri d'oiseau aurait fait un vacarme.

La voix chevrotante de l'abbé rompit finalement ce silence monacal :

– Ce soir, vous dînerez à ma table et me conterez ce pèlerinage que vous avez effectué à Marienthal, chez les jésuites.

– Heu… Il y a peu de choses à en dire, répondit Gaultier évasivement.

– Le mieux aurait été de vous y rendre à la Pentecôte ou le jour de l'Assomption. Mais sans doute cette décision a-t-elle répondu à une nécessité pressante ? Quoi qu'il en soit, j'espère que votre prière a été entendue, mon fils. On prétend que se sont déjà accomplis plusieurs dizaines de miracles dans ce saint lieu, grâce à l'intercession de notre très Sainte Mère. Avez-vous bien récité votre neuvaine à la bonne Vierge ?

– Heu... Oui, mon père.

Le malaise de Gaultier monta de plusieurs degrés et se trouva à son comble lorsque le religieux l'interrogea sur les gens qu'il avait rencontrés lors de son pieux voyage.

Se voyant entraîné sur un terrain périlleux, le jeune homme changea rapidement de sujet de conversation :

– Vous disiez tout à l'heure que le père Jérôme avait en horreur les médecins et les remèdes. Voilà une chose étrange.

Le sourire du père Daniel apparut de nouveau dans ses prunelles. Le vieil homme l'observa de biais, avant de répondre :

– Étrange ? Peut-être. Mais si vous connaissiez le père Jérôme comme nous, vous n'y trouveriez rien qui ne soit plus conforme à sa personnalité.

– Je n'ai eu l'honneur de converser avec le père Jérôme que quelques minutes, aussi ne puis-je avoir d'opinion sur sa personne.

– Bien évidemment.

Revenus dans la première cour, ils se tenaient à présent devant l'hôtellerie. Celle-ci se présentait sous la forme d'une maison en maçonnerie, à deux étages, dont la façade était en partie blanchie à la chaux.

– Je vous abandonne aux bons soins du frère hospitalier, annonça l'abbé en s'inclinant. Dites-lui ce dont vous avez besoin, il se fera un plaisir de veiller à votre confort. Il restera à votre disposition après les complies, ainsi que les frères Gérald et Nicolas, les deux frères semainiers.

Gaultier, voyant que l'abbé s'apprêtait à l'abandonner sans qu'il eût rien appris sur le vicaire de Malzieu, s'affola un peu :

– Et d'où lui vient cette horreur des médecins ?

– Je vous demande pardon ?

– Le père Jérôme...

– Ah... oui. Eh bien, à dire vrai, je n'en sais strictement rien. Il y a quelques années, alors qu'il était encore novice, il lui est apparu un petit ulcère sur le ventre, lequel le faisait beaucoup souffrir. En apprenant que nous avions fait appel à un chirurgien afin de le soigner, il a déclaré préférer mourir plutôt que de se laisser voir et toucher par quiconque. Nous avons tenté de le raisonner, mais il a interdit au chirurgien de l'approcher et, pour tout remède, m'a demandé de tracer le signe de la croix sur son abdomen, à l'endroit ou était située la tumeur, et au travers de sa bure. Fort heureusement pour notre communauté, Dieu l'a guéri.

– Dieu en soit loué.

– Amen.

Le père Daniel souriait toujours. Il ajouta, avec conviction :

– Cher père Jérôme... Nous l'estimions tous et le prenions en exemple. Sa pudeur était édifiante et sa vertu fort grande.

– Au point de se laisser mourir plutôt que de laisser un chirurgien le guérir de son mal ?

– À ce point, confirma l'abbé. Vous n'imaginez pas comme sa foi était pure. Et son intransigeance digne d'un saint. Il était le seul frère de cette communauté à ne jamais ôter sa robe, pour dormir. Et je me souviens qu'il gardait toujours sa ceinture la nuit afin que son vêtement, pendant son sommeil, ne se soulève point et qu'il n'apparaisse pas dénudé. Lorsqu'il se levait pour les prières nocturnes, il prenait toujours soin de s'habiller de sa cuculle sous la couverture et, de même le matin, il vêtait ses caleçons dans son lit.

Gaultier le considéra attentivement. L'abbé poursuivit :

– Il disait que Dieu nous regarde à chaque instant et que nous ne devions pas l'offenser par la vue de notre corps impur. J'ai rencontré peu de frères qui aient éprouvé les mêmes scrupules... Sa pudeur était telle que, dans les nécessités ordinaires auxquelles la nature nous oblige, il ne se rendait jamais aux latrines avec les autres moines. Il n'allait jamais à l'étuve lorsqu'un autre religieux s'y trouvait déjà. Et même seul, l'on m'a rapporté qu'il se baignait toujours en chemise.

Ces révélations laissèrent Gaultier songeur. Puis, l'audace lui venant, il déclara un peu étourdiment :

– J'ai cru voir, dans l'église de Malzieu, que le père Jérôme s'offensait pareillement de la nudité du Seigneur. Saviez-vous qu'il a couvert le corps du Christ d'un drap blanc ?

– Cela ne m'étonne guère, répondit l'abbé en souriant franchement. C'est une manie qui l'a pris fort jeune, avant même qu'il prononce ses vœux. Je me rappelle qu'il avait couvert le crucifix de sa cellule d'un petit mouchoir... Une étrange habitude dont j'ai essayé de le guérir, mais en vain. Car le corps de notre Sauveur ne saurait être comparé au nôtre, conçu et contaminé par le péché par lequel il a été engendré.

– La route qui mène à la chasteté est difficile, déclara Gaultier. Notre corps est sans cesse tourmenté par nos désirs charnels... Et, sauf votre respect mon père, les moines ne sont pas exempts de la tyrannie des sens...

– Je vous l'accorde, mon fils, il arrive que nos frères oublient que leur corps leur a été donné par Dieu pour être le temple de l'Esprit-Saint. Ils ont parfois bien du mal de s'affranchir de leur enveloppe charnelle et de ses exigences... C'est pourquoi mon devoir est de leur recorder qu'ils doivent s'abstenir de tout ce qui pourrait favoriser la concupiscence et de les enjoindre à suivre strictement les règles de la vie monacale : un jeûne fréquent, un sommeil court dans un lit dur, une nourriture simple et le port de la bure.

Gaultier, dans son intention de pousser l'abbé à des confidences plus précises, se fit un peu plus audacieux :

– Vous semblez insinuer que peu y parviennent...

– Vaincre le vice de la luxure, qui nous harcèle même en pensées, est un idéal auquel peu de moines, en effet, parviennent à satisfaire ou très difficilement.

Gaultier s'engouffra aussitôt dans la brèche qu'on venait de lui ouvrir :

– Sans doute le père Jérôme fait-il partie de ceux qui doivent sans cesse repousser la tentation ? Il est probable que l'horreur de la nudité trahisse chez lui une obsession de pensées impudiques...

Le père Daniel hocha la tête :

– Croyez-moi si vous le voulez, mais le père Jérôme n'a jamais eu à livrer ce combat. Il a toujours été indemne de toute corruption du corps et de l'âme. Je n'ai jamais eu à le consoler de ses pensées honteuses, car il n'en a jamais eu.

Le jeune des Périers afficha une moue perplexe. Comment pouvait-on affirmer une telle chose et avec tant de conviction ? L'abbé, comme s'il lisait dans ses pensées, reprit :

– Je connais bien le père Jérôme. Il est arrivé à l'abbaye alors qu'il n'avait que sept ans. Il portait encore son nom de baptême, à cette époque. Son père l'avait appelé Gabriel. Il voulait que nous fassions de son fils un moine. Il m'a suffi de m'entretenir quelques minutes avec cet enfant pour que je devine qu'il n'avait pas d'autres préoccupations, malgré son jeune âge, que l'amour de notre Seigneur.

– Était-il si parfait ?

– Sa perfection d'âme n'a jamais eu d'égale. Gabriel, ou plutôt le frère Jérôme, était le plus chaste de nous tous. Non, croyez-moi, il n'a jamais ressenti le moindre désir impudique, même à l'époque de son noviciat. Un jour que je l'en félicitais naturellement, il m'a simplement répondu qu'il n'avait aucun mérite puisqu'il était comme les anges.

Gaultier leva les yeux d'un air surpris.

– La comparaison était certes un peu présomptueuse, poursuivit l'abbé, mais elle était assez proche de la vérité : les anges sont des êtres spirituels et, à ce titre, ils ne peuvent concevoir le péché de concupiscence…

Un léger silence s'ensuivit. Gaultier demeura un instant immobile et déconcerté, retournant dans son esprit ce qu'il venait d'apprendre. Se pouvait-il que le sombre vicaire de Malzieu fût un tel parangon de vertu, un tel modèle de perfection humaine ? La chose lui paraissait suspecte et, pourtant, lui-même ne doutait pas de l'honnêteté du père Daniel. Il avait sentit la sincérité de ses paroles dans sa voix et n'imaginait pas un seul instant que le vieil abbé pût avoir une raison de lui mentir.

Le voyant pensif, son hôte l'interrogea à son tour :

– Je vous ai dit tout le bien que je pensais du père Jérôme. Voudriez-vous savoir autre chose ?

– Le père Jérôme a fait la plus grande impression sur moi, mentit Gaultier. Je… je crois, sans en être tout à fait certain, que son visage me rappelle quelqu'un. Je n'ai pas osé vous l'avouer, mais… mais il me semble que je l'ai déjà rencontré quelque part.

– Cela m'étonnerait fort. Du temps où il vivait parmi nous, il ne sortait que très rarement, pour ainsi dire jamais.

– Recevait-il des visites ?

– Je n'en ai pas gardé le souvenir.

– N'a-t-il jamais revu son père ?

– Jamais.

– Des parents ? Des proches ?

– L'Église est la seule famille du père Jérôme.

– Vous m'avez affirmé qu'il s'appelait Gabriel avant d'entrer dans les ordres. Vous remembrez-vous son nom de famille ?

– Non, je suis désolé.

Un moine grassouillet arriva à leur hauteur.

– Allons, déclara l'abbé, nous avons assez parlé du père Jérôme et chanté ses louanges. Le frère Paul va vous conduire à votre chambre. Nous nous retrouverons ce soir au réfectoire pour souper.

Gaultier eut le sentiment d'être piégé. Il n'avait jamais eu l'intention de rester à l'abbaye et ne songeait déjà plus qu'au moyen de se tirer de ce mauvais pas dans lequel maître Percheval l'avait fourré. Il leva le nez au ciel et déclara, en se raclant la gorge :

– C'est-à-dire que… Oh ! On dirait que la neige cesse de tomber… ! Peut-être devrais-je plutôt songer à rentrer ?

Les yeux pâles de l'abbé se posèrent tranquillement sur lui avec une fixité étrange.

– J'avais cru entendre que vous cherchiez un lieu où passer quiètement la journée et la nuit ?

– Je… je pensais qu'il continuerait à neiger. Mais à présent, je crois préférable de me remettre en chemin.

Le père Daniel continuait de l'observer avec son sourire bienveillant :

– Le vent se lève. Faites donc retraite à l'abbaye, vous voyagerez demain.

– Merci mon père, mais je dois m'en retourner. La route est longue jusqu'à Metz.

– Metz ?

Gaultier se décomposa.

– Heu… Je voulais dire jusqu'à Cambrai…

– Une longue route, certainement, fit l'abbé sans cesser de sourire. Une longue route que vous avez effectuée sans bagage, mon fils.

Le jeune homme sentit une violente bouffée de chaleur lui empourprer les joues :

– En effet… Je… Je voyage toujours sans effets…

Le père Daniel l'interrompit en posant la main sur son bras. Il prononça, d'une voix rassurante :

– Si tel est votre désir, nous allons panser votre cheval et vous le ramener. Je vous souhaite un bon voyage, mon fils et une bonne journée. Dieu vous garde.

Mais à peine avait-il fait trois pas, qu'il parut se raviser et se retourna vers son visiteur :

– Méfiez-vous de l'inconstance, mon jeune ami. Je sais bien qu'elle est le propre de la jeunesse mais, c'est un défaut qu'il vous faudra corriger. Oh, et puis… lorsque vous retournerez à Malzieu, n'oubliez pas de saluer le père Jérôme pour moi.

Alors que Gaultier bredouillait une réplique inaudible, le vieil abbé lui jeta un dernier regard, un regard dans lequel brillait une petite lueur amusée et indulgente, cette lumière des vieux sages qui ont tout vu et tout compris.

L'après-midi était largement entamée lorsqu'il retrouva Melchior Percheval au Merle noir. Celui-ci était attablé, seul, et, comme à l'accoutumée, il semblait perdu dans ses pensées. Gaultier se laissa tomber sur le banc, visiblement essoufflé.

– Alors, maître ? Avez-vous appris quelque chose de la femme Inguélaère ou son Diable lui cloue-t-il encore son vilain bec ?

– Non, cette fois, c'est Dieu qui lui a fermé la bouche. Et définitivement.

– Est-elle… morte ?

– On ne peut plus morte.

– Comment cela est-il arrivé ?

– Sa blessure à la jambe a tant empiré qu'elle lui a corrompu tout le sang. Cependant, même si elle avait survécu, elle ne nous aurait rien appris qui soit en mesure de faire avancer notre enquête. Je suis convaincu qu'elle n'a jamais eu connaissance de l'identité du meurtrier de son époux.

Il croisa les bras :

– Et toi ? T'es-tu acquitté de la mission que je t'avais confiée ?

– Je m'en suis acquitté, maître. Et assez convenablement.

– À la bonne heure. Eh bien ? Dis-moi à ton tour ce que tu as pu apprendre.

– À vrai dire, une seule chose : le père Jérôme a fait forte impression sur l'abbé du Quernois. Au dire de celui-ci, votre vicaire est homme de très grande foi. Irréprochable à tous les points de vue. L'abbé le tient en si grande affection qu'il n'a pas tari d'éloges à son propos.

Il ôta son manteau et posa ses deux coudes sur la table, avant d'ajouter :

– Il l'a même comparé à un ange.

Percheval fronça les sourcils :

– Qu'as-tu dit ?

– J'ai dit que l'abbé avait parlé de lui en termes fort élogieux.

– Non, avant cela. L'abbé du Quernois a-t-il prononcé le mot « ange » ?

– Oui.

– Cela est fort curieux.

– Pour quelle raison ?

– La fille de Reyne Inguélaère a également qualifié « d'ange » celui qui aurait donné à son père le calice et la monstrance.

Le silence plana un instant dans l'auberge vide. Percheval médita un moment.

– Serait-ce un début d'éclaircie dans les nuages ? dit-il en plissant les yeux.

– Ne peut-on y voir qu'une simple coïncidence ?

Percheval se rembrunit :

– Je ne puis le prouver, mais il est possible que j'aie vu juste. Peut-être le père Jérôme a-t-il donné, comme nous le soupçonnions, les objets liturgiques à Vasseur. Cependant la question reste : pourquoi ?

– Qu'est-ce qui pourrait pousser un prêtre à donner à un coquin deux objets sacrés auxquels il devait tenir davantage qu'à la prunelle de ses yeux ?

– La peur ? suggéra Percheval.

– Aurait-il donné le calice et la monstrance à Guy Vasseur sous la menace ?

– C'est possible.

– Dans ce cas, Vasseur aurait eu tout à craindre que le père Jérôme ne le dénonce aux autorités.

– Certes, mais celui-ci ne l'a pas fait. Il lui a donné le calice et la monstrance et n'en a parlé à personne. Il a même cherché à nous cacher son geste. C'est le signe que la perte des objets liturgiques avait moins d'importance à ses yeux que la menace que pouvait représenter le mari de Reyne.

– Quelle menace, maître ?

– Je l'ignore.

– N'avez-vous point une petite idée ?

– La sagesse nous impose de nous en tenir aux faits, répondit Percheval en hochant la tête, non point de nous en remettre aux théories et aux divagations de notre imagination.

Il se leva de table et invita Gaultier à l'imiter.

– Nous allons partir pour Sedan et y rester coucher. Je ne puis prendre le risque de m'attarder plus longtemps dans ce village. Voilà un mois que Mathias est retenu au cachot. Bossuat ne va pas tarder à le mettre à la torture.

– Il est même surprenant qu'il ne l'ait pas fait avant, fit remarquer son stagiaire.

– Non, cela n'a rien de vraiment étonnant, mon garçon. Plus un accusé passe de temps en prison, plus il en sort diminué et ses forces affaiblies. Sa résistance amoindrie, les juges parviennent plus aisément à lui arracher des aveux. D'ailleurs, Bossuat le laisserait certainement croupir dans sa cellule quelques jours de plus s'il ne craignait que je le prenne de vitesse. Notre petit juge se doute bien que je remue ciel et terre pour obtenir l'annulation de la sentence condamnant Mathias à la question. C'est la raison pour laquelle je pressens qu il ne va pas tarder à précipiter les choses.

XVI

Le temps des supplices

Les craintes de Percheval se trouvèrent malheureusement confirmées le jour suivant, lorsque le conseiller Robert Bérenger l'informa qu'il était grand temps, au vu des charges qui pesaient contre l'accusé, de procéder à « l'exploit de torture ». Le 11 mars, en fin de matinée, Mathias fut de nouveau tiré de son cachot et conduit dans la salle des supplices.

Pierre Bossuat, accompagné de ses deux assesseurs, d'un chirurgien et d'un greffier, se tenait au centre de la pièce, donnant ses dernières instructions au bourreau. Percheval, qui avait reçu permission exceptionnelle d'assister à la séance, mais sans intervenir dans son déroulement, se trouvait également sur place, silencieux et crispé. Le lugubre décor de cette antichambre de la mort amenait sur son visage une expression de malaise qu'il avait bien des difficultés à dissimuler.

– Peut-être devriez-vous songer à quitter les lieux ? proposa Bossuat en se tournant vers lui, avec un imperceptible sourire. Vous êtes pâle comme un linceul.

– Il se trouve, répondit aigrement Melchior, que je n'ai encore jamais assisté à une géhenne. Pour ma part, je ne goûte guère ce genre de divertissement.

– Dans ce cas, retirez-vous, fit Bossuat sans se départir de son air légèrement moqueur. Nous nous passerons volontiers de votre assistance.

– Malgré toute la répugnance que j'éprouve à me trouver ici, je ne vous ferai certainement pas ce plaisir. J'entends m'assurer que la question sera menée conformément aux règles fixées par la loi.

– Je représente la loi, lui rappela le juge en gonflant son torse maigrelet.

– Vous ne représentez que la justice, lui objecta Percheval. Avant d'ajouter : laquelle n'est point trop regardante sur les abus que vous lui faites souffrir.

Le magistrat, qui ne cachait plus la haine qu'il éprouvait à l'égard de l'avocat, lui tourna ostensiblement le dos et glissa quelques mots à l'oreille du bourreau.

Celui-ci, debout près du fourneau, s'affairait à entretenir le feu à l'aide d'un énorme soufflet qu'il faisait cracher sur la braise.

Lorsque Mathias pénétra dans la pièce, entouré de deux sergents, le pauvre garçon tenta désespérément de s'accrocher à la porte et esquissa un mouvement de fuite. Mais les gardes le ceinturèrent aussitôt et le menèrent sans ménagement vers les magistrats.

Le ronflement de la forge, la braise qui grésillait, la vision des chaînes, des grammes, des cordes, des verges, des fouets, des entonnoirs, des pointes de fer, des couteaux, des marteaux, des pinces, des tenailles et des tisonniers, placés visiblement dans tous les coins et recoins de la salle, arrachèrent au malheureux un hoquet d'effroi.

– Encore une fois, monsieur l'avocat, insista ironiquement Bossuat, êtes-vous certain de vouloir assister à la question ? Nous allons procéder à l'extraordinaire [1]. Je ne voudrais pas que vous soyez pris d'un malaise qui obligerait le chirurgien, le sieur Fourcade, à vous porter davantage d'attention qu'à l'accusé.

– N'ayez crainte, répliqua Percheval en se raidissant, je tâcherai de n'être la source d'aucun incommodement.

Les deux sergents poussèrent devant eux un Mathias terrorisé et rétif. Le cœur de Melchior se serra d'un indicible

1. On distinguait la torture ordinaire, qui ne détruisait pas trop l'accusé, et la torture extraordinaire, qui brisait l'être humain et l'empêchait, après son supplice, de se déplacer.

sentiment de pitié : le malheureux lançait tout autour de lui des regards suppliants et paniqués.

Bossuat s'approcha de lui et l'admonesta de dire la vérité ou de se faire tourmenter. Ce à quoi Mathias répondit qu'il avait dit toute la vérité et qu'il était innocent devant Dieu.

– Déshabillez-le, ordonna le lieutenant criminel aux sergents.

Ceux-ci ôtèrent la chemise et les chausses de Mathias puis reculèrent de trois pas en arrière.

– Assure-toi que le Diable ne va point lui prêter son concours, commanda Bossuat à Lazare.

Le bourreau fit aussitôt ouvrir grand la bouche à l'accusé et, après avoir vérifié que celui-ci ne cachait pas sous sa langue un talisman qui lui aurait permis d'éviter la souffrance, il lui enfonça sans ménagement un doigt dans le fondement, dans le même but. Cette intrusion arracha à Mathias un gémissement de douleur et de honte confondues.

– Rien ne protège le sorcier.

Les sergents allongèrent ensuite Mathias sur la grossière table en bois de chêne qui trônait au centre de la pièce et l'y maintinrent à l'aide de quatre larges sangles de cuir. Puis, ils lui attachèrent fermement les poignets et les chevilles avec des cordes. Lazare prit soin de vérifier le fonctionnement de ses mécaniques, en particulier le bon enroulement des cordes sur le tambour du treuil installé à l'extrémité de la table, ainsi que l'état du cric et de la manivelle qui y étaient fixés. Il actionna, pour un premier essai, le grand tourniquet en fer afin de tester la tension des cordages qui serviraient bientôt à étirer les membres de l'accusé, jusqu'à disjoindre leurs articulations et à les déboîter.

Tandis que Lazare s'éloignait vers le fourneau et que les sergents s'employaient à tendre les cordes, Michel Groise s'approcha de Percheval :

– Monsieur, lui susurra-t-il, ne pouvez-vous lui faire entendre raison ? Il serait préférable qu'il avoue ses crimes sans que nous n'ayons à...

– Voilà donc tout le choix que votre justice laisse aux pauvres gens de ce royaume ? coupa l'avocat. Il leur faut s'accuser de crimes qu'ils n'ont point commis ou accepter de subir de funestes douleurs ?

– Concédez que s'ils n'avouent pas, nous n'avons d'autres moyens que de…

– La peste soit de vous ! s'emporta Percheval à voix basse. De vous et de vos procédés odieux !

Robert Bérenger, qui se tenait non loin d'eux et qui avait tendu l'oreille pour écouter leur échange, s'approcha pour intervenir :

– Non pas odieux, monsieur, mais utiles, objecta-t-il.

Percheval le dévisagea avec contrariété.

– Odieux et indignes, persista-t-il. N'avez-vous jamais remarqué que les brigands et les routiers, naturellement robustes, pouvaient résister des jours entiers à la question, mais que ceux qui étaient de faible complexion mentaient également, pour échapper aux souffrances qu'ils ne pouvaient endurer ? Cette pratique n'est utile qu'à sauver des coupables de solide constitution et à perdre des innocents peu vigoureux.

Comme il avait quelque peu élevé la voix en prononçant cette dernière phrase, Bossuat s'indigna :

– Je ne tolérerai pas que vous fassiez obstruction au bon déroulement de l'exploit de torture. Tentez de vous opposer d'une quelconque façon à la sentence et vous sortirez de cette salle les pieds devant.

Jamais menace n'avait été aussi clairement et aussi froidement formulée.

– Je n'ai nullement l'intention de m'y opposer, précisa l'avocat. Sentence a été rendue, sentence doit être exécutée. Mais rien ne m'interdit de penser et de dire que cet usage est une aberration monstrueuse et une insulte à la raison, dans la mesure où il produit des effets opposés à ceux que l'on attend de lui.

Bossuat accueillit cette déclaration d'un clappement de langue et Bérenger haussa les épaules. Percheval n'insista pas, abdiquant tout espoir qu'il se fît, dans l'esprit borné des trois magistrats et en particulier sur ce point précis, un dessillement brusque. Ces trois-là étaient comme la plupart de leurs confrères qui considéraient, au pire, la question comme un précieux atout, au mieux comme un mal nécessaire pour mener à bien toute procédure judicaire dans une affaire criminelle.

Cependant, quelle que soit la conviction qu'ils avaient du bien-fondé de la question, Percheval n'entendait pas les laisser l'appliquer selon leur fantaisie.

– Je vous rappelle que les règlements prévoient, au plus, trois degrés de torture, fit-il en s'adressant à Bossuat.

– Je n'ai nul besoin que vous me rappeliez les règlements, fit le lieutenant criminel en levant la main.

– Fort bien. Alors, vous n'êtes pas sans savoir que si vous commencez par le chevalet, vous ne pourrez aller au-delà. C'est une torture lourde, que vous n'êtes autorisé à employer qu'en fin de séance.

– Il se trouve que dans ce bailliage-ci, précisa Bossuat avec hauteur, nous considérons que l'extension peut fort bien être suivie des serrages.

Percheval s'indigna :

– Comment ? Avez-vous le projet d'utiliser les brodequins après le chevalet ?

– En effet. Mais pour l'instant, rassurez-vous : nous allons commencer par les grésillons, conformément à l'usage dans cette juridiction.

Mathias, qui était toujours allongé sur la table, émit une plainte apeurée. Son corps se souleva brusquement, essayant de se libérer de l'étreinte des sangles, ses bras tirèrent sur les cordes avec l'énergie du désespoir.

Le bourreau jeta dans la forge la première ferraille que sa main rencontra, attendit qu'elle chauffât et la retira lorsqu'il la jugea suffisamment brûlante. En le voyant s'avancer vers le chevalet avec son instrument, le conseiller Groise recula instinctivement et se recroquevilla, comme s'il était lui-même menacé.

Chiche du moindre émoi, Lazare promena la pointe rougie du tisonnier sous les yeux terrorisés de Mathias.

– Nous allons voir si le Diable le rend insensible au feu, déclara Bossuat.

Lazare approcha alors sa tige de fer et la posa sur le bras de Mathias. Celui-ci serra courageusement les dents, mais la souffrance fut si vive qu'elle arracha au paysan un cri déchirant.

– A-t-il senti la brûlure ? demanda Bossuat. Ou a-t-il feint la douleur ?

Le chirurgien, Louis Fourcade, se pencha au-dessus de l'accusé, observa ses yeux révulsés, son visage congestionné.

– Il l'a sentie.

– Parfait.

Le choc passé, Mathias sembla reprendre ses esprits et un peu de vaillance. Il poussa un grognement de bête et foudroya du regard les magistrats.

– Il nous lance le mauvais œil ! s'alarma Groise en reculant d'un pas.

– Eh bien, que l'on m'apporte un cierge ! ordonna Pierre Bossuat brutalement.

Lazare se pressa d'obéir et revint avec une longue bougie allumée. Après s'être fait confirmer que l'objet avait été béni le matin même, le petit juge se pencha de nouveau vers sa victime :

– Sache qu'aucune des perfidies de Satan ne m'est inconnue…

Et, prenant brusquement le cierge de la main du bourreau, il le promena le long du corps de Mathias, avec une lenteur délibérée, de son ventre jusqu'à son visage, laissant goutter la cire sur sa peau. Puis il amena la chandelle tout près des yeux et commanda à Lazare de bien tenir les paupières de l'accusé ouvertes. Ce dernier eut beau tourner la tête en tous sens pour échapper à ses tortionnaires, la cire fondue tomba en larmes brûlantes sur sa cornée.

La douleur lui fit de nouveau pousser un cri affreux. Il lui sembla que deux jets de plomb fondu le pénétraient jusqu'au fond du crâne, par les prunelles.

– À présent, tu seras bien en peine de nous lancer le mauvais œil ! déclara Bossuat avec un sourire satisfait.

Mathias, plongé dans les ténèbres par cette infinie cruauté, sentit sa peur redoubler. Ses yeux emplis de cire, devenus blancs comme ceux d'un spectre, semblaient ouverts sur une vision d'horreur.

– À l'aide ! implora-t-il en essayant de se libérer de ses sangles. J'y vois plus ! À l'aide !

– Crois-tu en notre Seigneur, dieu d'Abraham, dieu d'Isaac et dieu de Jacob ? Crois-tu en son fils, notre Seigneur Jésus et en Marie, sa très Sainte Mère ?

– J'y crois ! Ayez pitié !

– Crois-tu que l'hostie et le vin sont le corps et le sang du Christ ?

– J'y crois ! Ah ! Mes yeux ! Qu'avez-vous fait ?

– Crois-tu qu'il y a un Paradis et un Enfer ?

– J'crois ! J'ai mal ! Ah ! Mes yeux !

– Est-ce une bonne chose que les vrais chrétiens s'en aillent au Paradis et que les pécheurs aillent en Enfer ?

– C'est une bonne chose ! répondit Mathias avec l'accent de la sincérité. Oui ! C'est une bonne chose ! J'suis bon chrétien ! Pitié !

Questionné sur la vérité de la résurrection, Vigneules répondit qu'il ne faisait aucun doute à ses yeux que nous ressuscitions après le trépas.

Puis, Pierre Bossuat l'interrogea sur les faits que lui reprochaient les habitants de Malzieu et qui avaient amené sa comparution devant le tribunal. Mais Mathias répondit à cela qu'il n'avait jamais jeté de sorts, ni sur les bêtes, ni sur les récoltes, encore moins sur les gens de son village. Égaré dans un monde où il ne percevait pas même de vagues lueurs, il s'accrochait à la seule idée de résister, de tenir, avec l'espoir incertain que la cire ne l'avait pas rendu définitivement aveugle.

– Tu refuses de parler ? Le brûlement te déliera peut-être la langue…

À ces mots, Lazare leva de nouveau son fer rouge au-dessus du corps de Mathias. Percheval crut qu'il allait le marquer à la poitrine, mais le bourreau retient délibérément son geste et poursuivit la trajectoire de son instrument en un léger frôlement contre la peau du supplicié, lui arrachant de spasmodiques gémissements de frayeur.

Puis Bossuat reposa à Mathias les mêmes questions.

Encore une fois, celui-ci déclara n'avoir rien à se reprocher et nia toutes les accusations portées contre lui.

– Te rends-tu à la messe ?

– J'y vais !

– Lorsque tu vas à l'église, le dimanche, est-ce pour te moquer des Saintes Écritures et des paroles du prêtre ?

– Nenni !

Lazare appliqua la pointe du pique-feu sur son buste, et la peau crépita, dégageant une odeur de viande brûlée.

– Ah ! Pitié !

– As-tu déjà dit tes prières à l'envers ?

– Jamais ! rugit Mathias en gardant résolument les dents serrées, malgré sa douleur. Seules ses mains, qui s'ouvraient et se refermaient convulsivement, trahissaient son martyre, comme si le malheureux eût, par un immense effort de volonté, concentré toutes ses sensations dans ses doigts.

– As-tu craché sur l'hostie ?

– Jamais !

De nouveau, le bourreau leva son tisonnier et le colla sur la chair, le brûlant entre les cuisses. Le cri de Mathias retentit dans la salle de torture et se prolongea plusieurs secondes. Percheval, horrifié, crut sentir jusque dans son échine l'atroce morsure du feu.

– As-tu maléficié des hommes et des femmes de ton village ?

– Jamais ! Pitié ! Cessez !

– As-tu jeté des sorts sur les animaux ?

– Jamais !

Lazare s'éloigna vers le fourneau et en revint avec un autre instrument, plus grand, dont le bout avait été forgé en forme de croix. Cette fois, Mathias fut brûlé à l'épaule. Le tisonnier laissa sur sa peau une empreinte rouge et profonde qui la stigmatisait sur une longueur de trois pouces.

– Ah ! Seigneur Dieu ! Ah ! Cessez !

Puis le bourreau le marqua sur la poitrine. Les yeux exorbités, la bouche grande ouverte, Mathias poussa un hurlement atroce.

– As-tu provoqué des tempêtes en invoquant le nom de l'Ennemi ?

– Seigneur ! Ah ! Jésus ! Pourquoi me faites-vous souffrir ?

– Aux jambes. Brûle-le aux jambes, commanda Bossuat à Lazare.

Le ronflement de la forge couvrit à peine les plaintes de Mathias qui cria tant et si fort que Groise, discrètement replié au fond de la salle, se couvrit les oreilles des deux mains.

– Qu'on lui mette la poire d'angoisse ! s'exclama Robert Bérenger. Je ne supporte plus ses braillements !

– Comment voulez-vous qu'il parle, si nous lui mettons la poire en bouche ? répliqua Bossuat avec irritation.

Comme il ne savait plus où abattre son fer, Lazare s'intéressa alors à la plante des pieds de sa victime.

– Alors ? Comment t'y prends-tu pour amener les orages et faire tomber la grêle ?

– Ah ! Jésus Marie ! Ah !

– Par quel nom appelles-tu le prince des Ténèbres ? De quelle façon t'apporte-t-il son concours ?

– Pitié !

– Te changes-tu en loup à la nuit tombée ?

– Pitié !

– As-tu déjà pris d'autres formes maléfiques ? Celle d'un dragon ou d'un serpent ?

Aucun aveu ne sortit de la bouche de Mathias, qui toujours hurlait mais qui toujours tenait bon. Au talon, la peau, brûlée sur toute son épaisseur, était devenue noire comme du charbon. Sous les orteils, les escarres commençaient à se détacher, laissant à nu une plaie couverte de bourgeons charnus et sanguinolents.

– Il résiste, observa Bérenger. Les flammes de l'Enfer, dans lequel il a sûrement l'habitude de séjourner, lui ont durci le cuir.

– Eh bien, que l'on procède à l'extension ! ordonna alors Bossuat avec humeur.

Lazare alla reposer son tisonnier et vint tendre les courroies sur le tour. Mathias sentit qu'on lui étirait les bras et les jambes.

– Es-tu prêt à avouer ? Reconnais-tu avoir pratiqué d'exécrables envoûtements sur les habitants de ton village ?

– Nenni !

– Allonge de trois crans ! aboya Bossuat.

Obéissant promptement à cette injonction, Lazare tourna la manivelle.

– As-tu empoisonné Guy Vasseur ?

– J'ai empoisonné personne ! se défendit Mathias en essayant de dégager ses mains des cordes qui le liaient au treuil.

– As-tu provoqué l'infection démoniaque de la femme Inguélaère ?

– Nenni !

– Allonge de deux crans !

– Ah ! Mes mains ! Pitié !

– As-tu passé un pacte avec le Diable ? Lui as-tu donné, par ce pacte, ton âme de chrétien ?

– Jamais ! Ah !

– Deux crans supplémentaires !

Mathias éprouva une douleur si intense qu'il faillit vomir d'abord, puis s'évanouir. D'âcres liquides emplirent sa bouche, il se sentit happé, précipité vers un néant terrifiant.

– Le Diable t'a-t-il fait renoncer à chrême et à baptême ?

– J'suis innocent… parvint-il à souffler d'une voix faible, malgré les tiraillements et les élancements qui martyrisaient ses membres.

– Deux crans !

Il sentit que les articulations de ses mains, en s'allongeant, se séparaient peu à peu de ses poignets. Mais, de nouveau, il brida sa souffrance et repoussa la tentation d'appeler sa délivrance.

– Est-ce le Diable qui t'empêche d'avouer ?

– J'dis la vérité… J'le jure… !

– Quand Satan t'est-il apparu pour la première fois ? Était-ce de jour ou de nuit ?

– Le Diable, j'l'ai jamais vu… !

– Quand as-tu passé un pacte avec Satan ?

– Ah ! Pitié ! J'ai si mal !

– Trois crans ! intima de nouveau Bossuat.

Un cri terrible sortit du gosier de Mathias, ses yeux se dilatèrent.

– Ce pacte, persista Bossuat, l'as-tu signé avec ton sang ?

– Nenni...

– Si ce n'est avec ton sang, l'as-tu signé par ta semence d'homme ?

– Nenni...

– De quelle autre manière, alors, l'as-tu signé ?

– J'sais... j'sais point signer...

– Tu ne sais peut-être point écrire, mais tu as déjà signé de ta main des contrats de bail, non ?

– Ah... ! Mes mains ! Ah ! Qu'avez-vous fait ? Ayez pitié !

– Alors, comment signes-tu ?

– J'fais... une croix...

Bossuat, avec un air de triomphe, se tourna vers le greffier :

– Notez que l'accusé, sur la trentième question, n'a point nié avoir passé un pacte avec son maître infernal puisqu'il a avoué avoir apposé sur ledit pacte sa signature, sous la forme d'une croix.

Mathias émit une plainte étouffée en guise de protestation. Sous l'effet de la souffrance, son souffle s'atténuait graduellement, il ne respirait plus qu'à peine.

– Combien de fois t'es-tu rendu au sabbat des sorciers ?

Le pauvre garçon, qui avait de plus en plus de mal à endurer son tourment, répondit pourtant que du fameux sabbat, il n'en avait jamais entendu parler et qu'il en ignorait l'existence jusqu'à ce jour.

Mais Bossuat n'eut cure de cette réponse et continua son interrogatoire.

– Où se fait la réunion des sorciers et autres suppôts de Satan ? demanda-t-il.

– J'sais point ça... !

– Comment te rends-tu habituellement au sabbat ?

– Ah... ! Je m'y rends point... !

– Allonge de trois crans !

Cette fois, Mathias hurla si fort que tous crurent qu'il était arrivé au bout de sa résistance. Son corps se souleva du chevalet dans un violent soubresaut puis se tordit sur la table, comme si les élancements insupportables qu'il avait d'abord ressentis dans ses chevilles et ses poignets se répandaient à présent dans son dos, traversaient tout son être avec une intensité foudroyante.

Michel Groise tourna la tête, de peur que l'image du corps supplicié de Vigneules se fixât dans ses pensées et devînt l'instrument de ses propres tourments nocturnes. Devinant sa crainte, Percheval, se pencha à son oreille :

– Vous faites bien de détourner les yeux, fit-il pour augmenter encore son trouble. On dit que ceux qui ont vu un homme ainsi torturé ne peuvent plus l'oublier. Ce souvenir prend la forme d'un cauchemar qui les hante toute leur vie durant et que rien ne peut le chasser de leur sommeil…

Le conseiller lâcha un gros hoquet de frayeur et plongea le nez vers le sol. La voix de Bossuat s'éleva de nouveau dans la salle :

– Lorsque tu te rends au sabbat du Diable, est-ce en volant comme le font ordinairement les sorciers et les sorcières ?

D'un violent raidissement de la nuque, Mathias redressa la tête, chercha sa respiration, ouvrit grand la bouche pour prendre de l'air et expira un gémissement de douleur.

– Utilises-tu un balai ?

– J'ai mal… j'ai mal… pourquoi m'faites-vous ça ? Seigneur… Aide-moi…

– Montes-tu sur le dos d'un chien noir ? d'un bélier ? d'un âne ?

– Nenni…

Lazare procéda à un nouvel étirement.

– Ah ! Ah ! Sainte Mère de Dieu !

– Alors, sur quel animal voyages-tu ?

Le malheureux puisa en lui la force de répondre, bredouilla avec difficulté :

– J'ai… jamais grimpé… sur l'dos… d'une bête…

– Alors comment fais-tu pour te déplacer à travers le ciel ? Bats-tu des bras, comme un oiseau avec ses ailes ?

– Ah ! Pitié !

– T'affourches-tu sur un bâton ?

Mathias secoua la tête en signe de dénégation, ses dents s'entrechoquèrent.

– On a trouvé chez toi des graines de pavot et de la suie... Ces produits entrent habituellement dans la fabrication d'un onguent bien connu des sorciers pour s'envoler. Nous avons donc la preuve que tu utilises cette sorte de graisse pour t'élancer dans les airs et aller au banquet des hérétiques. Alors, réponds : de quelle façon te rends-tu à la synagogue du démon ?

– Seigneur... ayez pitié de moi, fit Mathias d'une voix plaintive. Sainte Marie... ayez pitié de moi... Sainte Marie... priez pour moi... Saint Michel, priez... Saint Gabriel, priez...

Percheval, profondément ému, essuya d'un geste furtif les larmes qui lui montaient aux yeux, tandis que, dans son esprit révolté, il égrenait à son tour les paroles de la litanie des Saints.

– Trois crans !

Mathias crut que ses mains s'étaient définitivement rompues et détachées de son corps. Il se sentit entraîné dans un gouffre noir, immense, un gouffre sans fond. Son hurlement éclata dans le silence. Sitôt après, il perdit connaissance.

Le sieur Fourcade se précipita pour écouter les mouvements de sa respiration.

– Le souffle est trop lent et irrégulier, annonça le chirurgien.

Bérenger et Bossuat délibérèrent quelques instant et trouvèrent plus sage d'interrompre momentanément l'interrogatoire. Il leur fallait suspendre le supplice, de façon à ce que l'extrême douleur n'entraînât pas un évanouissement prolongé de l'accusé. Au bout de quelques minutes et grâce au secours du vinaigre que le médecin lui fit respirer, Mathias retrouva ses esprits.

Bossuat fit de nouveau tendre les cordes du chevalet, au même point qu'elles étaient avant l'interruption de la séquence.

– En quel lieu se tient la réunion des sorciers ?

– Ah…

– S'agit-il d'un lieu proche du village ? Est-ce dans un endroit sombre et secret ?

Mathias chercha ses mots pour exprimer sa souffrance, mais il ne parvint à sortir qu'un son étranglé. Sa peau lui brûlait atrocement, ses nerfs et ses tendons meurtris tiraient sur ses os douloureux. Il n'avait même plus la force de crier, chaque cri étant comme un coup de poignard qui lui perçait la poitrine, là où le tisonnier avait décollé les chairs.

Tandis que Bossuat ordonnait à Lazare de tourner le cylindre, Percheval, qui avait calculé mentalement le nombre de crans, s'interposa :

– Vous ne pouvez persister ! L'accusé a été suffisamment étiré. Plus de dix-huit crans et il n'a rien avoué !

– En effet, concéda froidement Bossuat. Votre protégé résiste fort bien au brûlement et au chevalet. Et cela est grandement suspect.

– Peut-être le Diable lui insuffle-t-il sa force ? fit Bérenger, méfiant.

– Peut-être… Cependant, je doute que, malgré les pouvoirs qu'il a reçus de son maître, il résistera aussi bien au brodequin.

Lazare revint avec deux planches de fer reliées entre elles par de grosses vis. Il plaça la jambe droite de Mathias, à hauteur du mollet, dans cet engin de malheur.

– Il faut procéder le plus lentement possible, lui conseilla Bossuat. Ne serre pas les vis avec célérité. Plus c'est lent, mieux c'est.

Percheval recula au fond de la salle, tournant ostensiblement le dos à la sinistre assemblée, tant la scène qui se jouait sous ses yeux lui était devenue insupportable. Encore une fois, le conseiller Groise s'approcha de lui.

– Faites entendre raison à l'accusé, lui dit-il sur le ton du secret. Pourquoi s'obstine-t-il ? De toute façon, Pierre Bossuat ira jusqu'au bout. Avant la fin de cette séance, je gage que votre protégé aura tout avoué. C'est une chose horrible de voir souffrir quelqu'un à ce point, même un sorcier.

– Je n'ai point permission de m'entretenir avec l'accusé durant l'interrogatoire, lui répondit âprement Melchior. L'on m'a autorisé à rester et à assister à la question, à seule condition de ne pas intervenir. Quant au fait que cet homme-là souffre, soyez-en certain. Mais demandez-vous plutôt pourquoi le Diable n'est pas ici, en ce moment, pour sauver son complice ? Et pourquoi un sorcier aussi redoutable, un si dangereux criminel, qui est capable de tant de méfaits, qui peut voler dans les airs, jeter des sorts, faire mourir les gens et lire l'avenir, se laisse-t-il tourmenter de la sorte sans réagir…

– C'est que… bafouilla le magistrat en rougissant, je l'ignore. Peut-être a-t-il perdu ses pouvoirs ?

Percheval eut une furieuse envie de gifler ce gros juge imbécile.

– Et vous, monsieur ? Ne souffrez-vous pas également ?

– Moi ? Moi… ? s'étonna l'autre.

– Oui, vous. Ne souffrez-vous point de voir vos amis, ces bons dévots, se faire une fête de supplicier leurs semblables ? N'êtes-vous pas, comme moi, en train de repousser l'horrible sentiment que Dieu, s'il permet de telles ignominies, n'existe pas…

– Oh ! s'offusqua Michel Groise. Il ne nous appartient pas, monsieur, de juger Dieu ! Ni de douter de sa miséricorde !

Percheval haussa les épaules et s'écarta d'un pas, mettant entre le magistrat et lui un abîme de mépris.

– Mieux vaut, en effet, la passer sous silence.

Et, de nouveau, son regard tomba sur le corps abominablement torturé qui gisait sur la table, brûlé en maints endroits, désarticulé, pieds et mains liés, la jambe enserrée dans le brodequin. Toute la compassion, dont sa piété avait toujours entouré l'image de Jésus cloué sur sa croix, ressurgit en lui. Mais cette fois, il se signa, non pour le Christ mais pour Mathias.

Bossuat, impassible, reprit son interrogatoire.

– Lorsque tu es arrivé à la synagogue du Diable, as-tu rendu hommage à Satan, ton maître ?

Sa question ne reçut aucune réponse. Il insista :

– As-tu salué le prince des Ténèbres ainsi que le font ordinairement les sorciers ?

Comme sa victime se refusait toujours à parler, il commanda à Lazare de réduire l'espace entre les plaques de fer.

– Lui as-tu baisé le postérieur ?

Mathias ne put articuler aucune parole. La douleur, brutale, intense, lui brisa le souffle comme un coup de poing.

Loin de s'en irriter, Bossuat, au contraire satisfait, fit remarquer à ses collègues que le sorcier n'avait point nié avoir rendu hommage au Diable en arrivant au sabbat. Puisque celui-ci n'avait pas répondu à sa question par sa bouche. Il somma le greffier d'inscrire cet aveu sur le procès-verbal.

Interrogé ensuite sur le cul du Diable et sur le fait qu'il était chaud ou froid, Mathias réussit à peine à nuancer quelques mots pour dire qu'il n'en savait rien. Bossuat en tira la conclusion qui s'imposait :

– S'il n'en sait rien, c'est qu'il lui a baisé le cul à travers ses chausses.

Et, aussitôt, il ordonna à Lazare de tourner les vis. La jambe du pauvre garçon fut bientôt prise dans un étau de feu. Le sang n'affluant plus dans les veines comprimées de son mollet, il lui semblait qu'il enflait dans sa cuisse au point de la faire éclater.

– Combien de procès en sorcellerie as-tu rencontrés lors de l'assemblée diabolique ?

– Ah ! Je... Ah ! Je... m'y suis point rendu... !

– Deux tours !

Mathias laissa échapper un hurlement de bête, puis se mit à haleter bruyamment, la face exsangue.

– Lors du sabbat, le Diable a-t-il dit la messe à l'envers ?

La respiration saccadée, le paysan était désormais incapable de formuler des phrases longues et intelligibles. Il se contenta de secouer la tête, de râler, d'expirer de pauvres soupirs de protestation.

– Le festin que vous a offert votre maître infernal était-il délectable ?

– Ah… pas… pas de… festin…

– Réponds ! Lors du banquet du sabbat, as-tu trouvé, oui ou non, la nourriture à ton goût ?

Lazare resserra encore les plaques de fer et fit tressaillir les nerfs torturés.

– Pitié !

Bossuat réitéra sa question :

– Comment as-tu trouvé le repas servi par les suppôts de Satan ?

– Ah… Jésus… Secourez-moi…

– Eh bien ? L'as-tu trouvé bon ?

Mathias émit un son inarticulé, presque inaudible.

– L'as-tu trouvé bon ?

– Nenni… dit-il, son souffle allant en s'affaiblissant.

– Avez-vous ouï ? s'exclama Bossuat. L'accusé vient de répondre qu'il avait jugé détestable la nourriture du Diable. Donc, s'il l'a trouvée détestable, c'est bien qu'il y a goûté !

Percheval baissa le visage, tristement.

– Ainsi, reprit le magistrat, tu l'as trouvée infecte. Et pour quelle raison l'as-tu donc trouvée infecte ? Était-ce parce qu'on t'a servi des bêtes mortes ? Des serpents et autres pourritures à manger ? Et du purin à boire ?

Les lèvres de Mathias s'agitèrent, mais il continua à se taire.

– Réponds ! As-tu mangé des choses puantes et répugnantes au sabbat ?

– Sainte… Vierge… Marie… pleine de… grâces…

– Resserre ! intima Bossuat au bourreau.

Au dixième tour de vis, on entendit un craquement bref. L'os venait de se briser.

– As-tu goûté ou mangé des choses abjectes ?

Ce fut à cet instant précis que la raison de Mathias commença à basculer. Tout était devenu si confus dans son cerveau, si obscur, qu'il ne sembla plus, soudain, démêler le cauchemar de la réalité. Percheval supposa que le malheureux n'entendait plus qu'une partie seulement des questions ou qu'il n'était plus en mesure de juger de leur gravité. Sans doute pensa-t-il qu'il n'y avait aucun mal à avouer qu'on avait mangé, ne serait-ce qu'une fois dans sa vie, quelques bestioles peu ragoûtantes. Qui n'avait pas, en période de disette, déterré des racines, fait bouillir des limaces ou même quelques rats ? Le pauvre garçon songea sûrement qu'il ne courait pas de grand danger à reconnaître une chose aussi habituelle qu'insignifiante. Si cela pouvait effacer cette douleur et ce feu dans sa jambe.

– Alors ? As-tu mangé, oui ou non, des plats immondes ?

– Oui… fit Mathias dans un souffle.

– As-tu remarqué qu'il n'y avait ni pain, ni vin à la table des sorciers ? Ni point de sel ?

Mathias respirait par petits spasmes brusques. Il marmonnait plus qu'il ne parlait. Son esprit fonctionnait par à-coups, comme un mécanisme détraqué.

– Pas… pas de… pain… pas de… vin…

– Les suppôts avaient-ils préparé, pour le Diable, son mets préféré ?

– Pitié… !

– Y as-tu goûté ?

Lazare comprima davantage la jambe entre les planches par un nouveau tour de vis. Mathias hurla, laissa tomber sa tête sur le côté, puis ses lèvres esquissèrent un mouvement vague.

Pierre Bossuat interpréta bien évidemment ce signe comme une réponse affirmative. S'adressant à ses deux assesseurs et au greffier, il décréta haut et fort :

– L'accusé avoue avoir mangé de la chair humaine au sabbat !

Bérenger opina, grandement satisfait.

– Cette viande, poursuivit le juge, était-ce la chair de petits enfants ?

Mathias ouvrit la bouche pour expirer un murmure incohérent.

– Réponds ! Ces enfants avaient-ils été rôtis ? Ou bien avaient-ils été bouillis dans un chaudron ?

Les yeux emplis de cire, ouverts sur un monde de ténèbres et de douleur, Mathias gisait sur le chevalet la tête renversée, la bouche ouverte, semblable à une grande poupée cassée, disloquée. Il se trouvait à présent dans un état proche de l'inconscience.

– Parle ! Le rôti humain était-il préparé avec les cadavres de jeunes enfants ? De petits enfants morts avant le baptême et déterrés par les sorcières ?

La seule réponse que Bossuat put obtenir de sa victime fut une espèce de grognement, sorti, non pas d'entre ses lèvres, mais du plus profond de sa poitrine. Ce fut ce râle de moribond qui fit dire au sieur Fourcade que le prévenu était cette fois en grand danger de partir définitivement pour l'autre monde.

Les juges ordonnèrent donc la suspension de la torture afin de laisser reposer l'accusé. Bossuat jugea qu'il n'était pas nécessaire qu'on le libérât du chevalet, mais, à la demande du chirurgien, accepta que l'on ôtât le brodequin.

Cette interruption fut la bienvenue pour les quatre compères, car elle leur permit d'aller se restaurer de bon appêtit à l'auberge la plus proche. Ils quittèrent la salle vers midi et ne revirent que deux heures plus tard.

Pendant leur absence, Mathias était resté sous la surveillance du bourreau et des sergents ; quant à Percheval, il avait attendu dehors, devant la prison, incapable d'avaler quoi que ce fût, pas même un morceau de pain.

Aussitôt revenu, Pierre Bossuat ordonna que l'on reprît les serrages et, cette fois, Lazare plaça la jambe gauche de Mathias entre les plaques de fer.

– Lors du sabbat, le Diable t'a-t-il appris comment fabriquer des philtres et des poudres pour maléficier les gens de ton village ?

– Nenni… parvient à murmurer celui-ci, à bout de forces.

Bossuat s'adoucit et demanda, avec une amabilité feinte :

– Était-ce les squelettes des petits enfants qui, une fois débarrassés de leur chair, servaient à la fabrication des poudres mortifères ?

– J'suis… point sorcier…

– Parle et nous te libérerons. Nous panserons tes blessures et tu pourras rentrer chez toi.

– J'suis... point sorcier...

– Tu souffres beaucoup... Mais tu vas souffrir encore bien davantage si tu t'obstines.

– Cessez... par pitié...

– Cinq tours de vis !

– Ah... ! Seigneur ! Ah ! Jésus !

– Réponds !

– Ah ! Ma jambe ! Finissez ! Pitié !

– Au cours du sabbat, le Diable t'a-t-il offert des crapauds ?

Le corps de Mathias s'agita sur le chevalet, comme secoué par des milliers de mains invisibles. Tout ce qu'il avait souffert jusqu'à présent, dans sa vie de fer, n'était rien auprès du calvaire qu'il endurait.

Fourcade, examinant de nouveau son état, jugea que le mouvement du cœur était gravement intercepté et constata que l'os de la jambe venait d'être gravement endommagé. Encore une fois, il s'appliqua à lui faire reprendre ses esprits à l'aide de ses liqueurs. Mais le répit de Mathias fut de courte durée, car cinq minutes plus tard, le bourreau réduisait de nouveau l'espace entre les plaques.

– Ces crapauds, reprit Bossuat, le Diable t'a-t-il dit de bien les fouetter afin qu'ils te fabriquent chaque jour du venin ?

– Oui... lâcha Mathias dans un souffle, comme si désormais la seule chose qui lui importait était d'en finir.

– À quoi te servait ce venin ? Te servait-il à faire une épaisse bruine pour gâter les fruits et les récoltes ?

– Ah... J'ai mal ! J'ai si mal ! Je... j'vous dirai tout !

– Lors du sabbat, continua Bossuat, ton maître t'a-t-il montré comment fabriquer les poudres diaboliques ?

– Oui...

– Était-ce la peau et les os des enfants que vous avez mangés qui servaient à composer ces poudres ?

Sur ce point, Mathias resta encore muet. Comme si son esprit ne pouvait se résoudre à avouer pareil crime, en dépit de l'intolérable douleur qui l'amenait aux portes de la mort.

– Était-ce la peau et les os des petits enfants ? Réponds !

Mathias expira un son sans signification, et le magistrat, comme à son habitude, assimila cette affreuse plainte qui s'échappait d'une gorge mourante à une affirmation.

Enfin, sans qu'il eut à l'en persuader, Mathias lui avoua tout ce qu'il désirait entendre.

Il confessa avoir, lors de l'assemblée diabolique, dansé avec des femmes et des filles et les avoir couchées par terre pour jouir d'elles. Il admit que, pendant son premier sabbat, il avait connu charnellement une vieille femme, mais que les autres fois, il avait pris plus de plaisir à copuler avec des succubes et des sorcières plus jeunes et plus jolies.

La description du Diable que Bossuat lui extorqua par la suite concordait en tous points avec celles qu'avaient faites avant lui des milliers d'accusés dans tout le royaume, en répondant aux mêmes questions et sous l'effet de supplices identiques : Mathias avoua que Satan était hideux, qu'il avait le visage pâle et hâve, et que ses yeux cruels étaient enflammés et rouges comme la braise. Au milieu de ses cheveux hérissés, Mathias reconnut également qu'il avait vu pointer une paire de grandes cornes noires. Son visage était terminé par une barbe de chèvre, ses doigts étaient fort poilus, ses ongles fourchus, courbes comme les serres d'un oiseau de proie. Bossuat l'interrogeant sur le corps du démon, lui demanda ensuite quelle était la forme de celui-ci :

– Était-ce corps d'homme ?

Le visage ravagé par les larmes, les traits crispés par l'intolérable douleur, Mathias opina.

– Dans son haut ou dans son bas ?

– Son haut…

– Ainsi, dans sa moitié supérieure, le Diable t'apparaît comme un homme. Mais pour le bas, est-ce le corps d'un bouc ?

– Ah… ! Ayez pitié de moi… Cessez…

– Est-ce celui d'un bouc ? insista Bossuat.

– D'un bouc… oui…

Les secondes s'égrenèrent dans un silence de mort que seuls vinrent rompre les sanglots et les plaintes de Mathias.

Percheval frémit, bouleversé jusqu'au tréfonds de l'âme. La farce était jouée.

– Le Diable portait-il un bel habit, taillé dans de beaux draps et beaux velours ?

– Oui...

– As-tu vu son membre viril ?

Mathias remua légèrement le menton, en signe d'acquiescement.

– Notez bien, intima Bossuat au greffier : l'accusé a affirmé que le vêtement du Diable était découpé en son milieu et qu'il découvrait son priape.

– Comment était-il ? Était-il étiré et pendant comme une grosse verge de percheron ?

– Oui...

– Était-il noir ?

– Noir...

– Couvert de poils ?

– De poils...

– À la fin du sabbat, as-tu raconté à ton maître infernal tout le mal que tu avais fait sur cette terre ? Lui as-tu dit combien d'honnêtes gens tu avais tués ou rendus malades, combien de bêtes tu avais empoisonnées, dans l'espoir de recevoir de lui une récompense ?

– Oui...

– Le Diable a-t-il ensuite pratiqué avec toi le péché sodomite ?

Mathias ne parut pas comprendre la question. Aussi, Bossuat dut-il la reformuler en des termes plus clairs :

– A-t-il introduit son membre dans ton fondement ?

Comme l'accusé restait muet, Lazare prit l'initiative de serrer un peu plus les plaques.

– Ah ! Ah ! Pitié ! hurla Mathias. J'vous l'dirai !

– Nous savons que le Diable s'accouple généralement par devant avec les femmes jeunes et belles mais qu'il s'accouple par derrière avec les laides et les hommes. Est-ce ainsi qu'il a agi avec toi ?

– Ah... Je l'dirai... ! J'dirai tout !

– As-tu ressenti une grande douleur lorsqu'il t'a pénétré ?

– Oui !

– Quels étaient les autres sorciers et sorcières présents au sabbat ?

Mathias enfonça si fort les dents dans sa lèvre que le sang perla.

– As-tu reconnu des parents ? Des amis ?

Il secoua la tête comme un dément, appelant, dans son désespoir, Dieu et tous les saints du Paradis. Il se savait perdu mais ne voulait pas perdre les autres. Et tout son courage, toute sa pauvre force de moribond, à présent, tendait son être brisé vers cette dernière volonté.

Percheval faillit être pris d'un malaise et se retint au mur pour ne pas tomber. Passé ce vertige, il inspira profondément et s'obligea à avancer vers le chevalet.

– J'aimerais lui parler, dit-il en s'approchant de Bossuat. Permettez-moi de m'entretenir avec lui, un instant seulement.

Le petit juge fronça les sourcils, tordit sa bouche mince dans un rictus outré :

– Vous n'avez pas le droit !

– Je le sais. Mais il est dans votre intérêt d'obtenir révélation de ses complices… avant qu'il ne parte en Enfer.

Melchior faisait deux têtes de plus que lui, et Bossuat dut reculer de trois pas afin de le prendre en entier dans un seul regard.

– Soit, faites-lui entendre raison, dit-il avec mauvaise humeur. Que votre conseil, au moins, lui soit utile !

Percheval se plia au-dessus de Mathias et lui toucha l'épaule. Puis, à voix haute, feignant une autorité et une sécheresse qu'il était loin d'éprouver, il fit mine d'entrer dans le jeu du magistrat :

– Il faut que tu avoues le nom de tes complices, conseilla-t-il à Mathias. Ou bien tu seras torturé jusqu'à ce que tu y restes.

Puis, se penchant davantage, jusqu'à effleurer son oreille et sur un ton tellement bas que ni Bossuat ni personne d'autre ne purent l'entendre, il ajouta vivement :

– Je t'en conjure, donne de faux noms ! Invente quelque chose, car tu ne pourras pas supporter la torture plus longtemps ! Dis-leur n'importe quoi… Que tout cela cesse et que nous puissions gagner du temps…

L'autre, constatant son manège, s'interposa immédiatement.

– Cela suffit ! coupa-t-il en repoussant brutalement l'avocat. L'abouchement est terminé !

Percheval s'éloigna de la table et Bossuat revint vers l'accusé :

– Consens-tu à nous donner révélation du nom des autres sorciers que tu as rencontrés au sabbat ?

Mathias, le corps tendu dans d'abominables douleurs, garda les lèvres closes. Alors Lazare serra encore les vis, tant et si bien que les plaques de fer en se rapprochant, brisèrent l'os d'un coup sec, comme un fragile morceau de bois.

La violence de cette nouvelle souffrance fit sombrer Mathias dans l'inconscience, pour la quatrième fois.

Le chirurgien tenta de le réanimer en agitant sous ses narines un vinaigre fort, mais en vain. Lorsqu'il versa entre ses lèvres entrouvertes quelques gouttes d'eau de vie, il n'exhala pas même une plainte.

– Il ne se réveillera pas de sitôt, déclara Fourcade.

– Ramenez-le ! ordonna Bossuat. La justice n'en a pas terminé avec lui !

– Vous avez obtenu ses aveux ! se révolta Percheval. Vous devez cesser la question !

Les trois juges se rapprochèrent du corps inerte, un peu contrits par la soudaineté de ce désastre qui était la piteuse conclusion de tous leurs efforts.

– C'est un fait qu'il faut interrompre les tourments, fit Bérenger.

– Suspendons, approuva Michel Groise. Ou nous risquons de le perdre.

Cependant, Bossuat n'entendit ni les uns ni les autres. Il bondit vers la forge et se saisit d'un tisonnier. En trois enjambées furieuses, il revint vers Mathias et appliqua la pointe rougie du fer sur son ventre. Mais la douleur ne fit pas sortir le malheureux de son profond évanouissement.

– Qui sont les sorcières et les autres sorciers qui t'accompagnent au sabbat ? Parle !

– Cessez ! s'emporta Percheval. Il ne peut vous répondre !

Pris d'un accès de rage et de folie incontrôlable, le magistrat s'acharna sur l'abdomen de Mathias, brûlant et meurtrissant si bien la peau qu'elle finit par ne plus se détacher du métal incandescent.

– As-tu reconnu d'autres sorciers ? Peux-tu les nommer ? Parle ! Qui sont les autres sorciers du village ? Réponds !

Il enfonça soudain la pointe de son instrument profondément dans la chair, comme s'il voulait lui griller les entrailles.

– Êtes-vous dément ? hurla Percheval, au comble de l'affolement.

– Monsieur ! intervint à son tour le chirurgien. Pour l'amour de Dieu, cela suffit ! L'accusé est en danger de trépasser s'il n'est pas relâché incontinent !

Alors que Bossuat, sourd à ces avertissements, levait et brandissait son fer rouge, prêt à marquer Mathias de nouveau, Percheval lui attrapa le bras, entravant son geste :

– Vous avez appliqué le chevalet et les brodequins ! Vous n'avez aucunement le droit de revenir au brûlement !

Bossuat lâcha finalement le tisonnier. Melchior le vit tituber et porter la main à son front, comme un homme ivre.

– Vous répondrez de votre cruauté devant le parlement ! le menaça l'avocat.

Décomposé, Michel Groise plaqua une main sur sa poitrine et la pressa pour moduler de confuses émotions. Robert Bérenger lança à son collègue un regard interrogateur et perplexe. Le sieur Foucade, examinant de nouveau Mathias, hocha la tête d'un air entendu :

– L'homme est robuste, mais si vous persistez, il ne résistera pas.

Bossuat comprit qu'il lui fallait abandonner la partie. Un geste de colère accompagna cette abdication forcée.

– Nous n'avons pas eu révélation du nom de ses complices ! s'emporta-t-il en tapant du pied.

– Il nous les livrera plus tard, déclara Robert Bérenger. Pour le moment, laissons-le, puisqu'il n'est plus en état de répondre. Nous lui infligerons la question préalable dès qu'il aura recouvré ses esprits.

Percheval s'interposa :

– La question préalable ne peut être appliquée qu'après la sentence de condamnation ! Et après un jour de repos !

– Rassurez-vous, fit Bérenger avec agacement, nous ne sommes pas si pressés, monsieur l'avocat. Nous allons laisser au sorcier une semaine pour se remettre. Et nous n'avons nul doute qu'il nous donnera, dans une huitaine, les noms de tous les suppôts qu'il connaît, sans qu'il soit nécessaire pour cela de le briser de nouveau en petits morceaux.

Percheval s'abstint de répliquer. Le conseiller avait parfaitement raison : très souvent, dans la crainte d'une nouvelle séance de mauvais traitements, les accusés, même s'ils avaient courageusement résisté à la première torture, confessaient tout ce que les juges voulaient entendre, les jours suivants.

Bérenger s'adressa à Pierre Bossuat, qui trépignait dans son coin :

– Je ne doute pas qu'il parlera. La peur fait plus que la douleur.

Puis, estimant que le sorcier avait avoué suffisamment de crimes pour être condamné, les trois magistrats ordonnèrent aux sergents de le libérer. Celui-ci, toujours inanimé, fut allongé par terre, où, sans qu'il eût repris ses esprits, on lui fit la lecture du procès-verbal rédigé par le greffier :

… sommes rendus à la prison et admonesté ledit Vigneules de dire la vérité, ou de se faire tourmenter.

A répondu qu'il avait dit la vérité et s'est mis à prier Dieu.

A été commandé aux sergents de le mettre sur le chevalet et de le tenir sur icelui au moyen de sangles.

A été exhorté à l'accusé de décharger entièrement sa conscience de ses crimes.

A dit qu'il n'avait point commis de crimes.

A été communiqué au maître des Hautes Œuvres de procéder au brûlement.

A dit qu'il n'avait point commis d'ensorcellement, ni avoir point signé de pacte avec le Diable.

A été soumis par huit fois aux grésillons.

Puis a été d'abondant étiré sur le chevalet et admonesté de dire la vérité.

A crié haut et fort, par plusieurs fois. Sur quoi a été allongé de plusieurs crans.

A alors admis avoir passé un pacte avec le Diable, avoir été à la synagogue de l'Ennemi et avoir rendu l'hommage à son maître. A également reconnu, après plusieurs étirements, avoir participé au banquet diabolique.

A perdu connaissance, à la suite de quoi, la géhenne a été suspendue durant quinze minutes.

A été ensuite commandé au bourreau de lui administrer la question au moyen du brodequin.

Ainsi serré au niveau de la jambe droite, a été pressé de dire s'il avait mangé de la chair humaine.

A avoué en avoir mangé mais a refusé d'en donner la provenance.

A été serré par plusieurs tours de vis supplémentaires.

A été ranimé pour la deuxième fois. A été ordonné la reprise de la question à deux heures.

A été alors admonesté d'avouer sa relation lubrique avec le démon et avec d'autres sorcières.

A avoué avoir pratiqué le coït avec des femmes et avec son maître infernal. A fait par la suite description du sabbat et du diable.

A été exhorté à révéler le nom de ses complices.

A répondu qu'il n'avait point de complices.

A été commandé au bourreau de serrer le brodequin sur la jambe gauche pour cinquième fois.

A refusé de répondre.

A perdu de nouveau connaissance.

Et plus n'a été procédé, et nous sommes soussignés : Pierre Bossuat, Robert Bérenger, Michel Groise.

Tandis qu'il regardait les sergents soulever Mathias et le sortir de la salle des tourments, Percheval fut pris d'un violent haut-le-cœur.

L'état dans lequel se trouvait le pauvre garçon était bien pire qu'il ne l'aurait imaginé, bien qu'il se fût attendu à une pareille boucherie : Mathias avait perdu la vue et sa peau, en de multiples endroits du corps, avait été si bien brûlée qu'elle partait en lambeaux.

– Survivra-t-il à ses blessures ? demanda-t-il au chirurgien.

– C'est possible, répondit Fourcade, mais ce n'est pas certain. L'articulation du poignet s'est détachée de l'avant-bras. Celle de la cheville droite, me semble-t-il, a également été arrachée. S'il ne trépasse pas, il ne pourra jamais plus tenir sur ses pieds.

Et, comme si cette tragique conclusion ne suffisait pas, il ajouta :

– De toute façon, la dernière torture, par serrage, l'a définitivement privé de l'usage de ses jambes. Le péroné droit est vilainement fracturé. Pour ce qui est de la jambe gauche, nul doute que le tibia a éclaté.

Percheval demeura pétrifié. D'une voix étouffée, il murmura, conscient de son impuissance :

– Que puis-je faire pour lui ?

Le chirurgien le considéra, étonné :

– Que voulez-vous faire ? S'il n'est point sorcier, comme il le prétend, priez pour lui. Dans le cas contraire, laissez le Diable reprendre cette âme qui lui appartient.

Pierre Bossuat s'approcha des deux hommes et se planta devant l'avocat. Il dirigea sur lui son regard fixe, redevenu impassible, vide de toute expression.

– Les démons sont légion, déclara-t-il d'une voix sinistre. Je n'aurai de cesse de les traquer et de les châtier.

Et, aussitôt, une expression de haine intense passa dans ses yeux fendus, une lueur mauvaise qu'au prix d'un suprême effort il tenta de maîtriser. Puis, d'une voix plus basse mais très nette, d'une voix cinglante, il prédit à Percheval :

– Votre tour viendra, monsieur l'avocat. Bientôt.

XVII

Confessions

13 mars.

– Où est le prisonnier ?

– Au puits. Avec sa femelle et son fils.

– Pourquoi les a-t-on enfermés ensemble ?

– C'est l'juge qui l'a dit : « Pour qu'les deux autres éprouvent une bonne frayeur de c'qui les attend. »

Le geôlier alla chercher une torche de résine et mena Percheval jusqu'à l'endroit où Mathias était détenu, une salle très étroite, creusée sous les fondations de la prison. Ils descendirent une vingtaine de marches abruptes, dans une cage d'escalier à peine plus large que le corps d'un homme.

Le gardien fit tinter son trousseau de clés, l'air goguenard.

– L'est pas beau à voir, vot'sorcier.

Puis il ouvrit la porte basse, solidement renforcée par des ferrures, qui donnait accès au minuscule réduit. Percheval se pencha pour entrer. Ses pupilles se contractèrent puis s'agrandirent, cherchant à percer l'obscurité. Il ne vit rien mais perçut un murmure étouffé.

Lorsque le bourreau glissa sa torche dans l'anneau de fer scellé dans la pierre et que celle-ci éclaira enfin l'intérieur du cachot, il put distinguer le corps de Mathias, allongé contre le mur. À ses côtés, se découpaient la frêle silhouette d'une femme ainsi que l'ombre, plus petite, d'un jeune enfant. Sarah Inguélaère, en chemise, la tête rasée, était assise sur le sol, les jambes repliées entre ses bras. Lorsqu'elle vit Percheval s'avancer vers elle, elle reconnut instinctivement celui qui incarnait son salut, tomba à genoux et lui saisit la main pour la baiser.

– J'ai tout entrepris pour lui épargner cette épreuve, murmura l'avocat d'une voix coupée par l'émotion. Dieu m'est témoin que je n'ai compté ni mon temps ni mon courage…

Sarah baissa les yeux tristement.

– Dieu nous a abandonnés.

La voix était calme, mais son regard disait qu'elle savait son sort décidé. Elle n'ignorait plus que son calvaire ne serait pas moins terrible que celui de son époux.

Percheval, sans se soucier de faire traîner les basques de son manteau dans la terre humide et la paille pourrie, se pencha au-dessus de Mathias. Celui-ci restait étendu et immobile, mais des mouvements convulsifs, par intervalles, faisaient tressaillir tout son corps secoué par les frissons de la fièvre. Le chirurgien avait pansé ses brûlures et attaché des bandes autour de ses jambes brisées. Ses mains et ses pieds restaient visibles, atrocement gonflés, déjà noircis par l'infection qui les rongeait.

– Quel malheur, souffla Percheval en se redressant.

Il jeta un coup d'œil derrière lui afin de s'assurer que le geôlier avait quitté la fosse et refermé la porte.

– Je mène une enquête sur la mort de Guy Vasseur, dit-il à Sarah. Je dois savoir qui l'a empoisonné, afin de disculper ton époux et vous sauver, toi et ton fils.

Il y eut un silence. Sarah leva vers lui des yeux troubles, lourds de désespoir.

– Le soir où Guy est venu chez vous, la veille de son empoisonnement, chez qui s'est-il rendu pour souper ?

– I l'a rien dit, murmura Sarah d'une voix étouffée. I l'est entré dans la maison, i l'a posé la rapière sur la table et i l'est r'parti. J'lai ben dit au juge.

– Pourtant, ton beau-frère comptait retrouver quelqu'un. Et c'est cette personne, précisément, qui lui a administré le poison. N'as-tu aucune idée de l'endroit où il a pu se rendre ce soir-là après avoir quitté votre logis ?

– Nenni.

Elle mit dans ce simple mot un accablement, une désolation épouvantables. Percheval se tourna vers le petit garçon assis sur le sol, près de Mathias. Il vit qu'il avait les mêmes cheveux roux que ses cousines, mais ses yeux noirs, fendus et allongés vers les tempes, étaient ceux de son père.

– I parle plus, précisa Sarah. Depuis qu'i nous ont mis en prison, c'est comme s'i l'avait perdu sa langue.

Percheval s'adressa à l'enfant :

– Continue ainsi. Ne dis rien à personne, mon petit. Et si les juges te pressent de parler et que l'usage de la parole te revient, la seule chose que tu devras leur répondre sera : « Dieu me garde. » As-tu compris ? « Dieu me garde. »

Hugues rampa vers sa mère et se pelotonna contre elle, cherchant, au creux de sa poitrine, une sécurité illusoire.

– Là, fit Sarah en le repoussant un peu, sans rudesse. Te mets donc pas comme ça…

Et, tout en tenant son fils tendrement serré contre son flanc, elle posa doucement sa main sur son abdomen. Les plis amples de sa chemise et la demi-obscurité du cachot avaient dissimulé le petit renflement de son ventre. Percheval la regarda avec stupeur :

– Es-tu grosse d'enfant ?

Sarah hocha la tête.

– Dieu soit loué, dit-il en soupirant. Tu seras peut-être sauvée. Depuis quand es-tu enceinte ?

– D'puis la Toussaint.

Au même moment, Mathias remua légèrement et ses lèvres esquissèrent une grimace douloureuse. Percheval s'accroupit de nouveau à ses côtés, lui releva la tête, sachant que le moindre mouvement était un nouveau supplice pour lui.

– As-tu quelque chose à me dire, Mathias ?

– Oui…

– Parle-moi…

– Les juges… i m'obligeront à… à donner des noms…

L'avocat baissa les yeux, incapable de démentir.

– Faut… faut en finir, balbutia Mathias d'une voix tremblante. Vous savez… vous savez ben c'qu'i… faut… faire…

Percheval lui pressa l'épaule.

– Je le ferai.

Il y eut un long silence pendant lequel les mots qu'il venait de prononcer semblèrent torturer l'avocat. Puis il se domina et se releva, très pâle :

– Il a enduré assez de maux.

Sarah comprit et ne se révolta pas. Elle passa ses doigts dans les cheveux roux de son fils, lui prodiguant une caresse furtive et distraite. Puis, comme emmurée soudain, elle se recroquevilla sur la terre battue et fixa le sol de son regard muet, de ses grands yeux résignés au fond desquels on ne devinait que le vide de l'angoisse.

La porte tourna sur ses gonds. La voix rogue du geôlier s'éleva dans le cachot :

– Terminé !

Avant de sortir, Percheval regarda une dernière fois la mère et l'enfant blottis l'un contre l'autre, graves et fragiles silhouettes ensevelis dans cette tombe obscure.

Sitôt arrivé à la salle supérieure de la prison, il souleva l'un des pans de sa hongreline, dévoilant au geôlier une bourse pleine. L'autre, le trou de la bouche arrondi, l'œil brillant, lorgna l'objet d'un air avide.

– Qu'est-ce qui vous faudrait ?

– Arrangez-vous pour qu'il ne souffre plus.

– Qu'est-ce que j'peux ben y faire ?

– Vous m'avez parfaitement entendu.

Le gardien pinça les lèvres, puis leva la main, comme pour refuser, mais il guignait toujours la bourse du coin de l'œil.

– Faites-le promptement et proprement, précisa Percheval. Ne laissez aucune marque suspecte sur son corps. Il faut laisser croire qu'il est mort des suites de ses blessures. Et faites en sorte que sa femme et son enfant ne voient rien.

– J'sais pas... Non, ça, c'est défendu...

Mais tout en lui faisant cette réponse, il se caressait à présent le menton d'un air plutôt conciliant.

– Réfléchissez, insista Percheval, votre prisonnier finira par mourir tôt ou tard, même plus tôt que tard au vu de la gravité de ses blessures. Sans compter que le lieutenant criminel s'apprête à lui infliger la question préalable et qu'il ne résistera probablement pas à une nouvelle séance. Alors, vous ne toucherez plus un sou pour lui.

L'homme se gratta le crâne de l'index, reprit son air d'indécision.

– En revanche, poursuivit l'avocat, la femme et l'enfant sont là pour longtemps.

– Qu'est-ce qui vous fait dire ça ?

– Vous avez dû voir que Sarah Inguélaère était grosse. Elle ne sera pas questionnée avant sa délivrance, je vais m'en assurer. Quant au garçon, il est heureusement trop jeune pour être inquiété : la loi n'autorise pas les juges à torturer les enfants impubères. Il restera donc en prison avec sa mère jusqu'à ce que celle-ci fasse ses couches. Ainsi, je vous paierai deux sols par jour, pour elle et pour lui, et cela pendant au moins quatre mois, en plus des frais de geôlage que vous verse la magistrature.

– Hé ! C'est plus facile à dire qu'à faire…

Percheval le dévisagea durement.

– Ce ne serait pas le premier sorcier à s'échapper [1].

L'autre fit une moue. Il demeura encore irrésolu, les yeux fixés sur la bourse. Puis il haussa les épaules :

– J'peux lui rompre le col. I sentira rien.

– C'est la seule chose qui m'importe, répondit Percheval en détachant le sac de cuir empli de pièces et en le lui tendant.

Mais lorsque le geôlier avança la main pour prendre la bourse, il retint son geste un instant.

– Et quoi d'aut'e pour vot'service ?

– Lorsque Pierre Bossuat ou tout autre magistrat aura constaté de ses yeux le décès, arrangez-vous pour qu'on emmène promptement le corps avant qu'il ne soit réduit en cendres.

– Et où qu'on devra l'emm'ner ?

– Je veux que cet homme soit inhumé.

---

1. Terme utilisé par les magistrats pour désigner les sorciers ou sorcières retrouvés morts dans leur cachot.

– Hé là ! Non ! protesta l'homme qui trouvait la chose trop risquée. Faut pas compter que j'vous rende son cadavre !

– Je ne vous le demande point. Faites en sorte qu'on le mette dans la fosse commune.

– Un sorcier au cimetière ? Bah !

Le gardien accompagna cette déclaration d'un bruyant reniflement puis cracha par terre.

– Mathias Vigneules a vécu en bon chrétien, répliqua sèchement l'avocat. Il a mérité sa tombe, bien plus que vous.

Percheval passa dans un chagrin affreux les deux jours qui suivirent sa visite en prison, deux jours durant lesquels il resta sans sortir de sa demeure, ni même de sa chambre à coucher. Lorsque Gaultier des Périers frappa à sa porte, il le trouva en chemise longue et robe de chambre. Une profonde tristesse était empreinte sur son visage et il paraissait assez qu'il avait bien mal passé la nuit.

Le jeune homme ôta sa cape et ses soulettes et s'affaira un instant à raviver le feu qui mourait d'abandon dans l'âtre de la grande cheminée.

– J'ai rencontré monsieur Drumont au coin de votre rue, dit-il en ramenant les braises avec une délicatesse si exagérée qu'elle rendait son geste maladroit. Il vous fait ses amitiés.

Percheval se laissa tomber sur l'une des chaises du salon comme s'il eût été soudain recru de fatigue. La main droite posée sur son poignet, la tête baissée, les épaules affaissées dans une position de profonde affliction, il ne paraissait pas avoir entendu un seul mot de ce que venait de lui dire son stagiaire.

– Monsieur Drumont, poursuivit Gaultier, vous fait aussi prévenir qu'il a oublié la vilaine brigue qui l'opposait à son locataire et qu'il n'ira pas en justice.

– Bien.

– Il prétend que les choses se sont bien remises avec son coquin du premier étage, mais je puis vous le dire, maître, je l'ai vu branlant comme une feuille et avec une belle apostrophe [1] au milieu de la figure.

Il posa une bûche sur les chenets et actionna le soufflet afin de donner un peu de vigueur aux flammes, mais lorsqu'un éclat de bois sauta de l'âtre et manqua l'atteindre, il recula avec une mine horrifiée. Le danger était trop grand de mettre le feu à sa nouvelle veste, la plus jolie qu'il eût en sa possession, tailladée de grandes chiquetades aux manches, agrémentée sur les tassettes de rubans, de perles, de bouffettes, rosettes et dentelles à profusion.

– Nous voilà suffisamment chauffés, décréta-t-il en s'éloignant vivement de la cheminée.

Puis, se tournant vers l'avocat et reprenant son bavardage :

– Le temps est encore à la neige. Je me demande quand donc finira ce mauvais hiver. Maître ?

Le visage qu'il voyait de profil semblait bouleversé.

– Maître ? répéta-t-il en s'approchant. Vous ne dites rien ? Quel sujet vous altère ?

Percheval leva ses yeux vers lui, mais son regard ne fit que l'effleurer.

– Parlez, maître… Que vous a-t-on dit ?… que vous a-t-on fait ?…

– À moi, rien.

Il y avait dans sa voix quelque chose de douloureux et d'abattu. Ce n'était pas la voix de Melchior Percheval. Gaultier ne savait que penser.

– Alors pourquoi demeurez-vous là, sans mot dire, la mine si bien retournée qu'on vous croirait souffrant ?

– Pardonne-moi, fit Percheval en soupirant. Lorsqu'on vient de tuer un homme, vois-tu, on est tourmenté pendant quelque temps. Et l'on a l'esprit tellement occupé d'idées noires, qu'on peut à grand-peine prendre part à la conversation la plus simple.

Gaultier, choqué, porta la main à sa bouche :

– Sainte Vierge ! Vous avez tué un homme ?

– J'ai tué Mathias.

1. Trace de coup.

– À la vérité, maître, l'avez-vous occis ?

– Point en personne. J'ai demandé que l'on se charge de l'ignoble besogne à ma place.

Et, regardant ses mains tendues devant lui, il ajouta, l'air effondré :

– Pourtant, ces mains-là sont bien celles d'un criminel.

– Mais pourquoi, maître ? demanda Gaultier en s'effondrant à son tour sur une chaise.

– Mathias était perdu. Ses blessures étaient trop graves pour qu'il y survive.

– Sa santé était-elle si déplorée ?

– Même s'il s'était remis de ce mauvais traitement, il n'aurait certainement pas supporté le prochain. Et le risque était trop grand de le laisser, sous l'influence de la douleur, dénoncer d'autres innocents.

Gaultier était à présent aussi accablé que lui.

– Ne craignez-vous point que sa femme et son fils parlent à sa place ?

– Sarah ne sera pas questionnée, car elle est grosse. J'ai bien l'intention de rappeler à monsieur de Brissot, le premier président du bailliage, que nos parlements interdisent de questionner les femmes avant leurs couches. Quant à Hugues, il est beaucoup trop jeune pour être mis à la géhenne. Il me faudra également dire à monsieur de Brissot un mot à propos de cette disposition de nos cours supérieures. Il ne pourra faire autrement que d'en informer à son tour Bossuat, et je doute que celui-ci agisse contre sa décision.

Il se tut. Un long silence s'allongea dans la pièce. Puis il se leva, et balbutia :

– Voilà… Il n'y a plus rien à dire.

Gaultier inquiet, se redressa à son tour.

– Ne voulez-vous point sortir ? L'air froid vous fera le plus grand bien.

– Non. J'aime mieux rester ici.

Jamais pareille tristesse, pareille sensation de découragement ne l'avaient jeté dans un état aussi mélancolique. Il demeura trois heures dans sa chambre, cloué dans son fauteuil, devant la fenêtre, le menton dans la main, n'ayant plus la force ni l'envie de bouger, de faire quoi que ce soit.

Vers cinq heures, Gaultier, qui n'avait toujours pas quitté les lieux, lui annonça la visite de Jehan Estienne.

Dès qu'il entra dans la chambre et qu'il vit la figure livide de son ami, le médecin eut un élan vers lui, lui jeta les mains sur les épaules et lui dit, son regard au fond des yeux :

– Le jeune Gaultier vient de m'apprendre la fâcheuse nouvelle. Vous avez bien fait, Melchior. Abréger les souffrances d'un homme n'est point un crime. Vous avez agi charitablement.

Le front de Percheval se barra d'un pli amer.

– Mathias n'aurait jamais dû mourir. Ça n'était pas là son destin.

– Qui connaît son destin ? Allons, remettez-vous, soupira le médecin. Vous avez évité à ce pauvre garçon bien des tourments.

– Non. Il est mort par ma faute.

– Que me chantez-vous là ? Vous avez fait tout ce qui était en votre pouvoir. À présent, il vous faut oublier cette histoire et ne plus vous souciez que de vous-même. Je vous le dis sans méchanceté, Melchior : gardez-vous, à l'avenir, de jouer les bons samaritains.

Percheval remua la tête.

– Il n'aurait jamais dû mourir… J'aurais dû le sauver bien avant. Dieu m'aurait pardonné.

– Mais parbleu, Melchior, allez-vous vous expliquer ? Quel rapport ce paysan avait-il avec vous ? Et qu'aviez-vous donc de si terrible à vous faire pardonner ? Mon ami, il est grand temps de me dire la vérité !

– Je ne puis rien vous dire, Jehan.

Le visage de biais, Estienne réfléchit un instant, puis leva la main :

– Alors, dit-il, ma place n'est plus ici.

Percheval sourit faiblement de la menace de son ami et, d'un geste las, l'invita à s'asseoir près de lui.

– Demeurez, je vous prie, dit-il d'une voix atone. Vous avez raison, je vous dois des explications.

L'expression troublée, il commença :

– C'est... C'est une histoire singulière et terrible que la mienne, Jehan. Et quoique les années soient passées, j'ose à peine l'évoquer. Comprenez qu'il ne m'est point aisé d'en faire le récit...

– Vous pouvez toujours essayer, mon ami.

Percheval humecta ses lèvres sèches, rassembla tout son courage et poursuivit, d'un ton accablé :

– J'ai été pendant plus de quatre ans le jouet d'une passion qui m'a fait perdre toute chance de salut.

– Quelle étrange remarque que la vôtre, s'étonna Estienne. D'où tenez-vous que nous soyons damnés pour avoir joui des charmes d'une dame avec un peu trop d'ardeur ?

– Il ne s'agit point de cela.

– Alors de quoi s'agit-il ?

Percheval hésita de nouveau mais Estienne l'encouragea silencieusement d'un haussement des sourcils. Il sut que le moment était venu de s'ouvrir à lui.

– D'un affreux péché, Jehan. D'un péché abominable que j'ai commis en mes vertes années.

Ses yeux fixes devant lui, les mains à présent croisées sur ses genoux, il marqua une pause si longue que l'on pût croire qu'il avait achevé là ses aveux. Estienne continuait de l'observer intensément, scrutant les traits de son visage d'une façon profonde et singulière, comme s'il cherchait, par cet examen attentif, à découvrir la plaie de son âme, cette plaie intime et secrète, cette blessure cachée depuis tant d'années dont il n'avait jamais rien deviné.

– Vous ai-je déjà parlé de ma sœur, Athénaïs ?

– Je n'en ai pas le souvenir.

– Sans doute n'ai-je jamais prononcé son nom devant vous...

– Il se peut.

– Alors, donc, il est temps que je vous parle d'elle...

Il prit une longue et profonde inspiration comme quelqu'un qui s'apprête à traduire un texte difficile ou à raconter un rêve trop pénible :

– Enfants, Athénaïs et moi étions très proches. Plus proches, sans doute, que n'auraient dû l'être un frère et une sœur… Je me souviens qu'il lui arrivait souvent de venir dans ma chambre et de choisir mes tenues… Elle m'habillait et me déshabillait au gré de son humeur, jouant avec moi comme avec une poupée. J'ignorais alors que…

Il serra ses mains autour de ses avant-bras, au point que ses doigts pâlirent :

– Il lui arrivait parfois de passer sa main dans mes cheveux… Elle les roulait en boucles ou encore les nouait d'un ruban, pour essayer à mon visage de nouvelles coiffures. Je me laissais faire avec complaisance, persuadé que c'était là des marques de tendresse qu'aurait pu avoir une mère pour son fils et dont la mienne, hélas, était bien avare…

Estienne se garda bien de l'interrompre, de crainte de briser son élan.

– Quand j'eus l'âge de dix ans, reprit Percheval, elle commença à venir coucher avec moi toutes les nuits, prétextant des terreurs nocturnes. Je n'étais qu'un enfant et je ne voyais dans cette habitude pourtant singulière qu'un besoin innocent de protection. Comment vous dire ? Je pensais… Je pensais qu'Athénaïs et moi étions comme Adam et Ève au commencement du monde, deux jeunes êtres sans vice. Ma sœur ne m'inspirait aucune mauvaise pensée et je n'aurais jamais cru que l'inverse fût possible. Aussi pouvions-nous dormir et nous baigner ensemble sans que l'un de nous deux en eût seulement à rougir. Je n'éprouvais aucun étonnement d'une intimité si extraordinaire et je ne trouvais rien, dans notre complicité, que de parfaitement naturel. En grandissant cependant, il me vint davantage de pudeur et j'éprouvais désormais quelques réticences naturelles à me déshabiller devant elle. Je mis des distances entre nous, comme il convient de faire à l'âge où les premiers changements du corps apparaissent. Un soir, pourtant…

De nouveau, il s'interrompit, lutta avec sa confusion pour chercher ses mots et, lorsqu'il les eut trouvés, il lança d'un trait :

– Un soir, il arriva ce qui n'aurait jamais dû arriver : elle vint se glisser dans ma couche, prétendant que l'orage l'avait effrayée. Elle me déclara n'avoir point de plus grand amour que moi en ce monde, qu'elle regrettait que nous fussions frère et sœur, car son cœur brûlait de la plus dévorante passion qu'elle eût jamais connue et qu'elle ne connaîtrait jamais. Toutes ces paroles délirantes furent soudain entrecoupées de… de baisers et de caresses savantes…

Il serra le poing et le posa sur sa bouche.

– Des caresses qui étourdirent mes sens et ma raison au point que j'en arrivai à oublier qui elle était. Lorsque la chandelle fut éteinte et les rideaux fermés autour de nous, j'étais perdu…

Estienne considéra son ami fixement, ouvrit la bouche, puis la referma. Et Percheval se remit à parler. Il parlait à présent comme s'il eut été seul dans la chambre, animé seulement par l'impérieuse volonté de se délivrer d'un fardeau devenu trop lourd à porter, parce que son honteux secret l'étouffait, parce qu'il avait trop attendu, trop comprimé sa plaie :

– Elle promena ses mains sur les parties les plus intimes de mon corps et ses attouchements lascifs, je dois l'avouer, sur le coup, m'émurent davantage qu'ils me scandalisèrent. J'éprouvai pour la première fois un plaisir que j'avais ignoré jusqu'alors. Un feu étrange se mit à bouillir dans mes veines et m'embrasa tout entier. J'étais vaincu, vaincu par tant de délicieuses sensations, sans plus aucune volonté… Et je sombrai soudain dans une espèce d'anéantissement si délectable que je souhaitais qu'il ne finisse jamais…

Assailli par ce douloureux souvenir qui lui serrait la gorge, il se tut un instant puis reprit :

– Cependant, le lendemain, à mon réveil, je ressentis le plus atroce sentiment de culpabilité qu'un homme puisse éprouver. Je pleurai un torrent de larmes, Jehan, croyez-moi. Les plus amères, sans doute, que j'aie jamais versées de toute ma vie. Le souvenir de mon égarement m'agita toute la journée, au point de me rendre malade et de ne plus pouvoir quitter le lit. Puis je finis par me persuader que ce que nous avions fait n'était qu'un songe, un vilain rêve de mon imagination échauffée. Après m'être convaincu que rien de ce qui était arrivé ne pouvait avoir réellement eu lieu, que j'avais fait un terrible cauchemar, je me promis de ne plus jamais me laisser tenter par le mal, même en pensées et de fuir ma sœur aussi sûrement que la peste. Hélas ! Je vis Athénaïs revenir dans ma chambre le soir même... Tandis que je la suppliais de me laisser seul, de ne point commettre de nouveau le grand péché qui, assurément, nous perdrait tous les deux, elle me considéra avec un air d'indicible volupté, un air que je ne lui connaissais point jusque-là, et elle s'allongea à mes côtés, sans avoir cure de mes protestations : « Si tu te refuses à moi, me dit-elle en posant ses lèvres sur ma bouche, je dirai à notre père ce qui est arrivé la nuit dernière. Tu devines que son courroux sera terrible. Il m'enverra moisir dans un couvent et je mettrai fin à mes jours. Quant à toi, tu resteras à ses yeux, toute ta vie durant, un fils indigne et il n'aura de cesse que de te haïr. Et pour ce qui est de notre pauvre mère, elle en mourra de chagrin, sois-en certain. Voudrais-tu que nous soyons tous malheureux par ta faute ? »

Percheval baissa la tête avec une expression de profonde détresse. Les muscles de sa mâchoire furent parcourus d'un frémissement à peine visible, comme la vibration d'une corde tendue.

– Des années durant, poursuivit-il, la même scène se rejoua, inlassablement. Chaque nuit, ou presque, je la vis venir dans mon lit, s'étendre près de moi pour m'initier à ses abominables perversions. Mes pleurs et mes protestations ne servant qu'à l'enflammer davantage, je finis par accepter docilement les ébats qu'elle entendait m'imposer. Ainsi, me trouvant consentant au-delà de toutes ses espérances, elle fit de moi tout ce qu'elle voulut. Pour atténuer mon sentiment de honte, j'essayais de me persuader que je n'étais point coupable d'un acte auquel je ne me prêtais que machinalement et par un sentiment d'impuissance...

Il se secoua la tête :

– Mais j'avais tort. Mon péché n'était pas moins grand que le sien…

Estienne avait écouté avec une attention profonde, pour tout savoir, pour tout comprendre.

– Pourquoi retourner votre haine contre vous-même ? murmura-t-il d'une voix consolante.

– Pourquoi ? Ne comprenez-vous pas, Jehan ? Toutes ces années, Athénaïs m'a contraint à goûter des plaisirs que mon âme désavouait mais… mais que… mon corps appréciait…

Les épaules du médecin s'affaissèrent. Il se sentait désolé, aussi bouleversé que celui dont il recevait la troublante confession.

– Mon pauvre ami, ne vous affligez pas tant de ce qui est arrivé. La vie ne nous laisse pas toujours le choix de décider de ce qui est bien ou mal. Séduit comme vous le fûtes à l'improviste, naturellement faible de par votre jeunesse et saisi de frayeur à l'idée que vos parents puissent être avertis de vos agissements : ce furent là des conjonctures qui vous poussèrent à succomber. Il n'en est guère qui puissent être certains de ne pas commettre la même erreur dans un pareil cas.

Le ton de sa voix exprimait une affection véritable et une sincérité touchante. Mais Percheval, de nouveau, hocha la tête :

– Ne me donnez pas trop vite l'absolution.

Il coula son regard vers la porte puis sur le mur de la chambre, évitant de croiser celui d'Estienne.

– Je suis tombé dans ses rets sans me débattre, et au premier assaut. Et si, le jour, cette coupable relation ne m'inspirait que honte et dégoût de moi-même, la nuit… la nuit, Jehan, je me retrouvais toujours faible et honteusement consentant. Je n'ai jamais vraiment songé à essayer de m'arracher à elle.

– Quel âge avait donc votre sœur la première fois qu'elle vous initia à ses… hum… ses dévergondages ?

Le terme, presque charmant, était censé atténuer la gravité de la faute. Percheval lui en sut gré, mais ne fut pas dupe.

– Vous voulez dire lorsqu'elle m'entraîna dans cet infâme commerce que l'on nomme l'inceste ? Elle n'avait que quinze ans.

– Diantre ! s'exclama Estienne malgré lui. La garce était précoce !

Il y eut un silence. Percheval ajouta d'une voix blanche :

– Quant à moi, j'avais à peine treize ans.

Estienne baissa les yeux, gêné, avec le sentiment, cette fois, d'avoir manqué de tact. Il se reprit aussitôt et eut la bonne grâce de paraître confus :

– Naturellement, Melchior, je ne m'arroge pas le droit de vous juger. Vous étiez bien trop jeune pour être tenu responsable.

– Je crains que vous ne me gardiez votre amitié après avoir entendu cette confession. Sans doute, désormais, me regarderez-vous comme le plus infâme des dépravés.

– Non. Cette histoire me peine. Autant, sans doute, qu'il vous en a coûté de me la raconter. Et en vous voyant ainsi rongé par le poids du remords, je me demande si votre sœur souffre pareillement ?

– Ma sœur, répondit Percheval gravement, prétend que le remords est le fruit de la bêtise et de la peur, le murmure imbécile des esprits faibles.

Sur ces mots, il voulut se lever de son fauteuil, mais finalement se ravisa. Au contraire, il s'enfonça davantage contre le velours du dossier.

– Il me faut achever mon récit, dit-il. Vous n'avez point obtenu les réponses que vous attendiez.

– En effet.

– Athénaïs, puisque nous n'avons pas fini de parler d'elle, était fort jolie et sa beauté, loin de se ternir avec le temps, prit davantage d'éclat au fur et à mesure des années. Elle ne tarda pas à attirer une foule de prétendants, malgré sa dot que l'avarice de notre père avait faite bien maigre. En apprenant qu'un riche marchand drapier avait demandé sa main, j'éprouvai, vous vous en doutez, un indicible sentiment de soulagement et de libération. L'amour pur et vertueux qui m'avait lié à elle en mes jeunes années s'était tourné en un profond dégoût.

Hélas, un événement imprévu vint menacer de ruiner ce doux projet qui annonçait ma délivrance. Ma sœur entra dans ma chambre un matin, affolée et fort contrariée : elle venait de se rendre compte qu'elle était grosse et que son mariage se trouvait, de fait, bien compromis. Nous convînmes de ne rien dire à personne et de cacher son état à notre entourage. Ainsi, le mariage eut tout de même lieu et le marchand drapier fut ravi, un mois seulement après les noces, d'apprendre qu'il avait déjà engendré un héritier. L'enfant, naturellement, était de moi.

Estienne le dévisagea, consterné par cette nouvelle.

– Quelques mois plus tard, continua Percheval, j'appris qu'elle avait fait retraite avec Floriane, sa chambrière, chez les ursulines afin d'accoucher dans la quiétude du cloître. Mais comme ma chère sœur n'avait jamais été confite en religion, je trouvai évidemment la chose très suspecte. Et je décidai de me rendre sur place afin d'en savoir plus. Lorsque j'arrivai chez les religieuses, elle venait de mettre au monde notre fils. Ce que j'appris alors de la bouche de sa chambrière me conforta définitivement dans l'idée que cette femme était un véritable monstre. Oui, Jehan, je vous l'assure : cette femme, qui est pourtant de mon sang, est un monstre, même si elle n'en a pas l'allure…

– Je vous crois.

– Je sus par Floriane qu'à peine le petit né, elle avait tenté de l'étrangler. Mais l'arrivée de l'une des nonnes l'avait obligée, fort heureusement, à remettre à plus tard son crime odieux.

– Diantre !

– Lorsque je pénétrai à mon tour dans sa cellule, je trouvai le nourrisson couché dans son berceau, un linge enfoncé dans la bouche jusqu'à la gorge. Il s'en fallut de peu, cette fois, pour que la garce l'envoie *ad patres*. Elle tenta de me persuader, avec force cris et pleurs, de la laisser commettre son forfait et même de l'y aider. Pour me convaincre de conspirer, elle trouva les arguments les plus invraisemblables et les plus fabuleux : elle m'affirma qu'un enfant né d'un inceste présenterait forcément des tares qui, si elles n'étaient pas visibles pour l'instant, ne manqueraient pas de nous trahir un jour. Elle se montra très effrayée à l'idée que notre fils pourrait présenter dans l'avenir des qualités contre nature : on lui verrait sans doute pousser une seconde rangée de dents, des cheveux rouges ou encore cette bouche de lièvre dont sont marqués les enfants nés sous le sceau du péché. Mais la réalité était en vérité tout autre et bien plus sordide : Athénaïs avait la maternité en horreur et souhaitait s'épargner les frais d'une nourrice.

– Que fîtes-vous ?

– Je décidai de soustraire mon fils de ses mains criminelles. Floriane m'ayant confié que la femme de son cousin, un certain Toussaint Vigneules, était prête à faire ses couches et qu'elle pourrait nourrir le petit de son lait, j'emmenai celui-ci aussitôt à Malzieu où vivaient ces braves gens. En arrivant là-bas, j'appris que la femme Antoinette avait perdu son propre fils et je me persuadai que je ne trouverais point meilleure famille pour élever le fruit de ma honte.

Estienne, la mâchoire tombée sous le coup de la stupeur, écarquilla les yeux :

– Mathias Vigneules était votre fils ?

– Mon fils, oui.

Le médecin bredouillait à présent :

– Si je m'attendais...

Sa confession l'ayant soulagé et quelque peu apaisé sa conscience, Percheval se mit à parler d'une voix égale :

– C'était un bel enfant, déjà robuste et bien gracieux.

– L'aviez-vous revu avant que ne commence son procès ?

– Jamais. Je n'avais que dix-sept ans lorsqu'il vint au monde, et plus de peur que de courage. Mathias était un fardeau qui alourdissait encore le poids de mon péché et que je voulus oublier bien vite. L'année suivant sa naissance, je fis mon droit et je quittai la maison de mon père. Je pouvais commencer à vivre...

– Pourtant vous n'avez guère vécu, objecta gentiment Estienne. Vous n'avez jamais pris d'épouse, Melchior. Vous vous êtes enfermé dans votre solitude avec, pour seule compagnie, les tristes souvenirs qui vous hantaient.

– Comment aurais-je pu désirer une femme ? J'ai succombé à Athénaïs, et cet instant a suffi pour me faire perdre l'éternité.

– Dans quelles circonstances avez-vous été amené à retrouver votre fils ?

– Le père Boniface a retrouvé ma trace. C'est lui qui m'a prévenu que la veuve Inguélaère avait accusé Mathias d'être sorcier. C'est lui l'auteur de la lettre dont je vous ai parlé.

– La lettre qui n'était point signée ?

– Oui.

– Comment diable ce prêtre a-t-il su que vous étiez le père de Mathias ?

– Il ne le sait pas. La femme de Toussaint Vigneules lui a seulement confié que je leur avais abandonné l'enfant et remis une forte somme d'argent pour son adoption.

Estienne soupira :

– Je comprends mieux à présent votre obstination à vouloir défendre ce malheureux. Vous avez cru saisir votre chance de racheter votre faute. Sauver Mathias vous est apparu comme votre dernière chance de rédemption, n'est-ce pas ? Mais vous avez pris de grands risques, Melchior. Si Pierre Bossuat avait appris que vous étiez le père naturel de celui qu'il présumait être sorcier, vous auriez pu avoir de sérieux ennuis.

– Ce que vous prenez pour du courage, mon ami, n'était en vérité qu'une autre lâcheté de ma part.

– Qu'entendez-vous par là ?

– Je ne sais laquelle a été la plus forte dans ma détermination, de ma compassion pour mon fils ou de ma peur. Je craignais justement que quelqu'un fût informé de mes liens de parenté avec Mathias et d'être inquiété à mon tour par les juges. Ma première volonté n'a été que de me protéger moi-même…

– Allons, Melchior, je vous vois davantage affligé par la mort de Mathias qu'un père ne saurait l'être. Aussi, je ne puis croire, malgré ce que vous me dites, que vous n'avez agi que pour votre sécurité. Dans cette affaire, il est évident que votre cœur a parlé plus fort que votre raison.

Il se mit à réfléchir et demanda :

– Que ferez-vous à présent ?

– Mathias est mort, mais il laisse derrière lui une femme et un fils. Je ne dispose que de quatre mois pour les sauver.

– Ainsi, vous n'en avez pas terminé avec cette affaire ?

– Non, Jehan, rien n'est fini, tout ne fait que commencer. Hugues est de mon sang, je ne puis l'abandonner dans ce naufrage et demeurer là, à regarder forcener la tempête, alors qu'il a tant besoin de mon aide. J'ai maintes fois renié son père, je ne recommencerai pas la même erreur avec cet enfant. Et même si j'échoue, au moins ce combat apportera-t-il quelques allégements à mes remords.

LIVRE SECOND

« Vous tyrans, juges sanguinaires, meurtriers, bourreaux [...], vous qui avez perdu tout sentiment humain et qui ne connaissez aucune pitié, je vous invite à comparaître devant le tribunal de Dieu qui nous jugera et décidera où gît la vérité, que vous avez foulée aux pieds et ensevelie, cette vérité qui renaîtra et causera votre damnation en criant vengeance contre vos actes de barbarie. »

Johannes Weyer, 1563
De praetigiis daemonum

XVIII

La morte du vieux moulin

26 mars.

Il dormit peu cette nuit-là, d'un sommeil troublé et anxieux. Il se réveilla avant l'aurore et déjeuna à la hâte. Ce fut la tête lourde et le cœur encore gonflé de ses douloureux souvenirs qu'il entreprit une nouvelle fois le voyage vers Malzieu.

À sept heures, il n'avait pas encore fait trois lieues. L'air, en s'adoucissant, s'était chargé d'humidité et de brume. Sur les sentiers pourtant devenus familiers, sa monture dut aller d'un pas lent et prudent, car, par endroits, le brouillard était si compact qu'il lui fallait avancer avec mille précautions, dans l'appréhension d'un accident. Durant tout le temps que dura le trajet, il lui sembla chevaucher dans une mer d'ouate infiniment vicieuse et périlleuse. Lorsqu'une trouée, par moments, déchirait les limbes cotonneuses et sinistres, il n'apercevait que des fantômes d'arbres, des spectres de branches et de plantes mortes, encore ruisselants des averses de la veille. L'écorce des troncs, les mousses, les feuilles, jusqu'aux pierres immobiles, toutes ces formes sombres, vaporeuses et lugubres suintaient à grosses gouttes, comme si la campagne tout entière pleurait.

Vers onze heures, il déjeuna à Verdun puis se remit en route ; il fit ensuite étape à Stenay pour la nuit. Lorsqu'il arriva aux abords du village, le lendemain, les lourds paquets de buées et de brumes s'étaient enfin dissipés.

Le petit bourg lui apparut au fond de son vallon, tel qu'il l'avait toujours vu et tel qu'il serait toujours, recroquevillé dans sa crasse et sa misère, avec ses maisons bancales, ses chemins boueux, ses toits de chaume fumants et brunâtres. Pourtant, en remontant la grande rue, il eut le sentiment qu'un événement inhabituel s'était produit.

La place, si tranquille d'ordinaire, était envahie par une vingtaine de personnes, qui toutes paraissaient, sinon attristées, du moins profondément consternées. Percheval reconnut quelques-unes d'entre elles, en particulier les témoins qui avaient déposé contre Mathias lors de son procès : il y avait là le gras Benoît d'Aunis qui parlait avec de grands gestes, son comparse Simon Martin, la veuve Billault, avec ses airs de commère, Andrieu de Vicq et Colin Valot.

Mais, à dix pas de l'église, ce furent surtout deux hommes, en grande conversation, totalement inconnus de lui, qui attirèrent son regard. Le premier, bref et trapu, monté sur un cheval bai, était affublé d'un haut chapeau à pain de sucre, d'une rhingrave et de chaussures à nœuds ; l'autre, également en selle, portait une brassière bien coupée et une belle paire de gants à crispin.

Alors qu'il continuait de se diriger vers l'auberge, l'avocat salua les deux hommes d'un signe de tête imperceptible, un plissement des traits plutôt. Les étrangers le dévisagèrent furtivement et lui rendirent son bonjour, puis se détournèrent aussitôt sans lui porter davantage d'intérêt. Percheval s'interrogea naturellement sur l'identité de ces visiteurs, des gentilshommes visiblement, et surtout sur la raison de leur présence à Malzieu. Mais pour le moment, sa curiosité n'avait pas une intensité si grande qu'il ne pût attendre l'occasion favorable pour la satisfaire. Il poussa donc son cheval jusqu'au Merle noir, mit pied à terre, détacha le sac de cuir qu'il portait en croupe et entra dans la taverne.

Guillaume Augelet était là, seul dans la salle.

– Vous r'voilà donc ?

– Je souhaite louer, pour une nuit ou deux, annonça Melchior.

L'aubergiste grommela :

– La chambre est libre.

Le terme était fort présomptueux pour qualifier le galetas sale et minuscule réservé aux visiteurs, mais Percheval fut soulagé d'apprendre qu'il n'aurait pas à prendre la route de Sedan à la nuit tombée.

– Et qu'est-ce qui vous amène encore ? interrogea Augelet d'une voix bourrue.

Percheval posa son sac de voyage sur le banc.

– Une affaire dont j'entends bientôt m'entretenir avec vous, ainsi qu'avec d'autres personnes du village. Une affaire concernant la mort suspecte de Guy Vasseur.

Augelet le regarda de bas en haut avec une animosité nouvelle, puis haussa négligemment les épaules :

– Vous trouv'rez pas grand monde pour causer d'ça.

– Nous verrons bien.

– De toute façon, ajouta l'aubergiste en guise de conclusion, les juges ont arrêté Mathias. Alors, y a plus rien à dire.

Percheval se tut, un peu ébranlé par ce ton revêche. Puis, s'avisant soudain qu'il n'avait pas encore vu « Patte-Folle », il s'en étonna :

– Et votre neveu ? Où est-il donc ? Pourquoi ne se montre-t-il pas ?

– I l'est dehors à fainéanter, comme d'habitude.

– Vous n'avez pas votre figure ordinaire, lui fit remarquer l'avocat. Tout marche-t-il selon votre désir ?

Augelet se contenta de grogner :

– Y a du oui et y a du non.

– Eh bien, contez-moi cela.

L'autre marmonna dans sa barbe quelques mots incompréhensibles, et Percheval lui fut finalement reconnaissant de lui épargner le récit de quelques déboires domestiques ou d'ennuyeux épanchements sur la dureté des temps.

– Quelle est la raison de cet attroupement sur la place ? demanda-t-il encore. J'ai cru apercevoir deux hommes de condition qui, manifestement, ne sont pas du village…

– C'est l'bailli de not'seigneur et l'prévôt, Aymard de Rouert.

– Que font-ils là ?

– Des tracassiers qui s'mêlent de tout.

Le voyant toujours aussi peu traitable, Percheval s'abstint de le questionner davantage, réfléchissant que son neveu, plus loquace que lui, ne manquerait certainement pas de lui donner tous les éclaircissements quand il le verrait.

En effet, celui-ci ne tarda pas à apparaître sur le seuil de l'auberge.

– Ah, monseigneur ! s'écria-t-il en voyant l'avocat et en avançant à grandes enjambées sur ses pattes tordues. Ah, monseigneur, quel jour ! La poutre d'l'étable a failli tomber sur ma tête ! Et c'matin, un chien m'a mordu au pied ! Et pis, la Marie est morte, là-bas, au vieux moulin ! Cré ! La vache avait tapé du pied et versé mon seau ! Quand la vache tape dans l'seau, c'est l'signe d'une malemort !

– Qu'a-t-il à s'occuper de toutes ces sottises ! coupa brutalement Augelet en levant le bras. Va-t'en donc me vider le baquet, idiot !

– Non, intervint Percheval, laissez-le parler. J'aimerais savoir… Tu dis qu'une certaine Marie est morte ?

– Hé !

– Comment est-elle morte ?

– C'est la fille à Augustin ! Ça m'fait peine, monseigneur !

– Que lui est-il arrivé ?

– C'est la Marie Bardot ! Elle a sauté du vieux moulin ! Elle s'est cassé les os !

Percheval se tourna vers Augelet :

– Est-ce la raison pour laquelle le prévôt et le bailli seigneurial se trouvent dans le village ?

– Faut croire, grogna le tavernier. Mais y a rien à en dire. On s'demande ben pourquoi i sont venus, ces deux-là.

– Ma foi, voilà une occurrence qui n'est point ordinaire, fit observer Percheval.

Puis, sa curiosité soudain piquée :

– Cette Marie Bardot était-elle jeune ?

– Treize ou quatorze ans, maronna Augelet. Qu'est-ce qu'ça peut faire ?

– C'est moi ! C'est moi qui l'as trouvée ! s'écria fièrement « Patte-Folle ».

– Ah oui ? Et quand l'as-tu trouvée ?

– C'matin, à l'aube !

– Peux-tu me conduire à l'endroit où tu l'as découverte ?

– Ah ça, monseigneur, pour sûr ! J'vas vous montrer ! C'est moi qui l'as trouvée ! Mais faut-y pas panser vot'cheval avant ?

– Mon cheval attendra.

Dehors, trente ou quarante villageois se trouvaient à présent sur la place.

La nouvelle de l'événement tragique s'était répandue avec la rapidité d'un courant d'air. La mort de Marie Bardot remuait tous les esprits et animait toutes les conversations.

« Patte-Folle », escorté de Percheval, traversa l'assemblée des badauds d'un air fier, se rengorgeant et portant haut sa tête décoiffée. Il se trouvait comblé d'être ainsi remarqué en si bonne compagnie, à la vue de tout le monde, et se refusa de trop presser le pas, pour faire durer un peu plus longtemps son triomphe.

Il conduisit finalement Percheval à quelques centaines de pas du village au pied d'un vieux mur en ruine. Ce tas de pierres, haut de plus de deux toises et en partie couvert de ronces, avait formé il y a très longtemps le corps d'un moulin à vent.

– V'là, c'est là que j'l'as trouvée ! annonça-t-il.

– Tu dis l'avoir découverte, ce matin, au petit jour. Mais que venais-tu faire dans cet endroit ?

« Patte-Folle » hésita à répondre. Il se gratta la tête de l'index, un peu gêné, puis posa son doigt sur ses lèvres :

– Chut... Faut point l'répéter... J'allais rel'ver un collet, dans l'bois.

– Et cette Marie était là ? Au pied de ce mur ?

– Oui-da !

– Elle s'est jetée de là-haut ?

– Pour sûr ! V'là, on a trouvé ses deux souliers, d'l'autre côté ! Elle a dû les ôter, pour monter.

– Avait-elle l'habitude de venir ici et de grimper, pieds nus, sur ce morceau de mur ?

– Ah ça, nenni !

– Et dans quelle position se trouvait-elle ? demanda encore Percheval.

Le petit bonhomme le dévisagea avec une expression surprise.

– Ben, elle était là, répéta-t-il stupidement.

– Certes, fit l'avocat, mais dans quelle posture ? Sur le dos, sur le ventre ? Était-elle couchée sur le côté, reposait-elle sur les genoux ?

– À plat, sur l'ventre, répondit « Patte-Folle ».

– Et tu dis que son crâne a heurté une pierre en tombant ? C'est ainsi qu'elle est morte ?

– Pardi ! Té, elle s'est fracassé la tête sur c'gros caillou ! déclara Rémi en montrant du doigt une pierre sur le sol.

Percheval se pencha et souleva la pierre en question pour l'examiner attentivement. Le sang avait collé quelques fins cheveux blonds sur le granit.

– Mais même sans la pierre, précisa « Patte-Folle » d'un air entendu, elle s'rait morte pareil, vu la hauteur ! Personne a jamais osé sauter du vieux moulin, sauf le fils Maroue !

Percheval leva un sourcil interrogateur.

– Le fils Maroue, i l'a peur de rien et i fait n'importe quoi ! C'est une tête de bois !

– Je vois, fit l'avocat. Mais es-tu certain que le corps de cette fille se trouvait à cet endroit ? N'était-il pas un plus loin ?

– I l'était ben là, répliqua le neveu d'Augelet avec assurance. Là où y a la grosse pierre.

– Quelqu'un a-t-il déplacé le corps ?

– Nenni, personne l'a touché. Sauf Moïse et Augustin. Pour la ram'ner au village.

– Quelqu'un a-t-il déplacé la pierre ?

– Pourquoi qu'on aurait fait ça ?

– Tu dois te tromper. Le corps ne pouvait se trouver à cet endroit. Si cette fille s'est jetée ainsi dans le vide, elle n'a pu tomber si près du mur…

– Ben qu'est-ce j'en sais, moi ? fit « Patte-Folle » en soulevant ses épaules malingres.

Puis avec un demi-sourire :

– Z'avez qu'à essayer, monseigneur, si vous voulez savoir...

L'impertinence de la remarque fit sourire Percheval malgré lui.

– Je ne m'y amuserai certainement pas, dit-il. Je n'ai pas la hardiesse du fils Maroue.

Sur le sol détrempé se trouvait un bonnet de femme, un bonnet à barbes. Percheval le ramassa également et le considéra, pensif.

– Où se trouve cette fille, à présent ?

« Patte-Folle » roula des yeux et tordit sa bouche dans un rictus comique :

– À présent, chuchota-t-il en prolongeant exagérément sa grimace, la Marie, elle est dans la serpillière... avec les vers...

– Comment ? Que dis-tu ? Cette fille a déjà été enterrée, quelques heures seulement après avoir été retrouvée morte ?

– C'est l'curé qu'a dit qu'i fallait la mett'e vite dans la terre, à cause que demain, y pourrait ben geler. Mais i l'a pas mis au cimetière, i l'a mis d'l'aute côté d'l'enclos, dans la vaine pâture. Avec les méchantes gens qu'elle est, à c't heure, la pauvre blondine ! C'est not curé qui l'a dit : elle a pas l'droit d'aller au Paradis !

– C'est ainsi, confirma l'avocat sans cesser de regarder le bonnet blanc qu'il tenait entre les mains. L'Église punit sévèrement ceux qui ont osé reprendre la vie que Dieu leur avait donnée.

« Patte-Folle » parut méditer un moment cette parole, puis il se mordit les lèvres.

– Veux-tu bien me conduire chez les parents de cette Marie Bardot ? demanda Percheval.

***

Revenus au village, ils prirent un chemin caillouteux qui s'enfonçait sous un bouquet d'arbres et parvinrent à une ferme, une ferme pareille aux autres, une pauvre chaumine aux murs d'argile et au toit de paille.

Dès qu'ils pénétrèrent dans le clos, un chien noir, sorti d'un vieux tonneau roulé au pied d'un pommier, se mit à japper avec fureur. « Patte-Folle » s'effraya et s'enfuit en toute hâte en poussant des cris aigus, abandonnant Percheval avec le clabaud qui montrait les crocs.

– Y a-t-il du monde ? cria celui-ci tandis qu'il repoussait l'animal de la pointe de sa botte.

La porte de la maison était entrouverte, mais l'on ne percevait aucun bruit.

Ayant pris la décision d'entrer sans avoir été invité, l'avocat fut surpris de voir que toute une famille se trouvait là, dans la pièce unique, et cette vision lui fit l'effet d'un tableau morne et muet.

Une fillette, qui n'avait pas plus de dix ans, était assise sur un escabeau, le dos appuyé au mur, raccommodant en silence une pièce de linge. Une autre enfant, un peu plus jeune, vêtue d'une chemise et d'une jupe de laine, les jambes sales et nues, malgré le froid, berçait un petit garçon à peine robé ; deux gamins de quatre ou cinq ans se tenaient assis dans les cendres froides de la cheminée, près de la marmite ; un adolescent à la figure jaune et creuse, l'aîné sans doute, était adossé contre une poutre, près de la hotte dans laquelle on avait placé le dernier-né, enserré dans son maillot comme une petite momie. Au centre de cette nature morte, la mère, en bas de jupe et tablier à bavette, la poitrine roulée dans un corsage grisâtre, s'affairait à couper des légumes tandis que son homme, accoudé sur la table à ses côtés, le front entre les mains, paraissait somnoler.

À peine eût-il mis un pied dans le logis que les occupants de la petite chaumière plantèrent sur l'intrus des yeux inquiets.

La femme d'Augustin, d'un naturel craintif, lâcha ses choux et se rapprocha de son mari.

– Qui c'est ?

– L'avocat… c'ti-là qu'est venu l'aut'fois avec les juges… pour Mathias.

Percheval s'avança de quatre pas, faisant fuir une poule occupée à gratter d'une patte la terre battue pour dénicher quelques débris de nourriture.

– Qu'est-ce qu'i vous faut ?

– Je viens d'apprendre pour votre fille.

Augustin Bardot se redressa pour lui faire face. Percheval vit qu'il l'observait avec une expression à peine troublée.

– C'est comme ça.

– J'ai marché jusqu'au vieux moulin, ajouta l'avocat en posant, sur la table, le bonnet qu'il avait ramassé dans l'herbe. Est-ce que ceci appartenait à Marie ?

Le paysan ne répondit rien, jeta un regard furtif sur l'objet. Mais la mère eut une émotion et devint toute pâle :

– C'est l'sien.

– Elle était bien jeune, pour mourir, fit remarquer Percheval.

– C'est égal, fit Augustin.

Il avait parlé posément, froidement. Chez ces cœurs endurcis par la misère et le labeur, la mort d'un enfant était une chose banale. Ils l'accueillaient sans révolte, sans déchirement majeur, comme une fatalité parmi d'autres, gouvernées par le destin ou la main de Dieu. Ils la subissaient avec une résignation de bête, comme ils le faisaient des mauvaises saisons, des disettes, des guerres ou du retour des grandes contagions.

– Pourquoi Marie s'est-elle tuée ?

La question, brutale, arracha un grognement à Augustin. Sa femme baissa la tête, gênée. La honte, mêlée à une crainte vague, semblait les rendre tous les deux muets. Le meurtre de soi-même était une injure à Dieu et à la communauté humaine : il n'existait pas de mot pour exprimer une telle infamie, pour effacer le déshonneur qu'un tel geste apportait sur une famille.

– Jamais, à ma connaissance, reprit Percheval, je n'ai ouï dire qu'une enfant de treize ans s'était donné volontairement la mort. Quelle raison avait-elle pour agir de la sorte ?

Le paysan et sa femme s'interrogèrent du regard.

– Y avait point d'raison, fit le père.

– Lui connaissait-on un galant ?

– Elle était honnête, répondit doucement la mère. Elle courait ben un peu, comme les aut'es, mais c'était d'son âge… Elle avait point d'galant.

– Était-elle malheureuse au point de mettre fin à ses jours ?

– Et d'où qu'c'est qu'elle était malheureuse ? s'offusqua Augustin en se crispant. Elle avait d'la soupe et un toit. C'était plus qui n'en faut.

– Elle était point malheureuse, approuva sa femme. Elle était toujours à rire et à chanter avec la Francine…

– Qui est cette Francine ?

– La fille du Daniel Bègue.

Percheval, revenant à sa première idée, insista :

– Un garçon du village aurait pu lui briser le cœur…

Il y eut un long et curieux silence, puis la mère, baissant la voix, lui répondit dans un bougonnement confus. Percheval crut comprendre qu'elle disait : « Y avait ben l'autre… »

Mais Augustin reprit la parole, rogue et fier :

– Personne l'a poussée à aller au moulin et à se j'ter d'en haut.

– Justement, demanda Percheval, l'avez-vous ouïe se lever, ce matin, lorsqu'elle est partie pour le moulin ? A-t-elle dit quelque chose ?

– Pour ça, l'aurait fallu qu'elle soit rentrée.

Percheval posa les deux mains sur la table et fixa le paysan droit dans les yeux.

– Elle n'a point couché chez vous ?

– J'lai appelée, au soir, pour faire la soupe. Mais elle était point là.

– Ainsi, votre fille a disparu hier soir et non pas ce matin ?

– J'sais point où elle a dormi.

– Vous ne l'avez pas cherchée ?

L'homme secoua la tête avec impatience :

– Et où qu'c'est qu'on l'aurait cherchée, dans la nuit noire ?

– Vous ne vous êtes point inquiétés de ne pas la voir revenir ? Vous auriez fort bien pu sortir et alerter du monde afin que l'on vous aide à la trouver. Je ne puis croire qu'elle ait passé la nuit dehors sans qu'un seul d'entre vous ne se soit ému de son absence.

Ce fut la mère qui, cette fois, répondit, en désignant, d'un geste du menton, les sept enfants dans la chaumière :

– Et les aut'es ? Qui c'est qui s'en s'rait occupé pendant ?

Percheval eut une moue dubitative :

– Quelqu'un du village l'a-t-elle aperçue, hier soir ?

Augustin se leva, fronça les sourcils :

– On l'a vue avec la Francine et pis après, p'us rien.

– Plus rien ?

– Les filles, c'est comme la mauvaise herbe : ça pousse là où ça veut.

– Eh bien, celle-ci ne vous incommodera plus, observa l'avocat, non sans un certain cynisme.

– Elle nous a d'jà assez ben mis dans la peine, répliqua amèrement Augustin. À cause d'elle, j'ai dû donner deux sols de pain à Basile, pour creuser son trou, et cinq sols pour l'drap.

– Ne vous désolez pas trop, renchérit Percheval, toujours sardonique. Au moins, elle ne vous aura pas coûté une messe.

Une vive rougeur monta aux joues creuses du paysan, qui, d'une main, lui désigna la porte :

– Y a d'la tâche. J'ai pas l'temps aux bavardises.

Après avoir quitté la maison, Percheval retourna au vieux moulin, décidé à inspecter les lieux. Car à présent, le doute l'assaillait, un doute très vague, né d'un rien, sans véritable consistance, qui cependant avait déjà pris la forme du soupçon et qui le taraudait au point d'en oublier la véritable raison de sa présence à Malzieu.

Un pressentiment, ou plutôt une intuition, encore très imprécise, le poussait malgré lui à en apprendre davantage sur la mort de cette enfant. Certes, il était revenu afin d'entamer une enquête sur l'empoisonnement présumé de Vasseur, non pas pour se mêler d'une sordide affaire de suicide. Mais à présent les questions s'accumulaient dans son esprit et sa curiosité naturelle le poussait à recueillir toutes les informations qu'il pourrait trouver sur les circonstances du décès de Marie Bardot, même s'il se trouvait convaincu que cette tragédie ne pût lui être utile, en aucune façon, dans la conduite de son affaire.

Arrivé sur place, il considéra le corps du moulin avec une concentration minutieuse, puis il examina les alentours ; il revint ensuite sur ses pas, observa de nouveau attentivement les ruines, l'herbe, les pierres et le sol, tout autour des ruines ; cet examen dura fort longtemps. Il était presque cinq heures quand il quitta enfin l'endroit.

De retour à l'auberge, il retrouva « Patte-Folle » qui l'attendait sur le seuil.

– Qu'est-ce qu'vous avez fait, tout c'temps, monseigneur ?

– Ce que font ordinairement les gens qui cherchent à éclaircir un mystère : écouter et regarder attentivement.

– Pourquoi donc ?

– Afin de pouvoir se remembrer distinctivement.

« Patte-Folle » lança à Percheval un regard interloqué tandis que ce dernier semblait se faire en lui-même une foule d'observations et de déductions. Au bout d'un moment, constatant qu'il était toujours perdu dans ses pensées, l'infirme lui demanda s'il pouvait lui être encore de quelque utilité. L'avocat lui répondit que, pour l'heure, il désirait rencontrer une certaine Francine Bègue, à laquelle il entendait poser deux ou trois questions. Le neveu d'Augelet lui fit savoir que rien n'était plus facile, qu'il allait l'y conduire prestement, la maison de Daniel Bègue, le père de Francine, se trouvant non loin de là, derrière l'église.

Percheval lui emboîta le pas tout en continuant de réfléchir. Parvenu chez Daniel Bègue, il frappa d'un coup sec à la porte, laquelle s'ouvrit lentement, laissant apparaître un large visage buriné et barbu. Percheval déclina son identité et demanda la permission de s'entretenir avec Francine. L'homme s'effaça aussitôt pour le laisser entrer. Derrière lui, une femme au nez pointu et à la figure de souris planta sur lui des yeux avides, de tout petits yeux enfouis sous d'épais sourcils.

– J'pourrions rien r'fuser à un monsieur d'la magistrature, dit-elle en lissant nerveusement sa jupe délavée par les pluies.

– Je ne suis pas juge, rectifia Percheval d'un ton aimable, seulement avocat.

La femme tourna alors son profil aigu vers Daniel Bègue et parut tout à coup s'inquiéter :

– Faudra point payer, au moins ?

– N'ayez aucune inquiétude. Je viens d'apprendre que Marie Bardot s'était donné la mort. Je serais bien aise, à ce propos, de converser avec votre fille qui, m'a-t-on dit, la tenait en amitié.

Soulagée, la femme à la figure de musaraigne lui fit une grimace, qui se voulait sans doute un sourire.

– Francine ! appela le paysan d'une voix tonnante. Viens donc voir par là !

Une jeune fille d'une quinzaine d'années sortit de l'étable, conçue en extension au bout de la salle commune, et se figea au milieu de la pièce.

Elle était déjà grande pour son âge, un peu trop forte, un peu trop grasse, un peu trop mûre, mais avenante, fraîche encore. Sous ses cheveux blonds s'ouvraient des yeux ronds d'un bleu limpide et frangés de cils clairs. Percheval reconnut aussitôt l'une des deux gamines qui avaient fait irruption dans l'église, le jour où il interrogeait le père Jérôme sur le vol du calice et de l'ostensoir.

– Reste donc point plantée là comme une bégaude, la prévint son père. Y un avocat d'la ville qui voudrait t'causer d'la Marie.

À ces mots, la bachelette s'effondra sur un escabeau et se mit à pleurer à chaudes larmes dans son tablier. Percheval s'approcha, ne sachant comment faire cesser tout ce transport.

– J'ai le sentiment, dit-il, que tu connais des faits d'importance qui pourraient ne pas être sans conséquence dans l'enquête que je mène. Veux-tu bien que nous parlions un peu ?

Elle lui jeta un regard confus puis baissa ses yeux mouillés.

– À ton avis, pourquoi Marie Bardot s'est-elle jetée du vieux moulin ?

– J'sais point c'qui lui a passé par la tête, répondit Francine en sanglotant. Faire une chose pareille, c'est point chrétien…

– Avait-elle de l'ennui ?

– Nenni.

– Son père la battait-il ?

– Un peu, mais point trop.

– Fréquentait-elle un garçon du village ?

– Nenni.

– Pas un seul ?

Elle secoua ses boucles blondes.

– Tu peux tout me rapporter, la rassura Percheval. Je sais fort bien garder un secret. Et dis-toi que rien de ce que tu pourras me dire en confidence ne lui portera préjudice, puisque la voilà morte.

Elle se tordit les mains, embarrassée. Percheval eut le sentiment qu'elle souhaitait lui confier quelque chose mais qu'elle ne parvenait pas à se déterminer. Il décida de la brusquer un peu :

– Je me souviens vous avoir vues entrer dans l'église, un jour où je m'entretenais avec le prêtre. Marie et toi aviez l'air bien atournées et d'humeur fort badine… Était-ce en l'honneur du père Jérôme que vous aviez troussé vos jupons jusqu'au mollet ?

Percheval la vit rougir jusqu'à la pointe des cheveux. Elle lui lança un regard rapide, effarouché, vite détourné.

– Entends-moi bien, la chose est d'importance. Je dois savoir si Marie éprouvait quelque attirance pour le père Jérôme. Après tout, celui-ci a beau porter soutane, il n'en reste pas moins homme. Un jeune et bel homme. Ce ne serait pas la première fois qu'un ministre du culte affriole une jeune fille innocente.

Comme elle ne répondait toujours pas, sa mère s'approcha, lui posa la main sur l'épaule :

– Allons, mignonne, c'est comme ça… Elle est morte, on n'y peut rien changer, à c't'heure… Faut lui dire c'que t'as à dire.

Francine essuya ses paupières d'un geste furtif :

– Elle… elle aimait ben aller à l'église, c'est la vérité vraie.
– Pour y voir le père Jérôme ?
– Oui.
– Pourquoi ?
– J'crois… J'crois qu'elle était affolée d'lui.
Le visage de Percheval n'exprima qu'une demi-surprise.
– Et le père Jérôme, était-il affolé pareillement ?
Tout en parlant, Francine avait relevé la tête. Elle envisageait sérieusement, pour la première fois, l'avocat qui l'interrogeait avec tant d'insistance. Les tempes grisonnantes de Percheval, son sérieux, sa langue policée, tout autant que sa longue casaque ajustée en drap noir et ses bottes à larges revers lui firent vive impression. Jamais un personnage de cette qualité ne lui avait adressé la parole, et celui-là, chose à peine croyable, paraissait boire chacun des mots qu'elle prononçait. La violence de son chagrin s'atténuant, elle cessa de se désoler, ne songeant déjà plus qu'à lui faire bonne figure.
– Nenni, répondit-elle avec une sérieuse gravité. L'curé la fâchait quand elle lui f'sait des agaceries. I disait qu'elle avait l'diable dans ses jupons.
Percheval garda un court silence, songeur.
– Ainsi, ton amie s'était entichée du père Jérôme…
Puis, revenant brusquement aux révélations que lui avait faites Augustin :
– Savais-tu que Marie n'est pas rentrée coucher chez ses parents, hier soir ?
– Nenni.
– Son père prétend qu'elle n'a point dormi chez eux. Qu'as-tu à me dire à propos de cela ?
Francine hésita :
– Hier, on s'est r'trouvées après vêpres.
– Où cela ?
– À l'arbre aux fées.
Elle expliqua que les Malazins appelaient ainsi le grand hêtre qui se trouvait non loin du village, au milieu d'une clairière. L'arbre, qui présentait à son pied un espace arrondi et dégarni, le « cercle magique », passait pour être le lieu de réunion où dansaient parfois les fées de la forêt.

– Qu'alliez-vous y faire ?

– Marie disait qu'les feuilles lui parlaient. Elle disait qu'c'étaient les voix des bonnes fées. Hier, on s'est rendues là bas, à cause qu'elle voulait faire son vœu.

– Quel vœu ?

– Marie a pris l'arbre ent'e ses bras, et pis elle l'a embrassé. Elle a dit la formule : « Arbre, j't'étreins pour qu'i m'aime. » Et pis, elle a laissé un pot d'lait, près du tronc, pour les bonnes fées.

– Ce « il », s'agissait-il du père Jérôme ?

– J' crois ben qu'oui.

– Et après ?

– Après, on est restées dans l'pré, à causer un peu. Jusqu'à c'qu'le hérisson vienne nous faire peur.

– Le hérisson ?

– L'neveu du tavernier, « Patte-Folle ».

Percheval montra sa surprise.

– C'est une saloperie, c'Rémi Aug'let, dit Francine en reniflant. I fait l'muche par-devant, mais par-derrière, i voudrait ben r'brasser nos jupes.

L'avocat fronça les sourcils :

– Tu dis qu'il vous a causé une grande frayeur. Que vous a-t-il donc fait ?

– I l'est v'nu avec un gros rat, qu'i t'nait par la queue. Sous l'nez, qu'i nous l'a mis, sa sale bête ! Alors, on est parties en courant, moi par l'chemin, Marie par l'bois.

– « Patte-Folle » a-t-il suivi l'une de vous deux ?

– Nenni. Il est resté là, comme un couillon avec son rat.

– Et tu n'as plus jamais revu Marie ?

– Nenni. J'ai cru qu'elle était rentrée chez Augustin. C'est seul'ment c'matin qu'j'ai su…

– … Qu'elle avait sauté du moulin, acheva Percheval à sa place. Avant d'ajouter, l'air sombre et soudain préoccupé : moulin duquel tu feras bien de te tenir éloignée, ma fille.

Surprise par cette mise en garde inattendue, Francine tendit vers lui son minois plein d'appréhension et de curiosité.

– Et garde-toi bien, désormais, d'aller seule dans les bois ou les clairières, conseilla encore Percheval. Si tu ne veux point finir comme la jeune Bardot.

Alors qu'ils marchaient en direction de l'auberge, Percheval demanda à « Patte-Folle » sur un ton des plus neutres :

– Sommes-nous amis ?

– Ah, monseigneur ! s'exclama « Patte-Folle ». J's'rai ben votre ami, si vous l'voulez ! À la mort !

Puis, prenant une goule piteuse et écartant les bras comme pour exprimer une douloureuse fatalité :

– Mais j'peux point.

– Et pourquoi donc ?

– À cause que j'suis sale et vilain. Et boiteux encore.

– Peu m'importe l'allure ou l'habit, mentit Percheval. Je ne cherche qu'un cœur fidèle et loyal.

Ces paroles amenèrent sur la figure de l'infirme un sourire lumineux.

– Ah, ça ! s'écria-t-il. Alors, z'avez trouvé votre homme, monseigneur !

Percheval s'arrêta sur le chemin.

– Enfin, non ! fit-il. À bien y réfléchir, je ne crois pas pouvoir t'accorder ma confiance.

– Ah ! monseigneur ! Qué chagrin ! V'là qu'vous m'donnez votre amitié, et sitôt qu'vous la r'prenez !

Rémi s'immobilisa, consterné. La plus grande affliction se peignait sur son visage.

– Vois-tu, poursuivit l'avocat assez roidement, j'attends de mes amis qu'ils ne me fassent point de cachotteries.

Il posa sur l'épaule du cascaret un index dur :

– Francine m'a conté que tu les avais surprises, elle et Marie, à l'arbre aux fées. Elle prétend que tu les as suivies jusqu'à la clairière, hier, et que tu les as effrayées avec un gros rat. Tu t'étais bien gardé de me conter cela.

« Patte-Folle » rougit :

– Ben… C'était pour rire.

– À mon avis, elles n'ont pas goûté la plaisanterie. As-tu pour habitude d'espionner les filles ?

Les joues du petit homme s'empourprèrent de nouveau. Il baissa la tête pour cacher son embarras :

– Que'ques fois.

– Ce ne sont guère des manières.

– J'leur fais point d'mal.

– Mais tu leur fais peur.

– Elles m'jettent des cailloux ! se défendit vivement « Patte-Folle ». Elles disent que j'suis tordu et bon à rien ! Elles disent : « Va-t'en donc, crapaud, si tu veux pas tâter du sabot ! »

Et, sur ces mots, le pauvre infirme se ramassa sur lui-même comme s'il essayait de parer un coup. Une grimace avait défait l'arc enfantin de sa bouche, son regard était devenu misérable.

– Je vois, fit simplement Percheval.

Il se borna à cette explication et il n'insista pas. Qu'eût-il tenté de découvrir qu'il ne savait déjà ? Il avait deviné le mépris des Malazins pour le neveu d'Augelet, le mépris qu'ont généralement les âmes simples pour les plus simples qu'elles.

– Z'êtes point fâché, monseigneur ?

– Je ne le suis point du moment que tu me dis toute la vérité.

– Ah ! monseigneur, qu'vous z'êtes bon ! s'écria « Patte-Folle » en retrouvant sa bonne humeur.

Il eut envie de sauter au cou de l'avocat, mais le respect l'arrêta.

– Monseigneur, c'est-i qu'la Marie, elle s'est j'tée du moulin à cause de moi ? À cause du rat ?

Melchior balaya cette hypothèse d'un mouvement de sa main gantée. Ils reprirent leur marche vers le Merle noir, sur le sentier boueux.

– Dis-moi, interrogea encore Percheval, où Marie est-elle allée, hier, après avoir quitté la clairière ? Tu es la dernière personne, avec Francine, à l'avoir vue.

– Ben… elle l'est partie dans l'bois.

– Et ensuite ?

Rémi avança le menton, gonfla ses joues et écarquilla les yeux tout en accompagnant cette nouvelle grimace d'un large geste des bras qui signifiait qu'il n'en avait aucune idée.

– Pourquoi les filles se sont-elles séparées ? Pourquoi Marie, en s'enfuyant, n'a-t-elle pas suivi Francine ? Pourquoi n'a-t-elle pas pris le chemin qui ramène au village ?

– Y a un p'tit sentier qui coupe dans l'bois. Par là, on est rendu plus vite.

– As-tu vu quelqu'un dans ce bois, lorsque Marie y est entrée ?

« Patte-Folle » appuya ses deux doigts sur sa tempe, comme il avait déjà vu faire son oncle, lorsque celui-ci prenait un air grave et pensif.

– J'ai ben vu qu'eque chose.

– Quoi donc ?

– J'ai vu un lièvre ! Gros comme un chaton ! Qui sortait des fourrés !

Percheval réprima un soupir irrité, mais ne trouva pas nécessaire de lui faire remarquer l'imbécillité de sa réponse.

– Et toi ? Qu'as-tu fait après le départ des deux filles ?

– J'suis rentré à l'auberge, monseigneur.

– Par le même chemin que Francine ?

« Patte-Folle » opina du chef. L'avocat s'absorba quelques secondes dans de nouvelles réflexions.

– Si le sentier que Marie a emprunté, celui qui coupe à travers le bois, était effectivement plus court pour revenir au village, elle aurait dû arriver avant toi. Et, naturellement, avant Francine.

– Pour sûr !

– Pourtant vous ne l'avez pas revue. Ni l'un, ni l'autre.

– Nenni.

– Et aucun de vous deux ne s'en est inquiété ?

– J'me suis dit dans ma tête : p't-ête ben qu'elle s'en est allée ramasser des cèpes ou des girolles. Pour s'faire une bonne om'lette.

– Des cèpes au mois de mars ? Allons ! J'ignore pourquoi personne n'a jamais revu cette enfant, mais une chose est sûre : celle-ci n'est certainement pas restée dans le bois pour faire cueillette de champignons.

« Patte-Folle » leva sur lui des yeux soudain inquiets et, n'ayant aucune réponse à lui faire, se mit a ronger furieusement l'ongle sale de son pouce.

Ils étaient parvenus sur la place du village, face à l'église.

– Laisse-moi, le pria soudain l'avocat. Je dois voir le père Jérôme.

***

Le presbytère était entouré d'un petit clos, prolongé par un champ et trois arpents de forêts, résultant de legs anciens devenus, au fil des temps, terres de l'église.

Percheval trouva le jeune vicaire dans son courtil, en train de couper et fendre du bois, les manches de sa soutane retroussées jusqu'au coude.

En voyant arriver l'avocat, le père Jérôme arrêta net le mouvement de sa hache.

– Il m'avait bien semblé vous apercevoir, tout à l'heure, sur la place.

– Bonjour, mon père. Comment vous portez-vous ?

Le clerc posa son outil près du billot et rabaissa les manches de sa robe noire.

– L'hiver est long cette année, j'ai besoin de bûches.

– N'avez-vous trouvé personne au village pour vous couper votre bois ?

– Il faut croire que non, répondit le jeune homme avec une ironie amère. Les Malazins n'ont guère de respect, ni d'amitié, pour les ministres du culte. Et ils ne besognent jamais gratuitement.

– Vos finances sont-elles à ce point entamées que vous ne puissiez vous offrir les services d'un manouvrier ?

– Ma condition de vicaire de village ne me le permet pas. Les gros décimateurs me prennent la plus grande partie de mon bien.

Percheval n'eut aucune envie de pleurer sur son sort, qu'il devinait nettement plus enviable que celui de ses paroissiens.

Au revenu annuel du père Jérôme, qui pouvait dépasser les trois cents livres, venait s'ajouter le casuel, la petite portion de la dîme qu'il conservait, le produit de son jardin et de ses champs, sans oublier enfin les dons en nature, laissés par quelques pieux fidèles.

– Pourquoi êtes-vous revenu à Malzieu ? s'enquit le vicaire d'un air sombre.

– L'air de la ville ne me vaut pas grand-chose en ce moment...

– Êtes-vous toujours disposé à prouver que Reyne Inguélaère n'était pas infectée par le Diable ?

– J'aurais grand mal à le démontrer, attendu qu'elle est morte.

– Alors pourquoi donc êtes-vous revenu ?

– Non seulement je n'ai jamais eu créance dans cette possession, mais je reste convaincu que Mathias Vigneules est innocent de l'empoisonnement de Vasseur. Pour tout vous dire, mon père, la seule chose dont je sois véritablement persuadé est que le mari de Reyne a été occis par une autre personne du village. Et cet assassinement n'a rien à voir avec quelques pactions occultes avec le diable, ni maléfices, ni sortilèges d'aucune sorte.

Une ombre à peine visible passa sur le front du vicaire. Percheval laissa couler un temps.

– Mais c'est un autre crime qui, pour l'heure, m'amène à vous, dit-il posément.

– Un autre crime ?

– Celui que Marie Bardot a commis contre elle-même.

Le père Jérôme baissa la tête.

– Nous avons tous été remués par cette abomination. Moi le premier.

– Je songeais que vos ouailles étaient bien en peine, ces temps-ci. Un empoisonnement, une possession, l'arrestation de toute une famille de sorciers et, maintenant, la mort d'une jeune fille. Cela fait beaucoup, en peu de temps, pour un même village.

– En effet, fit le père Jérôme en serrant les dents. Mais peut-être faut-il y voir le châtiment de Dieu ?

– Eh bien, Dieu doit être fort en colère contre les Malazins…

– C'est peu de choses, répliqua le père Jérôme. Peu de choses au regard de tous les péchés que ces derniers commettent chaque jour de l'année. Qu'ils se remembrent que le châtiment divin pourrait être encore plus terrible. Dieu a anéanti des villes entières. Il a même détruit la race humaine en provocant le déluge, n'épargnant que Noé.

Percheval s'assit sur le billot.

– J'ai appris que le corps de Marie Bardot avait été retrouvé ce matin à l'aube. Pourquoi l'avoir mis en terre si hâtivement ?

– Vous êtes avocat, vous devriez savoir, mieux que quiconque, ce qui a pu motiver cette décision. La justice des hommes, pas plus que notre Créateur, ne pardonne le meurtre contre soi-même. Le prévôt, Aymard de Rouert, qui était ici tout à l'heure, entendait nommer un curateur au cadavre et conduire un procès contre cette enfant. Étant donné qu'on ne peut alléguer, dans le cas de Marie, ni la démence ni la maladie pour excuser son crime, elle encourait le risque d'être traînée sur une claie dans les rues de Malzieu.

Cette compassion sembla éminemment suspecte à Percheval, mais il ne laissa cependant rien paraître de sa pensée.

– Je lui ai épargné cette épreuve, poursuivit le père Jérôme. Il me semble que cette fille a été suffisamment punie en se retrouvant là où elle est, parmi les damnés.

– Le prévôt a-t-il abandonné son projet ?

– Aymard de Rouert n'est guère affriolé de procès. Je n'ai pas eu grand mal à le convaincre de renoncer à cette idée. L'affaire en restera là, et le corps de Marie, comme il se doit, ensépulturé en terre profane, derrière la clôture du cimetière.

– Cela vaut mieux… pour vous.

Le vicaire se raidit.

– Que signifie ? dit-il en pâlissant.

– Il est dans votre intérêt que l'on ignore les raisons qui ont poussé cette enfant à se donner la mort.

– Que dites-vous là ?

– Marie Bardot venait très souvent à l'église…

– Je ne saurais tenir rigueur à mes paroissiens de venir louer le Seigneur dans sa maison.

– N'y venait-elle que dans cette intention ?

– Elle me rendait de menus services.

– Lesquels ?

– Certains services.

– Mais encore ?

Le prêtre regarda Percheval avec un étonnement mêlé de contrariété :

– Il me semble que vous me faites subir un interrogatoire.

– Auquel, dit l'avocat d'un ton égal, vous ne répondez que selon votre fantaisie.

– Exposez clairement vos désirs et j'y répondrai de même, répliqua le jeune vicaire avec un commencement d'impatience.

Percheval le fixa droit dans les yeux, croyant sans doute, par cette attitude, pouvoir l'empêcher de se dérober :

– Le jour où je suis venu vous informer que j'avais retrouvé vos objets liturgiques dans la remise de Reyne, j'ai vu entrer dans l'église deux jeunes filles, dont l'une était cette Marie Bardot. Mon opinion première, à voir ces deux petites gueuses, fut qu'elles semblaient fort occupées à vous plaire. Mais la sagesse m'impose généralement la loi de ne pas m'en rapporter à mon premier jugement. Aussi ai-je interrogé les parents de cette jeune fille, ainsi que son amie, Francine Bègue. Celle-ci m'a confié que Marie ne venait à l'église que dans l'espoir de vous y voir.

Le père Jérôme se racla la gorge :

– Francine a dit cela ?

– Précisément. Elle a également affirmé que Marie éprouvait de tendres inclinations pour vous.

Un silence tomba.

– Eh bien, mon père ? Pourquoi ne répondez-vous point ? Toute question vaut une réponse.

– Je suis libre, je suppose, de répondre ou de ne pas répondre au premier venu à qui il prend le caprice de m'interroger.

– Ce n'est point par caprice que je vous fais cette question. Auriez-vous quelques secrets à cacher ?

– Aucun, répondit le jeune vicaire en affectant soudain la plus grande franchise. Aussi vais-je vous répondre sans détours : il est vrai que Marie venait plus souvent que les autres à l'église, ainsi qu'au presbytère. Évidemment, pour s'y trouver en ma compagnie.

Surpris qu'il avouât si facilement, Percheval resta à son tour sans voix, durant plusieurs secondes.

– Ainsi, vous reconnaissez que Marie Bardot vous aimait ?

L'embarras du père Jérôme céda rapidement la place à sa méchante humeur.

– Ne parlez point d'amour, dit-il sèchement.

– Alors de quoi s'agissait-il ?

L'autre pinça ses deux lèvres dans une grimace méprisante :

– De lubricité. Les femmes sont naturellement lubriques : elles viennent au monde avec la paillardise chevillée au corps. Il n'est pas une seule partie d'elles qui ne soit employée comme un piège pour séduire le mâle, comme une épée pour le frapper.

– Marie était une jolie fille, autant que je puis m'en souvenir…

– Vicieuse, rectifia le prêtre. Vicieuse comme toutes les autres. Sans doute lui est-il venu à l'esprit, qu'étant voué définitivement au célibat, je constituais une proie plus amusante ou plus facile que les garçons du village et de sa condition, et que ce serait un joyeux souvenir, pour sa vieillesse, que celui d'avoir damné un clerc.

– Vous a-t-elle séduit ?

– Elle mettait du cœur à l'ouvrage, mais l'entreprise était impossible.

– Les prêtres, contraints par les exigences de la nature, cèdent parfois au plaisir, même s'ils s'y refusent en esprit… Vous ne seriez pas le premier à succomber à l'appel de la chair.

Le père Jérôme le foudroya du regard.

– Mesurez vos paroles, le prévint-il en serrant les mâchoires. Vous êtes en train de m'accuser d'avoir commis le péché de fornication, et cela avec une enfant de treize ans. Si je ne portais pas soutane, je vous demanderais de me rendre compte de ces insinuations infâmes sur-le-champ.

– Je regrette de vous avoir offensé, s'excusa Percheval sans en penser un traître mot. Je cherchais simplement à comprendre.

Le vicaire s'emporta :

– Mais vous prenez-vous pour Dieu, à la fin ? À vouloir connaître de toutes les choses qui existent, à vouloir rendre raison de tout ? La dernière fois que je vous ai vu, vous prétendiez réfuter le bien-fondé de la possession de Reyne, et voilà que ce jourd'hui vous cherchez à découvrir les raisons de la mort de Marie Bardot et entendez m'imputer la responsabilité de son crime odieux ! Mais vous êtes dans l'erreur, toujours creux, toujours ignorant, toujours bouffi d'orgueil et de vérité, vous n'en découvrez aucune ! Penser que j'ai pu répondre favorablement aux avances de cette enfant ! Quelle absurdité ! La chose est tout bonnement impossible !

Son emportement passé, il se reprit un peu, balaya le rouge de ses joues d'un geste de la main. Puis il poursuivit, nerveux et confus :

– Impossible… en raison de la dignité ecclésiastique dont j'ai été revêtu. Comment imaginer que ces mains, si elles avaient été souillées par la chair impure d'une femme, puissent encore toucher le corps immaculé du Christ ?

– La chose se serait déjà vue : votre prédécesseur, le père Boniface…

– … avait été appelé à prêcher la chasteté et s'est fait sans vergogne le serviteur de la luxure, coupa le vicaire. Je sais bien que ce gros pourceau s'est vautré pendant des années dans l'infect limon du concubinage. La fornication est devenue un péché si familier qu'il ne se trouve même plus un homme sur cette terre, fût-il un homme de Dieu, pour en avoir honte. Mais je ne suis pas comme les autres. Et je ne suis pas le père Boniface.

– Convenez que les révélations que j'ai reçues de Francine Bègue m'obligent à douter. Marie s'était amourachée de vous et elle s'est volontairement donné la mort. Tout me porte à croire que les deux faits sont liés.

Le père Jérôme le considéra en serrant les dents :

– Peut-être le sont-ils. Et alors ?

– La chose ne pèse donc point sur votre conscience ?

– Non, je ne me sens aucunement responsable de son crime. La femme a été créée plus imparfaite que l'homme, même quant à son âme. La femme, par tempérament, est un être lascif, faible et débile, incapable de résister aux assauts de la concupiscence. C'est la raison pour laquelle elle est également sujette au désespoir. Cela se trouve inscrit dans sa nature.

– Si vous le dites, concéda Percheval avec un faible soupir.

– Bien, conclut le prêtre, avez-vous d'autres soupçons, d'autres questions ? Ou allez-vous consentir à me laisser en paix ?

– Non, plus de questions. Pardonnez-moi d'avoir troublé votre solitude, père Jérôme. Je m'en vais de ce pas poursuivre mes recherches et interroger vos paroissiens à propos de l'empoisonnement de Guy Vasseur, car c'est là, en fait, mon unique préoccupation.

– Faites selon votre désir, lâcha le père Jérôme avec indifférence.

– Oh… à ce sujet, ajouta encore Percheval, je souhaiterais retrouver une personne du village que l'on appelle « l'Ange ». Vous qui connaissez toutes les brebis de votre troupeau, pourriez-vous m'indiquer de qui il s'agit et où je la puis trouver ?

Alors qu'il s'attendit à ce que son interlocuteur fût frappé par ce mot comme par la foudre, il le vit hausser les épaules, avec une ébauche de sourire qui crispa ironiquement ses lèvres :

– Monsieur l'avocat, il n'y a aucun ange à Malzieu. Mais si vous avez du temps à perdre, vous pouvez toujours chercher. Et m'aviser si vous en dénichez un. Autant espérer trouver une seule vierge à Sodome.

***

Lorsque Percheval rejoignit Guillaume Augelet au Merle noir quelques minutes plus tard, l'homme était en train de joncher de paille propre le sol de la taverne. L'avocat se souvint qu'en arrivant quelques heures plus tôt il avait senti le cabaretier étrangement bougon et distant, presque absent, et que ce dernier n'avait répondu qu'à peine aux paroles qu'il lui avait adressées. Aussi, s'installa-t-il sur l'un des bancs sans chercher à attirer son attention, attendant que le grincheux vienne de lui-même lui parler et espérant qu'il se montrerait un peu plus aimable.

L'aubergiste interrompit sa tâche et s'approcha avec un gobelet et un pichet de bière. Il semblait finalement avoir recouvré sa figure des bons jours. Après avoir aimablement proposé à son hôte de lui apporter son souper, il s'éloigna pour lui ramener deux beaux œufs de poule à gober, une écuelle de soupe et des galettes d'orge et d'avoine. Il avait accompagné l'ordinaire de fèves et d'oignons cuits à l'eau et, en guise de dessert, s'était fendu de quelques prunes séchées.

Percheval, le voyant dans de si excellentes dispositions, l'entreprit aussitôt :

– Y a-t-il, dans le village, un homme ou une femme que l'on surnomme « l'Ange » ?

– J'vois point, répondit sincèrement Augelet.

– Cherchez bien, mon brave.

Le tavernier avança les lèvres dans une moue dubitative.

– Cette personne existe pourtant, insista Percheval, puisque Guy Vasseur la connaissait.

– Comment vous savez ça ?

– Ses filles, Rose et Madeleine, m'en ont parlé. Vasseur a évoqué à plusieurs reprises cette mystérieuse personne.

Augelet ouvrit des yeux ronds :

– J'suis né dans c'village et mes parents pareil, et les parents d'mes parents, pareil. Votre ange, c'est pas que'qu'un d'chez nous.

– Ne pourrait-il s'agir du père Jérôme ?

– Jamais ouï personne l'app'ler comme ça.

L'homme se leva et alla tisonner les braises. Les idées de Percheval le ramenèrent à la fille d'Augustin :

– Connaissiez-vous Marie Bardot ?

Guillaume Augelet revint s'asseoir auprès de lui.

– Un peu. C'était une gentille p'tiote. La grisette devait être ben malheureuse pour faire ça...

– Il faudrait beaucoup de courage à un homme pour grimper sur ces ruines et se jeter ainsi dans le vide. La chose me semble difficile à croire, venant d'une enfant de treize ans...

Augelet se contenta de hocher la tête en signe d'approbation, puis ses yeux se perdirent un instant dans le vague, comme abîmés en de lointains souvenirs.

– Les filles... Faut pas grand-chose pour leur emberlucoquer la cervelle. Allez savoir c'qui a ben pu passer dans la minerve de celle-ci.

Il poussa un profond soupir :

– Quand on est jeune, on a souvent d'gros chagrins. Des chagrins trop lourds à porter.

– Il est vrai, fit Percheval, un peu songeur.

L'autre baissa le front avec un air soudain gêné :

– Excusez pour tout à l'heure. J'vous ai parlé un peu dur.

Melchior faillit lui rétorquer qu'il s'était accoutumé à la discourtoisie et à la sauvage humeur des gens de Malzieu, mais garda cette remarque au fond de son gosier.

– Alors ? fit Augelet en lui servant une rasade de bière. Qu'est-ce qui vous amène, cette fois, m'sieur l'avocat ? La Reyne est morte, Mathias est en prison... On pensait point vous r'voir jamais par chez nous.

– Je vous l'ai dit en arrivant : je recherche celui ou celle qui a tué Guy Vasseur.

Le tavernier le considéra, étonné :

– C'est Mathias qu'a tué Guy, non ?

– Je suis persuadé du contraire. D'ailleurs, à ce propos, n'avez-vous rien à me lâcher ?

Guillaume Augelet réfléchit quelques instants, comme s'il cherchait de bonnes raisons pour se confier. Puis il pinça les lèvres, et son regard devint plus aigu, sous ses sourcils blancs.

– Moi non, dit-il finalement. Mais allez donc voir le « Beau-Michel »... Et aussi Benoît d'Aunis.

Percheval leva sur lui un regard d'incompréhension.

– « Beau-Michel », c'est Michel Duclos, expliqua le tavernier. On l'appelle comme ça, rapport à sa jolie gueule.

– Que pourrait-il me dire ?

– Qu'y a un an, lui et Vasseur se sont battus comme chiens enragés.

– Quel était le motif de cette dispute ?

Augelet avala à son tour une lampée de bière et poursuivit, avec une malice au coin de l'œil :

– « Beau-Michel » avait sa p'tite affaire avec la femme du François Hartegaut... Vasseur, avec son habitude d'fouiner partout, i les a surpris dans une étable, couchés ensemble dans la paille, occupés à s'frotter comme y faut...

Il reposa son gobelet et s'essuya la bouche :

– Mais au lieu d'vendre la mèche au François, i l'a été trouver « Beau-Michel ». I lui a d'mandé que'ques pièces pour fermer sa grande bouche. « Beau-Michel » a r'fusé. Et Vasseur s'est trouvé bête comme cochon d'avoir pas eu ses sous. Alors, i l'a été dégoiser partout que l'Francois était cocu et qu'c'était Michel qui lui avait planté des cornes. Quand ces deux-là se sont r'trouvés dans mon auberge, un soir, faut m'croire qu'i z'ont eu une très méchante noise. Ça a commencé par des insultes, pis i s'y sont mis avec les poings et les pieds. L'François a même sorti son couteau pour couper l'nez au « Beau-Michel » à cause de l'offense qu'il lui avait faite.

Percheval écoutait toujours avec attention, en songeant malgré lui qu'il aurait été plus naturel que le François en question coupât plutôt la pièce avec laquelle l'amant de sa femme l'avait offensé. Il s'en voulut aussitôt d'une telle pensée et demanda :

– Ensuite ?

– L'« Beau-Michel » et l'François se s'raient tués si on les avait pas séparés. Et pis, finalement, l'« Beau-Michel » a donné vingt sols et sa plus grosse brebis au François et l'affaire s'est trouvée réglée.

– Mais... Vasseur dans tout cela ?

– Vasseur s'est trouvé marri qu'les deux coquins finissent par s'entendre et qu'les sous aillent dans la main du cocu plutôt qu'dans la sienne. Il s'en est d'abord pris au François : il riait à chaque fois qu'i l' voyait, en l'appelant cornard ou maqu'reau, d'vant les aut'es. Pis, i s'est rendu chez l'« Beau-Michel » pour l'traiter d'filou, d'ordure, d'mangeur de poils et aut'es salaud'ries. L'« Beau-Michel » lui a sauté d'ssus et la moitié du village l'a entendu dire qu'i trouv'rait ben, un jour, l'occasion et l'moyen d'lui régler son compte.

Percheval demanda :

– À vous en croire, Benoît d'Aunis avait lui aussi quelques griefs à l'encontre de Vasseur. Leur différend était-il de même nature ?

– Nenni. D'Aunis, c'était aut'e chose. Vasseur lui avait emprunté une bêche qu'il a jamais voulu lui rendre. L'gros Benoît était furieux. I s'en est plaint à moi, plusieurs fois.

Percheval écoutait, toujours silencieux.

– L'Benoît m'a dit, un soir, en confidence, qu'le coquin allait payer cher d'l'avoir volé.

– Ces deux hommes avaient donc de bonnes raisons d'en vouloir à Guy Vasseur et de l'empoisonner ?

– Ça, c'est sûr.

Melchior ne dit plus rien ; il demeura quelques instants immobile, crispé et songeur.

– Je vous remercie pour ces précieuses informations, prononça-t-il enfin en se levant. Cependant, j'aimerais savoir pourquoi vous avez tant tardé à me relater ces faits ? Pourquoi personne, dans ce village, n'a cru bon de me dire ce qui s'était passé ? Chacun savait que ce « Beau-Michel » et ce Benoît d'Aunis se trouvaient au rang des principaux suspects de l'assassinement de Vasseur, chacun savait que je cherchais désespérément à innocenter Mathias Vigneules de ce crime dont les juges l'avaient injustement chargé, mais personne n'a parlé.

– Allez ! fit Augelet en souriant, tandis qu'il commençait à débarrasser la table. Faut pas nous en vouloir, m'sieur l'avocat. À Malzieu, on bavarde pas avec les étrangers. Maint'nant, j'vous connais mieux, c'est différent... Et pis, pour Mathias, ça change rien. Même s'i l'a pas tué son beau-frère, c'est quand même ben un sorcier. Les juges, i z'ont trouvé des preuves, pas vrai ?

Il haussa les épaules et ajouta :

– Ça dérange pas grand monde qu'i soit en prison, à c't'heure.

Percheval se pencha sur le banc afin de saisir son sac de cuir dans lequel il avait jeté quelques nippes de rechange.

– Il ne l'est plus, annonça-t-il froidement.

– Ah ? Et où qu'i l'est, alors ?

Melchior considéra l'aubergiste d'un air sombre et répondit avec tout le calme qu'il put affecter :

– Il est mort. Par votre faute à tous.

Et, sur ces mots, il quitta la pièce sans rien ajouter de plus.

Quelques minutes plus tard, il était allongé sur un pauvre lit de bois branlant, dans un minuscule réduit, avec, pour seule chaleur, celle d'une petite torche de résine dont la flamme fragile, agitée par les courants d'air, finit par se coucher elle aussi et s'éteindre, le laissant seul, perplexe et perdu, dans le labyrinthe ténébreux de ses pensées.

XIX

Épreuves d'un cadavre

En sortant de la taverne, vers neuf heures du matin, Percheval fut saisi par la morsure de l'air. Le froid avait de nouveau jeté ses crocs de glace sur la campagne. Les maisons du village s'étaient coiffées d'une poudre de neige qu'une nuit de gel avait rendue plus dure que la pierre.

Il remonta le col de son manteau et se mit en marche, transi et grelottant. La terre dure, couverte de givre, sonna sous ses pas. Il s'apprêtait à remonter le chemin lorsqu'un bruit déchira le silence, un bruit qu'il identifia d'abord comme un lointain roulement d'orage, ou plutôt un martèlement sourd, puis, le son se faisant de plus en plus précis, comme le bruit régulier d'un galop de chevaux.

Quelques minutes plus tard, Pierre Bossuat et ses deux conseillers, suivis de quatre sergents, passaient le pont et s'engouffraient à vive allure dans la rue. Le petit juge fut le premier à descendre de sa monture, avec la dignité compassée qui lui était coutumière, imité aussitôt par ses deux assesseurs. Il marqua à peine sa surprise en découvrant l'avocat au beau milieu de la place.

– Décidément, dit-il en croisant les bras, il est impossible d'avancer d'un pas, sans que, de quelque côté que nous nous tournions, nous nous heurtions à vous.

Robert Bérenger renifla d'un air méprisant :

– Vous nous paraissez être un espion, toujours derrière nous.

– Si fait, approuva Michel Groise. Une grosse mouche qui se tient sans cesse à nos trousses.

Bossuat dévisagea Percheval avec contrariété :

– Que faites-vous ici ?

– Je suis venu chercher une casaque que j'ai oubliée à l'auberge du Merle noir lors du récolement des témoins. Je m'apprêtais tout juste à repartir pour Metz.

– Vraiment ? Vous avez chevauché trente lieues pour reprendre un manteau que vous avez oublié il y a un mois ? Cessez de nous fourber.

– Ma foi, c'est une fort belle casaque.

– Et, par le fait du hasard, vous êtes arrivé juste à l'instant où une fille du village a sauté du moulin…

– Je ne crois pas, monsieur. On a dû vous informer que le corps de cette fille avait été retrouvé hier matin, à l'aube. Or, je ne suis arrivé sur les lieux qu'après midi.

– Ce que je vois, moi, c'est que partout où se trouve le mal, vous y êtes aussi. Et que dès qu'apparaît un sorcier ou une sorcière, vous n'êtes jamais très loin.

– Une sorcière ?

– Oui, une sorcière.

– Qui donc ?

– Cette dénommée Marie Bardot.

– C'est invraisemblable.

– Au contraire, c'est plus que vraisemblable.

Et, sur ces mots, rajustant frileusement les pans de son long et ample caban autour de son corps, il fit remarquer à son premier conseiller que ce froid épouvantable était vraiment surprenant. On avait déjà connu par le passé de rudes hivers, des chutes de neige interminables, des frimas tenaces, assurément, mais jamais de telles froidures aux premiers jours du printemps.

– C'est vrai, confirma Bérenger. Cependant, à cinq lieues d'ici, le temps est bien plus clément. À croire que l'hiver ne veut pas quitter ce village maudit…

Bossuat considéra l'avocat avec irritation :

– Au fait, dit-il, on a trouvé votre protégé échappé dans son cachot.

Percheval maîtrisa sa nervosité afin de ne laisser paraître aucune expression qui eût pu le trahir.

– Cette nouvelle n'a pas l'air de vous surprendre, lâcha le petit juge. Mais peut-être étiez-vous déjà informé du décès du sorcier ?

– Comment l'aurais-je su ?

– Par une intelligence occulte que vous aviez avec lui.

– Non content d'être passé, ajouta Michel Groise, il s'est également enfui.

– Enfui ? répéta Percheval en feignant cette fois de s'étonner.

– Oui, opina le gros magistrat, le Diable est venu le prendre, pour nous pincer. Il l'a fait passer par le trou de la serrure, comme il a l'habitude de le faire quand il vient chercher ses suppôts en prison.

Percheval réprima un sourire. La bêtise humaine, par moment, pouvait se révéler le meilleur allié qu'on puisse trouver.

– Si vous dites que c'est là une pratique coutumière du démon, fit-il en lissant son manteau, je puis bien vous croire.

Puis, se tournant vers Bossuat :

– Quel dommage pour la bonne justice que vous représentez : ainsi vous n'aurez point eu l'occasion de le tourmenter de nouveau…

Le magistrat fit de la main droite un geste excédé et murmura avec une grimace de colère, une grimace qui montra la maigreur des joues et la saillie de tous ses os :

– Vous êtes un insupportable et insolent bavard, monsieur. Et vous ne m'avez point répondu : que faites-vous dans ce village ?

Percheval eut assez d'à-propos pour donner la réplique qui convenait :

– Je vous retourne le compliment et la question : vous-même, que faites-vous ici ?

– Nous avons été avertis du décès de cette dénommée Marie, fille d'Augustin Bardot. Et nous avons appris par le même temps qu'elle s'était homicidée. Nous ne doutons point qu'il se cache derrière ce crime suspect un mauvais coup du Diable.

– Oh… et depuis quand les sorcières se donnent-elles la mort ? demanda Percheval, légèrement ironique.

Michel Groise réfléchit, cherchant une réponse intelligente à lui faire :

– Elles se peuvent donner la mort pour échapper aux peines de l'Enfer qui les attendent. C'est une manière de se libérer de l'emprise de leur maître.

Bossuat, excédé par l'intervention de son conseiller, laissa tomber sur lui un regard mauvais :

– Que dites-vous encore comme bêtise ? Les esclaves du Diable ne renoncent jamais de leur propre chef à leur sujétion et surtout aux pouvoirs qu'elles ont délibérément reçus en concluant le pacte. Les sorcières sont toujours volontaires pour se soumettre au Démon, elles ne sont jamais contraintes de le faire. De plus, le meurtre de soi-même conduit tout droit en Enfer. Ainsi, votre hypothèse est la plus extravagante qui soit. Cessez donc de discourir ignoramment.

Groise se tut, mortifié par cette nouvelle remontrance. Bossuat se tourna vers Percheval et s'adressa à lui :

– Vous tenez à savoir pourquoi cette servante du démon s'est tuée ? Je vais vous le dire : elle l'a fait pour ne pas avoir à dénoncer ses complices. Après l'arrestation et l'enfermement du sorcier Mathias Vigneules, elle a certainement craint d'être questionnée à son tour, et pour la même raison qu'il a fait mourir Vigneules dans son cachot, le Diable a ordonné à cette sorcière de se tuer promptement, afin qu'elle ne soit pas tentée de trahir les autres membres de leur société secrète. Mieux vaut, pour le Diable, faire périr une sorcière que de voir conduire au bûcher tous les scélérats de ce village qui ont conclu une alliance avec lui.

Ce fut au tour de Bérenger de demander, un peu naïvement :

– Mais pourquoi le Diable a-t-il suggéré, ou plutôt, a-t-il commandé à sa servante de se tuer d'une aussi étrange manière ?

– Je ne vois aucune étrangeté dans le fait de mourir en tombant de dix ou quinze pieds de haut, lui rétorqua sèchement Bossuat. C'est une manière comme une autre de trépasser.

– Mais... les sorcières ne sont-elles pas toutes des striges ?

– En effet. Mais quel est le rapport ?

– Eh bien, si cette fille était capable de voler la nuit, comment est-il possible que, sachant s'élever et se mouvoir dans les airs, elle ait pu tomber de ce moulin en ruines ?

Bossuat considéra son conseiller avec cet air proche de la commisération que prennent ceux qui savent, face à ceux qui ignorent :

– Les sorcières ne savent voler que lorsqu'elles se rendent au sabbat, monsieur. Sans compter qu'elles doivent utiliser un objet maléfique ou quelque onguent particulier pour réaliser ce prodige. Le reste du temps, si on les pousse dans le vide, du haut d'un mur ou de toute autre hauteur, elles ne sont pas en mesure de rester en l'air et retombent misérablement, comme une pierre.

– Mais pourquoi le Diable a-t-il pris la peine de la faire grimper sur cette ruine ? Ne pouvait-il pas, plus simplement, l'étouffer durant son sommeil, lui lier la langue ou l'échauder ?

– En effet, approuva Michel Groise, qui ne semblait pas craindre une nouvelle rebuffade, pourquoi s'est-il donné tant de mal pour se débarrasser d'une aussi insignifiante créature ?

Bossuat prit son air savant et suffisant :

– Satan, déclara-t-il, lorsqu'il menait la rébellion contre Dieu, a été précipité du ciel avec tous ceux qui, comme lui, s'étaient laissés entraîner à des pensées d'orgueil. La mort de cette sorcière, que vous trouvez étrange, n'est qu'une provocation de plus de la part du Malin. En faisant ainsi tomber sa servante, il aura voulu nous rappeler sa propre chute.

Percheval leva les yeux au ciel : jamais on n'avait débité plus haut autant d'ineptes platitudes.

Puis, interrompant les trois magistrats dans leur débat, il leur proposa à brûle-pourpoint :

– Peut-être devriez-vous vous rendre à l'endroit où cette fille a été retrouvée ?

Bossuat haussa un sourcil étonné :

– Et qu'y ferions-nous ?

– Vous pourriez constater par vous-mêmes que Marie Bardot n'a pu se donner la mort…

Bérenger avança d'un pas et, d'un large geste de la main, lui fit signe de s'écarter :

– Veuillez, je vous prie, vous ôter de notre chemin et nous laisser faire notre devoir.

Le petit juge pivota également sur ses talons :

– Allons-y. Je ne saurais souffrir plus longtemps la hantise de cet hérétique.

– Messieurs, insista Percheval, je pense que vous devriez m'accompagner sur le lieu du crime.

Cette fois, Bossuat perdit son calme :

– Vous n'avez aucun conseil à nous donner ! Et finissez avec vos détestables habitudes.

– De quoi parlez-vous ?

– Je parle de votre manie d'affirmer ce qui n'est pas et de nier ce qui est.

Et, sur ce, il leva le menton ostensiblement, de façon à ce que chacun pût voir que sa détermination restait ferme comme un roc.

– Nous savons tout ce que nous devons savoir : cette Marie Bardot était une sorcière, tout comme l'était Mathias Vigneules. Et nous allons conduire sans tarder son procès.

– Vous ne pouvez la juger, objecta Percheval : son corps a déjà été enterré.

– Peu m'importe. Nous allons le faire prestement déterrer.

Une exécrable odeur se dégageait du sol. Depuis des siècles, les morts de Malzieu s'entassaient dans l'espace réduit du cimetière, le père Boniface et ses prédécesseurs s'étant toujours refusés à faire reculer la clôture. On était obligé, régulièrement, de rouvrir les tombes et les fosses pour y mettre les nouveaux trépassés. Inhumées sans cercueil et à faible profondeur, les dépouilles des villageois s'amoncelaient ainsi depuis des lustres, les unes par-dessus les autres, exhalant alentour leur écœurant parfum de charogne.

Arrivés devant un monticule de terre fraîche, de l'autre côté de la barrière, quatre villageois qui avaient été menés là par le père Jérôme, commencèrent à creuser. Bientôt un drap apparut, épousant la forme d'un cadavre de petite corpulence. Marie, comme les autres, avait été ensevelie si hâtivement et si superficiellement, qu'il ne fallut pas plus de quelques minutes aux paysans pour la dégager.

Ainsi exhumée, elle fut portée jusqu'à l'auberge où s'étaient installés les trois magistrats.

Près de la table, qui faisait à présent office de lit funéraire, Bossuat contempla gravement le drap de lin dans lequel reposait le cadavre de la jeune fille. Il allongea la main vers cette forme inerte puis la retira aussitôt, préférant finalement s'en remettre à l'un ses sergents pour ouvrir le linceul.

– Est-il utile de voir son visage ? demanda Michel Groise en détournant les yeux, visiblement mal à l'aise. Ne pouvons-nous la laisser ainsi, dans son suaire ?

– Avant de conduire son procès, nous devons procéder à l'examen du corps, expliqua Bossuat. Afin de trouver la marque diabolique.

Groise eut un frisson.

– Peut-être devrions-nous l'emmener jusqu'à Sedan et laisser au bourreau le soin de se charger de… de cette tâche ?

– Je ne tiens pas à perdre davantage de temps. Nous pouvons fort bien nous passer des services de Lazare et effectuer la visitation nous-mêmes.

La peur semblait paralyser le gros conseiller.

– Mais… mais… sommes-nous seulement assurés qu'elle est morte ?

– Évidemment qu'elle est morte. N'avez-vous point des yeux pour voir ?

Groise abaissa son regard vers le cadavre et le fixa avec un nouveau tremblement, imité par Bérenger qui déglutit avec peine.

Débarrassée de son linceul, Marie gisait à présent devant eux, entièrement nue.

– Faites savoir aux villageois que nous allons procéder au récolement des témoignages contre la sorcière, commanda Bossuat à l'un des sergents. Qu'on les fasse patienter devant l'auberge, le temps que nous trouvions la marque suspecte.

Puis, se penchant vers le visage blême de la jeune fille, il observa le filet de sang qui avait coulé sur sa tempe, s'attardant exagérément dans la contemplation de cette tache rouge, comme si elle pouvait le détourner momentanément d'une autre vision, bien plus troublante, celle de la poitrine ronde et des cuisses laiteuses.

Groise, la face cramoisie, ferma les paupières sous le coup des pensées fiévreuses qui l'assaillaient. Bérenger fit courir ses doigts nerveux le long de sa jambe.

– Voyez comment le Diable s'y prend pour ôter leur raison aux hommes, déclara Bossuat en s'avisant de la confusion soudaine de ses deux assesseurs. Il donne à la femelle une croupe et deux mamelles, avec lesquelles celle-ci fait aisément du plus saint homme une véritable bête. Ne vous laissez pas abuser par ces artifices du démon. Car la femme, et plus particulièrement la sorcière, n'est que pourriture. Qui pose la main sur elle avec délectation ou envie ne touche en vérité qu'un excrément.

Cette tirade n'eut cependant pas l'effet qu'il escomptait. Les deux juges continuaient de regarder, avec un émoi qu'ils avaient bien des difficultés à dissimuler, le corps nu de Marie, ce corps lisse et jeune auquel la mort avait ôté toute pudeur et qui s'offrait sans résistance à leur concupiscence, faisant resurgir avec violence leurs désirs les plus inavouables. Ils persistaient à contempler ce cadavre raide et froid, mais que leur esprit affolé imaginait tiède et odorant, cette pauvre dépouille qui, même dans la quiétude du dernier repos, provoquait encore l'embrasement de leurs sens.

– Cette beauté n'est qu'illusion ! s'exclama Bossuat en levant la main d'un geste péremptoire. Ce que vous voyez n'est qu'un leurre inspiré par le Diable ! Le Diable qui cherche à vous faire perdre votre entendement en vous suggérant des pensées nocives et immondes ! Jamais Satan n'a si bien caché ses griffes et ses cornes, messieurs. Revêtez-vous de la foi en notre Seigneur afin de pouvoir tenir ferme contre les ruses de l'Ennemi, car nous n'avons pas à lutter contre la chair mais contre la domination et l'autorité du démon.

Les deux hommes n'entendirent guère cet avertissement. Leur sang bouillait toujours dans leurs veines, leur cœur battait fort, soulevant leur sève d'homme. Le feu au ventre, ils imaginaient Marie vautrée dans la paille, son jeune corps couché sous le leur, éprouvant l'envie irrésistible de la toucher, de l'étreindre, de sentir sa douceur. Ils ne voyaient pas le crâne ouvert, le sang qui collait les cheveux, l'arc douloureux de la bouche ; ils ne regardaient que les épaules rondes de la petite sorcière, sa gorge pâle, ses hanches minces, sa toison blonde.

Soudain, Bérenger, n'y tenant plus, s'approcha davantage du cadavre et posa sa main sur le sein de la jeune fille, emprisonnant dans sa paume le globe pâle, qu'il commença à pétrir avec une volupté évidente. Groise réprima un petit hoquet de surprise et de ravissement confondus. Le spectacle lui causa une émotion si forte que ses jambes flagellèrent et qu'il manqua de défaillir. Bossuat, craignant de faiblir à son tour, se mordit la bouche avec violence, afin de calmer le honteux frisson de sa chair. Et ses dents entaillèrent si bien sa lèvre qu'elle se mit à saigner. Ce ne fut cependant que la torture d'un moment, un égarement rapidement réprimé. Il retrouva très vite sa face sévère, qu'il tourna vers son conseiller :

– Que faites-vous, monsieur ?

Robert Bérenger interrompit son geste, gêné.

– J'ai... J'ai ouï dire que les sorcières pouvaient abriter en leur sein des serpents. Je m'assure que...

– Cessez cela !

Le conseiller retira vivement sa main et rougit en jurant qu'il ne songeait pas à faire mal.

– Contentez-vous de regarder, le prévint Bossuat. Regardez, mais abstenez-vous de toucher si cela ne s'avère pas nécessaire.

L'invincible petit juge avait retrouvé son air implacable :

– Ne vous l'ai-je pas dit ? Cette beauté n'est qu'illusion. Elle ne va pas au-delà de l'apparence. Souvenez-vous donc, messieurs, de ce que disait le moine Odon : « Si les hommes voyaient ce qui est sous cette peau, la vue des femmes leur soulèverait le cœur ; quand nous ne pouvons toucher du bout des doigts un crachat ou de la crotte, comment pouvons-nous désirer embrasser ce sac de fiente ? »

Groise essuya du revers de sa manche la sueur qui coulait sur son front.

– Je ne vois point de marque, dit-il en soufflant.

– Pour voir, il faut croire, répliqua durement Bossuat.

– Sans doute, mais... par où commencer ?

En guise de réponse, Bossuat tourna la tête de Marie et observa attentivement son cou. Puis, n'ayant rien découvert à cet endroit, son regard glissa sur ses épaules et ses bras, qu'il souleva sans ménagement.

– Voyez cette marque, près du coude, dit-il. Nous avons là une belle cicatrice de morsure.

Puis, il lâcha le bras qu'il tenait et continua de scruter avec attention le cadavre. Il examina les mains, les poignets et enfin les pieds de la jeune fille.

– Il n'y a pas d'autres marques sur le devant du corps, déclara-t-il. À présent, placez-la sur le flanc.

Bien que l'ordre s'adressât à Michel Groise, ce fut Bérenger qui se précipita pour l'exécuter.

– Tenez, en voici une autre, annonça Bossuat. La voyez-vous ? À cet endroit-ci, sur la cuisse...

– Certainement, confirma Groise, je la vois aussi...

Il ne put finir sa phrase, tant il haletait sous l'effet d'un désir qui le torturait jusque dans les os.

– Non, non, fit Bérenger, il me semble qu'il s'agit d'une ancienne brûlure. Ce n'est certainement pas l'indice que nous cherchons.

Bossuat avala péniblement sa salive, perdant à son tour un peu de sa superbe. La vue qui s'offrait à lui brouillait son esprit. Une vive chaleur, venue de ses entrailles, manquait de lui ôter l'usage de la parole. Cette fois, il dut se pincer pour s'affermir contre la tentation, braver l'appel de ce corps trop désirable.

– Allons-nous procéder à l'examen des parties cachées ? demanda Bérenger, les yeux brillants.

– Il le faudrait, murmura Groise. C'est là, le plus souvent, que le Diable dissimule sa signature…

– Nous verrons, fit Bossuat avec raideur.

– Remembrez-vous l'examen de cette sorcière, il y a trois ans, poursuivit Bérenger. C'est en visitant les parties honteuses de la demoiselle que Lazare a trouvé la marque diabolique. Et il en a été de même pour Vigneules. Je pourrais, s'il vous sied, me charger de cette répugnante besogne, introduire un doigt dans la matrice de cette fille et en sonder l'intérieur.

– Je ne crois pas que nous devions en arriver là, grogna Bossuat. Retournez-la, nous allons plutôt examiner son dos.

Sans cacher leur déception, les deux conseillers attrapèrent Marie, l'un par les épaules, l'autre par les jambes, et l'allongèrent sur le ventre.

– Il n'y a rien non plus sur le dos, déclara Groise, satisfait. La peau est intacte. Assurément, la marque doit être cachée dans la matrice…

Bérenger, les yeux rivés sur les fesses blanches de Marie, avança de nouveau sa main avec une plainte sourde.

– Eh bien quoi, monsieur ? s'emporta Bossuat. Qu'espérez-vous lui voir sortir du corps, cette fois ? Encore des serpents ?

– Non pas, répliqua l'autre, désappointé. Vous m'avez affirmé, un jour, que les sorcières étaient capables de pondre des œufs empoisonnés, au moyen desquels elles engendraient la peste.

– Et vous pensez qu'il en reste un, enfermé dans son fondement ?

– Pourquoi pas ? osa Michel Groise.

– Cessez de ravauder mille impertinences, le pria le lieutenant criminel. Si elle est morte, ses œufs sont morts également.

Bérenger se lamenta :

– Nous n'avons aucune marque suspecte, ni sur le dos, ni sur le devant du corps. C'est la raison pour laquelle il faudrait examiner les petites et les grandes lèvres, ainsi que le col de la matrice. Ne croyez-vous pas ?

Comme Bossuat hésitait, il crut bon d'insister :

– Si cette fille est bien une sorcière, elle a maintes fois forniqué avec le Diable. Nous trouverons certainement sa matrice fort large et molle, de telle façon que nous pourrons certainement y mettre les trois doigts de la main sans grande difficulté… et trouver ce que nous cherchons.

Bossuat dévisagea ses deux assesseurs d'un air irrité. Puis, il jeta un bref coup d'œil autour de lui, bien que personne ne pût les entendre :

– Non. L'examen est terminé. Nous avons vu cette sorcière marquée en deux endroits, cela est suffisant.

– Pensez-vous vraiment que ce sont les marques laissées par le Diable ? demanda Groise, visiblement déçu.

– Oui. Le diable peut marquer ses suppôts avec les dents, les griffes ou par le simple contact de sa chair. Il ne fait aucun doute, dans le cas présent, qu'il a mordu la sorcière au coude, ce qui correspond au premier stigma. Pour ce qui est du second, il est tout aussi certain que la peau, sur la cuisse, a été vivement endommagée par l'attouchement d'un corps chaud. Certainement le pouce ou encore la langue d'un démon, venu des profondeurs brûlantes de l'Enfer.

– Mais…

– Quoi donc ?

– Le Diable ne marque ordinairement ses suppôts qu'une seule et unique fois… Or, nous avons deux marques. Que faut-il en penser ?

Bossuat se crispa.

– Eh bien, tout simplement que l'une des deux lésions n'est point suspecte, mais que la seconde est la bonne.

– Laquelle serait la marque ?

– Il ne nous importe point de savoir laquelle des deux est la vraie marque. Il nous suffit de savoir que l'une d'elles constitue l'indice diabolique.

Bérenger acquiesça malgré son dépit d'être ainsi privé de sa jouissance. Quant à Groise, il garda le silence, si bien que les deux autres crurent qu'il réfléchissait, alors qu'il ne pensait qu'à la mine qu'il lui fallait prendre pour se donner l'air de réfléchir.

Fatigué, Bossuat s'éloigna de quelques pas pour aller s'asseoir sur l'un des bancs.

– Recouvrez le cadavre. Et veuillez dire à l'homme de garde de faire entrer le premier témoin.

Tandis que Bérenger enveloppait, à regret, le corps de Marie dans son drap, Groise alla ouvrir la porte et s'entretint avec l'homme en faction.

– Qu'attendons-nous ? grogna Bossuat avec impatience.

Le gros conseiller prit une mine désolée :

– Une seule villageoise s'est présentée.

– Une seule ?

– Oui, les autres ont déclaré n'avoir rien à dire.

– Qui est cette femme ?

– Une dénommée Germaine Billault.

Bossuat interrogea Groise du regard :

– N'avait-elle pas déjà témoigné contre Mathias Vigneules ?

– Si fait. Je crois qu'il s'agit de cette horrible femme que l'on surnomme « La Bouche ».

Bérenger vint s'asseoir à son tour sur le banc, l'air tout aussi penaud.

– Nous n'aurons que les déclarations de cette ribaude, se lamenta-t-il. Cela est fâcheux, car en l'absence des aveux de l'accusé, il nous faut au moins deux témoins pour fonder la sentence.

Bossuat se redressa et un flux de sang empourpra son visage :

– Que l'on aille quérir le père, la mère, les frères, les sœurs, la tante, les neveux, les cousins, toute la parentaille de cette sorcière ! Nous verrons bien s'il ne s'en trouve pas un pour témoigner contre elle !

Et, avant que la porte ne se referme sur ce flot de paroles, il ordonna encore au sergent :

– Et que l'on inspecte diligemment la maison de la sorcière pour voir s'il s'y trouve des crapauds, même en pots, des graisses, des poudres puantes ou d'autres choses semblables, des talismans et, bien sûr, des ossements. À présent, faites entrer cette Germaine Billault !

Comme en réponse à ce commandement, une femme pénétra dans l'auberge sans y avoir été invitée par le sergent, les épaules enveloppées dans un châle marron. Ses cheveux fins, coiffés en chignon et séparés par une raie au milieu, laissaient apparaître une large bande de crâne chauve ; des poils rudes et courts se hérissaient sur son menton en galoche et sa lèvre supérieure ; dans son visage aux traits masculins et grimaçants, sous la proéminence de son arcade sourcilière, ses petits yeux gris, comme enfoncés avec le poing, ressemblaient à deux boutons minuscules dans un capiton de peau grasse et épaisse.

Les trois magistrats la reconnurent aussitôt. Bérenger, la détaillant même avec attention, se fit la réflexion que, parvenue à un tel point de perfection, la laideur pouvait bien être élevée au rang de l'art. Quant à Groise, son regard ne se posa que quelques secondes seulement sur la hideuse ganache et se détourna bien vite avec une moue de dégoût.

Ce fut Bossuat qui, sans se départir de cet air d'aversion hautaine qu'il avait naturellement pour juger toute créature humaine, belle ou laide, commença à l'interroger :

– Qu'as-tu à déclarer ?

Germaine Billault ne répondit pas, ne sachant par où commencer. Elle s'attendait à ce qu'on lui posât des questions précises et se trouvait tout à coup désappointée par cette demande un peu trop directe. Bossuat s'avisa de sa perplexité :

– Si tu comparais devant ce tribunal, c'est que tu as la certitude que Marie Bardot était sorcière. Pourquoi as-tu mauvaise opinion d'elle ?

La déposante posa une main sale sur sa poitrine effondrée. Bérenger observa ses ongles rongés qui lui faisaient, au bout des doigts, des bourrelets de chair ronds.

– L'jour où on a porté mon homme au cim'tière, à cause qu'il était tombé dans un puits, j'ai vu la Marie qui riait. Au lieu d'pleurer et d'prier Dieu, comme nous autres, elle a ri et elle s'est moqué.

– Avait-elle l'habitude de rire pendant les enterrements, comme elle l'a fait ce jour, pour ton défunt époux ?

– Oui-da.

– L'as-tu vue se livrer à des sortilèges ? Par quelle science ?

– La Marie, elle est passée d'vant chez moi, c'était l'jour des Cendres. Elle a r'gardé vers ma maison. L'soir, j'ai pas pu filer la laine.

– Aurait-elle chevillé ton rouet ?

– Oui-da.

– Quoi d'autre ?

– Elle f'sait des bruits dans ma maison.

– Quels bruits ?

– Comme des coups qu'on donne dans les murs.

– Comment pouvait-elle faire ces bruits, n'étant point logée chez toi ?

– Elle les f'sait par magie.

La tête de biais, Bossuat réfléchit, puis il hocha légèrement le front et sourit avec une suavité méprisante :

– Cela paraît évident.

– Elle f'sait aussi des charmes, reprit Germaine Billault. Pour séduire les hommes.

– L'as-tu vu faire des potions ?

– J'lai point vue, mais j'ai vu l'effet d'ses potions.

– C'est-à-dire ?

Elle renifla fort malproprement :

– Les hommes, i la r'gardaient tous. I la r'gardaient point comme nous autres.

Bérenger et Groise échangèrent un regard imperceptiblement railleur. Bossuat, en qui ces paroles avaient réveillé le souvenir du corps nu de Marie, serra les dents. Il balaya la remarque de la déposante d'un geste d'humeur :

– Cela aussi, c'est évident.

Germaine Billault coula le long de son nez épaté un regard hésitant, ne sachant trop si elle devait prendre cette réflexion pour une insulte et une légère rougeur colora sa peau jaune et ridée au-dessus des pommettes.

– J'ai ouï dire qu'elle s'roulait dans la rosée, toute nue, la nuit des Rameaux. Et qu'elle f'sait boire aux hommes du sang de huppe, avec d'la verveine, et qu'après ça, les hommes pouvaient plus s'détacher d'elle. J'ai ouï dire aussi qu'elle s'frottait l'ventre contre l'arbre aux fées, pour s'trouver un galant, cette putain.

Bossuat chassa de son esprit la vision impudique que ces mots venaient de faire surgir devant ses yeux et fixa le témoin d'un air sombre :

– Sais-tu si le Diable lui apparaissait ?

« La Bouche » acquiesça :

– Y'avait un poussin noir, chez Augustin, qui la suivait partout, toujours dans son jupon. La bestiole lui montait même sur les épaules. Plusieurs fois, j'ai vu la Marie qui lui parlait, comme moi à vous, et qui lui baisait l'bec. C'poussin, j'crois ben qu'c'était l'Diable.

Cette déclaration laissa Bossuat songeur. Se penchant à l'oreille de Bérenger, il murmura, dubitatif :

– Je doute qu'au lieu d'un poussin, elle ait voulu dire un coq.

Puis, revenant à Germaine :

– Tu n'as pas dû bien juger de la taille de l'animal. Il devait s'agir d'un coq.

– Nenni, c'était ben un poussin.

– Il m'étonnerait que Satan prenne la forme d'un animal aussi ridicule. Tu auras mal vu.

La paysanne marmonna dans sa barbe.

– Que dis-tu ?

– J'dis qu'c'était un poussin.

Bossuat, ne pouvant souffrir qu'elle lui résistât, la transperça d'un regard mauvais :

– Femme Billault, notre charge consiste à rechercher diligemment et à punir sévèrement les sorciers et les sorcières, car c'est la pire et la plus dangereuse peste qui soit au monde que ces gens-ci. Tu serais fort utile à la justice, à la paix de ce village et à celle du royaume, en nous aidant dans cette tâche.

– Si j'peux aider…

– Alors ne perdons pas notre temps en de vaines disputes sur un fait aussi insignifiant.

« La Bouche » baissa les yeux et murmura docilement :

– P't-ête ben qu'c'était un coq.

– Voilà qui est, en effet, beaucoup plus vraisemblable.

Puis, retournant à sa principale préoccupation, il lui demanda :

– Marie Bardot se livrait-elle à des maléfices, afin de nuire à des personnes du village ?

– J'ai ouï dire qu'elle le f'sait.

– Es-tu en mesure de nous donner un exemple de ce que tu avances ?

– On dit qu'elle a j'té un sort sur Paulette, la femme du Christian Grésillon, à cause qu'elle voulait coucher avec son mari.

– Qu'est-il advenu de cette Paulette ?

– On dit qu'elle est d'vnue folle.

– Tu n'en es pas certaine ?

« La Bouche » hésita.

– Eh bien, nous allons ouïr les déclarations de cette femme que tu dis avoir été envoûtée.

– C'est qu'la Paulette est morte d'une mauvaise fièvre. V'là deux ans.

– Et son époux ? Pourquoi n'est-il point venu témoigner, si la sorcière lui a causé du tort ?

– C'est à cause qu'i l'est mort, lui aussi. L'an passé. Sa charrette a versé, sur la route de Rethel.

Bossuat, perplexe, jeta un regard en bais à son conseiller, qui répondit à sa pensée par un haussement d'épaules.

– As-tu quelque chose à ajouter, femme Billault ?

– Nenni.

– Alors, tu peux disposer.

Dès que le témoin fut sorti, Robert Bérenger poussa un soupir embarrassé.

– Retiendrons-nous ses déclarations ? Cette bagasse n'a jamais vu l'accusée préparer des poudres ou jeter des sorts.

Elle ne fonde son opinion que sur des propos qui lui auraient été rapportés.

Michel Groise, qui partageait son incertitude, approuva d'un battement appuyé des paupières :

– Elle a ouï dire que Marie Bardot avait mauvaise réputation et qu'elle pouvait bien se livrer à des maléfices, mais elle ne l'a point vue de ses propres yeux se livrer à des maléfices.

Bossuat leva la main dans un geste d'indifférence despotique :

– Peu importe. Vous savez que le bruit commun est presque infaillible. Nous condamnerons donc Marie Bardot sur la foi de la rumeur.

La face rougeaude de Michel Groise s'éclaira d'un sourire imbécile :

– Cette femme Billault est idiote, dit-il. Avez vous remarqué comme sa tête était petite ?

– La tête des femmes est toujours moins volumineuse que celle des hommes, expliqua Bérenger, parce qu'elles ont moins de cervelle.

Le lieutenant criminel les dévisagea avec une expression hostile :

– Cela ne remet point en cause son témoignage. Lequel témoignage ne saurait, de toutes les manières, être réfuté, étant donné que ce tribunal a déjà entendu la déposante lors du procès de Vigneules et qu'il a précédemment accordé crédit à toutes ses déclarations pour établir la culpabilité du premier accusé.

Bérenger baissa le front :

– Voilà, en effet, qui le rend digne d'être retenu.

Groise approuva à voix basse, comme un écho :

– Assurément, digne d'être retenu.

L'un des gens d'armes entra dans l'auberge, interrompant les délibérations des trois magistrats.

– Avez-vous fouillé le logis de l'accusée ? demanda Bossuat.

L'homme acquiesça :

– On a trouvé des herbes mais point d'onguent ou d'poudres, un trèfle à quat'e feuilles, un chap'let, une image de saint François, deux moitiés d'chandelle, des ustensiles pour la cuisine, dont une marmite, et pis des hardes.

– Le chapelet est-il ébréché ?

– Nenni, i l'est en bon état.

– Ni ossements, ni dents, ni mandegloire [1] ?

– Nenni, rien.

– Des clous ?

– Dix clous, mais point d'image de cire.

Le visage du lieutenant criminel blêmit comme s'il avait reçu un coup formidable et devint de plus en plus blanc.

– L'père et la mère sont là, l'avertit le sergent.

– Faites entrer le père, cracha Bossuat.

– C'maraud a été dur à traîner, le prévint le sergent. On a dû, pour ainsi dire, user d'la force pour l'am'ner jusqu'à la taverne.

Reprenant ses couleurs, le petit juge gonfla son torse maigrelet :

– La justice ne craint pas les fortes têtes. Que celle-ci s'élève contre moi et je la broierai comme une noix.

Augustin Bardot fit quelques pas en avant et se tint devant les trois hommes. Les magistrats l'impressionnaient bien plus qu'il ne voulait se l'avouer. Figé dans une attitude un peu gauche, le corps raide, ses longs bras inertes et encombrants, à la façon des paysans, il regarda les juges avec circonspection. Il ne savait comment répondre à leurs questions, ni ce qu'ils attendaient de lui, ni rien de la conduite qu'il devait tenir en pareilles circonstances. Lui qui régnait en maître sur sa maison, sur sa famille et ses bêtes, qui n'hésitait pas à lever la voix et la main quand il le fallait, pour s'imposer, comprit que, cette fois, il ne réglerait pas le problème à coup de taloches. Les trois faces sombres et solennelles qui le dévisageaient forçaient le respect, qu'il n'avait généralement que pour lui-même.

1. Mandragore.

Lorsque Bossuat lui demanda de décliner son nom et sa profession, Augustin dut se racler la gorge avant de trouver ses mots.

– Que sais-tu à propos de la mort de ta fille ? demanda le juge.

Le rude gaillard, malgré son embarras, réussit cependant à garder un air parfaitement indifférent. Il prit un ton évasif pour répondre :

– J'sais qu'elle s'est j'tée du vieux moulin.

– Cela, nous ne l'ignorons pas. Que sais-tu des raisons qui l'ont poussée à agir ainsi ?

– J'en sais rien, répliqua Augustin d'une voix neutre. On connaît pas toujours ses enfants, ni pourquoi y font les choses qu'i font.

Il s'en voulut aussitôt d'avoir ajouté cette phrase qui, si elle correspondait parfaitement à son sentiment, pouvait fort bien l'obliger à en dire plus.

Effectivement, ce commentaire éveilla immédiatement la curiosité de Bossuat :

– Ainsi, tu prétends ne pas bien connaître ta propre fille ? Pourquoi donc ? Pourquoi la considérais-tu comme une étrangère alors qu'elle était la chair de ta chair et qu'elle vivait sous ton toit ?

De nouveau le paysan songea qu'il devrait se garder, en présence de ces hommes, de prononcer des paroles qui pussent prendre un autre sens que celui que sa pensée lui avait dicté.

– J'ai dit ça comme ça.

– N'était-ce pas une façon d'avouer que ta fille était soumise à une puissance maléfique, laquelle lui dictait ses ordres et la soustrayait aux tiens ?

– C'est point c'que j'ai dit.

– Mais c'est ce que nous avons ouï.

Un silence se fit. Augustin serra les mâchoires.

– Combien as-tu d'enfants vivants ?

– Sept.

– Combien en as-tu perdu ?

– Quatre.

– À quel âge ?

– L'premier après sa naissance. Les autres étaient encore au maillot.

– De quoi sont morts tes enfants ?

– D'la fièvre.

Son mauvais caractère avait repris le dessus et il leur jetait à présent ses réponses à la figure d'un ton rogue, comme un animal sur la défensive.

– Ta fille, Marie, était-elle l'aînée ?

– Oui.

– S'occupait-elle de ses frères et sœurs ?

– Fallait ben.

– Et tu n'as jamais trouvé curieux qu'une maladie subite les emporte tous ?

– Pas tous, fit remarquer Augustin. Y en a sept qu'ont survécu.

– Et qui peuvent également être suspectés, intervint Bérenger. Car s'ils ne sont pas morts, c'est certainement la preuve qu'ils sont également sorciers.

Augustin, rigide, contint la tempête qui faisait rage dans son cœur.

– As-tu jamais soupçonné ta fille d'être responsable du décès de tes petits enfants ? demanda Bossuat.

– Nenni.

Le juge fit celui qui n'avait pas entendu, puis il l'interrogea de nouveau en se grattant lentement le menton :

– Ta fille allait-elle à l'église ?

– Souvent.

– Trop souvent ?

– Trop… ça, j'peux point l'dire.

Bérenger lui fit un sourire étrange qu'il ne comprit pas.

– Les sorcières feignent toujours d'être dévotieuses, déclara le conseiller. C'est leur manière de tromper et d'abuser le monde.

– Fort heureusement, renchérit Bossuat, c'est un signe qui permet à la justice de les démasquer. Les sorcières sont connues pour manquer les messes… ou, au contraire, n'en manquer aucune.

Augustin baissa les yeux pour la première fois.

– As-tu déjà entendu ta fille dire ses prières à l'envers ?

– Jamais.

– Lorsqu'elle communiait, gardait-elle l'hostie en bouche ?

– Pour sûr.

Le paysan comprit, à la lueur de satisfaction qui s'alluma dans les yeux de Bossuat, qu'il venait d'avoir une réponse malheureuse.

– Bien évidemment, fit le magistrat. Elle la gardait sous la langue dans l'intention de la ramener chez toi et de recracher. Afin d'en faire des poudres. Les sorcières le font toutes. Elles ajoutent au corps du Christ, qu'elles profanent honteusement, des fientes de toutes sortes, des herbes vénéneuses, de la rognure d'ongles, du sperme ou tout autre ingrédient satanique.

Augustin se tut, toujours immobile.

– As-tu vu survenir des événements suspects dans ton voisinage ?

– Nenni.

– Quelqu'un aurait-il subitement perdu l'usage de ses jambes, de la parole ou encore de la vue ?

L'autre ne pipa mot, comprenant où cette confidence risquait de le mener, flairant le piège grossier. Ses idées tourbillonnaient dans sa tête comme à l'approche d'un grand danger.

– Tu ne réponds point ?

Augustin continua de s'enferrer dans son silence.

– Sache, l'avertit alors Bossuat, que nous pouvons fort bien mener une enquête. Ainsi, nous aurons non seulement réponse à nos questions, mais également la preuve que tu dissimules à ce tribunal des faits concernant un crime abominable de sorcellerie.

Cette fois, le père de Marie s'affola un peu et se décida à sortir de son mutisme. Il se mit pourtant à parler d'un air détaché, s'obligeant à regarder un point sur le mur :

– Y la mère Rollet. Elle est d'venue aveugle, l'année dernière.

Bossuat s'adressa à Bérenger :

– La sorcière lui aura jeté un sort.

Augustin répliqua avec un sourire railleur :

– La mère Rollet a aussi perdu ses dents et ses ch'veux. On dit qu'elle a passé les soixante-quinze ans.

– Les sorcières s'en prennent souvent aux vieillards et aux jeunes enfants, déclara le juge, parce qu'ils sont plus chétifs et vulnérables que les autres. C'est un fait avéré.

Il lui demanda encore s'il était advenu d'autres phénomènes curieux, d'autres cécités soudaines, des paralysies, des morts subites. Augustin restait toujours dans le vague, n'offrant que des bribes de réponses ou répliquait avec une ironie amère. Et Bossuat, avec son obstination malade, continuait de chercher des motifs d'accusation, comme un renard qui fouille un terrier durant des heures pour dénicher la bête qu'il sent au fond.

– T'arrivait-il de te disputer avec ton épouse ?

Le témoin leva un sourcil épais, le dévisagea avec surprise.

– Pourquoi ?

– Je te prie de ne point faire les questions à ma place mais de répondre.

Ne sachant où était l'embûche, Augustin préféra s'abstenir et garda les lèvres résolument fermées.

– Qui ne dit non consent, déclara Bossuat. J'en déduis donc que la chose s'est produite.

– Ta fille était-elle présente lorsque ta femme et toi aviez des querelles ? interrogea Bérenger.

– Ça s'pouvait.

L'air entendu que prit le conseiller en se tournant vers son collègue n'échappa pas au paysan qui, cette fois, se révolta tout à fait. Un accent d'indignation fit vibrer sa voix :

– Mais c'était point sa faute !

– Tu as tort de la défendre. Ton entêtement pourrait te valoir de sérieux ennuis.

– Marie était brave fille. Elle l'était honnête et elle l'avait point d'méchanceté. C'est point possible qu'on dise qu'elle soye sorcière !

– Qu'elle ait été de mauvaise ou de bonne vie ne change rien, expliqua Bérenger. Qu'une sorcière passe pour une agréable personne, l'indice n'en est pas moindre, car c'est le propre des sorcières de se couvrir ainsi par l'apparence de douces et louables manières.

Bossuat se leva de son banc, redressant son corps maigre, croyant donner ainsi plus d'ampleur à ses propos :

– Peux-tu affirmer, devant ce tribunal, que tu n'as jamais trouvé tes légumes infestés de chenilles et de pucerons ? Tes récoltes gâtées par une forte grêle ? Que le lait de ta vache ne s'est jamais tari sans que tu sois en mesure d'en trouver la cause ? Que tu n'as jamais retrouvé l'un de tes moutons ou l'une de tes poules, morts dans ta basse cour ?

Le paysan se mordit la lèvre. Bossuat reprit d'une voix radoucie :

– As-tu déjà vu ta fille donner des remèdes ?

– Elle donnait des r'mèdes, comme beaucoup d'gens.

– Quel genre de remède ?

– Du miel avec des vers, dit Augustin, et avec des noix, d'la coque d'œuf, du pissenlit… C'était pour soigner ses frères et sœurs.

– D'où venait-il qu'elle connaissait ces remèdes ? Disait-elle des paroles en les composant ?

– Elle disait point d'paroles en les composant, ni en les donnant.

– Cette science des simples, lui venait-elle du Diable ?

– Ces r'mèdes, c'était pour guérir, pas pour faire mourir.

Bossuat se rassit sur son banc. Un sourire fugitif passa dans ses sombres pupilles :

– Qui peut le bien, peut le mal.

Bérenger prit la parole à son tour :

– Ta fille, avait-elle des amies ?

Augustin faillit donner le nom de Francine et de quelques autres, mais se ravisa.

– Nenni.

– Aucune ?

Son ton se fit de nouveau mordant :

– Nenni. J'lui en connaissais point.

– C'est donc la preuve qu'elle était une servante du Diable, décréta Bossuat. Les honnêtes gens ne recherchent pas la compagnie des sorcières.

Augutin, de plus en plus nerveux, se mit à tourner le galon de sa veste entre ses doigts. Le petit juge l'observa fixement. Passé quelques secondes, il le menaça implicitement :

– Ta fille était sorcière, conviens-en. Tu sais que nous le savons. Si tu ne conviens pas de cette évidence, nous croirons que c'est le Diable qui t'empêche de parler…

Bérenger ajouta :

– … parce que tu es toi-même sorcier.

Le regard du paysan se troubla, erra autour de la pièce comme pour chercher une issue, puis revint au mur d'en face. Ses yeux farouches avaient à présent une expression tragique.

– Tout le monde sait, renchérit Bossuat, que les sorciers font ordinairement leur fille sorcière. Et pas seulement leur fille. Leur fils également… Il te reste sept enfants, dis-tu ? Hélas, nous n'aimerions pas découvrir que ceux-là aussi ont été voués, par toi, au Diable…

Puis, avec une gravité compassée, usant soudain d'un ton paternel, il ajouta :

– Avoue qu'elle était sorcière et nous te sauverons.

Augustin baissa les yeux, prit une inspiration :

– Ça s'peut ben qu'elle était c'que vous dites. Mais à présent, elle est morte. Alors, c'est fini.

– Pourquoi n'avoir jamais dit que tu soupçonnais ta fille d'être la fiancée du Démon ? Nous sommes naturellement amenés à penser que tu t'es fait, toutes ces années, le complice de ses crimes.

– Était-ce parce que tu avais crainte qu'elle ne se venge ? demanda Bérenger.

Le paysan répondit dans un souffle :

– Faut croire.

– Quand as-tu découvert qu'elle avait donné son âme au Mal ?

Augustin, regrettant déjà de s'être laissé abuser par ce chantage odieux, humecta ses lèvres sèches et rassembla tout son courage :

– J'lai point découvert. C'est vous qui l'dites.

Bossuat laissa échapper un soupir irrité puis, aussitôt, retrouva son air faussement affable :

– Cela est vraiment fâcheux, mon brave. Si ta fille n'est point devenue sorcière par un pacte qu'elle a passé avec le Diable, nous ne pouvons qu'en conclure que c'est bien toi qui en as fait une servante du démon, par filiation naturelle. Entends-tu ? En conséquence de quoi, tu devras être jugé à ton tour, impitoyablement questionné et probablement condamné.

Cette fois, le coup était trop dur et la situation sans issue. Durant plusieurs secondes, Augustin demeura muet, puis hocha la tête. Bossuat maintint son témoin quelques instants encore dans ce silence accablé, laissant à la certitude de la défaite le temps de s'installer en lui.

– Prends donc le temps de te bien remembrer, conseilla-t-il. À quel moment t'es-tu aperçu que Marie s'était donnée au Malin ?

– Serait-ce à l'âge où sont survenues ses premières purgations naturelles ? s'enquit Bérenger.

– Ça s'peut.

– Cela ne serait point étonnant, fit remarquer le conseiller. Le pacte a pu être signé avec le sang des premières menstrues.

– Est-ce à partir de ce moment, poursuivit Bossuat, que ta fille a commencé à lancer des sorts sur les gens et les animaux ?

– C'est possible.

Le petit juge se tourna vers Michel Groise :

– Monsieur, comme nous en étions convenus, vous nous servirez de greffier. Veuillez consigner par écrit la déclaration du témoin, qui vient de reconnaître devant ce tribunal l'accusation de sorcellerie.

Son second assesseur saisit la plume d'oie entre ses doigts boudinés et la trempa dans l'encre.

Bossuat, quant à lui, revint à l'homme qu'il martyrisait pour le toiser avec un franc mépris, tandis qu'il commençait sa dictée :

Enquis à Augustin Bardot pourquoi il déposait contre sa propre fille.

A dit que celle-ci pouvait bien être sorcière.

A dit qu'elle avait pu faire mourir quatre de ses enfants, gâté les grains et autres fruits sur ses champs, qu'elle avait rendu aveugle une femme du voisinage, causé beaucoup de mésentente dans son couple, fabriqué des potions.

A fait plainte de tous ces méfaits au lieutenant criminel.

Enquis pourquoi il n'avait jamais averti que son enfant fut sorcière.

A dit qu'il craignait qu'elle se venge par le moyen de ses pouvoirs, baillés à elle par les démons.

Enquis si lui-même était sorcier et s'il avait fait sa fille sorcière.

A dit que sa fille était devenue sorcière vers l'âge de douze ans ou treize ans, sans son concours, mais parce qu'elle avait fait pacte exprès avec le Diable.

Le silence s'installa dans l'auberge. Les yeux d'Augustin s'étaient voilés et ses longs bras s'enroulaient maintenant autour de son estomac comme pour réprimer des haut-le-cœur. Enfin, les magistrats lui firent signe de sortir. Il se leva et quitta la salle. Une fois dehors, sous les yeux des curieux qui avaient envahi la place, vaincu par la nausée, il vomit sur les marches de l'auberge.

***

Le père Jérôme fit sonner le tocsin. Les hommes et les femmes qui n'étaient pas encore sur la place sortirent de leurs maisons et vinrent d'un seul pas se regrouper devant l'église, comme au temps des guerres de jadis, quand ils arrivaient avec leurs linges et leurs poules, pour trouver refuge entre les murs de la maison de Dieu. Mais cet après-midi-là, les cloches déchiraient le silence avec un écho sinistre pour les inviter non pas à se mettre à l'abri du danger ou à se pénétrer des saints mystères de l'eucharistie, mais pour assister à la plus odieuse des cérémonies.

Bossuat se planta devant la foule assemblée et fit lecture de la sentence, d'une voix haute, solennelle et lugubre :

Marie Bardot, fille d'Augustin Bardot et de Guillemette Souchet, a été convaincue par le tribunal du crime de sorcellerie, d'avoir eu communication des démons, d'avoir adoré le Diable et fait paction avec lui, d'avoir fait mourir plusieurs personnes et bestiaux par le moyen de poudres à elle baillées par le Diable, d'avoir perpétré d'autres crimes abominables, envoûté des personnes de son voisinage et usé de sortilèges dont usent les ennemis de Dieu. Pour réparation desquels crimes a été condamnée à être ars et brûlée jusqu'à ce que son corps et ossements soient consumés et réduits en cendres.

On vit alors deux sergents attacher le cadavre de Marie à un poteau, au milieu de la place, les autres étant occupés à sortir tout ce qu'ils pouvaient trouver de paille, de planches et de rondins des étables et des granges alentour, ou à chercher des branches dans les sous-bois environnants. Après quoi, les juges ordonnèrent que l'on préparât un fortin et que le corps de la jeune fille, toujours liée à son piquet, fût placé à l'intérieur.

Moïse se tenait au milieu de la foule, entre Guillaume Augelet et Percheval. Il semblait aussi consterné que les autres villageois.

– Pourquoi ne faites-vous rien ? demanda-t-il à l'avocat.

– Je ne puis prendre le risque de m'élever de nouveau contre Pierre Bossuat, répliqua celui-ci. De toute façon, tout ce que j'aurais pu avancer n'aurait pas contrarié sa décision. Croyez-moi, lorsqu'un homme cherche aussi désespérément le Diable, il est en mesure de le trouver partout.

– Mordieu ! Ce maudit juge fera-t-il brûler toute la paroisse ?

– Pour l'instant, il n'en a pas les moyens. Mais il est certain qu'il s'y emploiera dès qu'il le pourra.

Les hommes d'armes achevèrent la petite construction de fagots et de rondins qui atteignait maintenant près de cinq pieds de hauteur.

La plupart des Malazins, stupéfaits et accablés, gardaient la tête baissée, n'osant lever les yeux vers les magistrats, craignant sans doute que ces derniers découvrent dans l'expression de leur visage une trace suspecte d'émotion. Seuls quelques-uns affichaient une figure réjouie ou haineuse, ce qui n'était pas le reflet de leurs sentiments mais une autre façon de conjurer leur peur. Certains commençaient même à railler le cadavre de Marie, à lui lancer mille injures grossières, croyant ainsi prouver aux juges leur orthodoxie, mettant un peu trop de zèle à participer à cette catharsis macabre. Percheval comprit que c'était leur façon de bien montrer qu'ils se purifiaient eux-mêmes de leurs vieilles lèpres en conspuant la sorcière. Sans doute espéraient-ils se blanchir de tous soupçons par le sacrifice de cette pauvre victime devenue le bouc émissaire de leurs propres fautes, cette brebis galeuse qu'il convenait d'expulser en Enfer si l'on voulait éloigner au plus vite le danger qui pesait à présent sur toute la communauté.

Pierre Bossuat jeta une torche enflammée sur le fortin, puis recula très vite. La fumée s'éleva d'un seul coup, noire et grise, comme d'une cheminée, mais il n'y eut pas de flammes. Le feu prenait mal. Le petit juge, contrarié, ordonna qu'on emplît le fortin de paille sèche pour favoriser l'incendie. Et les quatre sergents s'employèrent alors, du mieux qu'ils purent, à attiser le bûcher.

La petite tour s'embrasa enfin. Une grande gerbe rouge jaillit des fagots, jetant autour d'elle une pluie d'étincelles et se divisant aussitôt en une multitude de flammèches, de petites langues écarlates, qui se mirent à danser avec des torsions de serpents.

La foule fut secouée d'un frémissement de terreur.

Pourtant, pas un cri, pas une clameur, pas un sanglot ne s'élevait du brasier. Et à la pensée que la fille d'Augustin ne devait plus être, dans ce flamboiement formidable, qu'un charbon rouge, un charbon de chair humaine, les villageois en avaient le sang glacé.

En quelques secondes, le fortin ne fut plus qu'une fournaise ardente, un paquet de flammes aveuglantes. On n'entendait rien d'autre que le bruit du craquement des fagots et le pétillement des chaumes.

Lorsque, tout à coup, un souffle de vent fendit le rideau de fumée et écarta les grandes flammes, le corps de Marie, soudain visible, apparut aux yeux de tous. Le feu ne l'avait pas encore dévoré, mais son visage n'était plus qu'une chose informe, et ses cheveux blonds flambaient comme des torches.

Cette vision atroce arracha un gémissement d'horreur à la femme d'Augustin qui s'écroula aux pieds de son époux.

Au bout de quelques minutes, le fortin, qui s'était trop rapidement consumé, s'effondra lamentablement, ne formant plus qu'un épais tas de cendres et de braises ardentes autour du cadavre de la jeune fille.

– Elle n'a point brûlé ! s'inquiéta Bérenger.

– Je m'en doutais, grogna Bossuat. Nous n'avions pas suffisamment de bois pour espérer la réduire en cendres.

Les Malazins restaient consternés devant l'ignoble spectacle ; pas un souffle ne sortait de leur poitrine.

– Que décidons-nous ? demanda Bérenger

Bossuat fit signe à un sergent d'approcher :

– Séparez ce qui reste du corps en cinq morceaux. Exposez-les bras et les jambes à l'entrée du village et pendez le tronc, là, sur la place. La vue des restes de la sorcière donnera à ces infâmes hérétiques un avant-goût des peines qui les attendent.

– Je ne vois point de fourches patibulaires, lui fit remarquer son conseiller. Le droit et la coutume accordent pourtant au marquis de Verny la dispense de posséder quatre gibets. Où allons-nous exposer les restes ?

– Que l'on plante en terre un pilier de bois assez solide pour servir de potence, répondit Bossuat. Et trouvez un croc de fer pour y suspendre le cadavre.

Les villageois rentrèrent dans leurs chaumières pour ne pas assister à l'ultime outrage qu'on s'apprêtait à faire subir au corps calciné de Marie. Un silence glacial s'étendit alors sur le village. Les oiseaux cessèrent de jeter au loin leurs sifflements aigus ; même le chien qui, l'instant d'avant, n'en finissait pas d'aboyer à pleine gueule, se plia sur ses pattes et se tut. Le clocher de l'église n'était plus qu'une flèche muette sur laquelle glissaient les dernières lueurs du jour. On eût dit Malzieu mort dans son vallon.

XX

La peur du châtiment

Le lendemain matin de cette terrible journée, le père Jérôme célébra l'office divin devant la paroisse au grand complet. Jamais l'église de Malzieu n'avait été si bien remplie, à tel point que le petit édifice avait peine à contenir la foule qui se pressait dans sa nef. Aucun Malazin, ce dimanche-là, n'aurait osé manquer la messe.

Le père Jérôme sortit de la sacristie, revêtu des ornements liturgiques, l'amict blanc soigneusement rabattu sur son surplis de lin immaculé, l'étole de soie violette croisée sur la poitrine. Il avança jusqu'au maître-autel, puis, s'agenouillant au pied de celui-ci, fit le signe du Christ. Le premier enfant de chœur balança solennellement l'encensoir devant la croix, le second disposa sur la sainte table la patène et le corporal. Profondément incliné, les mains jointes, le dos tourné aux fidèles, dans l'attitude sublime du clerc recueilli dans la prière, le jeune vicaire entama alors le *Mea Culpa.*

Le nouveau-né d'Augustin, qui n'avait pas un mois, poussa un petit cri faible et plaintif. Le père Jérôme poursuivit l'office et, toujours prosterné, n'offrant aux villageois que la vue de son dos courbé et de son crâne tonsuré, il acheva le confiteor. Après avoir dit l'Introït et le Kyrie et chanté le Gloria, il se releva enfin très lentement et fit face à la nef. Il observa un long moment la foule compacte et crasseuse qui se tenait devant lui, ces visages grossiers sur lesquels ne s'exprimait rien d'autre que la résignation, ce troupeau d'impies que seule la crainte d'être inquiété par le bras séculier, et non la foi, avait conduit jusque-là. Il fut envahi d'un dégoût profond pour cet échantillon d'humanité vile et corrompue. Puis, il marcha vers le côté droit de l'autel et, ainsi placé à l'ambon, récita l'Épître.

Avant la fin du graduel, le petit des Bardot recommença à pleurer bruyamment. La femme d'Augustin eut toutes les peines du monde à le calmer. Les enfants plus âgés commencèrent aussi à montrer des signes d'impatience, se balançant d'un pied sur l'autre, se mouchant sans discrétion, pleurnichant pour sortir. Leurs mères les grondèrent pour les faire taire. Un vieil homme, près du bénitier, fut pris d'une quinte de toux, tandis que quelques-uns, dont le gros Benoît d'Aunis et Simon Martin, non loin du chœur, se mirent à discuter.

Le père Jérôme, contrarié par ce début d'agitation, se déplaça de nouveau, à l'angle sud de l'autel, cette fois, et débuta, d'une voix haute et irritée, la lecture de l'Évangile. Ses premières phrases résonnèrent en écho jusqu'à la haute voûte de pierre :

– « *En ce temps-là, Jésus fut conduit par l'Esprit dans le désert pour y être tenté par le Démon…* »

Au seul mot de « Démon », un frémissement parcourut la foule. Les Malazins se turent immédiatement. Le vicaire reprit, l'air sévère :

– « *Après avoir jeûné pendant quarante jours et quarante nuits, il eut faim. Alors, le Tentateur, s'approchant, lui dit : "Si vous êtes le Fils de Dieu, ordonnez que ces pierres deviennent des pains". Jésus lui répondit : "Il est écrit : 'L'homme ne vit pas seulement de pain mais de toute parole qui sort de la bouche de Dieu'." Alors, le Démon le transporta sur une montagne très élevée et, lui montrant de là tous les royaumes du monde avec toute leur gloire, il lui dit : "Je vous donnerai tout cela, si, en vous prosternant, vous m'adorez". Mais Jésus lui dit : "Retire-toi, Satan ! Car il est écrit : 'Vous adorerez le Seigneur, votre Dieu et vous ne servirez que lui seul'." Alors le Démon s'éloigna, et aussitôt les Anges s'approchèrent de Jésus et le servirent.* »

On entendit soudain Andrieu de Vicq râler en chassant les cinq poules qui s'étaient introduites dans l'église et ouvrir brusquement les battants de la porte pour les faire déguerpir.

Le père Jérôme, au comble de l'exaspération, se dirigea vers l'estrade de bois qui lui servait de chaire pour commenter l'Évangile. Mais, du haut de cette tribune rudimentaire, jetant de nouveau un long regard courroucé sur l'assemblée de ses paroissiens, il renonça à l'homélie. Il leva la main avec cette expression menaçante du visage qu'il avait pour réduire ses ouailles au silence et commencer ses sermons et s'exclama :

– Le Malin a tenté Jésus, comme il a tenté Mathias Vigneules et Marie Bardot !

Toute l'assistance, d'un seul mouvement, se raidit.

– Mais ces deux insensés n'ont pas repoussé le démon, comme le fit Notre Christ dans le désert ! Non ! Bien au contraire ! Mathias et Marie ont appelé le Diable ! Ils se sont mis à son service, ils l'ont adoré, ils lui ont vendu leur âme ! Et Dieu, naturellement, en a éprouvé de la colère ! Il a accompli sa justice ! Dieu a privé, pour toujours, ces odieux hérétiques de sa miséricorde et du bonheur éternel !

Forçant sa voix, il proféra alors la plus terrible des menaces :

– Comme il vous privera, vous aussi, misérables pécheurs, de son Paradis !

Il y eut un moment de silence gêné que le prêtre rompit aussitôt par une interrogation pleine de morgue :

– Qu'avez-vous donc fait au cours de votre pauvre vie qui ait contenté le Seigneur ? Qu'avez-vous donné à notre Père qui vous a fabriqué du néant et mis au monde ?

Ses yeux noirs lancèrent un éclair :

– Rien !

Dans l'église, des centaines de têtes se baissèrent en même temps.

– Je vous le demande : qu'avez-vous fait qui ait pu plaire au Tout-Puissant ? Qu'avez-vous fait hier, aujourd'hui, ce matin, pour honorer le Seigneur ?

Et encore une fois, il fit lui-même la réponse à sa question, prenant cette fois une mine pleine de rage contenue :

– Rien !

Un silence consterné et fautif emplit l'église.

– Pourquoi ? reprit le père Jérôme. Pourquoi cette ingratitude envers celui qui a sacrifié pour vous Son Fils sur la croix ? Pourquoi ?

Il pointa un doigt accusateur vers son auditoire :

– Parce que vous l'avez oublié ! Vous avez oublié Dieu ! Et oublier Dieu, c'est le renier ! Malheureux ! Vous rendez-vous compte que chaque jour vous offensez le Tout-Puissant, le Très Haut, le Très Grand, votre Créateur ? Vous l'offensez par vos paroles impies, par vos gestes dégoûtants, par vos pensées infectes ! Vous ne vous souciez que des plaisirs que vous apporte ce pauvre monde, vous n'écoutez que votre corps, votre corps ignoble, que vous aimez davantage que votre âme, davantage que Dieu lui-même ! Vous obéissez, comme des esclaves, au moindre de ses désirs, vous ne pensez qu'à satisfaire ses besoins les plus vils ! Comment pouvez-vous oublier qu'il viendra bientôt un jour où vous cesserez de vivre ? Comment pouvez-vous l'oublier, quand la mort rôde partout autour de vous, quand elle vous arrache vos enfants au berceau, quand elle vous entraîne, chaque jour, un peu plus vers le tombeau ? Comment pouvez-vous renoncer ainsi à votre Salut ?

Il poursuivit avec une exclamation de colère :

– Votre misérable corps n'est qu'une enveloppe indigne vouée à disparaître ! Vous n'êtes qu'une boue infecte et vous retournerez à cette boue, dont Dieu vous a extraits ! Ce n'est pas votre corps qu'il convient de respecter et d'aimer, mais votre âme !

Et, continuant sa harangue, il s'écria avec véhémence :

– Soyez en sûrs, vous ne valez pas mieux, aux yeux du Tout-Puissant, que ces deux misérables sorciers que l'on a jugés et brûlés ! Et vous aussi, vous serez bientôt jugés ! Vous serez également châtiés ! Et croyez-moi, les flammes du bûcher, qui vous font si peur, ne sont rien, au regard d'une éternité en Enfer !

L'épouse d'Augustin se mit à pleurer, accompagnant les vagissements de son nouveau-né. Autour d'elle, trois autres femmes, gagnées par l'émotion, se mirent à sangloter également.

– Oui, vous comparaîtrez tous devant le tribunal du Seigneur au grand jour du Jugement ! Lorsque le Fils de l'Homme viendra avec tous les anges, il s'assiéra sur le trône de sa gloire, et alors toutes les nations seront assemblées devant lui. Il séparera les uns d'avec les autres, comme le berger sépare les brebis d'avec les boucs. Et il mettra les brebis à sa droite et les boucs à sa gauche. Alors, le Seigneur dira à ceux qui seront à sa droite : « Venez, vous qui êtes bénis de mon Père, prenez possession du royaume des cieux. » Ensuite, il dira à ceux qui sont à sa gauche, les infâmes pécheurs : « Retirez-vous de moi, maudits ! Allez dans le feu éternel qui a été préparé pour le Diable et ses soldats ! » Alors, ceux-ci iront au châtiment et seront jetés dans la fournaise ardente !

Ses mains se levèrent vers le plafond de la nef :

– *Surgite mortui et venite ad judicium*… Levez-vous, morts ! et venez au Jugement…

« Patte-Folle » poussa un gémissement plaintif, son corps chétif fut soudain secoué de tremblements nerveux.

– Dieu vous voit ! Dieu voit tout ! Dieu vous écoute ! Il n'est pas une seule de vos fautes qui échappe à son regard ! Dieu sait que vous péchez, que vous péchez le jour, que vous péchez la nuit, que vous péchez en actes, que vous péchez en rêve ! Il voit bien que vous vous moquez de Son Amour ! Il voit bien que vous vous moquez de Ses Appels !

Il tendit de nouveau l'index en direction de la foule :

– Tremblez, misérables pécheurs ! Oui, tremblez ! Car il est juste qu'à son tour, Dieu se moque de vous et vous punisse ! Pensez à l'Enfer et aux misères qui vous attendent ! Pensez à l'Enfer qui est proche, qui est terrible, qui est cruel ! Oui, tremblez !

Il s'interrompit un instant pour juger de l'effet de ses paroles, puis il continua d'une voix étrangement adoucie :

– Mais peut-être ne savez-vous pas ce qu'est l'Enfer ?

Il baissa le front dans une attitude concentrée et désolée, maintenant l'assemblée dans l'attente anxieuse de ce qui allait suivre :

– L'Enfer, dit-il en relevant enfin la tête, est un monde de désespoir. Qui y entre… perd pour l'éternité toute espérance.

Puis, il leva les mains et les manches de sa soutane s'ouvrirent comme les ailes déployées d'un corbeau :

– Un monde de désespoir sans fin. Un monde où l'on endure mille douleurs atroces, des douleurs si grandes que les plus vives souffrances de cette vie ne peuvent leur être comparées.

Les Malazins l'écoutaient avec une curiosité et une inquiétude de plus en plus vives.

– Dans ce paysage d'horreur, poursuivit-il, l'on ne voit que des étangs bouillonnants, des étangs de lave et des chemins de braise. Les montagnes crachent du feu, les pierres sont des charbons ardents. Il n'y a plus de jour, ni de nuit, seulement les lueurs aveuglantes et inouïes que fait la foudre en tombant. Misérables et pitoyables damnés ! L'air est si chaud que leur peau n'est plus qu'une plaie sanglante et purulente… Ils respirent la puanteur du soufre qui leur brûle les narines et la gorge… Ils se consument… Ils étouffent… mais personne ne peut leur porter secours… La terre, à chaque instant, tremble et s'ouvre sous leurs pieds, les plongeant dans des gouffres profonds où ils flambent en hurlant. Avez-vous compris ? C'est à ce royaume de mort et de désolation que Dieu condamne les pécheurs à errer jusqu'à la fin des temps.

Francine Bègue, roulant des yeux craintifs, prit la main de sa voisine.

Un peu plus loin, une jeune paysanne, saisie par une frayeur identique, se couvrit le crâne de ses deux bras pour se protéger, comme si elle sentait planer au-dessus de sa tête le souffle prodigieux d'un être invisible et malfaisant.

– Oui, pauvres pécheurs ! reprit la voix tonnante du père Jérôme. Leurs lèvres sont desséchées par une soif qu'ils ne peuvent étancher, car il n'y a, dans ce lieu d'épouvante, nulle rivière, nul lac où se désaltérer, seulement des fleuves puants qui charrient du sang et des cadavres. Leurs estomacs sont noués par une faim atroce qu'ils ne peuvent contenter. Savez-vous ce qu'ils font ? Le savez-vous ? Ils se mangent les bras et les mains. Ils se mangent entre eux !

Un petit garçon, l'esprit remué par cette terrifiante vision, défaillit d'une peur démesurée. Il tomba dans les bras de son père, tandis que sa sœur cachait sa figure dans les jupons de leur mère.

– Ils grattent le sol avec leurs ongles, ils creusent pour trouver leur pitance… Mais de la terre brûlante ne sortent que des araignées, des crapauds, des lézards, des vers grouillants, des cafards, des insectes répugnants, des sauterelles, des chenilles, des poux par millions… Et toutes ces bêtes abjectes, toute cette vermine les recouvrent, leur crèvent les yeux et le ventre. Ils gisent, ces pauvres réprouvés, là, au milieu des flammes de l'Enfer, couchés dans la cendre, leurs entrailles arrachées que viennent dévorer les vautours et les pies. Pauvres pécheurs ! Sans cesse, ils sont mordus par des serpents, tourmentés par des rats énormes, qui les rongent impitoyablement. Sans cesse, ils sont harcelés par les créatures de l'Enfer, qui leur lacèrent le visage de leurs griffes acérées et de leurs dents pointues. Leur peau est enflée et pourrie, leur langue noire, leur corps secoué par la fièvre de la peste, que les démons engendrent en soufflant autour d'eux leur haleine fétide.

Horrifiée par ces images insoutenables, atteinte par le timbre lugubre de cette voix d'outre-tombe, une vieille femme se prit la tête entre les mains et se laissa choir sur le sol, à genoux. Deux femmes enceintes manquèrent de s'évanouir. Il fallut les allonger et les éventer vivement afin qu'elles retrouvent leur esprit.

« Patte-Folle », la face toute blanche, fixait le vicaire avec une grimace épouvantée. Nul son ne parvenait à sortir de sa bouche. Simon Martin, la mâchoire pendante, dans un état d'hébétement indescriptible, jetait autour de lui des regards paniqués.

– Voilà ce qui vous attend dans le royaume des impies et des hérétiques ! Vous endurerez, jusqu'à la fin des temps, les peines les plus effroyables !

Germaine Billault se mit à balbutier des prières affolées, se signant le front et la poitrine, avec des gestes rapides et paniqués, cherchant désespérément, dans le fouillis de sa mémoire, quelques bonnes actions qu'elle avait dû commettre, même sans en avoir conscience.

– Le Seigneur Christ vous a prévenus. Que ceux qui ont des oreilles pour entendre entendent.

Il y eut de nouveau un long silence. Le père Jérôme secoua la tête :

– Vous croyez avoir enfin compris ce qu'est l'Enfer… mais en vérité, vous ne savez rien. Vous ignorez tout des véritables douleurs qui vous y attendent…

Les villageois, déjà très ébranlés, ne comprirent pas la nouvelle menace que leur promettait leur sombre vicaire.

– Les avares auront les mains coupées et les gloutons seront gavés de plomb fondu. Quant aux paresseux et aux oisifs, ils seront livrés aux démons, qui leur transperceront le cœur. Les orgueilleux seront plongés dans des marmites emplies d'huile et de poix pour y être ébouillantés. Les sodomites seront fouettés, impitoyablement, lacérés, écorchés, puis empalés sur des grandes broches par là où ils auront fauté. Les luxurieux seront décapités, sciés en deux et exposés sur des crochets de fer, le ventre ouvert. Les coléreux et les semeurs de discorde seront pendus au gibet par la langue, tandis que les femmes impudiques le seront également, par les seins et les cuisses. Les envieux auront les yeux crevés par de longs clous que les diables leur enfonceront dans les prunelles jusqu'au crâne. Les créatures infernales arracheront la langue à tous ceux qui auront blasphémé le nom du Tout-Puissant. Et ils transperceront, avec un énorme pieu, d'une oreille à l'autre, la tête de tous ceux qui auront écouté leurs blasphèmes.

Les villageois restaient pétrifiés d'effroi. Leur esprit s'imprégnait lentement de ces monstrueuses visions que leur imagination, même dans leurs pires cauchemars, avait toujours refusé d'engendrer. Chacune des paroles du prêtre leur donnait la sensation d'une faute commise, enfonçait dans leur âme naïve et bouleversée le dard de la culpabilité, faisait ressurgir cette peur hideuse, la peur glaciale du châtiment divin.

Le père Jérôme ouvrit grand les bras :

– Les voyez-vous, ces malheureux pécheurs ? Leur corps tremble et se convulse… Ils s'agitent en tous sens, sautent, se déchaînent contre les diables qui les retiennent. Certains ne sont plus que des spectres horribles, des squelettes d'hommes, se traînant, hurlant leur souffrance, s'arrachant les cheveux, se frappant la poitrine... Ils soupirent, ils pleurent des larmes brûlantes, ils gémissent à chaque pas, tordus par des douleurs immenses...

Ce fut bientôt, dans toute l'église, une tempête de sanglots étouffés, de murmures effrayés, de lamentations, de gémissements, une rumeur bruyante et douloureuse. Oui, les Malazins les voyaient, ces hommes lacérés, souffrants, brûlés vifs, hideux : c'étaient leurs parents, c'étaient leurs fils et leurs filles, c'étaient eux.

Et, à présent, tous entendaient sonner la trompette du Jugement, la trompette fatale qui prononçait la sentence de leur condamnation éternelle.

– Tendez l'oreille et écoutez leurs cris ! s'exclama le jeune vicaire. Oui, écoutez les cris de Mathias et de Marie, le cri funeste des damnés ! Ainsi vous aurez une idée de ce qu'est vraiment l'Enfer !

Se voyant si bien compris, il donna un dernier coup sur l'âme terrorisée de ses paroissiens :

– Et écoutez leur avertissement ! Oui, écoutez-les ! Car, de ce monde effroyable et terrible, ils vous préviennent...

Du haut de son estrade de bois, il marqua une pause, aussi habile à ce genre de suspension qu'un acteur sur les planches d'un théâtre, puis il posa la main sur sa gorge pour en expirer une ultime phrase :

– De cet Enfer où ils supportent leurs monstrueux tourments, les pauvres pécheurs vous adressent une dernière, une pitoyable supplique : « *Miseremini ; miseremini quia manus Domini tetigit me...* » « Ayez pitié de moi, ayez pitié de moi... parce que la main de Dieu m'a frappé... »

Atteints en plein cœur par la conviction de leur damnation, dévorés par une profonde misère intime, femmes, hommes, enfants, vieillards, dans un frisson d'angoisse, tombèrent à genoux sur le sol de l'église. Et lorsque le père Jérôme rejoignit l'autel pour entamer le Credo, toutes les bouches, sans exception, reprirent avec lui le divin symbole.

***

Percheval, qui avait dormi plus qu'à son habitude, émergea du sommeil vers dix heures.

Les jambes et le dos courbaturés, il se sentait aussi fourbu que s'il avait chevauché trente lieues d'affilée. Il n'avait pas fermé l'œil de la nuit, incommodé par le froid, surpris sans cesse par les bruits de la campagne, les cris des chouettes, le jappement des chiens, le grognement du porc enfermé dans la cabane contre le mur. Les émotions de la veille l'avaient également tenu éveillé jusqu'au petit matin. Il s'était retourné des centaines de fois sur sa couche, s'énervant à chercher des réponses à ses questions, s'exaspérant de ne pas savoir, de ne pas comprendre. Les premières lueurs de l'aube lui apportant enfin ce repos béat, cette suspension de l'esprit dont il avait manqué, il avait fini par plonger dans une profonde torpeur vers six heures.

En pénétrant dans la salle de l'auberge, il ne trouva que Guillaume Augelet, occupé, une fois de plus, à gourmander son neveu.

« Patte-Folle » profita de cette heureuse diversion pour échapper à la main qui le menaçait et courut à la rencontre de l'avocat.

– Z'avez manqué la messe, monseigneur ! lui dit-il avec un air de reproche. Dieu va êt'e très fâché !

Percheval sourit :

– Ne t'inquiète point pour cela. Dieu ne me tiendra pas rigueur d'avoir dormi un peu tard ce matin.

L'infirme lui lança un regard navré :

– Z'allez aller en Enfer, monseigneur.

– Qui donc t'a mis cette idée en tête ? Crois-tu que Dieu nous envoie en Enfer pour avoir manqué une messe ?

– Les démons vous souffl'ront la peste dans le nez ! Et i vous coup'rons la langue !

Une frayeur inexprimable s'imprima soudain sur son visage. Il se mit à chuchoter, les mains tremblantes :

– Les démons… i z'ont des griffes et des dents pointues… i vous jett'rons dans une très grande marmite pour vous faire bouillir… Et i vous perc'rons l'cœur, avec des crocs d'fer… ! Et moi, moi j'sera pendu par les pieds… !

Percheval, observant son trouble, lui serra la main et parla lentement, de façon persuasive :

– J'ignore qui t'a bourré de telles chimères dans la cervelle. Il n'y a point de démons, ni de marmites, ni de crocs dans le séjour des morts. L'enfer, s'il existe, consiste uniquement en la privation de Dieu. C'est le seul tourment qui attend les pécheurs : être privé de Son Amour.

Guillaume Augelet s'avança vers eux, la mine contrariée :

– L'père Jérôme lui a mis une belle frousse. I parle plus que d'diables, depuis qu'i l'est r'venu d'la messe.

– Votre auberge est bien vide pour un dimanche. Votre vicaire aurait-il effrayé tous les hommes du village pareillement ?

– On voit qu'vous connaissez point les sermons du père Jérôme : ça vous glace les os jusqu'à la moelle. Pour l'heure, les gars ont ben trop peur. Y en a pas un qu'ose v'nir boire chez moi.

– C'est fâcheux pour votre commerce. Vous ne ferez pas votre journée.

Augelet haussa les épaules et sourit :

– Vous souciez donc pas pour ça. Dans deux heures, i z'auront tout oublié et i viendront prendre leur chopine, comme tous les dimanches.

L'affirmation rassura Percheval : il lui serait plus commode de glaner les informations nécessaires à son enquête au sein même du cabaret plutôt que d'aller frapper de porte en porte et de risquer de se faire éconduire. D'autant plus que les hommes étaient bien plus enclins aux bavardages lorsqu'ils étaient pris de vin…

Il s'assit sur un banc et fit signe à « Patte-Folle » de s'attabler en face de lui.

– Nous n'avons jamais eu l'occasion de parler de Guy Vasseur, toi et moi.

– Le mari d'la possédée ?

– Le mari de Reyne, rectifia l'avocat. Que sais-tu à son sujet ?

Rémi roula des yeux apeurés :

– I l'était méchant !

Puis, sur le ton de la confidence, parlant à voix si basse que l'avocat dut se pencher pour l'entendre, il ajouta :

– Un jour, j'ai fait une grosse bêtise...

– Quelle sorte de bêtise ?

Rémi se rapprocha tant et si bien de son oreille que Melchior put à loisir sentir les remugles de son haleine, un très délicat mélange d'oignon, de chou et de gousset :

– Pour sûr, les démons i vont m'gaver avec du plomb fondu ! À cause de ma grosse bêtise...

– Raconte-moi cela...

– La mère Favre, la vieille bique, elle m'a dit : « Va t'en m'ramasser du p'tit bois et j'te donnerai un œuf. » Alors moi, v'là, du p'tit bois, du p'tit bois, j'en ramène plein ! Les bras comme ça ! Mais la mère Favre, la vieille bique, elle m'dit : « J'ai point d'œuf pour toi, nigaud, mais j'vas t'donner une belle fève... » C'était une p'tite fève, monseigneur, grosse comme un p'tit caillou... C'est ma main qu'a été écrasée par la charrette, pas ma tête ! La mère Favre, elle l'a l'nez pointu ! I lui descend dans la bouche ! C'est à cause qu'elle s'frotte ses verrues avec du sureau, ça lui fait pousser son nez ! Et Vasseur, qu'a des yeux partout, i m'a vu gober l'œuf tout rond, dans l'poulailler, et i m'a dit : « Hé ! Hé ! La mère Favre va t'couper la gorge, maraud, si elle apprend qu'tu lui as volé son œuf ! » Chut... Après, i m'a dit aussi : « Allez, donne-moi ton couteau et bouche cousue. » Chut... C'était un beau cout'las, monseigneur, qui m'servait à tailler mon épée ! C'est mon père qui m'l'avait donné, avant d'attraper la fièvre. Moïse, i lui a donné des tisanes, mais i l'est passé quand même... C'était mon père à moi, monseigneur, l'meilleur tonnelier du pays ! J'avais peine, à cause d'mon coutelas et à cause que j'avais pas encore fini de faire mon épée... Mais v'là, j'suis trop glouton ! Tant pis pour moi ! Les démons, i vont ben m'punir quand j'irai en enfer...

Les confidences de « Patte-Folle » étaient tellement incohérentes qu'il fallut à l'avocat une grande pénétration d'esprit pour en comprendre le sens et l'enchaînement. Il en devina cependant l'essentiel, à savoir que l'infirme avait volé un œuf à une paysanne du village et qu'il s'était fait surprendre par

Vasseur. Manifestement, celui-ci, profitant de sa faiblesse et de sa peur, lui avait extorqué son couteau contre la promesse de ne rien dire de ce menu larcin. Les propos de Guillaume Augelet lui revinrent aussitôt en mémoire : Guy Vasseur n'avait-il pas exercé un chantage identique sur le dénommé « Beau-Michel » après l'avoir surpris en coquine et gênante situation ?

Ainsi, le portrait du mari de Reyne Inguélaère commençait enfin à prendre des contours et des formes plus nets : un homme venu de nulle part et, de ce fait, naturellement suspect aux yeux des Malazins, voleur lui-même, fouineur et querelleur, occupé le plus clair de son temps à lorgner dans la maison du voisin et toujours prêt à monnayer son silence pour taire les petits et inavouables secrets par lui découverts.

Mais son idée changea de direction et le ramena au sujet qui était au centre de toutes ses préoccupations :

– Et le père Jérôme ? lui demanda-t-il. L'as-tu déjà vu parler à Vasseur ?

Le neveu du cabaretier ne parut pas entendre la question, et l'avocat dut insister :

– As-tu déjà vu le prêtre et Guy Vasseur s'entretenir en des lieux isolés ? Les as-tu surpris à converser comme s'ils partageaient un grand secret ?

Les yeux de « Patte-Folle » envisagèrent un moment les poutres du plafond. Percheval l'entendit compter à voix haute le nombre de toiles d'araignées qui y étaient suspendues. Heureusement pour lui, le simplet ne sachant pas compter plus loin que dix, son petit jeu cessa rapidement.

– Alors ?

– Hum, hum… On dirait qu'ça m'remonte dans la mémoire, répondit « Patte-Folle » en posant un doigt sur sa bouche, l'air inspiré. J'l'ai vu entrer dans la maison du curé, un jour… i f'sait noir…

– Tu dis que cela s'est produit à la tombée de la nuit ?

– Oui-da.

– As-tu idée de ce que Vasseur venait faire au presbytère ?

– J'lai vu sortir avec un sac de toile ben rempli. Un sac qu'i portait sur son épaule.

– Sais-tu ce que contenait ce sac ?

« Patte-Folle » pinça les lèvres, accompagnant cette grimace d'un fort branlement de tête.

– Et Marie Bardot ? L'as-tu déjà surprise en compagnie du père Jérôme ?

Une voix sèche et tranchante interrompit soudain leur entretien :

– Décidément, monsieur l'avocat, vos idées sont toutes enfilées sur le même fil.

Le père Jérôme se tenait près d'eux, les lèvres crispées. Ni Percheval ni Rémi ne l'avaient entendu entrer.

Sans attendre de réplique ni d'excuses, le jeune vicaire s'adressa au neveu d'Augelet :

– Viens m'aider, ordonna-t-il sur un ton abrupt. Il y a le sol de l'église à balayer et la clôture du cimetière à réparer.

« Patte-Folle » se rembrunit.

– C'est dimanche… bougonna-t-il.

– Plaît-il ?

– C'est dimanche, faut point faire son tracas le jour d'not'Seigneur…

– Tu as raison, le dimanche est consacré à la prière et au recueillement. Es-tu en train de louer le Seigneur ?

« Patte-Folle », chez qui l'instinct de révolte ne tenait pas, baissa la tête :

– Nenni.

– Alors, si tu n'es pas occupé à prier, tu peux venir travailler. Ce n'est point un péché si la besogne est nécessaire.

L'infirme se tourna alors vers Percheval pour le prendre à témoin avec un air piteux :

– Même le Bon Dieu, i s'est r'posé le septième jour… Pas vrai ? Hein, monseigneur ?

Le père Jérôme le considéra avec impatience :

– En effet, nigaud, Dieu s'est reposé le septième jour. Mais parce qu'il avait œuvré durant six jours à la création du monde. As-tu fait la terre, le ciel, le soleil, les plantes et les animaux cette semaine ?

– Nenni.

– Alors, au lieu de cailleter avec n'importe qui, tu serais plus utile en me donnant la main.

Et, sur ces mots, il tourna les talons, suivi d'un « Patte-Folle » résigné et chagrin. Avant d'atteindre la porte, celui-ci eut un dernier regard vers Percheval et leva si haut les bras et les mains en signe d'impuissance qu'on eût dit, planté ainsi sur le seuil de l'auberge, une sorte d'épouvantail à moineaux.

***

En début d'après-midi, comme l'avait prévu Guillaume Augelet, le Merle noir commença à se remplir peu à peu.

Depuis son arrivée à Malzieu, le père Jérôme bataillait âprement pour tenir les villageois éloignés de ce lieu de perdition. S'il avait finalement obtenu que celui-ci fût fermé durant le saint office du dimanche, il n'était cependant pas parvenu à en interdire la fréquentation le reste de la journée.

Cinq hommes, d'abord, vinrent s'asseoir à la plus grande table. Ils commandèrent des chopines, du pain, de la bouillie de châtaignes. Puis un second groupe, plus bruyant, pénétra dans l'établissement plus tard, et enfin un troisième, une dizaine de paysans en tout, qui entrèrent en braillant, la trogne allumée, déjà saouls à la seule idée de venir se rincer le gosier avec la piquette du pays.

À peine assis, trois d'entre eux sortirent des cornets qu'ils se mirent à bourrer méticuleusement de tabac. Après les avoir longuement tétés, comme des nourrissons goulus, ils les firent passer à leurs voisins, afin que chacun pût à son tour y coller sa bouche et inspirer de grandes bouffées de fumée.

Percheval, écœuré à l'idée d'être obligé de participer à ce rituel collectif et peu ragoûtant, pria intérieurement pour que l'une des pipes n'arrivât pas jusqu'à lui. Car il savait pertinemment que si les Malazins lui faisaient l'insigne honneur de partager avec lui leur précieux pétun, il devrait se garder de les offenser en refusant cette marque traditionnelle d'hospitalité.

Comme il s'y attendait, l'air devint très vite irrespirable. La cheminée, dans laquelle Augelet avait jeté deux grosses bûches, tirait mal ; la fumée des pipes et du feu envahissait la pièce, noyant les convives dans une buée nauséabonde qui brûlait la gorge et piquait les yeux. De ce nuage écœurant sortait un brouhaha assourdissant et confus, des voix cassées qui riaient, chantaient ou beuglaient des jurons ; une odeur aigre, une puanteur faite de relents de cuisine, de bière fétide, de crasse et de sueur flottait dans cette atmosphère surchauffée.

Soudain, le tavernier, d'un signe du menton, désigna à Percheval un client assis près de la cheminée.

L'homme, bien fait et de belle carrure, avait les cheveux blonds et une peau si blanche qu'on aurait pu croire qu'on l'avait trempé dans du lait ; son teint, au niveau des pommettes, était tavelé de minuscules taches de son ; sur ses tempes et son menton, moussaient des poils roux et fins comme la soie des jeunes marcassins. Il semblait avoir trente ans, peut-être moins.

– « Beau-Michel » ?

Le paysan envisagea sans agressivité l'avocat qui se tenait devant sa table et se contenta de sourire :

– Y en a pas deux.

Melchior, soulagé de ne pas se faire rabrouer, se posa en face de lui.

– Permettez-moi de m'asseoir un moment en votre compagnie.

– Eh ben, faites donc.

– Savez-vous qui je suis ?

L'autre étira ses longues jambes, longues comme un râteau.

– Tout l'monde le sait.

Ne sachant quel début donner à la conversation, Percheval alla droit au but :

– J'ai appris qu'il y a un an une violente dispute vous a opposé à Guy Vasseur ?

« Beau-Michel » le considéra d'un air étonné puis perplexe.

– C'est vrai, on a eu une brouille, lui et moi.

– Quel était le motif de cette querelle ?

D'un ton cordial mais évasif, l'autre répondit :

– Une brouille entre hommes.

– On dit que Vasseur vous a surpris avec la femme de Francois Hartegaut.

« Beau-Michel » eut un sourire un peu fanfaron :

– On l'dit.

– Est-il vrai que Vasseur vous a offert de garder votre secret contre quelques pièces, mais que vous avez refusé ce marché ?

Les vapeurs de tabac, comme un très fin brouillard, voilaient le regard bleu qui fixait Percheval avec un certain amusement. Guillaume Augelet apporta une pinte. L'homme but une petite gorgée de bière.

– On dit que vous avez proposé un arrangement à François Hartegaut, afin que celui-ci oublie l'affront que vous aviez infligé à son honneur.

« Beau-Michel » vit que le tavernier le lorgnait par-dessus son épaule.

– Y a des langues ben pendues, dans c'trou...

– Et qui ne demandent qu'à se délier davantage.

Le paysan répondit :

– C'est vrai, j'lui ai donné ma plus belle brebis, au François. Et j'ai été ben couillon sur c'coup-là.

– Pourquoi ?

Il jeta à Percheval un regard distrait et poursuivit non sans malice :

– Ma brebis était plus belle qu'sa femme.

– Et Vasseur vous a tenu rigueur de ce retournement de situation ?

– Un peu.

– Il ne s'attendait certainement pas à ce que François Hartegaut et vous en arriviez à ce genre d'accommodement... Sans doute aurait-il préféré être payé en échange de son silence ?

– Ouais... i l'a eu comme qui dirait... d'la rancœur.

– Au point de venir vous couvrir d'injures jusque chez vous ?

– Dans c'pays-ci, on mâche pas nos mots.

– Et vous sortez aisément les poings. On m'a rapporté que vous aviez frappé Vasseur.

– I m'avait insulté.

– Vous vous êtes battus comme des furieux et on a dû vous séparer.

– Possible.

– On vous a entendu le menacer.

– Bah !

– Vous l'avez menacé ?

– De quoi ?

– De lui régler son compte.

De nouveau, « Beau-Michel » prit son air légèrement vantard :

– Son compte, i l'avait d'jà eu. J'lui ai cassé l'nez.

– Après ?

– Rien.

– En somme, l'histoire s'est arrêtée là ?

– Oui, ça s'est fini comme ça.

– Et Vasseur est mort.

« Beau-Michel » se pencha en arrière, croisa ses mains derrière sa nuque, prenant la pose des conversations familières :

– Ça f'sait des mois qu'on s'était disputés, quand i l'est mort.

– Certaines vengeances s'accomplissent longtemps après l'offense…

Alors qu'il s'attendait à ce que l'homme changeât d'attitude et qu'il se mît sur la défensive, Percheval le vit au contraire arborer un sourire parfaitement détendu.

– Un mois, un an… insista l'avocat. La vengeance est un plat qui se mange froid.

– C'est Mathias qu'a tué Vasseur.

– Qui vous l'a dit ?

– C'est Reyne qui l'a dit.

– Et cela suffit à asseoir votre opinion ?

– Pardi.

– Reyne n'avait plus tout son esprit lorsqu'elle a accusé Mathias.

Les lèvres de « Beau-Michel » s'élargirent :

– P't-ête que c'est pas Mathias. Mais c'est pas moi pour autant.

– Je ne vous accuse point.
– C'est tout comme.
– Je cherche seulement la vérité.
L'autre ne quitta pas son air tranquille :
– Dame, c'est vot'métier.
– Certainement.
– Qu'est c'qu'vous voulez, au juste ?
– Un nom.
– Lequel ?
– Le nom de celui qui a empoisonné Vasseur. Ou qui aurait eu de bonnes raisons de le faire.
Le paysan porta son gobelet à ses lèvres :
– Alors c'est point un nom que vous aurez, mais dix.
– Qui ?
Guillaume Augelet, qui n'avait fait jusque-là que prêter une oreille attentive à la discussion, mais sans y prendre part, intervint :
– Va-y donc, Michel, parle.
Celui-ci ne se fit pas prier plus longtemps et regarda l'avocat droit dans les yeux avec ce sourire d'indifférence aimable qui quittait rarement ses lèvres :
– Le « Gros-Roland » aurait pu lui faire la peau. Ou même Alain Granpré. Ou encore Yves le Guilloux ou « Paulin-le-Rouge », Jacques Bret ou « La Flèche »… Et Claude Santerre aussi. Ou le « Grand Arnaud », Raoult des Vignes, Thierry Pillot… Thomas d'Asfeld, Grégoire Favre ou ben Denis Painchault… Et sûr'ment qu'j'en oublie.
– Vasseur avait-il tant d'ennemis ?
– C'était d'la graine de salaud.
Percheval expira un petit soupir irrité. Cette conversation ne lui avait guère été utile. Pire, elle brouillait ses pistes.
Durant plusieurs secondes, il observa Michel Duclos. Un visage aussi avenant pouvait-il être celui d'un assassin ?

D'autres villageois étaient entrés dans la taverne, durant le temps qu'avait duré leur conversation. Simon Martin en faisait partie.

Encore une fois, Percheval n'eut aucun mal à reconnaître celui qui, trois semaines auparavant, avait injustement accusé Mathias de son nouement d'aiguillette devant les juges. Il se tenait là, comme le jour du récolement des témoins, petit, osseux, avec ses yeux chassieux et sa tignasse mal peignée, ses souliers éculés et ses vêtements trop larges pour lui, ses vêtements de pauvre, noirs d'ordures, rapiécés et graisseux.

Percheval prit congé de « Beau-Michel » et s'approcha de lui. Il le dévisagea durement. Simon baissa les yeux, plus effrayé que gêné.

– Quelle agréable rencontre.

Aussitôt, l'autre se ratatina et se mit à trembler. Melchior crut entendre ses molaires s'entrechoquer.

– N'est-il pas ?

Le manouvrier n'eut guère le temps de réagir ou de répondre que déjà Percheval s'asseyait en face de lui.

– Dis-moi : as-tu éprouvé quelques remords à avoir envoyé un innocent en prison ?

Il branla la tête et bafouilla une réponse inintelligible.

– Qu'as-tu ? Je ne comprends rien à ton baragouin. Souffres-tu des dents ?

Sur la table refroidissait une soupe de pois, une potée épaisse et jaunâtre dans laquelle nageait un ridicule trognon de chou. Simon se pencha au-dessus de ce triste brouet sans dire un seul mot.

– Peut-être souhaiterais-tu avoir des nouvelles de Mathias ?

L'homme enfonça son cou dans ses épaules maigres, tendit la main vers une tranche de pain frottée d'ail.

– On lui a brûlé le corps, poursuivit Percheval, et ensuite, on lui a appliqué le chevalet. Enfin, le bourreau lui a mis les brodequins, deux grosses planches qu'on a serrées autour de ses jambes pour les faire éclater.

Le paysan mordit dans son pain et tenta d'en ingurgiter une bouchée, mais celle-ci resta coincée dans sa gorge, comme s'il venait d'avaler un caillou.

– Mathias a été si bien supplicié que le lieutenant criminel a obtenu tous les aveux qu'il espérait. Il a tout avoué, et même plus : il a confié aux juges les noms de ceux qui l'accompagnaient au sabbat du Diable...

Simon laissa tomber sa cuillère qui, en heurtant le bord de l'écuelle, fit voler un petit éclat de terre cuite.

Percheval ne lui laissa pas le temps de la réflexion et poursuivit son mensonge :

– Je n'ai pas eu connaissance de ces noms, mais il se pourrait que le tien ait été cité...

La gorge sèche, Simon fixait sa soupe avec un air effaré.

– Sais-tu ce que cela signifie ?

Ils mijotaient tous deux dans une chaleur suffocante, leurs chemises collées à leurs dos, les coudes sur la table, l'un très droit et les yeux durs, l'autre courbé et honteux, les yeux baissés.

– Les juges viendront te prendre, toi aussi.

L'autre bredouilla :

– Moi ?

– Toi.

Melchior crut que l'homme allait se mettre à pleurer. À présent, il se mordait les lèvres jusqu'au sang.

– Il est temps de soulager ta conscience et de me dire tout ce que tu sais sur l'empoisonnement de Guy Vasseur.

Simon leva enfin les yeux. Il semblait vouloir parler, mais les mots ne venaient pas.

– Te voila muet ? Tu avais pourtant bon bec le jour où les juges t'ont interrogé.

– J'ai... j'ai rien à dire.

– Je crois que tu ne m'as pas entendu : si je parviens à convaincre les juges que Vasseur a été meurtri par un autre que Mathias, celui-ci ne sera plus soupçonné d'être sorcier. Et, au cas où il t'aurait désigné comme l'un de ses complices, ses aveux ne vaudront plus rien. Ainsi, vois-tu, je suis en train de t'aider. Mais toi, tu ne fais guère d'efforts pour t'aider toi-même.

– J'suis point sorcier !

– Mathias et Marie Bardot ne l'étaient pas davantage. Cela n'a point empêché le lieutenant criminel de les condamner...

Percheval soupira et fit mine d'épousseter, d'un geste nonchalant, l'étoffe de son pourpoint :

– Aussi bien, en l'humeur où il est, ce dernier est prêt à brûler tout ce qui bouge, à commencer par toi...

Simon jetait des coups d'œil partout autour de lui, à la dérobée.

– Cesse de te grouiller comme si une guêpe t'avait piqué et réponds-moi : as-tu une idée de qui a meurtri Vasseur ?

Il fit non de la tête, mais sa manière de nier ressemblait fort à une affirmation.

Las de tergiverser, Percheval prit un ton plus autoritaire et l'exhorta de l'instruire sur-le-champ de tout ce qu'il savait de l'événement, sous peine de l'emmener devant les juges par la force.

Simon se mit à tousser, battant des paupières à la façon d'une poule qui regarde à la fois ce qui se passe devant et derrière elle.

– Qui donc attends-tu ? De quoi as-tu peur ? Je te vois guetter l'entrée de la taverne comme si un revenant allait apparaître...

– C'est...

– Eh bien ?

Simon lui indiqua la porte d'un chiche coup de menton, à croire sa langue gelée.

– C'est Benoît... I doit v'nir.

Percheval suivit son idée :

– À propos de Benoît d'Aunis, justement, savais-tu qu'il avait menacé Vasseur ?

– Ah ?

– Allons, ne feins pas l'étonnement.

Il observa le désarroi de son interlocuteur. Simon ne cessait de lancer des regards obliques en direction de la porte. Son trouble lui permit à peine de répondre :

– J'l'ai ouï dire...

– Il y a donc toute apparence pour que ce soit lui qui ait dépêché le mari de Reyne.

Le silence tomba entre eux.

– Alors ? Est-ce lui qui l'a fait mourir ? Si tel est le cas, j'en aurai la preuve tôt ou tard. Et s'il s'avère que tu t'es fait son complice, tu devras rendre compte de ce forfait à la justice.

Simon essuya son front avec un geste fébrile. Il semblait au bord des confidences sans pour autant se décider à se lancer.

– Le chevalet est un instrument remarquable, déclara Percheval d'une voix neutre, pour aggraver sa peur. On y attache l'accusé dans le dessein de lui étirer les jambes et les bras jusqu'à ce qu'ils se détachent du corps... Lorsque tu seras toi-même étendu sur cette machine admirable, tu auras tout le loisir de méditer les inconvénients qu'il y a à accuser un innocent par un faux témoignage.

– Benoît va m'ficher une volée ! s'écria Simon.

– Benoît d'Aunis ne te fera aucun mal, je m'en assurerai.

L'autre semblait sur le point de s'effondrer.

– Promis ?

– Certainement, le rassura Percheval. Et je n'ai qu'une parole.

Simon prit une profonde inspiration :

– Benoît, i l'en voulait à Guy, à cause de sa bêche...

Melchior prêta aussitôt la plus vive attention à ce qui allait suivre, mais comme Simon s'apprêtait à poursuivre ses confidences, la porte du Merle noir s'ouvrit. D'Aunis apparut sur le seuil.

Il n'avait rien perdu de sa mine truculente, de son apparence farouche et brutale. Ses cheveux noirs, frisés sur son front bas, étaient coiffés d'une sorte de bonnet de peau ; son corps massif était en partie couvert par une courte pèlerine de laine à capuchon ; il portait des braies rouges qui lui descendaient jusqu'à la cheville et qu'il avait maintenues à la taille par une corde.

En voyant l'avocat, la colère empourpra ses grosses joues. En cinq enjambées, il traversa la salle et vint se planter devant Simon, dont le sang s'était retiré du visage.

– Qu'est-ce qu'i fait là ? aboya-t-il en dévisageant Percheval.

– Nous discutions des rigueurs de la saison, répliqua celui-ci. On a rarement vu l'hiver se prolonger si tard… Si les froidures persistent vous ne pourrez faire vos labours.

Benoît d'Aunis se laissa tomber sur le banc avec un grognement de bête sauvage.

– D'puis quand qu'les bourgeois s'occupent du mauvais temps ? Vous z'avez rien d'autre à faire que d'traîner dans c'pays ?

– Ma foi, je suis libre de choisir mes occupations, répliqua Percheval calmement.

Le lourdaud fit signe au tavernier de s'approcher et lui lança, de telle sorte qu'on eût dit qu'il lui crachait à la figure :

– Dis donc, l'Guillaume, on peut p'us boire tranquille dans ta case ?

Augelet le dévisagea à son tour avec hostilité :

– Si t'es pas content, t'as qu'à sortir ton gros cul. Va t'en t'ivrogner ailleurs.

Benoît ravala une nouvelle remarque et frappa la table de son poing comme s'il tuait un bœuf :

– Allez, va ! Donne-moi une fillette !

Puis, se penchant à l'oreille de Simon :

– Pourquoi tu l'as pas chassé, c'fouineur ?

L'autre bafouilla et plongea son long nez dans sa potée, mais avant d'avoir pu en avaler une seule cuillerée, d'Aunis lui prit son écuelle, dont il huma goulûment les senteurs grasses, avant de l'engloutir avec force bruits de bouche.

– J'enquête sur la mort de Guy Vasseur.

La voix de l'avocat lui fit brusquement lever la tête.

– Qu'est-ce qu'vous voulez qu'ça m'fasse ?

Percheval connaissait assez le caractère belliqueux du paysan pour comprendre l'émotion qu'il soulèverait s'il disait la vérité toute nue, à savoir que Guillaume Augelet l'avait trahi.

– J'ai pensé que vous auriez peut-être quelques révélations à me faire.

Un autre, histoire d'esquiver, aurait usé de détours ou de mauvaises finesses, mais lui n'accorda pas la moindre amorce d'amabilité. Il crispa ses doigts sur l'écuelle et, d'une voix rauque, mauvaise, répliqua :

– Nenni.

Puis, s'emparant de la tranche de pain posée sur la table, il la rompit en deux et mordit dans sa moitié d'un tranchant coup de dents.

Simon, l'imitant aussitôt, commença également à grignoter son morceau, à petites bouchées rapides, sans mâcher, avalant tout rond la mie et la croûte pour économiser sa denture qui partait en débris, tel le faîte d'une muraille écroulée.

– Guy Vasseur avait en sa possession une bêche vous appartenant.

– Nenni.

– Il a refusé de vous rendre votre outil. La touche vous est restée au travers de la gorge.

– Nenni.

– Alors, vous l'avez traité de voleur.

– Nenni.

– Vous lui avez promis de vous revancher.

– Nenni.

– Ensuite, vous avez mis à exécution votre menace.

Benoît d'Aunis sortit devant lui un petit sac de toile, empli d'herbe à Nicot. Il en saisit une pincée qu'il porta à son nez, l'aspira bruyamment, puis renifla encore, deux ou trois fois, pour se remonter la prisure dans la tête. Mais le gros ourlet de ses lèvres resta clos.

Simon Martin, qui préférait chiquer, prit également un peu de tabac et commença à le mâcher. Tout en ruminant, il regardait Benoît avec une inquiétude évidente, le visage tendu.

– De quoi qu'vous vous mêlez ? grogna d'Aunis.

– La justice porte un grand intérêt à cette affaire d'empoisonnement.

– Gardez vos sornettes. C'est fini, l'Mathias a été accusé.

– Il ne l'est plus.

– C'est une burle. Vous croyez tromper qui ?

– Je reprends l'enquête à ses débuts. Et je vous soupçonne d'avoir empoisonné Vasseur pour vous venger de lui.

Le gros paysan jeta un coup d'œil incisif à son voisin :

– C'est toi qu'as fait des caquets, vermine ?

– J'ai rien dit !

Percheval, irrité par l'attitude des deux hommes, se fit plus brutal :

– Alors ? Lequel de vous deux a donné le boucon à Vasseur ?

Benoît d'Aunis se raidit. Son visage eut une contraction peureuse, puis se raffermit aussitôt.

– Z'êtes un foutu pipeur.

– Et vous deux, d'odieux criminels.

Simon crut s'étrangler en recrachant le jus noir de sa chique :

– C'est point moi ! Juré !

Melchior sentit ses soupçons tourner à la certitude ; cependant, il savait qu'il n'obtiendrait aucun aveu du maigrichon, encore moins du rogneux qui le terrorisait. Il se pencha vers le premier :

– N'oublie point ce que je t'ai dit… à propos du chevalet.

Benoit d'Aunis leva le poing vers son comparse :

– Va pas fagoter des histoires, ou j'te casse le chignon !

Simon jeta sa figure dans ses mains, comme un enfant accablé par un père autoritaire.

– J'ai rien dit !

L'avocat préféra achever là son interrogatoire, redoutant de déclencher, par son insistance, une crise entre les deux marauds.

– Viens ! ordonna d'Aunis en se levant. Tredam ! On va pas s'faire sangler encore longtemps !

Simon se leva promptement, lui jeta un regard d'humble connivence. Et les deux coquins quittèrent la taverne.

XXI

Où Percheval fait exposition d'une thèse très pertinente

Le soleil commençant à décliner et à pâlir, l'air était encore plus glacé qu'au petit jour. Devant la chaumière du chirurgien, Percheval sentit le froid le pénétrer d'une façon si brutale qu'il fut secoué par une violente quinte de toux.

Moïse apparut sur le seuil et l'observa amicalement.

– Allez, restez point dehors, dit-il. Z'allez attraper la mort.

Le géant s'appliqua à refermer doucement la porte derrière eux, mais sa force était telle que, même sans le vouloir, il fit trembler les quatre murs de sa masure.

– J'pensais qu'vous vous en étiez r'tourné.

Ses lèvres s'étirèrent en un large et franc sourire. Mais Percheval ne vit qu'un gouffre hersé de grandes dents jaunes, dont certaines avaient le tranchant effilé d'une dague.

– Ben alors ? Vous vous trouvez si ben dans not'village qu'vous en partez plus ?

Melchior soupira :

– Je vous mentirais si je vous disais que j'éprouve un grand enthousiasme à me trouver ici et à mener une enquête qui, je le vois bien, ne me mène nulle part. Car je n'ai point encore trouvé une seule personne pour me dire ce que je cherche à savoir sur la mort de Vasseur. Mais je m'étais engagé à sauver Mathias, comme je me suis engagé à aider Sarah et Hugues. Aussi, dois-je m'occuper à acquitter mon serment.

Puis, il ajouta tout bas :

– Plût au ciel que ce gredin de Vasseur ne fût jamais empoisonné. Nous n'en serions point là. Quand on songe à toutes les catastrophes qu'a engendrées la mort de ce maraud…

– Qu'est-ce qu'vous voulez, dit Moïse d'un air résigné, quand on écrase une tique, faut s'attendre à c'qu'elle salisse not'chemise.

L'avocat ne connaissait point la maxime, mais elle lui sembla juste et cocasse.

– Moïse, reprit-il soudain avec une extraordinaire gravité, que pensez-vous de la mort de Marie Bardot ?

– J'pense qu'le Diable a bon dos.

– Comme souvent.

Tout à coup, il pencha la tête, le sourcil à demi froncé comme un homme qui vient de penser à une chose importante :

– Vous avez vu le cadavre de cette fille, puisque vous l'avez ramené jusqu'au village avec Augustin. Portait-il des marques de coups ou de blessures ?

– Nenni. Juste une vilaine lésion à la tête.

– Où ?

– Sur l'devant du crâne, sur la partie haute du front.

– Sauriez-vous me décrire la plaie ?

– Profonde, au moins… d'un d'mi-pouce.

– Pouvez-vous affirmer que c'est cette blessure qui a tué Marie ?

– J'crois ben. D'après c'que j'ai vu, la pierre a écrasé l'os, et l'choc a ébranlé l'cerveau.

– Une plaie profonde, large… Avez-vous souvenir d'une mare de sang à l'endroit où vous avez découvert cette enfant ?

Moïse hocha du chef négativement.

– Comment se fait-il, demanda encore Percheval, que la pierre sur laquelle cette fille est supposée être tombée était à peine tachée et que personne n'ait vu de sang sur l'herbe ?

– C'est qu'l'épanchement a point dû être si important.

– Cela ne serait guère compatible avec l'importance de la blessure.

Melchior s'interrogea sur la conduite à tenir. Devait-il faire part de ses soupçons au chirurgien ? Quelle confiance pouvait-il accorder à un homme qu'il connaissait si peu ? Depuis son arrivée à Malzieu, il avait l'impression de tourner en rond dans le brouillard. Tous ces rustres mentaient. Chacun trichait, par défiance, par vice, pour sauver sa peau ou celle d'un proche, ou au contraire pour incriminer son voisin. Pourquoi Moïse Nature aurait-il été différent des autres ?

Son regard croisa l'œil borgne du chirurgien qui l'envisageait avec une curiosité bienveillante. Cela suffit à lever ses doutes.

– Marie Bardot ne s'est pas donné la mort, dit-il.

– Qu'est-ce qu'vous me chantez là ?

– Francine Bègue et « Patte-Folle » disent avoir vu Marie pour la dernière fois avant hier, après vêpres, alors qu'elle se trouvait à l'arbre aux fées. Elle aurait coupé par le bois pour rentrer chez elle. Cependant, personne ne l'a plus jamais revue. Si elle était effectivement revenue au village, il est impossible que cette jeune fille, connue de tous, ait pu faire le chemin sans rencontrer âme qui vive. Pour ma part, je tiens qu'il est infiniment improbable que Marie ait suivi ce sentier qui coupe par le bois et qui conduit à Malzieu sans rencontrer un seul individu. Ses parents m'ont confié qu'elle n'avait point couché chez eux : cette autre déclaration me conforte dans l'idée que cette enfant n'est jamais ressortie vivante du bois.

Tout en parlant, Percheval avait observé le chirurgien : celui-ci s'était littéralement figé, comme s'il eût été changé en pierre. Il put donc juger de l'effet considérable qu'avaient produit ses révélations.

– Pardieu ! s'exclama enfin Moïse en reprenant quelque mobilité. Faut que j'vous fasse une tisane. Pour vous r'mettre les idées à l'endroit.

– Mes idées sont à leur place, mon brave, et parfaitement claires. J'entends prouver que Marie ne s'est jamais rendue au vieux moulin.

– Qu'est-ce qu'vous dites là ?

– Laissez-moi vous exposer les éléments qui ont conduit mon raisonnement.

Percheval s'adossa fermement contre le mur de torchis et croisa les bras.

– Je me suis rendu par deux fois sur les lieux, dit-il. J'ai d'abord remarqué la présence d'un épais buisson, au pied des ruines. Si Marie avait entrepris d'escalader ces dernières, comme le laisse supposer ses deux souliers méticuleusement disposés au pied du mur pour nous faire croire qu'elle y avait grimpé, dans ce cas, il eût été presque impossible que son jupon et son corsage ne fussent pas arrachés par les épines et qu'il n'en restât pas quelques lambeaux sur les ronces.

Il marqua une courte pause.

– Examinez maintenant cette autre bizarrerie : si elle s'était réellement laissé tomber du haut de ces ruines, il aurait dû se produire une dépression sur la terre détrempée, car il avait plu toute la nuit, ou tout au moins, cette chute aurait dû laisser une empreinte sur un sol aussi humide, ce qui n'est nullement le cas. En revanche, j'ai constaté que le sol était marqué d'un sillon assez large, près de l'emplacement du cadavre, comme la trace d'un lourd fardeau qu'on aurait traîné.

Moïse le considéra, interdit.

– Autre circonstance inexplicable, poursuivit Percheval : le corps de Marie était à moins d'un pied du mur, or ce mur, du côté où l'on veut nous faire croire qu'elle est tombée, fait une saillie d'un pied quatre pouces, ce qui exclut toute possibilité de chute.

De nouveau, il arrêta son discours pour laisser au chirurgien le temps d'en bien saisir toute la portée.

– Quant au bonnet que j'ai retrouvé près du moulin et qui a été identifié comme étant celui de la victime, il gisait, non point près de la pierre, mais à plus de trois pas de l'endroit où Marie est tombée. Enfin, considérez cette dernière étrangeté : lorsque j'ai soulevé la pierre, j'ai vu qu'elle cachait une belle touffe d'herbe, bien verte et bien grasse. Si cette pierre s'était toujours trouvée là, l'herbe n'aurait certainement pas poussé en dessous. Voilà donc une suite de faits qui, pris collectivement, forment un tout auquel il serait impardonnable de ne pas croire, à savoir que Marie ne s'est certainement pas jetée dans le vide, mais qu'elle a été meurtrie dans le bois. Celui qui l'a occise a ensuite traîné et déposé son cadavre au pied des ruines du vieux moulin dans l'intention de nous induire dans l'idée qu'elle y avait grimpé de son propre chef afin d'accomplir son funeste projet.

Le chirurgien restait sans voix. Les déductions de Melchior semblaient si plausibles, si parfaitement évidentes même, que tout effort pour les controverser aurait été vain. Une ombre passa néanmoins sur son visage.

– Si elle est point tombée du moulin, demanda-t-il, comment qu'elle est morte ? C'est quand même ben cette pierre qui lui a ouvert le front, non ? Vous l'avez vue, comme moi, couverte d'son sang.

– Cette pierre a effectivement servi à envoyer cette pauvre fille *ad patres*, mais je pense qu'elle a été déposée près du moulin, après l'assassinement, tout comme le corps de Marie. On aura voulu nous faire croire que cette enfant s'est mortellement blessée en heurtant ce gros caillou.

– C'est pas Dieu possible…

– Je ne suggère rien qui ne soit parfaitement logique.

Moïse écarquilla grand son œil :

– Pourquoi qu'on aurait tué la fille d'Augustin ?

Percheval se rembrunit.

– Je n'en ai aucune idée. J'ignore si la mort de Vasseur et celle de la petite Bardot sont liées et, si toutefois elles le sont, par quel enchaînement fatal les choses se sont produites. Voilà une question qu'il va me falloir éclaircir prestement, en sus de beaucoup d'autres.

XXII

Des conséquences tragiques d'une petite querelle entre deux gredins

Percheval reprit le chemin de l'auberge. Alors qu'il avait passé une dizaine de maisons, il aperçut soudain Simon Martin, devant chez lui. À la vue de l'avocat qui avançait à grands pas dans sa direction, l'autre resta pétrifié. Passé ce moment de surprise, il fut pris d'affolement et rentra précipitamment dans son logis.

Mais Percheval l'avait déjà rejoint et, à présent, tendait le bras et le pied pour l'empêcher de se cloîtrer.

– Tu n'as guère le sens de l'hospitalité.

Simon, avec toute la force du désespoir, poussa sur le battant de la porte.

– J'suis… j'suis occupé !

D'un violent coup d'épaule, Percheval força l'entrée.

– C'est très mal de faire des cachotteries à la justice.

Et, sans y être invité, il pénétra dans la maison.

– Ainsi donc, dit-il en refermant la porte, je viens achever cette conversation que nous avons commencée à la taverne…

Simon roula des yeux inquiets et recula de trois pas. L'avocat s'approcha d'autant.

– Il y a toute apparence à croire que Benoît d'Aunis et toi avez un rapport avec l'empoisonnement de Vasseur.

Il attendit quelques instants, puis comme l'autre gardait toujours le silence :

– Tu m'obligerais en me racontant ce qui s'est passé la veille du soir où le mari de Reyne est mort.

Simon ne répondit pas. L'avocat lui laissa un temps avant de répéter posément :

– Que s'est-il passé ?

Simon restait immobile, le regard paniqué.

– Bien, je ne vais pas verbaliser plus longtemps. Laisse-moi te dire en deux mots ce qui va arriver : les juges vont venir te chercher afin de t'interroger et, crois-moi, ils ne t'épargneront aucun des procédés odieux qu'ils ont coutume d'appliquer aux accusés pour leur arracher des aveux.

Il crut que cette exhortation prononcée sur un ton des plus durs allait bousculer les défenses du paysan et qu'il parlerait enfin, mais ce fut peine perdue. L'homme qu'il menaçait parut un instant sur le point de céder. Il se reprit cependant, secoua la tête et se mit à fixer le sol en tremblant.

– Benoît d'Aunis s'y entend bien pour te tournevirer l'esprit.

Simon bégaya :

– Qu'est-ce… qu'est-ce qu'vous avez contre lui ?

– J'ai la conviction qu'il ment, aussi bien qu'il respire.

Effrayé, le paysan cherchait ce qu'il fallait faire, sans trouver rien. Cette situation semblait le mettre au supplice.

– Pourquoi le protèges-tu ? Ce maraud ne vaut point que tu te donnes tant de soins. Crois-tu qu'il aurait le même souci de ta personne et de ta sauvegarde en pareil cas ?

Simon paraissait n'avoir plus de salive dans la bouche. Percheval enfonça le fer plus avant :

– Ce lourdaud est un fieffé jacteur. Savais-tu qu'il s'est vanté, à qui voulait l'entendre, qu'il se vengerait de Guy Vasseur, un jour ou l'autre ? Tu l'ignorais ? Je n'ai point eu le temps de t'en informer à la taverne, mais dans le village personne ne doute plus que ton comparse a réglé son compte au mari de Reyne. Tu aurais dû le savoir : deux langues pour un secret, c'est beaucoup trop…

Simon s'effondra sur une chaise.

– Ainsi, vois-tu, avec ou sans ton concours, je saurai bientôt prouver que ton ami Benoît d'Aunis a empoisonné Guy Vasseur. Aussi apprête-toi à subir le succès qu'aura cette vilaine affaire.

L'autre retrouva enfin sa voix. Il murmura avec accablement :

– J'veux point aller à la prison...

– Si tu n'as pris part à aucun méfait justiciable du tribunal, tu ne seras nullement inquiété.

Simon articula d'une voix étranglée :

– J'peux rien dire... à cause de Benoît... sa colère tomb'rait sur moi...

Percheval reprit son visage sévère :

– Cesse de trigauder ! Parle-moi de ce différend qui a opposé d'Aunis à Vasseur !

Cette fois, Simon paniqua tout à fait :

– J'vous l'ai dit ! L'Guy lui avait volé des outils !

Percheval secoua la tête, sceptique :

– Le vol d'une bêche ne constitue pas une affaire si griève qu'on en vienne au crime.

Il le prit fermement par les épaules et le regarda droit dans les yeux pour y lire la vérité :

– Est-ce chez d'Aunis que Vasseur a soupé la veille de sa maladie subite ?

Simon, sentant qu'il allait se faire secouer, baissa le front et prononça à voix basse, comme si on lui eût arraché un secret du fond du cœur :

– Oui...

– Pourquoi ?

– C'était pour lui faire un coup.

– Un mauvais coup, assurément ?

– Oui... à cause qu'i l'avait dans l'idée d'se venger d'lui.

Percheval s'étonna modérément :

– Qu'avait-il en tête ?

– Rien d'méchant, m'sieur... C'tait comme qui dirait... une farce.

Il se mordit la lèvre :

– Vasseur avait un chien... qui s'app'lait Baron. I l'aimait ben, sa bête, un beau p'tit chien avec des taches sur l'museau...

– Eh bien ?

– Benoît lui a tué son chien. D'un grand coup d'fourche.

Percheval le regarda, toujours en face :

– Et ?

– C'soir là… i lui en a servi trois gros morceaux.

– Benoît d'Aunis a fait manger à Vasseur son propre chien ?

– Pour sûr. J'étais là.

Melchior reprit durement :

– C'est un fait que vous lui avez brassé un méchant tour. Mais quel rapport cela a-t-il avec sa mort ? On ne trépasse point d'avoir mangé du chien.

Simon mâchonna :

– Faut croire…

– Allons, parle plus distinctement ! s'emporta Percheval. Je ne t'entends point ! Vasseur serait mort d'avoir mangé son chien ? À qui crois-tu pouvoir faire avaler de pareilles sottises ? Trouve-moi quelque chose de plus probant.

– C'est… C'est la vérité !

– Tu mens !

Simon ferma les yeux :

– L'chien… avant d'le découper et d'le faire cuire… Benoît l'a trempé…

Une grosse boule remonta dans sa gorge et faillit étouffer ses paroles :

– I l'a trempé… dans…

– Dans ?

– Dans… l'merderon.

Et, ayant ainsi lâché le mot, il mit une main devant sa bouche, comme si la révélation qu'il venait de faire lui avait cassé les dents.

Percheval lui saisit le bras, l'agrippant par la manche de sa veste élimée :

– Emmène-moi là-bas, commanda-t-il.

Ils marchèrent plusieurs minutes dans les rues du village. Simon n'offrait plus aucune résistance à la poigne qui le tenait toujours fermement par le bras. Après avoir tourné à gauche de l'église, dans une ruelle sombre et étroite, ils pénétrèrent dans une autre venelle, encore plus mince et ténébreuse, d'une puanteur affreuse.

Le chemin, infect, jonché de débris de toutes sortes, dégageait une forte odeur d'urine et d'égout. Il était longé par une petite rigole à ciel ouvert, un caniveau creusé à même la terre, qui charriait un liquide brunâtre, mélange d'eau croupie et d'excréments.

Simon s'immobilisa et désigna du doigt le caniveau. Une dizaine de rats crevés, à moitié décomposés, gisaient dans cette fosse d'aisance, mêlant les miasmes de leur chair putride à ceux de quelques étrons qui flottaient à côté d'eux.

– Explique-toi, ordonna Percheval.

Le paysan tordit sa bouche, comme un enfant prêt à pleurnicher :

– Benoît a tué l'chien... i lui a d'abord vidé les tripes... et pis après, i l'a plongé la bestiole là, dans l'merderon...

Il baissa la tête, l'air profondément contrit, et ajouta :

– Ensuite, i l'a laissée d'dans... toute la journée.

Melchior était atterré.

– Dans cette eau punaise ?

L'autre opina.

– Êtes-vous fous pour avoir eu pareille idée ?

– On savait point...

– As-tu mangé de ce chien, toi aussi ?

– J'ai fait semblant d'y goûter, à cause que Benoît m'l'avait d'mandé.

– Et d'Aunis ?

Simon se balança d'un pied sur l'autre :

– Il a fait pareil : à chaque bouchée, i r'crachait l'morceau dans sa main.

– Guy Vasseur n'a rien fleuré ?

– Benoît lui a dit qu'c'était du mouton. Pour l'goût, on pouvait rien sentir, i l'avait mis beaucoup d'ail.

Il se tourna et jeta un coup d'œil inquiet dans la venelle :

– On voulait point l'tuer ! Juste le rend'e malade !

Il se mit à pleurnicher pour de bon :

– C'était rien qu'une plaisant'rie...

Percheval lutta contre son envie de le malmener et de lui faire goûter à son tour, par une bonne poussée, les saveurs du cloaque.

– Une plaisanterie qui lui a coûté la vie, dit-il. J'espère que cela te remord, pauvre idiot.

Comme l'avocat l'envisageait méchamment, Simon tenta de se justifier :

– Vasseur, c'était un bel écornifleur et un voleur… Toujours à prendre c'qui pouvait, à s'faire donner, ici et là, du grain, un souper, un outil… mais i rendait jamais la pareille. Tout c'qu'i possédait, i l'avait rapiné. I l'était mauvais comme un pou…

Percheval ferma les yeux et poussa un profond soupir, comme s'il se trouvait tout à coup délivré d'un pesant fardeau. Il avait enfin découvert la vérité. Mais cette vérité, si désespérément cherchée, avait un goût amer. Il songea à son fils, son fils qui avait enduré mille maux, qui avait si souvent hurlé son innocence, qui avait tellement souffert, et qui était mort. Il gardait jusque dans le fond de l'âme le souvenir de ses dernières paroles et surtout de ses cris, et ce souvenir fut soudain si douloureux qu'il demeura un instant trop écrasé pour faire un mouvement ou pour avoir une seule volonté.

Mathias était mort à cause d'une bêche. À cause d'une simple brigue, une farce entre deux coquins qui avait mal tourné. Pourquoi fallait-il que le destin prenne des détours aussi étranges et cruels ?

Écœuré, il tourna finalement les talons. Il en avait fini avec ses questions.

Mais alors qu'il s'éloignait dans l'immonde boyau, il changea d'avis, se retourna et dévisagea Simon Martin des pieds à la tête.

– Au fait, dit-il, je n'ai pas eu le temps de te demander : comment se porte ton lacet, maintenant que le sorcier qui l'avait soi-disant chevillé est mort ? Est-il plus vigoureux ?

Gêné, Simon fit la grimace, frotta du doigt son nez pointu :

– Nenni, m'sieur. Ça va pas mieux.

– Eh bien, peut-être faudrait-il songer à couper cette molle quenouille, si elle ne t'est plus d'aucune utilité ? Je dirai un mot à propos de cela à Moïse.

Simon hoqueta de frayeur et, dans un geste instinctif de protection, plaqua sa main sur son entrejambe :

– Eh, là ! Non ! Elle m'sert encore à pisser !

Quand il eut quitté la venelle, Percheval s'arrêta au bord du chemin.

Les révélations de Simon lui avaient cassé les jambes. Il s'assit alors sur une grosse pierre et resta ainsi, les mains posées sur les genoux, avec cet air d'un homme qui a reçu un choc.

Passé un moment, un violent sentiment d'indignation et de colère s'empara de lui. Il regretta de ne pas avoir plus sévèrement tancé Simon Martin et décida qu'il irait trouver Benoît d'Aunis pour l'avertir des représailles qu'il entendait réclamer à son encontre. Assurément, ce gros fripon méritait mille fois le gibet. Il veillerait à ce que, bientôt, ce maraud se balance au bout d'une corde. Et ce jour-là, certainement, il se trouverait au premier rang pour assister au spectacle de son exécution !

Il resta encore plusieurs minutes sur sa pierre, à ruminer sa soif de vengeance et à s'indigner de l'injustice dont Mathias avait été victime.

Puis, peu à peu, il commença à penser, sans plus d'indulgence, à ses propres fautes et aux conséquences dramatiques de ses égarements. Alors, son agressivité se fatigua, son instinct de révolte s'émoussa, comme une vieille lame.

Sa colère l'ayant enfin abandonné, il envisagea avec plus de calme la nouveauté de la situation, et ses idées le ramenèrent aussitôt à Sarah et à Hugues, qu'il imaginait dans leur cachot et dont il devinait les souffrances.

Bien sûr, il avait la certitude de l'innocence de Mathias. Cependant, cela suffirait-il à faire libérer sa femme et son fils ? Percheval ne le croyait pas. Jamais Benoît d'Aunis ne se laisserait fléchir et n'avouerait son crime. Quant à Simon Martin, il y avait fort à parier qu'aux premières menaces de Benoît, ce pleutre reviendrait sur ses déclarations. Et jamais, surtout, Pierre Bossuat ne se laisserait facilement convaincre de l'innocence de Mathias. L'intime conviction du magistrat, selon laquelle Malzieu grouillait de sorciers, ne l'inciterait certainement pas à abandonner les poursuites contre Sarah et Hugues.

Cette certitude l'abattit comme un coup de poing. Il se sentit soudain très las, las de réfléchir, las de lutter, las de tout. Il n'eut plus de courage, ni d'énergie. Il se rendit compte qu'il avait perdu ses forces, que ses nerfs l'avaient lâché. Il ne souhaitait plus qu'engourdir son cœur dans l'oubli, effacer définitivement de sa mémoire le souvenir de Mathias, l'image de Sarah et de Hugues, les noms de Simon, de Benoît et de tous les autres. À présent il n'était plus envahi que par l'envie de fuir, le besoin de quitter ce village perdu, ce bourbier de misère. Il aurait voulu partir sur l'heure, rentrer chez lui à Metz, retrouver la quiétude de sa maison, parce qu'il avait peur, peur d'échouer de nouveau, parce son impuissance le rendait malade, parce qu'il craignait que tout fût vraiment fini, de ne plus pouvoir rien faire, et parce que, pour la première fois, il avait prit conscience que son ennemi était plus fort que lui.

La nuit commençait à tomber lorsqu'il se leva enfin. Il secoua la tête, chassa ses idées noires et s'exhorta à agir. Sa première décision fut de se rendre au hameau du Gros Chêne. Pour l'heure, il lui fallait s'enquérir des nouvelles de Perrine et des deux fillettes qu'il avait laissées fort éprouvées par la perte de Reyne. Et, tandis qu'il s'interrogeait sur l'utilité de révéler aux fillettes les circonstances de la mort de leur père, il pénétra dans le bois.

Il n'avait pas marché plus d'une minute qu'il s'arrêta, surpris par un bruit de branche cassée. Un frisson le saisit soudain, non pas un frisson de froid, mais un étrange frisson d'angoisse. Il hâta le pas, inquiet d'être seul dans le bois, apeuré stupidement par l'ombre du crépuscule qui engendrait d'autres ombres, non moins sinistres. Il fit vingt pas de plus et le même bruit se répéta. Il se retourna brusquement. Il eut aussitôt le sentiment d'être suivi.

Une chouette jeta son cri lugubre dans le silence.

Il scruta les environs mais n'aperçut personne, ni homme ni bête, pas même une vague silhouette. Il reprit sa marche, tenaillé par une anxiété inhabituelle.

Se pouvait-il qu'un loup se soit aventuré si près du village ? Était-ce un chien errant ? un renard ? Mais un animal eût haleté ou grogné, ou encore gémi… S'agissait-il de quelques escarpes ou brigands, prêts à lui trancher la gorge, à la faveur de l'obscurité ?

De nouveau, un craquement se fit entendre. Virant sur ses talons, il balaya du regard les arbres et les fourrés qui l'entouraient. Mais cette fois encore, il ne vit rien. Il était seul. Pourtant, il en était certain, quelqu'un le pistait.

De moins en moins rassuré, il se remit en marche, sa crainte augmentant à chaque pas ; et cette crainte ne venait pas seulement de ce qu'il se sentait suivi, mais de l'être par quelqu'un qu'il lui était impossible de voir, un sorte de fantôme dont il entendait seulement les pas doublant les siens et qui menaçait de le surprendre sans qu'il fût prêt à se défendre.

À plusieurs reprises, il fit brusquement volte-face afin de découvrir l'objet de sa terreur. Puis, son anxiété se dissipa pour faire place à une fureur qui l'embrasa tout entier. Il se surprit à crier au beau milieu du bois : « Qui vive ? Qui me suit ? Qui se cache ? »

Finalement, ne se sentant aucunement disposé à faire acte de bravoure et sachant, par expérience, que devant tout danger de cette nature, il convenait de fuir et d'imiter en cela le bon sens des animaux, il trouva plus sage de rebrousser chemin et de remettre sa visite à Perrine au lendemain.

Il fit donc demi-tour et pressa l'allure. Il était maintenant tout prêt du village, à la lisère du bois. Mais on le filait toujours, il l'entendait bien, car son poursuivant brisait des branches sous ses pas. Pressé de se mettre à l'abri, sous peine de se retrouver bientôt dans une situation où il aurait à sauver sa vie, il se mit à courir.

Lorsqu'il sortit enfin du bois, il se retourna et chercha du regard l'agresseur qui allait surgir, tout prêt, cette fois, à en découdre avec lui. Il se tint immobile, les poings serrés, le visage flambant, les battements de son cœur s'accélérant furieusement. Il vit alors une silhouette glisser derrière un arbre puis disparaître dans les profondeurs ténébreuses de la forêt.

Il se hâta vers la taverne du Merle noir qui, pour la première fois, lui parut accueillante. La salle s'était vidée. Guillaume Augelet somnolait sur l'un des bancs, près de la cheminée où le feu mourait.

Il gagna sa chambre et s'écroula sur son lit. Épuisé, mais trop nerveux pour trouver le sommeil, il se tourna et se retourna sur sa couche durant des heures, incapable de laisser son esprit se dissoudre dans la bienfaisance du repos. Et encore une fois, il attendit l'aube, l'âme oppressée, ressassant ses souvenirs douloureux, se remémorant les derniers faits survenus, envisageant les problèmes à venir, errant, seul, définitivement seul, dans les grands fonds du passé et ceux, non moins vertigineux, du présent.

XXIII

Les basses œuvres de la justice

Pendant ce temps, Sarah et Hugues continuaient de croupir dans leur cachot.

Sur le sol glacé, la mère et le fils se tenaient étroitement pelotonnés l'un contre l'autre. Hugues, transi de froid, respirait par petits spasmes brusques, les yeux ouverts, le regard hébété. Le corps de la femme se pressait désespérément contre le corps frêle de l'enfant, le serrait à l'étouffer, essayant de lui transmettre un peu de sa faible chaleur au travers de la fine chemise.

Le grincement de la porte les fit soudain sursauter tous les deux. Un rai de pâle lumière traversa la cellule et le guichetier apparut, porteur d'un broc d'eau et d'un morceau de pain noir. Sarah n'esquissa aucun mouvement, laissant l'homme déposer la nourriture à ses pieds. Elle ne se levait plus que rarement, car à chaque pas qu'elle tentait de faire pour se dégourdir les jambes, elle titubait de fatigue, prête à s'évanouir.

Mais lorsque Pierre Bossuat et le geôlier firent à leur tour irruption dans le cachot, elle se redressa vivement. Avec le flair d'une bête traquée, elle reconnut l'imminence du danger. Elle se traîna sur trois pas et se recroquevilla en boule contre le mur.

Le regard du juge passa successivement du visage livide de Sarah à la petite figure amaigrie de Hugues. Cette vision lui tira un sourire de satisfaction.

– Alors, femme Inguélaère ? Qu'as-tu à nous dire ce matin ?

Aucun mot ne sortit de la gorge de Sarah.

– Eh bien, ma fille, allons droit au fait : il faut que tu avoues. Cet avocat, qui est venu te visiter en prison, t'a bercée de vaines illusions. Il n'est pas en mesure de te sauver. Il ne fera rien pour t'aider. J'ai ouï dire qu'il allait abandonner ses recherches et qu'il ne t'apporterait plus aucun secours. Te voilà seule et abandonnée de tous.

Il contempla, sans expression particulière, durant un long moment, les traits décomposés de la jeune mère. Puis il balaya d'un regard indifférent l'intérieur du cachot. Lorsque ses yeux vinrent de nouveau se poser sur Sarah, il la toisa cette fois avec une indicible aversion :

– Pauvre pécore, nous avons les moyens de te confondre, sans que tu ouvres seulement la bouche.

Et, sur ces mots, il se mit à tourner autour d'elle, comme un prédateur tournant autour de sa proie et prenant tout son temps avant de la dévorer.

– Vois-tu, dit-il, il est impossible que quelqu'un qui fréquente le Diable et se rend régulièrement en Enfer ne sente pas un peu…

Il se pencha au-dessus d'elle, afin de respirer son odeur. Quand il l'eut suffisamment humée, il releva la tête et appliqua un mouchoir sur son nez.

– J'en étais certain, déclara-t-il. Tu pues, ma fille. Tu pues le soufre. C'est la preuve que tu es sorcière.

Le cœur de Sarah s'arrêta de battre.

– Alors ? Vas-tu enfin nous dire ce que nous voulons savoir ? Vas-tu admettre que tu es une servante du Démon ?

Sarah l'observait avec une peur évidente, de la même façon qu'elle observait le geôlier, cette brute épaisse qui la lorgnait en souriant.

– Si tu ne veux pas avouer, proposa Bossuat, dis-nous au moins, pour montrer ton repentir et sauver ton âme, quels sont les sorciers et les sorcières de ton village que ton mari a rencontrés au Sabbat.

Voyant qu'elle ne faiblissait pas, malgré sa crainte, il eut un tic incontrôlable, une sorte de petite grimace comme un clignement nerveux de l'œil. Puis, il se plia au-dessus d'elle, pour murmurer à son oreille :

– Dis-toi bien, ma fille, que tout ce que ton homme a enduré n'est rien en comparaison des supplices exquis que je te réserve.

Sarah, la bouche sèche, roula des yeux agrandis par l'angoisse. Puis, se souvenant des paroles de Percheval, elle posa ses deux mains sur son ventre, espérant ainsi faire comprendre au magistrat que son état la protégeait de toute exaction.

– Crois-tu que parce que tu es grosse, tu ne seras pas questionnée ? ricana Bossuat. Sache que le crime de sorcellerie est un crime si énorme qu'il est possible de ne point observer l'ordre de droit, ni les procédures ordinaires. La créature que tu portes en ton sein n'est pas la créature de Dieu mais celle du Diable. Aussi, tu peux me croire sur parole : je te ferai mettre à la question, si bien et si longtemps que tu accoucheras d'un embryon.

Le mensonge fit son effet : Sarah se cacha le visage entre les mains et réprima un cri étouffé.

– Quant à ton fils, ajouta encore Bossuat, j'estime qu'il faut faire mourir l'enfant en bas âge, si l'on reconnaît que le mal est en lui. Même s'il ne parle pas, il sera condamné. Tout simplement pour être né et extrait de ton ventre. Et pour avoir sucé ton lait de sorcière.

D'un bond, Sarah se précipita vers son petit et le pressa contre son cœur. Elle l'étreignit avec tant de désespoir que celui-ci se mit à trembler et se retint de pleurer.

Bossuat, jugeant qu'il en avait assez dit, fit signe au guichetier d'ouvrir la porte. Avant de sortir, il se tourna une dernière fois vers sa victime :

– Si tu t'obstines à rester muette, je ne te torturerai pas une, deux ou trois fois, pas même pendant deux ou trois semaines, pas même pendant des mois... Je te torturerai durant des années, durant toute ta vie. Je te torturerai jusqu'à ta mort et, après, tu seras brûlée. Ensuite de quoi, je continuerai à m'acharner contre toi. Une fois la dernière parcelle de tes dents et de tes os réduite en poudre, une fois la dernière fibre de tes cheveux disparue en fumée, je ferai disperser tes cendres dans le vent afin que tu ne puisses jamais revenir le jour de la résurrection des corps.

Terrorisé, Hugues prit la main de sa mère dans la sienne et la serra si fort que ses petits ongles s'enfoncèrent dans sa chair.

– Je vous la laisse, chuchota Bossuat au gardien avant de quitter le cachot. Elle est sur le point de flancher… Finissez donc de l'épouvanter avec ces douces histoires dont vous avez le secret.

Aussitôt le magistrat disparu et, dès que la lourde porte se fût refermée sur lui, le geôlier s'approcha à pas lents de Sarah. Son sourire s'était effacé pour laisser la place, sur sa mine épaisse, à un air vaguement désolé.

– Faut leur dire que t'es sorcière, souffla-t-il en s'agenouillant à ses côtés. Sinon, tu sais c'qui arriv'ra ? Tu sais ben c'qui z'ont fait à ton homme ? T'as point vu ?

Il se mit à lui frôler les joues de ses doigts sales, de ses doigts larges et cagneux, et cet attouchement amena sur le visage de Sarah un frémissement de dégoût. Il prolongea sa caresse sur le doux renflement de la bouche et du menton, puis la fit descendre vers le cou.

La jeune femme sentit son cœur bondir contre ses côtes, dans sa poitrine épuisée.

– Ton homme… te v'là guère plus en grâce que lui, à présent. Pas vrai ? Qu'est-c'que t'espères ? Tu crois qu'cet avocat va t'sortir de prison ? Bah ! Tous des jacteurs, ces avocats, qui s'pincent des pauv'es traîne-malheur comme nous aut'es… On peut pas s'fier à eux… C'est qu'doublerie, ces oiseaux-là… Faut rien attendre de fripons d'aussi méchante espèce qui donnent que d'mauvais conseils…

Les lèvres de Sarah commencèrent à trembler, malgré l'immobilité angoissée de son corps.

– Tu sais pas ? continua le gardien. Y a dix jours, les juges, i z'ont am'né une femme, ici. Elle était d'Douzy. I z'ont dit qu'c'était une sorcière, comme toi.

Il ajouta, avec une mine faussement navrée :

– C'est pas Dieu possible c'que cette canaille de Lazare Drouet a fait à cette pauv'e fille... I lui a versé d'l'eau d'vie sur le dos, pis i l'a enflammée avec une torche. Et comme elle voulait rien dire, i lui a attaché une planche pleine d'échardes, pour lui râper les reins. Et i l'a laissé comme ça, pendant trois heures.

Ses doigts effleuraient à présent les seins de la jeune femme, à travers sa chemise. Mais Sarah demeurait crispée et raide comme une pierre, les yeux fermés par l'angoisse et ses seins étaient de glace.

– Après, i l'a ligotée sur l'chevalet. I lui a vissé bien fort les orteils et les doigts d'la main. I lui a tant ben appliqué les poucettes qu'le sang lui est sorti par les ongles. Des giclées d'sang... Paraît qu'la pauv'e gueuse est passée d'un évanouissement à l'autre...

Il poussa un gros soupir :

– Quand elle s'est réveillée, elle a cru qu'le bourreau en avait fini avec elle. Mais Lazare, i lui a serré la jambe dans son étau. La première fois un peu, la deuxième fois plus fort et la troisième fois, encore plus fort... Comme elle avait toujours rien dit, alors les juges i l'ont fait battre avec des fouets en cuir, sur les tétins, si ben qu'on pouvait plus lui enl'ver sa ch'mise, de peur de lui r'tirer la peau avec. Ensuite de ça, i lui ont coupé les ch'veux et versé d'la poix brûlante sur l'crâne. I l'ont mise hors d'son esprit, cette malheureuse. Tu peux m'croire : elle était comme folle. Elle gueulait tellement qu'on pouvait l'entendre jusqu'dans la salle de garde.

Il s'arrêta, pour feindre une sensation douloureuse :

– Après quoi, Lazare l'a mise sur la sellette, et i lui a brûlé du soufre sous les bras et sur les mam'lons... et même entre les cuisses. I l'a si ben travaillée, qu'à la fin elle est morte...

Sarah eut un hoquet de terreur ; l'homme retira la main de ses seins pour essuyer un peu de salive égarée sur le coin de sa bouche, car il finissait toujours par baver, à trop parler.

– Faut dire aux juges que t'es sorcière, répéta-t-il. Et faut leur dire aussi qui sont les aut'es sorciers et sorcières de ton village. Ou sinon…

Hugues poussa un petit gémissement aigu, à peine plus fort que le cri d'une souris. Sarah l'embrassa sur le front pour le rassurer.

– Tu sais c'qu'i vont lui faire, à ton p'tiot ?

Il approcha sa bouche humide du visage de la jeune femme si près que celle-ci put sentir son souffle empesté dans son cou.

– Avoue, et on t'fera point d'mal. J'te promets qu'tu souffriras pas. Dès qu'tu sentiras la chaleur des flammes, j't'étranglerai.

Puis, regardant Hugues :

– Et j'ferai pareil pour ton fils. J'le garrott'rai avant qu'le feu l'atteigne… T'as ma parole.

Il se décida enfin à se lever :

– Réfléchis, ma caille. À quoi qu'ça t'servirait d'souffrir ? Et ton p'tit avec ? De toute façon, c'est fini. Vous s'rez brûlés, tous les deux.

XXIV

Un nouveau coup du diable

Tandis qu'il s'éveillait à peine, Percheval perçut un tumulte étrange, fait de bruits vagues et d'éclats de voix, comme un rebondissement de sons, à la fois graves et perçants. La chambre étant dépourvue de fenêtre, il ne put voir que, dehors, une dizaine de Malazins remontaient la rue, suivis d'une avalanche de gamins qui s'époumonaient et couraient en tous sens. Au centre de ce bruyant cortège, une paysanne, en pleurs, se tordait les mains et criait d'une voix lamentable :

– Ah ! Ma fille… ! Ma pauv'e fille ! Oh ! Dieu, c'est point vrai !

Les exclamations déchirantes de la femme accompagnaient les piaillements aigus de la marmaille et les grosses voix des hommes. Les deux gaillards qui l'entouraient, son mari et son fils, étaient les seuls, au cœur de cet attroupement, à garder le silence. Ils marchaient d'un pas lent, affligés et mornes, la tête penchée, et leur dos courbé semblait porter le poids d'un terrible malheur.

Tout ce petit monde se dirigea vers la taverne pour s'y engouffrer, non sans se pousser un peu brusquement. Guillaume Augelet vit pénétrer dans son établissement tout à la fois la queue et la tête du défilé. Les paysans gesticulaient et se prenaient réciproquement à témoins de l'événement qui les avait amenés là, et qui, visiblement, les bouleversait.

– Qu'est-ce qu'i a donc ? s'alarma l'aubergiste, au bout de la salle.

Les villageois se plantèrent au milieu de la pièce.

– Tu sais pas ? lâcha Basile, le meunier.

– Quoi ?

– C'est Mathilde, dit le forgeron.

– On vient d'la trouver, reprit Andrieu de Vicq.

– Elle est morte.

– Près du lavoir, ajouta un autre villageois.

– Elle s'est pendue, acheva Colin Valot.

La voix émue de chacun était comme un maillon de la pesante chaîne qu'ils traînaient depuis une demi-heure à travers toutes les rues du village.

Percheval, qui s'était habillé à la hâte, se retrouva bientôt dans la salle.

– Pourquoi tous ces cris ? demanda-t-il en fermant son pourpoint.

Mais sa question arriva trop tard. Le petit groupe avait quitté l'auberge afin de continuer à porter la mauvaise nouvelle, de chaumière en chaumière.

Augelet lui-même avait déjà franchi le seuil de sa porte.

– C'est Mathilde ! dit-il avant de sortir. Mathilde Minet ! Paraît qu'elle s'est pendue !

Percheval resta interdit quelques instants, puis se résolut aussitôt à lui emboîter le pas. Tous deux suivirent la petite troupe. Il fallut encore dix bonnes minutes pour que le groupe, qui s'était grossi au passage d'une vingtaine de personnes, arriva enfin sur les lieux du drame. Percheval vit que le père Jérôme, « Patte-Folle » et Moïse se trouvaient déjà sur place, ainsi que quelques autres curieux.

Tous les villageois firent soudain silence. Les bruits et les voix s'éteignirent, contraints par la présence de la mort.

À quelques pas du lavoir, une toute jeune fille, vêtue d'une robe en lainage grise, pendait à la branche d'un grand chêne. Ses sabots étaient tombés et découvraient ses pieds nus. Son petit bonnet de serge avait glissé sur son front. Le soleil du matin, pourtant bien pâle, illuminait la blondeur de ses longs cheveux, sertissant d'un halo de lumière ses épaules et son buste. À voir cette frêle silhouette inerte, avec ses membres étirés qui tombaient mollement et sa tête étrangement inclinée vers l'avant, on eût dit une grande marionnette dont on avait coupé les fils. Percheval songea que cette morte-là ne devait pas avoir plus de douze ans.

La femme Minet s'effondra à genoux et entoura de ses deux bras les jambes de sa fille. Elle se mit à tirer frénétiquement sur ses jupons, comme si elle pouvait, par ce simple geste, ce geste dérisoire de désespoir, la faire revenir à la vie. Mais l'enfant restait sans réaction, affreusement immobile et muette, et il ne fallut pas plus d'une minute à sa mère pour admettre que l'irréparable s'était produit. Alors, la paysanne, ayant enfin compris la chose, se releva en chancelant, porta une main à sa bouche pour étouffer un hurlement et s'enfuit en courant.

Ceux qui l'avait accompagnée restèrent à une distance prudente du corps et demeurèrent autour du lavoir, indécis et vaguement apeurés par cette macabre vision. Déjà, de mauvaises pensées se fixaient dans leurs esprits, des pensées qui les ramenaient à un autre cadavre, pendu lui aussi, sur la place, le cadavre mutilé de Marie, condamnée pour avoir obéi aux commandements du Diable. Il leur semblait entendre les âmes des deux jeunes filles leur crier quelque horrible malédiction. Ils sentaient qu'elles planaient au-dessus d'eux, ces âmes accablées, désormais maudites, sans tombes ni repos. Et personne n'osait faire un geste ni prononcer un mot, comme s'il y eût du danger, un danger mystérieux à rompre le silence.

Ce fut Percheval qui s'avança enfin, imité par Moïse et le père Jérôme. Puis, quelques hommes s'approchèrent à leur tour et firent un cercle autour de l'arbre. Les autres restèrent en arrière, tendirent leur tête pour ne rien perdre de ce qui allait suivre.

– Il faut la détacher, déclara l'avocat.

Troublé mais conscient de son autorité, le père Jérôme désigna Moïse et Basile pour se charger de la pénible besogne.

Le meunier hésita :

– Est-ce qu'elle a les yeux ouverts ? demanda-t-il en tremblant. Si elle a les yeux ouverts, moi j'la touche pas l'premier. J'veux point être l'prochain à passer.

– Allons, s'irrita le père Jérôme, ce ne sont que des superstitions de païens.

Moïse haussa ses énormes épaules :

– Tu la touch'ras point, aide-moi.

À terre se trouvait une vieille souche qui avait manifestement servi à l'adolescente à se hisser jusqu'à la plus basse branche, par-dessus laquelle elle avait jeté une corde. Elle était renversée, comme si Mathilde l'avait culbutée après voir passé le câble de chanvre autour de son cou. Moïse, naturellement, n'eut aucun besoin de ce morceau de bois pour atteindre la branche. Il fit signe à Basile de se tenir prêt à recevoir le corps, puis sortit son couteau et commença à cisailler la corde.

Le meunier s'empressa de tendre les bras, tout en s'arc-boutant. À présent, il serrait les dents et pliait le dos craintivement, comme s'il s'apprêtait à crouler sous le poids de l'arbre tout entier.

– Douc'ment, dit-il en grimaçant.

Un fois le lien tranché, Moïse retint quelques instants la jeune fille dans ses bras. Il la laissa ensuite glisser lentement sur le dos du meunier et les deux hommes l'étendirent sur le sol.

Dans un seul et même mouvement, le petit groupe de curieux recula. Une femme poussa un cri devant l'atroce spectacle.

– Sainte Mère de Dieu ! s'exclama Basile.

Les yeux bleus de Mathilde Minet envisageaient le vide avec une expression de terreur. Sa langue sortait de sa bouche entrouverte, donnant à sa petite figure boursouflée l'expression d'un masque grotesque.

Un frisson parcourut le corps massif de Moïse, qui pourtant ne tremblait pas facilement. Mais l'homme se reprit très vite et s'agenouilla. Ses énormes mains s'attaquèrent au nœud, sous la nuque de l'adolescente. Le lien de chanvre avait laissé de longues marques blanches dont la couleur tranchait sur la teinte violette du visage et de la gorge. Quelques mèches de cheveux blonds, figés comme des fils de soie, s'étaient logés dans ces sillons livides.

– Garde tes doigts loin d'sa bouche ! le prévint Germaine Billault.

Une fois encore, le chirurgien accueillit la mise en garde par un mouvement hautain des épaules. Il avait assez souvent côtoyé la mort, celle des hommes ou des bêtes, pour savoir que les défunts ne mordaient pas les vivants. Sitôt la corde dénouée, il passa sa large paume sur les paupières de l'enfant pour les fermer.

Le père Minet, qui jusqu'alors était resté muet, demanda à voix basse qu'on ramenât sa fille chez lui. Moïse et Basile soulevèrent alors le cadavre pour le ramener au village.

Tandis qu'ils se mettaient en marche, « Patte-Folle » s'approcha d'eux et, d'un geste rapide, saisit la corde qui était restée à terre, pour la cacher derrière son dos. Personne ne remarqua ce vol ou ne parut s'en soucier, excepté Percheval.

– Pourquoi prends-tu cette corde ? interrogea l'avocat.

Rémi Augelet sourit. Son visage exprimait la joie simple des innocents.

– Pour la chance, monseigneur ! Les cordes de pendu, ça porte bonheur !

Ils quittèrent les lieux, les uns portant leur pauvre fardeau, les autres suivant en silence le funèbre cortège, et « Patte-Folle », le visage réjoui, claudiquant joyeusement derrière cette triste procession, serrant très fort contre son cœur son tragique cordeau, comme un précieux trésor.

***

Dès que Moïse fut ressorti de la ferme des Minet, Percheval, qui était resté dehors, s'approcha et lui confia tout bas :

– Je sais qui a empoisonné Vasseur.

Le chirurgien le regarda, interdit :

– Vous savez ? Comment vous savez ?

Percheval lui raconta son entrevue avec Simon, la brigue entre d'Aunis et Vasseur et le fatal repas auquel ce dernier avait été convié.

– Qu'est-ce qu'vous allez faire, maintenant ?

– Relater les événements passés et présents à l'intendant de justice, dans un rapport que je m'apprête à rédiger à son intention. Car je compte non seulement l'informer des véritables circonstances de la mort de Guy Vasseur, mais également l'avertir des deux crimes qui viennent d'être commis sur les personnes de Marie Bardot et de Mathilde Minet.

– Mathilde se s'rait point pendue toute seule ?

– Pas plus que Marie ne s'est jetée dans le vide. Évidemment, c'est une chose dont j'ai seulement intuition… et qu'il va me falloir prouver.

– Vous croyez qu'Benoît a tué les deux p'tites ?

– Il m'étonnerait. Benoît d'Aunis a joué une méchante farce à Vasseur. Il n'en imaginait certainement pas les suites tragiques. En revanche, celui qui a occis ces deux filles l'a fait intentionnellement. À mon sens, la mort de Vasseur et celle de ces enfants ne sont nullement liées.

Le père Jérôme sortit à son tour de la maison des Minet ; il n'avait pas l'air bouleversé, ou s'il l'avait été, il avait su se recomposer un visage impassible.

– Il faut avertir le lieutenant criminel, annonça-t-il en se plantant devant Moïse.

– Qu'est-ce qu'ça changera ? fit le chirurgien. Pour qu'i la brûle, celle-là aussi ? Bah ! Y a qu'une chose à faire, mon père : la mett'e chaud'ment en terre, dire une prière et surtout rien dire à personne.

– Chaudement en terre ? Certainement pas ! répliqua aigrement le jeune vicaire. Le juge Bossuat m'a tenu reproche d'avoir inhumé Marie Bardot trop hâtivement et, de ce fait, de l'avoir contraint à la faire déterrer. Quant à monsieur Percheval, ici présent, je crois me remembrer qu'il m'a soupçonné d'avoir ensépulturé un peu vite cette fille afin de dissimuler je ne sais quelle preuve de ma culpabilité dans son trépas. Les meilleures intentions étant toujours mal interprétées, je vais me garder, cette fois, de décider quoi que ce soit et laisser la justice du bailliage s'occuper de cette affaire.

– Vous savez fort bien ce qui arrivera, le prévint l'avocat. Si le juge apprend qu'une autre fille s'est donné la mort, cela le confortera dans l'idée que le Diable a pris demeure en ce village.

– Il n'a peut-être pas tort, lâcha le père Jérôme en pivotant pour partir.

Percheval l'arrêta et lui lança, avant qu'il ne s'en aille :

– Étiez-vous dans le bois, hier soir ?

Le prêtre se retourna, leva un sourcil étonné :

– Que ferais-je dans le bois la nuit tombée ?

– Vous m'avez vu y entrer.

– À mon goût, je vous rencontre déjà suffisamment le jour sans vous chercher. Je ne vois pas en quoi il me serait plaisant de chercher à vous rencontrer la nuit, et de surcroît dans un bois.

– M'avez-vous suivi ?

– Pourquoi vous aurais-je suivi ? Vous extravaguez.

– Pour m'effrayer.

– Allons ! Votre esprit s'échappe.

– Ou m'occire, peut-être.

– Moi ? Enfin ! Pourquoi voudrais-je m'en prendre à vous ?

Percheval pinça les lèvres :

– C'est justement la question que je me pose, figurez-vous.

– Vraiment, faut-il que vous soyez fou pour me tenir de tels propos ! Savez-vous bien, monsieur, que vous êtes complètement ridicule ?

Et, sur ce, le jeune prêtre lui darda un regard d'infini mépris et s'éloigna.

– Pardieu ! s'exclama Moïse. Qu'est-ce que c'est qu'cette histoire, encore ? On a cherché à vous tuer ?

– J'ignore quels étaient les projets de celui qui se trouvait dans le bois hier, mais je suppose, en effet, qu'ils n'étaient point amicaux.

– Dam ! Vous z'y allez droitement ! Accuser l'père Jérôme, tout d'même ! Qu'est-ce qu'vous lui r'prochez à not'curé ?

– Cet homme n'est que feinte et artifice. À chaque fois que je l'interroge, il gauchit fort habilement.

– Vous l'interrogez ? À propos d'quoi ?

Percheval dut tenir la bride à son envie de lui dévoiler les soupçons qu'il nourrissait à l'encontre du vicaire.

– De tout… et de rien, répondit-il évasivement.

Puis il observa la ferme des Minet et se fit plus grave :

– Allons voir cette malheureuse enfant.

– Vous voulez voir quoi ?

– Dans ce genre d'affaire, même si l'on ne sait avec exacteté ce que l'on cherche, ce n'est point une raison pour ne pas chercher.

Moïse s'inclina en signe d'assentiment.

Ils allèrent toquer à l'huis. La mère de Mathilde vint leur ouvrir, planta sur eux des yeux cernés et humides et les laissa pénétrer dans la maison. Cinq personnes, que Percheval devina être des proches de la famille, se trouvaient là, en compagnie du père et du frère de la victime. Considérant le cadavre de la jeune fille étendu sur le lit, l'avocat annonça aussitôt, en prenant le ton du commandement :

– Veuillez laisser la place, je vous prie. Il est de la plus haute importance que Moïse examine le corps de Mathilde afin que je puisse dresser un rapport sur les circonstances du décès.

Tous les membres de la petite assemblée se levèrent docilement et consentirent à sortir. Seul le père se dressa au centre de la pièce, comme pour lui faire barrage.

– M'sieur ! s'écria-t-il d'une voix altérée, je jure qu'ma fille était point une sorcière ! C'est un grand péché qu'elle a commis là en mettant la corde autour d'son cou, mais c'est point sorcellerie ! Faudra-t-i qu'on la brûle comme la Marie ?

– Laissez-nous la voir, se contenta de répondre Percheval.

– Nenni ! J'veux point qu'on la brûle !

– De grâce, dit Percheval d'une voix plus adoucie, laissez-nous la voir avant que les juges n'arrivent céans. Laissez-nous la voir… avant qu'ils ne la brûlent, justement.

Le paysan se prit le front entre les mains dans un geste de désespoir et d'impuissance.

– Allons, fit encore l'avocat, ne nous faites point d'embarras. Nous n'avons d'autres soucis que de découvrir la vérité concernant le trépas de votre fille.

L'homme abdiqua finalement toute résistance et se retira sans faire de difficultés.

Dès que Percheval eut refermé la porte derrière lui, Moïse se dirigea vers Mathilde. Il lui attrapa le bras et le soupesa, comme il l'eut fait d'une bûche, le fléchit au niveau du coude et, enfin, le reposa délicatement sur le lit. Il fit ensuite de même avec les membres inférieurs, répétant son geste, essayant de plier la jambe droite puis la gauche. De son côté, Melchior n'osait bouger ni l'interrompre, l'interrogeant seulement du regard.

– Y'a là une bizarrerie, déclara le chirurgien à voix basse. Après une mort violente, l'corps est flasque et tout ramolli. On a point d'mal à lui faire exécuter des mouv'ments simples. Mais, là, j'ai ben cru faire craquer l'bras en essayant d'le faire plier. I l'a perdu toute sa souplesse.

– Ce qui signifie ?

– Qu'la mort de Mathilde remonte sûrement pas à c'matin.

– En êtes-vous certain ?

– J'ai pu voir, sur les animaux que j'prends au collet, qu'les cadavres dev'naient raides qu'au bout d'deux ou trois jours. Rarement avant.

– Deux ou trois jours ?

– Oui, passé trois jours, i sont durs comme du bois.

Percheval sourcilla.

– De toute façon, ajouta Moïse en le regardant gravement, j'ai d'aut'es raisons d'croire qu'la p'tite est morte d'puis un moment.

Il se pencha au-dessus de la jeune fille et colla son mufle sur son cou pour en renifler l'odeur :

– L'corps commence à sentir.

Percheval accueillit l'information sans dire un mot et sortit aussitôt de la ferme. Son absence dura plusieurs minutes, au terme desquelles Moïse le vit revenir, plus préoccupé que jamais.

– J'ai parlé avec son père, annonça l'avocat. Mathilde a quitté Malzieu il y a deux jours pour se rendre à Vivier. Ses parents l'avaient placée chez un gros laboureur du pays, pour garder les bêtes. Il était prévu qu'elle irait à pied jusqu'au calvaire de Flize, puis qu'elle irait ensuite en charrette jusqu'à Vivier.

Le visage de Moïse s'assombrit :

– Ses parents la croyaient rendue là-bas ?

– Oui, mais en réalité, elle n'a jamais quitté le village. Elle a probablement été tuée au moment de son départ, ou un peu plus tard, peut-être sur le chemin.

– Pourquoi qu'l'assassin a gardé son corps pendant trois jours ?

– Sans doute, durant tout ce temps, réfléchissait-il au moyen de la faire disparaître. Il n'est pas si aisé de se débarrasser d'un cadavre aux yeux de tous. Il est également possible, que n'ayant point trouvé de solution à son problème, il a imaginé cet odieux simulacre de pendaison et qu'il a attendu le moment propice à sa mise en scène.

– Sainte Mère de Dieu !

Percheval jeta un regard vers la porte :

– Ôtons-lui son corps de robe, dit-il. Vite ! Et voyons si nous pouvons trouver quelques indices.

Alors qu'il commençait à délacer le corsage de Mathilde, le chirurgien l'arrêta :

– Vous z'allez pas lui enl'ver sa guimpe ? Et sa ch'mise ? Z'allez pas lui enl'ver sa ch'mise aussi ? Qu'est-ce qu'on dira au père Minet si i nous surprend en train d'lui r'garder les tétins ?

Percheval suspendit son geste, confus. Puis il acquiesça, la bouche pincée.

– Certes, admit-il. Nous passerions pour de vicieux paillards.

Il resserra alors les lacets du corset et se contenta d'en relever les manches. C'est ainsi qu'ils purent constater que l'avant-bras gauche de Mathilde portait, sur ses faces interne et externe, deux ecchymoses légèrement violacées. Une troisième tache similaire, oblongue et de couleur sombre, mais un peu plus large, se trouvait sur son bras droit, et son aspect était identique aux deux autres contusions.

– Quelqu'un l'a attrapée par le bras, déclara Percheval. Et l'a serrée si fort que ses doigts ont laissé sur la peau ces grosses marques bleues. Peut-être pour l'empêcher de se débattre ou parce qu'elle cherchait à s'enfuir. Mathilde a certainement tenté d'échapper à celui qui voulait la tuer.

– N'importe qui a pu lui faire ces vilaines marques, objecta Moïse.

Percheval ne parut pas l'entendre.

– Je veux savoir si Mathilde a été forcée, dit-il. Il est possible qu'on l'ait battue pour la violenter.

– M'sieur, le prévint le chirurgien, je f'rai pas ça…

– Allons, cette fille est morte, elle n'a que faire de nos excès de pudeur. Il n'y a rien d'indécent à nous assurer qu'elle…

– Non ! coupa sèchement Moïse.

Percheval lui lança un regard de biais :

– Si vous ne pouvez m'être d'aucun secours, je puis aller quérir quelque matrone qui, elle, saura me renseigner. Il se trouvera sûrement une femme, dans le village, qui sera bien aise de me rendre ce service.

Il était évident qu'il n'avait pas l'intention de mêler une tierce personne à leur affaire. Mais, à présent qu'il connaissait le personnage et sa susceptibilité, il le prenait par son faible.

– On m'a parlé d'une sage-femme qui…

– Et qui ça ? La Babue ? ricana Moïse. Cette charogne ? Vous z'auriez tort d'faire ça, m'sieur l'avocat. Cette vieille bique pourrait même pas distinguer la matrice d'une truie d'celle d'une souris.

– Alors, je n'ai que vous pour m'aider à accomplir cette tâche. Allons-y et hâtons-nous.

Le chirurgien poussa un long soupir résigné et affaissa la masse de ses épaules en signe de renoncement. Il lui eût été difficile de refuser son aide à l'avocat. Si celui-ci connaissait la puissance de son orgueil, Moïse connaissait la force de son entêtement. Il souleva avec rapidité les jupes de Mathilde et les rabaissa aussitôt.

– Qu'avez-vous vu ?

– Du sang, entre les cuisses. On l'a forcée.

Percheval hocha la tête :

– À présent, dit-il, nous savons pourquoi elle est morte.

Le chirurgien croisa les bras :

– Mais comment i l'a fait, pour la pendre ? Si elle s'est débattue, elle a ben dû crier, aussi ? Pourtant, personne a rien entendu. Dam ! I l'a dû passer la corde autour d'la branche, faire le nœud, am'ner la souche, obliger la p'tiote à monter sur la souche et pis l'obliger à passer la corde autour d'son cou…

– Il est difficile de croire, effectivement, que Mathilde ait attendu que son assassin achève les préparatifs de son exécution sans essayer de s'échapper ou d'alerter quelqu'un. C'est pourquoi j'ai tout lieu de penser qu'elle était déjà morte lorsque ce monstre l'a pendue.

XXV

« *Summum jus, summa injuria* »
« Comble de justice, comble d'injustice » (Cicéron)

Deux heures plus tard, devant la prison de Mézières, Percheval considérait avec étonnement l'individu qui lui faisait face, fort impressionné par les ressemblances qu'il découvrait entre le bourreau de la ville et le boucher qui avait torturé Mathias à Sedan.

L'homme partageait avec Lazare Drouet l'air dur et borné des brutes de leur profession. Il avait, tout comme lui, les jambes lourdes, la panse rebondie, le cheveu rare, le crâne plat, un front bas où les idées devaient se trouver un peu à l'étroit et de très grands pieds. Mais ses mains, surtout, étaient immenses, aussi larges que les pattes d'un ours, rêches, abîmées et calleuses, à force de fouetter et de rompre vif, de manier le carcan, la hache et le fer.

– Quand aura lieu la prochaine pendaison ? demanda Percheval.

L'homme le dévisagea à son tour avec l'amorce d'un bref sourire :

– Pourquoi ? Qu'est-ce qui vous faut ? Si c'est pour les ch'veux, j'ai d'jà preneur.

– Non, il…

– Des ongles ? Pour les ongles, c'est huit deniers. Pour les dents, c'est plus cher.

– Non plus.

– Alors quoi ? Z'avez des ulcères, c'est ça ? Voulez lui pisser d'ssus ? C'est fameux pour les guérir.

– En aucun cas. Je souhaite seulement…

Le bourreau l'interrompit de nouveau :

– Bon, si vous en voulez un pt'it bout, ça peut s'faire, j'veux bien lui trancher l'pouce ou un doigt d'pied. Mais ça vous coûtera cinq sols.

– Inutile de le découper, s'irrita Percheval avant que l'autre ne lui reprît encore la parole.

– Vous l'voulez tout entier ? vous êtes chirurgien ? Ah là, si vous l'emm'nez chez vous pour l'ouvrir, c'est une aut'e affaire… Les prix ont monté…

– Il s'agit d'autre chose. Je suis avocat.

– Et alors ? s'étonna le bourreau.

– Je souhaite examiner le cadavre d'un pendu, en vue d'un rapport que j'adresse à monseigneur Depont, intendant de justice. L'examen peut fort bien se faire sur place.

– Alors, si c'est qu'ça, j'en ai un dans la charrette, prêt à partir pour l'cimetière. Vous voulez l'voir ? Il est encore tout frais d'ce matin…

Les yeux du gaillard restaient brillants d'une fiévreuse touche de cupidité. Percheval sortit alors de sa veste une bourse de cuir puis la délia négligemment et, avec deux doigts, en tira une belle pièce qu'il jeta au bourreau ; celui-ci l'attrapa avant qu'elle ne tombât à terre.

– Dix deniers pour r'garder. Un sol pour toucher.

L'homme parlait maintenant en ouvrant les grandes fosses de ses narines et en retroussant les lèvres.

– Marché conclu, dit l'avocat. Et trois sols de plus si vous acceptez de m'instruire de tout ce que vous savez sur le sujet.

– J'peux ben vous faire profiter d'mon expérience. Si c'est pour aider.

– Combien de vos prochains avez-vous pendus depuis que vous exercez votre office ?

Le bourreau répondit sans réfléchir, fier d'avoir songé à établir la comptabilité sinistre de ses exécutions :

– Trois cent soixante-dix-sept.

***

De retour à Malzieu, tard dans la soirée, Percheval commença sa lettre, soucieux de n'omettre aucun détail sur ce qu'il avait pu apprendre et constater.

Comme à l'accoutumée, les mots et les phrases lui vinrent sans difficulté, coulant avec aisance de son esprit à sa plume, se couchant sur le papier dans une écriture précise et droite, sans fioritures :

... Nul, plus que moi, ne saurait louer les bienfaits de la justice sur cette terre et prétendre que ceux qui refusent de se soumettre aux commandements divins et humains ne doivent pas y être contraints par la crainte du châtiment et des corrections que la loi impose à leurs fautes.

Mais ceux qui sont établis pour rendre ladite justice commettent trop souvent, à leur tour, de grands excès et de terribles erreurs, tant ils sont sûrs de leur droit et prompts à abattre le glaive. Il en est ainsi du juge Bossuat qui, pensant à tort assainir le monde et lui donner le goût de l'obéissance par la sévérité de ses sentences et l'éclat des supplices qu'il inflige, ne rend en réalité que des jugements iniques et extravagants.

Je vous ai fait, il y a quelques semaines, relation des indignes traitements qu'il a infligés à Mathias Vigneules, ce pauvre paysan injustement condamné pour sorcellerie, ainsi qu'à sa femme Sarah Inguélaère et à leur fils de cinq ans.

Sarah Inguélaère, étant grosse et enceinte d'enfant et sa détention l'éprouvant durement, il y a fort à craindre pour le fruit de son corps. Quant à son fils, bien que son jeune âge le tienne pour l'heure à l'abri des inouïes persécutions que le lieutenant criminel voudrait lui faire subir, les rigueurs du cachot risquent de lui être bientôt fatales.

Ces deux êtres sont pourtant innocents des crimes dont on les accuse, tout comme Mathias Vigneules l'était du crime d'empoisonnement qui lui a valu d'être mis à la géhenne.

L'enquête que j'ai menée auprès de certaines personnes du village m'a permis de découvrir le véritable auteur de l'empoisonnement de Guy Vasseur, ainsi que les mobiles qui l'ont conduit à commettre son forfait et, conséquemment, d'établir avec une grande et infaillible certitude que Mathias Vigneules se trouve ce jourd'hui entièrement disculpé des accusations portées contre lui par la veuve Inguélaère et le juge Bossuat.

Le véritable responsable du trépas de Guy Vasseur se trouve être un tenancier du village, un dénommé Benoît d'Aunis, homme au caractère bilieux, méchant, brutal, envieux, fort sujet à se fâcher, d'esprit grossier et de petit jugement…

Au bout de dix minutes, la chandelle qui éclairait sa chambre vint à s'éteindre. Percheval battit le briquet et alluma une bougie qu'il avait apportée dans son sac de voyage. Il put reprendre le cours de sa lettre :

… Il me faut à présent vous entretenir de faits nouveaux, survenus récemment dans le village de Malzieu.

Il y a trois jours, le corps d'une fille nommée Marie Bardot, âgée de treize ans, a été retrouvé sans vie, gisant au pied d'un mur en ruine. Dans un premier temps, toutes les apparences ont laissé à penser que cette fille s'était donné la mort en sautant du haut de ce mur. Alarmé de cette occurrence tragique, le lieutenant criminel Bossuat s'est aussitôt dépêché sur les lieux afin de conduire le procès de ladite Marie Bardot, soupçonnée par lui d'être également sorcière. Il a affirmé avoir des preuves si certaines et si concluantes de la culpabilité de cette enfant qu'il aurait été impossible de les démentir ou les contredire devant lui ; ces preuves, que l'on ne peut que révoquer en doute, l'ont pourtant conduit à condamner Marie Bardot et à la brûler diligemment sur la place du village.

Il est très regrettable, à ce sujet, que le prêtre de la paroisse se soit empressé d'enterrer le cadavre de cette fille sans que le genre de sa mort ait été constaté par aucun procès verbal ni par la visite dudit cadavre.

Ce jourd'hui, une seconde fille, une dénommée Mathilde Minet, à peu près du même âge, a été découverte pendue à un arbre.

L'enfant avait disparu du village depuis deux jours, alors qu'elle partait se mettre au service d'un fermier de Vivier ; tout comme pour la fille Bardot, je n'ai aucune créance dans l'idée qu'elle se soit pareillement homicidée.

Il me faut à présent prouver mes assertions et vous éclaircir des choses qui apparaissent être en complète contradiction avec la thèse d'une mort volontaire, que celle-ci ait été décidée par libre arbitre ou sous l'injonction de quelque méchant diable ou démon.

Cette lettre, que je prends la liberté de vous adresser, vous mettra sous les yeux tout le détail de ces choses, autant que je les ai pu pénétrer.

Le vent s'était levé et poussait derrière les murs de longs et plaintifs hurlements. Mais Percheval n'entendait rien, trop occupé à achever sa missive.

Assis sur le lit, courbé dans une posture inconfortable, sa feuille posée sur les genoux, il sentait à peine les élancements qui, d'ordinaire, lui auraient imposé de s'allonger.

La débile lumière de la bougie qui manquait de s'éteindre à chaque courant d'air lui suffisait pour écrire. Il était dans une de ces heures bénies où l'œil voit mieux, où l'esprit, soudain doué de clairvoyance, semble tout comprendre et paraît pouvoir exprimer sa pensée avec une aisance accrue.

Pour ce qui est de Mathilde Minet, je suis en mesure de prouver mêmement qu'elle a été, selon toute vraisemblance, meurtrie par quelqu'un de son village.

J'ai eu désir de voir de près un pendu afin d'en examiner les particularités, et j'ai donc fait résolution, cet après-midi, d'aller à la prison de Mézières pour m'instruire exactement des signes, marques et séquelles que l'on peut trouver sur un condamné ayant été trépassé de cette façon.

Le visage de l'homme que le bourreau de la ville m'a laissé examiner était fort tuméfié et présentait cette même teinte violacée que celui de la fille Minet. Autour de son cou apparaissait un sillon large et profond, en rapport avec la forme et la grosseur de la corde qui avait servi à sa suspension. Cette empreinte se trouvait à la partie la plus élevée du cou, sous la mâchoire inférieure.

J'ai pu remarquer que la peau était parcheminée au niveau de ce sillon, que ce dernier était fortement marqué à l'anse, mais qu'il diminuait à mesure qu'on se rapprochait du nœud coulant de la corde et, enfin, qu'il disparaissait derrière le cou.

Or, je dois vous avertir qu'aucun de ces signes, qui sont, aux dires du bourreau, généralement ceux que l'on retrouve sur tous les corps des suppliciés par pendaison, n'est visible sur le corps de Mathilde Minet.

Ainsi, parmi les étrangetés que j'ai pu constater, il y en a quatre, fort remarquables.

Chez Mathilde Minet, la trace visible sur le cou est beaucoup plus fine et se réduit à des stigmates tout à fait superficiels, à de simples excoriations linéaires, comme si celles-ci avaient été produites par le frottement d'un lien étroit et dur ; elle est parfaitement circulaire, tandis que chez les vrais pendus, l'empreinte laissée par la corde n'est point marquée sur toute la circonférence mais interrompue, comme je l'ai mentionné précédemment à l'endroit du nœud.

Ce cercle semble être, en toute probabilité, la conséquence de plusieurs tours, faits par un lien qui n'a ni la largeur, ni la forme, ni le diamètre, ni même la raideur d'une corde, en particulier de celle qui a servi à suspendre Mathilde à l'arbre.

Ces sillons, qui sont à peu près horizontaux, sont fins et très profonds. À leur niveau, la peau, sans être brune, sèche et parcheminée comme chez les pendus, est, au contraire, très pâle et tranche, par sa couleur livide, avec la teinte violacée des parties voisines.

De surcroît, cette empreinte se trouve non point à la partie la plus élevée du cou, c'est-à-dire sous les mandibules, comme c'est le cas par pendaison, mais beaucoup plus bas, et elle ne s'interrompt point au niveau de la nuque.

La seconde étrangeté est que les sabots de la fille étant tombés à terre, j'ai pu voir que ses orteils étaient repliés vers l'intérieur du pied, tout comme ses mains, qui étaient également et pareillement contractées. Ce qui laisse à penser que la mort a été lente et que la jeune fille a opposé plus de résistance que si elle avait été pendue, ce qui provoque au contraire une mort rapide et brusque.

La troisième circonstance est qu'il y a tout lieu de penser, d'après l'odeur et la rigidité du cadavre, que la fille Minet est morte il y a deux jours et non point ce matin. Or, si elle s'était elle-même pendue il y a deux jours, comme on veut nous le laisser croire, il aurait été impossible que personne ne l'ait découverte avant ce matin, l'endroit où elle a été retrouvée morte étant proche du village, près d'un lavoir très fréquenté par les habitants.

La quatrième et dernière chose, enfin, est que la fille Minet a été battue et violentée avant d'être pendue.

Le chirurgien de Malzieu, Moïse Nature, auquel j'ai mandé d'examiner le cadavre après sa descente de l'arbre, affirme avoir vu des traces de sang entre les cuisses de l'enfant et dit avoir remarqué que les parties naturelles de cette dernière étaient rouges et enflammées, ce qui prouve que le meurtrier l'a connue charnellement et par force, avant de l'avoir homicidée.

La conclusion de toutes ces remarques est la suivante : Marie Bardot a été assassinée au moyen d'une pierre qui a servi à lui fracasser le crâne, puis conduite au pied du moulin après son trépas. Quant à Mathilde Minet, elle ne s'est point pendue mais présente tous les signes d'une strangulation.

Soyez assuré que je ne déguise pas la vérité sous de fausses assertions ou déclarations par moi fantastiquées ; vous jugerez au contraire que j'ai vu assez de choses extraordinaires pour être convaincu de ce que j'avance.

Il ne fait nul doute que la mort de ces deux enfants est l'œuvre d'un abominable criminel, paillard, ravisseur et violenteur de filles.

Après avoir occis une première fois et réussi à tromper son monde par le plus odieux et habile des artifices, ce gredin a enlevé, puis tué une seconde fois, avant d'user d'un stratagème identique pour dissimuler son crime énorme.

Sans doute a-t-il pensé qu'il y avait intérêt à récidiver sa tromperie, puisque personne, au village, n'avait vu d'étrangetés dans le décès de Marie Bardot ; tout le monde sait que les simples de la campagne demeurent généralement satisfaits de ce qu'ils voient et qu'ils ne cherchent point à percer des mystères qui ne leur apparaissent pas.

Quant au lieutenant criminel, le meurtrier était sans doute certain que ce dernier ne verrait dans le trépas de Mathilde Minet qu'une nouvelle action du Diable et qu'il entendrait la chose comme la preuve supplémentaire d'une paction avec le démon, dont il n'y avait pas lieu de douter.

Vous aurez compris, au narré fidèle de mes observations, que ni la fille Bardot ni la fille Minet ne sauraient être prises pour sorcières et que leur triste fin n'a rien à voir avec les manœuvres du Diable. Il est vraiment contre toute raison et entendement qu'on puisse, comme le fait Bossuat, avoir créance dans une telle affirmation.

Pour ma part, il était impossible que je ne parle point et que je laisse aller cette imposture, car j'estime qu'il existe assez de preuves pour ruiner toutes les conjectures qui la pourraient favoriser.

Il ne suffit pas qu'un magistrat empêtré de superstition ait la conviction d'un fait de sorcellerie pour que ce soit effectivement le cas. Rien n'est plus fautif, vous en conviendrez, que cette manière de juger sans prendre la peine d'examiner l'ensemble des faits et indices et d'après une opinion qui n'est fondée que sur des sentiments particuliers et une intime conviction.

En vertu des principes du droit, on ne peut punir un individu que pour des crimes dont on se trouve légitimement convaincu par des preuves évidentes et qui ne puissent être équivoques. Or, cette règle, qui est également fondée sur le sens commun, n'a point été observée par Pierre Bossuat.

Ce sont là, monseigneur, les sentiments que j'ai et que je soumets à votre jugement.

Vous apprécierez vous-même de tout ce qu'il y a d'erroné, de bêtises, de ridicule et de contraire à la vérité, à la foi véritable et à la raison naturelle, dans les jugements hâtifs qui ont été rendus par le lieutenant criminel du bailliage de Sedan depuis la plainte de la veuve Inguélaère.

Et penserez avec moi que la sorcellerie est manifestement le refuge ordinaire des gens peu versés en la connaissance des causes d'un phénomène.

À cause des procédés irréguliers et cruels dont Pierre Bossuat s'est rendu coupable, il est résulté que trois innocents ont été livrés au bras séculier et que, à cause de son aveuglement et son obstination, un innocent a trouvé la mort.

Sans compter qu'en outre, la condamnation de Marie Bardot a produit l'impunité d'un violement et homicide que la loi eût infailliblement réprimé si elle avait pu en connaître l'auteur.

Sans oublier, enfin, qu'ignorer ainsi le crime d'un méchant, c'est inciter et sermondre celui-ci à recommencer ou, même, à faire pire.

Pour le soulagement des habitants de Malzieu, il est temps de mettre fin à cette procédure aberrante que les bonnes lois de notre royaume ne sauraient souffrir et qui ne convient en aucune manière à la bénignité du règne de Notre Majesté.

En conséquence de quoi, je vous adresse une nouvelle fois exhortation pour que cesse enfin l'injustice dont sont victimes la veuve et l'orphelin de Mathias Vigneules ; je vous conjure de prendre toutes dispositions afin que soit arrêté et entendu le dénommé Benoît d'Aunis et que soient relâchés incontinent Sarah Inguélaère et son fils Hugues.

Et vous supplie également d'ordonner qu'une instruction prompte et rigoureuse soit menée à propos des faits que je viens de vous rapporter, concernant la mort de Marie Bardot et Mathilde Minet, afin que soit établies des preuves véritables sur lesquelles les magistrats pourront fonder la condamnation du vrai coupable. Que soient dressés information, procès-verbaux, interrogatoires, récolements, confrontations, et que soient entamées toutes autres procédures criminelles afin de découvrir le meurtrier de ces deux filles, avant que celui-ci ne récidive ses odieux forfaits et avant que d'autres personnes de la paroisse ne soient prévenues bientôt de crime de sortilèges et de maléfices. En effet, connaissant trop bien l'opiniâtreté du juge Bossuat à imputer à la sorcellerie tout ce qui peut advenir en ce monde, et en particulier à Malzieu, je vous demande de considérer gravement l'importance de cette affaire et des suites fâcheuses qu'elle pourrait avoir pour l'ensemble de la communauté.

Vous conviendrez qu'il est nécessaire de prévenir diligemment les désordres que pourraient causer les mauvais jugements de monsieur Bossuat, lesquels non seulement troublent le repos des familles, choquent les lois divines, naturelles et humaines, mais enfreignent les saintes règles du droit pour faire valoir la chimère et l'imposture.

Pour ma part, je compte poursuivre l'enquête que j'ai commencée et continuer d'user de tous les moyens pour découvrir le fond de toute cette histoire.

Bien qu'en disant cela je sente plus que jamais la difficulté de mon entreprise, il me faudra cependant la mener à terme, car je ne puis laisser perdurer les abus et méfaits de la tyrannie d'un juge qui croit gagner son salut en brûlant ses semblables.

Et si cette lettre venait à disparaître ou si elle n'était jamais portée à votre connaissance, il me restera l'unique consolation que le Roi du ciel se chargera, lui, de faire réparation aux innocents et qu'il saura condamner l'usage injuste que certains magistrats, se croyant au-dessus des hommes comme des corps célestes, ont fait de sa puissance.

Au reste, monseigneur, j'espère que votre Grandeur me pardonnera la liberté que j'ai prise de lui avoir fait part de mes réflexions ; je n'ai agi ainsi qu'en vue de l'éclaircir et de lui donner toute la mesure de mon inquiétude légitime.

Je suis, avec le plus parfait attachement et le plus profond respect, monseigneur, votre très humble et très obéissant serviteur.

Fait, ce 29 mars 1659.

XXVI

L'habit ne fait pas le moine

La journée du lendemain apporta à Percheval son lot de mésaventures ; mésaventures du reste très ordinaires pour un homme voyageant aux frontières d'un royaume depuis longtemps accoutumé aux troubles civils et aux désordres de la guerre.

S'étant rendu pour la seconde fois à Mézières afin de confier son courrier à un messager, Percheval eut d'abord la désagréable surprise de se voir longuement questionné par le maître de poste, puis par un lieutenant obtus et hargneux, qui voulut s'enquérir de la nature de sa missive et des raisons qu'il avait à entretenir correspondance avec un intendant de justice. On le soumit ainsi à un interrogatoire fort indiscret et humiliant, qui gâcha la plus grande partie de sa matinée.

Percheval dut répondre sur son honneur qu'il n'avait tenu, dans sa lettre, aucune mauvaise parole contre monseigneur le Cardinal, ni aucun discours insolent contre la reine Anne, ni parlé du roi en des termes injurieux. Questionné ensuite sur les lieux qu'il avait fréquentés depuis son arrivée à Mézières, cafés, auberges et autres endroits suspects où se débitaient les nouvelles et les propos séditieux, il se défendit de n'être point venu pour fréquenter les tavernes, mais pour se charger de la défense d'un prévenu dont il préféra cependant taire la condition et le nom. Son silence parut aussitôt suspect et on le soupçonna dès lors de mentir pour « cacher quelque secret, infection considérable ou vice particulier », ce à quoi il répondit sur sa vie qu'il n'était point espion, ni pesteux, ni atteint de ces maladies que produit la débauche et qu'il n'avait jamais eu commerce avec des femmes de mauvaise vie. Après avoir ensuite juré qu'il n'était point non plus huguenot et qu'il n'avait aucune relation avec ceux de la religion prétendue réformée, qu'il ne connaissait ni Hollandais ni Espagnols, ni aucun ennemi du royaume, qu'il ne fréquentait point d'étrangers, de juifs, d'usuriers, de sodomites, de bohémiens, de voleurs et de contrebandiers, on le laissa finalement envoyer sa lettre, contre deux sous, et partir.

En début d'après-midi, constatant que son cheval boitait du postérieur gauche, il voulut naturellement faire remplacer son fer et se mit en quête d'un maréchal-ferrant, il n'en trouva, hélas, pas un seul dans toute la ville qui fût disposé à s'occuper de sa monture avant trois heures.

Lorsque la chose fut enfin faite, il prit la résolution d'aller visiter Sarah et Hugues en prison mais la route pour Sedan se trouvant malheureusement encombrée par un régiment d'infanterie et de nombreuses charrettes, il ne fit pas plus de deux lieues et renonça à son projet.

Il rentra à Malzieu dans la soirée, fourbu et d'humeur maussade.

À son arrivée, le Merle noir était complètement vide. Il s'attabla et sortit son mouchoir pour se nettoyer du mieux qu'il put le visage et les mains.

Lorsqu'il releva le front, ses yeux furent frappés par la présence d'un homme qui se tenait debout devant la porte entrouverte et qui le regardait d'un air amical :

– Jehan ! s'écria-t-il en se redressant. Vous ici ?

– Melchior, mon ami !

Percheval se précipita vers le médecin et les deux hommes se tinrent un instant embrassés.

– Quelle folie encore vous a pris d'abandonner vos malades pour venir me rejoindre ?

– Eh ! Je me le demande.

– Avez-vous fait bon voyage ?

– Oui et je ne suis pas venu seul : le jeune des Périers a insisté pour m'accompagner. Il a pensé que vous seriez bien aise de le voir.

– Où est-il ?

– Il conduit nos chevaux dans la remise qui sert d'écurie.

Quelques instants plus tard, Gaultier était près d'eux. Percheval l'attira à lui et, dans sa joie, le baisa au front comme il l'eût fait avec une jeune fille. Son stagiaire, surpris autant qu'ému par cette marque inhabituelle de tendresse, en rougit d'émotion.

– Tu n'étais point obligé de venir. Ne t'ai-je pas dit que tu étais libre de vaquer à tes propres affaires en mon absence ?

– Maître, répondit Gaultier, tant que j'aurai le plaisir d'être votre élève, je ne voudrai pas me passer d'une tutelle qui m'est si chère. Êtes-vous fâché ?

Percheval s'avoua qu'il aurait préféré que son protégé restât à Metz, pour sa sécurité. Mais ce dernier semblait si heureux que tout autre sentiment s'effaça devant cette considération.

– Non, répondit-il. Je suis seulement un peu inquiet de te voir négliger tes études pour courir les chemins à la nuit tombée.

– Allons, coupa Estienne. Sommes-nous venus ici pour baisailler ? Parlons plutôt de vous, Melchior. Que s'est-il passé depuis votre départ ? Quelles sont les nouvelles ?

Estienne et Gaultier avaient l'air épuisés par leur voyage. Leurs vêtements étaient couverts de poussière, les traits de leurs visages tirés par la fatigue. Percheval les invita à s'asseoir à l'endroit où il s'était lui-même attablé. Dès qu'ils furent installés, il leur raconta comment il avait arraché à Simon Martin ses aveux et le malheureux épisode du merderon.

Estienne l'écouta sans sourciller ; lorsqu'il eut fini, Gaultier montra sa surprise :

– Il faut vraiment avoir la cervelle retournée pour faire manger à un homme une viande que l'on a trempée dans une rigole infecte, emplie d'immondices et de fients !

– Sans doute.

Le médecin déclara à son tour, très sentencieusement :

– Ces marauds sont tellement habitués à boire les eaux impures et féculentes des mares ou à avaler des charognes qu'ils ne se rendent même pas compte du danger qu'il peut y avoir pour leur santé. La pourriture gagne leurs entrailles comme des milliers de petites larves et de vers qui se changent en pus pour déclencher une décomposition des organes internes…

– Ces toutes petites bêtes, interrogea Gaultier, sont-elles visibles à l'œil, comme les asticots ?

– Non, et c'est pourquoi l'on ne se méfie point assez. Un médecin de mon académie appelle « germes » ces créatures invisibles mais non moins vivantes, sordides et fétides, qui passent de corps en corps sans changer de nature et créent des putréfactions mortelles.

– Corbleu ! s'exclama Gaultier d'une voix aiguë.

Percheval lança à son stagiaire un regard étonné et contrarié :

– Depuis quand jures-tu ? Cela te sied bien mal, à toi qui mets tant de raffinement dans tes toilettes et tes manières.

– Il profère jurons et blasphèmes depuis qu'il a pour instructeur des choses de la vie votre aimable serviteur, répondit Estienne avec un large sourire. J'essaie de lui ouvrir l'esprit, qu'il a un peu guinguet.

Puis, à la pensée des deux larrons responsables de l'empoisonnement de Vasseur, son sourire s'effaça et sa bouche se crispa :

– Diantre ! Ces croquants ont de drôles de manières de s'amuser ! A-t-on déjà vu une gaberie tourner ainsi au drame ?

Percheval hocha la tête :

– Je ne vous ai pas tout raconté, Jehan. Il est arrivé, il y a trois jours et ce matin, quelque chose de terrible…

– Quoi donc ?

– Deux filles du village ont été meurtries.

– Que dites-vous ?

Il fallut, cette fois, que l'avocat l'instruisît des circonstances de la mort des deux enfants et des suites que Bossuat avait données à l'affaire.

– Bon, murmura Estienne en passant une paume sur son front, si je vous entends bien, nous allons avoir du nouveau… J'ai bien fait de venir vous apporter mon aide.

– Savez-vous qui a pu occire ces pauvres filles ? s'enquit le jeune des Périers.

– Je ne le sais point, mais je le devine.

– Oh ! Avez-vous un nom, maître ?

Percheval ne répondit pas tout de suite. Il se mit à réfléchir et, à mesure qu'il réfléchissait, Estienne le vit pâlir.

– Eh bien, mon ami ?

– Il se peut, dit finalement l'avocat en baissant le ton, que le père Jérôme soit l'auteur de ces deux crimes.

– Sacrebleu ! fit Estienne, se tapant le poing dans la main.

– Sacrebleu ! répéta Gaultier, tout étourdi.

Percheval continua :

– Il n'y a point seulement eu meurtre, mais également rapt et violement. Je sais que la concupiscence appartient à la nature de tous les hommes… vous conviendrez cependant avec moi qu'elle est plus répandue chez les gens d'Église.

– Cela est évident, approuva Estienne. Les ecclésiastiques sont plus fréquemment en proie aux tentations de la chair que les laïcs. C'est un fait avéré.

Gaultier les interrompit, choqué :

– Ce n'est point un crime que de consentir à la concupiscence et de convoiter une fille, mais c'en est un, et le plus odieux qui soit, que de la prendre sans son consentement et de lui voler ensuite la vie. La raison du père Jérôme serait-elle si obscurcie qu'il ne peut faire la différence ?

– Il faut croire, souffla Percheval.

– Enfin, maître, êtes-vous certain de ce que vous avancez ? Je veux dire… un vicaire, tout de même…

– L'histoire et la Bible nous apprennent que même les plus saints et les plus sages ont cédé aux suggestions de la luxure.

Estienne opina :

– Et je dirais même mieux : l'obsession du coït, chez tous ces tonsurés contraints perpétuellement à l'abstinence, sème bien souvent dans leur cervelle débile une dévastation totale.

– Leur foi ne devrait-elle pas les garder, au contraire, dans le droit chemin ?

– C'est leur trop grande ferveur, justement, répliqua Estienne en haussant les épaules, qui est responsable. À force de ne point pourvoir assouvir les besoins nécessaires au mâle, leur intellect s'engourdit, leur regard est hébété… L'esprit d'un homme ainsi tyrannisé par les assauts de la luxure ne sait plus quelle route suivre et n'est plus en mesure de savoir ce qu'il faut faire ou non ; la raison perd sa capacité de juger et de contrôler les actes.

– Jehan a raison, confirma Percheval : l'homme en proie à de tels instincts sait qu'il fait mal en y cédant. Mais bien qu'il le conçoive, il ne peut faire autrement.

– Et voilà ! ricana Estienne. Nous y sommes ! Voyez à quoi mènent les bienfaits de votre religion et de ses furieuses exigences : à une ascèse contre nature et à l'asservissement de la raison, lesquels, inévitablement, précipitent l'homme à l'état d'animal sauvage.

Percheval garda le silence. Gaultier des Périers changea vite de conversation :

– Croyez-vous, maître, que le juge Bossuat va aussi brûler cette fille ? Comment dites-vous qu'elle s'appelle ?

– Mathilde Minet. Si je le crois ? J'en suis sûr. C'est pourquoi je devrais te tancer d'être venu jusqu'ici, car il n'y a rien de beau à regarder griller un cadavre.

– Pauvre Mathias, soupira le jeune homme. Dire que nous avions le moyen de le sauver et que nous ne le savions point…

Estienne, dont les yeux brillèrent soudain de tous les feux de la colère, tapa de la main sur la table :

– Si seulement ce Simon Martin avait parlé quand il en était encore temps ! Je jure que, demain, je me ferai un plaisir de rosser ce paltoquet comme il faut ! Quant à ce Benoît d'Aunis, nous allons lui couper le nez puis le traîner à écorche-cul jusqu'à la potence !

Après cette violente tirade, il se calma un peu et jeta un rapide coup d'œil vers Guillaume Augelet :

– Et ce maudit tavernier, là, pourquoi a-t-il tant tardé à vous informer de la brigue entre Vasseur et d'Aunis ?

– Ma foi, je n'en sais rien, avoua Percheval.

– Pardieu ! s'exclama un peu fort Estienne. Je déteste ces rustres ! J'ai en exécration cette ribaudaille. Un ramassis de misérables cancres, de sales gueux qui n'ont ni parole ni honneur. Que la vérole les emporte tous !

À ce moment, Augelet, croyant qu'on l'appelait, s'approcha d'eux :

– Qu'est-ce qu'vous voulez ?

Estienne le considéra sans cacher son aversion :

– Si vous daigniez avoir un peu d'esprit, mon brave, vous sauriez, sans avoir à le demander, ce dont a besoin un homme qui vient de chevaucher trente lieues.

– Vous voulez manger ?

– Assurément. Et coucher, aussi.

Le médecin, tout en continuant de dévisager ostensiblement le tavernier, se pencha à l'oreille de Gaultier :

– Remettons à sa place ce vilain mâtin, murmura-t-il. Que diriez-vous, mon jeune ami, de le railler un peu ? Puisque ces coquins ont l'habitude des mauvaises plaisanteries, gobergeons-nous ensemble de cette canaille-ci...

Gaultier, qui s'amusait déjà de la situation mais ne savait s'il lui était permis de le montrer, dissimula son sourire derrière l'écran de sa main droite.

– Tavernier, commanda Estienne, sers-nous donc un beau cuissot de chevreuil. Avec des artichauts.

Puis, lançant un coup d'œil goguenard à Gaultier, il ajouta :

– Oh, et apporte-nous mêmement des confitures. Je raffole des confitures.

– J'ai point tout ça, répondit Augelet en affaissant les épaules.

– Eh bien, si tu n'as point de venaison, ni de confitures, nous nous contenterons de gibier à plumes. Amène-nous prestement un faisan ou deux gras perdreaux.

– J'ai point ça non p'us.

– Verguebleu ! Alors une pièce de bœuf bien rôtie, gourmandée d'ail et de persil. Ou du ris de veau. Ou tiens ! Un haricot de mouton ! S'il est agrémenté de bon ragoût, cela fera notre affaire.

Augelet se renfrogna :

– Des vaches, on n'en a point ici. Et si même on en avait, ça s'rait pas pour les manger. Et pour c'qui est d'mes brebis, j'les garde pour la laine.

– Cesse de me morguer de la sorte, veux-tu ? Bon, parlons peu mais parlons bien : qu'as-tu à nous servir ? Du boudin ? Des saucisses ? Peu m'importe, je suis aussi friand de charcuteries.

– Nenni. J'ai point ça non p'us. J'ai qu'du potage.

– Quoi ? Rien ? Pas même une volaille en gelée ?

– Qu'du potage. Avec du pain.

Sur ces mots, l'aubergiste tourna les talons en direction de la cheminée près de laquelle il avait rangé ses maigres réserves, ses marmites et ses écuelles sales. Il revint quelques minutes plus tard avec un pichet de poiré et fit encore deux allers-retours pour ramener trois potées de navets, claires et jaunâtres, et quelques pommes abîmées, déjà flétries dans leur pelure.

– Est-ce là ce que tu appelles du potage ? s'étonna Estienne avec une moue de mépris. Pour moi, ce n'est qu'un répugnant bouillon. Un infâme mélange d'eau croupie et de légumes qui, de surcroît, sent fort mauvais. Sans compter que tu es un tantinet ladre de tes navets ! Je ne vois point là de quoi abattre ma grosse faim ! Comment vais-je calmer les tribulations de mon estomac avec cette petite soupette ? Diantre, tavernier, j'ai une faim de lion !

– Une faim d'quoi ?

– De lion !

Percheval, voyant l'air surpris d'Augelet, crut bon de lui préciser :

– C'est… une sorte de… de gros chat.

– Nenni ! répliqua Augelet, vexé, en fronçant les sourcils. Dans mon auberge, on sert point d'chat à manger, ni d'chien !

Il se pencha vers Estienne pour lui servir à boire, mais celui-ci repoussa aussitôt le gobelet de la main :

– Je n'ai nullement l'envie de boire ce mauvais poiré ! déclara-t-il. Apporte-moi plutôt de ce doux et plaisant ennemi qui réchauffe les cœurs et l'esprit.

– J'entends goutte à c'que vous m'dites.

Percheval, un peu gêné par la tournure que prenaient les événements, se dépêcha de l'éclaircir :

– Mon ami souhaiterait qu'on lui apportât du vin.

– Ah…

De nouveau, Guillaume Augelet s'éloigna pour revenir, cette fois, avec un pichet de rouge.

Estienne le jaugea des pieds à la tête, renifla d'un air écœuré :

– Ta tripopée sent trop le vinaigre. Je vais bien me garder d'y tremper seulement la langue.

Puis, balayant la table de son regard mi-narquois, mi-hautain :

– N'as-tu point de couverts ?

– J'vous ai donné une cuillère, répondit Augelet, de plus en plus confus.

– Certes, je le vois bien. Encore heureux que nous nous trouvions pourvus de cuillères. Nous n'avons point pour habitude de laper comme des bêtes en buvant notre soupe. Je parlais de fourchettes. As-tu des fourchettes ?

– Pourquoi faire ?

– Parce qu'il ne faut rien toucher que de la fourchette et qu'il est très malpropre de manger avec les doigts, expliqua Estienne avec une moue franchement répugnée. Or, il flotte dans cette galimafrée des choses jaunes dont j'ignore comment me saisir.

Et, lui montrant les pommes, sur la table, il ajouta :

– De même qu'il est de la bienséance de peler les fruits crus avant de les présenter.

Gaultier cachait toujours son sourire ravi derrière ses doigts. Estienne lui lança un clin d'œil complice, puis poussa un soupir nettement exagéré :

– Vous autres, manants, n'avez aucune idée des bonnes manières. Vois-tu, si tu as à ta table des personnes de qualité comme nous, il est malséant de te tenir les bras croisés après les avoir servies. Il convient, au contraire, de t'incliner dans une profonde révérence pour les remercier de t'avoir fait l'immense honneur de s'attabler chez toi, qui n'est pourtant qu'un margouillis plein de boue et d'ordures.

Percheval s'affola :

– Mon ami, mitigez un peu vos propos...

Estienne ne l'entendit pas, trop occupé à se divertir aux dépens de l'homme qui lui faisait face, les bras pendants, la mine consternée.

– Quant à souffler sur mon potage comme tu l'as fait tout à l'heure, poursuivit-il, c'est une chose tout à fait répugnante. Il y a des gens délicats qui ne voudraient pas manger la nourriture sur lequel ton souffle dégoûtant s'est posé. Moi-même, j'ai envie de vomir.

Gaultier, qui voulait à présent prendre part à la scène, fit une grimace et déclara à son tour, non sans affectation :

– Et pour les serviettes, il est impensable de ne point en faire usage au cours d'un repas. Car il est très indécent de s'essuyer la bouche avec le pain ou de se lécher les mains, comme vous le faites tous, gens grossiers et ignorants de la campagne et du bas peuple. Et je ne vous parle point de vos autres très mauvaises coutumes et usages, qui sont le comble de l'incivilité. Par exemple, il n'y a rien de plus mal appris et de plus grossier que se gratter la tête, ou autre part, comme vous le fîtes il y a un instant, en arrivant vers nous. Ou encore de soulager ses flux de ventre ou de roter et de boire chacun votre tour au même pichet. C'est une saleté à soulever le cœur à tout le monde, n'est-ce pas, maître ?

Percheval, qui ne s'était pas déridé un seul instant, répondit un peu froidement :

– Mes amis, je vous en prie, ne fatiguons point notre hôte par trop de cérémonie.

Estienne allongea ses jambes sous la table, opina du menton :

– Vous avez raison, Melchior, ne perdons point notre temps à essayer d'éduquer la crapaudaille. Ces maroufles ont l'esprit si buté qu'ils seraient incapables de comprendre que deux et deux font quatre.

Tandis qu'Augelet s'éloignait, profondément mortifié, l'avocat lança à son voisin de table un regard lourd de reproches, auquel celui-ci répondit par un haussement d'épaules.

– Quoi ? fit le médecin. Nous n'avons fait que nous gaudir un peu de lui. Il n'en mourra pas.

– Vous avez fait plus que de vous gausser un peu, Jehan. Vous l'avez accablé de méchants brocards. N'oubliez pas que je puis avoir encore besoin de lui.

Gaultier étouffa un bâillement.

– Bien, si personne ne daigne manger, allons nous coucher, proposa Percheval. Nous sommes tous fatigués.

– Excellente idée, approuva Estienne en se levant. Allons prendre un repos bien mérité dans un bon lit, chaud et mollet.

À cette idée, le jeune des Périers soupira d'aise. Percheval tourna vers son ami une figure embarrassée :

– Jehan, je ne crois pas vous trouviez céans de lit mollet… Je crains que vous ne soyez aussi déçu par le gîte que par le couvert.

– Melchior, fit le médecin en souriant, je ne suis point dépourvu d'esprit pour être tout à fait sot.

Ce qui fut dit fut fait et les trois compagnons gagnèrent la chambre que Percheval occupait depuis quatre nuits.

Celui-ci remarqua, en entrant, que Guillaume Augelet avait fait installer, dans un coin du réduit, un lit de paille.

– Diantre ! Mais que disiez-vous Melchior ? Que j'allais être déçu ? Point du tout. Nous voilà logés comme les rois mages !

Estienne balaya le paysage de son regard moqueur :

– Une belle botte de paille pourrie, une magnifique auge en forme de lit qui fleure bon la pisse, et… hum… des puces à volonté…

En un coup d'œil, il fit l'inventaire de tout ce qui manquait dans la petite pièce :

– Point de cheminée… il fallait s'en douter. Pas même une petite chaufferette pour nous tiédir les pieds… Point de coffre, d'armoire n'en parlons pas… point de bassine… point de chaise non plus… enfin !

Il s'assit sur le bord du lit dont la carcasse branlante menaça aussitôt de s'écrouler sous son poids. Faisant fi de ce désagrément, il s'allongea et étira les jambes pour s'apercevoir très vite qu'elles dépassaient largement du cadre de bois vermoulu.

– Mes amis, annonça-t-il, il n'y a pas assez de place dans ce lit pour y coucher trois personnes. À moins que ce ne soient trois enfants… ou trois nains.

Il remonta les genoux pour s'asseoir et croisa ses mains derrière la nuque.

– Jeune homme, dit-il en s'adressant à Gaultier planté au milieu de la pièce, au vu de notre grand âge et de la préséance que celui-ci nous accorde dans le choix de notre couchette, vous dormirez sur le foin et nous autres, sur ce grabat. Melchior et moi tenterons de ne point trop nous gêner en dormant tête-bêche. Cela vous agrée-t-il, Melchior ?

Percheval haussa les épaules :

– Je cède ma place à Gaultier dans le lit.

– Merci, maître.

– Cessez donc de le mignoter, mon ami. Vous gâtez ce jeune béjaune, à force de le délicater ainsi. Ma foi, vous allez en faire une vraie fillette !

Profondément désappointé, Gaultier des Périers se posa avec beaucoup de réticences et d'hésitation sur le tas de paille humide. Tandis qu'il commençait à ôter son pourpoint, Estienne le prévint :

– Il serait plus judicieux, mon garçon, de dormir avec votre vêtement. Il vous protégera des puces. Et surtout des rats.

Le jeune homme s'affola et se leva d'un bond, comme si une guêpe l'avait soudain piqué. Il jeta un regard désemparé autour de lui :

– Maître ? Est-ce vrai ? Y a-t-il des rats ?

– J'ai bien peur que oui, fit Percheval avec une moue désolée.

Gaultier recula alors contre le mur et montra son dépit dans une mimique comique.

– Allons ! Ne prenez pas la bisque, mon jeune ami, reprit le médecin avec l'air de s'amuser beaucoup. Je puis vous assurer qu'on ne sent pas leurs morsures lorsqu'on dort profondément. « Homme recru au soir, ronfle comme un loir… »

– À dormir vêtu, je risque de conchier mon pourpoint… se lamenta Gaultier.

– Mais, à dormir dévêtu, lui fit remarquer Estienne, vous allez conchier votre chemise. Sans compter qu'en plus de salir vos dentelles, vous risquez de vous faire grignoter comme un bout de fromage.

Percheval, se tournant vers son stagiaire, lui fit de nouveau un sourire navré :

– Il se gausse de toi, ne l'écoute pas. Je sais que ce n'est point là le logement que tu espérais, mais dis-toi que la malaisance de ce lieu nous fera d'autant plus apprécier notre confort lorsque nous rentrerons à Metz…

– Cer… certainement, maître.

Alors qu'Estienne s'apprêtait à enlever ses larges bottes à revers, Percheval s'approcha de la couchette et le fixa droit dans les yeux :

– Jehan, seriez-vous disposé à venir avec moi au presbytère ?

– En pleine nuit ? Et pourquoi faire ?

– Il n'est que neuf heures… Le père Jérôme n'est peut-être pas encore couché. Dans le cas contraire, si nous ne voyons point de lumière, nous n'aurons qu'à faire demi-tour.

– Cela ne peut-il attendre demain ?

Percheval sembla soudain troublé :

– Je ne sais pas, je ne sais plus… Imaginez un instant qu'à la faveur de la nuit il s'attaque à une autre jeune fille… Cette idée m'est insupportable.

– Espérez-vous obtenir ses aveux ce soir ?

– Peut-être.

Estienne renfila prestement la botte dont il s'était déjà déchaussé.

– Allons-y, dit-il simplement.

Gaultier se leva à son tour, tout prêt à les suivre, mais Melchior l'arrêta d'un geste de la main :

– Il n'est pas nécessaire que nous nous rendions là-bas tous les trois.

– Maître, je n'ai guère l'envie de rester tout seul dans cette chambre avec tous ces gros rats.

– J'ignore comment nous allons être reçus par le père Jérôme, lui dit l'avocat de son ton le plus protecteur. L'entreprise n'est peut-être pas sans danger.

– Cela m'est égal, maître. Je préfère vous accompagner.

– Non, tu dois rester. Si quelqu'un venait à entrer ici ou à frapper, on ne doit pas s'apercevoir que nous nous sommes absentés. Quant aux rats, n'aie crainte, ils ont plus peur que toi.

– Maître…

– Rassure-toi, nous ne serons pas longs.

Estienne ouvrit la porte de la chambre sans faire de bruit. Lorsque Percheval fut sorti, il le considéra avec son air toujours railleur et lui chuchota :

– C'est bien ce que je disais : vous en faites une vraie fillette…

***

Ils traversèrent la petite place et marchèrent dans la nuit opaque, sans lune et sans étoiles, jusqu'au presbytère.

– Comment exiger de lui des aveux ? se demanda Percheval, qui doutait à présent de l'utilité de son initiative. Si tant est qu'il soit bien le meurtrier que nous recherchons.

– La seule façon de le contraindre à dire le vrai, déclara Estienne tandis qu'ils arrivaient déjà devant le logis du vicaire, est de lui faire entendre qu'il existe des preuves certaines de sa culpabilité.

– L'ennui, voyez-vous, c'est que je n'ai point de preuves. Je n'ai que mes soupçons.

– Eh bien alors, nous lui ferons croire que nous en possédons. Nous n'avons qu'à lui faire quelques trébuchers et pieux mensonges.

– Il ne sera pas aisé de le piéger, Jehan. Notre vicaire ne manque pas de ruse ni de repartie.

Percheval toqua trois coups secs à la porte. Celle-ci s'ouvrit, et le père Jérôme apparut, habillé d'une longue chemise de lin isabelle.

– Que venez-vous faire chez moi ?

– Le bonsoir, mon père, dit l'avocat. Veuillez-nous excuser, mais nous venons vous entretenir de faits d'une capitale importance.

– C'est une heure bien tardive pour une visite. Et de quels faits s'agit-il ? M'auriez-vous encore rencontré dans le bois ?

– Si vous daignez nous laisser entrer, je puis vous assurer que vous ne regretterez pas d'avoir ouï ce que nous avons à vous dire.

– Parlez-vous toujours par énigme ?

– Je sais tout, lâcha Percheval.

Le père Jérôme lui fit répéter sa phrase, sur laquelle, sourcils froncés, il réfléchit un moment sans mot dire ; la situation n'avait pas l'heur de lui plaire, mais il s'effaça malgré tout pour laisser entrer les deux importuns.

– Tout ? Et sur quoi, monsieur ?

– Sur la mort de Guy Vasseur et sur celles des filles Bardot et Minet.

La maison était composée de deux pièces en enfilade, dont l'une servait de chambre à coucher. Le jeune clerc pénétra dans cette dernière pour aller enfiler sa robe. Lorsqu'il revint, le corps dissimulé sous sa soutane noire, il jeta entre ses dents :

– Ayez l'obligeance de m'éclaircir prestement de ce que vous savez ou de ce que vous croyez savoir, car je souhaite me coucher.

– Par quoi dois-je commencer, d'après vous ? s'enquit Percheval.

Un nuage à peine visible passa sur le front de l'ecclésiastique :

– Comment le saurais-je ?

Percheval annonça brutalement :

– Marie n'est pas tombée du vieux moulin ; elle a été meurtrie dans le bois. On a abusé d'elle puis on lui a fracassé le crâne avant d'aller déposer son corps au pied du mur en ruines afin de faire croire, par cette piteuse mise en scène, qu'elle avait volontairement sauté dans le vide.

– Vous vous moquez ?

Percheval scruta les yeux noirs du vicaire. Celui-ci lui retourna franchement son regard :

– Où êtes-vous allé chercher de telles sottises ?

– Mathilde Minet a été également meurtrie. Celui qui l'a assassinée a appris qu'elle devait quitter le village pour se rendre, seule, à Vivier. Il l'a suivie sur le chemin, au petit matin et l'a forcée avant de l'étrangler et de pendre son cadavre près du lavoir, séduit par l'idée qu'il pouvait aisément reconduire sa petite mascarade, étant donné que tout le monde avait été dupe une première fois. Je dirais même qu'il a honteusement profité du fait que le juge Bossuat a incriminé à la sorcellerie la mort tragique de Marie pour violenter et tuer une seconde fois, se croyant ainsi permis de le faire en toute impunité.

Le vicaire se décomposa, balbutia un mot incompréhensible. Puis sa voix s'affermit un peu pour reconnaître :

– Si ce que vous dites là est vrai, celui qui a commis ces crimes ne peut être que le Diable en personne. J'ai peine à croire qu'il existe dans cette paroisse un homme capable de tant de duplicité et de noirceur.

– Je vous rappelle que le Diable, qui est si fort et si rusé, n'a point besoin de forcer les filles, ricana Estienne. S'il veut dégourdir son priape, il n'a qu'à prendre l'apparence d'un jeune bellot et aller faire le cajoleur auprès des pucelles qui le mettent en appétit.

Cette raillerie alla s'émousser sur la face impassible du prêtre.

Percheval reprit :

– Quant à Vasseur, il été empoisonné par Benoît d'Aunis, mais c'est là une autre histoire qui n'a guère de rapport avec les deux autres. Vasseur avait volé une bêche à Benoît et l'autre, naturellement, a cherché à se revancher.

Il parlait avec une lenteur délibérée, gardant les mains croisées dans son dos, tout en guettant l'effet produit par chacune de ses paroles sur le prêtre :

– Guy Vasseur n'a jamais volé le calice et la monstrance que j'ai retrouvés dans la remise de Reyne Inguélaère. Vous les lui avez donnés.

La bouche pincée, le père Jérôme esquissa un sourire crispé :

– Perdriez-vous la raison, monsieur ?

Il se dirigea vers la table et se mit à la tripoter frénétiquement :

– J'ai entendu vos billevesées, à présent veuillez partir et me laisser dormir.

Percheval remonta à la charge sans rien perdre de son calme :

– Vous les lui avez donnés en échange de son silence.

Le père Jérôme, pourtant pâle de nature, devint soudain aussi livide qu'un spectre. Ses cheveux noirs et ses sourcils bruns accentuèrent encore cette blancheur mortelle.

– Vasseur avait la fâcheuse habitude d'obtenir des gens du village toutes sortes de gains en les menaçant de révéler leurs petits secrets, continua Percheval. Il faisait de même avec vous. Je ne sais comment il a pu vous surprendre, mais une chose est sûre, c'est qu'il vous a surpris. Et vous avez dû le payer pour qu'il consente à ne point parler. « Patte-Folle » m'a confié qu'il a vu Vasseur sortir du presbytère chargé d'un sac qui contenait le calice et la monstrance.

– « Patte-Folle » est un simple d'esprit. Personne ne tiendra pour vraies les déclarations d'un imbécile.

– Les deux filles de Reyne Inguélaère, Rose et Madou, sont également prêtes à révéler que vous étiez en relation avec Vasseur et que vous avez donné les objets liturgiques à leur père. Vous êtes « l'Ange », n'est-ce pas ?

Le prêtre accusa cette nouvelle attaque en frissonnant légèrement. Il paraissait aussi troublé qu'un homme peut l'être en pareille circonstance.

– Vasseur connaissait la vérité, insista l'avocat. Et il menaçait de vous trahir.

Après un moment de silence qui sembla durer une éternité, le vicaire perdit toute son assurance et déglutit nerveusement. Un horrible malaise l'envahit :

– Quelle… quelle vérité ?

Estienne et Percheval, qui jusqu'ici étaient demeurés près de la porte, firent plusieurs pas et se tinrent chacun à un coin de la table, de sorte qu'ils se trouvaient occuper le milieu de la pièce et qu'ils encadraient maintenant leur hôte.

– Alors, s'impatienta le médecin, êtes-vous prêt à avouer ?

Les mots furent lancés avec une telle véhémence que le père Jérôme sursauta :

– Mais… de quoi parlez-vous ?

Percheval envisagea le jeune vicaire avec une satisfaction non dissimulée. Jamais l'aplomb du père Jérôme ne lui avait paru à ce point ébranlé. Il eut le sentiment qu'il y avait chez lui une faille si profonde qu'elle en était presque visible. Il comprit qu'il lui serait facile de mettre les choses au net une bonne fois pour toutes et de gratter au vif la plaie qu'il devinait, pour l'élargir encore :

– Je parle, père Jérôme, de votre appétence pour les très jeunes filles. Je parle de ce désir inavouable et excessif qui vous pousse vers les filles à peine nubiles et qui vous consume comme un feu intérieur ; de cette envie furieuse que vous ne pouvez vaincre, ni par les commandements de votre esprit, ni par la discipline de votre âme, ni même par la mortification de vos chairs ; de ce vice qui a pris place dans votre corps et qui vous a ordonné, sans que vous soyez en mesure d'y résister, de posséder Marie et Mathilde, puis de les tuer, afin qu'elles ne vous compromettent point.

Le père Jérôme fut tellement suffoqué de cette harangue que le sang-froid lui manqua.

– Vous ne savez plus ce que vous dites ! s'écria-t-il. Vous êtes fou ! Avez-vous l'intention de répandre par tout le village ces accusations insensées ?

– Mes accusations sont-elles plus insensées que celles que vous avez colportées contre Mathias et qui l'ont conduit en prison ?

– Mathias Vigneules était un sorcier ! La justice l'a reconnu coupable et condamné !

– Mathias était innocent. En revanche, vous, vous êtes coupable.

– Je n'ai commis aucun crime ! J'ignore comment vous en êtes arrivé à ces conclusions, mais vous vous trompez !

– J'ai bien peur que non, père Jérôme. Je dois vous avouer que je me suis longtemps interrogé sur le mystérieux secret que Vasseur avait pu percer vous concernant. Le violement de Marie et de Mathilde m'a offert la réponse à la question que je me posais. Je suppose que vous avez également tué cette jeune fille que l'on a retrouvée morte près de la rivière, il y a quelques mois, à moitié dévorée par les loups ? Vasseur avait découvert que vous aviez occis cette enfant et vous menaçait de divulguer l'affaire, n'est-ce pas ?

– Vous allez trop loin. Cessez !

– Je parlerai et vous m'écouterez. La nouvelle de la mort de Vasseur a dû vous apporter un grand soulagement. Sachant que vous n'aviez plus à redouter ses menaces, vous vous êtes senti libre de répéter votre forfait. La tyrannie de vos sens vous a derechef poussé à renouveler vos ignobles débordements. Tout le monde connaît votre haine apparente et excessive de la nudité, mais ce que les gens ignorent, c'est que derrière cette prétendue horreur que vous inspirent le corps et la chair se cachent en vérité des désirs honteux que vous ne pouvez réprimer.

Contre toute attente, le père Jérôme reprit soudain ses facultés. Avec une rapidité prodigieuse, il recula, se retourna et se saisit du tisonnier posé contre le manteau de la cheminée.

L'instant d'après, il faisait face à Percheval, son arme de fortune pointée sur lui, prêt à le pourfendre. Son regard n'exprimait aucune trace d'hésitation.

L'avocat fixa le visage pâle et déterminé du jeune vicaire, mais son expression demeura d'une impassibilité glacée :

– Marie Bardot a dû subir mille douleurs avant de rendre l'âme. Quant à Mathilde, nul doute qu'elle a également enduré un martyre qu'il m'est difficile d'imaginer. Mais leur agonie, à toutes les deux, n'est rien en comparaison des supplices que les juges ont infligés à Mathias par votre faute. Pour tout cela, pour tout le mal que vous avez fait à vos semblables, vous allez devoir payer, mon père.

Une lueur folle dansa dans les yeux du vicaire, tandis que, d'une main, il brandissait son tisonnier, et que de l'autre il épongeait la moiteur de son front.

– Je vous l'accorde, dit-il d'une voix altérée et soudain aiguë, comme celle d'un dément, Vasseur est venu au presbytère plusieurs fois. J'avoue l'avoir reçu et lui avoir parlé. Mais sa visite n'avait rien à voir avec le crime dont vous m'accusez ! Quant à Mathias, j'ai toujours été convaincu que c'était lui qui avait tué le mari de Reyne au moyen d'une poudre diabolique. J'ai servi la cause de Dieu en le livrant à la justice. Je n'ai fait que mon devoir de chrétien.

– Vous avez arraché trois enfants à la vie. Comment osez-vous encore parler de Dieu ?

– Il ment, dit Estienne.

Le père Jérôme ne semblait plus les entendre. Un rire sarcastique et amer s'échappa de ses lèvres :

– Quant à ces trois filles, que vous m'accusez d'avoir forcées, vous déraisonnez complètement… Vous ne me connaissez pas. Vous ne savez pas…

– Que devrions-nous savoir ?

– Je ne suis pas un être ordinaire ! Notre Créateur m'a fait exempt de toute idée de péché ! Je ne suis en rien semblable à vous ! Vous ne savez pas… ! Personne ne sait !

Percheval et Estienne échangèrent un bref regard. L'homme qui se tenait devant eux, le bras levé, le regard halluciné, le visage en sueur, ne ressemblait plus en rien à l'impavide et froid vicaire de Malzieu.

– Mon père, murmura alors Percheval, qui ne pouvait retenir son émotion et qui désirait en finir sans provoquer de drame, il est temps de soulager votre conscience. Pensez à Dieu que vous aimez et qui, peut-être, vous aime autant, malgré vos énormes crimes. Il est temps de faire confession entière de vos actes et de vous repentir.

Le vicaire pointa son tisonnier. Des éclairs hallucinés s'allumaient toujours dans ses prunelles, il transpirait fort du visage et du cou.

– Je ne vous confesserai qu'une seule chose, dit-il : il est vrai que Vasseur avait découvert un secret me concernant et qu'il marchandait son silence depuis des mois. La première fois je lui ai donné dix sols, la seconde vingt, la troisième fois une livre et puis, le calice et la monstrance. Mais lorsqu'il est venu, deux jours avant sa mort, me réclamer un écu d'argent, j'ai décidé de plus rien lui donner.

Il y eut un silence pénible, puis il reprit de son timbre aigu, étrange :

– J'ai dit à ce mécréant qu'il n'aurait plus un sou, qu'il pouvait le dire au monde entier, s'il le voulait, que personne ne le croirait ! Et que, si toutefois on le croyait, je n'en serais que mieux aimé !

Estienne et Percheval continuaient de l'observer sans l'interrompre, interdits de ce changement ; le père Jérôme était si livide qu'il ne semblait plus avoir une goutte de sang sous la peau. Ses mots sortaient à présent à un rythme effréné :

– J'avoue, Dieu me pardonne, j'avoue que j'ai été tenté, plusieurs fois, par l'idée de tuer ce gredin. Oui ! Êtes-vous contents ? Je l'avoue ! Oh, Seigneur ! Et je l'aurais sans doute fait, si je n'avais été sauvé par ma foi. Oui, j'aurais pu le tuer ! Il méritait que je le tue, ne serait-ce que pour avoir vu !

– Pour avoir vu quoi ? risqua Percheval

– Ce que Dieu seul peut voir !

Un orgueil de dément semblait inspirait ses paroles. Il frappa du pied sur le sol à la manière insolente d'un petit garçon qui s'exaspère de ne pas être compris, mais qui refuse de s'expliquer.

– Je suis innocent de tous ces crimes dont vous m'accusez ! cria-t-il. À présent, sortez !

Comme ni l'avocat ni le médecin ne semblaient vouloir lui obéir, il s'approcha du premier et tendit la pointe de son tisonnier à quelques pouces de sa poitrine.

Estienne, s'avisant qu'il était temps de le neutraliser, plongea vers le pichet d'eau posé sur la table. Sa main s'en saisit à l'instant où Percheval, de son côté, se sentant par trop menacé, empoignait une chaise et la lançait sur son agresseur. Le père Jérôme perdit l'équilibre, vacilla, et Estienne en profita pour réduire de quatre pas la distance qui le séparait du tisonnier. Puis les deux amis, en même temps, firent deux pas de plus en avant et, grâce à ce seul mouvement, effrayèrent le père Jérôme, dont les yeux affolés se mirent à aller de l'un à l'autre, ne sachant plus lequel des deux tenir en respect avec son arme.

Prenant soudain conscience non seulement de la folie et du ridicule de la situation, mais encore de sa position de faiblesse, se voyant ainsi encadré et à son tour menacé, il baissa le tisonnier.

Estienne le contourna et lui assena un violent coup sur la tête avec le pichet. Le père Jérôme s'effondra sur le sol.

– Je m'en doutais ! s'exclama Estienne. Ventrebieu ! Depuis le début, je prévoyais quelques infâmes manœuvres ! Croyez-moi si vous le voulez, mais dès notre arrivée, j'ai deviné qu'il nous préparait un mauvais coup.

– Mais… qu'avez-vous fait ? s'inquiéta Percheval en se précipitant vers le corps inanimé du vicaire.

– Je vous ai sauvé la vie.

– Ma vie n'était plus en danger, Jehan ! Il n'était pas nécessaire de lui fendre le crâne avec ce broc.

– Vous exagérez, mon ami. Une petite tapette, moins fort qu'une gourmade sur la joue. Voyez : il ne saigne même pas.

– Vous avez failli lui ouvrir la tête en deux.

– Tant mieux.

Percheval se releva, fit les gros yeux.

– Fichtre ! Il n'en est pas mort ! se défendit Estienne. Il se réveillera dans quelques minutes avec une bonne migraine et un œuf de poule au milieu de sa tonsure. La belle affaire !

– Nous ne pouvons pas le laisser à terre, dit Percheval. Aidez-moi à le porter dans son lit.

Ils le soulevèrent, l'un par les épaules, l'autre par le dessous des jambes, et le portèrent dans la pièce voisine où ils l'étendirent sur sa couche.

– À la parfin, il n'a rien avoué, se désola Percheval.

– Au contraire. Il nous en a dit plus que nous ne l'espérions.

– Ah oui ? Et qu'a-t-il dit précisément ?

– Il nous a avoué que Vasseur avait percé son secret.

L'avocat se rembrunit :

– Certes. Mais il m'a semblé alors qu'il parlait d'autre chose…

– Que dites-vous ?

– À aucun moment il n'a reconnu avoir abusé des enfants.

Percheval se tut, comme si son esprit venait de se fixer sur une pensée nouvelle. Puis il recula, considéra le père Jérôme, inconscient sur son lit, et dit :

– Ce secret… serait-ce possible qu'il s'agisse d'une chose dont nous n'avons pas idée ?

Estienne haussa les sourcils. Percheval continuait de regarder fixement la silhouette étendue. Il murmura :

– Il faut que je le découvre…

– Pourriez-vous me dire à quoi vous pensez ?

– Nous devons le déshabiller, ordonna Percheval.

– Nous l'avons déjà couché, cela suffit, il me semble. Nous n'allons pas, en sus, le mettre en chemise et le bercer comme un maillot.

– Il ne s'agit point de cela. Je voudrais voir…

– Quoi donc ?

– « Ce que Dieu seul peut voir. »

– Toute cette histoire vous monte à la tête, Melchior. Partons prestement de cet endroit. Nous ne devrions point nous trouver céans et encore moins prendre le risque de nous faire surprendre en compagnie de ce curé tombé en évanouissement.

Alors que le médecin s'apprêtait à quitter la pièce, Percheval l'attrapa par la manche de son manteau et le retint :

– Le père Jérôme nous cache quelque chose, cela est évident… Et je pense que ce quelque chose se trouve… sur son corps. Rapprochez la lumière, Jehan.

Estienne s'exécuta et leva la chandelle au-dessus du lit. Un sourire perplexe étirait les commissures de ses lèvres, mais ses yeux brillaient d'une curiosité évidente.

– À présent, voyons…

Percheval releva la longue soutane noire du père Jérôme jusqu'à son cou et fit ensuite de même avec la chemise, mettant à nu, d'abord les jambes, puis les hanches et le torse du vicaire.

– Oh… Dieu Tout-Puissant !

– Morbieu !

L'avocat, sous l'effet de la stupeur, recula d'un pas ; le médecin, la mâchoire tombée, les prunelles agrandies, se figea dans un ahurissement identique au sien.

– Est-ce possible ? souffla Percheval en se frottant les yeux, comme s'il doutait encore de ce qu'il découvrait. Qui aurait pu soupçonner une telle imposture ?

Il se laissa tomber sur un coin du lit, abasourdi.

– Une femme ! Ah, ça ! Je ne puis croire ce que je vois ! Pincez-moi, Jehan ou je croirais rêver tout éveillé !

Le médecin hocha la tête.

– Ne vous fiez point trop aux apparences, mon ami.

– Que voulez-vous dire ?

– Je veux dire que les apparences sont souvent trompeuses. Vous le savez mieux que quiconque.

Le médecin promena la faible lueur de la bougie le long du corps assoupi et inerte tout en marmonnant des observations, mais à voix si basse que Percheval comprit qu'il se parlait à lui-même.

– Que murmurez-vous, Jehan ?

– Observez, dit Estienne en lui faisant signe de s'approcher.

Percheval plissa les yeux.

– Observez, répéta le médecin, que les épaules et le buste, la saillie du bassin, la petitesse des genoux sont ceux d'un homme.

– Sans doute, je ne suis point aveugle. Mais je vois bien qu'il n'a ni membre viril ni bourses.

Estienne lui tendit la chandelle :

– Reculez un peu Melchior… là… comme ceci. À présent, tenez bien la lumière au-dessus de moi afin que je puisse vérifier si ce que je pense est exact.

– Que faites-vous ? s'affola Percheval. Pourquoi lui écartez-vous les jambes ?

– Diantre, il faut bien que j'y aille voir de plus près…

– Jehan, nous en avons assez fait et assez vu, je crois. Il est inutile de violer davantage la pudeur de ce… de cette… de… enfin, vous m'aurez compris.

Estienne posa son index sur sa bouche, l'enjoignant par ce geste à se taire :

– Il me déplairait assez que votre vicaire se réveille au moment où je me trouve en train de lorgner entre ses cuisses.

L'avocat ferma les yeux. Sa gêne était aussi grande que son trouble.

– C'est de la folie…

– Chut… laissez faire l'homme de l'art.

Une minute s'écoula, durant laquelle Percheval, qui avait rouvert les paupières, mais qui tenait sa tête tournée vers le mur, n'entendit rien d'autre que le souffle régulier et profond du père Jérôme et, de temps en temps, les petites exclamations étouffées et visiblement ravies du praticien.

– Parfait, déclara celui-ci en se relevant enfin et en affichant une mine réjouie. J'ai eu confirmation de ce que j'imaginais.

Son regard étincelait d'une excitation à peine contenue ; il semblait de surcroît s'amuser grandement de l'air ahuri de Melchior qui l'envisageait, sourcils relevés et bouche entrouverte.

– Tout simplement époustouflant !

– Seriez-vous assez aimable, Jehan, de me dire ce que signifient tous ces « époustouflant ! », « extraordinaire ! », « véritablement inouï ! » dont vous n'avez cessé de ponctuer votre examen ? Et me dire si le père Jérôme est bel et bien une femme, comme l'absence des parties honteuses le laisse à penser ?

– On ne saurait réellement prétendre que c'est une femme, répondit Estienne. Ses membres, à l'exception des chevilles qui ont une grande finesse, sont robustes et sont, à n'en pas douter, ceux d'un homme ; de même que ses hanches ne sont point aussi pulpeuses et arrondies que celles du sexe fragile ; les côtes ne sont point grasses et charnues comme les côtes d'une femme mais au contraire déliées et minces ; quant à son torse, il est couvert de poils entre les deux tétins, ce qui est la caractéristique du masculin. Cependant, j'avoue que cette toison est très peu fournie et fort claire, comme chez les châtrés et les eunuques auxquels on a ôté les testicules.

– Ni homme, ni femme ? Allons, vous déraisonnez, mon ami… chuchota Percheval. C'est impossible…

– Ai-je dit ni homme ni femme ? Au contraire, je dis : homme et femme. Les deux à la fois.

– Qu'est-ce que c'est que cette nouvelle folie ? On ne peut posséder les attributs des deux sexes… !

– Il se trouve que si, Melchior. Je savais, pour ma part, que de tels êtres existaient, car certains traités d'anatomie y font parfois allusion ; mais il ne m'avait jamais été donné de voir l'un de ces monstres de mes propres yeux. On les appelle *hermaphroditi*.

Percheval continuait de montrer son étonnement :

– J'ai toujours cru que les hermaphrodites appartenaient aux légendes…

Au même moment, le père Jérôme poussa une faible plainte et bougea sur le lit.

– Filons ! commanda Estienne en rabaissant la chemise et la robe du vicaire. Il s'éveille !

En moins de dix secondes, les deux hommes étaient dehors, sur le seuil du presbytère, puis s'éloignaient rapidement en direction du Merle noir.

Percheval, qui restait sceptique, sortit de ses pensées pour exprimer une perspicace remarque :

– Ainsi, vous dites que le père Jérôme est homme et femme à la fois. Mais pour cela, il faudrait qu'il possédât les organes qui le définissent à la fois comme l'un et l'autre.

– C'est le cas. J'ai vu une fente formée par deux replis de peau qui ressemblent à des grandes lèvres et, dans l'intervalle des ces deux lèvres, deux petites crêtes qui imitent les nymphes à la perfection. Mais le plus incroyable, c'est qu'entre les nymphes et au-dessus d'elles, se trouve un orifice ressemblant fort à une matrice et presque entièrement obstrué par une membrane.

– Une membrane ?

– L'hymen.

– Alors, s'entêta Percheval, c'est donc une femme !

– Non. Car ce que je ne vous ai point encore dit, c'est que, pour voir la fente, j'ai dû écarter une sorte de corps mou et allongé, d'une taille d'un demi-pouce, affectant parfaitement l'apparence d'une verge.

– Seigneur !

– Aussi insensé que cela puisse paraître, poursuivit Estienne, les organes mâles et les organes femelles coexistent dans ce pauvre corps, même s'ils n'offrent qu'une ébauche imparfaite et rendent le sexe du père Jérôme impossible à déterminer.

– Comment peut-on vivre ainsi ? se désola Percheval en hochant la tête. Comment peut-on vivre sans savoir si l'on est un homme ou une femme ?

– On le peut, répondit Estienne. En se persuadant que l'on est un ange… Et en se faisant moine. Car il est évident que la nature, fort marâtre à l'égard de ces créatures, les voue définitivement au célibat.

Percheval s'arrêta sur le chemin.

– Le père Jérôme a-t-il pu violenter Mathilde ?

– Certainement pas, fit Estienne. D'une part, je mettrais ma main au feu que notre vicaire ne se sent aucun penchant pour les filles. D'autre part, même s'il avait voulu la connaître, il ne l'aurait pu, étant donné que son membre viril n'existe qu'à l'état rudimentaire.

Cette nouvelle décontenança tant l'avocat qu'il se prit les tempes entre les mains. L'effondrement de ses hypothèses le laissa un instant sans réaction ni pensée. Non seulement cette surprenante découverte ne lui apportait aucune satisfaction, mais elle embrouillait considérablement son enquête. Il se sentit soudain vide de tout sentiment et de toute sensation.

– Nous voilà dans un bel embarras, déclara-t-il tandis que, arrivant devant la taverne, il s'adossait contre le mur.

– En effet, approuva Estienne. Nous n'avions nul besoin de cette nouvelle épine.

– Que faisons-nous ?

– La situation est trop confuse pour que nous y pensions ce soir, déclara le médecin. Pour l'heure, couchons-nous et tâchons de dormir un peu.

Percheval acquiesça mais ne parut pas disposé à pénétrer dans l'auberge. Mille questions se bousculaient dans son esprit encore ahuri.

Estienne, quant à lui, semblait ravi, et, en homme de l'art, crut bon de se lancer dans une savante explication du phénomène qui le fascinait :

– La plupart des gens, commença-t-il, ignorent comment s'engendrent réellement ces êtres imparfaits que l'on appelle des « monstres de nature ». Il faut savoir que toute créature vivante est formée à la fois de la semence de son père et du sang pur de sa mère ou menstrues ; encore que ce sentiment, qui est partagé par grand nombre de médecins, soit réfuté par Aristote, qui prétend, lui, que l'embryon s'engendre avec le seul sang de la mère, après évaporation de la semence de l'homme. Mais les philosophes n'y entendent guère à l'anatomie et à la science…

Percheval gardait le silence et l'écoutait avec le plus vif intérêt.

– Il se trouve, poursuivit le praticien, plusieurs théories qui visent à éclaircir le mystère de telles conceptions… Certains médecins affirment que, dans le premier mois de grossesse, l'embryon n'a encore qu'une apparence vague et informe, bien qu'il soit déjà doté d'un cœur. Dans le second mois, les membres, les mains et les pieds se créent et se distinguent des autres parties. Dans les troisième et quatrième mois, c'est au tour de la tête d'apparaître. Dans le cinquième mois, se forment quelques autres éléments tels que les oreilles, le nez, la verge et le prépuce des garçons, et la nature et la vulve des filles ; pendant le sixième mois s'ajoutent ensuite les sourcils, les organes de la voix et les yeux ; dans les septième et huitième mois, enfin, les cheveux croissent et les ongles poussent. Or, si durant sa grossesse, la mère connaît quelques incidents fâcheux qui la mettent hors de son sens ou si elle vient à éprouver une grande frayeur, il se peut que l'apparition, la disposition, le nombre ou encore la forme des différentes parties de l'embryon s'en trouvent bouleversés. Pour ma part, je ne crois guère à ces sornettes qui ne sont que des contes de bonnes femmes.

– Quelle serait votre propre théorie ? demanda Percheval.

– Je puis rien affirmer avec certitude, avoua Estienne, n'ayant jamais porté assez d'intérêt à la chose pour en faire l'un de mes sujets d'étude. Cependant, certaines explications ne me semblent point dénuées de pertinence. Avez-vous déjà vu des individus auxquels il manquait quelques parties du corps ou qui, au contraire, en possédaient plus qu'ils n'en devaient avoir ?

– J'ai vu des hommes qui n'étaient pourvus que d'une seule main et j'ai ouï dire que d'autres pouvaient exhiber jusqu'à six ou sept doigts.

– En effet, cela n'est pas rare. Aux dires d'un médecin de mon académie, ces défauts viendraient tantôt d'une insuffisance de semence, tantôt de sa trop grande abondance. D'aucuns pensent que l'homme qui éjacule chichement ou, au contraire, plus qu'il ne faut, encourt davantage de risque d'engendrer « un monstre de nature ». D'autres pensent que ces tares sont au contraire dues à la mauvaise disposition de la matrice, ou utérus, lequel rejetterait ou retiendrait trop de sperme. Mais mon cher ami Henri Vergne de la Gibraie, dans son excellent traité sur la génération de l'embryon et des empêchements de la conception, soutient, lui, que ni la qualité ni la quantité de semence ne sauraient être tenues pour responsables de la naissance de ces êtres imparfaits. Selon lui, les femmes qui se trouvent avoir trop ou trop peu de sang dans leur matrice mettent au monde, plus souvent que les autres, des enfants avec des parties supplémentaires ou manquantes.

– Oh...

– Le grand mystère des hermaphrodites peut également tenir, dit-on, au fait que l'homme se tient mal durant le coït, par exemple d'abord sur le côté droit, puis sur le côté gauche. On prétend, en effet, que si le sperme tombe dans la poche gauche de la matrice de la femme, il se forme assurément une fille, tandis que s'il tombe dans la droite, c'est presque toujours un garçon ; mais dans le cas où l'homme, comme je l'ai dit, s'allongerait une fois d'un côté et une fois de l'autre, il pourrait bien engendrer un être qui aurait les deux sexes. C'est pourquoi nombre de médecins nous enjoignent de ne jamais pratiquer le coït en usant de postures contre nature, mais en restant dans la position naturelle à l'homme et à la femme, à savoir l'homme dessus et la femme dessous. Car ainsi, le sperme se trouvera tomber dans le milieu de la matrice, et le sexe de l'enfant dépendra du hasard. Enfin, certains médecins affirment que ceux dont le sperme se présente comme du lait caillé, blanc et épais, à cause qu'il est un peu trop cuit par la chaleur de leurs testicules, font ordinairement des garçons. En revanche, ceux dont le sperme est délié et liquide, comme du petit lait, engendrent des filles. Si, pendant le temps où une femme est déjà grosse et enceinte d'un garçon ou d'une fille, un homme vient à la connaître charnellement, et que, à cause de mauvais aliments qu'il a avalés et digérés, la substance de son sperme se transforme, alors le fœtus prendra les caractéristiques des deux sexes.

Percheval pencha la tête, médita un moment ces savantes explications, puis poussa la porte de la taverne.

– Pour ce qui est de notre vicaire, dit-il en pénétrant dans le Merle noir, personne ne saura jamais comment la chose s'est produite...

– Peu nous en chaut, dit Estienne. Homme ou femme, il n'en reste pas moins un odieux petit curé à l'esprit abigoti et aux méchantes manières.

La salle était plongée dans une obscurité totale, et ils durent avancer à tâtons jusqu'à leur chambre.

– Vous pourriez prendre pitié d'une créature aussi déplorable, chuchota Percheval en entrant dans la chambre.

Gaultier, couché sur son lit de paille, sursauta d'abord en les voyant entrer, puis faillit se lever et les embrasser, tant il était soulagé de les voir revenir.

– De qui parlez-vous ? Qui donc mérite votre compassion ? demanda-t-il à Estienne.

– Le père Jérôme, répondit celui-ci en s'asseyant sur le lit et en ôtant ses bottes.

– Ah… Et pourquoi ?

Le médecin et l'avocat échangèrent un regard avant de pousser un long soupir parfaitement harmonisé.

– Qu'avez-vous appris ? insista Gaultier.

– Une chose que tu es loin d'imaginer, dit Percheval. Le père Jérôme n'est pas ce que nous pensions qu'il était.

– Ce n'est pas lui le meurtrier des filles ?

– Non. Le père Jérôme est un hermaphrodite.

Le jeune homme ouvrit des yeux larges et ronds comme deux soucoupes :

– Un quoi, maître ?

Percheval se débarrassa de ses gants et de son pourpoint, qu'il jeta négligemment à terre, la pièce se trouvant dépourvue de chaise.

– Expliquez-lui, Jehan, Vous faites cela très bien.

Il s'étendit et détira ses jambes engourdies, sur lesquelles il remonta la couverture, tandis que le médecin, couché à ses côtés, racontait à Gaultier toute leur aventure.

La faible lumière de la bougie agitait son ombre sur le plancher vermoulu. De temps en temps, un mulot attiré par la lumière glissait comme une flèche le long du mur.

Lorsque Estienne eut fini de parler, Gaultier se prit le menton dans la main et demanda, tout méditatif :

– Pourquoi Dieu crée-t-il de tels individus ?

– Dieu n'a rien à voir dans l'affaire, bougonna le médecin. Il s'agit d'un raté de la nature. Dieu n'existe pas.

Percheval tira la couverture à lui d'un geste un peu sec :

– Jehan, je vous serais reconnaissant de ne point faire profession d'incroyance devant ce jeune garçon.

– S'il a l'âge de porter des culottes, il a l'âge d'être éclairci au sujet de la religion.

Gaultier s'enfonça dans son lit de paille et remonta son drap de laine jusqu'au menton, ne laissant dépasser que sa bouche :

– Ce prêtre, est-ce le Diable qui lui a fait un corps d'homme et de femme à la fois ?

– Le Diable, fit Percheval, ou ses prétendues manœuvres ne sauraient servir d'explication à tous les phénomènes que nous ne comprenons point.

– Voilà qui est bien dit mais qui me laisse songeur, dit Estienne en souriant.

– À quel propos ?

– À propos de vous, Melchior et de vos contradictions.

– Je n'ai pas souvenir de m'être contredit.

– Ah oui ? Alors expliquez-moi comment vous pouvez croire en Dieu mais point au Diable ?

– L'un est Vérité, l'autre relève de la superstition. Il faut distinguer les vraies croyances et les fausses croyances.

– Qu'est-ce que ces vraies et fausses croyances, mon ami ? Vous pensez que le Diable ne peut posséder l'esprit et le corps d'une paysanne, mais vous admettez que Dieu peut s'incarner dans un petit morceau de pain que vous croquez fort dévotieusement.

– Dieu s'est révélé, non le Diable. Je puis donc affirmer l'existence de l'un et réfuter celle de l'autre.

– L'Église prétend que Dieu et le Diable ne sont pas séparables. Méfiez-vous Melchior, nier l'un, c'est s'exposer à douter de l'autre.

– Nous ne pouvons douter de l'existence de Dieu.

– Rien de plus facile, au contraire. Pour preuve : il existe beaucoup de peuples qui n'ont pas la moindre idée de votre Dieu.

– Ceux-là n'ont pas d'âme.

– Ah bon ? Et pourquoi, s'il vous plaît, votre Dieu fait-il des créatures avec une âme et d'autres sans ?

Percheval se redressa dans le lit et croisa les bras, tout autant contrarié par le ton légèrement moqueur du médecin que par l'obligation dans laquelle il se trouvait d'avoir à disputer d'un sujet sur lequel il n'y avait pas lieu, selon lui, de débattre.

– Vous dites, continua Estienne, que le Diable n'existe point. Mais si le Diable n'existe point, alors vous devez admettre, par conséquent, que c'est Dieu qui est la cause de tous les maux qui affligent l'humanité. C'est lui qui a mis en ce monde la misère, l'injustice et la souffrance. C'est donc un méchant Dieu que vous adorez, Melchior.

– J'avoue que j'ai peine à me défendre de cette pensée qui, de temps en temps, me trouble. Mais je n'arrive point pour autant à renier Dieu.

– Sans compter, poursuivit Estienne, que s'il était effectivement tout-puissant, comme vous l'affirmez, il pourrait anéantir toutes ces plaies. J'ajoute encore que ce scélérat, que vous prétendez être infiniment bon et miséricordieux, est un pervers, car non content d'être l'auteur des nombreux malheurs et calamités qui nous accablent, il ne souhaite manifestement y apporter aucun remède afin de se mieux réjouir de les voir prospérer sur la Terre.

– Peut-être Dieu n'est-il responsable ni de nos tourments ni de nos joies. Peut-être qu'il ne choisit pas de faire notre bonheur ou notre malheur parce qu'il refuse de se mêler de nos affaires.

– Alors c'est que votre Dieu n'est la providence d'aucune chose. Mais s'il est impuissant, pourquoi le vénérer comme l'ordonnateur de tout ce qui vit et se produit ici-bas ?

Gaultier s'immisça dans leur conversation :

– Moi, j'aime à penser que Dieu ne fait que le bien, déclara-t-il.

– Alors dans ce cas, répliqua Estienne, il vous faut un Diable, jeune sot. Sinon, comment expliquer les horreurs et les erreurs de la création divine ? Et si vous dites, à présent, que votre Très Grand n'est responsable que des bonnes choses, mais point des mauvaises, alors sa puissance est incomplète. Donc, votre Dieu ne saurait être ce modèle de perfection que vous prétendez qu'il est.

Gaultier se gratta la tête du bout de l'ongle :

– Plus j'y fais réflexion, plus ces problèmes me semblent obscurs.

Percheval songea qu'il était temps de mettre fin à cette causerie :

– Dieu, affirma-t-il sur un ton des plus définitifs, pour ce qui est du mal, a laissé aux hommes le choix d'y céder ou d'y résister.

Mais le médecin, qui n'entendait manifestement pas en rester là, poussa la discussion un peu plus loin et persista avec une verve railleuse :

– Justement, voilà encore un grand mystère que je ne m'explique point : pourquoi laisser l'homme succomber à la tentation quand il a le pouvoir de l'y soustraire ? Pour le plaisir de le punir ensuite ? Pour pouvoir le condamner exprès à la souffrance ? C'est une chose invraisemblable que de se donner tant de peine pour donner la vie à une créature, en mettant tant de cœur à l'ouvrage et de la vouloir briser ensuite. Quelle idée ridicule… et quel dessein atroce ! Serait-ce que Dieu agit avec l'homme comme le ferait un petit enfant, dénué de cervelle et de bon sens, qui, n'obéissant qu'à la tyrannie de son caprice, casse délibérément son plus beau jouet ?

Il se redressa à son tour et ce simple mouvement fit branler la charpente du lit.

– Et votre Christ ? demanda-t-il. Pourquoi le premier de ses miracles n'a-t-il pas été de rendre tous les hommes vertueux et sages ? Le plus admirable de ses prodiges n'aurait-il pas dû être de bannir du monde tous les vices et tous les péchés ? Au lieu de cela, qu'avons-nous ? Un homme qui change six jarres d'eau en vin pour régaler ses bons amis, qui guérit un paralytique et un seul aveugle alors qu'il s'en trouve des milliers d'autres pourvus de semblables infirmités, qui fait venir cent cinquante trois gros poissons dans le filet d'un pécheur, qui marche sur l'eau et qui multiplie des petits pains d'orge… Il m'est d'avis que les hommes attendaient sans doute d'autres prodiges de la part de votre Messie que ces attrape-minettes. Et il en est de même pour celui que vous appelez Son Père, et dont vous dites qu'il s'est révélé. Je n'ai pas souvenance qu'il se soit fait connaître, comme vous le prétendez, en tout cas de façon claire et évidente. Si votre Dieu souhaite véritablement se faire adorer des hommes, pourquoi ne s'est-il jamais manifesté autrement que par de petits tours puérils et douteux qui relèvent davantage de la couillonnerie que du miracle ? Je dis, moi, que s'il y avait effectivement un tel être, si bon, si beau, si sage, si grand, si excellent, si admirable, il paraîtrait clairement et visiblement à nos yeux et à notre sentiment, de sorte que personne ne pourrait plus douter de la vérité de son existence.

– Je n'ai point de plaisir à jouter avec vous sur ce terrain-là, se contenta de répliquer Percheval avec un geste de mauvaise humeur.

– Je ne saurais vous croire, ricana Estienne. Vous ne m'avez point habitué à abréger les sujets contentieux. À moins que… Seriez-vous à court d'arguments pour me contrecarrer, mon ami ?

– Non pas. C'est tout simplement que l'existence de Dieu ne prête à aucun débat ni contention.

– Tiens donc ! répliqua Estienne dans un éclat de rire. Alors pourquoi les bons dévots et les doctes esprits se disputent-ils depuis seize siècles à ce propos ? Certains disent que votre Dieu est corporel, puisqu'il nous commande et entend nos prières comme une personne et, parmi ceux qui pensent qu'il est corporel, quelques-uns avancent qu'il est à l'image de l'homme qu'il a créé, d'autres non. Certains l'imaginent au contraire incorporel, immatériel et invisible comme un pur esprit, immuable, infini et illimité. D'aucuns affirment qu'il ne fait qu'un avec trois personnes, d'autres avec seulement deux, d'autres encore qu'il est tout seul ; et pour ceux qui affirment qu'il est trois, certains disent qu'il possède les deux natures, mais d'autres disent qu'il n'en a qu'une ; les uns clament qu'il vit dans le ciel, les autres que le ciel ne le peut contenir, les autres encore que son royaume est à la fois en ce monde et dans l'au-delà. Pour certains, le pain et le vin sont son corps et son sang, pour quelques autres, il ne serait présent que dans la première espèce ; les uns prétendent enfin qu'il est dans le temps, les autres hors du temps.

Il fit une pause, reprit son souffle et demanda, sans que Percheval eût le temps de trouver une riposte digne de cette tirade :

– Comment pouvez-vous avoir seulement idée de ce Dieu quand vous ne vous accordez ni sur son essence, ni sur son apparence, ni même sur le lieu où il réside ? Il serait plus simple d'admettre avec moi l'impossibilité de son existence et de son éternité. Car réfléchissez bien : soit votre Dieu n'a point de corps, et dans ce cas, il ne peut agir ; soit il en a un, mais alors, il est corruptible, et donc périssable.

Il rayonnait d'assurance et d'une bienveillante férocité. Gaultier l'écoutait, muet et confondu. Percheval, dont la fatigue émoussait l'énergie et l'inspiration, esquicha, en prenant son adversaire d'un peu haut :

– Nous resterons toujours dans l'ignorance au sujet de sa nature, Jehan, car Dieu est au-delà de nos capacités d'entendement.

– Diantre ! C'est un peu court !

– Écoutez : je ne saurais vous dire sous quel aspect Dieu se présente, ni à quoi il ressemble, ni dans quel espace il habite. Je ne sais pas non plus pourquoi il ne se manifeste que par d'ineffables visions, ni pourquoi il nous punit ou nous pardonne. Je ne sais pas davantage à quoi il s'occupait avant de créer le monde, ni comment il l'a fait ; je ne sais point non plus pourquoi il nous soulage de nos maux ou pourquoi il nous accable. Je ne suis pas assez présomptueux pour me flatter de connaître ses intensions et ses raisons. Mais je sais que Dieu est et qu'il agit. Et pour clore cette confabulation, je vous ferai remarquer que si toutes ces choses, qui sont inaccessibles à la raison humaine et qui relèvent de la foi, étaient évidentes, nous ne les appellerions plus des Mystères ; et nous les accepterions naturellement, comme nous le faisons pour tout ce qui est manifeste et indiscutable ; ce faisant, nous n'en aurions aucun mérite, car nous n'aurions plus la liberté de les croire ou de ne les pas croire. C'est en récompense de notre foi que Dieu nous rend justes et nous donne sa grâce.

– Cela est fort bien dit, approuva Gaultier, naïvement. Pour ma part, lorsque je me sens par trop marri, fâché ou languide, je trouve bien du réconfort dans la lecture de notre sainte Bible.

– La Bible ! répéta Estienne en gloussant. Ne me parlez point de cet inepte galimatias, de cette amusoire emplie d'historiettes à dormir debout ! Qui peut croire que le monde a été créé en six jours, que le premier homme fut fait avec de la boue et sa bonne femme à partir d'un os ? Qui peut admettre, sans sourire, qu'une vierge puisse enfanter, qu'un individu puisse vivre sept cents ans, qu'un autre puisse ouvrir la mer avec un bâton ? Votre Évangile et votre précieuse Bible, hélas, relatent une multitude de fariboles de cet acabit, qui n'ont guère eu de réalité. Et il en va de même de cette fable que l'on nomme résurrection. Il n'est point concevable qu'un corps retourné à la poussière revienne à la vie en tout point identique à ce qu'il était précédemment. Et si cela devait être le cas, dans quel état serions-nous censés ressusciter ? Allons, dites-le moi ! Le cul-de-jatte reviendra-t-il comme il était avant, ou après avoir perdu ses jambes ? Moi-même, reviendrai-je avec ce visage marqué par la vérole ? Porterai-je pour l'éternité cette marque hideuse de la divine miséricorde ?

Percheval leva une main autoritaire, se ravisa et, finalement, la laissa retomber molle sur le lit :

– La résurrection, Jehan, ne doit être considérée ni par le biais de la philosophie ni par celui de la science, car il est impossible d'en traiter par la raison. De même que la vérité de Dieu ne peut être prouvée en physique ou en théologie. En cette matière, là encore, seule la foi peut apporter des certitudes.

– La science apporte des certitudes, répliqua le médecin. Les mathématiques, la logique, l'observation, l'expérience, apportent des certitudes. La foi emplit les cervelles creuses de vaines chimères ; elle comble le vide de l'ignorance, dans l'âme des pauvres gens, avec des fantasmes et d'énormes mensonges.

– Le Christ…

Estienne lui coupa la parole :

– Un imposteur, mon ami, que votre Nazaréen. Un fieffé menteur qui nous a versé des paroles aussi trompeuses qu'extravagantes ! Si votre Messie est effectivement venu pour nous sauver tous en acceptant de mourir sur la croix, pourquoi nous répète-t-on que la plupart d'entre nous serons damnés, tandis que quelques-uns seulement auront droit à son royaume de béatitude ? Et que dire encore de la cruauté de son Père, votre Très Bon ? Que signifie de faire mourir ainsi son fils, soi-disant pour racheter notre faute ? Est-ce là l'amour qu'un père aimant doit porter à son enfant ? Qu'avait-il besoin, votre Très Haut, d'une odieuse crucifixion ? Et quels ont été les résultats de ce sacrifice absurde ? A-t-on vu, depuis la mort de votre Christ, diminuer les guerres, les famines, les maladies, les tremblements de terre, les tempêtes ? A-t-on vu les hommes plus sages et plus heureux ?

Percheval demeura immobile et songeur. Au pied de son lit, Gaultier grelotta sur sa litière, puis se pelotonna dans son pourpoint comme un agneau dans la chaleur de sa toison.

– Je crois que Dieu existe, dit l'avocat. Même si je ne peux prouver son existence. Je crois que Dieu est le créateur de toutes choses. Et je crois que Jésus existe et qu'il est l'incarnation de cette puissance divine.

– Eh bien, moi, riposta encore Estienne, je crois qu'il n'y a ni Dieu, ni Christ, ni Trinité, ni Révélation, ni vie après le trépas. La seule chose à laquelle je crois c'est que Jésus et Moïse étaient des imposteurs, que toutes les religions, celles des chrétiens, des juifs et des mahométans, sont de nuisibles inventions et que l'idée même de Dieu est une chimère. Je crois que le monde n'a pas de commencement et qu'il n'aura pas de fin, qu'il est gouverné par des forces sans intelligence que l'on appelle le hasard, qu'il obéit à des puissances aveugles, à des phénomènes nécessaires. Je crois que tout ce qui existe, les astres, les planètes, la terre, le feu, l'eau, les plantes, l'air, n'existent que par l'effet de la nature et non point grâce à une quelconque entité divine. Je crois que l'homme est comme la bête, qu'il est sans âme, seulement fait de chair et de sang ; je crois que nous naissons et que nous mourons pour ne jamais revenir, et qu'entre ces deux moments de souffrance, il nous faut vivre pleinement sans nous soucier d'autre chose que de notre bien-être.

Percheval soupira, fit un geste qui exprimait son impuissance à trouver les mots qui auraient pu le convaincre du contraire.

– L'on a dit que ma religion était une religion de pourceau, ajouta Estienne, et il se peut que cela soit vrai. Mais, voyez-vous, Melchior, je préfère de loin vivre comme un pourceau que de passer toute mon existence à regretter des fautes qui n'en sont point, à être l'esclave de la plus odieuse tyrannie qui ait jamais existé, à trembler de terreur à la seule pensée d'une éternité de supplices qui n'existe que dans l'imagination de pauvres fous et à gâcher mon bonheur et ma liberté dans l'angoisse d'une terreur sans objet. Pourquoi aller chercher le Ciel et l'Enfer où ils ne sont pas ? Si vous ne manquez pas de pain, ni de vin, ni de femme, si vous pouvez vous garder en bonne santé et acquérir un peu de sagesse, alors, vous aurez eu votre Paradis. Mais si demain la Fortune vous condamne à la misère et à la maladie, alors, c'est en cette vie que vous connaîtrez l'Enfer et que vous attendrez la mort avec soulagement.

De sa paillasse, Gaultier s'épouvanta de cette dernière remarque :

– Comment peut-on attendre la mort avec soulagement si l'on pense qu'elle est la fin de tout ? dit-il. Imagine-t-on se jeter dans un grand trou noir sans éprouver de frayeur ?

Estienne haussa les épaules :

– La mort n'a rien de redoutable. Pour t'en convaincre, pense à ce que tu étais avant de naître.

– Je n'étais rien.

– Précisément. Et qu'éprouvais-tu ?

– Je n'éprouvais rien, puisque je n'étais rien.

– Eh bien, songe qu'après ton trépas, tu seras ce que tu étais avant ta vie. Est-ce si terrible ?

Le jeune des Périers trembla, soudain ébranlé dans la certitude de son salut. Les paroles d'Estienne semblaient avoir creusé un gouffre dans son âme, ouvrant devant lui la terrifiante, la monstrueuse perspective d'une éternité de vide. Il eut un petit sursaut d'effroi, comme s'il se tenait à présent au bord de cet abîme, de cette terreur béante, avec l'angoisse d'y tomber et de s'y perdre.

– Je ne veux point croire que la vie s'achève à tout jamais avec la mort, gémit-il. Je... je serais très fâché de le croire.

– Et je suis comme lui, approuva Percheval. C'est une grande consolation que de penser qu'on ne meurt point tout à fait. L'idée d'un bonheur sans fin est plus réjouissante que la pensée du néant.

– Quelle vanité que cette espérance d'immortalité... railla Estienne. Nous sommes mortels, mes amis, et voués à la destruction entière. Admettez-le ! Nous sommes venus en ce monde par hasard, notre vie entière est régie par le destin et ce sont les lois de la nature qui nous condamnent à disparaître et à ne plus jamais revenir.

– Vous vous moquez de mon ignorance et de ma cécité, Jehan, dit l'avocat d'une voix où pointait à présent la tristesse, mais sachez que, sans elles, je serais perdu. Je préfère ma crédulité et mon aveuglement au fardeau que vous, vous devrez porter tout au long d'une vie qui n'a plus de sens.

– Ne vous souciez point de moi ! le rassura Estienne. Et vous pouvez toujours aller à confesse et vous faire servir la messe, mon ami, je sais bien que vous n'êtes pas comme ces minerves trouées qui gobent tout ce que les prêtres avancent sans se donner la peine de raisonner. Un jour viendra où, vous aussi, vous cesserez de croire à toutes ces billevesées qui révoltent l'intelligence.

– Non point, lança l'avocat. Rien ne peut y faire, Jehan : je crois que Dieu a fait l'homme.

Estienne lâcha un gros soupir.

– C'est l'homme qui a fait Dieu. Comme c'est l'homme qui a fait les religions et leurs faux mystères. Hélas, nous autres athées, ne pouvons divulguer ouvertement notre théorie. Le désir que nous avons de vivre assez longtemps pour voir tomber nos dents nous impose de la garder secrète.

Puis, penchant soudain le buste en dehors du lit, il attrapa un mulot qui gisait mort, non loin de ses bottes.

– Je me demandais d'où venait cette odeur infecte, dit-il en tenant par la queue la charogne en décomposition. Je n'avais pas vu cette souris.

Il se mit à balancer sa macabre découverte, comme s'il exhibait un trophée et, s'adressant à Gaultier :

– Voyez, mon jeune et crédule ami : il en va des bêtes comme de nous... un peu de poils, du sang, de la chair et... tout disparaît !

Le jeune homme bougonna, contrarié :

– Je ne veux point suivre votre jugement. Je ne puis croire que tout périt quand nous mourons.

Estienne jeta le mulot au bout de la pièce puis souffla la bougie à ses côtés en concluant avec ironie :

– Et pourtant, cela est vrai.

XXVII

Ils sont légion

Tout en avalant sa soupe, tandis qu'Estienne et Gaultier s'empiffraient de prunes séchées, Percheval songeait encore aux bizarreries et à la misère de la nature humaine. Il était plongé dans cette réflexion matinale et philosophique lorsque « Patte-Folle », interrompant son monologue intérieur, poussa un beuglement à réveiller les morts :

– La justice ! La justice ! Monseigneur ! V'là la justice qu'arrive !

L'infirme laissa tomber le seau d'eau sale qu'il était en train de vider sur le pas de la porte. Réjoui de cette nouvelle distraction, il se mit à sauter et gambiller joyeusement dans la rue.

Percheval se leva d'un bond et se précipita sur le seuil de la taverne. Estienne et Gaultier le rejoignirent, observèrent à leur tour le cortège qui remontait la rue : Bossuat et ses assesseurs faisaient leur entrée dans le village, accompagnés d'une vingtaine d'hommes à cheval et à pieds, sergents, archers, huissiers, armés les uns d'épées, les autres de piques, de fusils et de mousquets.

– Les nouvelles vont bon train, leur dit l'avocat. Nous allons avoir droit à un nouveau procès et à un nouveau bûcher.

– Encore heureux que ce fou furieux ne brûle que les morts, grogna le médecin.

– Va dans la chambre, commanda Percheval à Gaultier. Et n'en sors pas avant que je t'en donne permission.

– Pourquoi donc, maître ?

– Écoute mon conseil.

Et, s'adressant à Estienne :

– Vous aussi, Jehan, tenez-vous loin de Bossuat. Il n'est pas nécessaire qu'il vous trouve céans.

– Votre rufian ne m'effraie pas le moins du monde.

Percheval se mordit les lèvres :

– Je ne pressens rien de bon.

Sur cette déclaration, il sortit du Merle noir, suivi par Guillaume Augelet.

Les gens d'armes avaient mis pied à terre. Robert Bérenger et Michel Groise, qui avaient également démonté, semblaient leur donner des instructions.

Sur un cheval alezan, assis en croupe derrière Bossuat, se tenait un jeune garçon, âgé tout au plus d'une douzaine d'années. Percheval se demanda qui il pouvait être et se fit la réflexion qu'il avait tout l'air d'un gueux, à en juger par les hardes qu'il portait. Le juge descendu de sa monture, le gamin l'imita et sauta sur le sol avec l'agilité d'un chat. Il fit ensuite quelques pas sur la place, et Melchior put alors mieux distinguer l'ensemble de sa physionomie : ses jambes et ses bras grêles laissaient deviner la maigreur de son corps ; il avait la figure longue et anguleuse, une bouche pincée et sérieuse ; ses iris étaient clairs, peut-être bleus, peut-être verts, mais il aurait été difficile d'en juger à cette distance, d'autant que ses yeux étaient fort petits et rapprochés.

Bérenger et Groise pénétrèrent dans l'église d'un pas précipité. Quelques minutes plus tard, les cloches se mirent à sonner à toute volée. Les villageois, qui n'avaient pas encore été informés de l'arrivée des juges et des sergents, s'extirpèrent de leurs chaumières, répondant à l'appel mystérieux et impérieux du tocsin.

Le père Jérôme sortit à son tour de l'église, l'air préoccupé et perdu. Ce fut cette expression, inhabituelle dans le visage du jeune vicaire, qui ralluma chez Percheval son inquiétude et lui donna l'intuition d'un nouveau malheur. Il sentit confusément qu'il se préparait un événement grave, un fait dont il n'avait pas idée mais qui pourrait avoir de gravissimes conséquences pour lui-même, comme pour bien d'autres.

– Qu'arrive-t-il, maître ?

Constatant que Gaultier était sorti de l'auberge malgré son interdiction, l'avocat fronça les sourcils :

– Ne t'avais-je pas demandé de rester dans la chambre ?

– Maître, s'il devait y avoir un danger à se trouver ici et en ce moment, j'aurais honte de me cacher comme une petite fille sans vous apporter mon aide.

Melchior se tourna vers Estienne, qui avait également ignoré son avertissement :

– Jehan, n'ouvrez pas la bouche, je vous en conjure. Je ne sais pas ce qui se prépare, mais j'ai dans l'idée que Bossuat n'est pas seulement à Malzieu pour conduire le procès de Mathilde Minet. Mon instinct me dit que les magistrats rassemblent les villageois dans un mauvais dessein.

– Et vous ? fit le médecin. Saurez-vous vous taire, mon ami ? Ou allez-vous encore, avec votre mauvaise tête, vous fourrer dans les ennuis ?

Sur la place, les Malazins regardaient avec une crainte mêlée de défiance les sergents se déployer et les encercler.

Percheval se dirigea à grandes enjambées vers Bossuat et l'apostropha :

– Qu'y a-t-il, s'il vous plaît ?

À sa vue, comme toujours, le magistrat eut cette petite crispation de la face qui trahissait son aversion. Il n'éleva pas la voix, mais son verbe fut glacial :

– Il y a, monsieur, que nous avons été avertis qu'une seconde sorcière s'était donné la mort hier.

– Cela n'explique pas ce déploiement de gens d'armes.

– Je n'ai rien à vous dire.

– Comprenez que je désire être informé à ce sujet.

Bossuat avança la main, écarta les doigts et se mit à examiner ses ongles avec un calme parfait :

– Demeurez et vous aurez toutes les explications que vous souhaitez, dit-il.

– Parlez, monsieur ! Et, de grâce, ne le prenez pas sur ce ton. Qu'êtes-vous venu faire ?

– Nous sommes venus faire ce que nous aurions dû entreprendre depuis longtemps, fit Bossuat en consentant enfin à lui répondre. Nous sommes venus séparer le bon grain de l'ivraie.

On entendit tout à coup, résonnant dans le silence comme un orage grondeur, le roulement approchant d'un chariot. Puis le bruit se fit de plus en plus distinct et important et se rapprocha de l'entrée du village. On put voir alors qu'il s'agissait, non pas d'un seul chariot mais de quatre, conduits par des hommes également en armes. Ils passèrent le pont et s'arrêtèrent sur la place.

Tandis que Bossuat, visiblement satisfait de cette arrivée, s'éloignait pour aller s'entretenir un peu plus loin avec le jeune garçon qui l'accompagnait, Percheval s'impatienta et s'en prit aux deux conseillers :

– Quelqu'un peut-il nous dire ce qui se prépare ? Pourquoi avez-vous fait venir ces chariots ? Et qui est cet enfant ? Pourquoi vous accompagne-t-il ?

Groise répondit fièrement :

– Il se nomme Damien Lépine. Il nous vient d'Aubréville, en Argonne. C'est un découvreur de sorciers. Le meilleur du pays.

– Le meilleur du royaume, rectifia Bérenger, avec autant de suffisance. Meilleur même que la fameuse Morguy [1].

Percheval les considéra d'abord avec une ostensible incrédulité, puis se décomposa tout à fait. Soudain étranglé de stupeur et de colère, il ne trouva même plus les mots pour exprimer son indignation.

Gaultier, également défait, fit entendre un vagissement épouvanté.

1. Une cinquantaine d'années auparavant, lors d'une épidémie de sorcellerie dans le Pays basque français, une dénommée Morguy, âgée de dix-sept ans, avait aidé Pierre Lancre, conseiller au parlement de Bordeaux, commis par Henri IV, à arrêter de nombreux sorciers et sorcières.

– Damien Lépine a reçu le don alors qu'il n'avait que six ans, continua le juge Groise. Depuis, il est capable de reconnaître et de confondre les sorciers partout où il s'en trouve.

– Il affirme que nous portons tous une tache sur le visage, au-dessus des yeux, expliqua Bérenger à sa suite. Celle des sorciers est noire, tandis que celle des bons chrétiens est immaculée. Nous ne la voyons point car elle est invisible pour nous, mais cet enfant, lui, la voit, comme je puis voir votre nez au milieu de votre figure.

Un peu plus loin, l'enfant en question s'inclina profondément, conscient des regards de l'avocat et du médecin qui l'évaluaient avec animosité.

Percheval éleva une véhémente protestation :

– Personne ne croit plus aux découvreurs de sorciers ! Ce petit gueux n'est rien d'autre qu'un imposteur ! Il s'amuse et profite de votre crédulité ! Combien l'avez-vous payé ?

– Il nous fait profiter de sa divine clairvoyance pour moins de quatre livres. C'est fort peu, au regard du service qu'il nous rend.

– Mon Dieu, messieurs ! Ne comprenez-vous point qu'il se moque de vous ? Allez-vous le laisser vous mener par ses pitreries et ses mensonges ?

Gaultier attrapa l'avocat par la manche de sa casaque et bafouilla :

– Regardez, maître… Regardez ce qu'ils font…

Les sergents, sous l'œil attentif de Bossuat, s'affairaient à rassembler les villageois et à les faire se placer les uns derrière les autres. Parmi ces derniers, certains obéissaient docilement, ne sachant ce qu'on attendait d'eux, d'autres, pressentant le danger, montraient quelque résistance, grondaient et fouettaient les gens d'armes de savoureuses épithètes. Mais les mousquets et les piques les tenaient malgré tout en respect. Dès qu'un paysan s'entêtait à vouloir sortir de la file, il était aussitôt menacé d'être abattu sur-le-champ.

– Ah, misérables ! vociféra Estienne, le poing levé. Que la vérole vous emporte !

– Il… il n'a pas lieu de s'encolérer de la sorte, fit Groise en tremblant. Nous sommes venus pour rétablir le calme dans ce village et non point pour y semer la confusion.

– Précisément, renchérit Bérenger. Si nous avons cru bon de mener ici Damien Lépine, c'est dans le seul but de découvrir tous les sorcières et sorcières qui troublent la société des honnêtes gens.

Percheval leur tourna le dos et partit en courant vers le père Jérôme, qui assistait à la scène du perron de son église.

– Mon père, supplia-t-il, au nom du ciel, faites quelque chose !

Le jeune vicaire l'atteignit d'un regard à le broyer sur place.

– Ne m'approchez pas, le prévint-il en pointant l'index vers lui. Ne m'approchez pas, ou je jure que je saurai vous rendre le coup que vous m'avez porté hier soir.

– L'heure n'est pas au règlement de notre petit différend, s'impatienta l'avocat. Voyez ce qui se prépare ! Allez-vous les laisser faire ?

Le prêtre passa sa main sur sa tonsure et tâta sa bosse :

– Soyez heureux que je ne porte pas plainte pour cette agression.

– Je vous parle des hommes et des femmes de votre paroisse ! On prétend les soumettre à l'examen de cet enfant découvreur de sorciers ! Comprenez-vous ce que cela signifie ? Comprenez-vous ce qu'il va advenir d'eux ?

Estienne arriva à leur hauteur et dévisagea l'ecclésiastique.

– Et voilà l'agresseur, fit le père Jérôme les mâchoires serrées. L'assassin qui a tenté de m'occire en me brisant le crâne.

– Certes, fit le médecin. Et je suis tout prêt à recommencer si vous ne tentez rien pour mettre fin à cette sinistre comédie.

– Essayez, fit le vicaire en le toisant. Vous n'aurez pas le courage de récidiver devant le monde.

– Messieurs ! s'exclama Percheval. Cessez votre querelle ! Mon père, je vous en conjure encore une fois, faites quelque chose !

Estienne, qui avait fait un suprême effort pour rester calme, ne réussit cependant pas à éviter un sarcasme mordant :

– « Mon père » ? Pourquoi dites-vous « mon père », Melchior ? Ne devrions-nous pas plutôt l'appeler « ma mère » ?

Le vicaire s'étrangla. L'allusion était suffisamment claire. Il y eut un bref silence avant qu'il n'en mesurât toute la portée.

– Qu'avez-vous dit ? s'affola-t-il Que savez-vous ? Seigneur ! Comment avez-vous su… ? Comment… ? Vous avez profité de mon état d'inconscience pour… Oh ! Vous… Vous n'aviez pas le droit !

– Ce qui est fait est fait, dit Percheval en avançant la main pour l'apaiser. Ne craignez rien, nous saurons taire votre secret. Nous sommes des hommes d'honneur.

– Parlez pour vous, Melchior, objecta le médecin en reniflant avec mépris. Pour ma part, J'ai bien envie d'aller chanter sur tous les toits de France et de Navarre que puceau et pucelle ne font qu'un sous sa soutane.

À vingt pas d'eux, « Patte-Folle » se mit à crier tandis que deux sergents le contraignaient à prendre place dans la file des villageois.

Contre toute attente, le père Jérôme se précipita vers ces derniers et leur intima de relâcher le neveu d'Augelet.

– Que signifie, mon père ? s'étonna Bossuat. Ne vous ai-je pas dit que tous vos paroissiens devaient se soumettre au jugement de l'enfant ?

– Rémi est idiot, répliqua le vicaire. Ignorez-vous que les simples d'esprit bénéficient de la grâce divine ? Ils sont comme les tout-petits, ils n'ont ni méchanceté ni vice dans l'âme.

Et, faisant une volte vers le jeune découvreur de sorciers :

– Quant à vous, mon fils, dit-il sèchement, gardez-vous toujours de fixer le visage d'un imbécile, car cela pourrait nuire à votre intelligence.

Damien Lépine pinça sa bouche, au point que ses lèvres ne furent plus qu'une mince fissure dans son visage émacié et tourna vite le dos, de crainte d'avoir à vérifier la véracité de cette prédiction.

– Si cela vous contente, dit Bossuat au vicaire, nous accordons dispense au boiteux. Mais il n'y aura aucune autre exception.

Percheval, Estienne et Gaultier étaient restés sur le perron de l'église, animés de sentiments contradictoires, partagés maintenant entre l'envie d'intervenir et celle de rester à une distance prudente.

– Que chacun reste dans le rang, cracha Bossuat à l'archer qui se tenait près de lui. L'heure est venue de distinguer les purs des impurs.

Sa voix avait claqué comme un coup de fouet.

Damien Lépine fit face au long ruban humain formé d'une centaine d'hommes, de femmes et d'enfants, que gardait, tous les deux pas, un homme en armes.

Le silence devint si profond qu'on eût dit que la terre était devenue muette, que les sons, dans l'air pesant et glacé, avaient perdu leur faculté de naître.

L'enfant commença son abominable office, les bras croisés dans le dos, le visage grave et pénétré, comme un général passant ses troupes en revue.

Il s'arrêta devant une première villageoise, riva son regard sur son front. Ses sourcils se contractèrent, ses yeux se rétrécirent, puis s'agrandirent, se rétrécirent de nouveau, au point de n'être plus que deux têtes d'épingle de part et d'autre de la base de son nez plongeant.

– La tache est blanche, déclara-t-il sentencieusement.

Les deux femmes suivantes furent également déclarées « sans noirceur » et priées de quitter le rang.

Quand le garçon arriva devant l'épouse d'Augustin Bardot, ses prunelles s'éclairèrent et sa physionomie prit soudain une expression de joie féroce et mauvaise :

– Celle-ci est marquée par l'démon, annonça-t-il en levant le menton.

La mère de Marie ouvrit la bouche, médusée par cette accusation, mais n'eut pas le temps de protester : deux sergents l'empoignèrent fermement et la traînèrent jusqu'à l'un des tombereaux dans lequel ils la poussèrent ensuite sans ménagement. Son époux et son fils aîné opposèrent plus de résistance et se virent frappés par les gardes, l'un à la mâchoire, l'autre aux jambes.

Un sourire de contentement traversa le visage de Bossuat :

– Ne vous l'avais-je pas dit, messieurs ? dit-il en se tournant vers ses deux conseillers. Les sorciers sont légion, comme les fourmis. Il suffit de donner un coup de pied dans la fourmilière et vous en faites sortir dix mille.

Vint le tour d'une fillette de huit ans, de ses quatre frères et de ses parents, puis de Colin Valot et du meunier, qui tous furent reconnus sorciers et allèrent s'entasser dans le premier chariot.

Damien Lépine poursuivit son inspection, fit encore arrêter dix personnes et en laissa partir six autres.

Puis, il se planta face à Guillaume Augelet, s'immobilisa, concentra son attention sur le tavernier. Il y eut un silence affreux pendant lequel il le jaugea d'un air indécis.

Voyant qu'il hésitait, Bossuat le pressa de se prononcer.

– J'peux pas dire, avoua le garçon. Sa tache à lui est point blanche, mais elle est point noire non p'us.

– De quelle couleur est-elle ?

– D'une couleur que j'peux point dire.

– Comment est-ce possible ? interrogea Bossuat.

– Elle est grise, déclara l'enfant.

Bossuat et ses deux conseillers échangèrent un regard circonspect.

– Mais… ce gris, s'enquit encore le juge, comment est-il ? Tire-t-il plutôt vers le noir ou tire-t-il vers le blanc ?

Le jeune garçon pencha légèrement la tête :

– Vers le blanc, dit-il finalement.

Augelet poussa un long soupir de soulagement.

Arrivé devant Germaine Billault, le petit gueux se montra de nouveau irrésolu. « La Bouche » comprima d'une main les battements affolés de son cœur et sa face ingrate se crispa en une grimace hideuse. Damien Lépine sourit, amusé :

– Blanche.

La paysanne tomba à genoux et, en signe de gratitude, couvrit la main du gamin de baisers, mais celui-ci la lui reprit aussitôt, comme s'il venait d'être mordu par un serpent.

Benoît d'Aunis et Simon Martin, qui ne se trouvaient jamais très loin l'un de l'autre, quelle que fût la circonstance, eurent à subir ensemble le terrible examen.

Effrayé, Simon dissimula son visage derrière ses paumes et se mit à branler de tout son corps en sanglotant. Le sergent dut lui écarter les bras et les lui maintenir de force dans le dos. Cette fois, Damien Lépine ne marqua aucun doute :

– Noire.

D'Aunis sentit une sueur froide baigner ses tempes.

– Lui aussi, noire.

En entendant ce verdict, tombé net avec le tranchant d'un couperet, le gros Benoît montra une légère défaillance et vacilla sur ses jambes. Il eut aussitôt honte de ce mouvement de faiblesse et bomba son torse de percheron, qu'il frappa de la main :

– Nom de Dieu ! hurla-t-il. J'fracasse l'premier qui m'touche !

Il fallut la force de trois hommes pour le ceinturer et le mener de force jusqu'aux chariots, tant il se débattit avec violence, scandant ses injures de coups de pieds et de gesticulations furieuses, gueulant, crachant, les veines du cou et de la face gonflées à en éclater.

À sa suite, les parents de Mathilde Minet, Andrieu de Vicq et neuf autres villageois furent également déclarés sorciers, mis à l'écart du groupe puis placés dans le second véhicule.

En quelques minutes, le ciel prit une teinte anthracite. D'énormes nuages gris et ventrus vinrent s'amonceler et abaisser leur voûte sinistre au-dessus de Malzieu.

– Allons, il faut en finir ! tonna Estienne.

Percheval aurait souhaité pourvoir le suivre dans cette idée, mais il gardait assez de sang-froid pour ne pas céder à une tentation aussi absurde.

– Tenez-vous tranquille, lui intima-t-il. Ils ont plus d'une vingtaine d'hommes en armes avec eux. Nous ne sommes que deux.

Puis, il s'adressa à Gaultier en murmurant sourdement :

– Recule.

– Maître ?

– Recule, te dis-je. Fais-le discrètement.

– Vers... vers où dois-je reculer, maître ?

– Jusqu'à la taverne. Lorsque tu seras près de la porte, rentre prestement à l'intérieur sans te faire remarquer et trouve à te cacher quelque part.

– Maître, s'alarma le jeune des Périers, pour... pourquoi me donnez-vous ce conseil ? Ils... ils n'ont pas l'intention de s'en prendre à nous, n'est-ce pas ? Nous ne sommes pas... nous n'avons rien à voir avec tout cela...

– Cesse ton babil et fais ce que je te dis.

Au moment où il prononçait ses mots à voix basse, l'un des sergents, comme s'il avait deviné ses pensées, coucha son fusil en joue, la crosse contre l'épaule, et fit mine de les viser.

– Trop tard, fit Percheval en serrant les dents.

– Il fera beau voir, s'écria Estienne que ce sale petit gueux à l'œil louche s'approche de moi ! Et que l'un de ces cochons essayât de me monter dans leur maudite charrette !

Et, sur ces mots, comme pour se tenir prêt à cette éventualité, il ferma son poing en serrant le pouce contre ses doigts repliés. Gaultier gémit, son visage prit la blancheur de son rabat de dentelles.

Damien Lépine s'était remis à marcher lentement devant les Malazins, avec son air d'importance, son visage maigre empreint d'une gravité affectée. Il continua, durant de longues et interminables minutes, à distribuer, selon son caprice, les deux mots terribles qu'il affectionnait le plus au monde, « blanche », « noire », ces deux mots fatals qu'il laissait tomber comme des arrêts de mort, se délectant de leur suave sonorité et de l'effet qu'ils produisaient. Il jouissait de la vision de tous ces visages défigurés par la peur, de ses regards suppliants, de ses échines frissonnantes et courbées sur son passage, tandis que sa bouche fine et mauvaise crachait le fiel de sa toute-puissance.

Le garçon s'immobilisa soudain devant Francine Bègue, qui aussitôt baissa les yeux. Il retint un moment ses mots, perdant un peu de temps à contempler le charmant ovale du visage, à savourer la vision du menton qui tremblait et de la frange abaissée des cils pâles ; un duvet blond, léger, brillait dans la coulée des omoplates de la jeune fille, à peine plus âgée que lui, et la chair rose de sa poitrine, au-dessus de la guimpe, palpitait d'angoisse.

– La tache est trop petite, dit-il en plissant les paupières.

Francine faillit pâmer.

– Pitié ! murmura-t-elle dans un souffle.

L'enfant sourit, montra deux longues canines séparées et pointues :

– Noire.

Le père Bègue s'interposa entre sa fille et le sergent qui faisait le geste de l'emmener. Mais celui-ci le saisit par le bras et, après lui avoir porté un coup de genou en plein ventre, le jeta à terre. À son exemple, deux autres gens d'armes se ruèrent sur le malheureux, le frappant à la tête et au corps. À partir de cet instant, les quelques villageois qui restaient dans la file ne tentèrent plus d'en sortir. Tirant du spectacle une leçon de prudence, ils se pénétrèrent définitivement de l'idée qu'ils n'avaient pas d'autre alternative que la prière, pour être sauvés.

Damien arriva enfin devant Moïse.

Les traits habituellement bienveillants du chirurgien ne reflétaient aucune trace de peur ou d'émotion mais étaient obscurcis par la colère. Il se tenait d'aplomb, le buste très droit, soutenant, tout en le défiant, le regard perfide du garçon qui l'évaluait. Puis il émit un grognement, comme celui d'une bête féroce que le danger excite.

Damien Lépine détourna la tête, soudain contraint et soumis par cette force brutale, cette lueur d'animal sauvage qui avait jailli de l'œil jaune du chirurgien.

– Blanche, dit-il s'éloignant rapidement.

L'inspection achevée, les gens d'armes qui étaient venus à cheval remontèrent en selle, les autres encadrèrent les chariots, prêts à les suivre, tenant leurs piques dressées à hauteur d'homme, au cas où les prisonniers ne sautent à terre et cherchent à s'échapper.

Tandis que Bossuat donnait ses derniers ordres aux archers, les deux conseillers conduisirent l'enfant jusqu'à Percheval.

– Nous... Nous amenons les sorciers et les sorcières à Sedan, annonça Michel Groise embarrassé.

Percheval s'étonna de cette confusion subite, mais le laissa achever.

Cependant, les mots, visiblement, ne venaient pas, retenus au fond du gosier du gros magistrat par une gêne évidente.

– L'enfant... heu... Damien Lépine... a reçu instruction de...

– De soumettre à son examen toute personne se trouvant dans le village, acheva à sa place Robert Bérenger.

Percheval eut une prompte riposte sur le bout de la langue, mais il la retint, devinant que toute réplique ou toute argumentation serait inutile. Estienne serra les poings et son corps se mit à frémir sous l'effet de la tension. Gaultier recula derrière son protecteur.

Avant que l'un des trois eût le temps ou l'idée d'esquisser un mouvement, Damien s'avança vers l'avocat. Ses yeux plongèrent dans les siens puis remontèrent sur son front et s'y accrochèrent plusieurs secondes, qui semblèrent d'interminables minutes. Ses narines se dilatèrent, sa bouche esquissa une moue volontairement perplexe.

Percheval sentit qu'il était perdu...

– Un mot, un seul mot de trop et tu t'en repentiras, murmura-t-il.

Le jeune coq perdit un peu de sa superbe :

– Soyez tranquille, monsieur, je ne vois rien, dit-il d'une voix mal assurée. Vous êtes bon chrétien.

Il s'approcha ensuite d'Estienne, qui le dévisagea avec la même hauteur menaçante que l'avocat :

– Prends garde à ce que tu vas dire, maraud. Je te préviens qu'à la moindre parole qui me portera préjudice, je te ferai rentrer la langue dans la gorge.

L'enfant inclina le front, visiblement intimidé par le ton et par la qualité de celui qui le toisait avec autant de hargne et de détermination :

– N'ayez crainte, dit-il en s'excusant presque. J'vois ben, monsieur, qu' vous êtes pas non p'us un ami du Diable.

Bossuat arriva précipitamment à leur hauteur :

– Qu'en est-il ? demanda-t-il en se plantant devant Damien et en toisant ses ennemis avec une haine indicible.

– Je leur ai vu une tache blanche, monsieur, à tous deux, répondit le garçon.

– Comment ? vociféra le juge ! Comment ? Je ne puis le croire ! Ces hommes sont des suppôts du Diable ! Tu auras mal vu !

Le regard de Damien passa successivement du visage hargneux du magistrat à celui, hostile et menaçant de Percheval. Le second dut lui paraître plus intimidant, car il confirma :

– Nenni, i sont marqués de blanc. L'blanc de not'Seigneur Jésus-Christ.

Ulcéré, Bossuat empoigna alors Gaultier par les épaules et le poussa brutalement devant lui.

– Et celui-ci ? éructa-t-il. Dis-moi si ce bougre n'est point marqué par le signe du Diable, auquel il a vendu son âme et son corps !

Percheval n'eut pas le temps de réagir. Bossuat tenait à présent son stagiaire par la manche de son pourpoint.

– Pour lui, fit le gamin en reprenant son aplomb, la chose est sûre. J'vois la tache noire. Elle est énorme. D'la taille d'un écu.

Estienne s'avança d'un pas et tenta de s'interposer :

– Peste ! Ce jeune gueux ment comme il respire !

Le magistrat fit signe aux trois gens d'armes qui brandissaient leurs fusils de s'approcher.

– Arrêtez ! s'écria alors Percheval. Arrêtez ! Sur ma vie, cet enfant n'est pas un sorcier ! Il travaille pour moi ! Il est étudiant en droit à l'université !

– Un sodomite, cracha Bossuat en faisait signe à ses hommes d'emmener le jeune des Périers. Un sodomite qui se livre aux plus infâmes débordements, parce qu'il est voué à Satan !

– Ah, ça ! s'emporta Estienne. Êtes-vous fou ?

Gaultier n'avait plus une seule goutte de sang à la figure.

– Maître ! implora-t-il. Ne les laissez pas m'emmener ! Que… que vont-ils me faire ?

Percheval comprit qu'il ne pourrait rien et le sentiment de son impuissance augmenta sa fureur.

– Je ne tolérerai pas un tel outrage ! hurla-t-il à Bossuat. Ordonnez qu'on le relâche !

– Nous le conduisons en prison à Sedan avec les autres, et c'est en prison qu'il attendra d'être jugé.

– Il n'a pas à être jugé ! Libérez-le !

Estienne, perdant toute maîtrise, se rua sur les trois sergents qui s'étaient saisi de Gaultier, mais la violence du coup de crosse qu'il reçut en plein visage le fit s'effondrer sur le sol.

– Comment osez-vous ? hurla Percheval. Vous répondrez de cela !

– Allons-y, lança Bossuat à ses conseillers, quittons ce trou maudit. Faites partir les chariots.

Gaultier fut traîné jusqu'aux tombereaux, où une dizaine d'enfants, blottis dans les bras de leurs mères, braillaient et gémissaient.

– Combien en avons-nous ? interrogea Bérenger, tandis qu'il grimpait à cheval.

Groise jeta un coup d'œil vers les hommes et les femmes qu'on avait obligés à s'asseoir et à se serrer contre les ridelles.

– J'en ai compté trente-sept.

– Ma foi, dit Bérenger, voilà une belle prise.

Groise se balança sur ses jambes avec son gros air content de lui-même :

– Oui, oui, une belle prise, opina-t-il.

– Le compte n'y est pas, grommela Bossuat en mettant à son tour le pied à l'étrier. Je mettrai ma main au feu qu'il se trouve au moins cent cinquante sorciers dans ce village.

– Où sont les autres ?

Le petit juge éperonna sa monture :

– Ils ont bien senti le danger, répliqua-t-il. Ils sont restés cachés dans leurs fermes et les hameaux, comme des rats. Nous ne disposons pas d'assez d'hommes pour les en dénicher, mais ils ne nous échapperont pas très longtemps.

Et, sur ce, les trois magistrats partirent au trot en direction du vieux pont, pendant que Percheval se précipitait vers Estienne pour lui porter secours.

Celui-ci gisait étendu à l'endroit où il était tombé, toujours évanoui.

Malgré le bruit des voitures qui s'ébranlaient et les clameurs désespérées des prisonniers, Percheval entendit nettement la voix effrayée de Gaultier qui l'appelait :

– Maître ! Maître ! À l'aide ! Maître... !

Ses idées se bousculaient dans son esprit à une vitesse vertigineuse. Tout en essayant de réanimer Estienne, il cherchait une ligne de conduite mais, dans son trouble et le désordre de ses pensées, aucune solution ne prenait corps ; il ne voyait rien de ce qu'il pouvait faire dans l'instant, ni de ce qu'il devait faire.

Tout à coup, tandis que le médecin revenait peu à peu à lui, le ciel de plomb déchargea une violente pluie de grains, durs et glacés.

L'averse les submergea, ils ne firent rien pour s'en protéger ; ils restèrent sans bouger au milieu de la place, sous le coup d'un émoi qui leur ôtait leur volonté, parmi les Malazins tout autant anéantis et hébétés qu'eux.

Les grêlons fouettaient leur visage, leur attaquaient les joues, mais ils n'avaient la sensation de rien. Ils demeurèrent ainsi plusieurs minutes, l'un allongé sur le sol, l'autre agenouillé à ses côtés, parmi les flaques qui se formaient à leurs pieds, recevant sans réagir cette grêle infernale que leur vomissait le ciel.

Ils ne furent bientôt plus que deux masses dégoulinantes d'eau. Silhouettes immobiles et ruisselantes, ils ne sentaient même plus leurs doigts gourds, ni leurs jambes et leurs bras tétanisés par l'effet de la grêle et du froid qui pénétraient leurs chausses et leurs manteaux ; lorsque la trombe cessa enfin, ils avaient toujours cet air consterné et abattu ; ils se relevèrent en titubant, les épaules affaissées, comme au sortir d'un formidable combat.

XXVIII

Des disparitions sans importance

Mouzon, 1er avril.

La consternation pétrifia la face rougeaude de Boniface ; il se dressa, éperdu :

– Quoi ?... Comment ?... Mes bons amis, mes chers paroissiens, emmenés en prison ! ! Et vous dites que Mathilde Minet est morte ? Et aussi la fille d'Augustin ?... Toutes les deux ? Seigneur ! Seigneur ! Quel grand malheur !

Il s'éventa la face avec la main, soufflant comme un gros phoque qu'on vient de sortir de l'eau. Puis, tout en déglutissant péniblement, il fit signe à Clémence de s'approcher :

– Ma mie, ma douce, apporte-moi à boire... la gorge me brûle de tant de mauvaises nouvelles... Va, va, hâte-toi, ma caille, j'ai soif... j'ai peur de me trouver mal... Je suis si déconforté ! Oh, Sainte Marie, Mère de Dieu !

Il saisit le pichet que lui tendait sa compagne et versa dans son gobelet une grande rasade de vin, qu'il avala d'un trait.

– Comment a-t-on pu laisser se commettre une pareille abomination ? s'exclama-t-il, toujours abasourdi, mais en se servant derechef. Comment de telles choses peuvent-elles se produire ? Tout ce que vous me comptez là ne peut pas être vrai ! Cela défie l'entendement !

– C'est arrivé, pourtant ! dit Percheval. Et pour ce qui est de Marie et de Mathilde, aucun doute ne subsiste quant au fait qu'elles ont été homicidées.

– Ah, Messieurs, je vous crois ! Hélas, je vous crois !

L'ancien vicaire s'effondra sur une chaise et envisagea ses deux hôtes, atterré :

– Qu'allez-vous faire ?

Percheval ne trouva rien à lui répondre, car lui-même n'en avait aucune idée. Toute la nuit, Estienne et lui avaient cherché une solution. Mille résolutions plus déraisonnables les unes que les autres leur étaient passées par la cervelle : un instant, ils avaient eu l'idée d'aller à Sedan et d'enlever de vive force leur ami, après avoir mis le feu à la prison ; ils avaient également imaginé de s'emparer de Bossuat en personne et de l'utiliser comme monnaie d'échange contre la libération du jeune des Périers. Ils s'étaient perdus ainsi dans un dédale de projets insensés, sans aboutir à rien de satisfaisant. Mais dans tout ce chaos de pensées, au bout de tous ces carrefours et de ces chemins sans issue, une seul idée, toujours, s'était élevée : il fallait qu'ils sauvent Gaultier. Et ils en étaient arrivés à la conclusion, au petit matin, que seule la découverte de l'assassin de Marie et de Mathilde pourrait les tirer tous de ce mauvais pas.

Boniface avait repris quelques couleurs et ne disait plus rien ; grave et concentré, il réfléchissait. Puis, une idée, tout à coup, sembla le traverser telle une flèche :

– Avez-vous entendu parler de Ninon ? dit-il.

– Ninon ?

– Cette petite, qui s'est noyée dans la Tonge il y a un an.

– Personne ne nous en a rien dit.

– Cela s'est passé quelques semaines avant que l'on ne retrouve le corps d'Émeline Boiton, déchiqueté par les loups.

Un soupçon grave, un soupçon horrifiant le frappa soudain de plein fouet :

– Si vous dites vrai… si Marie et Mathilde ont bien été frappées par une main criminelle, alors… il se pourrait que…

Il avala sa salive et consulta nerveusement du regard les deux hommes qui lui faisaient face. Il tressaillit vivement, cacha son visage entre ses mains :

– Oh, non… gémit-il.

– Qu'y a-t-il ? De grâce, dites !

– C'est impossible…

– Quoi ?

– Peut-être que les autres aussi…

– Les autres ? Quelles autres ? s'impatienta Estienne.

Boniface crispa ses doigts sur le rebord de la table et lâcha, entre deux souffles :

– Toutes les autres.

Percheval, tellement déconcerté par ses propos, resta une seconde à l'envisager sans bouger. Estienne posa sur lui deux yeux rapetissés et interrogateurs.

La voix de Boniface poursuivit, altérée par l'émotion :

– Christine Leul, il y a deux ans, a été retrouvée à l'orée du bois… écrasée par une grosse branche… c'était après la tempête…

Il ponctua sa phrase d'un long gémissement comme pour soulager sa poitrine oppressée :

– Et il y a eu aussi Odile, trois ans auparavant… la fille de Gaëtan Le Doussal… Je l'ai portée en terre le jour de son treizième anniversaire. On l'a découverte dans un fossé… tout le monde a pensé qu'elle avait glissé… Le chemin était si boueux…

Il marqua une pause, tourna vers l'avocat et le médecin une figure décomposée. Et, soudain, comme il se rendait compte de l'importance de ses propres paroles, il s'exclama :

– Non ! Non !… C'est impossible !

Percheval restait stupéfait de ces révélations :

– Combien ? demanda-t-il fiévreusement. Combien y en a-t-il eu ? Combien de filles ? Depuis combien de temps ?

Les lèvres de Boniface frémirent :

– Peut-être s'agit-il de malheureux accidents ?

– Combien ? répéta Melchior en s'écriant presque d'un ton de voix tremblant, comme si sa vie eût dépendu de sa réponse.

Boniface chercha ses souvenirs durant une longue minute, puis reprit, d'un ton bas et rapide, comme s'il se parlait à lui-même :

– Brigitte, la cadette de Thibaut Cauchy, c'était il y a… cinq ans, je crois… elle est sortie chercher des fagots et n'est jamais revenue. On a prétendu qu'elle avait fui le village parce que son frère la battait un peu fort... Marthe Salomon, c'était juste après... elle n'est jamais revenue de Faissault où elle s'était rendue visiter des cousins...

Tandis qu'il continuait de fouiller sa mémoire, toutes les expressions de l'horreur passèrent sur sa figure bouffie. Il serra les mains sur ses bras, ramassa ses forces pour poursuivre :

– Et... il y a eu aussi la petite Rolande, qui est partie un soir, sans jamais donner de ses nouvelles à ses parents... et... et la petite Thérèse Régnier, qu'on dit avoir été enlevée par des bohémiens, à Signy...

Il s'arrêta, lutta encore un moment contre l'inconcevable, fit plusieurs fois non de la tête, énergiquement, puis continua malgré tout son inquiétante énumération :

– Et peut-être aussi Jacqueline Verne, qui a quitté le village pour aller se placer à la ferme de Pascal Bergon, mais que l'on n'a jamais revue. Et... et cette enfant, comment s'appelait-elle déjà ? Ah oui ! Agnès Juy ! Elle, on l'a découverte dans une étable, sans vie. Personne n'a jamais su ce qui lui était arrivé. C'était l'année où Raoult a donné un coup de fourche aux gabeleux... et la jeune Sylvaine !... elle aussi, retrouvée noyée, dans une mare près de laquelle elle avait l'habitude de jouer... c'était il y a... il y a peut-être dix ans. Oh, Seigneur !

Estienne ne put contenir son agitation, il se leva pour arpenter la pièce. Boniface se mit à compter sur ses doigts boudinés les noms des victimes supposées. Son visage s'était marbré de taches écarlates.

– Ninon... Émeline... Brigitte... Christine... quatre... Marthe, Agnès... six... Sylvaine et Thérèse, huit... Rolande... Odile... Jacqueline... onze !

– Non, treize, rectifia aussitôt Percheval d'un timbre lugubre. Treize, en comptant Marie et Mathilde.

Estienne cessa son va-et-vient :

– N'allez pas fantastiquer ce qui n'est peut-être pas, dit il. Des gens disparaissent et meurent tous les jours. Des enfants, surtout. Il n'est pas rare que les filles quittent leurs parents pour suivre un coquin ou pour se placer dans un bourg. Elles n'ont pas toujours envie de donner de leurs nouvelles à leur famille, surtout lorsque le coquin en question leur a ravi leur précieux trésor et qu'elles se retrouvent grosses. Quant aux autres, qu'y a-t-il de tellement surprenant ? Vous savez aussi bien que moi que les enfants sont par nature désobéissants. Ils s'amusent près des points d'eau, bien que cela leur soit défendu, et finissent souvent par s'y noyer. Ils partent courir les bois, se blessent, tombent dans des trous, se perdent ou encore se font attaquer par des bêtes sauvages. La vie et la mort ne font qu'un. C'est ainsi et je suis bien placé pour le savoir.

– Allons ! fit Percheval un peu sèchement. Sept filles disparues, six autres qui ont perdu la vie dans des circonstances pour le moins étranges ! Toutes mortes ou envolées, sans que jamais une seule personne n'ait été témoin de leur trépas ou de leur disparition. Treize filles ! À peine pubères. Qui pourrait croire, sachant ce que nous avons découvert, qu'il puisse s'agir d'accidents ?

Le médecin reprit sa marche de long en large, faisant claquer son gant sur sa paume.

– À quand remonte la première disparition ? demanda Percheval à Boniface.

– Je… je ne sais plus… pardonnez-moi…

– Vous devez vous remembrer.

Toujours sous le coup de son émotion, l'ancien vicaire acquiesça d'un faible hochement de tête. Il répondit :

– Thérèse, peut-être. C'était il y a fort longtemps… oui, il se peut que Thérèse ait été la première… À moins que… à moins que ce ne soit Agnès Juy ? Non, non… avant… il y a eu Rolande… oui ! Je m'en souviens à présent ! C'était après la Pentecôte, cet été où j'ai attrapé une très mauvaise fièvre quarte. Rolande a été la première à disparaître… c'est ça, oui… la petite de Guillaume Augelet…

– Le tavernier ?

– Oui, il a perdu sa fille, lui aussi.

Percheval et Estienne échangèrent un regard stupéfait.

– C'est tellement loin, ajouta Boniface. Cela remonte à vingt ans, au moins. Peut-être même vingt-cinq… La petite a disparu, un soir. Guillaume était effondré, il l'a cherchée partout. Le départ de sa fille lui a donné tant de martel qu'il en a perdu le sommeil pendant des mois.

Percheval semblait tomber des nues :

– Quel âge avait sa fille ?

– Je n'en suis pas très sûr. Sans doute à peu près le même âge que les autres.

– Pourquoi ce maraud ne nous en a-t-il jamais parlé ? s'étonna Estienne.

L'avocat haussa les épaules :

– Et pourquoi nous en aurait-il parlé ? Comment aurait-il pu faire le rapprochement entre la mort de Marie et de Mathilde et la disparition de sa propre enfant ? Des coïncidences dix fois plus remarquables que celle-ci se présentent dans chaque heure de notre vie, sans attirer notre attention.

Boniface s'affaissa sur sa chaise paillée :

– Le pauvre homme a eu bien du malheur : sa femme l'a abandonné peu après le départ de leur petite Rolande et, dans le même temps, je me souviens qu'il a également perdu son frère, qui a succombé au mal des ardents. N'ayant plus d'autre famille que « Patte-Folle », il a recueilli le garçonnet et s'en est occupé comme son fils, bien que celui-ci fût infirme et simple d'esprit.

– Qu'est devenue son épouse ? interrogea Percheval.

– À ma connaissance, Louise vivait encore à Mézières, il y a trois ou quatre ans.

– Pour quelle raison a-t-elle fui le village ?

– On a dit beaucoup de choses à ce sujet. Mais vous savez comme moi que plus on en dit, moins on en sait. Je me souviens qu'une méchante rumeur a couru un temps, selon laquelle la jeune Rolande avait quitté Malzieu pour s'établir en commerce de débauche avec un blondin. Certains ont prétendu que sa mère était partie la retrouver. Pour ma part, je n'ai jamais accordé aucun crédit à ces bavardages : Rolande était bien trop jeune et farouche pour quitter le village, ce qu'elle a d'ailleurs fait à la nuit tombée et sans rien emporter avec elle, pas même un ballot. Quant à Louise, je pense que c'est le chagrin qui l'a poussée à fuir des lieux qui lui rappelaient par trop le souvenir de son enfant disparue. D'autant plus qu'au fil du temps, Guillaume est devenu d'humeur taciturne et coléreuse. Sa femme et lui avaient souvent de grosses querelles… Vous savez ce qu'il en est : dans de telles circonstances, chacun fait retomber sur les épaules de l'autre la responsabilité du drame qui l'accable.

Estienne recommença à faire les cents pas, tournant comme un fauve en cage :

– Il est tout de même une chose que je n'entends point : pourquoi les crasseux de ce village n'ont-ils pas informé leur seigneur ou la prévôté de tous ces évanouissements d'enfants ?

Boniface prit la remarque pour lui et se défendit en rougissant :

– Mais… mais personne n'y a vu à mal. Moi le premier, avant ce jourd'hui, je n'aurais jamais pensé que… enfin, qui aurait pu imaginer ?

– Sans compter, dit Percheval, que certains parents ont dû avoir peur. C'est le devoir des pères et mères d'avoir soin de leur progéniture. Lorsqu'un enfant se noie, qu'il se perd ou qu'il est mangé par quelque bête féroce, faute de surveillance, ils risquent d'être poursuivis en notable défaut. La justice les oblige parfois à s'amender en faisant réparations honorables et pèlerinages expiatoires. J'ai vu une femme, dont le fils âgé de sept ans s'était fait reverser par une carriole, contrainte de venir au tribunal genoux fléchis et de faire célébrer une messe à ses dépens. Les magistrats lui ont promis le pilori la prochaine fois qu'un de ses enfants trépasserait. À Metz, une autre mère, accusée d'avoir laisser putasser sa fille de douze ans, a été condamnée à un mois de prison au pain et à l'eau.

– Fichtre ! C'était peut-être là une crainte de ces gueux de Malazins, mais avouez, cela n'entre pas dans les us de la raison !

– Cet homme, qui a occis toutes ces pauvres filles, interrogea fébrilement Boniface, avez-vous idée de qui il peut être ?

– Un fou, assurément, répondit Estienne.

– Mais non dépourvu de malice et de fourberie, précisa Percheval, puisqu'il a abusé tout un village durant plus de vingt ans. Songez à la façon dont il procède : ayant conçu l'idée de son crime, il attend l'occasion favorable à son exécution, guette ses proies, puis, lorsqu'il est assuré que personne ne peut le prendre sur le fait, les enlève et se livre à ses infâmes turpitudes. Son esprit artificieux lui suggère à chaque fois le moyen et la commodité grâce auxquels il va pouvoir rapter, violenter puis tuer, sans que jamais ses actes soient imputés à un véritable assassin, mais que, toujours, ils passent pour des accidents ou des fuites. Ce passefin est doué d'une ruse infinie.

– Un beau lâche, oui, rectifia Estienne. Lâche, méprisable, vil et infiniment abject.

– Un homme de Malzieu, assurément, renchérit Percheval. Un homme que vous avez côtoyé durant des années, sans rien soupçonner de ses abominables agissements ; un homme que tout le monde connaît et dont personne ne s'est jamais méfié, un homme qui a le sourire aux lèvres et le mal dans l'âme.

– Mon Dieu ! murmura le gros Boniface, qui est-ce ? Au nom du ciel, qui est-ce ?

– Si seulement je le savais, fit l'avocat en soupirant.

– N'avez-vous point un seul soupçon ?

– J'ai cru, en venant vous trouver, que vous me feriez part des vôtres.

– Moi ? s'étonna l'ancien vicaire. Encore aurait-il fallu que je sache la chose.

– Hélas, vous avez raison.

Estienne s'immobilisa enfin et réfléchit :

– Un tel monstre doit forcément se distinguer du commun, dit-il. Un tel dérèglement de la raison ne passe pas inaperçu.

– Je pense au contraire qu'il paraît aussi sain d'esprit que vous et moi, objecta l'avocat.

– Diantre ! Cela ne se peut ! Et vous savez aussi bien que moi lequel de tous ces marauds pourrait porter le chapeau.

– Qu'est-ce à dire ?

– Considérez les faits, mon ami : ce scélérat ne peut jouir des femmes qu'en abusant d'elles. C'est donc qu'il souffre de quelque difformité du corps qui le rend trop repoussant à la compagnie du beau sexe. De surcroît, remarquez qu'il n'a ni le courage ni la force de s'attaquer à une femme adulte et de grande corpulence. Il ne s'en prend qu'à des tendrons à peine sortis de l'enfance. J'en conclus donc qu'il est chétif et peureux.

La description était assez nette pour que Percheval ne saisisse pas sa pensée. Il balaya cette hypothèse d'un geste de la main.

– C'est lui ! persista Estienne. Votre petit boiteux est celui que nous cherchons !

– Certainement pas, répliqua Percheval, légèrement agacé.

– Ah ? Et pourquoi donc ? En quoi mon idée vous paraît-elle si improbable ?

– Contrairement à ce que vous pensez, exposa l'avocat, le meurtrier doit être de solide constitution. Les traces que j'ai vues sur le cadavre de Mathilde témoignent qu'elle s'est débattue avec opiniâtreté contre son agresseur. De plus, j'imagine mal Rémi soulever le cadavre de Mathilde pour le pendre à un arbre, ce qui nécessite, comme vous le dites vous-même, une vigueur qu'il est loin de posséder. Quant à Marie, n'oubliez pas qu'elle a été traînée du bois jusqu'au vieux moulin. Attendu qu'il y a au moins huit cents pas entre les deux endroits, ce pauvre infirme aurait été incapable d'un tel exploit, car au moindre effort, sa hanche le fait rapidement souffrir. Enfin, songez que les premiers meurtres ont commencé il y a plus de vingt ans. Or, Rémi était bien trop jeune, à cette époque, pour en être l'auteur. Nous pouvons donc écarter définitivement cette supposition saugrenue.

Estienne, vexé, haussa les épaules.

– Vous raisonnez mieux que moi, maronna-t-il.

Puis, venant s'asseoir à la table, aux côtés de Boniface :

– Bien, il ne nous reste plus qu'à informer la justice de toutes ces disparitions suspectes.

– La justice, soupira Percheval, ne nous écoutera point.

– Il le faudra bien. De toute façon, nous n'avons pas d'autre moyen de couper la broche à cette affaire. Un péril instant nous presse d'agir. Pensez que Gaultier se trouve aux abois.

Percheval se mit à ronger nerveusement l'ongle de son pouce :

– Bossuat ne prêtera aucune audience à mes propos, pas plus que Robert Bérenger ou Michel Groise. Quant au premier président du bailliage, je lui dirai tout ce que je sais sur cette affaire, mais je n'espère pas qu'il en croira la moitié. Je serais vraiment sot si je l'espérais. Personne n'acceptera de nous entendre. Encore une fois, nous allons être tondus.

– Alors, que faisons-nous ? s'énerva Estienne. Sangdieu ! Nous n'allons pas attendre quiètement, les bras croisés, le cul serré dans nos chausses que le jeune des Périers se fasse rôtir en place publique !

– Que voulez-vous que je vous dise ? lâcha Melchior avec accablement. Jusqu'à présent, toutes mes tentatives n'ont fait que blanchir. La chance s'est constamment prononcée contre moi... Je ne sais plus quel chemin prendre et surtout vers quelle nouvelle infortune il nous mènera.

Estienne le vit si abattu qu'il regretta aussitôt son emportement :

– Allons, dit-il, ne vous abandonnez pas, Melchior. Nous parviendrons à sortir votre petit béjaune de là.

– Et comment ?

– Pour l'instant, nous ne pouvons rien découvrir de plus. Nous devons donc retourner à Malzieu et interroger les parents de toutes ces enfants disparues.

– S'ils ne sont pas en prison, souffla Percheval. Les juges ont fait arrêter la moitié du village. D'ailleurs, il se peut bien que notre assassin se trouve également au cachot.

– Mais le tavernier, lui, est toujours là, suggéra Estienne.

Boniface, intervint :

– Guillaume ne vous apprendra rien, messieurs. S'il avait été en possession du moindre indice pour vous aider, je le saurais.

– Alors, nous devons retrouver sa femme, trancha Estienne. Vous dites qu'elle vit à Mézières. En quel endroit ?

Boniface leur jeta un regard contrit :

– Je l'ignore. Mais vous n'en tirerez rien non plus.

– Pourquoi donc ?

– Hélas, d'après ce que j'en sais, la pauvre femme n'a jamais plus prononcé un seul mot depuis le drame. Et je crois qu'elle est tombée dans une très grande aliénation d'esprit.

XXIX

Les limbes de l'oubli

Ils se mirent en chemin sitôt après avoir pris congé de Boniface. La journée ne s'annonçait pas sous les meilleurs auspices : le ciel gris versait une petite pluie fine et sournoise qui leur glaçait la moelle des os. Cependant, ils virent la chance leur sourire plus vite qu'ils ne l'auraient imaginé.

En effet, à peine une heure après leur arrivée à Mézières, tandis qu'ils interrogeaient un groupe de pauvres hères qui traînaient aux environs de l'église paroissiale, ils retrouvèrent, par un heureux hasard, la trace de Louise. Ils purent ainsi apprendre qu'elle avait vécu quinze ans dans une masure de la rue des Fers, sous le sobriquet de « la Poulot » et qu'elle avait exercé à peu près tous les métiers, sauf les plus nobles. Elle avait d'abord été vendeuse de rue, étalant à la sauvette les objets de peu de valeur qu'elle chapardait, ici et là, sur les étals des marchands ou sur les étendoirs des blanchisseuses, survivant grâce à ces vols de misère ; elle avait connu la prison plus qu'à son tour, cinq ou six fois peut-être, et s'était acoquinée avec plusieurs mauvais sujets, dont Blancbec, un apprenti boutonnier aux manières louches, et un fripier du nom de Renaud Sansregret, qui avait fini aux galères. On l'avait vue ensuite marchande d'herbes et de fleurs, joueuse de vielle, porteuse d'eau, fille publique dans une auberge sordide, mendiante aux abattoirs de la ville et enfin décrotteuse.

Depuis son départ de Malzieu, elle avait toujours vécu avec la populace ambulante des petits gagne-deniers, des gens sans aveu, des ribaudes et des escrocs.

Hélas, on les informa également qu'elle avait quitté la ville trois ans auparavant, pour rouler les campagnes avec un dénommé Stéphane Merle, coupe-jarret de son état, puis avec un soldat aux gardes françaises. Ils découvrirent qu'elle avait finalement échoué à Sedan l'année dernière, sans doute happée de nouveau par la houle des malandrins, des ivrognes et des nécessiteux.

Ils durent donc reprendre la route, fâchés d'avoir à chevaucher de nouveau sous le crachin.

À Sedan, ils débutèrent leur quête aux abords de la citadelle, puis élargirent rapidement leurs recherches au quartier nord. Tout le reste de la journée, ils fouillèrent en vain les tavernes et les cabarets de la cité, questionnant sans relâche les gens de basse condition qu'ils rencontraient. Après avoir écumé la moitié de la ville, ils couchèrent à l'auberge des Trois Marronniers, épuisés et mécontents.

– Nous ne retrouverons jamais cette Louise ! pesta Estienne, le lendemain, tandis qu'ils s'éveillaient à l'aube. Autant chercher un pou dans la tignasse d'un gueux ! Renonçons et retournons à Malzieu.

– Accordons-nous encore cette matinée, dit Percheval. Peut-être verrons-nous nos efforts récompensés ? Dans le cas contraire, vous avez raison, nous irons poursuivre notre enquête à Malzieu.

Cette fois, ils cherchèrent l'épouse d'Augelet dans la partie sud de la ville, durant trois bonnes heures. Ils durent finalement admettre que leur entreprise était vouée à l'échec et décidèrent de quitter la place.

Alors qu'ils arrivaient non loin de l'écurie qui abritait leurs chevaux, Percheval aperçut une femme dont les manières étranges attirèrent immédiatement son attention. Pliée sur ses genoux aux côtés de la dépouille putréfiée d'un gros chien, la miséreuse s'affairait à retourner et à touiller méticuleusement le terrain boueux à l'aide d'un petit morceau de bois.

– Que peut-elle bien faire ? demanda-t-il, intrigué.

– Je l'ignore, fit Estienne. Sans doute a-t-elle perdu quelque chose.

Afin d'en avoir le cœur net, le médecin se pencha vers la pauvresse et lui cria un peu fort dans les oreilles :

– Eh bien, femme ? Que grouilles-tu là, accroupie dans la bouillasse, avec ton bâton ?

La gueuse leva sur lui des yeux visiblement irrités. Puis, l'ignorant délibérément, elle se remit à fouiller la terre molle, l'échine cassée, aplatie sur le sol, se traînant avec ses mouvements engourdis de grenouille.

– Cette carogne est-elle sourde ? bougonna Estienne. Pourquoi ne répond-elle point ?

Une voix leur lança, non loin :

– Elle cherche des vers, mes beaux sires ! Les vers blancs, c'est bon à manger.

Estienne jaugea l'homme qui venait de s'adresser à eux : son visage fripé, où les années se lisaient en rides comme les cercles sur la tranche d'un arbre scié, leur souriait de son dernier chicot. Quelques mèches jaunâtres et crottées, rescapées de son ancienne chevelure, vagabondaient par plaques sur son crâne. Sa veste semblait peser le poids d'au moins dix années de crasse, laquelle lui avait passé comme un badigeon de suie, noir et luisant, sur le cou et les mains.

– Et vous, mes beaux sires, s'enquit l'ancêtre en s'appuyant sur sa béquille, qu'est-ce qu'vous cherchez ?

– Une dénommée Louise Brecht, autrefois femme de Guillaume Augelet, tavernier au village de Malzieu.

Le bélître prit tout à coup un air sérieux, les regarda attentivement. Un pli profond, parmi les milliers de stries qui lui marquaient la face, lui traversa le front d'une raie noire.

– Connais pas.

– « La Poulot », précisa l'avocat, sans espoir.

Le vieux mendiant battit de ses paupières sans cils, étira ses lèvres sans relief.

– « La Poulot » ? Ah oui, elle, j'la connais.

Estienne, d'abord étonné, tendit aussitôt vers lui un doigt menaçant :

– J'espère que tu ne te gausses pas de nous, vieille canaille. Méfie-toi : si tu essayes de nous berner, il t'en cuira.

L'autre promena sur le médecin des yeux pleins de malice :

– Y a pas longtemps, j'ai eu affaire avec « la Poulot ». C'était pour mon commerce.

Et, pour se faire comprendre, il tapota, avec son doigt couvert de verrues, l'incisive branlante qui décorait le gouffre noir de sa bouche.

– Elle m'a vendu ses dents.

Percheval s'avança, remerciant intérieurement sa bonne fortune :

– Alors tu sais certainement où elle loge ?

– Ça s'peut.

– Veux-tu nous y conduire ? Contre dix sous ?

– À vot'service !

Dès que ses mains se furent refermées sur les pièces que lui tendait Melchior, le vieillard jeta sa béquille de bois et se mit à galoper comme une jeunesse, tout en faisant signe à ses généreux bienfaiteurs, d'un large signe du bras, de le suivre.

Ils s'enfoncèrent alors dans le cœur de la ville, tournèrent à gauche, puis à droite, et se retrouvèrent soudain dans un dédale de voies animées et bruyantes, pleines de petits marchands ambulants dont les voix discordantes, graves, enrouées ou grêles, donnaient le plus assourdissant concert de cris qu'on eût jamais entendu.

De solides maisons s'alignaient le long du chemin avec leurs cours intérieures et leurs jardins potagers, mais cependant les lieux, infestés de ribaudes et de mauvais garçons, n'incitaient guère à la flânerie.

Ils parcoururent encore de nombreuses voies en marchant d'un pas rapide, à la suite du vieux mendiant qui ne leur laissait aucun répit.

Ils s'engouffrèrent ensuite dans une série de venelles tortueuses, aussi obscures et humides que des basses-fosses.

Les ruelles grouillaient maintenant d'une foule d'indigents qui faisait peine, et surtout peur à voir. Ce n'était, partout, que lèpres et escarres, qu'infirmes crispés sur leurs courtes échasses de bois, bossus, ulcéreux, vieillards avachis sous les porches, enfants en haillons tendant leur sébile aux rares passants, filles en cheveux au visage blême et aux yeux cernés de bistre, les côtes saillantes sous leur corsage déchiré, tous si maigres qu'on croyait entendre leurs entrailles vides crever la faim. Les deux compagnons eurent l'envie de rebrousser chemin, mais leur guide marchait toujours d'un pas si pressé qu'il n'était plus question, à présent, de le lâcher d'une semelle et de risquer de se perdre dans cette infâme crapaudière.

Sur leur passage, rasant les murs, tels des rats, quelques hommes, visiblement honteux, rabattaient leurs capuchons sur leur faces creuses, s'enveloppaient dans les plis sombres de leurs vestes élimées, puis se coulaient furtivement entre les béances des maisons, comme des ombres ; d'autres leur jetaient des coup d'œil avides et menaçants et leur faisaient, le pouce sur la gorge, le signe de leur fin prochaine. Ils accélérèrent l'allure, suivant toujours le faux infirme qui ne semblait rien voir ni entendre de ce qui se passait autour d'eux.

Noyés au milieu de ce peuple de mendiants, de souffreteux et de truands, Percheval et Estienne se demandèrent encore une fois quelle folie les avait poussés à s'aventurer en un pareil endroit. Ils n'étaient pourtant pas au bout de leur peine, car leur guide les mena ensuite dans un passage plus étroit, plus repoussant et fétide que tous ceux qu'ils venaient de parcourir.

De chaque côté d'un chemin défoncé et empli d'ornières, dans lesquelles des flaques d'eau croupissaient, défilait sous leur yeux une suite de constructions délabrées, de murs lépreux, de chenils branlants, réduits pour certains à l'état de ruines, de pauvres masures éventrées, montrant leur charpente désossée et leurs carcasses de poutres. Cet alignement de taudis était entrecoupé, ici et là, par des trouées d'herbe rase, des monticules de débris, des enfoncements inquiétants qui donnaient sur d'autres passages obscurs, d'autres coupe-gorge meurtriers.

Leur guide s'arrêta enfin devant une ancienne taverne à la façade délabrée et plantée d'un squelette d'enseigne. Le toit de l'édifice s'écroulait, ses murs s'émiettaient et pourrissaient sous le crachin, étalant les dernières loques de leur fenêtre.

– C'est là qu'elle est, annonça le vieil homme.

Comme une mare d'eau bourbeuse barrait l'entrée du logis, on avait jeté deux planches en travers afin de pouvoir franchir le seuil sans patauger. Percheval et Estienne se risquèrent sur ce ponceau de fortune, qui n'avait portant pas l'air bien solide, et pénétrèrent dans l'établissement abandonné.

Ils virent alors une vingtaine de personnes en guenilles, les unes hébétées, les autres assoupies, assises ou couchées sur le dos, vautrées à plat ventre ou recroquevillées en chien de fusil, une vingtaine de corps moribonds, de miséreux agonisants sur des couvertures de futaine ou sur des paillasses de seigle, roulés dans leurs ordures, serrés les uns contres les autres comme des pauvres bêtes dans la débile chaleur d'une étable. Ils n'entendirent que quelques chuchotements surpris, quelques claquements de dents, ne virent autour d'eux que des visages malades, des faces exsangues aux couleurs si blafardes, si verdâtres qu'il était difficile de croire que la vie pût encore habiter ces chairs ravagées.

Percheval heurta un corps allongé puis enjamba quelque chose qui lui parut être une femme endormie, au grand effroi des rats qui se dispersèrent en se tapissant dans les fentes du torchis. La plupart de ces déchets humains semblaient être tombés à un tel point de faiblesse et d'abrutissement qu'ils se trouvaient même incapables de faire un seul mouvement.

N'osant progresser davantage, il appela d'une voix forte :

– Louise Brecht ?

Trois des occupants lui jetèrent un regard terne et stupide avant de se retourner en gémissant vers le mur. Les autres ne l'entendirent même pas.

– Eh bien, lâcha Percheval, notre faux boiteux s'est joué de nous.

– Le gredin ! Nous aurions dû lui casser la jambe pour de bon avant de le laisser filer.

À peine avaient-ils échangé ces paroles, qu'un homme se leva brusquement au fond de la pièce et marcha sur eux avec une hostilité affichée.

Cheveux ébouriffés, barbe hirsute, front bas et menton épais, il avait tout, du faciès aux manières, de la bête brute.

Il les envisagea plusieurs secondes d'un air franchement agressif, laissant courir sur leurs beaux manteaux ses yeux chassieux.

Estienne se racla la gorge, fit un effort pour paraître aimable :

– Heu… mon brave, est-ce ici que vit une femme du nom de « la Poulot » ?

L'autre sortit de sa veste élimée un couteau et l'agita fébrilement sous le nez des deux étrangers.

– Tout doux ! bredouilla Estienne en reculant d'un pas tandis que Percheval se tenait déjà prêt à parer le coup que l'escarpe menaçait de leur porter.

– J'vas t'crever, grogna celui-ci en faisant mine de trancher l'air avec la lame de son couteau. J'vas t'vider les tripes !

– Pourquoi ? fit le médecin en levant les mains. Vous ai-je tenu tort en quelque façon ? De quoi vous courroucez-vous ? Nous ne croyons en rien vous avoir méfait. Nous ne faisons que nous enquérir de l'endroit où loge « la Poulot ».

Percheval parvint à maîtriser sa peur :

– Le vieux lascar qui nous a menés céans nous a trompés, dit-il. Cela est fort dommage, car je disposais encore de dix sous pour le remercier de nous avoir menés jusqu'à la personne que nous cherchons.

Le coupe-jarret baissa son arme et sembla s'adoucir.

Percheval insista, tandis qu'il exhibait sa bourse :

– Et toi ? Peux-tu nous dire où elle se trouve ?

L'homme fit non de la tête, secoua la broussaille de sa chevelure. Le temps que l'avocat ouvrit la bouche pour continuer, il avait saisi la bourse, poussé brutalement Estienne, franchi le seuil du taudis et sauté d'une vigoureuse enjambée le petit pont de planches.

– Ah ça ! s'exclama le médecin, ulcéré. Décidément !

– Soyons encore heureux d'être en vie. Il aurait pu nous trancher la gorge et nous ne serions pas plus avancés.

– Je préfère encore être fessé ou égorgé que volé !

Soudain, une voix atone, à quelques pas, murmura faiblement :

– C'est elle.

Percheval et Estienne se retournèrent ensemble et observèrent la jeune fille qui venait de s'adresser à eux. Elle était à peine plus épaisse qu'une brindille, si maigre que ses clavicules semblaient vouloir saillir pour lui trouer la peau. Elle se frotta les yeux, comme quelqu'un qu'on vient de tirer d'un long repos. Et, d'un doigt, elle leur désigna une silhouette prostrée à ses côtés :

– C'est « la Poulot ».

***

Une femme hors d'âge, se tenait assise contre l'un des murs en pisé, la tête basse entre ses épaules décharnées, la face et le corps parfaitement immobiles. Ses yeux pâles fixés sur le sol, sans un clignement, elle semblait contempler le vide. Elle non plus n'avait plus guère de viande sur les os. Le dos voûté, le visage rongé par les privations et la fatigue, elle portait sur tout son être les stigmates de la misère honteuse, l'immense tristesse, la terrible résignation des gens de peine qui ont commencé leur lente agonie.

Percheval resta un moment sans voix, confondu de perplexité. Qu'est-ce qui avait pu pousser une honnête paysanne à quitter son époux et son toit pour venir croupir dans l'ignoble fange urbaine et à se laisser mourir ainsi ?

– Êtes-vous sûr qu'il s'agit bien de cette gaupe ? chuchota Estienne.

– Nous allons le savoir, répondit Percheval en s'agenouillant près de la femme.

Il lui toucha l'épaule, un geste furtif et caressant, pour l'apprivoiser.

Elle frémit, roula ses yeux livides, effrayée de ce contact intime et inattendu.

– Elle dira pas un mot, le prévint sa jeune voisine. Elle a jamais dit un mot, à personne.

L'avocat ne tint pas compte de cette remarque et demanda à celle qu'il pensait être Louise :

– As-tu vécu autrefois au village de Malzieu ? Étais-tu, à cette époque, femme de Guillaume Augelet, le tavernier ?

Celle-ci pencha légèrement la tête, observa l'homme qui lui parlait.

– As-tu eu une fille du nom de Rolande ?

Elle se tourna, étendit ses jambes sur le drap de futaine, comme étrangère à la scène dans laquelle elle jouait pourtant le rôle principal. Elle ne se souvenait manifestement de rien. Sa mémoire avait filé depuis longtemps, son crâne était vide.

Percheval s'adressa alors aux occupants du taudis :

– Nous avons appris que son enfant avait disparu. L'un d'entre vous sait-il quelque chose à ce sujet ?

Un rire fusa, avec une sonorité de grelots.

– Vous entendez, vous autres ? s'étonna une gamine famélique en ricanant. « La Poulot » a eu un maillot !

D'autre rires, étouffés et grêles, lui firent écho.

– C'était il y a fort longtemps, précisa Percheval. Quelqu'un l'a-t-il déjà vue en compagnie d'une fille ?

– Quel âge, la fille ? lança un homme allongé près de la porte.

– Eh bien, à dire vrai, ce n'est plus vraiment une enfant… Elle pourrait avoir dans les… trente-cinq ans.

L'homme remua la tête en signe de dénégation, et ce simple mouvement lui déclencha aussitôt une grosse toux à cracher ses poumons.

Estienne s'approcha à son tour de Louise et lui dit, d'une voix ferme :

– Il est impossible que tu ne te remembres point avoir été mère, même si cela remonte à des années. Une femelle n'oublie jamais qu'elle a porté fruit.

Puis il lui pinça un peu la joue en élevant le ton :

– Ta fille s'appelait Rolande, entends-tu ? Rolande. Ce nom ne te dit-il rien ? Elle avait treize ans, à cette époque. Et toi, tu n'étais pas encore « la Poulot », mais Louise Brecht, épouse de Guillaume Augelet. Alors ? Rolande. Louise. Guillaume. La chose te revient-elle ?

La malheureuse poussa une plainte stridente, comme le miaulement d'un chat. Il y eut tout à coup, sur sa figue, un tel air de désespoir, une telle expression de douleur, que Percheval s'inquiéta :

– Ne la traitez pas trop rudement, Jehan.

– Il faut bien la tarabuster un peu si nous voulons qu'elle parle.

– Nous n'arriverons à rien de cette façon.

Estienne insista cependant :

– Et ta taverne ? dit-il encore. Le Merle noir ? Malzieu ? Allons, femme, fais un effort ! Tu ne peux avoir effacé de ta cervelle tant d'années de ta vie !

À ces mots, la pensée engourdie de Louise parut s'éveiller d'un profond sommeil, mais ce ne fut qu'un embryon de pensée. Elle semblait être sur la limite de la compréhension sans pouvoir comprendre, au bord du souvenir sans parvenir à se souvenir. Elle émit un râle d'animal blessé et se ramassa sur elle même.

– Vous l'avez effrayée, avec votre grosse voix, gronda l'avocat. Voyez comme elle se limaçonne. Laissez-moi faire.

Il posa sa main sur l'épaule de la femme, croyant la rassurer par ce geste. Mais celle-ci eut un brusque recul horrifié, comme s'il l'avait touchée d'un fer rouge. Une pâleur affreuse décolora sa peau.

– N'aie pas peur, murmura doucement l'avocat. Nous ne te voulons aucun mal. Nous désirons seulement te poser quelques questions à propos de ta fille.

Elle fit un bruit de gorge étranglé, serra les poings, puis son corps frémit sous l'effet d'une tension irrépressible. Ses mains maigres, calleuses, veinées, pleine de nerfs en saillie commencèrent soudain à osciller, comme prises d'un tremblement sénile.

Estienne, qui la soupçonnait d'en savoir plus qu'elle ne le laissait paraître, persista :

– Le soir où ta fille a quitté Malzieu, est-elle partie avec une personne de ta connaissance ? A-t-elle suivi un homme du village ? N'as-tu rien remarqué d'inhabituel ?

Louise se mit à haleter bruyamment et à agiter ses pieds et ses mains en lâchant de petits gémissements. Sa figure, de blafarde, devint pourpre, comme si elle entrait dans les affres d'une suffocation.

Estienne, qui ne voulait pas lâcher prise, s'entêta à la harceler :

– Ta fille a-t-elle dit quelque chose avant de sortir ? L'as-tu vue partir ? Par où est-elle allée ? Dans quelle direction ?

– Je vous reprie de cesser, Jehan, s'alarma Percheval en se relevant. Vous l'effrayez trop.

Brusquement, Louise se renversa en arrière, poussa un grand cri et s'arracha de grandes poignées de cheveux. Une légère écume lui monta aux lèvres tandis qu'elle se tordait dans d'inquiétantes convulsions.

L'avocat et le médecin se regardèrent, aussi désemparés l'un que l'autre.

– Mais que lui arrive-t-il ? demanda le premier.

– Cette bagasse souffre d'hystérie, déclara le second. C'est un mal fréquent chez les femmes privées de leurs menstrues. À moins qu'elle n'ait contracté la grande vérole et que ce mal vénérien l'ait rendue complètement folle.

Louise, les yeux fermés, continuait de respirer tumultueusement, par secousses et de battre des jambes. Tandis qu'elle suffoquait toujours, un flot de grosses larmes roula sur ses joues effondrées.

– Combien de temps la crise va-t-elle durer ? s'inquiéta Percheval.

– Je l'ignore, répondit le praticien. Si nous disposions d'un seau d'eau glacée, nous pourrions peut-être la faire revenir à la raison.

Ils n'eurent pas à en venir à une telle extrémité : quelques minutes plus tard, la femme d'Augelet s'était calmée. Elle se prit le visage entre les mains, fit non trois ou quatre fois en branlant énergiquement de la tête, sans que l'on sache à quoi elle pensait en exécutant ce mouvement étrange, puis se recroquevilla, entourant ses genoux de ses bras maigres.

– Elle ne me paraît ni folle ni hystérique, déclara Percheval. Il me semble qu'elle a eu une très grande peur, tout simplement.

– Eh bien, puisque la voilà accoisée, dit Estienne, peut-être est-elle en état de nous parler.

Percheval opina et s'accroupit de nouveau aux côtés de la pauvresse.

– Depuis combien de temps n'as-tu rien avalé ? lui demanda-t-il.

Estienne leva les yeux au ciel :

– Mais pourquoi diable lui posez-vous cette question ? Que nous importe de savoir depuis quand cette loqueteuse a mangé ?

– J'essaie de gagner sa confiance, expliqua l'avocat en soupirant. Lorsqu'elle cessera de nous craindre, elle parlera. Et alors, nous pourrons assouvir notre curiosité, sans provoquer une nouvelle crise.

– Diantre ! Vous avez de drôles d'idées.

Percheval s'assit à même la terre battue et fit mine de se mettre à son aise, sans cesser d'observer Louise d'un air affable et rassurant.

– C'est une bien piteuse niche que tu as trouvée là, lui dit-il doucement. Nous allons tâcher de t'offrir un bon lit pour cette nuit et de te remplir le ventre.

– C'est pas la peine d'lui faire des chatt'ries, lança tout à coup une voix au fond de la pièce.

Cette voix était celle de l'homme qui gisait près de la porte, un petit être tout en nœuds et en bosses, tordu par l'arthrite.

– Plaît-il ? s'irrita Estienne. De quoi me mêle-je ?

L'homme s'extirpa de sa paillasse et se mit à ramper comme un vieux chien, traînant ses pattes raides et galeuses jusqu'à eux.

– « La Poulot » vous dira jamais rien, souffla-t-il de sa voix chevrotante et poussive de phtisique. Pouvez toujours lui parler, vous perdez vot'temps...

Percheval et Estienne le virent s'approcher tout près de Louise et lui poser la main sur le menton. D'un geste brusque, il obligea la malheureuse à ouvrir la bouche :

– R'gardez donc : elle risque pas d'vous causer beaucoup.

L'avocat, figé, contempla l'évidement dans lequel pointait un petit moignon boursouflé et noir. Alors, l'horrible vérité lui sauta aux yeux :

– On lui a coupé la langue, bredouilla-t-il, stupéfait.

Estienne passa la main dans ses cheveux, lui aussi ahuri :

– Il est évident, en effet, qu'elle ne nous dira jamais rien.

– Mais… qui lui a fait cela ?

Le petit homme haussa les épaules :

– Elle est arrivée comme ça et elle a toujours été comme ça.

Le médecin se tapa la cuisse de la paume :

– Il ne manquait plus que cela ! Comment allons-nous encore débrouiller cette confusion ?

Percheval se sentit plus découragé que jamais. Une fois de plus, il se heurtait à ce mur qui semblait boucher chacune des routes par lesquelles il essayait d'atteindre la lumière. Et pourtant, plus il regardait cette femme, plus il pensait que tout n'avait pas été dit. Qui avait pu la mutiler ainsi ? Et pour quelle raison ?

Il fut touché par l'expression de suprême douleur qu'il voyait à présent sur la figure de Louise, mais sa résolution de départ, loin de s'en trouver ébranlée, au contraire se fortifia tout à coup :

– Est-ce à Mézières que l'on t'a coupé la langue ? interrogea-t-il en lui pressant légèrement la main.

Louise se dégagea d'un mouvement affolé et brusque.

– Est-ce à Sedan ?

Elle sortit un pauvre son inarticulé et tira nerveusement sur sa jupe en guenille. Percheval lui toucha de nouveau les doigts et accentua sa pression. Soudain une idée pénétra son esprit :

– Est-ce à Malzieu ? dit-il.

Cette fois, les yeux de la femme se révulsèrent, laissant apparaître un blanc livide, strié de fibrilles jaunes. Les tremblements reprirent.

– Qu'est-ce qui peut bien lui donner une telle frayeur ? souffla Estienne.

Percheval se mordit les lèvres :

– Le souvenir, dit-il gravement.

Puis, au grand étonnement du médecin, il attrapa Louise par les épaules et la maintint doucement mais fermement. Ses bras l'enserrèrent comme l'on fait avec les enfants qui délirent et que l'on tâche de maîtriser sans trop les brutaliser.

– Rolande est-elle morte ? lui demanda-t-il à brûle-pourpoint.

La brutalité de la question arracha à l'épouse d'Augelet un hurlement. Elle tenta de se dégager, lançant les jambes et les bras en tous sens, avec une grande sauvagerie.

– Sais-tu qui a meurtri ta fille ?

Les convulsions redoublèrent. Le gosier de Louise cracha de nouveau un cri d'inexprimable effroi.

– Elle sait, murmura sourdement Estienne.

Percheval enchaîna les questions, resserrant l'étau de ses bras, au fur et à mesure que la crise devenait plus intense :

– Est-ce la raison pour laquelle tu t'es enfuie de ton village ? Parce que tu connaissais le nom du meurtrier de Rolande ? Craignais-tu pour ta vie ?

Louise ne cessait de se démener comme une forcenée.

– Tu as eu peur, n'est-ce pas ? Tu as craint que l'assassin ne s'en prenne aussi à toi ?

Sa prisonnière ne faiblissait pas. Ses ongles devenaient des griffes, tandis que ses prunelles noires allaient et venaient sur le blanc de ses yeux comme des insectes effarés.

Percheval comprit soudain qu'elle ne se débattait pas pour échapper à son emprise, mais luttait pour arracher d'elle-même quelque chose de très lourd, quelque chose de monstrueux, qui l'étouffait.

Il ne la lâcha pas, continua de la tenir emprisonnée entre ses bras, pendant qu'elle criait et pleurait. Il martelait ses affirmations comme autant de vérités, les lui enfonçait dans son cerveau affolé :

– Tu connais l'assassin. Tu es même la seule à le connaître. Mais tu n'as jamais rien osé dire, parce que tu es terrorisée.

Un spasme d'une violence inouïe souleva le corps de Louise. Elle se tendit comme un arc, son souffle s'interrompit dans sa poitrine épuisée, ses prunelles disparurent sous ses paupières livides. Enfin, elle retomba, molle, éreintée, anéantie, les traits tellement ravagés qu'un instant Percheval la crut morte.

Le petit homme se pencha au-dessus d'elle et fit une grimace :

– Elle est passée ?

– Non pas, répondit l'avocat. Elle respire.

Louise ouvrit les yeux, poussa un long râle puis les referma. Aussi étrange que cela pût paraître, son expression semblait maintenant apaisée. En les laissant enfin ressurgir, elle avait vaincu les terreurs de son passé, ces terreurs qu'elle avait si longtemps et si profondément ensevelies dans le caveau obscur et scellé de sa mémoire. Elle avait recraché son poison.

Alors Percheval, la sentant se détendre, docile et soulagée, lui posa une ultime question, tout en la berçant lentement :

– L'homme qui a tué ta petite Rolande… Est-ce lui qui t'a rendue muette, pour te mettre en garde de ne point le dénoncer ?

Elle eut un dernier soubresaut, un dernier sursaut de peur, au rappel de la lame brûlante qui, jadis, lui avait tranché la langue. Puis, elle se blottit au creux des deux bras qui la rassuraient et lui insufflaient leur bienfaisante chaleur, en acquiesçant de la tête.

Percheval soupira de soulagement. La nuit commençait à s'éclaircir. Cependant une ombre, et non la moindre, subsistait : il ignorait toujours le nom du meurtrier.

Estienne, sous le coup de l'émotion, s'adossa contre le mur et essaya de retrouver un semblant de voix :

– Puisqu'elle ne peut plus parler, dit-il, il va nous falloir la ramener avec nous à Malzieu. Si notre assassin se trouve toujours là-bas, elle pourra aisément le désigner.

– Je doute qu'elle accepte de retourner au village, chuchota Percheval. C'est déjà un miracle d'avoir pu tirer d'elle tout ce que nous venons d'apprendre.

– Pourtant, nous n'avons pas d'autre choix. Elle va devoir affronter ses démons encore une fois.

– Son démon, rectifia Percheval.

– Sa santé est très déplorée, mon ami. Nous devons l'emmener prestement avant qu'elle ne soit plus en état de faire le voyage.

– Et comment comptez-vous l'emmener ? Nous ne pouvons l'y conduire contre son gré.

– Elle vous suivra. Regardez ! Elle n'a plus l'air terrorisée. Elle ronronne dans vos bras comme une vieille chatte.

Ils n'eurent en effet aucune difficulté à convaincre Louise de les accompagner, bien qu'ils lui turent volontairement le nom de l'endroit où ils comptaient se rendre, de crainte d'essuyer un refus et de déclencher un nouvel accès de démence.

Ils quittèrent les bas-fonds de la ville, offrirent un solide repas à la pauvre femme et lui achetèrent un manteau pourvu d'un collet de fourrure, dans une boutique près de la citadelle.

En début d'après-midi, ils franchissaient les murailles de la ville sous un ciel enfin dégagé et serein.

Montée en croupe derrière Percheval, au chaud dans son épaisse casaque, agréablement balancée au rythme des mouvements souples et réguliers du cheval qui la portait, Louise somnola tout au long du trajet, ignorant qu'elle galopait vers son tombeau.

XXX

Le jugement de Dieu

Ils franchirent le vieux pont de Malzieu, vers quatre heures.

Une brebis, sans doute échappée des communaux, salua leur arrivée par un bêlement. Ils s'étonnèrent aussitôt de ne trouver aucun habitant sur la place. Seuls quelques pigeons et une dizaine de poules vagabondaient dans la grand rue. Aucun bruit ne troublait le silence, excepté celui du roucoulement et des gloussements des volatiles.

Ce calme tout à fait inhabituel les surprit. Même si les hommes pouvaient être partis aux champs, car on entrait dans la saison des labours, à cette heure, ordinairement, le village était animé d'une foule de femmes et d'enfants traînant dans les rues ou bavardant sur les perrons.

Dès qu'il eut mis pied à terre, Percheval se dirigea vers la taverne. Il en ressortit aussitôt pour annoncer à son compagnon que Guillaume Augelet était absent, ainsi que Rémi. Il marcha alors vers l'église, pénétra à l'intérieur et réapparut quelques secondes plus tard pour faire le même constat.

– Où peuvent-ils tous bien être ? fit le médecin en aidant Louise à descendre de la monture.

Manifestement, celle-ci n'avait pas reconnu les lieux qui l'avaient vue naître et grandir. Ses yeux inquiets, comme ceux d'un chien abandonné, semblaient uniquement occupés à suivre les allées et venues de Percheval.

– J'ai l'impression qu'ils se terrent dans leurs chaumines, dit l'avocat, soucieux.

Il entreprit alors d'aller frapper à l'une des maisons sise sur la place, afin de comprendre pourquoi aucun des villageois n'osait mettre le nez dehors.

Il toqua, mais personne ne vint lui ouvrir. De plus en plus perplexe, il s'intéressa alors à la ferme voisine, dont la porte était restée entrouverte. Il se rua à l'intérieur en appelant d'une voix forte :

– Holà ! Y a-t-il quelqu'un ?

Près de la cheminée, un chien grogna et montra les crocs. Percheval le fit taire d'un geste du bras et fléchir sur ses pattes, puis l'obligea à se coucher sous la maie.

– Je n'y entends rien, dit-il en rejoignant Estienne sur la place. Il semblerait que les villageois soient tous partis.

Et, sur cette réflexion, il pivota sur lui-même et se hâta en direction d'une troisième maison.

Louise voulut le suivre, mais Estienne la retint.

– Reste-là, lui commanda-t-il. N'aie crainte, il va revenir.

La pauvre femme balaya les alentours de son regard abattu. Puis son expression changea soudain, s'alluma d'une curiosité nouvelle. Ses prunelles s'accrochèrent un long moment sur l'enseigne du Merle noir, qu'elle contempla d'un air étrange. Des images, incertaines et confuses, semblaient lui venir à l'esprit, émergeant avec peine du bourbier de ses souvenirs.

– Vide ! s'exclama Percheval en sortant précipitamment de la troisième chaumière. Le village paraît entièrement désert !

– Vide ? répéta Estienne. Quelle est cette nouvelle farce ?

– Je ne sais pas.

– Tous ces gueux ne peuvent pas s'être volatilisés !

– Ils sont forcément quelque part.

– Bossuat ! s'exclama alors le médecin en se frappant le front. Ce fol furieux est revenu avec son découvreur ! Voilà l'explication !

– Non, fit Melchior. Cela ne se peut. Bossuat n'aurait pas emmené les villageois que l'enfant a vus marqués d'une tache blanche. Songez qu'il resterait au moins ceux-là.

Puis cherchant Louise qui n'était plus sur la place :

– Où est la femme ?

– Elle est entrée dans la taverne.

Percheval remonta nerveusement le col de sa casaque :

– Je vais aller inspecter les abords du village, annonça-t-il. On saura peut-être me renseigner dans les hameaux voisins. Vous, ne quittez pas notre témoin de l'œil. Nous ne devons pas risquer qu'elle nous échappe. N'oubliez pas : elle est notre dernière chance de confondre l'assassin.

Sur cette recommandation, il s'éloigna en courant presque.

Estienne pénétra dans le Merle noir, à la suite de Louise. Il trouva cette dernière plantée au milieu de la grande salle, parfaitement tranquille et silencieuse. Elle se déplaçait à pas très lents, un sourire vague aux lèvres, effleurant du bout des doigts les tables et les murs, les caressant d'un air attendri, comme s'ils eussent été des êtres familiers et sensibles.

Estienne l'observa, intrigué, mais ne dit mot. Assuré qu'elle ne risquait rien, il ressortit dehors et entreprit à son tour de fouiller plus méticuleusement le village.

Sur le chemin que bordaient les champs, Percheval scrutait intensément la campagne. Tout en marchant, il regardait tout autour de lui, à droite, à gauche, espérant voir apparaître une silhouette, même celle d'un enfant, guettant le moindre signe de vie dans cette immensité silencieuse.

Tandis qu'il s'apprêtait à s'enfoncer dans le bois qui menait au hameau du Gros Chêne, il perçut enfin un bruit autre que le croassement des crapauds dans les mares. Il s'immobilisa, tendit l'oreille afin d'identifier la nature et la provenance de ce son. Il réalisa que ce qu'il entendait était en fait une rumeur confuse, faite de voix innombrables et différentes, une rumeur sourde, proche et lointaine à la fois, portée par le vent, qui semblait venir du sud.

Il rebroussa alors chemin, bifurqua au calvaire et prit le sentier qui conduisait vers la rivière, se demandant, non sans anxiété, ce qu'il allait découvrir.

Une minute plus tard, un coup de feu retentit, suivi de ce qui lui sembla être des cris et des appels au secours, puis un autre, et encore un autre.

Impatient de connaître la cause de cette mousqueterie, il se mit à courir en direction de la Tonge.

Les bruits s'intensifièrent et devinrent de plus en plus distincts : il s'agissait bien de voix d'hommes et de femmes.

Parvenu non loin du cours d'eau, il s'abrita derrière un arbre, mais sa vue étant bouchée par les taillis, il dut changer de place et trouver un autre endroit d'où il pourrait observer sans être découvert. Et ce qu'il vit alors lui fit ouvrir grand la bouche.

Tous les habitants du village étaient rassemblés sur les rives de la Tonge, encerclés par une brigade de trente archers.

Le père Jérôme, Bérenger et Groise étaient également sur la berge, non loin des cinq chariots que les juges avaient amenés avec eux.

Bossuat se tenait à vingt pas, surveillant un groupe de sergents qui, à l'aide de longues gaffes, évaluaient la profondeur de la rivière.

Un cri fusa : « V'ont nous j'ter dans l'eau ! », auquel un autre répondit immédiatement : « I vont nous noyer, comme des rats ! »

Ce fut tout à coup une clameur furieuse suivi d'une bousculade, les gens essayant de fuir, de pousser les archers qui leur barraient le passage. Quatre coups de feu éclatèrent, tirés en l'air, mais dont l'écho ne fit pas moins vibrer les cœurs, et qui ramena aussitôt le calme.

Percheval écarquilla les yeux, se demandant s'il n'était pas le jouet d'une hallucination. Il prit le risque de se rapprocher encore davantage afin d'écouter les paroles qu'échangeaient les juges. Il quitta sa cachette et se glissa derrière un autre tronc, plus près du théâtre des événements. Il entendit ainsi Bossuat, visiblement ulcéré, qui réprimandait Michel Groise. Les lèvres minces du petit juge tremblaient d'indignation :

– Comment avez-vous pu oublier les cordes ? Quel idiot ! Enfin ! Vous savez pertinemment que l'épreuve du bain exige qu'on lie les pieds et les mains des accusés avant de les mettre à l'eau !

Bérenger intervint pour sauver la mise à son collège, lequel rougissait de honte et de confusion :

– Pour ma part, dit-il en s'adressant au lieutenant criminel, je trouve qu'il est mieux de ne point attacher les accusés avant de les soumettre au jugement de Dieu, car si leurs mouvements se trouvent entravés par quelques liens ou cordes, ils risquent tous de piquer au fond, de sorte qu'ils seront assurés d'être innocentés par ce moyen.

– Certes, fit Bossuat, mais alors, monsieur, s'ils sont libres de leurs mouvements, ce ne sera plus le jugement de Dieu ! Ceux qui ne couleront point le feront tout simplement parce qu'ils savent nager et non pas parce qu'ils sont plus légers, ce qui est la caractéristique des sorciers. Quant à ceux qui couleront de suite, ils le feront parce qu'ils ne savent point nager et non pas parce qu'ils sont plus lourds, ce qui est le signe des véritables chrétiens. Comment distinguerons-nous, dans ce cas, les vrais sorciers des honnêtes gens ?

– Je ne crois pas que cela change grand-chose à l'affaire, répliqua Bérenger. Aucun de ces manants ne sachant nager, nous pouvons considérer que ceux qui parviendront à rester à la surface et à regagner la berge sont coupables, tandis que ceux qui resteront au fond de la rivière, d'où nous nous efforcerons de les tirer au plus vite, sont innocents.

– Nonobstant, ajouta Groise, que nous pouvons très bien imaginer que ceux qui arriveront à nager, alors qu'ils sont censés de pas savoir le faire, bénéficient de l'aide de Satan pour se sauver.

– Soit, fit Bossuat à peu près convaincu, en se caressant le menton. Dites aux gens d'armes de se préparer. Qu'ils veillent à remonter diligemment ceux qui couleront, avant qu'ils ne trépassent, et à les mettre de ce côté-ci. Quant aux sorciers et sorcières qui resteront hors de l'eau, qu'ils les montent et les tiennent sous bonne garde dans les chariots.

Une minute plus tard, un archer faisait signe à un Malazin de s'approcher de la berge. Celui-ci n'eut pas à demander ce qu'on attendait de lui : les gens d'armes l'enjoignirent de se jeter à l'eau, sous peine d'y être contraint par la force. Le paysan saisit alors son épouse dans ses bras et la baisa furieusement, après quoi, il se pencha et ramassa une pierre.

– Lâche ce caillou ! lui intima Bossuat. Il est interdit d'user de moyens qui pourraient alourdir ton poids et t'innocenter !

Dépité, l'homme laissa tomber sa pierre et fit quelques pas vers le bord de la Tonge.

Comme il hésitait à sauter dans la rivière, l'archer, d'une vigoureuse poussée, le fit tomber le plus loin possible. Le paysan cria, s'agita quelques secondes en crachant de l'eau par la bouche et le nez, battit des mains, puis s'enfonça. De la place où il venait de disparaître, une succession de grands cercles se forma, élargissant jusqu'à la berge leurs ondulations brillantes.

La paysanne regarda, affolée, son mari qui venait de s'évanouir sous la masse liquide et argentée. Une panique affreuse s'empara d'elle. Elle ouvrit la bouche pour hurler, mais elle s'en trouva incapable tant la peur l'étranglait. Alors que le sergent s'apprêtait à l'envoyer rejoindre son époux, elle recula si précipitamment que son sabot rencontra une motte grasse. Elle glissa et tomba les deux pieds en avant dans la rivière. Bien qu'elle se débattît avec l'énergie du désespoir, ses jupes l'entraînèrent vers le fond. Elle eut un dernier regard d'angoisse et sa tête s'enfonça lentement, pendant que ses bras, sortant de l'eau, bougeaient encore. Puis, son corps tout entier coula et quelques bulles d'air apparurent à la surface.

Aussitôt, les sergents tendirent leurs gaffes pour repêcher le couple de paysans, en vain.

– Nous les avons perdus, murmura Groise, penaud. L'eau est trop profonde et les perches ne sont pas assez longues.

– Cela est gênant, fit Bérenger, assez contrarié. S'ils ont coulé, c'est qu'ils n'étaient point sorciers. Il me déplaît assez d'avoir fait mourir deux bons catholiques.

– De quoi peuvent-ils se plaindre ? jeta Bossuat. S'ils étaient bons catholiques, comme vous dites, ils iront au Paradis.

Puis, s'adressant aux archers :

– Allons, pressons ! Il y en a encore cent vingt qui attendent !

Bérenger restait préoccupé :

– Pourquoi devons-nous mettre à l'eau les hommes et les femmes que Damien Lépine a vus marqués d'une tache blanche ? Il était convenu que nous n'infligerions le jugement de Dieu qu'aux seules personnes ayant échappé à l'examen du découvreur.

– Vous êtes drôle ! bougonna le petit juge. Avez-vous seulement souvenance de qui ils étaient ?

– Non, mais…

– Alors ? Nous sommes bien obligés de tout recommencer !

Un frère et une sœur d'une vingtaine d'années furent jetés ensemble dans la rivière et réussirent à surnager. Ils furent aussitôt conduits dans les tombereaux. Après eux, les gens d'armes traînèrent un jeune garçon et sa mère jusqu'à la rive et les poussèrent sans ménagement. Dissimulé derrière son arbre, Percheval regardait toujours l'horrible scène sans pouvoir bouger, tant l'émotion le submergeait. Il était si bouleversé qu'il n'était capable d'aucune résolution.

Sitôt plongé dans l'eau froide, l'enfant serra le cou de sa mère et enveloppa ses jambes autour de son corps pour ne pas sombrer. Comme les autres, celle-ci essaya de se maintenir hors de l'eau, mais le poids de son fils, qui paralysait ses mouvements, l'entraîna rapidement vers le fond. On ne vit bientôt plus que leurs cheveux flottants sur l'onde et leurs doigts qui remuaient. Au bout de quelques secondes, seul un large bouillonnement, qui s'effaça à son tour, indiqua l'endroit où tous deux venaient d'être engloutis.

Les villageois, muets d'horreur, immobiles, suffoqués par l'indignation et l'épouvante, restaient anéantis devant ce spectacle tragique. Le père Jérôme, qui partageait leur désarroi, à genoux dans l'herbe mouillée, murmurait des prières affolées.

L'un des sergents entra dans l'eau et s'immobilisa lorsque celle-ci lui arriva à la poitrine ; il commença à sonder la rivière autour de lui, avec sa gaffe.

– Y en a un là ! cria-t-il aux juges. Il est là ! J'le tiens !

Il souleva le petit garçon et, constatant qu'il était sauf, se hâta de le tirer vers le bord.

Un autre archer, se couchant à plat ventre dans l'herbe, plongea ses mains vers l'enfant et le saisit par les cheveux.

– Eh ! Aide-moi ! fit-il en appelant à son aide un troisième sergent.

À deux, ils parvinrent à retirer le corps et à le remonter sur la berge. Le gamin était raide et livide, mais la vie palpitait encore dans sa poitrine.

Puis vint le tour de Colin Valot qui, se cramponnant à sa femme, poussa des gémissements déchirants. Ses jambes flasques tremblaient, tout son buste était secoué par les sanglots tandis qu'il balbutiait : « Pitié ! Pitié ! » Il avait perdu l'air hâbleur qu'il arborait le jour où il avait déposé contre Mathias, mais en dépit du mal qu'il avait causé par son faux témoignage, Percheval n'en éprouva pas moins de pitié à son égard.

L'avocat songea alors qu'il était temps d'intervenir, fût-ce au péril de sa propre vie. Il récupéra enfin la maîtrise de ses nerfs et, voyant que tout était perdu, il se sentit prêt à tout oser. Il sortit de sa cachette à grandes enjambées et se dirigea vers les trois magistrats :

– Que faites-vous ? hurla-t-il.

Bossuat s'étonna à peine de le voir surgir.

– Tenez ! dit-il en souriant presque. Voici notre causant clabaud qui aboie à tous propos…

– Que faites-vous ? répéta Percheval qui, bien qu'il eût déjà sa réponse, ne trouvait en cet instant aucune autre parole à prononcer.

– Nous achevons la besogne que nous avons commencée.

– Un lâche assassinat, monsieur ! Cessez de noyer tous ces gens !

– Je ne les noie point, je laisse à Dieu le soin de me montrer où gît la vérité.

– Ne mêlez pas Dieu à vos procédés odieux ! L'ordalie est un usage qui ne se pratique plus depuis longtemps ! Le parlement de Paris a rendu un arrêté, il y a plus de cinquante ans, qui interdit à tous les juges d'utiliser la preuve par immersion !

– Sommes-nous dans le ressort du parlement de Paris ? Nous sommes dans celui de Metz. De plus, j'entends faire ce qu'il me plaît dans mon bailliage.

Le regard et l'accent de Bossuat n'admettaient aucune réplique. Percheval poursuivit pourtant avec une énergie farouche :

– Il n'y a aucun sorcier dans ce village !

Le petit juge plissa les yeux :

– Comment osez-vous vous inscrire en faux contre des doctrines qui, non seulement sont celles de notre très sainte Église catholique et apostolique, mais celles de l'humanité tout entière ? Les affiliés de Satan sont de deux sortes : ceux qui se livrent à la sorcellerie et ceux, comme vous, non moins coupables, qui n'y croient pas !

– Vous êtes dans l'erreur ! s'écria Percheval avec feu. Aucun sorcier ne se compte parmi ces pauvres gens ! Mathias Vigneules n'était pas un suppôt du Diable et n'a jamais empoissonné personne au moyen de poudres maléfiques ! L'époux de Reyne Inguélaère est mort d'avoir mangé une viande fétide et corrompue ! Marie Bardot et Mathilde Minet n'étaient point non plus sorcières ! Elles ont été tuées par une personne du village !

Groise et Bérenger le regardèrent comme s'il avait perdu l'esprit.

Bossuat haussa les épaules, partagé entre l'envie de rire et celle de s'emporter.

– Vous n'avez rien trouvé d'autre que ces sottises pour nous empêcher d'agir ? lança-t-il. Vous êtes grand conteur de fagots, monsieur, et de splendides balivernes.

– Marie Bardot a eu le crâne brisé après avoir été forcée ! s'énerva l'avocat. Le meurtrier a ensuite déposé son corps au pied du moulin pour nous faire croire qu'elle avait sauté dans le vide !

– Vous extravaguez.

– Mathilde Minet a également été violentée ! Elle a été étranglée et après seulement, on l'a pendue pour nous induire en erreur !

Bras croisés, paupières plissées, lèvres dures, Bossuat le dévisagea avec une haine indicible :

– Comptez-vous nous traverser encore longtemps avec vos contes à dormir debout ?

Percheval déglutit, s'obligea à lui exposer la situation plus calmement :

– J'ai la preuve que Guy Vasseur a été empoisonné par quelqu'un du village pour des raisons qui n'ont rien à voir avec la sorcellerie. J'ai la preuve que ni Marie Bardot ni Mathilde Minet ne se sont donné la mort sur injonction du Diable, mais qu'elles ont été abusées et assassinées. Ces faits sont dûment consignés dans une lettre que j'ai adressée à monseigneur Depont, et que je compte bien transmettre à la chambre des Requêtes et à Sa Majesté en personne.

– Oh ! Vous avez écrit une lettre ? ricana Bossuat en s'efforçant de ne pas exploser. Je me doute bien de ce que monseigneur l'Intendant fera de ce torche-cul.

Les deux hommes se tenaient face à face, également exaspérés, les poings serrés.

– Il la lira, dit Percheval. Et alors, vous serez sommé de vous expliquer.

– Pardon ? Et que devrai-je expliquer ?

– La raison pour laquelle vous avez persisté à nier des faits constatés et des preuves strictement établies au moyen d'une enquête que j'ai menée.

Les deux conseillers jetèrent un coup d'œil à Bossuat : celui-ci fixait l'avocat avec ses yeux ardents, prêt à lui sauter à la gorge.

– Divagations ! éructa le lieutenant criminel. Vous n'avez aucune preuve de ce que vous avancez !

– J'ai des preuves et des témoins.

Bérenger osa une question :

– Et qui sont ces témoins, monsieur ?

– Simon Martin et Benoît d'Aunis.

– Où sont-ils ? demanda Groise.

– Vous les avez fait enfermer à la prison de Sedan.

Bossuat semblait être parvenu au bout de sa patience. Le sang lui montait à la tête, son pied s'agitait impatiemment dans ses bottes.

Percheval persista :

– Impétrez-moi la faveur d'entendre ces deux personnes et de me laisser vous raconter tout ce que j'ai pu apprendre. Vous comprendrez alors l'immense erreur que vous êtes en train de commettre.

– Taisez-vous donc, maudit bavard ! hurla le petit juge.

Et, sur ces mots, il fit signe à l'un des sergents de le mettre en joue.

Percheval tressaillit. Un coup de feu éclata et une balle s'enfonça dans les taillis avec un bruit sourd à moins de cinq pas de lui.

– Auriez-vous l'audace de m'abattre, monsieur ? s'étrangla-t-il.

– J'ai toutes les audaces, lorsqu'il s'agit de détruire le Mal.

Au village, après avoir inspecté plusieurs chaumières, Estienne se demandait encore quel événement étrange avait bien pu présider à la disparition de tout un village.

S'avisant qu'il avait laissé Louise seule trop longtemps, il retourna en hâte au Merle noir. Il se figea sur le seuil : la taverne, elle aussi, était vide.

– Sangdieu ! pesta-t-il entre ses dents. Où est passée cette gueuse ?

Il l'appela une dizaine de fois sans succès. Après avoir balayé la rue principale du regard, à la recherche de la silhouette sombre et famélique, sa voix troua de nouveau le silence de la petite place :

– Femme Poulot !... Femme Augelet !... Femme Louise !... Peste ! Peu importe comment tu t'appelles, reviens ici prestement ! Le Diable... Heu... la vérole t'emporte si tu ne reviens pas !

La seule réponse qu'il obtint fut celle du chien qui se mit à aboyer à pleine gueule, dans la ferme d'à côté.

Il revint alors sur ses pas, songeant qu'il était peut-être ressorti trop précipitamment du cabaret et que la miséreuse pouvait fort bien s'y trouver, prostrée dans un coin.

Il chercha donc dans la salle, ainsi que dans la petite pièce attenante où logeait Guillaume, puis visita la resserre et enfin dans le minuscule réduit qui faisait office de chambre à louer. Il ne trouva aucune trace d'elle. Il fouilla ensuite l'écurie : personne. Son inquiétude retomba lorsqu'il trouva, près de la remise, la casaque au collet de renard offert par Percheval. La garce n'était donc pas si loin !

L'idée lui vint alors d'aller voir au courtil, le seul endroit qu'il n'avait pas encore pensé à visiter.

Ce fut effectivement dans le petit jardin qu'il la retrouva, gentiment assise au pied d'un grand tilleul. Les bras croisés sur sa poitrine, dans l'attitude d'une femme qui berce un nourrisson, une ébauche de sourire sur ses lèvres minces, elle balbutiait des sons inarticulés, essayant de sortir de sa pauvre bouche mutilée ce qui était sans doute les paroles d'une chanson.

– Ah, te voilà ! souffla Estienne, soulagé.

Louise tourna vers lui son visage émacié et, du menton, lui désigna le pied de l'arbre autour duquel des champignons bruns et charnus poussaient en groupe.

– Allons, lève-toi, femme, lui dit Estienne sans brutalité. Ne restons pas ici, Melchior nous attend sûrement.

Elle ne bougea pas, reprit le balancement doux et régulier de ses bras.

– Entends-tu ? Nous devons y aller.

Alors qu'il se penchait pour la relever, elle se jeta en avant et colla son visage contre le tronc de l'arbre qu'elle se mit à étreindre avec passion.

– Voilà autre chose, soupira le médecin. Tu t'es fait un nouvel ami ? Fort bien, mais ne compte pas pouvoir emmener celui-ci avec toi.

Elle émit une plainte contrariée et Estienne leva les mains, désemparé :

– Eh bien, reste, dit-il. Mais surtout, ne t'éloigne pas du courtil.

Louise lâcha le tronc de son arbre et fit le signe qu'elle avait compris l'avertissement.

– Le temps de retrouver Melchior, et je reviens. Décidément, c'est une étrange journée que celle-ci, où tout le monde cherche tout le monde !

La femme considérait à présent, avec une attention intense, le pied du tilleul. Elle le regardait fixement, obstinément, entre ses cils, tout en martyrisant ses doigts dans un geste nerveux.

– Que t'arrive-t-il ? s'impatienta Estienne. Voilà que tu refais la colasse ?

Elle tomba soudain sur les genoux et se mit à gratter le sol, enfonçant ses doigts dans la terre molle avec une frénésie surprenante.

– Diantre ! Quelle est cette nouvelle lubie ? Es-tu une chienne pour racler ainsi la terre avec tes mains ?

Elle ne l'entendit pas, trop occupée maintenant à creuser. Ramassée sur ses genoux, son jupon en guenille étalé autour d'elle comme un pétale fané, elle se mit à pousser de petits cris aigus et inquiétants, la face contractée dans un rictus qui n'avait plus rien d'un sourire.

– Vous entendrez parler de moi ! cracha Percheval, humilié et fou de rage qu'on l'ait réduit ainsi au silence.

Le désespoir lui montait au cœur et lui donnait la nausée.

– Vous aussi, répliqua Bossuat, et nous verrons lequel parlera plus haut.

Et, aussitôt pivotant sur ses jambes de canard, il commanda aux gens d'armes de s'occuper de Germaine Billault. « La Bouche » se débattit tant et si bien que ceux-ci durent s'y prendre à trois fois pour la jeter à l'eau.

Pas plus que beaucoup d'autres, Germaine ne savait nager. L'instinct de la préservation lui permit cependant de ne pas couler. Lorsqu'elle se rendit compte qu'elle flottait assez aisément, elle cessa les larges moulinets désordonnés de ses membres pour exécuter des petits battements de bras et de jambes, comme elle avait vu faire les chiens.

Dans sa panique, son idée première lui commanda de rejoindre au plus vite la berge de cette façon, mais très vite, elle comprit quelle serait la conséquence de cette résolution. Un autre choix, dans son cerveau rusé, s'imposa alors à elle : elle lutta pour regagner non pas l'endroit où l'attendaient les juges, mais celui qui se trouvait à l'opposé. L'autre rive étant beaucoup plus éloignée, elle dut mettre toute sa volonté pour l'atteindre. Lorsqu'elle y parvint, elle s'accrocha désespérément aux herbes courtes et aux joncs du talus, mais elle ne put cependant aborder : ceux-ci se brisaient sous sa main ou se déracinaient du sol détrempé. Avec un dernier sursaut d'énergie, elle se retint furieusement à la terre visqueuse, qui offrait peu de prise. Elle s'y cramponna de ses doigts crochus avec une telle frénésie qu'elle réussit, grâce à un suprême effort, à se tirer de l'eau à la seule force de ses bras et à prendre pied.

Alors, haletante, elle se traîna sur quelques pas, jusqu'à un terrain plus ferme, où elle resta gisante et complètement épuisée. Elle n'avait plus la force de marcher, aussi se mit-elle à ramper, tremblante et transie, comme un animal blessé. Tandis qu'elle se redressait enfin, prête à courir, un coup de feu retentit. Un balle, mortelle, l'atteignit en plein dos.

Pendant ce temps, Moïse et Guillaume Augelet, qui avaient également surnagé sans trop de difficulté, étaient menés aux chariots.

Les sergents continuaient de fouiller la rivière à l'aide de leurs longues perches, à la recherche des huit corps qui avaient disparu depuis le début de l'ordalie. L'un d'eux accrocha enfin quelque chose et remonta le cadavre du premier paysan.

L'on vit apparaître d'abord des cheveux bruns, puis un buste, puis enfin un corps tout entier qui flottait sur le ventre.

Au courtil, Louise grattait toujours. Un trou, profond d'au moins dix pouces, s'élargissait à présent au pied du tilleul.

Estienne ne savait que penser. Il regardait la pauvre folle en silence, ne trouvant rien à dire pour la ramener à la raison. Et Percheval qui ne revenait pas. Où était-il donc passé ?

Soudain, l'épouse de Guillaume leva lentement les bras vers lui.

– Eh bien, que me donnes-tu là ?

Elle lui présentait une masse noire, d'une forme vague. Étonné, il prit l'objet dans ses mains et entreprit de dégager la terre qui le recouvrait.

– Qu'est-ce ?...

Brusquement, il lâcha la chose avec une exclamation d'horreur. Les lèvres écartées par la stupéfaction, il bafouilla :

– Qu'est-ce que... qu'est-ce que ?... Mais... c'est un crâne !

Puis, sa frayeur et sa surprise passées, il tomba à son tour à genoux pour creuser plus profondément. Il déterra alors des lambeaux de tissu, et une grande quantité d'ossements humains, ici un tibia, là un fémur ou une côte.

Il attrapa Louise par le bras, planta ses yeux ébahis dans les siens.

– Qui est-ce ?

Appuyée sur son bâton, la démarcha chevrotante, Perrine s'avança vers le bord de la rivière. À ses côtés, Rose et Madou, blotties l'une contre l'autre, récitaient le *Credo* d'un voix entrecoupée de sanglots.

Percheval tenta un mouvement dans leur direction, mais le canon du mousquet le dissuada aussitôt de faire un pas de plus. Anéanti, il regarda le père Jérôme, dont le désespoir égalait le sien.

– Mon père, de grâce, dit-t-il d'une voix brisée, sauvez-les.

Le vicaire s'approcha des juges, eut beau plaider la cause de la vieille femme et des fillettes, il se heurta à la détermination de Bossuat.

– Peut-être pourrions dispenser la plus jeune de l'épreuve du bain ? se risqua Michel Groise, troublé par la supplication muette qu'il lisait dans le regard mouillé de larmes de la petite Madeleine.

– Nous en avons trempé d'autres, qui avaient la moitié de son âge, déclara Bossuat avec mépris.

– Nous pourrions au moins, insista le gros conseiller, par bonté d'âme, lui attacher un poids à la cheville.

– Nenni ! cria alors Rose en serrant sa jeune sœur contre elle.

– C'est bien, ma fille, la félicita Bossuat. Il ne faut pas tricher lorsque l'on est soumis au jugement du Seigneur.

Les sergents jetèrent alors la grand-mère et les deux petites dans la Tonge.

Lorsqu'elle toucha l'eau glacée, Perrine crut que son cœur allait cesser de battre.

Elle essaya de surnager, mais ses bras lui refusèrent toute aide, comme si l'entière charpente, pourtant si fluette, de ses vieux os, était de plomb. Elle plongea sans bruit et fut prise immédiatement dans les longues herbes qui poussaient au fond. L'affolement lui fit donner des coups de talons et ses bras s'agitèrent frénétiquement pour remonter. Son corps lui semblait se casser de mille fractures à chacun de ses mouvements. Le poids de sa jupe l'empêchait d'émerger, elle sentit qu'elle n'arriverait jamais à revenir à la surface de ce tombeau liquide. Alors, elle renonça, impuissante et résignée, et laissa la Tonge l'engloutir comme une proie.

Madou coula elle aussi, presque aussitôt. Tous crurent qu'elle ne réapparaîtrait jamais, tant elle resta longtemps sous l'eau.

La peur inhibait sa volonté, elle se sentait happée par une force qu'il lui était impossible de vaincre, saisie par des mains avides qui l'attiraient inexorablement vers la mort. Ses oreilles bourdonnaient, ses petits poumons la brûlaient, les globes de ses yeux étaient prêts à éclater. Au moment où elle perdait connaissance, la main de Rose la tira vers la surface.

Bossuat ordonna alors que les deux fillettes fussent ramenées vers la berge et mises à l'écart dans les chariots.

– Pourquoi faites-vous arrêter cette petite enfant ? demanda Groise. Elle a coulé, il me semble. Elle aurait probablement mangé la vase si sa sœur ne l'avait pas sauvée.

Le lieutenant criminel haussa les épaules :

– Vous dites « probablement », c'est donc que nous ne le saurons jamais avec certitude. Dans le doute, mieux vaut arrêter un innocent que de relâcher un coupable.

Bérenger, pour une fois, jugea à propos de répliquer :

– Cela est contraire à la règle et à la morale, monsieur.

Bossuat balaya cette objection avec hauteur :

– Laissez-moi la liberté de juger du cas selon ma conscience.

Pendant qu'ils parlaient, « Patte-Folle » s'était glissé jusqu'à Percheval et s'accrochait désespérément à son manteau en criant d'une voix pleurarde :

– Monseigneur ! Monseigneur ! Les laissez pas faire ! J'suis vot'ami, pas vrai ? Ah ! Les laissez pas faire ça à vot'bon serviteur !

– Quand tu seras dans l'eau, ne t'épuise pas à brailler et à te tortiller en tous sens, lui conseilla l'avocat, le cœur serré. Laisse traîner tes jambes comme des poids morts. Sers-toi seulement de tes mains et de tes bras comme des battoirs. Et respire calmement.

Un sergent interrompit leur aparté et fit signe à Rémi que son tour était venu.

Ce dernier regimba, tenta une fuite, mais reçut un coup de crosse dans les reins. Il s'avança vers la rivière avec un effort douloureux, tout en se répétant mentalement : « Quand tu seras dans l'eau, sers-toi de tes mains et de tes bras comme des battoirs… » Il se murmurait à satiété la précieuse consigne pour bien se la graver dans la tête.

On lui ôta sa veste, il se laissa faire en geignant, marmonnant précipitamment : « Quand tu seras dans l'eau, sers-toi des tes mains et de tes bras comme des battoirs… quand tu seras dans l'eau, sers-toi de tes mains et des tes bras… »

Lorsque les gens d'armes lui firent signe de se lancer, il implora d'un accent pathétique :

– Un pauv'e boiteux, j'suis qu'un pauv'e boiteux ! Faut pas noyer les boiteux ! J'ai vu Dieu ! J'suis comme les tout p'tits !

On l'amena au bord.

– Saute ! Poltron ! lui lança l'archer.

Comme il ne se décidait pas, l'homme le poussa violemment. Il émit un cri aigu, strident comme celui d'une truie qu'on égorge, et le rire gras des sergents fusa sur la berge.

« Patte-Folle », gagné par la panique, se débattit en laissant aller sa tête en arrière et en faisant de grand gestes. Tandis que la terreur lui faisait ouvrir des yeux épouvantés, sa bouche, à grandes aspirations, s'emplissait d'eau qu'il recrachait aussitôt en appelant à l'aide.

Percheval, qui ne le quittait pas du regard, comprit qu'il s'enfonçait visiblement. Rémi n'avait plus que le front hors de l'eau. Encore quelques secondes, et il disparaîtrait.

– On ne bouge pas, le prévint le sergent, voyant qu'il était prêt à bondir et à se jeter dans la rivière pour sauver l'infortuné.

– Ou sinon ?

L'homme hésita.

– Ou sinon ? réitéra Percheval sur un ton de défi.

Il n'attendit pas la réponse. Cinq enjambées lui suffirent pour atteindre la berge. Il plongea et, en quelques brasses rapides, il se trouva à l'endroit où « Patte-Folle » avait coulé. Il le saisit aussitôt par le col de sa chemise, lui souleva la tête et la lui maintint hors de l'eau. Puis, le saisissant vigoureusement par les dessous de bras, il le ramena vers la terre ferme. Il porta l'infirme quasiment évanoui et le coucha sur l'herbe.

Aussitôt, un sergent arriva sur lui et lui colla le canon de son mousquet sur la tempe.

– S'il ose encore un seul mouvement, aboya Bossuat, brûlez-lui la cervelle !

– Faites donc tirer vos gens sur moi, balbutia l'avocat en reprenant son souffle. Mais soyez certain qu'on vous demandera des comptes de ce crime-là.

Estienne se redressa.

– Qui est-ce ? répéta-t-il. Qui est-ce ? Qui a-t-on enterré sous cet arbre ?

Louise recommença le même balancement de ses bras, comme si elle eût tenu au creux de son sein une invisible poupée.

Le médecin lui jeta un regard sombre et frissonna, pensant comprendre ce que signifiait son geste, mais son esprit se refusait de l'admettre tant la chose lui paraissait monstrueuse. Il regarda le crâne qui avait roulé à terre, un crâne dont la mandibule et les dents n'avaient ni la taille ni la grosseur de ceux d'un homme.

L'atroce vérité l'assaillit :

– Ta fille ? s'exclama-t-il alors avec horreur. Ta fille, Rolande ?

Louise lui sourit, de son sourire sans dents qui lui faisait une trouée noire et immonde au milieu de sa face blême.

– Qui l'a ensevelie dans ton jardin ? demanda encore Estienne en élevant la voix. Qui ? Réponds, femme, de grâce !

Elle se laissa tomber sur le sol et se saisit d'un petit bout d'os pointu et jaune, qu'elle fit tourner entre ses doigts, comme elle l'eût fait d'un caillou ou d'un morceau de bois dont l'aspect l'aurait intriguée.

– Tu ne te souviens peut-être de rien, fit Estienne en l'obligeant à se relever, mais ton homme, Guillaume, lui, saura bien me renseigner !

Au nom de son époux, la femme d'Augelet tressaillit visiblement.

– Ton homme, oui, ton homme, insista Estienne en plantant ses yeux déterminés dans les siens. Tu te rappelles de lui, hein ? Guillaume, ton mari. Pourquoi trembles-tu ainsi ?

Louise voulut crier mais sa gorge se serra. L'angoisse, l'impitoyable angoisse, lui donna un coup de barre à travers la poitrine. Estienne eut la confirmation de ce qu'il avait deviné.

– Guillaume, le monstre qui a tué ta fille. Et qui t'a coupé la langue, de crainte que tu ne le trahisses.

À ce moment précis, elle retrouva sa mémoire entière. Elle lâcha l'os qu'elle tenait entre ses mains avec un cri sauvage. Sa bouche, qui ne pouvait plus dire la peur et la douleur dont son pauvre cœur débordait, se mit à trembler pitoyablement.

– Il m'est facile de comprendre pourquoi tu t'es sauvée, ma pauvre, dit Estienne en jetant un regard consterné vers sa macabre découverte, au pied du tilleul. Qui n'aurait pas fui devant une telle menace ?

À ces mots, Louise s'écroula à plat ventre contre la terre et tout son corps se mit à vibrer. Les tremblements saccadés se muèrent rapidement en battements furieux. Ses jambes se relevèrent et frappèrent le sol par un mouvement convulsif ; les yeux lui sortaient littéralement de la tête, une écume blanche moussait sur ses lèvres.

– Tout doux, tout doux !... s'affola Estienne devant la violence de la crise. Allons, calme-toi, femme !... N'aie crainte, ton mari ne te fera plus jamais de mal, j'y veillerai... Ni à toi ni à personne d'autre...

Louise poussa un hurlement comme si on lui eût déchiré les entrailles. Voyant qu'elle commençait à devenir livide, il tenta de lui relever le buste afin de soulager sa poitrine oppressée. Elle se tendit alors comme un arc, et un spasme la fit rebondir plusieurs fois sur le sol avant qu'elle ne roule sur le dos.

Estienne n'eut pas à la calmer : elle était morte.

Tandis qu'il se précipitait à la recherche de Percheval, au hasard, sur l'un des chemins qui menait aux hameaux, il perçut des bruits inquiétants. Il ne tarda pas à s'en convaincre : non loin, quelque part vers la rivière, des hommes rugissaient, des enfants pleuraient, des femmes poussaient des cris poignants...

Il comprit que quelque chose de plus grave encore que ce qui venait de se produire au courtil était arrivé. Alors il courut, et personne, sans doute, ne courut plus vite que lui ce jour-là.

Il arriva au moment où les sergents empoignaient une petite fille pour la jeter dans la Tonge et vit Percheval en très mauvaise posture.

Il prit aussitôt toute la mesure de la situation.

– Holà ! hurla-t-il en marchant vers les juges. Holà ! Qu'est-ce donc ? On assassine ? On tue femmes et enfants ? Est-il bien possible que je voie ce que je vois ? Misérables !

– Misérables ? s'étouffa Bossuat. Que venez-vous de dire ? Comment osez-vous ?…

Estienne se posa avec assurance entre les trois magistrats, mais son cœur galopait, le sang lui battait toujours les tempes.

Percheval l'envisagea avec soulagement :

– Je désespérais de vous voir arriver !… murmura-t-il.

– N'ayez crainte, fit le médecin en haletant. Toute l'affaire est résolue !

– Où est Louise ?… Pourquoi ne l'avez-vous pas emmenée avec vous ?

– Elle est morte de peur.

– Peu importe, vous auriez dû la faire venir ici.

– Mon ami, je ne fais point de figure de style : elle est morte pour de bon. Sa peur l'a tuée.

Percheval le regarda, atterré :

– Quoi ?

Bossuat leva la main pour les interrompre, effrayant de colère et de haine contenues :

– Sommes-nous obligés de subir votre petite conférence ? Vous, le médecin, quittez les lieux immédiatement ! Quittez ou vous irez goûter les joies du cachot !

– Vous n'avez ni commandement ni arrêt pour me contraindre à partir, encore moins pour me faire arrêter.

– Il suffit !

Estienne respira profondément et s'obligea à parler sur un ton plus adouci, de façon persuasive :

– Il se trouve dans ce village un homme qui a occis une dizaine d'enfants, dont Marie Bardot et Mathilde Minet. Je vous conseille d'appréhender sans délai ce scélérat et de cesser de vous acharner sur ces pauvres gens.

Bossuat fut frappé de ces paroles comme d'un coup de foudre. La rage lui monta à la tête et l'étourdit un instant.

– Emparez-vous de lui ! ordonna-t-il aux gens d'armes.

Estienne arrêta les sergents d'un large geste du bras, se tourna vers Bérenger et Groise :

– Messieurs, je vous jure que je dis la vérité ! Pour vous en convaincre, je ne vous demande qu'un instant d'audience !

– Personne ne le fera donc taire ? hurla Bossuat, déchaîné.

Les deux conseillers paraissaient n'avoir plus de salive dans la bouche.

Estienne fit un pas vers eux :

– Je viens, à l'instant, de découvrir le cadavre de l'une des victimes.

Bossuat tituba en arrière. Il lui fallut plusieurs secondes pour se ressaisir et bégayer :

– Vous mentez… vous mentez pour nous empêcher de poursuivre l'épreuve du bain !

– Non pas, monsieur. Encore une fois, je dis l'entière vérité. Je viens tout juste de trouver le crâne, ainsi qu'un grand nombre d'ossements, appartenant à une enfant de Malzieu qui a été occise il y a vingt ans, par le même homme qui a tué Marie et Mathilde.

Il y eut un silence durant lequel Bérenger parut se recueillir. Puis celui-ci demanda, l'air troublé :

– Et où prétendez-vous que se trouve l'assassin de ces filles ?

– Ici même, monsieur, répondit Estienne en pivotant sur ses talons et en désignant les chariots. L'assassin se trouve tout près de nous.

Il mit dans ces quelques mots une si étrange intonation que tout le monde frissonna.

Dans le tombereau, Guillaume Augelet se raidit. Estienne tendit vers lui un doigt accusateur :

– Demandez au tavernier pourquoi le corps de sa fille Rolande se trouve enseveli dans son courtil.

Ce dernier, se voyant confondu et accusé publiquement, sauta avec précipitation par-dessus la ridelle du chariot, mais les gardes le maîtrisèrent aussitôt. Deux archers s'accroupirent sur lui, l'un le tenant à la gorge, l'autre lui appuyant les genoux sur la poitrine, tandis qu'un troisième lui serrait les poings dans des cordes.

Les villageois suivaient la scène sans bouger, dans un silence de mort. Leurs bouches entrouvertes et leurs haleines suspendues indiquaient assez leur surprise. Percheval aussi, était bouche bée.

– Vous dites que cet homme a tué sa propre fille ? interrogea Bérenger, de plus en plus perplexe. Mais pourquoi ?

– Je l'ignore, dit Estienne. C'est à vous, messieurs, qu'incombe à présent la tâche de découvrir les raisons qui l'ont poussé à commettre ce crime abominable.

– Et vous dites aussi qu'il a occis plusieurs autres filles ?

– Si fait. L'ancien vicaire de Malzieu, le père Boniface, peut témoigner de douze disparitions d'enfants qui sont restées jusqu'à ce jour inexpliquées, et qui, selon toute vraisemblance, ont un rapport avec ce maudit tavernier.

Bossaut éructa :

– Cet hérétique serait prêt à fantastiquer n'importe quoi pour nous contrecarrer ! Allez-vous ouïr encore longtemps ses stupidités ?

– Laissez-le donc parler, dit Groise en s'énervant, laissez-le parler.

– Mais…

– Monsieur, intervint à son tour Bérenger en coupant la parole à Bossuat, cessez de nous obstiner. Les révélations de cet homme nous paraissent assez importantes pour que nous y prêtions attention. Je dois avouer que ce qu'il vient de nous apprendre est tout à fait confondant.

Estienne, voyant qu'on lui laissait l'occasion d'en dire plus, poursuivit :

– Mathilde Minet n'avait aucune accointance avec le Diable. Le seul reproche qu'on puisse adresser à cette malheureuse est de ne pas s'être suffisamment tenue sur ses gardes lorsque le tavernier l'a abordée, au petit matin, sur le chemin.

– Quant à Marie Bardot, acheva Percheval à sa place, elle n'a commis d'autre méfait que de traverser un bois, ignorant que son assassin l'y attendait pour abuser d'elle.

– Êtes-vous certain de ce que vous avancez ? interrogea Bérenger, qui doutait encore un peu.

– Tout a été si parfaitement éclairci que je ne crois pas qu'il subsiste l'ombre d'un secret ou d'un doute, répliqua Estienne.

Groise se tourna vers Bossuat :

– Il y a toute apparence à croire que ces hommes disent la vérité. Dans le cas contraire, pourquoi iraient-ils inventer de telles choses ? D'autant que le présumé assassin a tenté de prendre la fuite dès qu'il s'est vu accuser. Cela est grandement suspect.

– Nous devrons entendre le tavernier, déclara Robert Bérenger. Ainsi que toutes les personnes qui se porteront témoins dans cette affaire.

– Vous n'allez pas accorder crédit à cette histoire ! vocifèra Bossuat.

– Et pourquoi pas ?

Percheval, à présent libéré de la menace du mousquet, fit un pas en avant :

– Il est temps de relâcher les villageois, dit-il. Ceux que vous avez fait arrêter il y a trois jours ainsi que les innocents que vous vous apprêtiez à jeter dans la rivière.

– J'avoue, murmura Bérenger, confus, que tout ceci modifie beaucoup la situation des accusés.

Et, se tournant vers Bossuat :

– Monsieur, je propose de suspendre la procédure, au vu de ces faits nouveaux.

L'autre le fusilla du regard :

– Certainement pas ! Pauvre idiot ! Libre à vous de porter créance à toutes ces balivernes, mais en ce qui me concerne, j'ai mission de juger les sorciers qui infestent ce village et je ne me laisserai pas traverser par de grotesques déclarations ! Le jugement continue ! Entendez-vous ? L'épreuve du bain doit rependre !

Choqué du ton qu'il avait pris pour lui répondre, Bérenger leva le menton :

– Eh bien, nous ne vous suivrons pas, monsieur.

– Non, approuva Groise en prenant tout son courage, nous ne vous suivrons point sur cette voie-là.

– Co… comment ? Comment osez-vous me contredire ?

– Il me déplaît de vous affronter, monsieur, dit encore Bérenger, mais la prudence nous commande d'interrompre incontinent le jugement du bain et d'en apprendre davantage sur les choses pour le moins étranges qui se sont produites dans cette paroisse.

Cette fois, ce fut à son tour d'observer le désarroi de son inflexible collègue. Bossuat, déstabilisé, lui lança un regard oblique et consterné.

Puis, comme le silence semblait se mettre aussi contre lui, il se reprit rapidement et lança de nouveau ses menaces, hachées par la rage :

– Je vous ordonne de procéder au jugement qui a été ordonné !

– Et qui l'a ordonné, s'il vous plaît ? fit Groise.

– Mais... bafouilla Bossuat, moi !

– Précisément, dit le premier conseiller en s'enveloppant dans son manteau. Dans ce cas, achevez donc seul ce que vous avez décidé seul.

Et, sur ces mots, les deux magistrats lui tournèrent le dos et se mirent en marche en direction du village, déclarant qu'ils entendaient voir de leur propres yeux l'endroit où gisaient les ossements de l'enfant, laissant Bossuat digérer la plus cruelle déconvenue qu'il eût jamais vécue.

Ordre fut donné aux gens d'armes par les deux assesseurs de libérer les personnes se trouvant dans les tombereaux, à l'exception du prévenu Guillaume Augelet.

Percheval et Estienne échangèrent un regard d'indicible soulagement. Leurs deux cœurs semblaient battre à l'unisson, dans l'euphorie de la victoire.

Bossuat, loin de s'avouer vaincu, remonta à la charge et rattrapa ses assesseurs, tandis qu'ils s'éloignaient.

– Vous ne pouvez abandonner ainsi un jugement en cours ! s'écria-t-il, incapable de se contenir.

– Nous prenons le risque, répliqua Béranger, calmement.

– Faites ce que bon vous semble de votre réputation, ajouta Groise, mais en ce qui nous concerne, nous ne conspirerons plus avec vous.

– Je vous ferai démettre, soyez-en sûrs !

– Vous avez une idée bien fausse de votre élévation, monsieur. Qui croyez-vous donc être pour nous adresser pareille menace ?

L'arrogance de Bossuat tomba tout à coup et, voyant leur expression d'indifférence, il se sentit profondément mortifié, se demandant si ce pouvaient être vraiment les mêmes hommes qu'il avait jusqu'à présent dominés et soumis à son pouvoir.

– Craignez mon courroux, murmura-t-il d'une voix lugubre, car je n'en resterai pas là.

– Pour l'heure, fit Béranger en le dévisageant durement, nous ne craignons qu'une seule chose, monsieur : que votre déshonneur rejaillisse sur nous.

Mordu au vif par la honte et ne trouvant cette fois aucune réplique à la hauteur de l'injure, le petit juge s'élança vers son cheval. Mettant toute sa hargne dans ses talons, il éperonna si cruellement l'animal que celui-ci se cabra et faillit le mettre à terre.

Tandis qu'il disparaissait du paysage à une vitesse folle, un rayon de lumière éventra soudain les nuages. Le soleil vint alors illuminer la nappe bleue et calme de la Tonge, posant à sa surface des milliers d'éclats argentés. Un souffle de vent, qui n'était plus qu'une brise légère, caressa la rive puis s'enfuit à son tour.

L'hiver quittait enfin Malzieu.

XXXI

La messe est dite

Une semaine plus tard, le parlement de Metz déléguait une commission à Sedan, à laquelle il donnait tout pouvoir pour instruire directement l'affaire des « enfants disparues de Malzieu ». Mandat était donné aux juges de vaquer au plus vite à l'expédition du procès du principal suspect et d'abandonner toutes les poursuites entamées à l'encontre des Malazins.

Pierre Bossuat se vit durement admonesté par le premier président de la Cour pour « ses irrégularités, abus et procédés indignes ».

De Sedan à Rethel, de Mézières à Vouziers, une grande partie du pays ardennais fut en émoi. Dans les jours qui suivirent, une dizaine de familles, venues des villages et des bourgs voisins de Malzieu, se présentèrent devant les magistrats supérieurs pour signaler la perte récente ou ancienne mais éminemment suspecte, ici d'une fille, là d'une sœur, d'une cousine, ou d'une nièce.

Le 19 avril, Guillaume Augelet, qu'on avait maintenu au cachot depuis le jour de son arrestation, au terme d'un interrogatoire qui dura plusieurs heures, confessa tous ses crimes, sans qu'on eût besoin de recourir à la torture.

Le lendemain, les membres de la commission parlementaire lui firent lecture de la sentence qui le condamnait à la peine de mort :

« Confès et convaincu par la justice d'avoir connu charnellement sa descendance dans sa propre maison, ce qui, de tous les crimes de luxure, est le plus détestable pour les lois divines et humaines,

Confès et convaincu d'avoir ensuite meurtri sa fille afin de dissimuler son énorme crime de paillardise et d'inceste contre le droit naturel,

Confès et convaincu d'avoir ravi par force et contraint à stupre Ninon Delabarre, Isabeau Gabry, Émeline Boiton, Odile le Doussal, Joséphine Jardet, Brigitte Cauchy, Agnès Juy, Marthe Salomon, Jacqueline Verne, Pascaline Damien, Thérèse Régnier, Marguerite Bonnier, Héloïse Plaignet, Christine Leul, Martine Renaudineau, Nicolette Roy, Blanche Carpentier, Colette Villefaillot, Simone Amaury, Pierrette Hartault, Micheline Fiquet, Sylvaine Guérin, Jeanne Sarry, Marie Bardot, Mathilde Minet, vingt-cinq filles, toutes vierges et d'honnête réputation,

Confès et convaincu, après lesquels rapts et abus exécrables, d'avoir assassiné icelles,

Pour réparation desquels agressions conspirées, violements et crimes, est condamné à être livré aux mains de l'exécuteur de la haute justice, à être mené et conduit par tous lieux et carrefours de la ville pour faire amende honorable, tête nue et pieds nus, tenant torche ardente du poids de deux livres dans les mains, et, à genoux, demander pardon à Dieu, au Roy et à la justice, ensuite de quoi à être sévèrement châtié à la manière qui s'ensuit : à savoir rompu vif, les bras brisés à coups de barre pesant quatorze livres, en deux endroits, tant haut que bas, avec les reins, jambes et cuisses, et mis sur une roue haute, plantée et élevée, le visage vers le ciel, où il demeurera vivant, pour y faire pénitence, tant et si longuement qu'il plaira à Notre Seigneur et, en punition de ses grandes abominations, horreurs et répulsions, à être découpé en quatre quartiers, exposés aux portes principales de Sedan, la tête fichée sur une broche de fer et, de même, exposée sur les remparts de ladite ville. »

***

Le vingt-sixième jour du même mois, Percheval écrivit de Sedan à Estienne, une lettre rédigée en ces termes :

Mon cher et excellent ami,

Nous nous sommes quittés sans que j'aie eu le temps de bien vous remercier, ou du moins d'y mettre les formes et de trouver les mots qui convenaient pour le faire. Il n'est cependant pas trop tard pour vous dire toute ma reconnaissance et mon immense gratitude, au regard du précieux concours et de l'indéfectible soutien que vous m'avez apportés tout au long de mon enquête. Sans votre aide, il est certain que l'histoire qui nous a occupés aurait connu un très sinistre dénouement.

Personne ne doute plus du sort qui attend Guillaume Augelet, après les aveux qu'il a consenti à faire devant les juges et conseillers du parlement.

Dispense exceptionnelle m'a été accordée de le rencontrer dans sa geôle ce jourd'hui, et je puis donc vous livrer les propos qu'il m'a tenus, sans trop les travestir. Sa confession m'a grandement troublé et j'avoue que j'ai eu du mal à l'entendre sans frémir, mais cette triste conférence aura au moins servi à lever une partie du mystère qui nous a énervés.

Questionné par moi sur les rapports qu'il entretenait avec sa fille Rolande, le tavernier m'a avoué avoir touché celle-ci une première fois alors qu'elle n'avait que cinq ans parce que l'enfant était venue sur ses genoux et qu'il l'avait trouvée mignarde et fort consentante à se faire cajoler et parce qu'il pensait sincèrement, et ce sont-là ses propres mots, « qu'elle goûtait les caresses qu'il lui prodiguait », ne croyant, en son for intérieur, « ne commettre aucune faute qui soit griève ».

Il m'a également confessé que lorsqu'elle eut passé douze ans, il prit l'habitude de faire venir coucher la petite avec lui, dans son lit, en l'absence de son épouse, pour satisfaire sa passion et jouir d'elle comme si elle eût été sa femme, étant persuadé « qu'il en avait le droit puisqu'elle était sa fille et qu'elle lui appartenait. »

Du jour où l'enfant, grandissant en âge et en caractère, commença à montrer des résistances à partager son vice, il commença, de son côté, à la battre rudement pour la contraindre à obéir et à consentir.

Lorsqu'un matin, elle le mordit à la main afin d'échapper à son étreinte, il lui porta un coup si violent sur la tête qu'elle en resta sans mouvement, étendue par terre. Il m'a affirmé qu'ayant constaté qu'elle était morte, il en avait éprouvé un vif chagrin et qu'il avait pleuré beaucoup, ce que j'ai eu du mal à croire, mais qui, après tout, est peut-être la vérité.

Louise étant rentrée sur ces entrefaites, il m'a confessé avoir engagé son épouse à se taire et à ne point révéler l'événement, sous peine de lui faire subir le même sort. Comme il lui expliquait qu'il vaudrait mieux que le tout fût ignoré plutôt que d'être mis au bruit du monde, la pauvre femme s'est mise à pousser de grands cris en le traitant de brute et d'assassin. Il lui a alors porté un coup identique à celui qu'il avait donné à Rolande et, profitant de son évanouissement, il est allé creuser dans son jardin une fosse pour enterrer sa fille.

Il m'a dit avoir vécu, au cours des semaines qui suivirent, dans la crainte que Louise ne le dénonçât. Exaspéré par les invectives de sa femme et affolé par ses menaces, il en arriva, à l'occasion d'une violente dispute, à lui couper la langue.

Vous imaginez aisément l'émoi qui a été le mien en écoutant le récit d'une telle scène, qui révolte tant l'esprit que le cœur.

L'année suivante, tandis qu'il se promenait à travers la campagne, Augelet a rencontré la jeune Agnès Juy et lui a trouvé beaucoup de ressemblance avec sa petite Rolande. L'ayant obligée à s'allonger sur l'herbe, il lui a retroussé ses jupes sans penser qu'il faisait mal, convaincu qu'elle n'était plus pucelle, cherchant à passer un simple moment de jouissance avec elle, en souvenir de sa défunte enfant qu'il aimait toujours et dont le souvenir, soi-disant, lui causait mille tortures. Mais devant la résistance farouche de la fille, voyant qu'elle se défendait fort, l'égratignait et le mettait tout en sang, il l'a étranglée pour la faire taire, sans considérer les suites funestes de son acte.

Il m'a livré que, sur l'instant, la chose fut agréable et qu'il ne s'imaginait pas que cela pût être si facile. Et il m'a aussitôt confessé, en versant cette fois de grosses larmes, qu'à partir de ce jour tragique, à son grand dam, il n'avait cessé d'être hanté par l'idée de recommencer.

Ne pouvant désormais réfréner son tempérament ardent et brutal, il s'est mis à traquer ses victimes, de préférence des filles à peine pubères et souvent blondes, dans son village ou dans les villages environnants, sa lubricité le conduisant là où la vertu et la raison répugnent.

Il a avoué aux juges avoir forcé et tué une vingtaine de filles dans des étables vides, dans la solitude des forêts, l'étendue des champs ou dans d'autres lieux écartés, bien qu'il n'ait jamais tenu le compte exact de ses nombreux assassinements.

Il prétend avoir été poussé vers ces malheureuses enfants par une force irrésistible, par un emportement bestial qui soulevait toute sa chair, affolait son âme et le faisait trembler des pieds à la tête. À l'en croire, à chaque fois qu'il apercevait une fille de l'âge de la sienne, il se sentait tourmenté par la vivacité de ses sens durant plusieurs semaines, au point d'en perdre le sommeil et l'appétit. Il m'a ainsi affirmé qu'une enflure persistante et douloureuse de tout son bas ventre le tenait éveillé des jours durant, sans qu'il puisse trouver de remède et d'apaisement, laquelle enflure s'accompagnait généralement d'une multiplicité de démangeaisons, d'un échauffement général et diffus de tout son corps et d'un grand désordre de ses nerfs et de ses humeurs. Mais sitôt qu'il avait connu sa victime, ce furieux mal cessait incontinent et pour assez longtemps.

Qui saura jamais expliquer comment il vient à certains hommes de si brutaux et si sauvages désirs qu'ils doivent en venir à violenter et à tuer pour les assouvir ?

Quoi qu'il en soit, et bien que je n'aurai jamais réponse à cette question, j'ai trouvé notre tavernier, au terme de ces troublantes révélations, fort calme et apaisé, comme si la confession de ses actes l'avait délivré d'un gros poids.

C'est une grande consolation de penser qu'un être aussi néfaste, qui a causé de si grandes peines et souffrances, ne sera plus en mesure de récidiver. Pourtant, je ne puis m'empêcher d'éprouver à son égard une certaine pitié.

Je ne pense pas me tromper en affirmant qu'il éprouve un très profond et très sincère repentir de ses énormes crimes. Il sait qu'il va mourir et, quoiqu'il sache que sa mort sera infiniment plus cruelle que celle de ses semblables, il attend, je crois, avec impatience, le moment de quitter cette terre où il a fait tant de mal. Il a eu d'ailleurs cette parole si pleine de vérité que nous pourrions tous méditer par devers nous, et qui me laisse à penser qu'il vaut mieux, effectivement, que nos fautes soient punies aussitôt qu'elles ont été accomplies, plutôt que d'espérer un sursis illusoire : « Notre prière, m'a-t-il dit, ne devrait pas être pardonnez-nous pour nos offenses, mais frappez-nous pour nos offenses, et sans tarder, car plus châtiment tarde, plus il est douloureux. »

Comme cela est vrai !

Il faut que je vous informe également du sort de Benoît d'Aunis et de son complice.

Sachez que le premier a été entendu par les magistrats et qu'il a avoué l'empoisonnement involontaire de Guy Vasseur. Le bailliage l'a condamné à être exposé sur l'échafaud durant une journée entière et à être flétri au fer rouge sur le visage. Il a été banni à perpétuité de Malzieu, après confiscation de tous ses biens. Quelle ironie du sort pour ce gros coquin ! D'avoir tué pour une bêche, il se trouve à présent pauvre comme Job.

Pour ce qui est de Simon Martin, celui-ci sera tantôt fustigé de verges en plusieurs endroits de Sedan, condamné à faire amende honorable, exposé au carcan, puis exilé lui aussi, pour cinq ans et cinq jours.

L'annonce ne manquera pas de vous apporter, comme à moi, un certain contentement.

Pour ce qui est de Bossuat, les nouvelles sont moins réjouissantes. Notre méchant juge s'en tire plutôt bien, avec une simple remontrance. J'ai ouï dire que le premier président avait envoyé une lettre à la chancellerie pour demander sa destitution, mais je ne me fais guère d'illusion à ce sujet : vous savez que les abus de nos magistrats, même les plus graves, ne sont jamais sévèrement réprimés, ni par nos cours souveraines ni par le chancelier. Aussi ai-je peu d'espoir qu'on lui ordonne de céder son office ou qu'on lui suggère de se démettre lui-même.

Il faudra bien qu'un jour, pourtant, notre Majesté se décide à châtier comme il se doit tous ces gens de loi qui non seulement conchient leur fonction et s'attirent le mépris du peuple mais déshonorent grandement son nom.

Quant au père Jérôme, je suis retourné le voir, il y a quelques jours, à Malzieu, où il officie toujours avec la plus grande ferveur et avec la bénédiction de l'abbé du Quernois et de l'épiscopat. Sans doute voulais-je le rencontrer, dans l'état d'esprit qui était alors le mien, pour lui arracher des remords. C'est un fait, je l'avoue, que je souhaitais ardemment le trouver repentant et affligé du tort qu'il avait causé. Comment aurais-je pu oublier qu'il était, sinon la cause de tout, du moins à l'origine des malheurs qui ont affligé les villageois et surtout Mathias ?

Le jeune vicaire m'a fait plutôt bon accueil, soucieux, m'a-t-il semblé, de savoir quelle suite j'entendais donner à la découverte de son étrange particularité anatomique. Lorsque je l'ai eu accoisé en lui promettant, sur mon honneur, que jamais son secret ne serait dévoilé, il s'est ouvert à moi des pénibles tourments que lui inflige chaque jour la vue de ce corps hybride, de cette enveloppe imparfaite et haïe dont il ne saura jamais si elle abrite l'âme d'un homme ou d'une femme. Devant son désarroi et sa contrition, le cœur m'a manqué de l'accabler. Qui suis-je pour blâmer, encore plus pour juger ?

J'ai fait en sorte de ne paraître ému ou étonné de rien, de ne montrer le moindre dégoût ou étonnement et de le laisser me dire tout qu'il se proposait de me confier librement ; c'est ainsi que j'ai pu apprendre que jusqu'à l'âge de cinq ans, il avait d'abord porté prénom et vêtement de fille, croyant qu'il en était une. Puis, pour satisfaire au vœu de sa mère qui n'avait point eu d'enfant mâle, il était devenu garçon contre sa volonté. Mais sa singularité risquant un jour ou l'autre d'être diffamée, ses parents s'étaient finalement résolus à l'abandonner aux bons soins de l'Église, sous le nom de Gabriel.

Ce fut à l'Abbaye qu'il commença à ressentir une grande répulsion pour le corps et la chair, en particulier les siens, et à se persuader qu'il était un ange, trouvant dans cette explication autant de réconfort que de courage pour continuer à vivre.

Sa grande foi, comme sa grande peur du Diable, assurément, lui viennent de sa grande peur de lui-même.

Quant à ce qui s'est joué à Malzieu par sa faute, il m'a assuré qu'à aucun moment il n'avait désiré une telle tragédie et qu'il n'aurait point demandé à Bossuat de procéder s'il avait su les abus que ce dernier allait commettre. Il m'a fait penser à l'enfant qui, gardant son troupeau dans l'étable, effrayé par la nuit, laisse la porte entrebâillée, ignorant qu'il ouvre ainsi la voie à un plus grand danger que les ombres qui le terrorisent, n'imaginant pas qu'il va permettre aux loups de s'introduire dans la bergerie. Mais cependant le mal est fait. Que voulez-vous ?

« D'une étincelle on allume parfois un grand feu », m'a-t-il dit, un peu marri. Sans doute cela suffit-il à sa conscience.

Pour finir sur ce chapitre, j'ai fait promettre au père Jérôme, avant de partir, de s'occuper de Rémi, qui va désormais se trouver sans feu et sans ressources, et dont l'avenir me soucie fort. J'espère que les cinquante livres de rente que je lui laisse dans ce sens l'obligeront à tenir sa parole.

Pour en revenir à Guillaume Augelet, le courage me manque d'assister à son exécution. Je ne trouve point de satisfaction à voir mettre en pièces mon prochain. Je prendrai donc la route dans deux jours, lorsque Gaultier sera entièrement rétabli et qu'il aura retrouvé suffisamment de forces pour entreprendre le voyage jusqu'à Metz.

Car pour en arriver à des nouvelles plus agréables, j'ai le plaisir de vous apprendre que notre jeune béjaune, comme vous l'appelez, se remet assez bien des désagréments de son séjour en prison et de la fièvre qu'il a attrapée dans ces lieux humides et malsains. Il lui tarde de vous revoir et de retrouver ses anciennes habitudes.

Il me reste à présent, mon cher ami, à vous faire part d'une résolution que j'ai prise et qui ne manquera point de vous surprendre : je ramène également à Metz le jeune Hugues, que sa mère a bien voulu me confier afin que je me charge de son éducation. Ce petit est de mon sang, c'est donc à moi qu'incombe désormais la responsabilité de son bien-être et de son bonheur. Je ne saurais renier ma descendance encore une fois.

Mais ce n'est pas tout : j'ai pris la décision d'installer également chez moi ses deux jeunes cousines, Rose et Madeleine, qui se trouvent désormais orphelines. Je ne saurais davantage laisser ces innocentes connaître plus d'épreuves qu'elles en ont déjà enduré.

Vous le savez, Jehan, ces trente dernières années, j'ai tenu à vivre une existence honnête, exempte de toute nouvelle faute, sans pour autant trouver la paix de l'âme. Je conserve le sentiment que nos péchés ne s'effacent jamais, mon ami, et qu'ils nous poursuivent jusqu'à notre dernier souffle, et qu'il nous faut, hélas, payer toujours. Mais désormais, je sais qu'il s'ouvre à moi de nouvelles possibilités de racheter mon salut, par d'autres moyens que le remords, la souffrance et la conscience de ma déchéance.

Certes, je porterai toujours le fardeau de mon passé, mais il s'en trouvera allégé par le bien que je m'efforcerai de faire dans le présent et dans l'avenir, en m'occupant de ces trois enfants, comme s'ils étaient miens.

Une vie nouvelle peut commencer. C'est là mon désir, c'est là tout mon espoir.

Je n'attends plus l'absolution de Dieu. Celui-ci me la donnera s'il le souhaite, au jour du Jugement.

Je n'attends que le pardon de Mathias, mon fils, que j'ai si peu connu et que j'ai si mal aimé.

À vous revoir tantôt.

Votre très dévoué et fidèle Melchior Percheval.

TABLE DES MATIÈRES

LIVRE PREMIER

LIVRE SECOND

Composition et mise en pages : FACOMPO, LISIEUX